AtV

GILL PAUL ist eine erfolgreiche Geschäftsfrau, die Reisen in alle Teile der Welt unternommen hat. Sie lebt in London und leitet dort ihre eigene Firma. »Französische Verführung« ist ihr erster Roman, ihr zweiter Roman ist vor kurzem in London erschienen.

Jenny ist 38 und eine gestandene Londoner Geschäftsfrau. Daß ihr neuer Geliebter Marc sie nach einem wunderschönen Wochenende in der Bretagne einfach sitzenläßt, trifft sie härter als erwartet. Hatte er sie wirklich satt oder ist ihm etwas zugestoßen? Wurde er vielleicht ermordet? Jenny engagiert einen Privatdetektiv und stellt auch selbst allerlei Nachforschungen an, die sie zunehmend in Gefahr bringen: Jemand scheint heimlich in ihrer Wohnung gewesen zu sein, sie findet Wanzen im Telefon. Zu allem Überfluß bekommt sie auch noch Schwierigkeiten mit ihrem New Yorker Chef. Zugegeben, sie hatte hin und wieder eine Affäre mit Männern in höheren Positionen, und sie veröffentlicht Bücher mit brisantem Inhalt. Aber warum sind plötzlich alle hinter ihr her? Ihre wichtigste Stütze in all dem Chaos ist ihre Großmutter, eine mutige Frau mit bewegter Vergangenheit.

Gill Paul

Französische Verführung

Roman

Aus dem Englischen
von Elfi Schneidenbach

Aufbau Taschenbuch Verlag

Die Originalausgabe unter dem Titel
Enticement
erschien 2000 bei Hodder & Stoughton, London.

ISBN 3-7466-1796-0

1. Auflage 2002

Einbandgestaltung Torsten Lemme
unter Verwendung eines Fotos von Getty Images
Druck Elsnerdruck GmbH, Berlin
Printed in Germany

www.aufbau-taschenbuch.de

Für John und Bette

Danksagung

Für Hilfe und Ratschläge möchte ich mich bedanken bei: David Boyle, Mary Clark, Carol Cornish, Kirsty Fowkes, Vivien Green, Susan Hill, Marion Jansen, Catherine Lamb, Dee McMath, Karen Sullivan, Gavin Yamey.

Kapitel 1

Jenny raste über Landstraßen in der Bretagne mit einem Mann am Steuer, den sie erst seit vier Tagen kannte. Ihr Rock war bis zur Taille hochgeschoben, und er hatte die Hand zwischen ihren Beinen. Tiefschwarze Nacht ohne Mond und Sterne umgab sie, und auf der Straße befand sich kein einziges anderes Fahrzeug. Nur die dunklen, wogenden Silhouetten von Bäumen zeichneten sich schemenhaft am Himmel ab. Hin und wieder traf das Auto ein Schlagloch oder einen Stein am Randstreifen, und sie schlingerten und wurden kräftig durchgeschüttelt, bis er den Wagen wieder unter Kontrolle brachte. Sie legte den Kopf in den Sitz zurück, hatte die Beine gespreizt und war erregt und feucht.

Der Mann, der den Wagen mit einer Hand lenkte, sah wie ungefähr achtundzwanzig oder neunundzwanzig aus – sie hatte ihn nicht nach seinem Alter gefragt –, war von großer, kräftiger Statur, dunkelhaarig und durchtrainiert. Sein Akzent stellte einen eigentümlichen Verschnitt von amerikanischen Vokallauten und französisch klingenden Konsonanten dar, weshalb er ihren Namen mit einem weichen »J« und einem näselnden »e« aussprach. Sie wußte nicht, wohin er sie brachte. Zu einem Familienanwesen, hatte er gesagt. Es war ihr auch egal. Nur drei Wochen später würde sie auf dieses Wochenende mit gemischten Gefühlen aus Entsetzen, Wut und schrecklicher Traurigkeit zurückblicken, im Moment hatte sie jedoch zu sehr die Beherrschung verloren und ein derart starkes Verlangen, ihn in sich zu spüren, daß sie weder denken noch atmen konnte.

Er nahm die Finger weg, um den Wagen durch eine scharfe

Kurve zu lenken. Dann schlitterten sie auf knirschendem Kies über eine Auffahrt, kamen im Hof vor einem hohen grauen Gebäude zum Stehen und kletterten aus dem Auto. Er tastete einen Sims über der Tür ab und brachte einen langen Metallschlüssel zum Vorschein. Drinnen zog er sie durch eine Küche mit Steinfußboden, eine enge Wendeltreppe hinauf, dann einen gedielten Korridor entlang und schließlich in einen großen Raum mit geschlossenen Fensterläden, in dem ein weiches Bett mit einer in kühlen Farben gehaltenen Steppdecke stand. Das war genau der Ort, nach dem sie sich schon den ganzen Tag über gesehnt hatte.

Als sie die Augen öffnete, erblickte sie blasse Lichtstreifen auf einem alten Polsterstuhl. Sie nahm undeutliche Umrisse von auf dem Fußboden verstreuter Kleidung wahr und ein Bild an der Wand. Marc lag zur Seite gedreht und mit angezogenen Beinen neben ihr und atmete ruhig. Sie schmunzelte über die Absurdität der Situation und ihr Glück. Ihre Haut spürte die Laken und das Gewicht eines Armes, der schwer auf ihrem Bauch lag. Sie hätte vor Freude singen können. Auf die Vierzig zugehend, machte sie sich Sorgen, daß sie allmählich zu alt und ihr Fleisch zu schlaff und faltig wäre, um die Lust zu entfachen, nach der es sie verlangte. Doch sie war hier, hier in Frankreich mit einem so umwerfenden Mann, daß ihr das Herz bis zum Hals schlug, wenn sie ihn nur ansah. Der Rhythmus seines Atems veränderte sich leicht, sie betrachtete die glatte wächserne Haut seiner Stirn und wandte sich dann schnell ab, aus Angst, daß er die Augen öffnen könnte.

Inzwischen vollkommen wach, drehte sie sich um, schlüpfte unter den Decken hervor und tappte quer durch den Raum zu der Tür, die in ein helles, kaltes Badezimmer führte. Irgend etwas knarrte laut, die Wasserhähne ächzten, in ihrer rucksackgroßen Toilettentasche klapperte etwas. Nirgends gab es ein Glas oder eine Tasse, um ihre übel schmeckenden chinesischen Kräuter aufzubrühen. Sie warf sich drei riesige Vitamintabletten in den Mund, die sich in kalkige Bitterkeit aufzulösen begannen, bevor sie sie mit einigen Schlucken trüben Leitungswassers aus der hohlen Hand hinunterspülen konnte. Sie säuberte sich Gesicht und Hals mit Öl und trug danach Creme aus einer braunen Glasdose auf, die sie um die Augenwinkel herum nach oben klopfte, um eine straffe Haut zu bekommen. Sie tuschte etwas Mascara auf und putzte sich die Zähne, dann packte sie alles wieder weg und zog den Reißverschluß an ihrer Tasche zu.

Sie schlich in das dämmrige Schlafzimmer zurück und lief auf Zehenspitzen zu den hohen Fenstern. Die Querstangen über den Fensterläden klemmten und waren verrostet, aber sie rüttelte sie vorsichtig hoch und drückte die Ladenflügel auf. Draußen, direkt vor dem Haus erstreckte sich bis hin zum Horizont ein breiter grauer Ozean, gesprenkelt mit winzig kleinen schwarzgrünen Inseln. Sie schob den Riegel hoch und stieß das Fenster weit auf. Weiße Wellen kräuselten die Wasseroberfläche, und zwei oder drei Fischerboote tuckerten in der Ferne dahin. Ihre Motoren waren über der stillen Bucht deutlich zu hören. Sie atmete tief ein, die Luft war jedoch zu eisig und feucht, um etwas riechen zu können.

Hinter sich hörte sie ein leises, tappendes Geräusch, dann umschlangen lange Arme ihre Taille, und Lippen preßten sich hinter ihr Ohr. Sie liebten sich im Stehen vor dem Fenster, und er war derber als in der Nacht. Seine Stöße drückten sie gegen die vom Regen durchtränkte Farbe des Fensterstocks, während Seemöwen vorwurfsvoll kreischten.

Später geleitete er sie nach unten, diesmal nicht durch die Küche, sondern über eine breite geschwungene Treppe, die in einen riesigen höhlenartigen Raum führte, dessen Decke so hoch war wie die meisten Häuser in der Umgebung. Fenster mit geschlossenen Läden säumten zwei der Wände, Sofas und Stühle waren um niedrige Tische gruppiert, und altehrwürdige Porträts schauten sie unverwandt an. Barfuß und in Jeans stieß er die Fensterläden auf, ließ das Tageslicht herein und gab den Blick auf einen sorgfältig gepflegten Garten frei, der sich zu einem weißen Strandstreifen hinunterschlängelte. Dann drückte er zwei geschnitzte Türen auf, um ihr einen altmodischen Bankettsaal zu zeigen. Um den langen Tisch hätten dreißig Leute sitzen können, ohne sich mit den Ellbogen zu berühren. Es roch nach Staub und nach Moder, und man vernahm das hallende Ticken einer alten Uhr.

»Hast du Kaffee da?« fragte sie, während sie sich in dem schwach erleuchteten Raum umschaute.

»Ich bin mir nicht sicher. Das Personal ist nur im Sommer hier, aber ich könnte nachsehen. Oder möchtest du vielleicht frühstücken gehen?«

»Okay«, meinte sie. »Das wäre toll.«

Sie fuhren den Weg hinunter, auf dem sie vorige Nacht gekommen waren, und sie sah, daß die Felder zu beiden Seiten flach, von der Straße aber durch Entwässerungsgräben getrennt waren. Die niedrig stehende Sonne funkelte über den Spitzen der Baumreihen, die jedes Feld abgrenzten. Marc summte vor sich hin und trommelte mit den Fingern auf das Lenkrad. Sie warf einen Blick auf seine langen Schenkel, die in hellen ausgewaschenen Jeans steckten. Genau über dem linken Knie befand sich ein winziges Loch, aus dem weiße Fransen hingen, aber sie konnte seine Haut darunter nicht sehen. Es verlangte sie danach, ihn zu berühren.

»Ist das nur ein Feriendomizil?« fragte sie, um sich auf andere Gedanken zu bringen.

»Ja, es ist seit Generationen im Besitz der Familie.«

»Wer bezahlt die Rechnungen?« Das interessierte sie wirklich, weil er ihr irgendwie nicht wie jemand vorkam, der in altem Geldadel geboren und aufgewachsen war.

Er zögerte. »Meine Mutter. Sie besitzt eine Immobilienagentur in Manhattan und schickt Geld rüber, ist aber so beschäftigt, daß sie nie selbst herkommt.« Er runzelte die Stirn, und sie dachte, daß es wegen ihres Gesprächs wäre. Bisher war er nicht sehr entgegenkommend gewesen, wenn sie Fragen über seine Herkunft gestellt hatte. Dann bemerkte sie jedoch, daß das Auto langsam ausrollte und nicht aufs Gaspedal reagierte. »Verflucht, kein Benzin mehr!« schrie er. »Ich bin bloß froh, daß das nicht gestern nacht passiert ist.«

Sie waren kurz vor einem Dorf namens Paimpol, also gingen sie den Rest des Wegs zu Fuß, erst die Straße entlang, dann durch einen Kreisverkehr und schließlich hinunter in einen Hafen voller schaukelnder Masten. Marc führte sie in ein verrauchtes, überfülltes Café, wo sie sich zwischen Tischen durchzwängen mußten, an denen alte Männer mit gegerbten Gesichtern saßen und Pernod tranken. Keiner von ihnen schaute hoch. Ein grauhaariger Kellner mit weißer Schürze nahm ihre Bestellung auf – Café au lait und Croissants –, und Marc zündete sich eine Camel an. Jenny blickte sich um und stellte fest, daß sie die einzige Frau im Lokal war.

»Na und, wie fühlst du dich, Kleines?« fragte er und drückte mit seiner großen Hand ihren Schenkel.

»Wund«, flüsterte sie. Er grinste, schob ihr die Hand zwischen die Beine. »Und du?«

»Glücklich.«

Die Unterhaltung am Nebentisch wurde lauter und aufgebrachter. Zwei Männer stritten sich von Sekunde zu Sekunde heftiger, aber sie konnte kein Wort ihres bretonischen Dialektes verstehen.

»Worum geht es?« wollte sie von Marc wissen. Er hörte genauer hin.

»Um ein Boot«, antwortete er.

Plötzlich stand einer der Männer auf und fegte theatralisch mit der Hand über den Tisch. Tassen und Gläser flogen herunter, und ein Schwall schwarzer Flüssigkeit schwappte in hohem Bogen durch die Luft und ergoß sich über ihr Hosenbein. Marc schrie auf und sprang hoch, aber ein anderer Mann, ein unbeteiligter Beobachter, stellte sich vor ihn und hielt ihn mit einem Arm zurück. Die beiden Bretonen brüllten sich immer noch an und fuchtelten wild mit den Armen, als der Wirt hinter einem Vorhang auftauchte und sie an ihren Jacken auf die Straße zerrte.

Marc blieb stehen und starrte ihnen nach, während Jenny versuchte, den Fleck mit den dünnen kleinen Papiertüchern aus dem silberfarbenen Serviettenhalter wegzuwischen. Der Geräuschpegel im Café sank, als hätte jemand die Lautstärke heruntergedreht.

Just in dem Moment tauchte wie aus dem Nichts ein kleiner Mann mit schütterem Haar auf und schlug Marc auf den Rücken. »Na, alter Junge, wie geht's?« Er hatte eine große Nase und winzige Augen, und sie schätzte ihn in den Sechzigern. Mit seiner Ausländerversion von Upperclass English, dem Pullover im Marinestil und einem auffallenden Halstuch in grün und rosa unter einem braunen Tweedjackett verkörperte er eine ungewöhnliche Disharmonie von Kulturen und Farben.

Marc klopfte ihm auf die Schulter und schüttelte ihm die Hand. Dann drehte er sich um, um sie vorzustellen. »Jen, das ist Hervé, ein alter Freund der Familie.«

Ohne ihr in die Augen zu sehen, lächelte Hervé flüchtig zu ihr herüber und fragte Marc dann: »Wann bist du angekommen?«

»Gestern nacht. Ich hatte vor, dich später noch anzurufen.«

»Aber klar doch«, meinte Hervé. »Ich verstehe. Was hast du dir denn für heute vorgenommen? Ich werde raussegeln, und du und deine ...«, er zögerte, »Freundin sind herzlich eingeladen mitzukommen.« Dem Wort »Freundin« gab er einen betont höhnischen Unterton.

»In Ordnung, um welche Zeit?« fragte Marc, ohne sie anzusehen. Jenny öffnete den Mund, um zu protestieren, und zupfte ihn am Ärmel, aber die beiden Männer unterhielten sich weiter in schnellem Französisch und ignorierten sie, also lehnte sie sich zurück und beobachtete sie. Was ihr seltsam vorkam, war der Umstand, daß sie sich nicht zu mögen schienen. Beide wirkten verkrampft und auf der Hut, hatten die Schultern hochgezogen und eine drohende Haltung eingenommen, obgleich sie sich anscheinend höflich miteinander unterhielten, soweit sie das beurteilen konnte. Sie kam ins Grübeln, wie wenig sie eigentlich über den Mann wußte, mit dem sie zusammen war.

Hervé wandte sich zum Gehen, erinnerte sich dann aber an sie. »Ziehen Sie sich ja warm an«, befahl er ihr barsch. »Ich kann Frauen nicht ausstehen, die sich unpassend kleiden und sich dann beschweren, daß es zu kalt und zu naß sei. Marc wird Sie mit wetterfesten Sachen ausstaffieren.« Dann bahnte er sich seinen Weg zur Tür, winkte dem Mann hinter der Bar zu und grüßte ein paar Zecher.

Marc guckte Jenny schuldbewußt an. Sie zog die Augenbrauen so hoch, wie es ging, und runzelte die Stirn. »Es wird dir bestimmt gefallen. Der Blick auf die Küste ist überwältigend. Das ist bei weitem die beste Art, die Gegend hier zu sehen, und außerdem ist es ein wunderbarer Tag zum Segeln.«

»Darum geht es doch gar nicht. Ich kann einfach nicht glauben, daß du mich nicht einmal gefragt hast. Ich bin noch nie gesegelt und habe nicht vor, heute mit diesem ungehobelten kleinen Mann damit anzufangen. Ich dachte, wir hätten uns dieses Wochenende freigenommen, um die Zeit miteinander zu verbringen und nicht mit irgendeinem alten Freund deiner Familie.«

»Jen, es wird dir gefallen, das schwöre ich dir.« Er faßte ihr in die Haare, bog ihren Kopf zurück und preßte ihr einen festen Kuß auf die Lippen.

»Ich werde nicht mitkommen«, sagte sie, als sich ihre Lippen gelöst hatten, und er küßte sie wieder, bis sie schließlich doch lächeln mußte. Ein alter Mann am Nebentisch zwinkerte ihr zu.

»Komm«, sagte er und winkte nach der Rechnung. »Laß uns Benzin kaufen und zum Haus zurückfahren.«

Kaum waren sie im Salon, riß er ihr die Jeans herunter, zerrte sie zu einem großen Sofa, das neben einem Fenster mit Blick über die Bucht stand, und setzte sie auf seinen Schoß. Mit seinen kräftigen Händen hielt er sie an den Hüften, bewegte sie auf und ab und drang tief in sie ein. Sie ließ die Augen offen und beobachtete sein Gesicht – seine braunen Augen hatten sich zu Schlitzen zusammengezogen, seine Lippen waren geöffnet und seine Muskeln entspannt.

Sie kam sich blöd und plump vor, als sie den hölzernen Anlegesteg zu Hervés Außenborder hinunterwatschelte, dick eingepackt in drei riesige Pullover, eine gelbe Wetterjacke und eine wasserdichte Hose, die sie mit einer Schnur um die Hüfte festbinden mußten, weil sie sonst heruntergerutscht wäre. Sie fürchtete, daß sie sich zum Narren machen könnte, und war bestrebt, alles daranzusetzen, damit Marc sie nicht in einem weniger guten Licht zu sehen bekam.

Hervé stand rauchend neben dem Boot. Er trug immer noch denselben Pullover und dasselbe Halstuch, jedoch nicht mehr das Tweedjackett. Er begrüßte sie nicht, fuhr Marc aber auf französisch an und warf seine Zigarette ins Wasser. Marc brüllte etwas zurück, als er Jenny ins Boot half, das er mit dem Fuß ruhig zu halten versuchte. Sie waren offensichtlich erfahrene Segler, denn stumm verfielen sie in eine erprobte Routine. Hervé ließ den Motor an, während Marc die Leinen losmachte und an Bord sprang. Langsam fuhren sie durch die Reihen unbelegter Vertäuungsbojen und brachten den Motor etwas auf Touren, als das Boot nach links in eine durch Seile markierte Fahrrinne steuerte.

Nach wenigen Minuten verstummte der Motor. Sie trieben ein paar Fuß entfernt von einem langen Holzboot, das an den Ketten riß und zerrte, die es festhielten. Alle Handgriffe der beiden

Männer waren aufeinander abgestimmt, als Hervé sie nahe genug heranmanövrierte, um an Bord zu klettern. Marc sprang als erster und zog dann Jenny so derb hoch, daß ihr die Schultern schmerzten. Er wies sie an, sich auf den Boden zu kauern, während sie die Segel setzten und eifrig umhersprangen, wobei jeder von beiden ohne Worte zu wissen schien, was der andere tun würde.

Es rasselte laut, als der Anker gelichtet wurde, und mit einem Ruck schossen sie schnell und zielstrebig auf den Ozean hinaus, ganz wie ein Hund, der von der Leine gelassen wird.

Kapitel 2

Sie segelten eine Wasserstraße zwischen den vorgelagerten Inseln und dem Festland entlang. Die Küste rechts von ihnen war von dunkelgrünen Bäumen gesäumt, nur unterbrochen von einem gelegentlichen Einschnitt für ein vereinzeltes Haus. Zwischen den Baumwipfeln waren schwach Linien zu erkennen, die anzeigten, daß unten Wege verliefen. Wo sich Meer und Bäume trafen, wurden zerklüftete graue Felsen, spitz wie Wolfszähne, von den Wellen umspült, deren weiße Gischt hochspritzte und im weiten Bogen zurückschlug.

Links vom Boot schien die Sonne auf die Inseln und ließ den Fels rosarot erglühen, und Flecken von Gras leuchteten gelblichgrün. Schlanke Seevögel mit schwarzen Flügeln und weißer Brust standen bewegungslos da oder pickten im flachen Küstenwasser.

Der Ozean funkelte; wenn der Bug des Schiffes ihn glatt durchschnitt, vernahm man ein surrendes Geräusch. Seltsame, immer lauter werdende Klagelaute waren zu hören, und als sie sich ihnen näherten, sah Jenny, daß sie von einer Heulboje ausgingen, die ihre Warnungen stöhnend in den Wind rief.

»Schau mal dort rüber.« Marc faßte sie an der Schulter und drehte sie herum. Da war sein Haus, dunkelgrau und mit Türmchen thronte es auf den Felsen einer Landspitze. Sie hatten es im Nu hinter sich gelassen, und ihr wurde bewußt, daß sie ziemlich schnell fuhren.

Ein dumpfer Knall ertönte, als Hervé eine Flasche Champagner entkorkte, so daß sie überschäumte. Er schenkte den Champagner in weiße Plastikbecher.

»Marc sagt, daß Sie für einen Verlag arbeiten.« Er musterte Jenny mit zusammengekniffenen Augen.

»Ich bin Geschäftsführerin von Newman & Hall. Es ist eine amerikanische Firma, und ich leite den britischen Teil.« Sie war stolz auf ihren Titel und die Selbstbestätigung, die er ihr gab.

»Aha, dann sollte ich mich also an Sie wenden, falls ich meine Memoiren schreibe?«

Sie lächelte höflich. »Was machen Sie beruflich?«

»Import und Export«, erwiderte er, mit der Hand weit ausholend, »Regierungen zur jeweiligen Lage beraten.« Was sie sofort darauf tippen ließ, daß er Waffenhändler sein könnte. Auf jeden Fall müßte es etwas Unehrenhaftes sein.

Marc packte sie von hinten an der Wetterjacke und zog sie zu dem Sitz, von wo aus er das Boot steuerte. »Ich werde dir zeigen, wie man navigiert. Setz dich hier rauf.« Er rückte zur Seite, um Platz zu machen. »Jetzt such dir einen Punkt dort vorn am Horizont.« Er zeigte in die Ferne. »Halt die Augen auf diesen Punkt gerichtet und bewege die Pinne, so daß wir direkt darauf zufahren. Zieh leicht nach links, wenn du nach rechts drehen willst, oder nach rechts, um nach links zu fahren.« Seine große Hand lag eine Weile auf der ihren und leitete sie, dann streifte er ihre Wange mit einem flüchtigen Kuß und stand auf. »Okay, du bist jetzt auf dich selbst gestellt.«

Blinzelnd starrte sie angestrengt geradeaus, bemüht, ihre Sache gut zu machen. Es war schwierig, einen erkennbaren Punkt am nebligen grauen Horizont zu finden, und mit jeder Welle schaukelte das Boot von einer Seite zur anderen. Ihre ersten Versuche, es wieder auf Kurs zu bringen, fielen meist zu heftig aus, wodurch sie eine Weile im wilden Zickzack fuhren. Sie guckte hoch, aber Marc und Hervé standen dicht beieinander und waren in ein Gespräch vertieft. Allmählich lernte sie, ihre Bewegungen zu minimieren und ein Gefühl dafür zu entwickeln, das Boot von den Wellen tragen zu lassen, es vor hohen Wogen zurückzuziehen und dabei immer geradeaus zu schauen. Sie wagte nicht, sich umzusehen und die Aussicht zu genießen.

Plötzlich krachte ein höllischer Brecher gegen die Bordwand des Bootes und kippte es zur Seite, bis eine weitere Welle es schlagartig wieder aufrichtete. Jenny konnte die Ruderpinne, die es ihr aus den Händen geschlagen hatte, nicht greifen, und erneut legte eine Welle sie schräg und spritzte ihr Schaum ins Gesicht. Marc warf seine Zigarette über Bord und kam zurück, um das Steuer zu übernehmen, während Hervé hochsprang, um die Segel zu richten.

»Wir sind kurz vor der Île de Bréhat. Die See wird hier etwas rauh«, brüllte Marc, das Tosen und Brausen des Meeres übertönend. »Duck dich!« Er stieß sie derb runter, als sie abdrehten und der Baum über das Boot schwenkte. »Bleib, wo du bist«, befahl er, mit seiner großen Hand ihren Kopf nach unten drückend, und schrie Hervé etwas zu, das sie nicht verstehen konnte.

Sie hockte auf den Fersen und krallte sich an den Holzausbuchtungen auf dem Boden fest, während das Boot hin- und her-, hoch- und runtergeschleudert wurde wie ein kaputtes Karussell. Der Lärm war so ohrenbetäubend, als würden Dutzende Kanonen gleichzeitig abgefeuert.

»Man muß die Wellen schneiden«, brüllte Marc. »Sie dürfen einen nicht längsseits treffen, sonst kentert man.«

Sie wollte fragen, was wäre, wenn sie kenterten, aber beide Männer schienen völlig in ihre Arbeit vertieft zu sein. Sie trugen keine Schwimmwesten, und das Boot schwankte jetzt heftig auf und nieder. Ihr war furchtbar übel, und sie schluckte angestrengt, um nicht erbrechen zu müssen. Ein bitterer Geschmack brannte ihr im Hals.

Hervé und Marc schrien über das Tosen der Wellen aufeinander ein, und ihren verzerrten Gesichtern nach zu urteilen, stritten sie erbittert. Sie guckte über den Bootsrand und bemerkte, daß sie die Insel umrundet und das schiefergraue Wasser des Atlantiks erreicht hatten. Es gab keine Punkte mehr am Horizont, die man hätte anpeilen können, sondern nur noch einen unendlichen, aufgewühlten Strudel.

Als sie zu Boden schaute, sah sie, daß das Wasser mehrere Zentimeter hoch im Boot stand. Sie zog Marc am Hosenbein und zeigte darauf.

»Oh, verdammt«, fluchte er. Dann fragte er: »Hervé, wo ist die Pumpe?«

Hervé sprang herunter, zog einen langen Schlauch aus einem kleinen Schrank unter der Pinne, steckte das eine Ende davon ins Wasser und bedeutete Jenny, es festzuhalten. Er selbst saugte am anderen Ende mit eingedrückten Wangen, bis das Wasser zu fließen begann, dann hielt er den Schlauch über den Bootsrand, und es spritzte blubbernd heraus. Im Bug lagen ein paar Sachen herum, die er, mühsam im schwankenden Boot das Gleichgewicht haltend, wegzuräumen begann: ein Werkzeugkasten, eine Plastikkühltasche, einige wetterfeste Kleidungsstücke und ein langes schwarzes Fernrohr in einer Persenninghülle. Er bedeutete ihr, in den Bug zu kriechen und das Wasser abzusaugen, das an manchen Stellen über zehn Zentimeter hoch stand. Das Boot schaukelte mächtig, und sie stieß mit dem Kopf hart gegen die Bordwand. Sie stemmte sich mit einem Fuß an der gegenüberliegenden Seite ab, um sich fest zu verkeilen, und konzentrierte sich darauf, den Schlauch auf dem Boden im schmatzenden Wasser zu halten, während sie immer noch kräftig schluckte, um den Brechreiz zu unterdrücken.

Eingezwängt in dieser mißlichen Stellung, kam Jenny der Gedanke, daß sie vielleicht bald sterben könnte. Zumindest wäre dieser Tod mysteriöser und glamouröser als ein Verkehrsunfall oder schleichender Krebs. Niemand wußte jedoch davon, daß sie hier war. Würde man die Leiche jemals identifizieren? Als Kind war sie total fasziniert gewesen von Menschen, die körperliche Qualen überlebt hatten: von Leuten, die ihren eigenen

Urin tranken, nachdem sie wochenlang auf dem Meer getrieben waren; von Bergsteigern, die bei Stürmen und Lawinen in Schneehöhlen festsaßen; von Gefangenen in Konzentrationslagern, die die Kraft fanden, weiterzuleben. Sie hatte endlose Berichte gelesen, sich in deren Lage versetzt und sich gefragt, ob sie dafür zäh und findig genug gewesen wäre. Wie wäre es ihr in den Schützengräben von Frankreich oder im Dschungel von Vietnam ergangen? Jetzt als Erwachsene hatte sie eine Vorliebe dafür, Erzählungen über Menschen in Extremsituationen zu veröffentlichen: über Opfer politischer Verfolgung; Abenteurer, die immer gefährlichere Herausforderungen suchen; Normalbürger, die in widrige Lebenslagen geraten.

Sie hielt den Plastikschlauch weiter ins Wasser, und ganz allmählich fiel der Pegel, bis er nur noch etwa zwei Zentimeter betrug und es schwieriger wurde, das Schlauchende eingetaucht zu halten. Und dann hörten die Berg- und Talfahrt und das Schlingern genauso plötzlich auf, wie sie begonnen hatten, und das Tempo des Bootes verlangsamte sich zu einem ruhigen, gemächlichen Dahingleiten. Sie schaute zu Marc hoch. Er blickte finster und hatte die Stirn in Falten gezogen. Als er bemerkte, daß sie ihn ansah, gab er ihr durch Zeichen zu verstehen, daß sie aufstehen könne. Sie zog sich hoch, stellte sich neben ihn, und er legte seinen Arm um sie.

»Bist du okay?«

»Klar doch«, erwiderte sie. Ihre Beine waren gefühllos, als würden sie ihr nicht gehören.

»Komm, setz dich«, sagte er. Für den Rest der Rückfahrt ließ er den Arm um ihre Taille gelegt, während er mit der anderen Hand steuerte. Sie befanden sich wieder in der geschützten Wasserstraße zwischen den Inseln und der Küste und glitten ruhig dahin. Dann ankerten sie an der gleichen Stelle wie vorher, sprangen unsicher in das schwankende Motorboot und fuhren schweigend und langsam durch die Reihen von Bojen zurück zum Jachtklub.

Als sie am hölzernen Anlegesteg ankamen, reichte Hervé Jenny die Hand, um sie hochzuziehen, während Marc die Leinen festmachte. »Nicht übel«, bemerkte er. »Die meisten Frauen hätten da draußen geflennt und gekotzt.«

»Das müssen ja seltsame verzärtelte Dämchen sein, die sie kennen«, gab sie zurück, und er lachte.

»Kommen Sie, lassen Sie uns was trinken, während Marc klar Schiff macht«, sagte er und zog sie zur Bar am Ende des Anlegestegs. Marc schaute sich um, und sie zeigte ihm, wohin sie gehen würden.

»Wie haben Sie beide sich kennengelernt?« fragte Hervé, sobald sie drinnen an einem der Tische Platz genommen hatten.

»Auf einer Party in London. Wir wurden einander von einem gemeinsamen Freund vorgestellt, bei dem Marc gerade wohnt.« Die Kellnerin brachte eine Flasche Champagner mit drei Gläsern. Gekonnt entkorkte Hervé die Flasche und schenkte ein.

»Denken Sie nicht, daß er ein bißchen jung für Sie ist?«

»Ich glaube nicht, daß Sie das etwas angeht«, entgegnete sie, nahm ihr Glas und nippte daran. Verärgert bemerkte sie, daß ihr die Hand zitterte. In dem Moment tauchte Marc im Eingang auf und rief: »Jenny, wir müssen los.«

»Hervé hat noch Champagner bestellt«, rief sie zurück.

»Na ja, ich gehe jedenfalls«, erwiderte er kühl, drehte sich um und schlug die Tür hinter sich zu. Hervé saß da wie ein heruntergekommener Lebemann und grinste amüsiert.

»Ich sollte besser auch gehen. Vielen Dank für den Törn«, sagte sie und stand auf, aber er machte keine Anstalten, sich von ihr zu verabschieden.

Kapitel 3

Der Motor lief bereits, als Jenny zum Auto kam. Kaum hatte sie sich gesetzt, trat Marc auch schon so hart auf das Gaspedal, daß sie in den Sitz gedrückt wurde.

»Hattest du etwa vor, ohne mich wegzufahren?« fragte sie.

»Selbstverständlich nicht«, murmelte er.

Sie schwieg, um ihm die Chance zu geben, sein Verhalten zu erklären, aber er starrte nur stur geradeaus auf die Straße. Es war spät am Nachmittag, und das Licht, das von Baumwipfeln, Verkehrszeichen und anderen vorbeifahrenden Autos zurückgeworfen wurde, wirkte hart und weiß.

»Bist du okay?« fragte sie schließlich.

»Ja. Und du?«

»Es geht«, antwortete sie. »Um mich herum schwankt alles noch ein wenig, und ich könnte ein heißes Bad gebrauchen, aber ansonsten fühle ich mich gut.«

Er sah sie kurz an und zwang sich dann sichtlich, bessere Laune an den Tag zu legen. Er langte nach ihrer Hand und preßte sie an seine Lippen. »Darf ich dich baden?« fragte er leise, was sie blöd lächelnd bejahte. Er ließ ihre Hand den Rest des Weges nicht mehr los, selbst beim Schalten nicht. Sein Blick blieb aber weiterhin starr nach vorn gerichtet, und sie wußte, daß er mit seinen Gedanken ganz woanders war. Sie entschloß sich, keine Fragen mehr zu stellen, bis er wieder ruhig und gelöst wäre.

Das Bad, das sich im Erker neben ihrem Schlafzimmer befand, hatte Holzdielen, und in der Mitte stand eine riesige weiße Badewanne auf Löwentatzen. Als Marc die Hähne aufdrehte, stiegen laut knatternde Motorengeräusche aus dem tiefsten Inneren des Hauses empor, und Minuten später begann dunkelbraunes Wasser herauszuschießen. »Du mußt es laufen lassen, bis es klar ist«, erklärte er. »Die Wasserleitungen sind uralt.«

Als die Wanne voll war, zog sie sich aus und stieg schnell hinein. Sie fühlte sich noch unbehaglich, wenn er sie nackt bei Tageslicht sah, da sie wußte, wieviel schlaffer ihr Körper in den letzten Jahren geworden war. Sie legte sich zurück, und ihre Brüste schwammen träge auf der Oberfläche, die Warzen steil nach oben gerichtet. Er stieg von der anderen Seite in die Wanne hinein, und ihre Beine verschlangen sich in der Mitte. Sein Penis schaukelte halb erigiert im Wasser. Sie schauten sich lange an, und seine braunen Augen entspannten sich wie die einer Katze. Dann fing er an, sie einzuseifen, beginnend am rechten Fuß und sich dann langsam die Innenseite ihrer Beine hocharbeitend. Als er oben angekommen war, ließ er die Seife fallen und drang, während ihr Körper ihm instinktiv entgegenbebte, mit den Fingern in sie ein.

Als das Badewasser zu kalt wurde, gingen sie ins Bett und gaben sich stundenlang sagenhaften, ausgiebigen Liebesspielen hin, nach denen ihr Kopf sich wie ausgekehrt anfühlte. Ihre Zunge konnte keine Worte mehr formen, und ihre Hand zitterte, als sie ihm sein Feuerzeug reichen wollte. Nur noch sinnliche, instinktive Bewegungen funktionierten ohne Schwierigkeiten. Sie fühlte sich wie ein religiöser Fanatiker, der sich einer Gehirnwäsche unterzogen hatte. Noch nie im Leben war sie derart sexuell erregt worden. Auch nachdem sie gekommen waren, hatte er sie weiter liebkost und gestreichelt, bis er bereit war, erneut in sie einzudringen und kraftvoll und ausdauernd in ihren Schoß zu stoßen.

Draußen war es dunkel, und sie lagen eingerollt wie Zwillinge da, als Marc sich schließlich umdrehte, um auf das Leuchtzifferblatt des Weckers beim Bett zu schauen. »Um zehn«, teilte er mit. »Wenn du heute abend noch etwas essen möchtest, sollten wir jetzt gehen. Du mußt doch am Verhungern sein.«

Sie rekelte sich schläfrig und erhob sich stöhnend. Ihre Beine, die in die sonderbarsten Stellungen verrenkt worden waren, mußten sich erst wieder ans Laufen gewöhnen. Ihre Augen starrten ihr groß und schwarz aus dem Spiegel entgegen, genau wie in früheren Zeiten, wenn sie ein paar Striche Kokain geschnupft hatte. Sie trug ein wenig Lippenstift auf, wischte sich die verschmierte Wimperntusche unter den Augen weg und erinnerte sich ganz plötzlich daran, daß sie schon einige Tage die Pille nicht genommen hatte. Sie kramte in der Toilettentasche nach dem Alublättchen, aber es war nicht da. Es mußte wohl in ihrer Handtasche sein. »Bist du fertig, Jen?« rief er aus dem Schlafzimmer. Sie sprühte etwas Parfüm auf und eilte zu ihm hinaus.

Sie fuhren zu einer Crêperie, die sich im Wohnzimmer des Besitzers befand. Holzscheite brannten orange im Kamin, Übergardinen und Tischdecken waren rot und weiß kariert, auf dem Fußboden lagen Läufer, und ein Fernseher flimmerte stumm in der Ecke. Der Besitzer und seine Familie saßen am anderen Ende des Raumes beim Essen, und zwei kleine dunkelhaarige Kinder starrten neugierig zu ihnen herüber. Ein dürrer brauner Hund flüchtete aus der Küche, kam an ihren Tisch gerannt und bellte sie um Futter an. Als Marc ihm jedoch die hohlen Hände hinstreckte, verzog er sich enttäuscht.

Sie bestellten *crêpes complètes* – drei für ihn, zwei für sie – und eine Flasche Cidre und stießen, als der Cidre gebracht wurde, über den Tisch hinweg miteinander an.

»Kennst du hier viele Leute?« fragte sie.

»Nicht sehr viele. Ich hing früher immer mit der Meute aus Paris herum, die im Sommer herkam. Die Einheimischen bleiben unter sich.«

»Aber Hervé kennst du doch seit Jahren?«

»Solange ich lebe.«

»Willst du mir jetzt endlich sagen, weshalb ihr euch gestritten habt?«

»Ich war wütend auf ihn, weil er mit uns um die Île de Bréhat gesegelt ist und dich solcher Gefahr ausgesetzt hat. Dort ist es immer gefährlich, aber heute war der Wind zu stark.«

»Warum hat er das getan?«

»Um anzugeben, denke ich. Vielleicht wollte er sehen, ob er dir Angst einjagen könnte«, antwortete er mit leichtem Lächeln.

Noch etwas anderes hatte sie den ganzen Nachmittag über beschäftigt. »Wann hast du ihm eigentlich etwas über mich erzählt, ich meine, daß ich einen Verlag leite?«

»Habe ich das? Auf dem Boot, nehme ich an.«

»Aber er hat es, gleich als wir Segel setzten, erwähnt.«

»Ich denke, dann muß ich es im Café gesagt haben.«

»Ich habe dich im Café nicht über mich sprechen hören.«

»Bei einer dieser beiden Gelegenheiten muß es gewesen sein. Ich bin mir nicht sicher, bei welcher. Ist das denn so wichtig?« Er klang etwas ungehalten.

»Ich bin nicht sonderlich scharf darauf, daß dieser Ausflug publik wird. Ich bin in den letzten paar Monaten ein wenig ins Visier der Presse geraten und möchte meinen Kopf eine Weile aus der Schußlinie halten.«

»Ach so. Du meinst deine unselige Affäre mit Leo Kozinsky?«

»Verfluchter Mist, du hast also davon gehört!« Sie lachte verlegen auf. »So eine dumme Göre aus der Werbeabteilung quatschte mit ihrem Busenfreund, einem Journalisten, über mein wirklich kurzes Techtelmechtel mit Leo, und die Presse stürzte sich darauf wie die Geier, weil er als Hollywoods einziger glücklich verheirateter Mann gilt. Als ich mich dann weigerte, dazu Stellung zu nehmen, durchforsteten sie ihre Archive, interviewten ein paar vermeintliche Freunde von mir und gruben einige andere Affären aus, die ich im Laufe der letzten fünfzehn Jahren hatte. Sie stellten es dann so dar, als hätten sich diese alle innerhalb der letzten Woche ereignet, was mich wie eine bedauernswerte verzweifelte Nymphomanin aussehen ließ.«

»Warum läßt du dich nicht von einem vertrauenswürdigen Journalisten interviewen und stellst die Sache richtig?« fragte er, legte sein Crêpe dreifach zusammen und schob es sich in großen Bissen in den Mund, helles Eigelb über den ganzen Teller verspritzend.

»Wegen der guten alten Doppelmoral. Ich würde weiterhin als üble Schlampe betrachtet werden, und die Geschichte bliebe bloß noch länger in den Schlagzeilen.«

»Stört dich das denn?« Er hatte fast aufgegessen und schielte auf ihr zweites Crêpe. Sie bedeutete ihm, es zu nehmen. »Ich meine, die, die dich kennen, scheren sich sowieso keinen Deut um diese Geschichten, und außerdem ist es doch sicherlich werbewirksam fürs Geschäft, daß du dich in solch gehobenen Kreisen bewegst?« Seine Augen blitzten provozierend.

»Um Himmels willen, nein, es ist furchtbar! Einige Autoren haben darüber ziemlich die Nasen gerümpft, während andere mich angebaggert haben, als wäre ich jetzt Freiwild. Und der amerikanische Geschäftsführer macht mir die Hölle heiß. Er ist irgend so ein wiedergeborener Methodist und tadelloser Familienvater, der vorgibt, über mein Verhalten empört zu sein, aber keinen einzigen Artikel in der Presse zu lesen versäumt hat. Ich muß im Moment aufpassen, daß man sich meiner nicht hinterrücks entledigt.«

»Armes Lämmchen, du mußt jetzt also keusch sein?« neckte er sie.

»Nein, nur diskret«, gab sie lächelnd zurück. Sie stießen wieder miteinander an, und dann fragte er leise: »Heißt das, daß ich dich nicht mehr treffen kann, wenn wir zurück in London sind?«

»Wir werden einen Weg finden«, versprach sie, erfreut darüber, daß er gefragt hatte. Sie war sich nicht sicher gewesen, was ihm vorschwebte. »Das ist aber nicht fair. Ich erzähle dir alles über mich und weiß fast nichts über dich.«

»So viel weiß ich doch gar nicht«, erwiderte er. »Ich weiß, daß du etwas kurzsichtig bist, aber zu eitel, eine Brille zu tragen. Und du besitzt die riesigste Toilettentasche, die ich je gesehen habe, voll von Hexenpillen und Zaubertränken. Und du vergißt überm Reden das Essen.«

»Ich kann nicht glauben, daß du in meine Toilettentasche geguckt hast. Das ist so unfein.«

Er zuckte die Schultern, grinste und aß weiter ihr Crêpe. »Und ich habe bemerkt, daß du etwas Arbeit mitgebracht hast.«

»Du hast auch in meine Reisetasche geguckt? Ist dir denn nichts heilig? Es ist nur ein Manuskript, das ich morgen zu lesen versuchen muß, vielleicht auf der Rückfahrt im Zug.«

»Nein, ich habe die Kassette in deiner Handtasche gemeint. Ist das keine Arbeit?«

»Das ist Fredas zweites Band. Erinnerst du dich nicht, ich habe dir doch erzählt, daß ich die Lebensgeschichte meiner Großmutter herausgeben werde? Sie hat Arthritis in den Händen und kann nicht so gut schreiben, deshalb diktiert sie die Geschichte statt dessen.«

»Ja, stimmt, das hast du gesagt. Wieviel hat sie schon fertig?«

»Sie ist erst bei 1932, denke ich. Es fehlt also noch allerhand.«

»Das muß sehr schwierig sein«, bemerkte er, »sich an alles zu erinnern, was passiert ist, und es in der richtigen Reihenfolge zu beschreiben. Vergißt sie nicht einiges?«

»Nicht Freda. Sie erinnert sich haargenau. Du …« Jenny wollte sagen: Du mußt sie irgendwann einmal kennenlernen, verzichtete aber darauf, weil sie spürte, daß sie damit zuviel von der Beziehung erwartete. »Lebt von deinen Großeltern noch jemand?«

»Ich habe eine Großmutter in Mailand.«

»Ich dachte, deine Eltern wären Franzosen?«

»Sie sind teils französisch, teils italienisch, teils englisch, und wir leben in den Staaten. Wir sind so eine Art internationaler Zigeuner.«

»Und wie paßt Hervé da hinein? Ist er ein Freund deiner Eltern?«

Marc nickte.

»Du scheinst ihn nicht sehr zu mögen.«

»Er ist okay, aber manchmal ein ziemliches Arschloch.«

Jenny ließ nicht locker. »Es ist aber schon seltsam, daß du, obwohl die Atmosphäre zwischen euch beiden dort im Café echt gespannt war, trotzdem mit ihm segeln gehen wolltest.«

»Er und meine Familie sind seit langem verbunden.« Er lächelte. Die Augenbrauen hochziehend, sagte er: »Wollen wir jetzt aufbrechen? Ich glaube, die Leute hier wollen zu Bett gehen.«

Der Besitzer stand neben dem Kücheneingang herum und brachte ihre Rechnung sofort, als sie darum baten. Marc griff nach dem Portemonnaie in seiner Jackentasche und hatte ein Schlüsselbund in der Hand. »O nein«, sagte er, es herausziehend. »Das sind die Schlüssel von Hervés Boot. Ich werde sie ihm zurückbringen müssen. Verdammter Mist!« Er schien bekümmert zu sein.

»Warum hinterlegen wir sie nicht für ihn im Jachtklub?« schlug sie vor. »Ist der nicht hier in der Nähe?«

»Nein, er wird jetzt geschlossen sein«, sagte er, schaute auf die Uhr und überlegte. »Er könnte sie vielleicht brauchen. Ich sollte sie ihm lieber zu Hause vorbeibringen. Es wird nicht lange dauern.«

»Er wird sie doch bestimmt nicht vor morgen brauchen«, hielt sie ihm entgegen.

»Vielleicht benötigt er sie aber ganz früh«, sagte Marc. »Sei unbesorgt, wir werden nicht reingehen. Du kannst im Auto warten.«

Ungefähr eine halbe Meile nach der Crêperie zweigte ein unscheinbarer Weg von der Hauptstraße ab. Er hatte tiefe Furchen, war holprig und stockdunkel, Marc schaltete jedoch das Fernlicht ein und raste, so schnell er konnte. Jenny wurde dermaßen durchgerüttelt, daß sie Marc bat, langsamer zu fahren. Er ließ sich jedoch nicht beirren.

Nachdem sie dem Weg ungefähr fünf Minuten gefolgt waren, bremste Marc scharf. Sie kamen vor irgendwelchen großen Metalltoren in einer mehr als zwei Meter hohen Steinmauer zum Stehen.

»Ich bin gleich wieder da«, sagte Marc, als er aus dem Auto stieg. Er nahm Anlauf, sprang, bekam den Mauerrand zu fassen, schwang spielend leicht die Beine nach, hockte ein paar Sekunden oben auf den Ziegeln und entschwand dann ihren Blicken.

Sie schaltete das Autoradio an und spielte an der Senderwahl herum, fing seltsame Fetzen von fremden Sprachen und Musik ein, konnte aber keinen Sender finden, der klar genug kam. Sie stellte das Radio wieder aus, löste dann den Sicherheitsgurt und stieg aus dem Auto, um sich die Beine zu vertreten. Als sie sich dem Tor näherte, ging ein Licht an, dessen Kegel sie erfaßte. Sie versuchte durch die Tore zu gucken, es war aber unmöglich, in der Dunkelheit etwas zu erkennen.

Die Zeit verging – zehn Minuten, fünfzehn Minuten, der Uhr auf dem Armaturenbrett zufolge. Hinter den Toren war kein Laut zu hören. Sie rüttelte an ihnen, aber sie waren fest verschlossen. Sie streckte die Arme hoch, um zu prüfen, ob sie auf die gleiche Weise wie Marc über die Mauer klettern könne, aber sie reichte nicht einmal mit den Fingern hinauf, vom Festhalten oben am Rand ganz zu schweigen. Sie probierte es auf der anderen Seite, und dabei stieß sie in einer Mauervertiefung auf einen runden Keramikknopf. Sie zögerte einen Augenblick und drückte ihn dann, es war aber nichts zu hören, obgleich sie eine leichte Vibration verspürt hatte und wußte, daß eine Verbindung hergestellt worden war. Nach einer Weile drückte sie wieder auf den Knopf und hielt ihn gedrückt, weil sie sonst nichts tun konnte.

Schließlich rief jemand: »Schluß damit, ich komme ja schon«, und, auf den Steinen knirschend, näherten sich Schritte. Hervés

Gesicht tauchte hinter den Toren auf. »Sie sollten besser heimgehen, meine Liebe, Ihr Freund ist weg«, sagte er barsch.

»Was soll das heißen, er ist weg?« fragte sie. »Hier steht sein Auto.«

»Das ist nur ein Mietwagen. Sie können doch sicherlich fahren?« Verwirrt nickte sie. »Na ja, dann schlage ich vor, Sie bringen das Auto dorthin zurück, wo Sie es hergeholt haben.«

»Okay, Hervé, wo ist er? Hören Sie auf, mich zum Narren zu halten.«

»Also passen Sie mal auf, ich versuche hier nur, freundlich zu sein, meine Beste, aber er hat Sie verlassen. Es langweile ihn, meinte er, und er habe die kleinen Quiekser satt, die Sie im Bett machen.« Er lachte gemein.

»Sie Mistkerl«, sagte sie. »Sie haben ihm etwas angetan. Ich werde zur Polizei gehen.«

»Tun Sie, was Sie nicht lassen können. Ich werde denen erzählen, wie er gelacht hat, als er Ihr Seufzen und Stöhnen nachahmte. Hörte sich an wie eine drittklassige Pornodarstellerin.«

»Und ich werde denen erzählen, daß Sie beide sich den ganzen Tag, bevor er verschwand, gestritten haben.«

Hervé zuckte die Schultern. »Was soll ich tun, damit Sie mir glauben? Er hat Sie verlassen, so unglaublich das der Frau Großkotz von Verlegerin auch erscheinen mag. Wenn Sie für heute nacht noch jemanden zum Bumsen suchen, könnte ich mich vielleicht breitschlagen lassen.«

Sie würde hier nichts herausbekommen. Kochend vor Wut ging sie zum Auto zurück, gefolgt von Hervés sarkastischem Gelächter. Sie drehte den Schlüssel im Zündschloß herum, gab Gas und raste den Weg hoch, der aber schon bald vor ihr in einem Dickicht endete. Also mußte sie mühsam auf engem Raum wenden. Als sie wieder an Hervés Tor vorbeifuhr, war das Licht erloschen, und alles wirkte wie ausgestorben.

Kapitel 4

Jenny parkte das Auto am Ende des Weges und wartete eine halbe Stunde. Sie hoffte, daß Marc jeden Augenblick atemlos und mit einer logischen Erklärung aus dem Gestrüpp auftauchen würde. Aber tief im Innern nagte auch die bedrückende Furcht an ihr, daß Hervé die Wahrheit gesagt haben und Marc ihrer wirklich überdrüssig geworden sein könnte. Erinnerungen an andere Fälle, in denen sie verlassen worden war, wurden wach und verursachten ihr brennenden Schmerz.

Dann zählte sie sich nochmals die Gründe auf, warum das so unwahrscheinlich schien. Erst vor ein paar Stunden hatte er gefragt, ob er sie in London wiedersehen könne. Und es war doch bestimmt nicht möglich, daß er den Sex, der noch in ihr nachklang wie sehnsuchtsvolle Musik, als langweilig und banal empfunden hatte? Sie konnte sich auch nicht glaubhaft einreden, daß er so brutal sein und sie auf diese Art verlassen könnte, ohne die geringste Vorwarnung oder Erklärung. Sie kannte ihn zwar nicht sehr gut, aber das schien nicht seinem Charakter zu entsprechen.

Wenn er nicht auf und davon war, dann lag er vielleicht nach einem Kampf tot oder verletzt in Hervés Haus. Sollte sie sofort zur Polizei gehen, bevor dieser abscheuliche Mann noch Gelegenheit hatte, die Leiche zu verstecken? Diese Theorie schien jedoch auch unsinnig zu sein. Hervé war ein alter Freund von Marcs Familie, und Menschen tun so etwas einfach nicht.

Sie redete sich ein, daß Marc aus irgendeinem Grund, wahrscheinlich nach einer Auseinandersetzung, geflohen war, und später im Haus erscheinen würde. Vielleicht gab es einen anderen

Weg, der durch den Wald aus dem Grundstück herausführte. Die Straßen waren menschenleer, als sie zurückfuhr. Sie hielt auf der rechten Seite Ausschau nach der Einmündung eines anderen Weges, aber die Bäume standen schwarz und dicht. Sie erinnerte sich an den Weg, den sie zuvor genommen hatten, mußte aber beim Kreisverkehr hinter Paimpol anhalten und sich jede der abgehenden Straßen genau ansehen, bis sie die Parkbucht erkannte, wo sie das Auto abgestellt hatten, als ihnen das Benzin ausgegangen war.

Als sie am Haus ankam, war die Hintertür unverschlossen, wie sie sie verlassen hatten, und ihre Stiefel standen nebeneinander in der Küche. Sie rannte von Zimmer zu Zimmer und rief seinen Namen, bis er von den Wänden und Decken widerhallte. Auf dem Tisch im Salon lagen Zigaretten, die für eine Sekunde Hoffnung in ihr aufkeimen ließen. Es waren aber nur ein paar wenige übrig, und ihr wurde klar, daß es sich um eine alte Schachtel handeln mußte. Das Bettzeug im Schlafzimmer war zerwühlt und roch noch muffig nach Sex, und sie wandte sich schnell ab. Alles sah genauso aus wie vor ein paar Stunden, war aber zum Standbild erstarrt, dem alles Leben fehlte. Ohne Marcs Energie und Sinnlichkeit an ihrer Seite fühlte sich Jenny, als schnappe sie in einem Vakuum nach Luft.

Sie setzte sich auf ein Sofa beim Fenster, von dem aus sie ihn sehen konnte, wenn er die Auffahrt hochkäme, und zündete sich eine der Zigaretten an, ihre erste seit fünf Jahren. Der Rauch kratzte ihr im Hals wie Glasstaub, zeigte aber sofort Wirkung, ein sanftes betäubendes Schwindelgefühl überkam sie. Von innerer Unruhe getrieben, stand sie auf, um sich im Zimmer umzusehen und fand einen Eckschrank mit klebrigen Likörflaschen. Sie wählte eine verstaubte Flasche in herbstlichen Farben, schraubte die festsitzende Kappe ab und nahm einen tiefen Schluck. Es schüttelte sie unwillkürlich, als ihr der Likör durch die Kehle rann, sobald er aber den Magen erreicht hatte, konnte sie fühlen, wie ihr armes Herz erwärmt und besänftigt wurde. Sie ging in die Küche, fand eine Teetasse, goß sie randvoll mit der goldenen Flüssigkeit, stellte die Flasche in den Schrank zurück, ließ sich dann wieder nieder und zündete sich noch eine Zigarette an.

Irgendwann mußte sie eingenickt sein, und als sie halb betäubt erwachte, dämmerte schon ein grauer nebliger Morgen herauf, und nichts hatte sich verändert. Ohne sich viel Hoffnung zu machen, überprüfte sie das Schlafzimmer und die Küche, dann setzte sie Wasser zum Kochen auf dem uralten Herd auf und übergoß ihre bitteren chinesischen Kräuter damit. Es war kurz nach sieben. Sie entschloß sich, die Polizei anrufen, wenn er bis neun nicht aufgetaucht wäre, und begann einzuüben, was sie sagen wollte.

Dann fiel ihr ein, daß sie nicht einmal wußte, wo sie war. Hatte das Haus einen Namen? Wie lautete die Adresse? Sie schlüpfte in ein Paar Schuhe, lief zur Hintertür hinaus und über den Kieshof zur Vorderseite des Hauses. An der hölzernen Eingangstür standen weder ein Name noch eine Nummer. Der terrassenförmige Garten erstreckte sich in leuchtend grünen Stufen bis hinab zum stahlblauen Meer. Nur der durchdringende Schrei der Möwen und das Rascheln des Windes in den Baumkronen waren zu hören. Sie ging die geschwungene Kieselauffahrt hinunter, kam an einem Gemüsegarten mit langen Reihen von Stecken vorbei und schließlich zum Eingangstor, aber auch hier gab es weder einen Namen noch eine Nummer, und der Weg draußen war in beiden Richtungen ohne Straßenschild.

Sie ging zurück zum Haus und wieder in den Salon, wo sie in der Ecke einen Schreibsekretär aus poliertem Holz bemerkte. Die Vorderfront ließ sich herunterklappen, und dahinter befanden sich verschiedene Fächer und Schubladen mit winzigen Holzknöpfen. Sie durchsuchte alles der Reihe nach und stieß auf Tintenfäßchen, unliniertes blaues Schreibpapier, ein Kartenspiel, ein Sammelsurium von Stiften und Bleistiften, Gummibänder und Leim, und ganz hinten in einem Schubkasten entdeckte sie schließlich eine weiße Visitenkarte mit dem Aufdruck *Chantal Jacquinet, Morgan Rothstein* und einer Telefonnummer in Manhattan. Sie nahm an, daß das die Karte seiner Mutter sein mußte, und steckte sie sich in die Tasche. Nirgends jedoch ein Hinweis auf die Adresse des Hauses.

Sie wusch sich langsam, trug ihre Öle und Cremes auf, schluckte ihre Vitamine, zog frische Kleidung an und packte ihre Sachen in die grüne Reisetasche. Marcs Sachen ließ sie verstreut auf dem Schlafzimmerboden liegen, wo er sie fallengelassen hatte. Einmal schossen ihr die Tränen in die Augen, und sie wischte sie grimmig mit dem Handrücken weg.

Um neun griff sie zum Telefon, es war aber kein Freizeichen zu hören. Sie verfolgte die Leitung die Wand entlang bis hinter einen Sessel. Der Stecker war drin, der Anschluß aber tot. Jetzt ergriff sie zum ersten Mal ein Gefühl von Panik und das dringende Verlangen, aus diesem Haus mit seinen kalten Steinen, dunklen Porträts und hohen Fenstern wegzukommen. Sie trug ihre Tasche zum Auto, verschloß die Küchentür und legte den Schlüssel auf den Sims zurück, wo sie ihn nur sechsunddreißig Stunden zuvor gefunden hatten. Sie blickte nicht zum Haus zurück, als sie den Kiesweg hinabfuhr und nach rechts auf die Straße in Richtung Paimpol einbog.

Sie fuhr durch den Kreisverkehr, auf dem Hauptplatz und in den Seitenstraßen beim Hafen herum und suchte nach einer Polizeiwache, konnte aber keine finden. Nur das Café war offen, in dem sie Hervé gestern getroffen hatten, also parkte sie direkt gegenüber und lief hinein.

»*Excusez-moi*«, sagte sie zu einer älteren Frau hinter dem Tresen. »*Gendarmes? Où est la gendarmerie?*«

Die Frau antwortete mit einem Wortschwall, den Jenny absolut nicht enträtseln konnte. Hilflos zuckte sie die Schultern. »*Asseyez-vous*«, bedeutete ihr die Frau und verschwand dann hinter einem Vorhang. Jenny blickte sich im Raum um. Es war viel leerer als am Tag zuvor, und nur ein paar alte Männer saßen für sich allein herum. Plötzlich kam ihr der Gedanke, daß Hervé vielleicht hereinkommen könnte, und sie schaute nervös zur Tür.

Die Frau erschien wieder mit einem hageren dunkelhaarigen Mann, dem ein weißes Hemd aus der Hose hing, das am Hals noch nicht zugeknöpft war. »Du wollen Kaffee?« fragte die Frau in gebrochenem Englisch. Jenny schüttelte den Kopf.

»Ich bin Polizist, Madame«, sagte er mit starkem Akzent, zog eine Dienstmarke aus der Hosentasche und hielt sie ihr hin. »Was wollen Sie?«

»Ich muß jemanden als vermißt melden«, erklärte sie und bemühte sich, ruhig zu klingen. Er zeigte keinerlei Reaktion, als hätte er sie nicht verstanden. Also versuchte sie es mit ihrem Schulfranzösisch: »*Un homme qui a disparu.*«

»Ihr Freund. Ja, ich weiß. Hervé hat es mir gesagt.« Er klang ungeduldig.

»Wann hat Hervé Ihnen das denn gesagt?« fragte sie aufgebracht.

»Er kam heute morgen Croissants holen.«

»Ich denke, sie haben sich geprügelt«, erklärte sie. »Er könnte verletzt sein.« Sie deutete einen Faustschlag gegen ihr Kinn an, damit er es kapierte.

»Wenn Ihr Freund verletzt wäre, würde Hervé ihn zu einem Doktor bringen. Worauf wollen Sie hinaus?«

Sie überlegte einen Augenblick, wie das auf diesen Mann wirken mußte, der offensichtlich ein Freund von Hervé war. Es gab keinerlei Beweise für eine tätliche Auseinandersetzung.

»Aber weshalb sollte er einfach verschwunden sein? Das ergibt keinen Sinn.«

»Das mit Ihrem Freund tut mir leid, Madame.« In seiner Stimme schwang Sarkasmus, und er guckte gelangweilt. »Vielleicht sollten Sie ihn einfach vergessen.«

»Vielen Dank für den Ratschlag«, sagte sie spitz, stand auf und ging, die Tür hinter sich zuschlagend. Sie überquerte die Straße, um sich zu beruhigen und nachzudenken. Es wehte ein frischer Wind, und die Takelage der Boote im Hafen schlug laut gegen die Maste, während das Sonnenlicht kalt auf dem Wasser glitzerte. Sie blickte zum Café zurück und bemerkte im Fenster die Reihen von Croissants, die so dick und goldgelb waren, daß sie das Gefühl hatte, sie von der anderen Straßenseite aus riechen und schmecken zu können, aber sie war zu stolz, dorthin zurückzukehren.

Sie stieg statt dessen wieder ins Auto und kurvte langsam durch die verwinkelten Gassen von Paimpol. Bunt gestrichene Eingangstüren gingen direkt auf die engen Straßen hinaus, die vom Hafen wegführten; Läden mit geschlossenen Jalousien waren um einen kleinen Platz mit Kopfsteinpflaster gruppiert; Bars säumten das Ufer mit unter Markisen aufgestapelten Stühlen und Tischen; aber es war sonst nichts offen. Sie fand sich im Kreisverkehr wieder und überdachte die Möglichkeiten, die sie hatte. Soweit sie sich erinnern konnte, führte der dritte Abzweig zur Crêperie und zu Hervés Haus, also entschloß sie sich, noch einmal zu versuchen, ihre gestrige Fahrt zu wiederholen.

Mit nach vorn gezogenen Schultern beugte sie sich vor, um durch die Windschutzscheibe etwas erkennen zu können. Da war eine stark gewölbte Brücke, und dann erinnerte sie sich, daß direkt dahinter eine scharfe Rechtskurve kam, beinahe eine Kehre. Und bald schon hielt sie am Randstreifen gegenüber der Crêperie. Die Tür stand offen, und eine dunkelhaarige Frau mit Schürze fegte die grauen Steinstufen, die von der Straße hineinführten. Sie drehte sich nicht nach dem Wagen um, obgleich sie gehört haben mußte, daß er anhielt. Noch unschlüssig, versuchte Jenny, ihre Fragen auf französisch zu formulieren, merkte dann aber, wie verrückt sie sich anhören mußten. Diese Leute kannten Marc nicht. Wieso sollten sie eine Ahnung haben, was mit ihm passiert war?

Sie ließ den Motor wieder an und fuhr ganz langsam den Weg hinunter, an dem sich links dichter Wald und rechts der sich erweiternde Meeresarm befanden. Heute war es wärmer, und die Sonne fiel stechend durch die Frontscheibe. Sie hielt das Lenkrad mit einer Hand und kramte in ihrer vollgestopften Handtasche herum, bis ihre Finger eine Sonnenbrille ertasteten. Sie war staubig, deshalb wischte sie sie vor dem Aufsetzen am Rock ab. Auf der linken Seite waren immer noch dunkle Bäume, dann aber folgte eine sanfte Kurve, und sie kam bei der kleinen Gruppe von Sommerhäusern heraus, die um den Jachtklub herum standen. Irgendwie mußte sie den Abzweig zu Hervés Haus verpaßt haben.

Sie fuhr den Hang weiter hinunter und wollte eigentlich auf dem Parkplatz des Jachtklubs wenden. Bevor sie jedoch dort angelangt war, sah sie zwei Männer zwischen den Autos stehen und erkannte Hervés kahlen Kopf und sein buntes Halstuch. Der andere Mann hatte dunkle Haare und war größer als Hervé, und für einen kurzen Augenblick dachte sie, daß es vielleicht Marc sein könnte. Sie hielt an, setzte die Sonnenbrille ab und guckte genau hin, die Figur stimmte jedoch nicht. Er war nicht groß genug, sah älter aus, und seine Haare waren schwärzer und länger. Sie schaute sich um, erspähte eine Gasse zwischen den Häusern und fuhr leise rückwärts hinein, um die beiden zu beobachten.

Sogar aus dieser Entfernung war klar, daß sie sich stritten. Der größere Mann stieß Hervé heftig gegen die Schulter und fuchtelte wütend mit den Armen. Sie öffnete das Fenster weit, konnte aber nur ganz schwaches Stimmgemurmel hören, das der Wind herübertrug. Hervé hielt dagegen, schien aber eher eine Abwehrhaltung einzunehmen und hatte seine Hände tief in die Jackentaschen vergraben. Plötzlich drehte sich der größere Mann um, ging über den Parkplatz und öffnete eine Autotür. Hervé schrie ihm offensichtlich etwas hinterher, dann schlug die Tür zu, und der Wagen fuhr mit Schwung auf die Straße hinaus. Es war eine silbergraue Mercedes-Limousine, stellte sie fest, und als er an der Gasse vorbeikam, in der sie parkte, musterte sie den Fahrer. Er hatte ein kräftiges Kinn, eine große Nase und lockiges schulterlanges schwarzes Haar, und er starrte stur geradeaus, als er Gas gab und davonraste. Sie schaute zurück zum Parkplatz, aber Hervé war verschwunden, vermutlich in die Bar.

Ohne groß darüber nachzudenken, ließ sie ihr Auto an und wendete, um dem Mercedes zu folgen, der inzwischen schnell um die erste Kurve verschwand. Sie kam gerade noch rechtzeitig, um ihn nach links über die Brücke einbiegen zu sehen, und trat aufs Gaspedal, um aufzuholen. Tief im Innern hegte sie die Hoffnung, daß vielleicht irgendeine Verbindung mit Marc existieren könnte, weil sich beide Männer innerhalb der letzten vierundzwanzig Stunden mit Hervé gestritten hatten. Dieser Zusammenhang war zwar weit hergeholt, erschien ihr aber irgendwie plausibel. Ungefähr zehn Minuten lang fuhren sie über verlassene Landstraßen zwischen flachen offenen Feldern dahin. Manchmal verlor sie den Mercedes aus den Augen, aber nach der nächsten Kurve kam er wieder zum Vorschein. Dann erblickte sie oben vor sich den gewaltigen Betonstrang der Autobahn, und der silberne Lack des Mercedes funkelte in der Sonne, als er eine Auffahrt zur Autobahn nach Osten hochfuhr.

Jenny brachte das Auto am Straßenrand zum Stehen. Sie hatte keine Chance, ihn mit einem Renault einzuholen. Ihr knurrte der Magen, also zündete sie sich eine von Marcs Zigaretten an, um den Hunger zu betäuben. Sollte sie zurückkehren und noch einmal mit Hervé zu sprechen versuchen? Sie war sich aber nicht ganz sicher, ob sie den Weg finden würde, wenn sie niemandem folgen könnte, und sie würde auch kaum mehr erfahren, wenn sie sich auf den Landstraßen der Bretagne verirrte. Sie könnte versuchen, eine Polizeiwache zu finden und offiziell Anzeige wegen Marcs Verschwinden zu erstatten, aber was würde das nützen, wenn Hervé bei der Geschichte bliebe, die er vorige Nacht erzählt hatte, und sie als die verlassene Geliebte hinstellte? Sie stieß eine Rauchwolke aus und hustete. Im Moment gab es nichts mehr, was sie in der Bretagne tun konnte. Sie entschloß sich, zurück nach London zu fahren, deshalb löste sie die Handbremse und lenkte das Auto die Auffahrt hinauf, um sich in den nach Osten fließenden Verkehr einzureihen.

In einer Sache hatte Marc recht – sie sollte eine Brille tragen. Es fiel ihr schwer, die Fahrbahnmarkierungen vor sich deutlich zu erkennen und gleichzeitig im Spiegel die anderen Autos zu beobachten. Ständig verschwamm ihr alles vor den Augen, und sie mußte blinzeln und sich anstrengen, um die Trennungslinien auszumachen. In London hatte Jenny keinen Wagen, und sie versuchte das Autofahren nach Möglichkeit zu vermeiden. Zur Sicherheit blieb sie zuerst hinter den schweren Brummern auf der äußersten rechten Spur, hatte die Schultern vor lauter Konzentration bis zu den Ohren hochgezogen und die Augen zu Schlitzen verengt, infolge der Monotonie entspannte sie sich aber allmählich etwas.

Nach ungefähr einer Stunde auf der Autobahn wurde sie hellwach, als in der Ferne ein silbernes Auto bei einer Tankstelle auffuhr. Es schlängelte sich durch den übrigen Verkehr, um auf die äußerst linke Spur zu kommen, und ließ dann dort alle anderen Fahrzeuge hinter sich. Das kann er unmöglich sein, dachte Jenny, trat aber instinktiv das Gaspedal bis zum Bodenblech durch und scherte auf die Überholspur aus, um die Verfolgung aufzunehmen. Bei seiner Geschwindigkeit müßte er doch schon viele Kilometer entfernt sein. Es sei denn, er hatte irgendwo haltgemacht. Vielleicht mußte er telefonieren. Inzwischen war das silberne Auto kaum mehr als ein winziger Punkt am Horizont. Ihr Tacho zeigte 140 km/h an, und die Lenksäule begann bedenklich zu vibrieren. Nach ihrem nächsten Blinzeln war ihre Beute weg. Ein Schild über der Autobahn zeigte einen Abzweig an, und während sie es hastig las, war ihr, als hätte sie etwas Silbernes in der Ausfahrt verschwinden sehen.

Sie wechselte die Spur, um die Autobahn zu verlassen. Es war die Ausfahrt nach St Malo, die jedoch auf eine Straße traf, die in zwei entgegengesetzte Richtungen führte. Jenny hatte nicht den geringsten Anhaltspunkt, welche von beiden das silberne Auto eingeschlagen haben könnte. Falls es überhaupt der Mercedes gewesen war. Seufzend wählte sie den Weg zur Altstadt und parkte das Auto nahe der Seeseite. Sie spazierte auf die altehrwürdigen steinernen Wälle zu und wanderte ziellos umher, bis sie ein Café fand, in dem sie sich ein Käsebaguette und Kaffee bestellte. Obwohl es in der Sonne angenehm warm war, wehte doch ein kühler Wind, und sie bekam Gänsehaut an den Armen.

Nachdem sie gegessen hatte, begab sie sich hinunter in den kalten Sand, lief am Meer entlang und sah zu, wie die umweltverschmutzten Wellen spritzten und schäumten. Sie schwankte immer noch zwischen zwei Theorien hin und her: Entweder war Marc tot, oder aber er hatte sie verlassen. Sie war sich nicht sicher, welches von beiden das größere Übel war. Hör doch auf, dich so lächerlich zu machen, sagte sie sich. Du bist eine erwachsene Frau, eine Geschäftsführerin mit gutem Einkommen und Unmengen von Freunden, und du kennst diesen Mann erst seit weniger als einer Woche. Sie kam sich jedoch überhaupt nicht erwachsen vor. Ihre Verletzung saß tief und fühlte sich an wie eine neue Wunde auf kaum verheilten Narben.

Kapitel 5

Die breiten Alleen und Boulevards von Paris waren im Sonnenlicht des späten Nachmittags imposant anzusehen, und es herrschte fast kein Verkehr. Kirchenglocken läuteten in der ganzen Stadt und riefen zur Abendmesse. Jenny gab den Renault bei dem Autoverleih ab, wo sie ihn nur zwei Tage zuvor abgeholt hatten, und winkte dann ein Taxi heran.

»*Gare du Nord, s'il vous plaît.*«

»Sind Sie Engländerin?« fragte der Fahrer.

»Ja.«

»Der nächste Zug nach London fährt in einer halben Stunde. Wir werden es schaffen. Kein Problem.«

»Danke.«

»Hat Ihnen Ihr Aufenthalt in Paris gefallen?«

»Ich bin eigentlich in der Bretagne gewesen.«

»*Ah, les Bretons! Salauds, les gens là-bas!* Gefällt es Ihnen dort?«

»Es ist sehr schön.«

»Schön vielleicht, aber trauen Sie den Bretonen nicht. Glauben Sie mir, ich weiß, wovon ich spreche.«

Jenny fragte ihn nicht nach dem Grund, und er gab seine Konversationsversuche auf und wurde förmlich und geschäftlich, als sie vor dem pompösen Bahnhofsgebäude mit den zwei riesigen römischen Statuen hielten.

Sie ließ ihre Fahrkarte in erste Klasse ändern und bestieg den Zug zehn Minuten vor der Abfahrtszeit. Sie war ganz allein im Wagen, sank in die breiten grauen Sitzpolster und breitete ihre Taschen um sich herum aus.

Um sich abzulenken, zog sie das Manuskript heraus, das sie mitgenommen hatte, einen Stapel computergeschriebener Seiten in einem rosa Hefter. Es war ein Buch über die letzte Regierung, das einer der engsten Berater des früheren Premierministers geschrieben hatte. Morgen früh würde die Agentin Jenny anrufen, um zu erfahren, ob sie ein Angebot dafür machen wolle. Das Exposé hatte vielversprechend geklungen und Enthüllungen versprochen, die viele gestandene Politiker in Verlegenheit bringen würden. Als Jenny am Ende der zweiten Seite angelangt war, stellte sie fest, daß kein einziges Wort wirklich zu ihr vorgedrungen war. Sie begann noch einmal von vorn zu lesen und zwang sich dazu, sich auf die schwerfällige, geschraubte Sprache zu konzentrieren. Ein Satz zog sich über eine halbe Seite hin, und auf Seite drei wurde ihr klar, daß sie den Faden erneut verloren hatte. Vielleicht wäre einer ihrer Lektoren in der Lage, den verborgenen Schatz im Dschungel der Konjunktive zu entdecken, Jenny jedenfalls wußte, daß sie das heute nachmittag nicht schaffen würde.

Sie steckte den Hefter wieder weg und öffnete die Handtasche, um nach einem Roman zu suchen, als sie Fredas Kassette bemerkte. Zum Ende des Jahres wollte sie Fredas Lebensgeschichte veröffentlichen. Freda hatte aber lange gebraucht, bevor sie richtig in Fahrt gekommen war; die erste Kassette war enttäuschend nichtssagend gewesen. Statt etwas über ihre Persönlichkeit zu vermitteln, enthielt sie eine zusammenhanglose Aneinanderreihung von Fakten, Daten und Orten, als würde Freda von Geburts-, Sterbe- und Heiratsurkunden die Daten ablesen.

»Stell dir doch einfach vor, du würdest mit mir sprechen«, hatte Jenny ihr empfohlen. »Beschreibe Schauplätze, erzähle mir die Details, so daß ich das Gefühl bekomme, ich könnte alles selbst sehen.« Und jetzt, drei Wochen später, war eine weitere Kassette eingetroffen. Sie kramte in der Reisetasche nach ihrem Walkman, setzte die Kopfhörer auf und drückte die Wiedergabetaste. Am Anfang der Kassette knackte es, als hätte man den Recorder erst ein- und dann wieder ausgeschaltet, und im Hintergrund war leises Gemurmel zu hören. Dann klickte es nochmals, und laut und deutlich drang Fredas Stimme an ihr Ohr, nur unterlegt vom schwachen Surrgeräusch des Aufnahmegeräts.

Zum ersten Mal traf ich Mussolini 1933 auf einer Party in der deutschen Botschaft in Rom. Es muß im April oder Mai gewesen sein. Es war ein sehr warmer Abend, und ein scheußlicher neuer Cocktail namens »Goldenes Morgenrot« wurde serviert, der ekelhaft süß schmeckte. Er bestand aus Calvados, Orangensaft und noch irgend etwas, an das ich mich nicht mehr erinnern kann. Man hatte ihn anscheinend gerade zum Cocktail des Jahres gekürt. In der Ecke spielte ein Streichquartett, aber zu der Zeit hörte niemand auf die Musik. Ich hatte ein neues Kleid an, der letzte Schrei aus Paris, aus langem weißen Organza mit einer smaragdgrünen, um die Hüfte gebundenen Schärpe. Alle anderen Frauen trugen die üblichen gerade geschnittenen Hemdkleider in Pastellfarben, und die Männer waren im Anzug oder in Uniform erschienen.

Jenny lächelte in sich hinein. Das war typisch für Freda, sich nach fünfundsechzig Jahren noch daran zu erinnern, was sie anhatte.

Mussolini kam herein, von einer Schar seiner Leute umgeben wie von einer Meute unterwürfiger Hunde. Er war ein kleiner schwitzender Mann mit breitem Brustkorb und funkelnden Augen. Er stand am Rand und schaute sich im Saal um. Die Gefolgschaft plapperte wie verrückt auf ihn ein, um seine Aufmerksamkeit auf sich zu ziehen. Hin und wieder schnauzte er einen von ihnen an. Ich erinnere mich, daß er den Cocktail zurückwies, den der deutsche Botschafter ihm reichte, und ich muß sagen, daß ich ihm das nicht verdenken konnte.

Zwei Paare erhoben sich, um zu tanzen, und ich stieß Werner auffordernd an. Wir tanzten schrecklich gern, wie du weißt. Er war groß und dunkel, und ich war blaß und blond, so daß die Leute zu sagen pflegten, wir wirkten wie Tag und Nacht. Er war ein sehr guter Tänzer, mein erster Mann. Wir hatten ein paar Runden gedreht, als einer seiner Männer herantrat und mich am Arm antippte. Zuerst dachte ich, er wolle nur mit mir tanzen, aber dann sagte er, daß Il Duce mich kennenlernen möchte. Ich schaute mich um, und da stand der berühmte Mann und starrte mich an, also lächelte ich und ging zu ihm. Ich streckte ihm die Hand zum Gruß hin, aber er ignorierte sie. Er fragte nur sehr schroff: »Wer sind Sie?« Ich antwortete, so freundlich ich konnte, daß ich Freda Guttmann heiße und mein Gatte Dolmetscher in der Botschaft sei. Er runzelte die Stirn und meinte: »Sie sind keine Deutsche.« Ich sagte ihm, daß ich Französin sei. »Und Sie sprechen trotzdem Italienisch?« fragte er, denn das war die Sprache, in der wir uns unterhielten. Ich erklärte ihm, daß ich einiges aufgeschnappt hätte, seit wir hier wohnten. »Woher haben Sie diese blonden Haare?« fragte er. »Mein Vater war Deutscher. Er ist im Krieg gefallen«, erwiderte ich. Es entstand eine lange Pause, während er mich von oben bis unten musterte wie ein Rennpferd, das er zu kaufen gedachte. Ich ärgerte mich und fragte deshalb höflich: »Und wer sind Sie, mein Herr?« Seinen Begleitern blieb die Luft weg. Ich nehme an, sie erwarteten, daß ich öffentlich enthauptet würde oder etwas in der Art, aber Mussolini lachte los. Sein Lachen klang trocken und freudlos, und beim Lächeln blieben seine Augen starr. Und dann antwortete er mit der größten Aufgeblasenheit, die man sich vorstellen kann: »Ich bin Il Duce, das sollten Sie wissen, wenn Sie in meinem Land leben.«

Werner und ich durften auf die Tanzfläche zurückkehren, aber ich spürte, daß er mich weiterhin beobachtete. Später am Abend, als ich auf die Terrasse ging, um Luft zu schnappen, folgte er mir nach draußen. Ich wurde von dieser breiten, mit lächerlichen Orden behangenen Brust und dem dicken schwabbligen Gesicht in die Ecke der Brüstung gedrängt. Hoch über der Straße gab es keine Möglichkeit, ihm zu entrinnen. Er gehörte zu den Leuten, die einen beim Sprechen vollsabbern.

Es gab einen leichten Ruck, als der Zug vom strahlend neuen Bahnsteig des Gare du Nord abfuhr, und Jenny sah aus dem Fenster.

»Sie werden am Sonnabend zum Gardasee mitkommen«, verlangte er gebieterisch und packte mich fest am Arm. »Und was ist mit meinem Mann?« fragte ich. »Sie kommen allein, das ist ein Befehl.« Ich sagte nur: »Vielen Dank für die freundliche Einladung, aber mein Mann und ich sind am Wochenende beschäftigt.« Dann gelang es mir, an ihm vorbeizuschlüpfen und zu entfliehen.

Ich dachte, damit wäre die Sache erledigt, aber am nächsten Morgen wurden Blumen in unsere Wohnung geschickt – ich glaube, es waren weiße Rosen – und eine Karte, auf der ich gebeten wurde, am Nachmittag um vier in sein Büro zu kommen. Ich war erschrocken, weil ich seinen Ruf in bezug auf Frauen kannte. Er griff sich jede, die ihm zusagte, und fiel wie ein Tier über sie her. Aber meistens war er in Italienerinnen vernarrt, und ich hatte gehört, daß er eine neue italienische Geliebte namens Clara habe, und daher redete ich mir ein, daß er nur daran interessiert wäre, sich mit mir zu unterhalten. Er würde sich doch bestimmt nicht der Frau eines deutschen Botschaftsangehörigen aufdrängen? Jenny, du siehst, ich war genauso naiv wie du!

Als ich eintraf, entließ er seine Leute, lief um den riesigen Schreibtisch herum und zog mich fest an sich. Die blöden Orden stachen mir in die Brust. Ich reagierte streng wie eine Lehrerin, die einen ungezogenen Schüler tadelt, und das gefiel ihm ganz ausgezeichnet. Wir saßen auf einem Sofa, und er versuchte mir übers Haar zu streichen, aber ich nahm seine Hand und gab ihm einen Klaps darauf. Und dann wurde daraus ein Spiel, bei dem er versuchte, mich zu berühren, und ich ihn dafür züchtigte. Unvorstellbar, daß die Geschicke einer Nation in den Händen dieses Mannes lagen! Er benahm sich wie ein geiler junger Hund, besaß ungefähr genausoviel Verstand, jedoch sehr viel mehr Eitelkeit.

»Weshalb mögen Sie mich nicht?« winselte er. »Ich könnte Ihnen alles geben, was Sie möchten, Sie brauchen es nur zu sagen.«

»Ich möchte, daß Sie sich wie ein Gentleman benehmen.« Ich wußte, das würde er nie können.

Er fing an, mir jeden Morgen Geschenke zu schicken – Süßigkeiten, Parfums, Schmuck. Ich habe übrigens noch einiges davon. Hast du mal die schwarzen Onyxtropfen gesehen? Ich habe sie jahrelang nicht mehr getragen, aber sie liegen hier irgendwo herum. Er bat mich fast jeden Tag zu sich, meistens nachmittags oder am frühen Abend, weil ich mich nie einverstanden erklärte, ihn nach acht zu treffen, wenn Werner von der Arbeit nach Hause kam. In jenen Tagen war ich eine sehr brave kleine Ehefrau.

Die Leute begannen trotzdem über uns zu reden, und eines Tages hielt mich ein italienischer Beamter auf meinem Weg zu Mussolinis Büro an. Er bat mich, Il Duce dazu zu bringen, ein Schriftstück zu unterzeichnen. Es handelte sich um eine Genehmigung, in einigen Dörfern im Süden Lebensmittel zu verteilen. Mussolini war noch nicht dazu gekommen, sich dieses Schriftstück anzusehen, und die Lebensmittel vergammelten unterdessen in einem Lagerhaus. Ich sagte, ich würde sehen, was ich machen könnte. Ich tat so, als wäre es eine Hausaufgabe, die Mussolini zu erledigen hatte, bevor er mit mir spielen durfte. Er unterschrieb einfach, ohne das Schriftstück zu lesen. Danach wartete vor unseren Treffen gewöhnlich mindestens ein Beamter mit einem Anliegen auf mich, und ich versuchte immer zu helfen. Ich hatte den Eindruck, daß Il Duce die administrative Seite seines Amtes sehr langweilte, er aber absolute Kontrolle über alle Abteilungen haben wollte, so daß ohne seinen Segen keiner etwas machen konnte. Es war völlig absurd.

Und dann wurde ich eines Tages zum französischen Botschaf-

ter gebeten, einem mürrischen alten Herrn, der mich durch dicke runde Brillengläser anstarrte. Er fragte mich, ob ich bereit sei, von Mussolini Informationen über seine außenpolitische Ziele zu beschaffen – seine Pläne in Äthiopien, seine Beziehungen zu anderen europäischen Führern, insbesondere zu Hitler. Er meinte, daß Mussolini in einem unbedachten Moment vielleicht etwas entschlüpfen könne, das für Frankreich nützlich sei. Ich erklärte ihm, daß Mussolini meiner Meinung nach solche Angelegenheiten kaum mit mir besprechen würde. Seine Erwiderung darauf werde ich nie vergessen.

Der Botschafter sagte: »Vielleicht müssen Sie die Beziehung etwas vertiefen, um einen echten Draht zu Il Duce zu finden.«

Im Grunde genommen hat mich mein Land gebeten, mich zu prostituieren. Ich war total schockiert, wie du dir denken kannst, lief schnurstracks nach Hause, um es Werner zu erzählen, und erwartete, daß er sagen würde: »Das ist absolut undenkbar. Ich werde nicht zulassen, daß du mit jemand anderem schläfst. Die sollen sich zum Teufel scheren!« Statt dessen wurde er schweigsam und nachdenklich. Er sagte, Mussolini sei gefährlich, er könne Europa in einen Krieg stürzen, wenn man nichts dagegen täte. Vielleicht sollte ich versuchen zu helfen, denn offensichtlich wüßte ich ihn zu nehmen. Möglicherweise sei ich einer der wenigen Menschen, mit denen er überhaupt sprach.

Ich fragte Werner: »Willst du damit andeuten, daß ich mit ihm schlafen soll?« Er sagte, nein, so weit müsse es nicht gehen, aber vielleicht sollte ich ihn ein wenig ermutigen. Wir entwarfen eine Strategie, daß man uns immer zu einer vorher abgesprochenen Zeit stören würde. Einige italienische Beamte halfen uns dabei, denn ich hatte inzwischen ein sehr freundschaftliches Verhältnis zu ihnen. Oder Werner schickte einen Boten von der deutschen Botschaft. Oder wir brachten einen der Posten am Haupttor dazu, Clara einen Wink zu geben, daß jemand bei ihrem Liebhaber sei. Auf die Weise stellten wir sicher, daß er nicht die Zeit hatte, zu weit zu gehen.

Manchmal aber sah ich zur Uhr, wußte, daß die Störung um fünf erfolgen sollte, und betete, daß sie nicht später kommen würde. Einmal hatte er mich aufs Sofa gedrückt und geiferte wie ein tollwütiger Hund in meinen Mund, so daß ich aus schierer Verzweiflung eine Ohnmacht vortäuschte. Das war riskant, denn ich traute ihm durchaus zu, daß er mich vergewaltigen würde, wenn ich bewußtlos war, aber dieses eine Mal funktionierte es.

Gewöhnlich hatte ich die Lage besser unter Kontrolle. Wir saßen auf dem Sofa, und er durfte meine Hand erst halten, wenn er drei Fragen beantwortet hatte. Falls er mir etwas Geheimes erzählte, durfte er den Arm um mich legen. Er fing dann immer an, mir am Hals herumzuknuppern und übers Haar zu streichen. Oh, mein Gott, wie ich das haßte! Er war von meinen Haaren besessen, und ich habe sie immer sofort gewaschen, wenn ich nach Hause kam, um seinen widerlichen Knoblauchgestank loszuwerden.

Ich weiß nicht, ob ich je irgendwelche besonders wertvollen Informationen von ihm bekommen habe. Auf alle Fälle erstattete ich pflichtbewußt einem französischen Botschaftsangestellten Bericht, der aber nie sagte: »Gut gemacht.« Oder: »Gute Arbeit.« Er notierte sich nur alles und schickte mich mit weiteren Fragen weg. Ich bin mir sicher, daß sie durch ihre bezahlten Informanten weit mehr herausgefunden haben, weil Mussolini vollkommen sorglos mit seinen Schriftstücken umging. Man konnte sie überall herumliegen sehen.

Bei jedem meiner Besuche wollte er ein wenig mehr von mir, und er wurde immer wütender über meine Zurückweisungen. Eines Tages kam ich zu ihm, als er gerade vollkommen hysterisch ein paar Generäle anschrie. Der Zornesausbruch war von solcher Lautstärke, daß sie vor ihm zurückwankten. Er entließ sie, wandte sich mir zu und fuhr mich an: »Sie werden mich zum Gardasee begleiten, und dieses Mal dulde ich keine Ausreden. Sie haben mich zum Gespött gemacht, und das werde ich nicht zulassen. Melden Sie sich morgen um vier hier.« Dann bedeutete er mir durch Handzeichen, mich zu entfernen.

Ich wußte, daß das sein letztes Wort war. Ich lief deshalb schnell zurück zur deutschen Botschaft und stürmte schnurstracks in Werners Büro. Ich sagte ihm, daß wir Italien sofort verlassen müßten, und er rannte hinauf ins Büro des Botschafters, um eine Versetzung zu erbitten. Ich blieb im großen Ledersessel in seinem Büro sitzen und wartete auf die Nachricht, die er bringen würde, fragte mich, wohin man uns wohl als nächstes schickte. Ich war mir sicher, daß man sich unserer annehmen würde, denn Werner war ein sehr wertvolles Botschaftsmitglied. Er sprach fließend sechs Sprachen und arbeitete wie ein Pferd, Tag und Nacht und ohne sich jemals zu beklagen. Es verging mehr als eine Stunde, bis er ins Zimmer zurückkam. Er sah völlig verstört aus, ließ sich auf einen Stuhl sinken und schlug die Hände vors Gesicht.

»Was ist los?« fragte ich ihn wieder und wieder, bis er es mir schließlich erzählte. Der Botschafter war informiert worden, daß Werners Familie mit dem »Makel« nichtarischen Blutes behaftet sei – sein Großvater väterlicherseits war Jude gewesen. Der Botschafter hatte gesagt, daß die deutsche Regierung jemanden, der von unreiner rassischer Herkunft sei, nicht weiter beschäftigen könne und daß er sowieso vorgehabt hätte, Werner das bald mitzuteilen. Im Grunde genommen sei er entlassen.

Wir warteten nicht lange, sondern packten noch in jener Nacht unsere Sachen und fuhren zum Bahnhof. Ich saß auf einer Bank auf dem Bahnsteig, umgeben von unserem Gepäck, während Werner das Auto zurückbrachte. Sogar nach dieser schrecklichen Behandlung war er nicht der Meinung, daß es rechtens wäre, sich für die Reise ein Botschaftsauto auszuborgen. Wir nahmen den ersten Zug nach Frankreich und schlugen uns zum Haus meiner Mutter in Marseille durch. Werner hörte später von einem Kollegen, daß Mussolini vor Wut gekocht und seinem Geheimdienst befohlen habe, mich ausfindig zu machen und zurückzubringen, aber ich glaube nicht, daß sie das mit großem Nachdruck versucht haben, denn wir sind nie mehr von ihnen behelligt worden.

Ein knackendes Geräusch, und die Aufnahme war beendet. Jenny schaute aus dem Zugfenster. Der Himmel sah noch strahlend blau aus, aber die Leitungsmasten, Bäume und Kirchturmspitzen im Vordergrund huschten als schwarze Silhouetten vorüber. Eine einzige graue Wolke hing am Himmel. Hinter ihr strahlte ein rosarotes Leuchten hervor, als hätte eine kleine Kernexplosion stattgefunden. Jenny bemerkte, daß sie die Luft anhielt.

Kapitel 6

Es war dunkel, als der Zug in Waterloo einfuhr, und begierig darauf, heimzukommen, eilte Jenny zum Taxistand. Kaum hatte sie die Tür ihrer Wohnung in Soho aufgeschlossen, da ließ sie auch schon ihr Gepäck fallen und rannte zum Anrufbeantworter. Auf der Anzeige leuchtete eine rote Drei. Eine der Nachrichten war ganz sicher von Marc, der sich entschuldigen und sein Verschwinden erklären würde. Ihr war der Mund trocken, als sie den Abspielknopf drückte und sich auf einem Stuhl niederließ, um die Nachrichten abzuhören.

»Hallo, Jenny, es ist Sonnabendnachmittag. Geht es dir inzwischen wieder besser? Vielleicht könnten wir heute zusammen irgendwo zu Abend essen. Ich werde bis gegen sechs auf dem Handy erreichbar sein, ruf mich also an und gib mir Bescheid. Auf bald. Ich liebe dich.« Sie verzog den Mund. Das war Stuart, ihr Marketing-Chef im Verlag, mit dem sie ab und an geschlafen hatte, bevor sie Marc kennenlernte.

Die nächste Nachricht war von ihrem Freund Michael. »Wir haben uns mit der Taufe für den 22. entschieden, weil das, wie du gesagt hast, einer der Tage ist, an denen es bei dir geht, rufe aber bitte noch einmal an und bestätige es. Wir können die Taufe doch nicht ohne die Patentante feiern. Ich hoffe, mit dir ist alles okay. Tschüs dann.«

Danach wieder Stuarts Stimme, die jetzt ärgerlich klang. »Ich nehme an, du bist übers Wochenende weggefahren. Könntest du mich anrufen, wenn du zurück bist? Ich muß mit dir sprechen.«

Sie seufzte und stützte das Kinn in die Hand, weil sie die

Trauer, verlassen worden zu sein, wieder mit voller Macht überkam. Es war wie der Entzug einer starken Droge. Sie sah sich in der Wohnung um. Alles war noch genauso wie vor ihrem Abflug nach Frankreich. Die Teller voller Toastkrümel und die unabgewaschenen Kaffeetassen vom Frühstück vorgestern standen in der Spüle. Der Aschenbecher quoll von seinen Zigarettenkippen über. Überall im Schlafzimmer lagen Kleidungsstücke herum. Der Strauß aus Rosen und Lilien begann schon zu verwelken. Eines von Marcs T-Shirts lag neben dem Sofa auf dem Boden. Sie hob es auf und schnupperte daran, konnte aber nur einen schwachen Hauch seines Duftes wahrnehmen.

Ein Fax war eingetroffen und auf den Teppich geflattert. Es kam von Susie, einer Lektorin ihres Verlages. Sie hob es auf.

Jenny, kannst du einen Gesprächstermin am Montag um elf wahrnehmen? Uns ist ein Buch von einer Frau angeboten worden, die behauptet, Prinzessin Dianas beste Freundin gewesen zu sein. Sie hat es noch keinem anderen zu lesen gegeben, weil sie der Meinung ist, daß es in einem angesehenen Verlag wie Newman & Hall erscheinen sollte, und sie möchte dich persönlich treffen, weil sie sich sicher ist, daß du es wohlwollend prüfen wirst! Ich kann dein skeptisches Gesicht förmlich sehen, während ich das hier schreibe, aber die Frau besitzt Briefe und Fotos, die belegen, daß sie eine enge Beziehung zu Diana hatte. Laß mich wissen, ob du es zeitlich ermöglichen kannst.

Jenny warf das Fax auf ihren Schreibtisch. So viel müßte Susie eigentlich wissen. Sie hatten doch schon Ende der achtziger Jahre lang und breit darüber diskutiert, ob Newman & Hall den Weg des schnellen Geldes mit Büchern über die königliche Familie und mit Memoiren von Mördern einschlagen sollte, mit denen viele Konkurrenten den großen Profit machten, und sie hatten entschieden, daß der Gewinn aus solchen Projekten den langfristigen Schaden für ihren Ruf nicht aufwiegen könnte. Viele ihrer respektablen Autoren, unter ihnen ein mit dem Nobelpreis ausgezeichneter Romanschriftsteller und einer der berühmtesten Historiker der Welt, wären sicher schon zu einem anderen Verlag gegangen, hätten sie solche Bücher veröffentlicht. Das alles galt auch ein Jahrzehnt später noch, zumindest für Jenny. Einigen Verlagen gelang es, zweigleisig zu fahren, aber sie bezweifelte, daß das für Newman & Hall funktionieren würde.

Sie überlegte, ob sie Michael anrufen und ihm von dem Wochenende erzählen sollte, um zu erfahren, was er davon hielt. Aber irgendwie erschien es ihr zu mühsam, das alles zu erklären. Statt dessen schenkte sie sich einen Wodka Tonic ein, ließ sich beim Fenster auf ihrem Lieblingssessel mit dem lila Samtbezug nieder und versuchte, alles noch einmal zu durchdenken.

Ein Freund namens Joe, ein Musiker, hatte sie vergangenen Montag zur Party seiner Plattenfirma eingeladen. Kaum war sie eingetroffen, stellte er ihr Marc vor, einen Freund aus New York, der für eine Weile bei ihm wohnte. Marc lächelte und streckte ihr die Hand entgegen, und noch ehe sie sich auch nur berührten, spürte sie ein vertrautes Gefühl in sich aufsteigen, das sie in Alarmbereitschaft versetzte – sie wußte, daß sie Eindruck auf ihn machen wollte. Sie schaute ihn an und lächelte, dann wandte sie verschämt den Blick ab. Joe fragte unterdessen, was sie gern trinken würden. Dann verschwand er an die Bar.

»Werden Sie lange in London bleiben?« waren die ersten Worte, die sie zu ihm sagte.

»Ich hoffe schon. Das heißt, es kommt drauf an«, begann er mit seinem eigentümlichen, halb französischen und halb amerikanischen Akzent. »Tut mir leid, das klingt ausweichend, aber ich habe mich an der Bartlett School um ein Architekturstudium beworben, muß jedoch noch verschiedene andere Sachen regeln. Ich weiß es einfach noch nicht genau.«

Sie bemerkte, daß sie ihn die ganze Zeit angestarrt hatte, und sah deshalb schnell weg. Dann kam Joe mit jemand anderem und stellte ihn vor, und sie wurden getrennt. Sie ging eine Weile von einem zum anderen, konnte sich aber nicht auf die belanglosen Unterhaltungen konzentrieren. Jedesmal, wenn sie in die Runde schaute, um festzustellen, wo sich Marc befand, schien er sie mit entrücktem Gesichtsausdruck anzusehen. Vielleicht war er an ihr interessiert, vielleicht war er aber auch einfach nur kurzsichtig. Sie verspürte ein animalisches Verlangen nach ihm.

Der Abend zog sich hin, und er sprach sie nicht noch einmal an. Sie verlor ihn aus den Augen und hielt verzweifelt Ausschau nach ihm unter den Grüppchen an der Bar und am Büfett. War er schon gegangen? Wie aus dem Nichts tauchte er plötzlich neben ihr auf und grinste, als könnte er ihre Gedanken lesen.

»Wie finden Sie die Musik?« fragte er. Sie hörte zum ersten Mal genau hin. Bisher war die Musik für sie nur ein Hintergrundgeräusch gewesen, jetzt aber erkannte sie atonale, quasi-orientalische Sequenzen, die sich ständig wiederholten, sporadische Synthesizerakkorde, und Drums.

»Klingt ziemlich scheußlich!« sagte sie.

»Das ist eine sehr englische Bemerkung«, meinte er belustigt.

»Sie sagen es, diese Musik läßt mein Gehirn zucken wie ein Blitzlichtgewitter.«

Er machte sich einen Spaß daraus, mitzusingen, die Lippen dicht an ihrem Ohr, so daß sie seinen warmen Atem auf ihrem Hals spüren konnte.

Sie stieß einen kurzen spitzen Entsetzensschrei aus. »Oben gibt es eine Dachterrasse. Ich muß von dieser Kakaphonie weg. Wollen Sie mitkommen?«

»Klar«, meinte er locker.

Sie stieg die schmiedeeiserne Treppe vor ihm hoch und war sich des Anblicks bewußt, den ihre Knöchel und Beine ihm von hinten boten. Als sie in die kühle neblige Luft hinaustraten, schlenderte er zum Metallgeländer hinüber, lehnte sich dagegen und ließ den Blick über die Stadt schweifen. Der Verkehrslärm dröhnte, Stimmen drangen von der Straße herauf, und weit in der

Ferne hörte man das Signalhorn eines Schiffs auf dem Fluß. Sie setzte ihr Glas auf einem Tisch ab und stellte sich so dicht neben ihn, daß sich ihre Arme leise berührten. Er rieb sich mit einem Finger die Nasenspitze, und sie bebte vor Verlangen, sie für ihn zu reiben, sein Gesicht zu berühren, seine Hände, seine Lippen. Das Lustgefühl war überwältigend.

»Kennen Sie London?« fragte sie.

»Ein wenig«, antwortete er. »Das ist die Themse und das da das Parlament.« Er drehte sich weiter. »Dort drüben sind die St. Paul's Cathedral und die City.«

Sie packte ihn am Arm und zog ihn noch weiter herum. »Sehen Sie jene rote Neon-Reklame ungefähr drei Straßen von hier? Direkt darüber wohne ich.«

»Wohnen Sie gern in Soho?«

»Es ist sehr … leicht erreichbar«, erwiderte sie stockend, dann wirbelte sie herum, schob ihren Arm in sein Jackett und hauchte einen Kuß auf seine Lippen. Seine Augen waren schwarz, während er sie einen Moment lang musterte, als wäre er sich seiner nicht sicher. Dann erwiderte er ihren Kuß, nunmehr richtig. Hatte es wirklich keine anderen Gespräche gegeben? Sie mußten sich doch bestimmt etwas mehr miteinander unterhalten haben, aber sie konnte sich nicht erinnern.

Kurz danach schlichen sie sich heimlich die Treppe hinunter und auf die Straße und machten sich zu ihrer Wohnung auf den Weg. Sie liefen eng umschlungen und blieben immer wieder an Straßenecken stehen, um sich heiß zu küssen und Beinfühlung aufzunehmen. Sie liebten sich im Korridor, im Schlafzimmer, dann in der Küche, und er blieb die nächsten vier Tage bei ihr. Sie rief im Büro an und meldete sich krank, was in gewisser Weise auch stimmte. Sie war wie im Fieber, krank vor Verlangen. Nach vier Tagen fuhren sie in die Bretagne. Und dann verschwand er einfach mir nichts, dir nichts. Verloren in ihren Phantasien, rollte sie sich zusammen, durchlebte noch einmal bestimmte Erinnerungen, einzelne Augenblicke ihrer kurzen gemeinsamen Zeit.

Da war das Abendessen im dunklen Kellerrestaurant von Nikos, dem Griechen, wo sie ihre Stühle dicht zusammenrückten, damit sich ihre Beine berührten, und wo sie die Hände nicht voneinander lassen konnten. Nikos kam herüber und setzte sich zu ihnen, scherzte, daß sie heiraten sollten, und als er die Rechnung brachte, hatte er sie von oben bis unten mit roten Herzen bemalt. Und der Spaziergang an einem sonnigen, kalten Nachmittag im Regent's Park, als sie im Gras zwischen den Beeten mit den knospenden Rosen gelegen und sich stundenlang darüber unterhalten hatten, wie es war, als Einzelkinder aufzuwachsen, eine ihrer Gemeinsamkeiten.

»Es war schrecklich für mich, mein Spielzeug mit anderen zu teilen«, gestand Jenny. »Ich habe nicht gerne Kinder zu mir nach Hause eingeladen, weil sie mein Puppenhaus in Unordnung brachten oder beim Ausmalen alle die Buntstifte nahmen, die ich gerade haben wollte.«

»Ich konnte die Rangeleien von Kindern nicht verstehen«, erinnerte sich Marc. »Als ich zum ersten Mal von einem anderen kleinen Jungen geschlagen wurde, war ich total außer mir. Er hieß Toby und war mein bester Freund. Ich stand auf dem Spielplatz und heulte, weil ich dachte, daß unsere Freundschaft nun zu Ende wäre. Ich kapierte nicht, daß man kämpfen und sich dann wieder versöhnen konnte.«

»Toby ist kein französischer Name. Bist du in England zur Schule gegangen?«

»Ja, eine Zeitlang. Wir sind jedoch viel umgezogen, so daß ich gut darin wurde, überall, wohin wir gingen, Freunde zu finden und sie dann zurückzulassen. Mir fällt es leicht, gesellig zu sein, aber ziemlich schwer, Menschen nahe an mich herankommen zu lassen.« Er steckte Jenny eine Haarsträhne hinters Ohr und lächelte.

»Mir geht es genauso«, meinte sie. »Ich weiß nicht, warum, aber ich sage es fast nie jemandem, wenn ich verärgert oder besorgt über etwas bin. Ich behalte es einfach für mich und komme selbst damit zurecht. Mutter erzählt, daß ich sogar als Kind nie zu ihr rannte, wenn ich hingefallen war und mir weh getan hatte. Sie fand mich dann, wie ich weinend in irgendeiner Ecke meine blutenden Knie oder was auch immer selbst versorgte.«

»Würdest du's mir sagen?« fragte er.

»Wenn ich hinfallen und mir die Knie aufschlagen würde?«

»Du weißt doch, was ich meine.«

»Ich bin mir nicht sicher. Jetzt noch nicht, aber vielleicht eines Tages.«

»Ich wünschte, du würdest es tun«, sagte er.

Sie dachte an die langen, leisen Plaudereien um vier oder fünf Uhr morgens, eng aneinandergekuschelt im Dunklen, und an den besonders erinnerungswürdigen Moment, als er sagte: »Jen, ich hab dich wirklich gern.« Sie sagte darauf: »Ich hab dich auch wirklich gern.« Und er erwiderte: »Ja, aber ich ...« und unterbrach sich. Sie meinte, er sei drauf und dran gewesen, von Liebe zu sprechen, habe sich jedoch noch gebremst. Es war am folgenden Tag, daß er den Vorschlag machte, übers Wochenende gemeinsam in die Bretagne zu fahren, und sie war außer sich vor Freude gewesen.

Das Telefon klingelte, sie sprang auf und stieß vor lauter Eile gegen den Rand des Couchtisches. Es war eine amerikanische Stimme, allerdings eine weibliche.

»Hi, Jen, hier ist Kirsten. Hast du nicht Lust, auf ein Schwätzchen hochzukommen? Ich hab dein Geburtshoroskop fertig, weiß jetzt also alles über dich.«

Jenny lachte. »Na klar, weißt du alles. In Ordnung, ich bin gleich oben.« Sie holte sich ihre Wodkaflasche aus der Küche, da Kirsten nie irgendwelchen Alkohol hatte, schnappte sich dann ihre Schlüssel und stieg die Treppe zur Mansardenwohnung hoch. Als sich die Tür öffnete, wehten ihr süße Rauchschwaden entgegen, und aus einem Stereoradio in der Ecke sang Alanis Morisette. Kirsten war barfuß und trug schwarze Hosen und eine weiße durchsichtige Bluse, durch die ihre Brustwarzen hervorstachen.

»Ist Debbie da?« fragte Jenny.

»Nein, sie hat mich verlassen. Vorigen Dienstag«, antwortete sie mit ausdrucksloser Stimme.

»Das kann doch nicht wahr sein! Was ist denn passiert? Ich dachte, ihr beide wart so glücklich miteinander!«

»Na ja, wir haben uns ein wenig gestritten, aber das tun schließlich alle. Setz dich, ich bring dir einen Drink.«

Jenny gab ihr den Wodka. Das Zimmer befand sich im gewohnt chaotischen Zustand. In einer Vase beim Kamin stand ein riesiger verwelkter Blumenstrauß, von dem eingerollte Blütenblätter herabgefallen waren, die wie Schmetterlingspuppen aussahen. Ein Stapel von Ölgemälden lehnte wacklig an der Wand. Zuoberst stand ein großes, in rot und lila gehaltenes halbabstraktes Bild, das Ähnlichkeit mit einer vergrößerten Vagina hatte. Tücher und Decken waren über aufgehäufte Sachen geworfen, um den Anschein von Ordnung zu erwecken, und die Beleuchtung war schummrig. Kirsten tauchte wieder auf, reichte ihr ein dickes grünes Glas und ließ sich mit gekreuzten Beinen auf einem Läufer inmitten der trockenen Blütenblätter nieder.

»Das mit Debbie tut mir so leid. Du hättest runterkommen und es mir erzählen sollen ...« Jenny hielt inne.

»Ich habe gemerkt, daß bei dir vorige Woche ganz schön was abging, und mir stand der Sinn nicht gerade nach männlicher Gesellschaft. Was ist denn schon dran an Schwänzen? Nichts als große, dicke, unhygienische Fleischklumpen.« Sie zündete sich einen angefangenen Joint aus einem Aschenbecher an und inhalierte tief.

»Sie ist doch nicht mit einem Mann abgehauen, oder?«

»Ich schwöre, das war das letzte Mal, daß ich mit jemandem gehe, der bi ist. Die sind ja alle dermaßen abgedreht.«

»Du solltest Debbie nicht abschreiben. Ihr schient doch eine feste Bindung miteinander zu haben. Nichts ist jemals endgültig.«

»Nein, es ist vorbei. Vielleicht gehe ich wieder in die Staaten zurück. Ich habe die Schnauze voll von den verdammten Briten – Anwesende natürlich ausgenommen. Also, willst du nun dein Horoskop erfahren? Es ist ziemlich starker Tobak.«

»Okay, schieß los.« Jenny legte sich auf den kratzigen indianischen Überwurf, der das Futon-Bett bedeckte, und nippte an ihrem Drink. Er war ihr zu schwach.

Kirsten holte ein Blatt Papier hervor, auf dem sich ein in Segmente unterteilter Kreis befand. Und jedes dieser Segmente war mit Symbolen beschriftet. Sie tippte auf die verschiedenen Abschnitte, während sie redete. »Siehst du hier dieses Dreieck? Du hast einen großen Trigonalaspekt im Wassermann, was bedeutet, daß du überschäumend emotional bist, nach Erregung verlangst, vielleicht eine dunkle Seite besitzt, aber lernen mußt, mit den Füßen auf dem Boden zu bleiben, weil du sonst leicht die Kontrolle verlieren könntest. Dein Aszendent im Skorpion sagt aus, daß du verschwiegen sein kannst und andere Menschen nie wirklich wissen, was in deinem Leben vor sich geht. Die Sonne in den Fischen im fünften Haus wirkt wie ein gewaltiger Quell für Kreativität und Leidenschaft. Es gibt massenhaft Leidenschaft und Sex in deinem Horoskop, echt eine Unmenge davon. Venus steht bei dir im Skorpion im ersten Haus, das heißt, daß sich Menschen stark von dir angezogen fühlen, als würdest du einen Duft ausströmen. Wohingegen Saturn im siebenten Haus bedeutet, daß du Probleme mit Zweierbeziehungen hast. Klingt das plausibel?«

»Kirsten, du weißt doch genau, daß ich untauglich für langfristige Beziehungen bin. Auf der Basis dessen, was dir schon über mich bekannt ist, reimst du dir einfach was zusammen.«

»Das steht aber doch alles in den Sternen! Es wird beispielsweise klar, weshalb du im Verlagswesen arbeitest – weil du nämlich Jupiter im dritten Haus hast. Und Krebs im neunten Haus bedeutet, daß du Bildung befördern möchtest. Merkur im vierten Haus heißt, daß du gut in der Vorhersage von Trends bist.«

»In Ordnung, dann laß es uns austesten. Nehmen wir mal den Kerl, der vorige Woche bei mir war. Können die Sterne mir sagen, ob die Beziehung funktionieren wird?«

»Normalerweise mache ich keine Wahrsagerei. Aber okay, wann hat er Geburtstag?«

Zögernd erwiderte Jenny: »Das weiß ich nicht.«

Kirsten seufzte. »Wann bist du ihm zum ersten Mal begegnet?«

»Vor einer Woche.«

»Anfang Mai also.« Kirsten warf einen Blick auf das Horoskop und kniff die Augen zusammen. »Die Sache sieht nicht gut aus. Die Sonne trifft auf deinen Saturn, deshalb ist es irgendwie so, als würdet ihr vergangene Muster noch einmal durchleben.«

»Oh«, sagte Jenny leise. »Heißt das, daß es nie mit uns klappen würde?«

»Na ja ...«, meinte Kirsten unsicher. »Schauen wir doch mal nach. Wenn du ihn, sagen wir, im November getroffen hättest, das wäre eine prima Zeit für dich. Das kann also vielleicht bedeuten, daß die Dinge den ganzen Sommer über nicht so toll laufen, sich im November aber bessern werden. Das könnte es heißen.«

»In Ordnung, Ende des Jahres werde ich es dich wissen lassen.« Jenny ärgerte sich über sich selbst, weil sie so aufgebracht darüber war, daß ihr die Sterne nicht günstig standen. »Kann ich mal an deinem Joint ziehen?« fragte sie.

»Mach dir doch nichts vor! Weißt du noch, wie du voriges Mal gekotzt hast? Das Zeug ist nicht dein Ding.«

»Nein, eigentlich wollte ich bloß das Nikotin. Du hast nicht zufällig eine Zigarette, oder?

»Dieser Kerl hat dich also nicht angerufen, stimmt's? Du magst ihn, weißt aber nicht, wie es sich bei ihm verhält.«

»Das ist eine leichte Untertreibung, und zwar in beiden Punkten.«

Kaum war Jenny wieder unten angelangt, hörte sie den Anrufbeantworter ab. Es war ein weiterer besorgter Anruf von Stuart darauf, der sich fragte, ob sie zurück sei, und dann das harte Klicken, als er auflegte. Sie wählte, um die letzte Nummer herauszufinden, eine automatische Ansage teilte ihr jedoch mit, daß der Anschluß nicht erreichbar sei.

Sie zog sich aus und legte sich ins Bett. Sein männlicher, leicht holziger Duft hing noch in den Laken und Kissen. Eine Flut sexueller Erinnerungen durchströmte sie und erfüllte jeden Nerv in ihr mit lähmender Traurigkeit. Halbherzig und ganz automatisch fing sie an zu masturbieren, denn ihre Haut lechzte danach, berührt zu werden, aber bald schon rollten ihr Tränen über die Wangen, und sie drehte sich auf den Bauch, um ihr Gesicht in den Kissen zu vergraben.

Kapitel 7

Am nächsten Morgen stand Jenny zeitig auf und war bereits um acht im Büro, wo sie sich mit einem riesigen Berg von Mitteilungen, Briefen und Faxen konfrontiert sah, die während ihrer Abwesenheit in der vorigen Woche eingegangen waren. Sie begann, alles nach Dringlichkeit zu sortieren, in einen Stapel, der ihre sofortige Aufmerksamkeit verlangte, und in Angelegenheiten, die sie an jemand anderen weiterleiten konnte. Susie rief an, um zu fragen, ob sie sich mit der Autorin des Diana-Buches treffen würde.

»Du weißt doch, daß wir keine Bücher über die königliche Familie verlegen. Warum verschwendest du deine Zeit mit ihr?«

»Das wird ein Bombengeschäft, deshalb war ich der Meinung, daß ich dich zumindest fragen sollte, bevor ich das Manuskript ablehne. Außerdem dachte ich, du könntest vielleicht neugierig sein. Sie will dich unbedingt treffen.«

»Okay, ich biete dir einen Deal an. Ich werde mit deiner Diana-Autorin reden. Wie heißt sie übrigens?«

»Hayley O'Connor.«

»Aha. Ich werde also mit ihr reden, wenn du dafür Jeffreys Manuskript liest und mir sagst, worum es darin geht.«

»Ist das diese angebliche politische Bombe?«

»Ja, aber ich werde nicht schlau daraus.«

»Wann brauchst du meine Einschätzung?«

»Seine Agentin ruft mich heute an, aber ich kann sie wahrscheinlich noch bis Mittwoch vertrösten. Oder bis spätestens Ende der Woche.«

»Ich werde es mir heute noch ansehen. Soll ich Hayley O'Connor dann um elf zu dir hoch ins Büro bringen?«

»In Ordnung, bis später.«

Kurz nach elf klopfte es energisch an der Tür, und Susie führte eine kleine, aschblonde Frau in einem abgetragenen himmelblauen Kostüm herein. Ihre Haare waren sorgfältig im frühen Diana-Stil geschnitten und mit schwungvoller Welle nach hinten über die Ohren gelegt. Jenny telefonierte gerade und bedeutete ihnen lächelnd, schon Platz zu nehmen, während sie ihr Gespräch noch beendete. Ihre Sekretärin Emma brachte ein Tablett mit Kaffee herein, den Jenny der Frau anbot, nachdem sie ihr die Hand gegeben hatte.

»Ich trinke keinen Kaffee. Im Kaffee sind 73 verschiedene Giftstoffe enthalten. Haben Sie irgendwelchen Kräutertee?« Jenny hörte den Tonfall von Essex heraus. Die Stimme klang schüchtern.

»Leider nicht. Möchten Sie vielleicht etwas Kaltes trinken?« Die Frau entschied sich für ein Glas Wasser. Sie rutschte fortwährend auf dem Stuhl hin und her und rieb sich nervös die Hände. An ihren schwarzen Strumpfhosen waren Fäden gezogen, und ihre schwarzen Lederpumps wiesen abgeschabte Stellen auf.

»Wie ich gehört habe, waren Sie eine Freundin von Prinzessin Diana«, begann Jenny, sie ermutigend. »Könnten Sie uns erzählen, wie sie sich kennengelernt haben?«

»Nicht bloß eine Freundin. Ich sei ihre beste Freundin auf der ganzen Welt, hat sie gesagt. Sie hat mir alles über das Scheitern ihrer Ehe und über ihre Liebhaber erzählt. Sie hat viel über ihre Jungs gesprochen, und wie sehr sie sie vermißt hat, als sie in die Schule kamen.«

»Wie haben Sie beide sich denn kennengelernt?« wiederholte Jenny ihre Frage.

»Ich lege Tarot-Karten und bin Kristallheilerin. Sie kam eines

Tages zur Behandlung zu mir, und wir waren sofort ein Herz und eine Seele. Wir unterhielten uns bis spät in die Nacht hinein. In der nächsten Woche lud sie mich dann in den Kensington Palace ein, und danach begannen wir uns regelmäßig zu treffen. Wir haben fast täglich miteinander telefoniert.«

»Sind Sie immer in den Palast gegangen, oder haben sie sich auch anderswo getroffen?«

»Nein, ich ging in den Palast, und wir haben gemeinsam zu Abend gegessen und ferngesehen und wie Schulmädchen miteinander gekichert. Sie hatte einen bissigen Humor.« Die Frau schaute in die Runde, um sich unserer Zustimmung zu vergewissern, und Susie lächelte beifällig.

»Wenn Sie abends im Palast waren, was haben sie denn da gegessen?« fragte Jenny.

»Oh, wissen Sie, manchmal hat sie gekocht, und manchmal haben wir uns was liefern lassen.«

»Welche Art von Liefergerichten mochte sie?«

Die Frau zögerte kurz, dann sagte sie: »Pizza. Das war ihr Lieblingsessen. Manchmal ließen wir uns eine große Pizza kommen und schnitten sie in der Mitte durch.«

»Und welche Art von Pizza mochte sie?« fragte Jenny.

Es entstand eine lange Pause. »Wie meinen Sie das?«

»Mochte sie Pilze, Peperoni, Käse? Was bestellte sie gewöhnlich?«

»Oh, das war ganz verschieden«, sagte die Frau, leicht errötend. »Es hing ganz davon ab, wonach ihr an dem Abend gerade war.«

Jenny notierte sich etwas auf dem Block, der auf ihrem Schreibtisch lag. »Hayley, können Sie mir bitte sagen, warum Sie sich entschlossen haben, dieses Buch zu schreiben?«

»Weil sie es so gewollt hätte«, erwiderte Hayley mit fester Stimme. »Sie hat immer zu mir gesagt, wenn sie tot ist, soll ich berichten, was sie alles durchgemacht hat, und ich habe ihr versprochen, es zu tun. Ich habe nicht früher damit begonnen, weil die Beisetzung gerade erst stattgefunden hatte und ich noch so fassungslos wegen allem war, daß ich mich nicht aufraffen konnte anzufangen. Ich wollte ihre Familie nicht verärgern und zu zeitig darüber schreiben, aber ich denke, daß jetzt der richtige Zeitpunkt gekommen ist, wissen Sie, was ich meine?«

Jenny nickte ernst.

»Ich habe alle ihre Briefe mitgebracht, um sie Ihnen zu zeigen, und sehen Sie, hier ist ein signiertes Foto.« Aus einem Plastikbeutel neben ihren Füßen hatte sie ein Bündel von Papieren gezogen, auf denen ganz oben das vertraute lächelnde Gesicht lag. Die Inschrift auf dem Foto lautete: *Für Hayley. In Liebe Diana.* »Das hier hat sie mir auch gegeben.« Es war ein kleiner Teddybär, der einen Pyjama mit Schottenkaros trug. »Wollen Sie die Briefe sehen?« Sie streckte ihr das Bündel hin, wobei einige auf den Teppich fielen. Jenny schüttelte den Kopf.

»Ich muß Ihnen leider sagen, daß ich nicht glaube, daß wir der beste Verlag für Sie sind. Sie brauchen einen Verlag, der diesen Markt wirklich kennt und alle Absatzmöglichkeiten für Ihr Buch voll ausschöpfen kann.«

»Ich möchte aber einen angesehenen Verlag und nicht einen von diesen Sensationshaschern, die die anderen Bücher herausgebracht haben.«

Jenny nannte der Frau ein paar Verlagsnamen, die diese sich ganz offensichtlich im Geiste vormerkte. »Ich bin mir sicher, daß Sie einen Bestseller in den Händen halten, und wünsche Ihnen viel Glück damit.«

Susie half der Frau, die Briefe aufzusammeln, geleitete sie dann aus dem Büro und kam nach einigen Minuten zurück. Belustigt lächelnd, meinte sie: »Na ja, einen Versuch war's wert.«

Jenny grinste zurück. »Also wirklich, es hat doch einfach jeder eine Lieblingspizza!« Sie gab Susie das Manuskript des Politikers und machte ihr klar, wie schwerfällig es geschrieben war.

Kurz nachdem sich Susie entfernt hatte, rief Stuart an. »Schatz, geht's dir jetzt wieder gut? Fühlst du dich besser?«

»Ja, danke«, gab sie scharf zurück. Sie haßte es, wenn er sie im Büro, wo man sie so leicht belauschen konnte, mit Kosenamen anredete. Es vermuteten zwar alle, daß sie eine Affäre hatten, das war aber noch lange kein Grund, ihnen Gewißheit zu verschaffen.

»Möchtest du vielleicht einen Happen essen?«

Sie sagte ihm, daß sie im Moment zu beschäftigt sei, erklärte sich aber widerstrebend bereit, ihn am Abend zu treffen. Ohne eine Mittagspause einzulegen, begann sie weiteren Papierkram aufzuarbeiten. Den ganzen Morgen über hatte sie die Uhr im Auge behalten, und um Schlag zwei entschied sie, daß es nun an der Zeit sei, und zog die weiße Visitenkarte aus der Brieftasche. Sofort nach dem ersten Klingelzeichen meldete sich eine Stimme so laut und deutlich, als befände sich die Person nur wenige Schritte entfernt.

»Morgan Rothstein, was kann ich für Sie tun?«

»Könnte ich bitte mit Chantal Jacquinet sprechen?«

Schweigen. »Teilnehmer, ich bedaure, aber sie arbeitet nicht mehr hier.«

»Ich muß mit ihr sprechen, es ist wirklich sehr dringend. Könnten Sie bitte herausfinden, wie ich sie erreichen kann?«

»Ich werde nachsehen. Bitte bleiben Sie am Apparat.« Es klickte und transatlantische Stille trat ein, die sich anhörte, als atmeten Millionen von Menschen leise durchs Telefon. Schließlich meldete sich die Stimme wieder.

»Teilnehmer, sie arbeitet jetzt bei Berger Walsh. Einen schönen Tag noch.«

»Haben Sie eine Telefonnummer?« fragte Jenny, aber die Empfangssekretärin hatte aufgelegt. Sie rief die internationale Telefonauskunft an und bekam die Nummer. Jetzt war die Verbindung leise und undeutlich, aber sie wurde zu Chantal Jacquinets Sekretärin durchgestellt.

»Können Sie mir sagen, worum es sich handelt?«

»Ich muß mit ihr persönlich sprechen«, drängte Jenny. »Es ist wegen ihres Sohnes Marc, und es eilt.«

Endlich meldete sich eine kultivierte Stimme mit französischem Akzent. »Hallo, Chantal am Apparat. Sind Sie eine Freundin von Marc?«

»Ich heiße Jenny Rowland. Ich hätte nur gerne gewußt, wann Sie das letzte Mal von Marc gehört haben.«

»Er ist gestern spät in der Nacht zurückgekommen. Das Flugzeug hatte drei Stunden Verspätung, und er ist völlig erschöpft. Haben Sie versucht, ihn zu Hause anzurufen?«

Jenny schnürte es die Kehle zu. »Hallo«, sagte seine Mutter, »sind Sie noch dran?«

Schließlich gelang es ihr zu sprechen. »Ihr Sohn Marc ist da? Ist er groß und dunkelhaarig, und besitzen Sie ein Haus in der Bretagne nicht weit von Paimpol?«

»Ja«, erwiderte sie. »Ist etwas nicht in Ordnung?« Jenny weinte. »Oh, nicht doch, hat er Sie etwa sitzenlassen? Das tut mir so leid.«

»Ich dachte, er wäre tot«, schluchzte Jenny.

»Ach, du liebe Güte, er ist genau wie sein Vater. Es tut mir wirklich leid, daß mein Sohn Sie derart aus der Fassung gebracht hat. Soll ich ihn bitten, Sie anzurufen?«

»Nein, es ist schon in Ordnung. Vielen Dank«, stotterte sie und legte dann auf.

Jenny ließ den Kopf auf die Schreibtischplatte sinken und blieb in dieser Haltung sitzen, bis ihr Herzschlag sich normalisiert hatte und sie wieder klarer denken konnte. Er war also am Leben und zurück in New York. Wenn er dort Sonntagnacht mit Verspätung angekommen war, mußte er Sonntagnachmittag einen Flug von Paris genommen haben. Die Flugdauer betrug neun oder zehn Stunden, aber nach New Yorker Zeit war es ja auch sechs Stunden früher als in Frankreich. Hatte Hervé ihn zum Flugplatz gefahren, nachdem sie fort war, oder hatte er ihm ein

Auto geliehen? Warum um alles in der Welt war er so plötzlich verschwunden? Wenn es etwas Dringendes gegeben hätte, weswegen er zurück mußte, hätte er es ihr doch erklären können. Vielleicht war es eine andere Frau. Vielleicht war er verheiratet. Sie verwarf diesen Gedanken.

Könnte sie unbeabsichtigt etwas gesagt haben, was ihn verärgert hatte? Zum hundertsten Mal rief sie sich die Unterhaltung in der Crêperie ins Gedächtnis zurück. Vielleicht war er über diese Geschichte mit Leo Kozinsky erbost, aber das ergab keinen Sinn, weil er offensichtlich schon vorher davon gewußt hatte. Vielleicht gefiel es ihm nicht, daß sie Fragen über seine Familie gestellt hatte, aber er hätte sich doch einfach weigern können, sie zu beantworten. Sie mußte unbedingt Genaueres wissen, damit sie aufhörte, selbstquälerisch die verschiedensten Möglichkeiten abzuwägen.

Sie blätterte ihr Adreßbuch durch und wählte dann Joes Nummer, aber es war besetzt. Sie stand auf und lief zum Fenster, dann ging sie zurück zum Schreibtisch und drückte die Wiederwahltaste, aber es war immer noch besetzt. Schließlich kam ihr eine andere Idee. Sie rief zum Nachbarbüro hinüber: »Emma, könntest du mir wohl die Nummer von der Zulassungsstelle des Bartlett College besorgen?«

Mit einem Stift auf den Tisch klopfend, wartete sie und versuchte, ihre Gedanken zu ordnen. Ihre Sekretärin kam mit der Nummer herein.

»Danke, würdest du bitte die Tür schließen?« Sie wählte die Nummer und wartete, dann drückte sie verschiedene Tasten als Antwort auf eine Reihe Fragen vom Band, bis sie endlich mit einer Frauenstimme verbunden war.

»Guten Tag«, sagte sie. »Ich bin Jenny Rowland vom Verlag Newman & Hall. Ich hatte vorige Woche ein Gespräch mit einem jungen Mann namens Marc Jacquinet, der mir sagte, daß er sich bei Ihnen um ein Architekturstudium beworben habe. Er unterbreitete den Vorschlag, ein Buch für uns zu schreiben. Wie auch immer, als er gegangen war, bemerkte ich, daß er seine Aktentasche stehengelassen hatte. Ich muß jetzt leider feststellen, daß ich keinerlei Möglichkeit habe, mit ihm in Verbindung zu treten, um sie zurückzugeben. Haben Sie vielleicht eine Adresse, wo ich ihn erreichen kann?«

»Er studiert hier?« fragte die Frau.

»Ich denke nicht, daß er schon begonnen hat, er hat sich vielmehr für ein Studium bei Ihnen beworben.«

»Wir können keine Informationen zu Bewerbungen herausgeben.«

»Ich verstehe«, sagte Jenny. »Es ist nur so, daß sich in der Aktentasche allerhand Bauzeichnungen befinden, die er sicherlich braucht. Vielleicht könnten Sie überprüfen, ob Sie nähere Angaben von ihm besitzen – Sie brauchen sie mir natürlich nicht mitzuteilen –, ich würde Ihnen die Tasche dann schicken, und Sie könnten sie ihm zurückgeben.«

Es trat eine lange Pause ein. »Wie schreibt sich dieser Familienname?«

Jenny buchstabierte ihn ihr und wartete.

»Nein, tut mir leid, wir haben keine Bewerbung von jemandem mit diesem Namen.«

»Sind Sie sicher? Er ist Amerikaner. Vielleicht gibt es eine Extradatei für Bewerber aus Übersee?«

»Nein. Niemand dieses Namens hat sich beworben, und wir haben keinen Studenten, der Jacquinet heißt. Tut mir leid, ich kann Ihnen nicht weiterhelfen.«

Verwirrt legte Jenny auf. Sie probierte noch mal Joes Nummer, aber es war immer noch besetzt. Sie ließ den Anruf auf seinem Apparat speichern und versuchte dann, einige der Papiere auf ihrem Schreibtisch zu lesen. Als Joe nach einer halben Stunde noch nicht zurückgerufen hatte, klingelte sie erneut bei ihm an. Es war weiterhin besetzt. Da erinnerte sie sich, daß Joe gesagt hatte, bei ihm hingen Modem und Telefon an der gleichen

Leitung. Dadurch konnte er stundenlang nicht erreichbar sein, wenn er im Internet surfte.

Sie ging zur Tür. »Emma, vor ungefähr einem Monat habe ich dich doch gebeten, ein Exemplar des Hendrix-Buches an einen gewissen Joe Paton zu schicken. Hast du vielleicht noch seine Adresse?«

»Sie ist bestimmt in der Datei. Brauchst du sie?«

Jenny nickte. Emma drückte eine Taste, um die Datei zu schließen, an der sie gerade arbeitete und klickte wieder. »Joe Paton. 3. Etage, Arnott Road 21, NW 1. Soll ich es dir aufschreiben?«

»Ja, bitte. Wo ist die Arnott Road?«

»In Camden. Direkt hinter dem Markt.«

Das Taxi hielt vor einem hohen, heruntergekommenen Gebäude an einer lauten Buslinie. Jemand hatte auf die Vorderfront die Grafitti-Inschrift »Absolutismus is doll« gesprayt. Sie drückte die Klingel für die dritte Etage und trat dann zurück, um nach oben zu schauen. Dort brannte Licht, und sie glaubte, schemenhaft eine Bewegung wahrgenommen zu haben. Sie klingelte wieder und wartete. Irgendwo unten auf der Straße brüllte eine Frauenstimme: »Du Schweinehund! Du dreckiger Schweinehund!« Die Worte hingen zusammenhanglos in der Luft.

»Wer ist da?« knarrte es aus der Sprechanlage.

»Jenny Rowland. Kann ich hochkommen?«

Schweigen. »Ich bin beschäftigt. Worum geht's?«

»Bitte, Joe, nur fünf Minuten.«

Nach einer weiteren längeren Pause öffnete sich die Tür. Das Treppenhaus war vollgestellt mit alten Fahrrädern, und es roch stark nach gekochtem Kohl. Da sie keinen Lichtschalter finden konnte, stieg sie vorsichtig die düstere Treppe mit dem wackligen Geländer und den abgesplitterten Stufen hoch. Auf jedem Absatz befanden sich zwei dünne Holztüren, von denen die Farbe abplatzte. Als sie auf der dritten Etage ankam, war dort nur eine Tür, allerdings aus irgendeinem glänzenden Metall und mit Spion.

Joe öffnete die Tür. Sie klopfte leicht mit dem Knöchel dagegen und fragte: »Wozu diese Hochsicherheitsmaßnahmen?«

»Deswegen«, sagte er, trat zurück und zeigte mit ausladender Handbewegung in den Raum. An drei Wänden befanden sich hohe Regale mit elektronischen Geräten, auf zahllosen Monitoren blinkten grüne und rote Lichter. In zwei einander gegenüberliegenden Ecken standen riesige Lautsprecher und dazwischen ein Keyboard, und eine Riesenmenge verschlungener Kabel ringelte sich wie schwarze Schlangen über das Linoleum. »Das ist meine Heimstudiotechnik.«

»Wahnsinn!« sagte sie staunend. Am Fenster befand sich ein Bett, auf dem sich abgeworfene Kleidungsstücke türmten. »Du schläfst hier drin also auch?« Sie setzte sich ans Fußende des Bettes und rümpfte wegen des widerlichen Schweißgestanks unwillkürlich die Nase. »Wo hat denn Marc geschlafen, als er bei dir wohnte?«

»Ich habe noch ein Klappbett in der Küche.« Er zeigte auf eine Tür zwischen zwei hohen schwarzen Regalen, die ihr entgangen war. »Also, was führt dich her?«

Jenny holte tief Luft. »Du weißt doch, daß ich mit Marc am Wochenende in die Bretagne gefahren bin? Na ja, Samstagnacht ist er einfach sang- und klanglos verschwunden. Jetzt ist er wieder in New York, und ich habe keinen blassen Schimmer, wieso.«

»Und warum kommst du damit zu mir?« fragte Joe, er stand mit verschränkten Armen vor ihr.

»Vielleicht hast du ihn ja nach dem Wochenende zurückerwartet? Hat er irgendwelche Sachen dagelassen?«

»Nein, er hat nur ein paar Tage hier gewohnt. Er hatte nicht viel Zeug mit.«

»Hat er dir gesagt, weshalb er in London war?« Sie wollte herausfinden, ob er Joe auch die Geschichte von der Bartlett School of Architecture erzählt hatte.

»Keine Ahnung. Es war alles ganz zwanglos. Er kam und ging, wie es ihm gefiel. Was soll diese verdammte Ausfragerei?«

»Joe, warum bist du so feindselig? Ich dachte, du wärst mein Freund.«

»Da hast du falsch gedacht.« Er drehte ihr den Rücken zu und begann an irgendwelchen Knöpfen herumzudrehen.

Jenny beobachtete ihn und kam zu dem Schluß, daß er eifersüchtig sein müsse. Vielleicht hatte er gehofft, sie beide würden sich auf dieser Party finden. Vielleicht hatte er die Einladung als Rendezvous betrachtet. Sie stieß mit dem Fuß gegen etwas, das knapp unterhalb der Bettdecke lag, und bückte sich, um es aufzuheben. Es war ein kleines gelbes Plastikding mit grauem Bildschirm auf der Vorderseite.

»Was ist denn das?« fragte sie. »Irgendein Sexspielzeug?«

Er wandte sich um. »Das ist ein Gameboy.« Sie guckte verständnislos. »Damit spielt man Videospiele.«

Sie drückte auf alle Tasten, aber es passierte nichts. »Ich glaube, er hat den Geist aufgegeben.«

»Ja, schon möglich. Billiger Schrott.« Er nahm ihn ihr ab und steckte ihn in eine Tasche seiner Trainingshose.

»Joe, woher kennst du Marc?« fuhr sie unbeirrt fort, ihn auszufragen. »Seid ihr schon lange befreundet?«

»Ich habe ihn erst kennengelernt, als er vorletztes Wochenende hier ankam. Er ist ein Freund meiner Freundin Abbey aus New York. Sie hat mich angerufen und gebeten, ihn für ein paar Nächte aufzunehmen, und das habe ich getan.«

»Joe, sag mir die Wahrheit. Ist er vielleicht verheiratet oder so was?«

»Ich denke nicht. Mir ist aber zu Ohren gekommen, daß er einen ziemlich hohen Verbrauch haben soll, was Frauen angeht. Ich sag's nur ungern, aber es klingt ganz so, als wärst du jetzt auch Teil der Statistik.«

Sie ignorierte seine letzte Bemerkung. »Wer ist Abbey?«

»Sie arbeitet in der PR-Abteilung von Oriol Records. Jetzt muß ich aber wirklich weitermachen. Ich möchte ja nichts sagen, aber da ist die Tür.«

Als sie die Treppe hinunterging, hatte sie das Gefühl, daß mehr Fragen aufgeworfen, als beantwortet worden waren. Weshalb war Marc nach London gekommen? Wenn er nur einen Kurzaufenthalt geplant hatte, war er dann vielleicht wegen ihr länger geblieben? Und wenn seine Familie ein Herrenhaus in der Bretagne besaß, wieso konnte er sich dann keine bessere Bleibe leisten als ein Klappbett in irgendeiner miesen Küche? Und warum hatte sie nicht mitbekommen, daß er so ein egoistischer Mistkerl war? Man sollte annehmen, daß sie dafür inzwischen alle Anzeichen kennen müßte.

Kapitel 8

Jenny war noch ganz benommen vor Schmerz, als Stuart am Abend kam. Er trug ein Tweedjackett über einem dunklen Baumwollhemd und dazu unmoderne hellblaue Jeans. Aus seinem Hosenbund quollen Fettwülste hervor. Um den Hals hing an einer Kordel eine Lesebrille. Als er sie fest an sich zog, fürchtete sie, die Brille könnte zu Bruch gehen. Er roch stark nach einem Aftershave, das sie an verwelkende Hyazinthen erinnerte. Er hob mit den Fingern ihr Kinn leicht an, um ihre Münder auf gleiche Höhe zu bringen, jedoch genau in dem Moment, als seine Lippen die ihren flüchtig berührten, neigte sie den Kopf leicht zur Seite, so daß sie sich auf die Mundwinkel küßten und seine Zunge zwar aus dem Mund schoß, aber ins Leere traf. Sie beugte sich etwas zurück, und er begann, sie am Hals knapp unterhalb des Ohres zu liebkosen. Nach ein paar Sekunden entzog sie sich ihm, indem sie vorschlug: »Warum holst du uns nicht etwas zu trinken?«

»Hier, das habe ich mitgebracht«, sagte er stolz und zog, lächelnd ihren Blick suchend, eine Flasche Chardonnay aus einem Plastikbeutel. Sie konnte ihm nicht in die Augen sehen.

»Du wirkst müde«, bemerkte er beim Einschenken. »Bist du sicher, daß du den Virus überwunden hast?«

»Ja, mir geht's gut. Bestens.«

Sie unterhielten sich über seine Töchter, die zu sehr mit ihren Reit-, Flöte- und Tanzstunden beschäftigt waren, um ihn so oft zu sehen, wie er es sich nach der Scheidung von seiner Frau eigentlich gewünscht hätte. Er hatte sich vorigen Sonnabend mit ihnen getroffen, und sie hatten ihn die ganze Oxford Street entlanggeschleppt, um Turnschuhe mit Plateausohlen, knallenge T-Shirts und scheußliches Make up zu kaufen.

Jenny lachte bei der Vorstellung, wie er verlegen herumstand, während die Teenager einkauften. Dann erzählte sie ihm von dem Treffen mit Hayley O'Connor. »Stuart, sie ist vielleicht ein komischer Vogel. Ungefähr einen Meter zwanzig groß, mit einem billigen Kostüm und zu stark geschminkten Augen. Absolut undenkbar, daß sie etwas mit Diana gemein haben könnte.«

»Du hast das Buch also abgelehnt?«

»Natürlich. Du kennst doch unsere Regeln.«

»Wahrscheinlich sollten wir es irgendwann einmal mit einem Diana-Buch versuchen – vielleicht mit einem taktvollen von einem Akademiker.«

»Meinst du wirklich?« Jenny war sich nicht sicher. »Wenn uns etwas Passendes angeboten wird, warum nicht, ich würde mir aber kein Bein ausreißen und jemanden damit beauftragen.« Sie persönlich verabscheute diese Art von gewinnbringendem Wiederkäuen, das sich soziologische Studie nannte.

»Und wie war dein Wochenende?« fragte er leichthin und betont ungezwungen.

Jenny zögerte. »Stuart, ich war mit jemand anderem weg. Das hast du dir sicher schon gedacht, oder?«

»Aha«, sagte er und rückte ein Stück von ihr ab. »Mit jemandem, den ich kenne?«

»Nein, aber das ist nicht entscheidend. Mir gefällt es nicht, daß es so ist, wie es ist, aber du weißt, daß ich dir nicht mehr geben kann.« Sie schlug die Beine übereinander, den rechten Fuß um den linken Knöchel hakend.

»Das ist schon okay, ich bin glücklich, so wie es ist«, sagte er und langte nach ihrer Hand. Sie spürte es, reagierte aber nicht. Sie hatte die Situation wirklich schlecht im Griff.

»Stuart.« Sie holte tief Luft. »Ich kann so nicht weitermachen.

Wir müssen aufhören, miteinander zu schlafen, und sollten einfach Freunde sein. Das ist der einzige Weg für mich, damit zurechtzukommen.« Er streichelte mit dem Zeigefinger die Innenseite ihres Handgelenks und sah sie, dumpf lächelnd, mit trüben Augen an. »Bitte mach es mir nicht so schwer.«

Seine Mundwinkel zuckten leicht. »Ja, ich denke schon, daß ich das tun könnte, oder? Bist du aber wirklich der Meinung, daß ich es tun würde?«

»Nein, natürlich nicht. Ich habe es nicht so gemeint.« Sie runzelte die Stirn.

Diese Szene hatte sich zwischen ihnen schon mehrfach abgespielt und brachte anscheinend nichts. Es endete immer damit, daß er mit ihr schlafen wollte und sie ihn entweder abwehrte oder ihm mißmutig und widerwillig nachgab. Gewöhnlich fühlte sie sich irgendwann ungewollt wieder erregt, und dann erschien es ihr leichter, die Sache hinter sich zu bringen, als ihn abzuwehren. Heute abend jedoch war es anders.

»Jenny, du weißt, daß diese Art von Beziehung für uns beide funktioniert. Ich kann für dich da sein, wenn du mich brauchst, und du hast trotzdem deine Freiheit.«

»Es tut mir leid«, erwiderte sie. »Ich hätte von Anfang an nicht zulassen sollen, daß es sich so entwickelt. Es war ein Fehler. Ich kann dir nicht mehr als Freundschaft geben, und selbst darin bin ich heute abend nicht sonderlich gut. Ich bin wirklich fix und fertig. Können wir uns ein andermal weiter unterhalten?«

Es gelang ihr, ihn nach ungefähr einer Stunde zum Gehen zu bewegen, und ihre Abscheu nicht zu zeigen, als er ihr einen Abschiedskuß gab. Nach Marc kam es ihr nicht richtig vor, von einem anderen geküßt zu werden.

Als er weg war, ließ sie sich auf einen Stuhl in der Nähe der Wohnungstür sinken und schlug die Hände über dem Kopf zusammen. Sie durfte ihn nicht mehr zu sich in die Wohnung lassen, hatte aber Angst, daß er ihr dann im Büro eine Szene machen könnte. Wenn er doch bloß eine andere kennenlernen würde oder einen anderen Job finden oder ganz einfach verschwinden würde! Dann wanderten ihre Gedanken wieder zu Marc zurück. War er immer so grausam zu Frauen, verschwand einfach spurlos und ließ sie ihre eigenen Schlüsse ziehen? Sie überlegte, ob sie seine Mutter noch einmal anzurufen und sie um seine Privatnummer bitten sollte, konnte aber die Vorstellung nicht ertragen, kalte Worte von ihm zu hören und endgültig den Laufpaß zu bekommen. Im Moment konnte sie sich zumindest noch einreden, daß alles ein schreckliches Mißverständnis sein müsse. Vielleicht hatte sie unbeabsichtigt seine Gefühle verletzt. Vielleicht war sie zu kühl gewesen, und er hatte gedacht, daß sie nichts weiter für ihn übrig habe. Vielleicht hätte sie als erste sagen sollen: »Ich liebe dich.« Er muß doch aber gespürt haben, was sie für ihn empfand. Das machte sein Verschwinden noch herzloser. Wie konnte er sie so behandeln? Was auch immer der Grund sein mochte, sie mußte etwas unternehmen, um ihren Seelenfrieden wiederzufinden.

Und dann kam ihr eine völlig absurde Idee. Vor ein paar Jahren hatte sie ein Buch von einem Privatdetektiv namens Louie Farmilow herausgebracht, der in New York wohnte. Unter Pseudonym hatte er über einige seiner ungewöhnlicheren Fälle geschrieben. Er hatte von hysterischen Klienten, unmöglichen Aufträgen und Reibereien mit der Polizei erzählt, voller schwarzem Humor und mit schonungsloser Offenheit. Sie hatte ihn ein paarmal besucht und war gut mit ihm zurechtgekommen. Sie schaute auf die Uhr. Es war elf, eine gute Zeit, um in New York anzurufen. Nach nur wenigen Klingelzeichen meldete sich seine Frau und sagte: »Hallo, wie geht´s denn so?« Dann schrie sie ohrenbetäubend laut: »Louie, diese englische Verlegerin ist dran. Sie will dich sprechen. Los, komm runter. Er wird jeden Moment da sein«, teilte sie völlig überflüssigerweise mit.

»Jenny Rowland, ich kann's nicht fassen! Wie geht's, wie steht's?« Unwillkürlich mußte sie lächeln.

»Mir geht's gut, ganz prima«, log sie an diesem Abend nun schon zum zweiten Mal, »aber ich möchte Sie um etwas bitten und keine Unverschämtheiten darüber hören. Okay?«

»Na klar doch, wofür halten Sie mich denn? Ich bin die Feinfühligkeit in Person«, meinte er scherzend.

»Ich bin von jemandem sitzengelassen worden mitten an einem gemeinsamen Wochenende in Frankreich. Er ist wieder in New York, und ich möchte, daß Sie für mich Nachforschungen über ihn anstellen. Was er arbeitet, wo er wohnt, mit wem er sich rumtreibt, andere Frauen in seinem Leben, all so was.«

»Sind Sie sicher, daß Sie das alles wissen wollen?«

»Ja.«

»Wirklich, es gibt doch massenhaft andere Kerle, und Sie sind kein schlecht aussehendes Mädchen. Sie werden schon einen anderen finden.«

»Ich dachte, ich hätte gesagt, keine Unverschämtheiten, Louie.«

Sie erzählte ihm alles, was sie über Marc wußte und wo seine Mutter arbeitete. Und sie einigten sich übers Honorar.

»Rufen Sie mich zu Hause an, falls Sie etwas herausfinden«, sagte sie.

»Was meinen Sie mit falls? Was glauben Sie denn, mit wem Sie hier sprechen?«

Als sie auflegten, fühlte sie sich einerseits wie eine sehr weltgewandte, schillernde Persönlichkeit, weil sie einen Privatdetektiv angeheuert hatte, und andererseits erniedrigt und kindisch, weil sie es nicht auf sich beruhen lassen konnte, daß jemand sie verlassen hatte.

Kapitel 9

Einer plötzlichen Eingebung folgend, flog Jenny am nächsten Morgen nach Schottland, um ihre Großmutter zu besuchen. Anrufen kam nicht in Frage. Ihre Großmutter war zum Telefonieren zu schwerhörig, und ihr vierter Ehemann, Roddy, weigerte sich, Nachrichten entgegenzunehmen. Gewöhnlich schrieb Jenny vorher, wenn sie sie besuchen wollte, aber Freda schien es auch nie etwas auszumachen, wenn sie unangemeldet auftauchte. Während des Fluges konnte sie sich nicht genügend konzentrieren, um zu lesen, und ganz automatisch begannen ihre Gedanken wieder um Marc zu kreisen. Er war ziemlich beeindruckt gewesen, als sie ihm erzählte, was ihre Großmutter während des Krieges getan hatte. Er wollte alles darüber wissen und schien instinktiv zu verstehen, was für eine wichtige Rolle Freda in Jennys Leben spielte.

»Sie war ja eine richtige Heldin«, meinte er. »Dafür hätte sie eine Auszeichnung verdient.«

»O ja, da bin ich ganz deiner Meinung. Es muß Hunderte von Menschen geben, die ohne sie heute nicht mehr am Leben wären.«

»Deine Familie ist sicher sehr stolz auf sie.«

Jenny überlegte. »Darüber wurde bei uns nicht oft gesprochen. Ich nehme an, man gewöhnt sich einfach daran und erörtert es nicht jeden Tag beim Essen. Ich selbst habe Freda früher nur selten gesehen.«

»Wieso nicht? Wo war sie denn?«

»Sie hat in Amerika gelebt und kam aller zwei oder drei Jahre einmal zu Besuch. Ich kann mich aber nicht daran erinnern, daß sie jemals bei uns übernachtet hätte. Sie wußte absolut nichts mit Kindern anzufangen und brachte mir völlig unpassende Geschenke mit, wie zum Beispiel komische Folklorekleider mit Stickerei, in die ich dreimal hineinpaßte, oder einen Teddybären, den sie auf dem Flugplatz gekauft hatte. Sie schenkte mir immer noch Kinderspielsachen, als ich mich schon als cooler Teenager fühlte. Sie konnte auch nicht mit Kindern sprechen. Ich saß einfach nur dabei und hörte zu, wenn sie sich mit Vater über Nixon und Watergate oder über das palästinensische Geiseldrama unterhielt. Ich glaube, sie hat versucht, meiner Mutter den Feminismus nahezubringen, was aber nichts gefruchtet hat.«

»War dir damals etwas über ihre Erfahrungen während des Krieges bekannt?«

»Bruchstücke, aber ich habe mir weiter keine Gedanken darüber gemacht. Ich wußte, daß sie jüdische Kinder gerettet hatte, denn ich erzählte meinem Lehrer davon, als wir ›Das Tagebuch der Anne Frank‹ im Unterricht lasen. Ich hatte mitbekommen, daß mein Großvater irgendwie ein Kriegsheld gewesen sein mußte, der von den Deutschen erschossen worden war, aber ich glaube nicht, daß ich je nach genaueren Einzelheiten fragte. Als Teenager entwickelte ich ein morbides Interesse für Konzentrationslager, was vielleicht auf meine Großeltern zurückzuführen war, aber ich hörte Fredas Version der Geschehnisse erst mit Ende zwanzig, und sogar jetzt tauchen noch Geschichten in ihren Memoiren auf, die mir bisher vollkommen unbekannt waren.«

»Und wann hast du sie besser kennengelernt?«

»Ich war vierundzwanzig und hatte meine erste Anstellung bei einem Verlag, als sie nach London zog, um mit Sean zusammenzuleben. Er war Dichter, und sie begann gemeinsam mit ihm eine Lyrikzeitschrift herauszugeben. Sie hatten eine Wohnung in

Hampstead in der Nähe des Parks, und sonntags ging ich zum Tee oder zum Abendessen zu ihnen, fühlte mich jedoch stets unbehaglich. Sean konnte sehr einschüchternd wirken. Er wollte sich immer mit mir über Bücher unterhalten und hatte natürlich sehr viel mehr gelesen als ich. Er war entsetzt darüber, daß ich im Verlagswesen arbeitete und nie ›Finnegans Nachtwache‹, ›Moby Dick‹ und ähnliches gelesen hatte. Manchmal versuchte ich ihm etwas vorzumachen, er ertappte mich aber jedes Mal.«

»Und ihr beide habt euch dann wohl angefreundet, als sie sich von Sean getrennt hatte?«

»Nein, schon vorher. Es hat sich irgendwie nach und nach ergeben, als wir herausfanden, daß wir gewisse Gemeinsamkeiten hatten.« Es war Jenny zu peinlich, ihm von dem Vorfall zu erzählen, der sie einander nähergebracht hatte, dem Nachspiel ihrer unbedachten Affäre mit einem Kabinettsminister nämlich.

»Du hast wirklich Glück, daß es in deiner Familie jemanden gibt, mit dem du reden kannst. Ich verstehe mich mit keinem in meiner Familie richtig«, meinte Marc. »Wir sind nicht zerstritten und treffen uns zu allen üblichen Feiern, aber ich würde keinem von ihnen etwas Persönliches anvertrauen. Irgendwie kommt es mir vor, als wäre ich aus der Art geschlagen.«

»Wenn du ein oder zwei Generationen zurückgehst, wirst du herausfinden, wessen Gene du mitbekommen hast. Ich fühlte mich auch immer, als würde ich nicht in unsere Familie passen, bis mir Freda vertrauter wurde.«

»Ja, schon möglich. Ich glaube, mein Urgroßvater hatte was von einem Abenteurer«, sagte er, »aber darüber wurde nie gesprochen. Sobald sein Name fiel, wechselte man das Thema. Ich nehme an, er galt als schwarzes Schaf der Familie.«

»Und wirst du auch als schwarzes Schaf angesehen?«

»Hm, zumindest als Nonkonformist.«

»Oh, wie gut! Die Sorte ist mir am liebsten«, sagte Jenny.

Das war das Ausführlichste, das er Jenny während der fünf

Tage ihrer Bekanntschaft über seine Familie erzählt hatte. Offensichtlich verstand er sich aber recht gut mit seiner Mutter, da er sich sofort nach seiner Ankunft in New York mit ihr in Verbindung gesetzt hatte. Sie hatte auch wirklich nett geklungen am Telefon.

Auf dem Flugplatz in Glasgow nahm sich Jenny einen Mietwagen und fuhr bei scheußlichem Regenwetter fünfzig Meilen nach Süden zu dem Dorf, in dem Freda und Roddy wohnten. Sie hatte nur wenige Meter Sicht, und Lkws klatschten ihr zudem kräftige Schwalle braunen Wassers auf die Windschutzscheibe, das die Scheibenwischer nur mit Mühe wieder beseitigen konnten.

Die Sonne kam heraus, als sie den Hügel zu dem rostbraunen Haus aus Sandstein hochfuhr, das über dem Tal thronte. Von hier aus hatte man einen schönen Blick durch die Bäume auf ein gewundenes schwarzes Flüßchen, heute jedoch sah alles grau und verregnet aus. An der hohen schwarz gestrichenen Tür war ein Messingklopfer angebracht, und Jenny versuchte es zuerst damit, aber wie immer wurde ihr Klopfen nicht zur Kenntnis genommen. Sie patschte auf dem schlammigen Weg um das Haus herum nach hinten zum Küchenfenster, und dort stand Roddy und wusch mit einer langstieligen Drahtbürste Milchflaschen in der Spüle aus.

Er öffnete die Tür und winkte sie herein. »Ach, du bist's. Sie ist im vorderen Zimmer.« Er war ein distinguierter älterer Herr mit grauen Haaren, der sich sehr aufrecht hielt. Die halbrunden Brillengläser auf der Nase ließen seine Augen merkwürdig gebrochen wirken, da man eine Hälfte über der Brille und die andere durch dickes Glas sah.

»Hallo, wie geht's dir?« fragte Jenny strahlend und so freundlich wie nur möglich. Er gab sich immer mürrisch, sie war aber fest entschlossen, ihn eines Tages für sich einzunehmen. »Kann ich meine Schuhe hier abstellen? Sie sind ganz schlammig, und ich möchte den Dreck nicht durchs ganze Haus tragen. Das ist ja ein furchtbares Wetter.«

»Gibt nichts dran auszusetzen, das Wetter ist völlig okay«, meinte er in seinem knappen militärischen Ton.

Sie lächelte und zog ihre Schuhe dennoch aus. Dann drehte sie ihm den Rücken zu, um ins vordere Zimmer zu gehen. »Ich nehme an, du möchtest Tee?« fragte er gequält.

»Das wäre wundervoll«, erwiderte sie.

Freda saß in ihrem großen braunen abgenutzten Ledersessel vorm Fernseher und schlief. Sie trug wie immer ein geblümtes Hauskleid, dicke Socken und Pantoffeln, und ihre Füße ruhten auf einem Lederhocker. Ihr silbernes Haar war ordentlich nach hinten gekämmt und wurde von einem hellblauen Band gehalten, und auf ihrem Gesicht lag ein friedlicher Ausdruck. Sie war noch immer eine bemerkenswert beeindruckende Frau.

Das Zimmer war randvoll mit Dingen, die Freda über die Jahre gesammelt hatte – an einer Wand hing ein Kopfschmuck der Sioux, auf dem Kaminsims lag ein grauer Steinbrocken von der Berliner Mauer, es gab Ikonen und bemalte Dosen, kleine Statuen und Skulpturen. Jenny wollte Freda nicht aufwecken; sie setzte sich und verfolgte die laufende Fernsehsendung, eine Talkshow, in der Eltern ermordeter Kinder über ihre Gefühle redeten. Jenny hörte nicht so sehr auf das, was gesprochen wurde, sondern achtete vielmehr auf die grauen Schatten in den Augen dieser leidgeprüften Menschen.

Nach ein paar Minuten stieß Reddy mit einem klirrenden Tablett kräftig gegen die Tür, so daß sie an die Bücherregale dahinter schlug. Freda öffnete die Augen. »Besuch für dich, altes Mädchen«, sagte er. »Hier ist der Tee.« Er stellte das Tablett auf einem kleinen Tisch neben ihr ab, und sie nickte ihm zu. Dann drehte sie sich mit breitem Lächeln zu Jenny hin.

»Jenny, wie schön.« Jenny ging zu ihr hinüber und küßte sie auf die Wangen, und Freda drückte ihren Arm.

« Mich braucht ihr ja nicht.« Roddy schlurfte wieder aus dem Zimmer. Freda fand in ihrem Schoß die Fernbedienung und schaltete den Fernseher aus, wodurch sie einer Mutter, die den Mund zum Sprechen geöffnet hatte, den Satz abschnitt.

»Hast du mein zweites Band bekommen?« fragte Freda interessiert. »Wie war es?«

»Brillant«, sagte Jenny. »Viel besser als das erste. Ich weiß nicht, wie du's schaffst, so fließend zu sprechen, während du dich zu erinnern versuchst. Aber ich bin heute nicht deshalb hergekommen.«

»Ich hoffe, es geht nicht um Probleme mit einem Mann«, bemerkte ihre Großmutter und lächelte ironisch. »Ich hoffe, daß der Grund viel interessanter und wirklich der Mühe wert ist.« In ihren Augen lag ein lustiges Funkeln, und Jenny konnte daraufhin nur die Augenbrauen hochziehen und hilflos mit den Schultern zucken. Sie hätte vor Erleichterung weinen können, wieder bei dieser lebenserfahrenen, tüchtigen Frau zu sein, die ihr eine so enge und zuverlässige Verbündete geworden war.

In der Woche, nachdem Jennys Affäre mit Andrew Lennard, dem Handelsminister, durch die Presse gegangen war, hatte sie bei Freda in Hampstead gewohnt. Sie hatten die Tage damit verbracht, über alles und jeden zu tratschen und miteinander zu trinken, während Sean wie ein wütender Wachhund die Journalisten verscheuchte.

Jenny hatte Andrew bei einem Empfang im Unterhaus kennengelernt, der aus Anlaß des Erscheinens einer neuen Biographie des Premierministers stattfand. Andrew sah nicht sonderlich attraktiv aus – dunkle Haare, dicker Bauch und buschige Augenbrauen –, sie fühlte sich jedoch von seinem Selbstbewußtsein angezogen und fand die Vorstellung erregend, daß er so viel Macht und Einfluß besaß. Für eine naive Fünfundzwanzigjährige war ein Kabinettsminister höchst beeindruckend. Er bat sie um ihre Telefonnummer, und eine Woche später rief er an und lud sie zu einem heimlichen Abendessen in seine Wohnung ein. Damit begannen sie eine Affäre, die man landläufig als billig bezeichnet.

Obwohl er Single war, gingen sie nie miteinander aus, und Jenny war nicht selbstbewußt genug, um das anzusprechen. Manchmal rief er sie selbst an, meist aber ließ er seine Sekretärin die Verabredungen treffen. Zur festgesetzten Zeit erschien Jenny dann am Hintereingang der exklusiven Wohnanlage in der Nähe von Westminster und wurde von einem Agenten des Geheimdienstes eingelassen. Die Sicherheitsbestimmungen waren streng, weil es Drohungen von Terroristen gegen ihn gegeben hatte. Während ihrer ersten Rendezvous servierte ihr Andrew immer eine Flasche gekühlten Wein und ein leichtes Abendessen, das seine Haushälterin auf einem Tablett bereitgestellt hatte, aber nach ungefähr einem Monat hörten die Nettigkeiten auf, und es ging nur noch um Sex. Sie fand es spannend, wenn er sich über andere Politiker ausließ, er redete aber nie über Regierungspolitik mit ihr, und da er keinerlei weitere Interessen und auch kein gesellschaftliches Leben hatte, waren ihre Gespräche ziemlich zähflüssig und hielten sich in bescheidenen Grenzen.

Eines Morgens wurde Jenny auf der Arbeit vom Reporter einer Boulevardzeitung angerufen, der ihr mitteilte, daß sie am nächsten Tag die Story von ihrer Affäre bringen würden. Er fragte sie, ob sie dazu Stellung nehmen wolle. Sie legte schnell auf und rief Andrews Büro an, um zu erfahren, was sie tun solle. Er war an jenem Tag im Unterhaus, und sie erklärte deshalb alles der Sekretärin, die ihr versprach, innerhalb einer Stunde zurückzurufen, was sie auch tat.

»Tut mir leid, Miss Rowland, aber Mr. Lennard wird Sie eine Zeitlang nicht treffen können, bis sich das Interesse der Presse gelegt hat. Er empfiehlt Ihnen, vielleicht für ein paar Tage zu verreisen. Wenn Sie sich weigern, den Journalisten Auskunft zu geben, werden sie Sie viel schneller in Ruhe lassen. Er selbst wird zu der Angelegenheit keinen Kommentar abgeben. Er meinte, Sie würden das verstehen.«

Die Empfangssekretärin bei Newman & Hall wehrte den Rest des Tages alle Besucher ab, aber als Jenny um sechs das Gebäude verließ, erwartete sie ein halbes Dutzend Reporter draußen auf dem Bürgersteig, und in der Nähe ihrer Wohnung lungerten noch mehr herum. Sean kam angefahren, um sie mit seinem rostigen Volkswagen abzuholen. Er brüllte den Reportern zu: »Haut ab, um Gottes willen, sie ist doch nichts weiter als ein junges Ding.« Und Freda begrüßte sie mit einem Gin Tonic und einer Umarmung.

»Wie's scheint, bist du bloß ausgenutzt worden. Ich glaube nicht, daß er wieder von sich hören läßt«, stellte sie fest.

»Ich weiß, und ehrlich gesagt, ist mir das egal«, gestand Jenny.

»Oh, gut, du bist also nicht verliebt.«

»Ganz und gar nicht. Er ist ein langweiliges, selbstsüchtiges Arschloch.«

»Wie war er denn als Liebhaber?«

»Also, weißt du, Freda!« Jenny kicherte verlegen.

»Erzähl schon, ich bin neugierig!«

Jenny stürzte ihren Drink hinunter. »Man konnte gar nicht so schnell gucken, wie es vorbei war. Aber er erklärte es immer mit Zeitmangel.« Sie prusteten beide los.

»Hat er denn überhaupt nicht versucht, dich zu befriedigen?«

»Du liebe Güte, mitnichten! Ich bin mir sicher, daß er denkt, das sei nur was für Proleten. Absolventen von Eliteschulen wissen gar nicht, was ein Kitzler ist, und begeben sich erfahrungsgemäß nie in untere Regionen. Sie benutzen ihre Zungen noch nicht einmal beim Küssen.« Sie fühlte sich besser, nachdem sie das gesagt hatte.

»Wie dankbar ich sein muß, daß mir das englische Kastendenken erspart geblieben ist!« rief Freda aus, ungläubig den Kopf schüttelnd.

Später an jenem Abend, als sich Jennys Anspannung dank des Alkohols und Fredas sachlicher, vorurteilsloser Haltung gelöst hatte, gestand sie: »Ich habe da ein kleines Problem, es ist aber etwas sehr Persönliches. Hättest du was dagegen, wenn ich es dir anvertraue?«

»Worum geht's?«

Jenny errötete. »Es ist nur ..., ich denke, daß ich mir vielleicht etwas bei ihm eingefangen haben könnte, aber es war mir zu peinlich, zu einem Arzt zu gehen.«

»Und wie äußert sich das?«

An einem heraushängenden Faden an der Armlehne des Sessels herumzupfend, schilderte Jenny es ihr.

»Sean hat einen Freund, der Arzt ist. Der soll dich morgen früh untersuchen. Aber ich glaube, wir sollten es deinen Freund auch wissen lassen, bevor er es dem nächsten hübschen Mädchen aufhalst, das ihm über den Weg läuft.«

»Das kann ich nicht. Er nimmt nicht einmal meine Anrufe entgegen.«

»Dann schicken wir ihm eben einen kleinen Brief«, schlug ihre Großmutter vor. »Ich würde dir liebend gern helfen, ihn aufzusetzen.«

Sie kicherten miteinander über verschiedene Entwürfe, entschieden sich aber schließlich für die emotionslose Schilderung der Tatsachen und schickten die Mitteilung an sein Büro im Unterhaus. Wie vorauszusehen war, kam nie eine Antwort.

Der gesunde Menschenverstand ihrer Großmutter half Jenny, die Affäre in einem neuen Licht zu sehen, und während der nächsten paar Tage unterhielt Freda sie mit erquicklichen Geschichten aus ihrem eigenen Liebesleben und über die Männer, die sie geehelicht hatte und die charakterlich alle vollkommen verschieden voneinander gewesen waren.

»Nie wieder«, hatte Freda sich damals geschworen. »Ich werde zwar mit Männern zusammenleben, will aber keinen Ehemann mehr.« Deshalb waren alle, die sie kannten, verwundert, als sie fünf Jahre später verkündete, daß sie Roddy Graham, einen Offizier a. D. der Schottischen Garde, heiraten und zu ihm in sein Haus nach Ayrshire ziehen würde.

»Also, erzähl schon, was ist passiert?« fragte Freda nunmehr und sah Jenny mit neugiriegen Augen prüfend an. Ihre siebenundachtzig Jahre waren nur an ihren knorrigen Händen und ihrer Taubheit zu erkennen, die sie aber dadurch verbarg, daß sie außerordentlich geschickt von den Lippen ihrer Gesprächspartner ablesen konnte.

Jenny beschrieb die fünf Tage und Nächte, die sie mit Marc verbracht hatte, und die Ereignisse in der Bretagne bis hin zu dem letzten Morgen, an dem sie gesehen hatte, wie sich Hervé auf dem Parkplatz mit jemandem stritt. Freda schürzte die Lippen.

»Was ich da höre, will mir ganz und gar nicht gefallen. Wenn er wirklich ein bretonischer Waffenhändler ist, kannst du von Glück sagen, daß du jetzt hier bist, und mir die Geschichte erzählst. Er hätte dich in jener Nacht auf diesem Weg einfach umbringen können, und keiner hätte gewußt, wo man mit der Suche nach dir beginnen sollte. Ich wette, er kennt den Ozean dort in der Gegend gut genug, um eine Leiche an einer Stelle zu versenken, wo sie keiner findet.«

Jenny runzelte die Stirn. Ihr war nicht bewußt gewesen, daß sie in Lebensgefahr geschwebt hatte. »Das sind ja echte Horrorvorstellungen, die du da hast, Freda«, sagte sie.

»Erzähl mir mehr über diesen Marc. Es klingt so, als hätte sich alles nur um Sex gedreht, warum bist du dann derart aufgebracht über ihn? Es war natürlich grausam von ihm, sich so aus dem Staub zu machen, aber du weißt doch, wie sensibel Männer sein können. Wahrscheinlich hast du seine Gefühle auf irgendeine obskure, unergründliche Weise verletzt«, meinte sie, leise lachend.

Jenny seufzte. »Ich kann nicht beschreiben, weshalb er mich

so beeindruckt hat. Ich habe mich mit ihm wohl gefühlt, wir waren uns irgendwie gleich. Es war anders als bei den anderen.«

»Erzähl mir unbedingt, was dein Privatdetektiv herausfindet. Erstaunlich von dir!«

»Ich weiß, aber es werden wahrscheinlich Dinge sein, die ich lieber nicht hören möchte. Wieso habe ich einen derart üblen Geschmack, was Männer angeht?«

»Das hast du von deiner Mutter.«

»Oh, Freda!« sagte Jenny tadelnd. »Wann werdet ihr zwei euch endlich wieder versöhnen? Du weißt genau, daß du Vater nicht so hättest kritisieren dürfen. Mutter braucht ihre kleine Phantasiewelt. Ruf sie einfach an und sag ihr, daß es dir leid tut. Dann ist alles wieder im Lot. Sie sehnt sich danach, etwas von dir zu hören, ist aber viel zu stolz, um selbst anzurufen.«

»Du bist Ostern hingefahren, nicht wahr? Also, wie ist Rio denn? Ich war noch nie dort.«

»Rein äußerlich ist es hübsch.« Jenny beschrieb die Vielzahl der immer größer werdenden Stadtteile, die durch steile kleine Hügel voneinander getrennt sind und an deren westlichem Rand sich ein langer Sandstrand hinzieht. »Der extreme Gegensatz von Armut und demonstrativ zur Schau gestelltem Reichtum ist aber schwer zu verkraften. Mutter und Vater besitzen eine Wohnung in den obersten Etagen eines Häuserkomplexes mit Blick über Ipanema und Swimmingpool auf dem Dach. Und die Wohnung ist schon jetzt mit Gemälden, Nippes und Schund vollgestopft. Den Kauftrieb muß sie von dir geerbt haben«, sagte Jenny, sich im Raum umschauend.

»Das ist aber auch schon alles«, unterbrach Freda sie barsch. »Ich kapiere nicht, warum sie bei einem Mann bleibt, der ihr überhaupt keine Beachtung schenkt und sie wie seine Haushälterin und Sekretärin mit gesellschaftlichen Verpflichtungen behandelt. Oder verstehst du das etwa?«

»Ja, das tue ich. Man muß Vater kennen, um es zu verstehen.

Er ist eine sehr starke Persönlichkeit. Und sie besitzt nicht dein Selbstvertrauen. Außer mich aufzuziehen und eine Ehe über vierzig Jahre aufrechtzuerhalten, hat sie nichts geleistet. Das ist ihr gesamtes Leben gewesen, und deshalb möchte sie keine Kritik von dir darüber hören.«

»Ich weiß«, seufzte Freda. »Ich kann es bloß nicht ertragen, das zu sehen. Na ja, wie geht's ihr denn? Ist sie dort glücklich?«

»Nach außen hin schon. Sie hat Freunde, mit denen sie mittags essen geht – diese schillernden Emigrantentypen –, und sie besucht Schönheitssalons. Wahrscheinlich trinkt sie mehr, als gut für sie ist. Eigentlich sollte ich dir das gar nicht erzählen, aber sie denkt darüber nach, sich das Gesicht liften zu lassen.«

Freda knallte scheppernd ihre Teetasse auf den Teller, und ein Notizheft, das auf dem Tisch gelegen hatte, flatterte zu Boden. »Glaubt sie denn *wirklich*, damit die Liebe und Zuneigung ihres Mannes zu gewinnen? Ich bitte dich!«

»Ich nehme an, daß das der Grund ist. Zudem ist das dort nicht ungewöhnlich. Rio ist die Hauptstadt der plastischen Chirurgie.« Jenny hob das Notizheft auf und warf einen Blick auf den Umschlag. »Was ist das?«

Freda streckte die Hand aus. »Eines meiner alten Tagebücher. Ich habe sie durchgesehen, weil ich das Buch schreibe. Sie helfen mir jedoch nicht viel weiter.«

»Ich wußte nicht, daß du Tagebuch geführt hast?«

Die alte Dame lachte leise vor sich hin. »Eine Masse dummes Zeug, wirklich. Ich kann nicht glauben, daß ich sie die ganzen Jahre aufgehoben habe. Es geht darin nur um Gefühle und nicht um Fakten, aber es ist lustig, darüber nachzusinnen, wie ich früher einmal war.«

Jenny schaute begehrlich auf das Notizheft. »Ich nehme nicht an, daß ich das lesen darf, oder?«

»Sie sind alle in Französisch geschrieben.«

»Lesen kann ich französisch einigermaßen gut. Manchmal muß

ich französische Manuskripte begutachten. Nur sprechen kann ich nicht einmal das Lebensnotwendigste. Der Französischunterricht an unseren Schulen ist ja so schlecht.«

»Wozu willst du sie denn lesen? In meinem Buch bekommst du all die Geschichten viel klarer dargestellt. Ich verändere nichts. Diese Tagebücher sind oft irreführend, und es gibt lange Zeiten, in denen ich nichts aufgeschrieben habe. Außerdem habe ich eine Art Kurzschrift benutzt für Situationen, deren Beschreibung gefährlich sein konnte. Du würdest durch die Tagebücher nicht viel erfahren.«

»Oh, bitte«, bettelte Jenny. »Ich möchte sie so gern lesen.«

Freda beugte sich über die Armlehne und zog eine Handvoll Notizhefte aus einem Zeitungsständer. Sie waren bräunlich orange, verwaschen grün und blaßblau wie alte Schulhefte. Sie blätterte eines davon durch und dann noch ein weiteres.

»Aber du weißt, wie Tagebücher sind. Sie rücken unter Umständen nebensächliche Personen und Ereignisse in den Mittelpunkt, die damals wichtig zu sein schienen, aber nicht Teil des größeren Gesamtbildes wurden. Und ich neigte eher dazu, dann zu schreiben, wenn ich Ärger oder Kummer hatte, statt über die guten Zeiten zu berichten. Du würdest einen völlig falschen Eindruck bekommen.«

»Ich möchte gerne erfahren, worüber du dir tagtäglich Gedanken gemacht hast. Ich kann mir nicht vorstellen, wie du in meinem Alter warst. Es wäre tröstlich zu wissen, daß du nicht immer so gelassen und weise gewesen bist wie heute. Vielleicht gibt es ja auch für mich noch Hoffnung!«

Freda schlug eines der Hefte auf und vertiefte sich in ein paar Seiten, während Jenny den Atem anhielt.

»Ich nehme an, es kann nichts schaden«, sagte sie schließlich, und Jenny sprang auf, um sie zu umarmen.

»Ich werde sorgsam mit ihnen umgehen, das verspreche ich dir.«

Es war später Nachmittag, als Jenny sich zum Gehen erhob. Der Himmel draußen hatte sich verdunkelt und zugezogen. Als sie zum Flugplatz in Glasgow zurückfuhr, klatschten wäßrige Schneeflocken auf die Windschutzscheibe und heftiger Seitenwind drückte gegen das Auto. Vor Schreck bremste sie abrupt, und ein Auto, das in einiger Entfernung hinter ihr gewesen war, konnte einen Auffahrunfall nur knapp verhindern. Nur fünfzehn Minuten vor dem Start ihrer Maschine erreichte sie zitternd den Flugplatz.

Kapitel 10

Sobald Jenny auf ihrem Sitz im Flugzeug angeschnallt war, holte sie die Notizhefte heraus und fing an, sie näher zu untersuchen. Es waren insgesamt sieben. Sie öffnete das oberste. Über vergilbtes, billiges kariertes Papier glitt Fredas elegant geschwungene Handschrift, manchmal mit Tinte, manchmal, schwer zu entziffern, mit verblaßtem Bleistift.

Jeder Eintrag begann mit Tag und Monat, aber ohne Jahreszahl. Jenny kontrollierte die Umschläge, doch auch sie enthielten keinen Hinweis auf das Jahr. Dann bemerkte sie die Bleistiftangaben innen auf der vorderen Umschlagseite. Sie ordnete die Hefte der Reihe nach: 1932, 1934–1935, 1935–1936, 1938–1939, 1941, 1943–1944, 1945–1946. Einige waren voll, andere hatten noch leere Seiten. Drei waren aus beiden Richtungen beschrieben – erst von vorn, und dann war das Heft gewendet und um die eigene Achse gedreht worden, und die Einträge erfolgten von hinten nach vorn, bis sie sich in der Mitte trafen. Mehrere Seiten waren mit langen Namenslisten, Orten und Zahlen gefüllt.

Sie schlug das Tagebuch von 1932 auf, das mußte das Jahr sein, in dem Freda und Werner geheiratet hatten, bevor sie nach Rom gingen. Es begann mit dem 5. März. Jenny las langsam und übersetzte gleichzeitig in Gedanken. Worte und Wortverbindungen, die sie nicht verstand, überlas sie.

Wir haben bei Claude und Marie in ihrer neuen Wohnung zu Abend gegessen. Es ist sehr amüsant, mit ihnen zusammen zu sein. Sie ist ein fürchterliches Lästermaul (Neuigkeiten von Sabine!), und er erzählt gute Geschichten über die … Jenny kannte das Wort nicht und übersprang ein paar Zeilen. *Sie hatten ein chinesisches Buch, mit dessen Hilfe man durch das Werfen von Münzen die Zukunft voraussagen kann. Der Rat für mich lautete, daß ich geduldiger mit mir nahestehenden Menschen umgehen solle und versuchen müsse, nachsichtiger zu sein. Werner wurde geweissagt, daß er bald Erfolg haben würde, der aber nicht von Dauer wäre. Weiß nicht, was ich davon halten soll. Es hieß auch, daß Werner Angst vor Konflikten habe und alles tun werde, ihnen auszuweichen, was der Wahrheit entspricht.* Der Eintrag schloß mit den Worten: *Ich mag Claude sehr.*

Auf den nächsten Seiten beschrieb Freda die Vorbereitungen für ihre Hochzeit und die Suche nach dem idealen Stoff für ihr Hochzeitskleid, das sie selbst nähen wollte. *Ich bin wütend auf Mutter, die der Meinung ist, daß ich nicht so viel Geld ausgeben sollte. Wir streiten uns um jede einzelne Ausgabe. Es ist ein einmaliger Tag, an den ich mich immer erinnern werde, und sie denkt nur an den schnöden Mammon.* Es folgte eine Auflistung von Einkäufen mit Preisangaben.

29. April. Ich mag Marie nicht und will nicht, daß sie zu meiner Hochzeit kommt. Als ich Werner das aber sagte, meinte er, ich solle nicht kindisch sein. Ich kann ihm nicht sagen, was sie Lilian über ihn erzählt hat. Manche Leute wollen ihre Mitmenschen einfach in Schwierigkeiten bringen.

Dann, nur einige Seiten weiter, hieß es: *Marie war am Nachmittag da und hat mir geholfen, Knöpfe für mein Kleid zu überziehen. Sie sagte, daß sie es schön finde und sich wünsche, ein noch hübscheres Kleid zu tragen, wenn sie Claude heirate.*

Jenny überflog ein paar weitere Seiten, bis eine Liste ihre Aufmerksamkeit erregte:

1. Allem Anschein nach werden wir reisen können.

2. Er müßte eigentlich sehr erfolgreich werden, da er jetzt für die Regierung arbeitet.

3. Er ist gütig und großzügig.

4. Er ist zuverlässig und wird mich nie verlassen.

5. Ich muß nicht nach Marseille zurück.

Jenny ging zum Anfang des Eintrags zurück: *Ich weiß nicht, ob ich einen Riesenfehler mache. Kann ich für den Rest meines Lebens mit einem Mann zusammenleben, der keinerlei Emotionen hat? Er streitet nie mit mir. Er überrascht mich nie mit Geschenken. Er ist nicht spontan. Ich nehme an, Heirat ist ein Kompromiß, vergleichbar mit einer Geschäftsverhandlung, bei der man auch den besten Abschluß tätigt, der zur Zeit möglich ist. Eine Eigenschaft gleicht die andere aus. Darüber denke ich ständig nach.* Nach der Liste folgte am Ende der Seite die lapidare Frage: *Ist das genug?*

Es gab eine Lücke von ungefähr sechs Monaten, bevor Freda wieder etwas in ihr Tagebuch schrieb. Inzwischen war sie offensichtlich verheiratet. *Große Aufregung! Wir ziehen nach Rom. Werner wird in der Botschaft arbeiten, wir können also auf schicke Parties gehen. Ich muß mir noch einiges zum Anziehen kaufen, bevor wir Frankreich verlassen, weil ich nicht weiß, ob die Läden in Rom so gut sind.*

Jenny legte den Finger zwischen die Seiten, klappte das Heft zu und dachte über die kühlen Entscheidungen nach, die diese Frau im Alter von zwanzig Jahren getroffen hatte. Sie fragte sich, was Freda wohl jetzt als die entscheidenden Kriterien, jemanden zu heiraten, auflisten würde? Alle ihre Ehemänner und Lebenspartner waren grundverschieden voneinander gewesen. Jenny schien es, als hätte Freda einmal aus konventionellen Gründen geheiratet, einfach weil sie im heiratsfähigen Alter war, einmal suchte sie Sicherheit, einmal intellektuelle Anregung, einmal Bequemlichkeit, und zwei von den Männern konnten ihr ein neues Leben bieten, als es nötig war.

Sie las weiter. Freda beklagte sich über die Wohnung, die man ihnen in Rom zugewiesen hatte und die sie für zu klein hielt, und sie beschrieb verschiedene Festlichkeiten, die sie besucht hatten, immer anmerkend, was sie dabei trug. Dann kam der erste Eintrag über Mussolini.

7. Mai. Alle sagen, daß M. von mir hingerissen ist und unsere Freunde über mich ausfragt. Ich will rätselhaft bleiben. Es ist sehr schmeichelhaft, daß ein so mächtiger Führer in mich verliebt ist, aber schade, daß er so unattraktiv ist. Ich glaube nicht, daß er sich jemals wäscht, und der Dreck unter seinen Fingernägeln ist bestimmt schon Jahre alt. Wie vorherzusehen war, nimmt Werner es gelassen. Entweder vertraut er mir vollkommen, oder er weiß, daß er keinen Grund zur Besorgnis hat, oder es ist ihm egal. Man sollte annehmen, daß ein liebender Gatte etwas aufgebrachter wäre, wenn die ganze Stadt über seine Frau und einen anderen Mann spricht.

21. Mai. Ernesto, der Sekretär, begrapschte meinen Hintern, als ich ihm die unterzeichneten Dokumente gab, um die er mich gebeten hatte. Diesem Mann werde ich nie wieder einen Gefallen tun. Alle glauben, daß ich Mussolinis Hure wäre, und Werner tut nichts dagegen. Ich fühle mich billig und beschmutzt. Für diese sogenannte »gute Sache« nehme ich gewaltige Risiken auf mich, und niemand dankt es mir oder scheint es zu würdigen.

24. Mai. Kaum war ich angekommen, drückte er mich aufs Sofa und betatschte meine Brüste. Gott sei Dank trug ich eine bis unters Kinn geschlossene Bluse mit vielen winzigen Knöpfen. Ich kann das nicht mehr lange aushalten.

Die Niederschrift endete an dieser Stelle, und Jenny schlug das Heft zu. Kein Wunder, daß ihre Großmutter so mitfühlend bei der Affäre mit Andrew Lennard gewesen war. Sie wußte aus eigener Erfahrung, wozu mächtige Männer fähig sind.

Sie nahm den Heathrow Express nach Paddington und winkte sich dann ein Taxi heran. Sie dachte immer noch über Fredas Gründe für die Heirat mit Werner nach. Zwanzig Jahre war ein sehr junges Alter, um solche gewaltigen Entscheidungen fürs Leben zu treffen. Als Jenny zwanzig war, schlief sie sich kreuz und quer durch die Universität, auch einige Dozenten befanden sich unter ihren Liebhabern, und es wäre katastrophal gewesen, wenn sie einen davon geheiratet hätte. Sie kam mit dem Taxifahrer ins Gespräch und fragte ihn, ob er verheiratet sei.

»Frau, drei Kinder, zwei Enkel«, rasselte er herunter.

»Können Sie mir sagen, was Ihrer Meinung nach die wichtigsten Eigenschaften sind, die man in einem Partner sucht, den man heiraten will?« fragte sie.

»Für eine Ehefrau? Gehorsam«, meinte er lachend. »Ganz ohne Zweifel.«

»Ihre arme Frau tut mir leid.«

»Ihr geht's gut. Ich lasse ihr manchmal ihren Willen, wenn's nicht so sehr drauf ankommt.

»Sie sind ja ein richtiger Saurier!«

»Ich kann aufsässige Weiber, die denken, daß sie alles besser wissen, nicht ausstehen. Von denen gibt's jetzt mehr als genug.«

»Ich weiß«, sagte Jenny. »Ich bin eine davon.«

»Das hab ich mir schon gedacht«, bemerkte er.

Jenny fragte sich, ob Marc sie zu schwierig gefunden habe. Andere Männer hatten sich in der Vergangenheit darüber beklagt, daß sie zu eigensinnig wäre. Sie wies diesen Gedanken von sich. Solche Grübeleien waren nutzlos, bis sie wußte, was in der Nacht seines Verschwindens wirklich passiert war.

»Sie sehen doch nicht schlecht aus«, meinte der Fahrer. »Ich weiß gar nicht, warum Sie sich mit diesem feministischen Quatsch abgeben.«

Jenny lachte. »Offensichtlich ist die zweite Hälfte des zwanzigsten Jahrhunderts spurlos an Ihnen vorübergegangen.«

Als sie vor ihrem Häuserblock hielten, schluckte sie, als sie den deftigen Fahrpreis hörte, hatte aber nicht die Kraft, sich auf eine Diskussion einzulassen. Er war nicht der Typ, der höflich verhandeln würde.

Irgendeine Vorahnung machte ihr Angst, die Tür aufzuschließen und allein in die Wohnung zu gehen; vielleicht war daran aber auch nur Freda schuld, die ihr gesagt hatte, wie gefährlich ihr

Abenteuer in der Bretagne hätte werden können. Eine gelbe Straßenlaterne schien durchs Wohnzimmerfenster, und das rote und weiße Neonlicht der Barreklame unter ihr spiegelte sich flackernd in dem dicken Glas des Couchtisches. Sie schaltete das Licht an und lief schnell durch die ganze Wohnung. Erst als sie die Jalousien zugezogen und hinter alle Türen geschaut hatte, fühlte sie sich sicher.

Der Anrufbeantworter auf ihrem Schreibtisch blinkte und zeigte eine aus Punkten zusammengesetzte Zwei auf seinem dunklen, in cremefarbene Plastik eingesetzten Display. Ihre Brust krampfte sich zusammen, und es schnürte ihr die Kehle zu, als sie sich auf der Stuhlkante niederließ und die Wiedergabetaste drückte. Seit Marcs Verschwinden waren erst drei Tage vergangen. Es war also noch Zeit für ihn, anzurufen und ihr eine plausible Erklärung für alles zu geben, aber tief im Innern glaubte sie nicht daran.

Bei der ersten Nachricht handelte es sich um eine Einladung zur Geburtstagsparty eines Freundes für den 22. Die Lippen spitzend, überlegte Jenny, ob sie vielleicht nach der Taufe noch hingehen könne. Die eine Feier fand in Dulwich und die andere in Notting Hill statt, faktisch am anderen Ende der Stadt. Dann ertönte Susies Stimme.

Jenny, ich wollte dich warnen. Irgend jemand hat Howie davon informiert, daß du das Diana-Buch abgelehnt hast, und er spuckt jetzt Gift und Galle. Er hat mich eine halbe Stunde lang angebrüllt, als ich ihm die Gründe dafür zu erklären versuchte, und er will dich morgen früh sofort sprechen. Ich dachte nur, ich sollte dich das wissen lassen.

Jenny stieß einen Fluch aus und starrte auf den glänzenden Holzboden zu ihren Füßen. Was ging da vor sich? Es war nicht das erste Mal in letzter Zeit, daß dem amerikanischen Geschäftsführer Betriebsinterna sofort zu Ohren kamen. Zum Beispiel war das Problem mit den fünftausend Exemplaren eines

Buches über das stalinistische Rußland zu ihm durchgedrungen, die eingestampft werden mußten, weil keiner bemerkt hatte, daß es zwar ein ausführliches und hilfreiches Register hatte, aber keine Seitenzahlen. Oder die Sache, als ihr das lukrative Geschäft, die Memoiren eines führenden Filmregisseurs in einer Fortsetzungsreihe zu bringen, platzte, weil es an die Presse durchgesickert war. Jeder Fehler ihrerseits wurde Howie, ihrem Boß, sofort zugetragen, und sie hatte nicht den leisesten Schimmer, wer es war.

Sie wählte Susies Privatnummer in Islington. »Vielen Dank für die Warnung«, begann Jenny ohne Umschweife. »Könnten wir uns vielleicht treffen, um darüber zu sprechen. Kannst du in einer Stunde im ›Republica‹ sein?«

Es trat eine Pause ein, und Jenny fiel ein, das Susie zwei kleine Kinder hatte. Schließlich antwortete Susie: »In Ordnung – wieso nicht. Ron kann auf die Kinder aufpassen. Bis dann.«

Als Jenny eintraf, saß Susie schon, verlegen und etwas deplaziert wirkend, in einem tiefen Sessel im vorderen Foyer. Das »Republica« war ein neu eröffneter Klub, zu dem nur Mitglieder Zutritt hatten. Es befand sich in einem hohen, schmalen Reihenhaus und wurde von Managern aus der Werbebranche und von Filmleuten besucht. Jenny war erst vor ein paar Wochen eine kostenlose Mitgliedschaft angeboten worden. Die Räume hatten altmodische Kamine und tiefe Samtsofas, und diskrete Kellner servierten Essen und Getränke, während die Gäste mit den neuesten Vertragsabschlüssen prahlten und ihr Image pflegten.

Susie nippte an einem Glas Mineralwasser mit Limone, Jenny bestellte aber dann eine Flasche Weißwein des Hauses. »Also erzähl mir, was passiert ist«, bat sie.

Susie setzte ihr Glas ab. »Anscheinend versuchte Howie erst, dich zu erreichen, und wurde wütend, als er hörte, daß du zu Freda gefahren bist. Er machte irgendwelche Bemerkungen von wegen Privatbesuchen während der Arbeitszeit.« Jenny schluckte verärgert. Sie konnte es nicht ertragen, in ihrer Position wie ein Kind behandelt zu werden, das die Schule schwänzt.

»Emma hat ihn zu mir durchgestellt, und ich habe ihm unsere Verlagspolitik bezüglich Büchern über das Königshaus erklärt. Das ließ ihn in eine lange Tirade darüber ausbrechen, daß man mit intellektueller Überheblichkeit keinen roten Heller verdient. Das ging eine Weile so weiter, ohne daß er mich zu Wort kommen ließ. Dann sagte er etwas Ominöses, nämlich daß sich bei uns endlich etwas ändern müsse. Er fragte, ob ich das Diana-Buch zurückbekommen könne, und ich antwortete ihm, ich würde sehen, was ich tun kann. Tut mir leid!« Sie zuckte die Schultern.

»Mein Gott, das ist unerträglich!« Jenny stellte klirrend ihr Glas auf dem Tisch ab. »Wenn ich nicht das Recht habe, selbst über das Programm zu bestimmen, wie, um alles in der Welt, soll der Verlag dann funktionieren? Muß ich Howie vielleicht zu Rate ziehen wegen jedes miserablen Manuskripts, das über meinen Schreibtisch geht? Ich glaube, wir steuern auf eine Kraftprobe zu.« Ärgerlich stürzte sie ihren Wein hinunter und begann zu japsen, weil ihr etwas in die falsche Kehle gekommen war. »Mist!« Sie nahm noch einen Schluck, um die Luftröhre wieder frei zu bekommen. Ihr war, als hätte sie Schuhputzmittel für Wildleder getrunken – es schmeckte nach Chemie und Säure und machte die Zunge pelzig. Sie brauchte dringend eine Zigarette, aber Susie hatte bestimmt keine.

»Wie viele außer uns wußten von dem Diana-Buch?« fragte sie.

»Ich habe Kerry aus der PR-Abteilung davon erzählt, und ich nehme an, meine und deine Sekretärin müßten davon gehört haben. Stuart habe ich nichts gesagt, weil wir noch nicht so weit waren, um Verkaufszahlen schätzen zu lassen.«

»*Ich* habe es Stuart gesagt«, meinte Jenny finster. »Ich glaube, er ist ziemlich scharf darauf, das Buch herauszubringen.«

Susie beugte sich über den Tisch und tätschelte ihr mitfühlend die Hand. Jenny fragte sich derweil, wieso sie, in ihrem Alter, sich immer noch in Affären mit Männern einließ, die sie gar nicht wirklich interessierten. Der Gedanke machte sie fertig. »Ich nehme an, du weißt von unserer Beziehung?« fragte sie Susie.

»Ich habe mir gedacht, daß da etwas sein könnte.«

»Er ist ein bißchen zu fordernd. Ich wünschte, ich hätte mich nie mit ihm eingelassen.«

»Du mußt taktisch klug sein, sonst könnte es schwierig auf der Arbeit werden.«

»Ich weiß, ich weiß.«

»Glaubst du, daß er es sein könnte, der Howie von dem Diana-Buch erzählt hat?«

Jenny wirkte nachdenklich. »Es geht nicht nur darum. In letzter Zeit hat es so viele andere Sachen gegeben, die nach New York durchgesickert sind. Aber ich sehe nicht, welches Interesse Stuart daran haben sollte.«

»Vielleicht hat Howie ihm eine Beförderung versprochen?«

»Er ist nicht so ehrgeizig. Doch ich nehme an, daß er das Geld brauchen könnte, weil er jetzt Unterhalt für zwei Teenager zahlt und zudem eine neue Hypothek aufgenommen hat. Ich weiß auch nicht.«

»Könnten wir ihm eine Falle stellen, um es herauszufinden? Ihm eine Information zuspielen, die kein anderer kennt, und abwarten, ob sie nach New York durchdringt? Vielleicht könnten wir eine der Enthüllungen aus Jeffreys Buch benutzen?«

»Nein.« Jenny schüttelte den Kopf. »Ich fühle mich nicht wohl dabei, das ist zu hinterhältig. Falls es wieder passiert, werde ich es mir vielleicht noch einmal überlegen. Wie dem auch sei, was hältst du denn von Jeffreys Buch?«

Susie rümpfte die Nase. »Ich habe dir ein Gutachten auf den Schreibtisch gelegt. Das Buch ist sehr schlecht geschrieben, wir müßten also sichergehen, daß er uns erlaubt, es stark zu überarbeiten. Er glaubt wahrscheinlich, ein wunderbarer Autor zu sein, aber er schreibt nie bloß ein Wort, wo auch zehn möglich sind.

Was ich am meisten hasse, ist sein verdrießlicher Ton und seine Boshaftigkeit. Ich bin mir sicher, er ist sich dessen nicht bewußt, daß es so rüberkommt, aber für mich ist er ein total überheblicher Mistkerl.«

»Was ist mit den Enthüllungen? Ist was Aufregendes dabei?«

»Lauter überhebliches Zeug. Es gibt eine Szene, die mir gefallen hat. Da wirft der Premierminister eine Tasse Tee quer durchs Kabinettszimmer, und sein Pressesprecher und die Vorhänge sind nachher klitschnaß. Vieles klingt für mich aber nach Verleumdung, wie etwa die Behauptung, daß einer der Minister selten erreichbar gewesen sei, weil eine lukrative Beraterfunktion einen Großteil seiner Zeit in Anspruch genommen habe. Das kann doch auf keinen Fall stimmen, oder?« Jenny zuckte die Schultern. »Und ich muß dich warnen, er schreibt auch über Andrew Lennards Affären mit ›unpassenden‹ jungen Mädchen, und daß der Premierminister ihn ständig drängt, endlich zu heiraten.«

»Oh, ich glaube, damit hat sich die Sache dann erledigt, nach allem, was du sonst noch erwähnt hast. Danke für die Warnung.«

»Es ist erschreckend, wenn man sich klarmacht, welchen Mangel an Intelligenz solche hochgestellten Persönlichkeiten aufweisen.«

»Erschreckend, aber nicht verwunderlich. Ich muß sagen, daß ich im Moment dem ganzen männlichen Geschlecht nicht sehr wohlgesonnen bin.«

»Ja, ich auch.« Susie stützte den Kopf in die Hände und betrachtete nachdenklich die Weinflasche.

»Ach, du meine Güte, das habe ich ja ganz vergessen! Wie läuft's denn jetzt mit Ron?« Als sie sich das vorige Mal auf einen Drink getroffen hatten, war Susie sehr deprimiert gewesen wegen ihrer Eheprobleme.

»Die Sache ist einfach festgefahren. Seit er die Affäre zugegeben hat, versuche ich mein Bestes, ihm zu vergeben und wieder zur Normalität zurückzukehren, aber er weigert sich strikt, das Mädchen in eine andere Abteilung versetzen zu lassen. Ich weiß also, daß er sie jeden Tag im Büro sieht, und wenn er anruft, um mitzuteilen, daß er länger arbeitet oder abends noch eine Beratung hat, vermute ich sofort das Schlimmste. Sein Job bringt Sitzungen nach der Arbeitszeit mit sich, aber wie, um alles in der Welt, kann ich ihm jetzt noch trauen?«

»Hast du ihm erklärt, wie dir zumute ist?«

»Ich habe es versucht.« Susie wandte sich ab und starrte aus dem Fenster. »Er weigert sich, weiter darüber zu diskutieren. Er meint anscheinend, daß die Sache bereinigt sei, indem er sie zugegeben und sich entschuldigt hat, und daß es unvernünftig von mir sei, noch länger darauf herumzureiten.«

Sie schauten sich an, und Jenny seufzte, den Kopf mitfühlend zur Seite geneigt. »Was wirst du tun?«

»Ich weiß nicht. Abwarten, ob es vielleicht irgendwann wieder besser wird, nehme ich an.«

Auf dem Heimweg grübelte Jenny über Susies Situation nach. Es fiel ihr schwer, ihre Geduld zu verstehen, aber sie hatte ja auch keine zwei Kinder, an die sie denken mußte, und außerdem war sie nie der »abwartende« Typ gewesen. Sie war immer beim ersten Anzeichen eines Konfliktes aus ihren Beziehungen ausgebrochen, da sie glaubte, daß gekittete Sprünge nicht halten. Wenn Susie Ron diesmal vergab, würde er es bestimmt wieder tun. Daran bestand kein Zweifel. Dann gingen ihre Gedanken erneut zu Marc, und wie er sie belogen und sich aus dem Staub gemacht hatte. Sollte er wieder auftauchen, würde sie ihm dann vergeben? Könnte sie seine Entschuldigungen glauben?

Am nächsten Morgen wurde sie davon abgehalten, ihr riesiges Arbeitspensum zu bewältigen, weil sie bei einem Streit mit einer Autorin vermitteln mußte, die darauf bestanden hatte, daß ihr Freund die Covergestaltung ihres Buchs übernahm. Sie hatten gezögert, weil er Möbeldesigner war und nicht Werbegraphiker, jedoch schließlich eingewilligt, ihn einen Vorschlag vorlegen zu lassen. Das Resultat war ein geschmackloses Machwerk mit protziger Goldschrift auf einem Hintergrund von schwarz und rosa. Der Autorin gefiel das Cover, wie sie beteuerte.

»Es fällt unbestritten ins Auge«, stimmte Jenny ihr diplomatisch zu, »aber derartige Cover wecken im Buchhandel ganz bestimmte Erwartungen. Goldschrift wird vorwiegend für besonders gut verkaufbare Bücher verwendet.«

»Mit anderen Worten, für Bestseller«, meinte die Autorin halsstarrig. »Sie zeigen, daß ein Verlag viel Geld in das Buch gesteckt hat und folglich daran glaubt.«

»Das könnte man so sehen«, entgegnete Jenny ruhig. »Aber Goldschrift vermittelt auch den Eindruck, daß der Inhalt – wie soll ich es ausdrücken – weniger anspruchsvoll ist. Solche Cover werden als ein kleines bißchen vulgär empfunden, und ich freue mich, behaupten zu können, daß Ihr Buch das in keiner Weise ist.«

Das Argument mit dem weniger anspruchsvollen Inhalt traf voll ins Schwarze, und die Autorin erklärte sich damit einverstanden, daß der Verlagsgraphiker noch einmal einen etwas mehr »klassischen« Cover-Entwurf vorlegen sollte.

Als nächstes rief Jeffreys Agentin an, um zu fragen, ob Jenny ein Angebot für sein Manuskript machen wolle.

»Carol, tut mir leid, aber diesmal nehmen wir es nicht. Es erfordert eine Menge Arbeit, und wir sind einfach nicht begeistert genug davon.«

»Aber Sie fanden doch das Exposé ausgesprochen interessant, und Newman & Hall hat immer Erfolg mit politischen Memoiren. Wenn es nur eine Frage der Überarbeitung des Textes ist, bin ich sicher, daß Jeffrey mit sich reden läßt.«

»Nein, es ist mehr als das. Es ist der Ton, in dem das Buch geschrieben ist. Offen gesagt, wir sind nicht der Meinung, daß er sehr sympathisch wirkt.«

Die Agentin seufzte. »Er ist Politiker. Natürlich ist er nicht sympathisch.«

Jenny lachte. »Sie werden noch ganz schön zu tun haben, das unterzubringen, nicht wahr?«

»Das habe ich nicht gesagt. Besteht keine Chance, Sie umzustimmen, wenn ich es von jemandem überarbeiten lasse?«

»Nein, es gibt da noch ein weiteres Problem. Ich weiß nicht, ob Sie über meine frühere Beziehung mit Andrew Lennard informiert sind. Auf jeden Fall bin ich stark daran interessiert, nichts zu veröffentlichen, was ihn ins Gerede bringt, weil ich mir damit selbst schaden könnte.«

»Aber ich dachte, gerade das wäre ein großartiger Werbegag.«

»Nur über meine Leiche«, meinte Jenny knurrig.

Um eins rief sie Howie an, da sie wußte, daß er immer schon vor acht am Schreibtisch saß. Seine Sekretärin weigerte sich jedoch, sie durchzustellen, und übermittelte ihr nur eine Nachricht.

»Er möchte, daß Sie am Freitag um drei Uhr zu einer Besprechung in New York sind. Bitte bringen Sie Ihre gesamten Umsatzprognosen für den Herbst mit, denn er will sie mit Ihnen durchgehen.«

Na toll! dachte Jenny. Das hat mir gerade noch gefehlt. Sie rief Emma zu sich ins Büro und wies sie an, die Flugreservierungen vorzunehmen und für Freitag- und Sonnabendnacht ihr übliches Hotel zu buchen.

»Aber warum, glaubst du, beordert er dich so plötzlich zu sich?« fragte Emma. »Werden solche Besprechungen normalerweise nicht langfristig geplant?«

»Er will Gott spielen«, erwiderte Jenny mit finsterer Miene. »Und ich habe ihm zu gehorchen.«

Emma blätterte ihren Terminkalender durch. »Die Beratung über die Herbstvorschau war für den 10. Juni angesetzt. Ich verstehe nicht, wieso er sie vorverlegt hat. Ich habe schon deine

Flüge für diesen Termin gebucht.« Es brachte sie offenbar auf, daß umdisponiert werden mußte.

»Unter uns gesagt, Emma, das ist meine Bestrafung dafür, daß ich das Diana-Buch abgelehnt habe. Er kann mir nicht mit dem Lineal auf die Finger klopfen oder mich nachsitzen und Strafarbeiten schreiben lassen, also zwingt er mich, alles stehen und liegen zu lassen und nach New York zu fliegen. Es wird schon klappen mit den Umbuchungen. Mach dir keine unnötigen Sorgen.«

Dann telefonierte Jenny mit Louie Farmilow, um ihm mitzuteilen, daß sie nach New York kommen werde. Zuerst meldete sich nur sein Anrufbeantworter. Sie hatte schon begonnen, eine Nachricht darauf zu sprechen, als er doch noch abhob. »Jenny, eigentlich wollte ich Sie heute abend auch anrufen.«

»Haben Sie etwas herausgefunden?«

»Klar doch, und ich bin ganz schön verwundert über Sie, meine Liebe. Er ist überhaupt nicht das, was ich erwartet hätte.«

»Warum, was ist mit ihm?«

»Ihr Marc ist ein bedauernswertes reiches Jüngelchen. Er bekommt von Mami ein Taschengeld, hängt mit immer wieder neuen jüdischen Erbinnen in Nachtklubs rum und hat einen ziemlich teuren Geschmack, was weißes Pulver angeht.«

»Das kann nicht wahr sein«, meinte Jenny leise. Sie war echt verblüfft. »Sind Sie sich absolut sicher?«

»Unser kleiner Marc wohnt mit seiner Mami in einem Penthouse mit Blick über den East River und hat in seinem Leben wahrscheinlich noch nicht einen Tag gearbeitet. Sieht nicht übel aus, der Junge, das halte ich Ihnen zugute, aber ansonsten, das muß ich schon sagen, haben Sie bei mir an Achtung eingebüßt, meine Gute.«

»Ich habe auch an Selbstachtung verloren. Hören Sie, ist es möglich, daß Sie ihm am Freitagabend auf den Fersen bleiben? Ich werde in New York sein, um nachmittags an einer Besprechung teilzunehmen, und mich noch etwas länger dort aufhalten. Wenn Sie herausfinden könnten, wo er ist, versuche ich, wie zufällig mit ihm zusammenzutreffen.«

»Geht in Ordnung, Jenny, obwohl ich es überhaupt nicht gutheißen kann.«

»Klar, ich verstehe mich ja selbst nicht«, sagte sie.

Sie legte auf und starrte einige Sekunden lang ins Leere. Erst jetzt kam ihr der Gedanke, daß sie vielleicht von diesem Playboy schwanger sein könnte. Sie sah sich suchend nach ihrer Handtasche um und wühlte dann in deren Abgründen nach den Pillen. Das grüne Alublättchen erwies sich als ein einziges Durcheinander – für die ersten drei Tage fehlten die Pillen, die nächsten vier waren vorhanden, danach wieder zwei entnommen, und alle übrigen waren noch da. Sie zählte an den Fingern die Tage seit Sonnabend ab, aber es war zu spät, um sich schnell noch vom Arzt ein Mittelchen für den Morgen danach geben zu lassen. Sie drückte eine Pille aus dem Blättchen und schluckte sie runter, dann suchte sie in den Papieren auf dem Schreibtisch nach ihrem Terminkalender.

Wann hatte sie ihre letzte Periode gehabt? Was hatte sie zu der Zeit gerade getan? Sie erinnerte sich daran, daß sie vor einigen Wochen ihre Teilnahme an einer Beratung über die laufende Produktion hatte absagen müssen, weil sie plötzlich ihre Tage bekommen hatte, aber sie konnte die Woche nicht genau bestimmen. Und sie hatte ihre Periode als Entschuldigung benutzt, um keinen Sex mit Stuart zu haben, aber war das drei Wochen oder länger her? Sie wußte, daß sie am ersten Weihnachtsfeiertag Blutungen hatte, das lag jedoch zu lange zurück, um es sicher ausrechnen zu können, da ihre Periode eher unregelmäßig kam. Vielleicht sollte sie sich nachher noch einen Schwangerschaftstest aus der Apotheke holen. Sie drehte sich mit dem Stuhl zum Fenster hin und schaute hinaus.

Wie würde er wohl reagieren, wenn ich ihm sagte, daß ich

schwanger sei? fragte sie sich. Sie malte sich aus, wie sie Marc die Neuigkeit mitteilte und er zärtlich und begeistert wäre und darauf bestände, nach London zu ziehen, um ihr bei der Betreuung des Kindes zu helfen. Er könnte am Bartlett College studieren, wie er es geplant hatte, und sich in seiner Freizeit um Haushalt und Kind kümmern, während sie wie gewohnt arbeiten ging, um den Unterhalt für die Familie zu verdienen. Abends würde sie heimkommen und einen gedeckten Tisch vorfinden, dem Kind noch einen Gutenachtkuß geben und sich dann mit Marc aufs Sofa kuscheln.

Aber sogar in ihrer Phantasie fühlte sie sich eingesperrt bei der Vorstellung. Er wäre sicher verärgert, wenn sie nach der Arbeit mit Freunden noch etwas trinken ginge; sie müßten nachts aufstehen, wenn das Baby schrie; überall in der Wohnung lägen Kindersachen herum; und die Wochenenden wären damit ausgefüllt, Babykleidung zu waschen und Kindersachen zu kaufen. Sie schüttelte den Kopf. Nein, nicht mit ihr. Falls sie schwanger wäre, würde sie stillschweigend in eine Privatklinik verschwinden, wie sie es vor fünf Jahren getan hatte, und das Problem aus der Welt schaffen, ohne daß auch nur einer ihrer Freunde Wind davon bekäme.

Sie befühlte ihren Bauch und fragte sich, ob möglicherweise neues Leben darin heranwachse. Unwillkürlich mußte sie an einen ständig wiederkehrenden Traum denken, auf den sie sich am nächsten Morgen nie genau besinnen konnte. Gelegentlich erinnerte sie sich während des Tages wieder an eine Stimmung oder ein Gefühl, was sie dann immer etwas melancholisch machte. Es gab eine Erscheinung, mit der sie in diesen Träumen sprach, die weder männlich noch weiblich und zu weit entfernt war, als daß ihre Antworten verständlich gewesen wären, aber sie sehnte sich danach, ihr näher zu sein. Manchmal interpretierte sie diese Erscheinung als ihr eigenes Ich aus der Kindheit, die einsame kleine Jenny, die keine Geschwister hatte, mit denen sie sich unterhalten konnte. Jetzt fragte sie sich, ob es vielleicht das Sinnbild ihres ungeborenes Kind sei.

Das Telefon klingelte, und sie schreckte auf. Sie seufzte, als sie sich den Rat des Therapeuten vergegenwärtigte, den sie vor fünf Jahren konsultiert hatte. »Sie werden lernen müssen, besser auf sich aufzupassen.«

Kapitel 11

Jenny verließ vorzeitig das Büro und nahm die Aktenordner zu Absatzprognosen und Kostenaufstellung mit nach Hause. Umgeben von Papierstapeln, saß sie mit einem Taschenrechner auf dem Sofa und überprüfte jede einzelne Prozentzahl, denn sie wollte keinesfalls von Howie bei einem Rechenfehler ertappt werden. Gegen neun stellte sie fest, daß ihre Konzentration allmählich nachzulassen begann. Sie hatte die gleiche Zahlenreihe fünfmal addiert und jedesmal ein anderes Ergebnis erhalten. Irgend etwas war falsch, denn die monatlichen Gesamtsummen stimmten nicht mit dem geplanten Umsatz fürs letzte Quartal überein, sie fand jedoch keine Erklärung dafür.

Sie legte die Papiere wieder in die Ordner zurück, gähnte und streckte sich; in ihren Schultern knackte es dabei. Sie begab sich in die Küche, um sich ein paar Toastscheiben mit Marmite zu machen und sich einen Wodka Tonic einzugießen. Ihre Gedanken wanderten immer wieder zu Marc zurück, und ihre Gefühle schwankten zwischen rasender Wut auf ihn und Ärger über ihre eigene Leichtgläubigkeit.

Draußen regnete es heftig, und große Tropfen trommelten auf die Dächer der auf der Straße geparkten Autos. Sie war zu unruhig, um früh schlafen zu gehen, zu aufgewühlt, um fernzusehen, zu abgespannt, um wegzugehen. Da fiel ihr ein, daß Freda ihr in Schottland eine weitere Kassette gegeben hatte. Sie holte sie also aus der Handtasche, stellte den Recorder auf und setzte sich in ihren Lieblingssessel beim Fenster.

Das Band begann mit einem Streit. »Nicht jetzt, Roddy, ich

nehme gerade etwas auf. Oh, um Gottes willen!« Ein Knacken, der Recorder wurde ausgeschaltet, dann eine Pause, und schließlich war Fredas Stimme wieder zu hören, nunmehr war sie besser gelaunt, ruhig und freundlich.

Kurz nachdem wir, aus Rom kommend, in Marseille eingetroffen waren, fand Werner Arbeit als Sprachlehrer in einer Schule. Er verdiente viel weniger als an der Botschaft, aber wir konnten eine Zwei-Zimmer-Wohnung auf der dritten Etage eines Hauses mieten, das etwas östlich vom Alten Hafen lag. Küche und Bad waren alt und baufällig, doch aus dem Vorderzimmer hatte man über die Dächer hinweg einen wunderbaren Blick aufs Meer. An der Rückwand rankte sich ein Rosenstrauch empor, und man konnte seinen Duft in der ganzen Wohnung riechen, wenn die Läden am Schlafzimmerfenster geöffnet waren.

Anfangs verfiel ich in eine Art Kaufrausch. In der dortigen Gegend begann sich gerade der Tourismus zu entwickeln, und auf den Märkten und in den Läden wurden sagenhafte Souvenirs angeboten, wie etwa kleine spiralförmige Muscheln, die mit zwei grünen Augen verziert waren, so daß sie wie Schlangen aussahen, und winzige Puppen aus geflochtenem Stroh mit bunten Schürzen und Hauben. Ich erstand ein kunstvoll gearbeitetes Schiff in einer Flasche, das ich bestimmt noch irgendwo haben muß. Ich war ganz vernarrt in die »Vogue«, kaufte immerzu billigen Stoff und versuchte, die neuesten Kreationen von Chanel und Mainbocher nachzuschneidern. Ich änderte auch meine alten Kleidungsstücke gemäß der neuesten Mode um. Taille war wieder im Kommen, und die ausgewaschenen Pastellfarben wurden von gewagten Drucken ersetzt. Ich erinnere mich an ein Abendkleid, das ich mir nähte – einen Kimono mit japanischem Muster und einem Drachenschwanz auf dem Rücken. Ich trug es die wenigen Male, die wir es uns leisten konnten, tanzen zu gehen.

Ich verlegte mich auch aufs Kochen und verbrachte meine Tage damit, komplizierte Gerichte zuzubereiten, damit Werner etwas zu essen hatte, wenn er von der Arbeit nach Hause kam. Das Olivenöl und der Knoblauch dort schmeckten sensationell. Morgens holte ich zum Beispiel etwas billigen Fisch vom Hafen und machte eine bouillabaisse. Oder ich zauberte ein bœuf en daube aus erbärmlichen Fleischstücken die ich mit Tomaten, Orangenschalen und Lorbeerblättern verfeinerte. Oder ich brachte auch den ganzen Tag damit zu, ein cassoulet aus Schweinefleisch und weißen Bohnen zuzubereiten, das man ewig köcheln lassen und ständig umrühren mußte.

Abends schlenderten wir meist hinunter zum Fort St-Jean bei der Hafeneinfahrt und dann hoch zu den Parkanlagen in der Nähe von Notre Dame de la Garde. Manchmal trafen wir uns mit Freunden im Café auf einen pastis. Ich ging in meiner Hausfrauenrolle auf und wollte ein Baby haben, es schien aber einfach nicht klappen zu wollen. Meine Mutter empfahl mir die verschiedensten mysteriösen Mittelchen, zum Beispiel, meinem Ehemann Rosenblätter ins Badewasser zu legen oder das Regelblut auf die Erde tropfen zu lassen. Und ich habe alles versucht, jedoch vergeblich.

Es folgte eine lange Pause, und man hörte Papier rascheln.

Der Sommer verging, und es kam der Mistral, der den Staub durch alle Ritzen blies und dessen Heulen sich unheimlich anhörte. Ich erinnere mich noch daran, weil es auch an dem Abend heftig stürmte, als Werners Bruder Klaus vor unserer Tür stand. Wir saßen gerade beim Abendessen, als sie anklopften – er, seine Frau Hanna und zwei Kinder im Alter von ungefähr fünf und zwei Jahren sowie ein vielleicht sechs Monate altes Baby. Ich kannte sie nicht sehr gut, weil Werner und ich nur wenige Male zusammen in Stuttgart gewesen waren.

Sie kamen herein und aßen Stew mit uns, und dann begann Klaus zu erzählen. Er war Chirurg, aber im vorigen April hatte man ihm als Arzt gekündigt und ihn gezwungen, in der Krankenhauswäscherei zu arbeiten und Bettlaken zusammenzulegen. Überall in der Stadt hingen an den Geschäften große Schilder mit der Aufschrift: Juden nicht erwünscht. Die Einschüchterungen hätten von Tag zu Tag zugenommen, sagte er. Ein alter Mann, den sie kannten, wurde auf der Straße hingeschubst, die Kinder mit Steinen beworfen, Frauen von der Hitlerjugend tätlich angegriffen. Und das alles nur, weil sie keine Arier waren.

Klaus war der Meinung, daß sich die Lage sehr schnell noch verschlechtern könnte. Die Behörden ermutigten die Juden zur Emigration, um das deutsche Blut rein zu halten. Er habe seit April versucht, ein Visum zur Ausreise nach Palästina zu bekommen, aber selbst für einen erfahrenen Chirurgen wie ihn gäbe es jede Menge bürokratische Hürden.

Es klickte, als der Recorder ausgeschaltet wurde, um dann sofort wieder eingeschaltet zu werden. Wahrscheinlich hatte sich Freda ein paar Notizen gemacht und das Gesprochene jetzt auf Vollständigkeit überprüft.

Jedenfalls hatte sich die Situation so zugespitzt, daß Hanna die Kinder aus Sicherheitsgründen den ganzen Tag im Haus behielt und sie schließlich beschlossen, etwas zu unternehmen. Also packten sie von ihrer Habe soviel zusammen, wie sie tragen konnten, und machten sich auf den Weg nach Marseille, um bei uns zu wohnen und hier beim Britischen Hochkommissariat für die Wiederbesiedlung Palästinas die Visa zu beantragen. Ich muß sagen, die nächsten drei Monate waren der reinste Alptraum. Vier Erwachsene und drei Kinder zusammengepfercht in einer Zwei-Zimmer-Wohnung. Das Baby hatte Blähungen und schrie die Nächte durch. Der Älteste war eifersüchtig auf seine kleinere Schwester und kniff und prügelte sie ständig. Ich fürchtete, ich würde irgendwann die Nerven verlieren. Ich stritt mich mit Werner, weil ich der Ansicht war, daß Klaus durchaus seine Ersparnisse hätte angreifen können, um sich eine eigene Wohnung zu mieten, statt sein gesamtes Geld für Palästina aufzuheben.

Eines Abends ging ich mit Werner und Klaus in ein Lokal was trinken, und dort kamen wir mit einem Einheimischen namens Armand ins Gespräch, der jüdischen Emigranten half, sich in der Umgebung anzusiedeln. Er war ein robuster, kräftiger, braungebrannter Mann, der nicht viel sprach, aber alles, was er sagte, hatte Hand und Fuß. Am Ende des Abends hatte ich ihm meine Mitarbeit angeboten, und er hatte sich einverstanden erklärt – meiner Meinung nach hauptsächlich deswegen, weil ich Französisch und Deutsch sprach und genügend Englisch, um Neuankömmlinge durch die Bürokratie bei den britischen und amerikanischen Kommissariaten lotsen zu können.

Wenn eine neue Gruppe eintraf, holte ich sie am Bahnhof St. Charles ab und brachte sie in die ihnen zugewiesenen Übergangsquartiere. Dann gab es meist noch praktische Probleme zu lösen, Geld, Arbeit, Visa und so weiter betreffend. Die meisten waren sehr dankbar, und ich erhielt viele hübsche Geschenke, einige machten jedoch auch Schwierigkeiten, wenn ihnen ihre Wohnung nicht zusagte. Mir gefiel diese Aufgabe, weil sie mich während des Tages von dem Tohuwabohu in unserer Wohnung fernhielt. Wenn Armand ein oder zwei Stunden Zeit erübrigen konnte, gab er mir in einem alten LKW Fahrunterricht. Mir machte das Fahren auf Anhieb Spaß. In jenen Tagen konnten nicht viele Frauen Auto fahren, vor allem nicht unten in Marseille, aber ich lernte es schnell. Bald schon konnte ich meine Schützlinge vom Bahnhof zu ihren Unterkünften chauffieren, falls gerade ein PKW oder Kleintransporter zur Verfügung stand.

Im Februar 1934 erhielt Klaus endlich die gewünschten Visa, und er und seine Familie buchten eine Schiffspassage über Neapel und Athen nach Palästina. Wir begleiteten sie zum Hafen, um ihnen zum Abschied zu winken. Ich war derart erleichtert, sie abfahren zu se-

hen, daß ich mich ernsthaft zu fragen begann, ob ich wirklich selbst Kinder haben wollte. Was wäre, wenn ich dann solche jaulenden Bälger wie die meines Schwagers hätte?

Inzwischen fiel mehr und mehr Arbeit an, und das Netzwerk für Juden zur Flucht aus Deutschland wurde immer ausgeklügelter. Armand schloß sich einer Organisation an, die überall in Frankreich Zweigstellen hatte, und man fragte mich, ob ich auch bereit wäre zu reisen, um Menschen zu helfen, die nicht allein quer durch Europa fahren könnten. Ich sagte sofort zu, als ich es aber Werner am Abend mitteilte, hatten wir den bisher schlimmsten Krach in unserer Ehe.

Er hatte Angst, daß ich mich in Gefahr bringen würde, wenn ich nach Deutschland reiste, und verbot es mir einfach. Das brachte mich maßlos in Wut, und ich schrie ihn an: »Hast du eigentlich vergessen, wen du geheiratet hast? Wie kommst du dazu, zu glauben, daß du mir irgend etwas verbieten könntest?«

Da bezichtigte er mich, egozentrisch und einfältig zu sein, behauptete, daß es mir gar nicht darum ginge, unschuldige Menschen zu retten, sondern nur um mein eigenes Ego und daß ich mich wichtig machen wolle. Ich schmiß ihm sein Essen vor die Füße, so daß der Teller zerbrach und die Soße über den ganzen Teppich spritzte.

In jener Nacht schlief er im Sessel, und wir haben tagelang nicht miteinander gesprochen. Als ich zu meiner ersten Reise aufbrach, verabschiedete ich mich von ihm, er jedoch korrigierte einfach weiter seine Schüleraufsätze. Ich erinnere mich noch sehr genau an diese Reise. Ich nahm einen Zug nach Frankfurt und traf dort eine Gruppe älterer Leute, die sehr lieb, aber auch sehr unglücklich waren. Ich hatte Anweisung, sie zu überreden, ihre Erbstücke und Wertsachen zurückzulassen, nur ganz bescheidene Koffer mitzunehmen und Geld sowie Schmuck in ihrer Kleidung zu verstecken. Die Bahnfahrt nach Lyon verlief problemlos, und dort übergab ich sie an einen Kollegen, der ihnen ihr neues Zuhause zuwies.

In den folgenden Jahren hatte ich vorwiegend die Aufgabe, Kinder abzuholen. Sie wurden von verzweifelten Eltern verabschiedet, die noch in Deutschland blieben, um Habe und Besitz nicht zu verlieren. Einige der Kinder waren still und beängstigend artig, während andere nicht aufhörten, zu fragen, wann sie ihre Mama wiedersehen würden. Ich konnte nichts weiter tun, als sie in den Arm zu nehmen und ihnen bunte Zuckerstangen zu geben. Am traurigsten stimmten mich die Waisen, weil sie nichts forderten oder fragten, als würden sie schon in jungen Jahren glauben, auf dieser Welt völlig recht- und wertlos zu sein. Ich brachte sie zu Waisenhäusern in ganz Frankreich oder auf Schiffe nach Dover oder Southampton. Einige von ihnen kamen wieder nach Marseille zurück, wo sich in einem hübschen, weiß getünchten Gebäude das jüdische Waisenhaus La Lavande befand.

Ich war jedesmal ungefähr eine Woche unterwegs und gewöhnlich erschöpft und ausgelaugt, wenn ich zurückkehrte, aber ich konnte mit Werner nicht darüber reden, da er meine Arbeit nach wie vor entschieden mißbilligte. Wir lebten einfach nebeneinander her und unterhielten uns über Neuigkeiten in der Stadt oder über seine Schüler. Manchmal fragte er nicht einmal, wo ich hinfuhr, wenn ich mich auf Reisen begab. Seine Kälte machte den Abstand zwischen uns immer größer, so daß ich nicht das Gefühl hatte, ihm untreu zu sein, als ich 1936 Jean-Pierre traf.

Es trat eine lange Pause ein. Freda holte tief Luft, dann fuhr sie fort:

Und so lernten wir uns kennen: Ich wurde auf eine eigentlich routinemäßige Fahrt geschickt, um fünf Kinder in München abzuholen. Ihre Eltern hatten sie aber mit Antiquitäten und Wertsachen beladen und ließen sich einfach nicht eines Besseren belehren. Das war besonders ärgerlich, weil ich das schwere Gepäck für die Kinder zum Bahnhof schleppen mußte. Als wir die Grenze erreichten, wurden wir von zwei Posten in schwarzen Uniformen durchsucht, die sich weigerten, uns passieren zu lassen. Sie sagten: »Wofür brauchen Kin-

der denn Schmuck? Diese Uhr ist viel zu gut für Juden.« Ich bat und bettelte, jedoch vergebens. Es ertönte ein Pfiff, und der Zug rollte ohne uns nach Frankreich. Ich wußte, daß in ein oder zwei Stunden noch ein Zug fuhr, der letzte an diesem Tag, folglich mußte ich schnell handeln.

Die Posten unterhielten sich darüber, ihren Vorgesetzten zu rufen und die Kinder zurück nach Deutschland in Lager zu schicken. Die beiden kleinen Mädchen fingen an zu weinen, und die Lippen der Jungen bebten auch schon, also fragte ich die Posten, ob ich irgendwo allein mit ihnen sprechen könnte.

Es wurde still. Nur das Surren der Kassette war zu hören.

Jenny, ich möchte an der Stelle nicht zu sehr ins Detail gehen. Ich habe ein bißchen mit ihnen geflirtet und vorgeschlagen, sie sollten sich ein paar der Schmuckstücke für ihre Freundinnen nehmen, habe ihnen gesagt, was für hübsche Kerle sie seien, und ein wenig Bein gezeigt. Eigentlich hatte ich mit keinem von ihnen wirklich Sex, gewisse Freiheiten haben sie sich aber herausgenommen. Alles in allem war es widerlich, hat aber funktioniert, und wir durften in den nächsten Zug einsteigen.

Als wir endlich in Paris ankamen, war es bereits dunkel, und wir hatten unseren Anschlußzug nach Giverny verpaßt. Die Kinder froren und hatten Hunger, aber ich besaß nicht genügend Geld für ein Hotel. Also kauften wir uns ein paar Sandwiches und saßen die ganze Nacht auf dem Bahnsteig, sangen Lieder und spielten Abklatschen, um sie bei Laune zu halten. Mich ekelte, wenn ich an das dachte, was an der Grenze geschehen war, denn es war soviel billiger und schmutziger als alles, was ich mit Mussolini gemacht hatte. Und ich glaube, daß mir erst im nachhinein angst und bange wurde, als ich darüber nachdachte und mir klar wurde, was alles hätte passieren können.

Es war ein strahlender, frostiger Morgen, als wir in Giverny eintrafen und ich die Kinder durch die Straßen zur angegebenen Adresse führte. Ich hoffte, daß meine Kontaktperson gewartet hatte, sonst säße ich hier für Stunden fest, bis jemand auftauchen würde.

Ich schlug mit dem schweren Metallklopfer gegen die Tür, und sie öffnete sich sofort. Ich erinnere mich noch an diesen Augenblick, als wäre es gestern gewesen. Vor mir stand ein stämmiger, muskulöser Mann mit rotblonden Haaren und flinken blauen Augen, der vor Energie strotzte. Ich glaube, ich schnappte nach Luft. Auf alle Fälle wußte ich hundertprozentig, daß sich mein Leben radikal ändern würde. Und so, Jenny, lernte ich deinen Großvater kennen.

Die Kassette schaltete sich ab, und knisternde Stille trat ein. Jenny ging in die Küche, um das Glas wieder zu füllen. Dann entschloß sie sich, einen Blick in die Tagebücher aus dieser Zeit zu werfen, um zu sehen, inwieweit sich die beiden Darstellungen deckten. Das mit 1934–1935 datierte Heft begann am 4. August, also nach der Abfahrt von Klaus und Hanna aus Marseille, aber vor Fredas Zusammentreffen mit Jean-Pierre.

Ich habe die Armut so satt. Sie macht mich… Es folgte ein Wort, das Jenny nicht kannte. Sie holte sich das Wörterbuch aus dem Arbeitszimmer und schlug es nach. Die Übersetzung lautete »boshaft und zänkisch«. *Gestern abend sagte ich Werner, daß er ein Versager sei, und wollte es dann eigentlich sofort zurücknehmen, als ich sah, wie sich seine Miene verdunkelte. Er hat doch sowieso schon kein Selbstvertrauen. Ich bemühte mich, ihn davon zu überzeugen, daß er in Paris leicht Arbeit finden könnte, er weigert sich aber, dort sein Glück zu versuchen. Ich fühle mich alt und bin doch erst zweiundzwanzig. Das einzige, was mir Spaß macht, sind meine Fahrstunden. Gestern haben wir uns zum ersten Mal auf die Hauptstraße gewagt, und alles ist gut gegangen. Armand ist ein toller Lehrer, sehr ruhig und geduldig mit mir.*

26. August. Werner möchte nicht, daß ich mich weiterhin um die Flüchtlinge kümmere. Er sagte, es wäre demütigend für ihn, daß seine Frau arbeitet, ich nehme aber an, daß das nicht die ganze Wahrheit ist. Würde ich ihn nicht besser kennen, könnte man glauben, daß er eifersüchtig ist und es bloß nicht zugeben will. Zumindest wäre das vielleicht ein Zeichen, daß er mich liebt.

Jenny fragte sich, auf wen Werner wohl eifersüchtig sein sollte, und überflog schnell die Seiten, um nach Anhaltspunkten zu suchen.

9. September. Wir hatten seit drei Monaten das erste Mal wieder Sex miteinander, auf mein Betreiben hin. Ich frage mich, ob wir überhaupt noch miteinander schlafen würden, wenn ich ihn nicht dazu verführte. Wir haben so wenig Freude im Leben.

12. September. Nach dem Essen saß Werner da und starrte mehr als eine Stunde ins Leere. Ich beobachtete ihn und hätte gern gewußt, worüber er wohl nachdachte. Seine Familie? Mich? Hat er vielleicht ein Innenleben, von dem ich noch nichts weiß? Schließlich fragte ich ihn. Er wollte nicht mit der Sprache heraus, aber ich ließ nicht locker. Daraufhin gestand er, überlegt zu haben, ob er zuerst das zweite oder das dritte Schuljahr prüfen sollte. Er verstand nicht, weshalb ich aus dem Zimmer rannte und die Tür hinter mir zuknallte.

13. September. Habe Armand die Sache von gestern abend erzählt. Er hat viel Lebenserfahrung. Er meint, ich solle Werner meine Gefühle und Wünsche erklären. Davor habe ich aber Angst, denn möglicherweise kommt es dann zu einer Aussprache, von der ich nicht weiß, wie sie ausgehen wird.

17. September. Hatte Streit mit Mutter. Sie sagt, die Leute reden über A. und mich, worauf ich erwiderte, dann wären die Leute blöd. Sie fragte, warum ich Lippenstift und schicke Kleidung trage, wenn ich zum Fahrunterricht gehe, und ich wies sie darauf hin, daß ich immer elegant gekleidet sei. Dann argwöhnte ich, daß sie sich mit Werner darüber unterhalten habe, und schrie sie an, sich nicht in meine Ehe einzumischen. Daraufhin sagte sie mir zum wiederholten Mal, daß ich ihrer Meinung nach Kinder haben sollte, worauf ich bemerkte, daß sie das ihrem geliebten Schwiegersohn sagen müsse. Ich bin so wütend, daß ich jetzt bestimmt lange nicht mehr mit ihr sprechen werde.

Der folgende Eintrag war eine Auflistung von Weihnachtsgeschenken, die Freda kaufen wollte: einen Schal für die Mutter, ein neues Hemd und eine Brieftasche für Werner. Auch einige Frauen, deren Namen Jenny nichts sagten, sollten Schals oder Modeschmuck bekommen. Armand wurde jedoch nicht erwähnt. Sein Anfangsbuchstabe tauchte erst am 12. Februar wieder auf: *Traf A. auf einen Kaffee, und er war sehr verschlossen. Ich bedauere es sehr, ihm einen falschen Eindruck vermittelt und deshalb unsere Freundschaft zerstört zu haben. Ich mag ihn, aber er hat einen ziemlich engen geistigen Horizont. Er ließ verlauten, daß er mich trotzdem für die Flüchtlingshilfe empfehlen wird, zum Glück. War den ganzen Abend über bedrückt, und W. hat Aufsätze korrigiert, also ging ich einfach zu Bett.*

13. Februar. Frau Rosenberg hat mir ein großes Stück grünen Wollstoff geschenkt, das für ein Kleid reicht, ich kann mich aber nicht für die Machart entscheiden. Ich will es natürlich möglichst kurz, schwanke aber noch wegen des Kragens – vielleicht im Joan-Crawford-Stil oder so wie an Claudette Colberts Reisekleid im Film »Geschichte einer Nacht«. Ich stand dermaßen lange im Tabakladen herum, daß M. Jouet mich schließlich anschnauzte, ich solle endlich auch einmal eine Zeitschrift kaufen, ich hatte jedoch kein Geld dabei.

Es war weit nach Mitternacht, als Jenny das Tagebuch zuklappte. Sie ließ es auf dem Couchtisch neben dem Glas und dem Teller liegen, weil sie nicht mehr die Kraft zum Abräumen hatte. Vor dem Einschlafen dachte sie darüber nach, was für eine vielschichtige, interessante Persönlichkeit ihre Großmutter war, träumte dann aber von gewaltigen Computerausdrucken mit unendlich langen Zahlenkolonnen, die nicht aufgehen wollten.

Kapitel 12

»Sie haben einen sehr niedrigen Puls, und ihre Milz ist ganz verhärtet. Zeigen Sie mir mal Ihre Zunge.« Gehorsam streckte Jenny die Zunge heraus. Die Chinesin mit dem faltigen Gesicht machte sich in ihrem Notizblock eine Skizze, wobei sie einige Abschnitte schattierte. »Sie verbrauchen Energien, die Sie überhaupt nicht besitzen. Egal, was in Ihrem Leben gerade vor sich geht, Sie müssen einhalten und etwas Zeit für sich selbst finden. Ich werde mich heute um Ihre Milz und die Nierenkanälchen kümmern, langfristig ist es aber an Ihnen, etwas zu ändern.«

Jenny lag auf der Lederpritsche, während ihr die Akupunkturnadeln in Fußknöchel, Waden, Ellbogen und Daumen steckten. Winzige Elektroschocks fuhren ihr durch die Glieder bis hinauf in den Schädel, während sie über sich im Metall des Lampenschirms ihr verzerrtes Spiegelbild betrachtete.

Sie verspürte eine altbekannte Mattigkeit in ihrem Körper und fühlte sich wie ein Kind, das hart gefordert worden ist. Die Ereignisse schienen sie zu überrollen, und die Probleme nahmen kein Ende. Wenn sie wenigstens glückliche Erinnerungen an ihre Affäre mit Marc hätte, wäre ihr das eine Zuflucht, eine heimliche Freude, an die sie sich klammern könnte, statt dessen war auch das nur zu einer weiteren schmerzhaften Wunde geworden. Howies Vorladung machte ihr Kopfzerbrechen, und sie fragte sich, welche Katze er in New York aus dem Sack lassen wollte. Der Verlag arbeitete mit sehr guten Ergebnissen, dennoch nutzte Howie jede Gelegenheit, um ihre Arbeitsmethoden und ihre Moral zu kritisieren. Es war ein ständiger Kampf, sich ihre

Eigenständigkeit und Autorität zu bewahren, und es war schwierig, die Motivation der Belegschaft aufrechtzuerhalten, wenn deren Entscheidungen jederzeit durch ein Schreiben aus New York über den Haufen geworfen werden konnten. Ihr schoß der Gedanke durch den Kopf, daß sie einfach alles hinschmeißen könnte, aber sie verwarf ihn sofort wieder. Was sollte sie denn sonst jeden Morgen nach dem Aufwachen tun? Wer wäre sie, wenn sie nicht mehr im Verlagswesen arbeitete? Ihre Muskeln verkrampften sich und ließen die Nadeln in ihrem Fleisch schmerzhaft pochen.

Sie fühlte sich ungewohnt steif und lethargisch, als sie die wenigen Straßen von Chinatown bis zu ihrem Büro zurücklegte. Dort fand eine Beratung über die laufende Produktion statt, die bis Mittag dauern würde. Es kam zu den üblichen Auseinandersetzungen zwischen Kreativität und harten ökonomischen Fakten. Die Lektoren entschuldigten sich mal wieder damit, daß die Autoren ihre Manuskripte verspätet geliefert hatten, Coverentwürfe wurden diskutiert und Auflagenhöhen endgültig festgelegt. Stuart versuchte einen Blick von ihr zu erhaschen, wodurch sie sich bedrängt fühlte. Die Leute aus der Herstellung waren gereizt und unkooperativ. Obwohl Jenny sehr wohl wußte, daß sie damit gegen die Lektoren Front zu machen versuchten, um diese zu einer realistischeren Haltung zu zwingen, ärgerte sie das heute mehr als sonst.

Susie erläuterte, daß das Manuskript einer Autobiographie 30000 Worte länger ausgefallen war. Trotz starker Kürzungen und entsprechendem Satzspiegel müßte das Buch vierundsechzig Seiten mehr haben.

»Das ist nicht machbar, nicht, wenn das Buch dieses Jahr erscheinen soll. Wir haben bereits das gesamte Papierkontingent für die Bücher im Herbst bestellt«, lautete die Antwort der Herstellung. Das brachte für Jenny das Faß zum Überlaufen.

»Es ist zum aus der Haut fahren! Keiner verlangt von euch,

daß ihr in den Wald zieht und selbst die verdammten Bäume fällt. Hängt euch einfach ans Telefon und bestellt mehr Papier!«

»So einfach ist das nicht«, erklärte einer der Hersteller. »Die Druckerei müßte zusätzliche Maschinenzeit zur Verfügung stellen, dadurch käme deren Zeitplan durcheinander und wir würden in diesem Sommer keinen weiteren Termin bekommen. Das Buch muß aufs Frühjahr verschoben werden.«

»So ein Blödsinn! Es ist ein Buch fürs Weihnachtsgeschäft. Wenn ihr die Druckerei nicht dazu bringen könnt, es noch einzuschieben, dann stellt sie zu mir durch, und *ich* regle das. Ich habe die Nase voll von Leuten, die immer nur über Probleme jammern, statt nach Lösungen zu suchen.«

Sie hielt inne, da ihr bewußt wurde, daß das unfair war. Alles schwieg. Sie überlegte, ob sie sich entschuldigen sollte, entschied sich dann aber dagegen und ging zum nächsten Tagesordnungspunkt über. Der Rest der Beratung verlief in eisiger Förmlichkeit. Als sie zurück in ihr Büro kam, saß neben dem Schreibtisch schon Kerry, die PR-Frau.

»Ich habe der Herstellung gerade gehörig den Kopf gewaschen«, bemerkte Jenny. »Ich glaube, ich brauche etwas zu trinken, um den Ärger runterzuspülen. Ich hab noch ein bißchen Wein hier. Möchtest du auch ein Glas?«

»Ja, gerne, das ist eine gute Idee. Zu der Sache kann ich dir übrigens nur gratulieren. Die haben mich in letzter Zeit zur Weißglut gebracht.«

»Dich auch?« Jenny zog den Korken aus der Flasche.

»Ich organisiere den Druck aller meiner Werbematerialien jetzt selbst, weil ich vor ein paar Monaten so ausfallend zu ihnen war, daß ich Angst hatte, sie würden von nun an mein Zeug sabotieren. Ich habe gleich um die Ecke eine Firma gefunden, die alles bei mir abholt, pünktlich liefert und genausoviel verlangt wie der Sauhaufen, den sie irgendwo in einem Kaff unter Vertrag haben.«

Jenny grinste und reichte ihr ein Glas Wein. »Zum Wohl! Endlich mal jemand, der Probleme zu lösen versteht. Das ist es, was ich brauche.«

»Ich weiß jedoch nicht, ob ich dieses Problem hier für dich lösen kann. Du solltest dich lieber hinsetzen.« Jenny gehorchte. »Die Frühausgabe der Abendzeitung ist gerade gekommen, und leider ist etwas über dich drin. Seite vier, die Tagebuchspalte.«

Jenny schlug die Stelle auf, und sofort begannen ihr die Schulterblätter zu schmerzen, als wäre ihr mit einem schweren Gegenstand ein Schlag versetzt worden. Es schnürte ihr die Kehle zu, und ein Kloß saß ihr im Hals. Das Rauschen in den Ohren war so stark, daß sie gar nicht richtig begriff, was sie da vor sich sah – ein Schwarzweißfoto von sich und Marc mit Reisetaschen. Er hatte den Arm um ihre Schulter gelegt und schaute sie lächelnd an. Und sie lächelte voller Bewunderung zurück.

Sie versuchte den dazugehörigen Text zu lesen, aber ihre Augen wanderten immer wieder zu dem Foto zurück. Es mußte in Waterloo Station aufgenommen worden sein, kurz bevor sie den Zug bestiegen hatten, denn im Hintergrund konnte sie die Bahnsteigsperren sehen. Sie nahm einen großen Schluck Wein. Der Text hatte folgenden Wortlaut:

Die umstrittene Geschäftsführerin von Newman & Hall hat nach dem Ende ihrer Affäre mit Leo Kozinsky keine Zeit verloren, einen neuen jugendlichen Verehrer zu finden. Jenny Rowland (38) ist berüchtigt wegen ihrer Vorliebe für gutaussehende und bedeutend jüngere Männer. Sie war mit Kozinsky (27) liiert, als er hier zu Filmaufnahmen für »The Lost Planet« weilte, und der Popstar Nick Kaye (23), Leadsänger von »Exiled«, zählte auch immer wieder mal zu ihren Liebhabern. Sie hat sich beharrlich geweigert, Berichte bezüglich einer Affäre mit Andrew Lennard, dem ehemaligen Handelsminister, zu kommentieren. Es heißt, ihr neuer Beau habe sie für ein romantisches Wochenende nach Paris entführt, und wie Zeugen berichten, haben die beiden verliebt gewirkt.

Sie schaute sich das Foto noch einmal an. Ja, sie sahen wirklich aus, als wären sie verliebt. Sie ließ den Kopf auf die Hände sinken, und Kerry kam um den Schreibtisch herum und legte den Arm um sie.

»Warum gerade ich?« fragte Jenny. »Wieso ist mein Leben so ein schreckliches Durcheinander?«

»Möchtest du, daß ich einen Anwalt anrufe?« fragte Kerry. »Du könntest sie vielleicht dazu bringen, den Artikel in weiteren Ausgaben herauszunehmen.«

»Das hieße gegen Windmühlen kämpfen«, murmelte Jenny, und Kerry konnte sich ihren eigenen Reim darauf machen.

»Na ja, zumindest sieht er aus, als wäre er's wert gewesen.«

»Da bin ich mir nicht so sicher.«

»Dieser verdammte Nick Kaye. Ich werde mal ein Wörtchen mit seiner Mutter reden. Wie kann er es wagen, so etwas über dich zu verbreiten?«

»Ach, laß gut sein, Kerry. Er ist jung und versucht seine Band ins Gespräch zu bringen. Er quatscht einfach ein bißchen zuviel bei Interviews.«

»Ich fühle mich verantwortlich dafür, weil ich euch miteinander bekannt gemacht habe.«

Jenny hob den Kopf. »Du hast mich doch nicht gezwungen, mit ihm zu schlafen. Diese clevere kleine Entscheidung habe ich ganz allein getroffen.« Sie schnaufte wütend. »Aber was soll denn das, von wegen immer mal wieder Liebhaber? Der sollte sich glücklich schätzen!«

»Ich verstehe das nicht«, meinte Kerry seufzend. »Was ist das nur mit dir und der Presse? Wie sind sie zum Beispiel zu diesem Bild gekommen? Wo warst du denn da?«

»Waterloo Station, auf dem Weg zum Eurostar.«

»Wer hat das aufgenommen? Es steht kein Name darunter.« Sie nahm das Foto in die Hand, um sich nochmals zu vergewissern. »In Heathrow wäre das etwas anderes, aber auf Bahnhöfen haben sie doch normalerweise keine Fotografen rumhängen. Es scheint fast so, als würden sie dich überallhin verfolgen und nur darauf warten, daß etwas passiert. Das ergibt aber wiederum überhaupt keinen Sinn, weil du, entschuldige bitte meine Offenheit, nicht gerade die berühmteste Persönlichkeit Londons bist und es wohl auch kaum die Sensation des Jahres sein kann, daß du einen neuen Liebhaber hast. Das ist wirklich seltsam.«

Jenny verspürte ein Kribbeln auf der Haut. »Vielleicht ist es einfach nur Zufall, weil sich gerade ein Fotograf dort aufhielt, der mich erkannte und das Bild auf gut Glück schoß.«

»Ich würde das eher besonderes Pech nennen. Ich wünschte, die Medien schenkten einigen der Autoren, die ich aufbauen will, soviel Aufmerksamkeit.«

»Vielen Dank, Kerry, daß du mich davon unterrichtet hast. Ich bin froh, daß du's entdeckt hast.«

Nachdem Kerry gegangen war, studierte Jenny den Artikel noch einmal. Sie überlegte, ob sie bei der Zeitung anrufen und fragen sollte, wie sie zu dem Foto gekommen waren, entschied dann aber, daß sie sich damit zu sehr bloßstellen würde. Was ihr bezüglich dieser Situation und der anderen unerklärlichen Geschehnisse, die sich kürzlich in ihrem Leben zugetragen hatten, Angst machte, war das Gefühl, unwissentlich Teil von etwas zu sein, das sie nicht verstand und worüber sie keine Kontrolle hatte. Zuerst Marcs Verschwinden, dann das Durchsickern von Informationen nach New York und jetzt das da.

Sie stellte jedoch noch eine andere sonderbare Regung bei sich fest, die sie zuerst nicht deuten konnte. Sie holte tief Luft und versuchte zu verstehen, was da mit ihr geschah. Und dann wurde es ihr bewußt. Sie war glücklich, fast wahnsinnig vor Glück, ein Foto von Marc zu sehen und bestätigt zu bekommen, daß sich all das, woran sie sich erinnerte, tatsächlich zugetragen hatte. Die Details des Wochenendes hatten sich ihr tief eingeprägt, trotzdem konnte sie sich sein Gesicht nicht mehr genau vorstellen und hatte fast vergessen, wie ausgesprochen attraktiv er war. Obwohl er sich als so ein Mistkerl entpuppt hatte, war es dennoch ein außergewöhnliches Erlebnis gewesen. Als sie jetzt sein Foto betrachtete, verspürte sie ein Ziehen im Unterleib und legte instinktiv die Hand auf den Bauch.

Den Nachmittag verbrachte Jenny mit Telefonieren und Faxen, um ihren Schreibtisch vor der Abreise leer zu bekommen. Sie schrieb ein paar ermutigende Zeilen an Freda und erinnerte sie dabei auch gleich noch an den Abgabetermin. Sie rief einen Historiker an, um ihm zu seinem neuesten Manuskript zu gratulieren, und merkte, daß ihm auf Grund ihrer vagen Kommentare klar war, daß sie es überhaupt nicht gelesen hatte. Sie rief den Buchhalter des Verlags an, um ihn wegen der Diskrepanzen zu befragen, die sie in den Zahlen für den Herbst festgestellt hatte. Zuerst verwirrte sie seine Erklärung über Nettoleistungsziele, verspätete Remittenden und Zahlungsziele. Schließlich wurde ihr aber klar, daß man erneut das Abrechnungssystem geändert hatte und daß es hier um die Differenz zwischen dem Geld ging, das sie in den nächsten Monaten tatsächlich einnehmen würden, und den prognostizierten Zahlen für die Endabrechnung.

Um fünf brachte sie ihren Schreibtisch in Ordnung und ging dann gemeinsam mit Susie und Kerry zum nahe gelegenen »Republica«, wo Dr. Gwen Headleys neues Buch über die Verbindung von Körper und Geist vorgestellt werden sollte. Dr. Headley war eine Epidemiologin aus Cambridge, die umfangreiche, sich über das gesamte zwanzigste Jahrhundert erstreckende Untersuchungen dazu durchgeführt hatte, wie verschiedene Geisteszustände die körperliche Gesundheit beeinflussen. Schwerpunkte ihrer Forschung waren religiöse Gläubigkeit, die Unterschiede zwischen Menschen mit Kindern und Kinderlosen, zwischen Leuten mit hohem Einkommen und guten Zukunftsaussichten und solchen mit schlechtbezahlten, perspektivlosen Jobs. Jenny war von dem Buch gefesselt gewesen. Es war verständlich geschrieben und systematisch aufgebaut, es wurden keine wilden unwissenschaftlichen Schlußfolgerungen gezogen. Es zeigte jedoch deutlich, daß diejenigen, die ihr Leben in gewissem Umfang bewußt gestalteten, seltener unter schweren Krankheiten litten und auch bessere Chancen hatten, diese zu überwinden. Das Buch tendierte sogar dazu, die Jungsche These zu bestätigen, daß Krankheiten eine Widerspiegelung von psychischem Streß sind.

Gwen war eine offene, liebenswürdige, nicht im entferntesten überhebliche Mittvierzigerin, die sich zu freuen schien, als Jenny einwilligte, ihr Werk zu veröffentlichen. Sie hatte sich mit dem von ihnen entworfenen Cover zufrieden gezeigt und sich kooperativ gegenüber all ihren Werbevorschlägen verhalten. Ungefähr vierzig Leute waren in dem Raum versammelt, den sie für die Veranstaltung gemietet hatten, zumeist Buchhändler und ein paar Journalisten von seriösen Blättern und Sonntagsbeilagen. Jenny hielt eine kurze Rede, danach dankte Gwen allen Beteiligten, und die Tabletts mit Rot- und Weißwein wurden herumgereicht.

Jenny schaute auf die Uhr und fragte sich gerade, ob sie sich wohl davonschleichen könnte, ohne Anstoß zu erregen, als ein großer aknenarbiger Mann leicht schwankend auf sie zukam.

»Ich bin Gwens Mann«, sagte er. »Ich muß mal kurz mit Ihnen reden.« Er wirkte aggressiv.

»Ja, gerne«, willigte Jenny ein.

»Ich bin ganz und gar nicht zufrieden mit dem Vertrag, den Sie ihr gegeben haben. Ich habe den Eindruck, Sie wollen sie mit den Tantiemen austricksen, Ich verlange, daß er geändert wird.«

Jenny runzelte die Stirn. »Ich glaube, daß die Konditionen, die wir bieten, dem allgemeinen Standard im Buchgeschäft entsprechen. Gwen hat keinerlei Bedenken geäußert, als sie den Vertrag unterschrieb.«

»Bloß weil sie zu freundlich ist, um ein Faß aufzumachen. Sie sagen, Sie werden uns zweimal im Jahr Abrechnungen schicken, woher wissen wir denn aber, daß die nicht einfach aus der Luft gegriffen sind? Von ihrem vorigen Buch bei diesem anderen Verlag hat sie keinen Penny an Tantiemen gesehen. Ich bin mir sicher, die fälschen die Zahlen. Es sind ganz bestimmt mehr als 2500 Exemplare davon verkauft worden.«

Er war ihr immer näher auf den Leib gerückt, und Jenny trat instinktiv einen Schritt zurück. »Ich kann Ihnen versichern, daß so etwas meines Wissens im Verlagswesen nicht vorkommt. Gwen kann jederzeit in unsere Verkaufsabteilung kommen und die aktuellen Verkaufszahlen im Computer einsehen.«

»Vielleicht tun wir das sogar. Ich warne Sie, wenn Sie sie über den Tisch ziehen, kriegen Sie's mit mir zu tun.«

»Es würde nicht in unserem Interesse liegen, ›jemanden über den Tisch zu ziehen‹, aber richten Sie Ihrer Frau aus, daß sie sich jederzeit an mich wenden kann, wenn sie sich deswegen Sorgen macht.«

Kurz danach verließ Jenny die Veranstaltung und schlenderte langsam durch die Straßen von Soho nach Hause, sich an den Leuten vorbeischlängelnd, die draußen vor den Cafés und Bars einen Drink nahmen und sich unterhielten. Wie konnte eine so charmante, intelligente Frau nur einen derart widerwärtigen Mann heiraten? Ob sie überhaupt wußte, daß er versuchte, in ihrem Namen Verträge neu auszuhandeln, als wäre sie unfähig, für sich selbst zu sprechen? Sie fragte sich, ob Gwens Mann vielleicht neidisch sei, weil seiner Frau soviel Aufmerksamkeit entgegengebracht wurde. Das ließ sie unwillkürlich an Roddy denken und daran, wie sehr es ihm mißfiel, daß Freda ihre Memoiren schrieb. Er stand dem Projekt so feindselig gegenüber, daß er das Zimmer verließ, wenn dieses Thema zufällig angeschnitten wurde, und Jenny konnte sich nur denken, daß Neid die Ursache für sein Verhalten war. Egal, welche Fortschritte im Kampf der Geschlechter erzielt worden waren, die meisten Männer hatten immer noch Schwierigkeiten damit, wenn ihre Partnerinnen erfolgreicher waren als sie. Da Marc ihr nicht aus dem Kopf ging, fragte sie sich, ob er sie vielleicht aus diesem Grund verlassen hatte. Irgendwie paßte das jedoch nicht zu der Selbstbeherrschung, die sie bei ihm gespürt hatte, aber andererseits hatte ihr Gefühl sie ja auch in fast allen anderen Punkten getrogen.

Wieder verspürte Jenny Angst, als sie den Schlüssel in der Tür umdrehte, sie argwöhnte, daß jemand in der Wohnung gewesen war. Vielleicht nahm sie einen Geruch, eine Schwingung, eine elektrische Aufladung in der Luft wahr. Als sie in der Tür stand, konnte sie auf den ersten Blick keine Veränderungen feststellen. Alles war, wie sie es am Morgen eilig verlassen hatte – die Möbel waren nicht verrückt worden, auf dem Korridortisch stand noch eine halbvolle Kaffeetasse, und über der Sofalehne lag ein hingeworfener Blazer, sie fühlte sich jedoch belauscht und bespitzelt.

Vorsichtig schlich sie auf Zehenspitzen von Zimmer zu Zimmer, guckte hinter Türen und schaltete das Licht an. Ein Bündel Papiere war vom Schreibtisch herunter auf den Fußboden gefallen, und der Papierkorb lag umgekippt da. War das passiert, als sie am Morgen aus der Wohnung rannte? In ihrem Schlafzimmer stand die Tür des Nachtschranks offen, und eine Schublade vom Toilettentisch, in der sich die Unterwäsche befand, war einen Spalt herausgezogen. Vielleicht hatte sie das ja so hinterlassen, hoffte sie inständig.

Als sie wieder ins Wohnzimmer kam, ließ sie sich neben das Telefon sinken. Der Anrufbeantworter zeigte keine Nachrichten an, was ungewöhnlich war. Sie drückte trotzdem die Wiedergabetaste, und ein seltsames Kauderwelsch erfüllte den Raum – ein verworrenes, verstümmeltes Gemisch aus früheren Mitteilungen, das sich wie eine Art Rap anhörte und bei dem vertraute Stimmen sich gegenseitig das Wort abschnitten. »Jenny, hier ist / möchte sehen, wie sie vorankommt / habe ein paar Neuigkeiten für dich / vergiß nicht den zweiundzwanz / völlig unmöglich, wenn / Schatz, ruf mich an, sobald du zu Hause bist …« Diese letzte Mitteilung stammte von Stuart. Die Kassette drehte sich und wurde dann immer schneller, bis die Stimmen zu einer grotesken Mickey-Mouse-Parodie verschmolzen. Sie seufzte. Noch etwas, was sie in Ordnung bringen mußte.

Sie rannte durch die Wohnung und vergewisserte sich, daß nichts gestohlen worden war. Fernseher, Videorecorder und Stereoanlage waren da, Kassettenrecorder, Faxgerät und Schmuckschatulle ebenfalls. Dann wanderte sie langsam von Raum zu Raum und überprüfte die Regale, guckte in Schubläden und öffnete Schränke, es schien aber nichts zu fehlen. Schließlich ging sie in die Küche und schenkte sich ein Glas Wein ein. Sollte sie die Polizei rufen? Eigentlich wollte sie nichts weiter tun, als ein Bad nehmen und sich überlegen, was sie anziehen würde, für den Fall, daß Louie herausfand, wo Marc sich am Freitagabend aufhielt. Sie konnte sich noch nicht vorstellen, was sie sagen würde, denn das hing von seiner Reaktion ab, wenn er ihr gegenüberstand. Aber sie malte sich immer wieder aus, daß es irgendwie zu einer Versöhnung käme. Sie würden noch spätabends etwas essen gehen, er würde ihr alles erklären, und dann würden sie zurück zu ihr ins Hotel gehen, um sich zu lieben.

Das Telefon klingelte, ganz automatisch nahm sie den Hörer ab. Zu ihrem Ärger war Stuart am Apparat.

»Kann ich vorbeikommen?« fragte er. »Ich muß mit dir sprechen.«

»Worüber?« erwiderte sie kurz angebunden. »Ich bin schrecklich müde.«

»Ich hatte gehofft, dich noch zu sehen, bevor du nach New York fliegst.«

»Stuart, ich habe wirklich keine Zeit. Ich muß packen, sehr zeitig aufstehen, und ich bin völlig erschöpft.«

»Ich weiß, ich habe nur gedacht, daß du vielleicht eine Entspannungsmassage möchtest.«

Sie stöhnte verärgert auf. »Was soll das, hast du denn nicht kapiert, was ich dir am Montagabend gesagt habe? Ich will nicht mehr mit dir schlafen. Dieser Teil unserer Beziehung ist passé.«

Ein komisches glucksendes Geräusch war zu hören, und dann zischte er: »Warum mußt du bloß so gemein sein?« und legte auf. Jenny starrte erschrocken und angewidert aufs Telefon, und ihr kam ein schrecklicher Verdacht. Stuart besaß wahrscheinlich noch einen Schlüssel für die Wohnung. Hatte er ihre Sachen durchwühlt? Vielleicht wollte er herausfinden, ob sie einen neuen Liebhaber hatte. Sie dachte wieder über ihr Gespräch mit Susie nach. Womöglich lag Susie richtig mit ihrer Vermutung, daß es Stuart sei, der Howie über Verlagsinterna informierte, um ihr zu schaden, weil er aufgebracht und beleidigt war, daß ihre Beziehung keine Fortschritte machte. Es war eine schreckliche Vorstellung, daß ihr jemand Leid zufügen wollte, mit dem sie, wenn auch nur kurz, eine so enge Verbindung gehabt hatte. Sie war sich aber nicht sicher, ob er zu solcher Boshaftigkeit fähig sei. Natürlich war er deprimiert und anscheinend auch etwas aus der Bahn geworfen, seit seine Ehe vor einem Jahr in die Brüche gegangen war, aber er würde doch bestimmt nicht rachsüchtig sein?

Sie griff zum Telefon und wählte seine Nummer. Er hob sofort ab. »Also, ich bin's. Entschuldige, daß ich vorhin so kurz angebunden war. Aber in meiner Wohnung ist eingebrochen worden.«

»Das ist ja furchtbar!« rief er aus. »Bist du okay?« Entweder er war ehrlich, oder er verstellte sich sehr gekonnt.

»Es scheint nichts zu fehlen, aber ich bin etwas nervös.«

»Das ist nicht verwunderlich. Kann ich irgend etwas für dich tun?«

»Eine Sache gäbe es da schon. Hast du noch einen Schlüssel für meine Wohnung?«

»Jaaa«, erwiderte er zögernd. »Wieso?«

»Das Schloß ist nicht beschädigt. Anscheinend muß der Einbrecher an einen Schlüssel herangekommen sein. Hast du deinen

Schlüssel eventuell irgendwo herumliegen lassen, so daß ihn jemand genommen haben könnte?«

»Er hängt zusammen mit meinen eigenen Schlüsseln am Schlüsselbund. Ich hätte es gemerkt, wenn es verschwunden wäre.«

»Ich weiß, es klingt weit hergeholt, und ich bin sicher neurotisch, aber kann ich ihn vielleicht zurückbekommen? Du könntest ihn morgen früh in meine Schreibtischschublade legen.« Noch während des Sprechens wurde ihr bewußt, wie schrecklich sich das anhörte. Sie hätte ihn ebensogut direkt beschuldigen können. »Tut mir leid, aber ich fühle mich einfach sicherer, wenn ich genau weiß, wo alle meine Wohnungsschlüssel sind.«

»Wie du willst«, meinte er leise.

»Bestens, vielen Dank auch. Wir sehen uns dann, wenn ich aus New York zurück bin.« Sie wartete, aber er sagte nichts, also wünschte sie ihm eine gute Nacht und legte auf. Falls Stuart der Eindringling gewesen war, sollte sie wohl besser die Schlösser austauschen lassen, für den Fall, daß er sich Nachschlüssel hatte anfertigen lassen. Das würde allerdings bis zu ihrer Rückkehr warten müssen.

Sie nahm ihre Handtasche und holte wieder das Zeitungsbild von Marc heraus. Sie setzte sich in ihren Sessel am Fenster und starrte es lange an. Wenigstens war sie ganz gut getroffen. Auf Zeitungsbildern sind Falten nicht besonders deutlich zu sehen.

Kapitel 13

Als Jenny am nächsten Tag frühmorgens in Heathrow auf ihren Abflug wartete, holte sie ein weiteres, mit 1935–1936 datiertes Heft von Fredas Tagebüchern heraus. Viele der Einträge waren kurz und verschlüsselt.

19. Juni. Düsseldorf. Übernachtung bei M & P. Zug um 4.35. Waren zu dritt.

23. August. St-Yrieux. Traf HR und Frau. Gutes Abendessen.

4. September. Neues Büro in Paris. X und L schlafen auf dem Fußboden.

Werner wurde kaum erwähnt und Armand gar nicht mehr, soweit sie feststellen konnte. Auf mehreren Seiten waren Preise aufgelistet, und Jenny nahm an, daß es sich dabei um Fredas Ausgaben für Zugfahrkarten und Unterkunft für verschiedene, von ihr unternommene Reisen handelte. Sie blätterte weiter bis Weihnachten 1935.

Ich bereitete das Essen für Werner und Mutter zu, dann kamen die Cressents auf Kognak und Torte vorbei. Ihre Kinder (sechs und vier Jahre) sind sehr wohlerzogen. Werner war ganz lieb zu ihnen und hat sie mit unserem neuen Welpen spielen lassen. Ich kann mich immer noch nicht für einen Namen entscheiden, aber vielleicht sollte er Pipi heißen, weil er soviel pinkelt. Mutter ist zeitig gegangen, weil sie Rückenschmerzen hatte, und Werner hat sie nach Hause gebracht. Er ist momentan jedermanns Liebling.

1. Januar 1936. In diesem Jahr will ich Werner eine gute Frau sein, weniger reisen, mich um unseren kleinen Hund kümmern und vielleicht schwanger werden. Ich glaube, ich bin jetzt bereit dazu,

Mutter zu werden, weil ich inzwischen mehr herumgekommen bin und genügend Aufregung hatte.

Es folgten noch einige weitere Vermerke zu Städten und Zugabfahrtszeiten, und dann kam ein ungewöhnlich langer Eintrag, der sich in spitzer, aufgewühlter Handschrift über mehrere Seiten erstreckte.

9. April. Ich kann nicht glauben, daß mir so etwas passiert. Ich weiß nicht, was ich machen soll. Wie kann etwas so wunderbar und gleichzeitig so schrecklich sein? Ich glaube nicht, daß ich damit weitermachen kann. Er ist so … Jenny stockte bei einem Wort. Sie hatte ihr Wörterbuch nicht dabei. *Und zudem habe ich keinen blassen Schimmer, was er von mir hält. Bin ich für ihn weiter nichts als seine Geliebte? Hat er noch andere Frauen? Wenn ich ihn verlasse, fragt er nicht einmal, wann wir uns wiedersehen. Ich habe das Gefühl, verrückt zu werden. Werner muß es eigentlich wissen. Wie kann ihm entgehen, daß sich jedes einzelne Molekül meines Körpers verändert? Die Welt hat sich von heute auf morgen verwandelt. Alles, woran ich glaube und was ich mir ersehne, ist durch ein gewaltiges Erdbeben durcheinandergeworfen worden. Ich sehe die Welt mit anderen Augen. Ich verzehre mich vor Liebe, und er liebt mich nicht …*

Jennys Flug wurde aufgerufen. Sie steckte ihr Flugticket als Lesezeichen in das Tagebuch und begab sich an Bord. Sobald sie im Flugzeug Platz genommen hatte, las sie weiter. Auch der Rest dieser langen Eintragung war ähnlich verrückt und unsicher, verzweifelt und ekstatisch. Der neue Mann mit seinem schwierigen Charakter war offensichtlich schwer zu greifen. Sie las weiter.

14. Mai. Es sind jetzt drei Wochen, seit ich ihn das letzte Mal gesehen habe, und ich versuche Ruhe zu bewahren. Ich muß daran denken, daß ich eine verheiratete Frau bin. Ich lebe mit Werner, und das andere ist nur ein Abenteuer. Ich bin ihm nicht wichtig. Er ist launisch und unberechenbar, und ich kann es mir nicht leisten, langfristig meine Sicherheit aufs Spiel zu setzen. Manchmal hasse ich ihn dafür, daß er mich in diese Lage gebracht hat. Wenn er ein anständiger Mensch wäre, hätte er nicht die Frau eines anderen verführt.

26. Juni. Wir hatten einen dummen Streit wegen eines Mädchens, das in der Bar mit ihm sprach. Sie war hübscher als ich, und ich wurde eifersüchtig und kam mir plump und unförmig vor. Ich bin sicher, daß er eine Affäre mit ihr hatte, obgleich er es leugnet. Ich hörte nicht auf damit, und dann wurde er abweisend und redete nicht mehr mit mir. Als wir zu ihm in die Wohnung kamen, fing ich an zu weinen, und daraufhin küßte er mich, und wir liebten uns. Danach unterhielten wir uns, und er sagte, daß ich kein Recht hätte, eifersüchtig zu sein, wenn er mit anderen Frauen ausginge, denn was ich wohl denken würde, wie er sich fühle, wenn ich zu Werner heimfahre. Für einen kurzen Augenblick freute mich das, dann fragte ich ihn jedoch, ob er mit anderen Frauen schlafe, und er weigerte sich, meine Frage zu beantworten, und so gab es wieder Streit. Ich habe für das alles keine Kraft mehr.

9. Juli. Ich bin immer noch total besessen von ihm, aber ich kenne jetzt auch seine schwierigen Seiten. Er hat manchmal Wut- und Tobsuchtsanfälle wie ein verzogenes Kind und will immer seinen Kopf durchsetzen. Ich werde sehr stark sein müssen, um mich ihm gegenüber zu behaupten.

23. Juli. Bin so erschöpft, daß ich nicht mehr denken kann. Wir haben uns die ganze Nacht gestritten und dann gestern den ganzen Tag über geliebt. Ich war aufgebracht, weil ich in unserer Beziehung diejenige bin, die alle Schwierigkeiten auf sich nimmt. Ich muß nach Paris fahren, meinen Mann belügen, meine Sachen in einem alten Koffer hin- und herschleppen. Er sagte: »Du willst mich wohl nicht mehr sehen?« Ich bekam fast einen Schreikrampf, so frustriert war ich. Was ich wirklich will, ist, daß er mich bittet, zu ihm nach Paris zu ziehen. Das würde ich, ohne zu zögern, tun, aber ich glaube nicht, daß er diese Verantwortung auf sich nehmen möchte. Vielleicht ist er zu sehr an seine Freiheit gewöhnt. Ich kann nicht mehr lange so weitermachen.

Stewardessen kamen mit dem üblichen, in Plastik verpackten

Frühstück vorbei, und Jenny klappte das Buch zu, um ein Tablett in Empfang zu nehmen. Sie trank den Kaffee und den Orangensaft und kaute lustlos an einem faden Croissant herum. Als das Frühstück abgeräumt war, entschloß sie sich, die zweite Seite von Fredas Kassette über Jean-Pierre zu hören, und holte ihren Walkman heraus. Es war angenehm, sich auf die beruhigende Stimme zu konzentrieren, und zudem eine gute Möglichkeit, nicht an die bevorstehende Konfrontation in New York zu denken. Draußen am azurblauen Himmel strahlte die Sonne über der schneeweißen Wolkenlandschaft, und am Horizont konnte sie die winzige Silhouette eines anderen Flugzeugs erkennen.

Als ich das erste Mal mit Jean-Pierre schlief, begann die Stimme zu erzählen, *entdeckte ich eine vollkommen neue Dimension der Sexualität, die ich mir nie erträumt hätte. Ich kam mir unglaublich verschüchtert, unbeholfen und unsicher vor. Sex mit Werner war innig und wohltuend gewesen, das jedoch war wild und,* sie zögerte, *in gewisser Weise erschreckend, gleichzeitig aber auch befreiend. Er brachte mir vieles bei – wie ich mich bewegen, meine Muskeln benutzen und ihn berühren sollte. Ich fühlte mich wie ein Schulmädchen, das man verschleppt und zur Konkubine des Kaisers gemacht hatte. Jedesmal, wenn wir uns liebten, war es anders und erregend. Er war der Choreograph, und ich unterwarf mich ihm einfach völlig in allem, was er von mir verlangte. Ich konnte von morgens bis abends an nichts anderes mehr denken als die Gerüche, Abläufe und Empfindungen beim Sex.*

Wenn wir in eine Bar oder zum Essen gingen, steckten wir die Köpfe zusammen und unterhielten uns stundenlang ununterbrochen über all die Orte, die wir besucht hatten, die Menschen, denen wir begegnet waren, und über alle Gedanken, die uns jemals durch den Kopf gegangen waren. Und wir konnten uns aus geringstem Anlaß heftig streiten, wenn ich beispielsweise zu freundlich mit einem Kellner sprach oder zu spät aus dem Büro heimkam. Die schlimmsten Auseinandersetzungen gab es aber im Laufe der Zeit wegen meiner Weigerung, Werner zu verlassen. Manchmal hackte Jean-Pierre deswegen bis in die frühen Morgenstunden auf mir herum, bis ich mich völlig ausgelaugt und benommen fühlte. Ich nehme an, daß ich einfach Angst hatte, die Sicherheit meiner Ehe aufzugeben. Werner wäre total am Boden zerstört gewesen, und die Reaktion meiner Mutter hätte ich nicht ertragen können.

Mein Leben in den nächsten anderthalb Jahren, hin- und herpendelnd zwischen den beiden, war sehr kompliziert, wie du dir denken kannst. 1938 wurde es dann zu gefährlich, weiterhin nach Deutschland zu reisen, deshalb arbeitete ich hauptsächlich von einem Büro in Paris aus. Die allgemeine Lage war gespannter geworden, und ausländische Regierungen erklärten sich immer seltener bereit, Visa auszustellen. Es war faktisch unmöglich, jemanden nach Palästina zu bringen. Man glaubt gar nicht, welche Ausreden sie erfanden. Ein hochrangiger britischer Beamter sagte zum Beispiel, daß alles nur blinder Alarm wäre und er nicht glaube, daß die Juden in Deutschland wirklich in Gefahr seien, obwohl wir mit Sicherheit wußten, daß sie zu Hunderten zusammengetrieben und nach Osten in Umsiedlungslager transportiert wurden. Einmal schaffte es ein Flüchtlingsboot, nach Norwegen zu kommen, und norwegische Zollbeamte wiesen die Leute ab und schickten sie direkt nach Deutschland zurück, wo die Lager auf sie warteten. Und ein Bevollmächtigter Australiens verkündete, daß es in seinem Land kein Rassenproblem gäbe und daß er das nicht zu ändern beabsichtige, indem man europäische Juden aufnähme. Du kannst also sehen, gegen welche Widerstände wir ankämpfen mußten. Ich verbrachte meine Tage damit, Bürokraten zu überzeugen, ein Dutzend Leute hier und ein halbes Dutzend da aufzunehmen, und diese Arbeit war anstrengend und ließ einen richtig wütend werden.

Alle paar Wochen, wenn die Arbeit es erlaubte, bin ich mit dem Zug hinunter nach Marseille zu Werner gefahren, was immer zu heftigem Streit mit Jean-Pierre führte. Werner kam mir bei jedem Be-

such älter und abgemagerter vor, obgleich er viele neue Freunde in der Stadt gefunden hatte. Marseille besaß in jener Zeit magische Anziehungskraft auf deutsche Juden, und es bildete sich eine große Gemeinde heraus. Sie eröffneten Synagogen, koschere Geschäfte und Restaurants, und der Charakter der Stadt änderte sich grundlegend. Wußtest du eigentlich, daß Hitler die Stadt scherzhaft als »ein neues Jerusalem am Mittelmeer« bezeichnete?

Von seinen neuen Bekannten erfuhr Werner einiges über Stuttgarter Freunde aus der Kinderzeit. Als ich ihn zum letzten Mal sah, machte er sich Sorgen um ein Mädchen namens Eva, mit der er zur Schule gegangen war und die sich zur Zeit im Keller eines Freundes versteckt hielt. Ihr Vater war in dem Jahr bei einem Synagogenbrand ums Leben gekommen, und sie fürchtete sich so sehr, daß sie nicht wagte, das Haus zu verlassen. Ich gab Werner die Namen einiger Leute, die sie vielleicht über ein paar sichere Adressen in die Freiheit schleusen könnten. Ich weiß nicht, ob man es geschafft hat, sie aus Deutschland herauszubringen, weil es das letzte Mal war, daß ich etwas von Werner gesehen oder gehört habe. Wir gaben uns auf dem Bahnhof einen Abschiedskuß, ich fuhr nach Paris zurück. Ein paar Wochen danach teilte mir meine Mutter in einem Brief mit, daß er verschwunden sei.

Zu der Zeit war ich bereits schwanger mit Madeleine, deiner Mutter, und mir war zum Reisen viel zu übel, deshalb konnte ich mich nicht auf die Suche nach ihm machen. Einem Gerücht zufolge war er illegal in Palästina eingewandert, und das würde ich am liebsten glauben, obgleich es mir seltsam erscheint, daß er dann nicht versucht hat, sich mit mir in Verbindung zu setzen und es mir mitzuteilen. Sein Freund Günter denkt, daß er vielleicht nach Stuttgart gefahren ist, um Eva zu retten.

Es trat eine lange Pause ein, der Recorder wurde ausgeschaltet. Als Freda wieder zu sprechen begann, beschrieb sie ihre Schwangerschaft und daß Jean-Pierre überhaupt nicht damit umgehen konnte. Jenny schaltete den Walkman aus und setzte die Kopfhörer ab. War das etwa alles, was Freda im Buch zum Verschwinden ihres ersten Mannes zu sagen gedachte? Sie holte das Tagebuch von 1938–1939 aus der Handtasche, um zu sehen, ob es etwas mehr Licht in diese mysteriöse Angelegenheit brachte.

16. Mai. Es besteht kein Zweifel, daß ich schwanger bin. Ich möchte es loswerden, aber Helen sagt, das sei zu gefährlich. Sie kennt ein Mädchen, das eine Infektion bekommen hat und unter schrecklichen Schmerzen gestorben ist. Helen meint, ich soll es J-P sagen, aber ich weiß, daß er bestimmt wütend wird. Außerdem bezichtigte er mich, mit Werner geschlafen zu haben, als ich im März in Marseille war, was absolut nicht stimmt, aber vielleicht glaubt er mir nicht, wenn ich ihm sage, daß das Baby von ihm ist. Helen ist so freundlich und verständig. Ich weiß nicht, was ich ohne sie machen würde.

19. Mai. J-P bezweifelt, daß ich eine Magenverstimmung habe, weil es sich überhaupt nicht bessert. Er hat für heute nachmittag einen Arzt bestellt. Ich muß ihn überreden, daß er verschwindet und mich mit dem Doktor allein läßt.

21. Mai. J-P sagt, er hätte gewußt, daß ich schwanger sei, wäre sich aber nicht sicher gewesen, was ich davon halte. Er sagt, wir werden tun, was immer ich möchte. Wenn ich das Kind bekommen will, wird er mir beistehen, und wenn ich es abtreiben will, wird er mir auch helfen. Ich glaube, er ist sehr gerührt von der Idee, ein Kind zu haben, aber wie würde er mit der Realität zurechtkommen?

26. Mai. Brief von W. mit der Frage, wann ich komme. Ich muß es ihm sagen, mir geht es aber zu schlecht, um einen ganzen Tag in verrauchten Zügen zuzubringen. Allein bei dem Gedanken daran wird mir übel. Ich habe so viele Briefe entworfen, es erscheint mir aber zu grausam, unsere Ehe nach allem, was wir zusammen durchgestanden haben, mit ein paar Zeilen zu beenden. Er wird immer mein Ehemann bleiben.

15. Juni. Ich habe den Brief in den Kasten geworfen und bin dann die Straße auf und ab gelaufen und habe mich voller Panik gefragt, ob ich nicht lieber wieder hingehen und ihn herausholen solle. Ich bin wirklich ein schlechter Mensch. Werner ist ein zuverlässiger, treusorgender Gatte, und eigentlich sollte ich mit ihm ein Kind haben, und nicht mit diesem Mann, der die ganze Nacht wegbleibt, mit seinen Freunden zecht und mit jeder Frau flirtet, die ihm über den Weg läuft. Ich kann den Gedanken nicht ertragen, wie sehr Werner mich hassen wird.

30. Juni. Keine Reaktion von Werner, obwohl er meinen Brief inzwischen haben muß. Mutter hat gestern geschrieben, nur den üblichen Klatsch über ihre Freunde und Nachbarn, und sie will, daß ich bald zurückkomme, um bei meinem Mann zu sein. Offensichtlich weiß sie also noch nichts. Ich denke, ich muß darauf vorbereitet sein, sie zu verlieren. Das vergibt sie mir wahrscheinlich nie. Ich wünschte, sie würde nach Paris kommen, um sich um mich zu kümmern und mir zu helfen, wenn das Baby da ist, aber ich weiß, daß sie das nicht tun wird.

3. Juli. Streit mit J-P wegen Christine. Er versucht es immer noch zu leugnen. Ich bekam einen hysterischen Anfall, und er fragte: »Was ist denn jetzt wieder mit dir los?« Er ist wohl wirklich der unsensibelste Mensch auf der ganzen Welt.

17. Juli. Brief von Mutter mit der Frage, ob Werner bei mir in Paris sei. Sie schreibt, daß ihn seit drei Wochen niemand mehr gesehen habe. In der Schule ist man außer sich, weil er nicht zu den Prüfungen erschienen ist. Die alte Frau, die unter uns wohnt, hat Pipi gefüttert. Ob Werner wohl nach Paris kommt? Es wäre so gut, mit ihm zu sprechen und ihm alles von Angesicht zu Angesicht zu erklären.

21. Juli. Mächtigen Krach gehabt, weil J-P mein Tagebuch gelesen hat. Er glaubt, daß ich Werner immer noch liebe, und verlangte, daß ich meine Sachen packen und nach Marseille zurückgehen solle. Ich erwiderte, das würde ich auch tun, wenn ich dorthin laufen könnte. Wie sollte ich aber seiner Vorstellung nach eine Bahnfahrt überstehen, wenn ich alle fünf Minuten brechen muß. Er sagte, seiner Meinung nach würde ich übertreiben mit meinen Wehwehchen, so schlecht ginge es mir ja gar nicht. Das verschlug mir die Sprache. Dann entschuldigte er sich und war sehr lieb. Er sagt, daß er mich liebt und das Gefühl habe, als hätte er mich schon an das Baby verloren, bevor es überhaupt geboren sei, daß er sich einsam fühlt und möchte, daß wir uns wieder lieben. Eine sehr leidenschaftliche Nacht.

2. August. Mutter schreibt, daß man immer noch nichts von Werner gehört habe. Sie hat sich bei all seinen Freunden nach ihm erkundigt, und die vertreten ganz unterschiedliche Theorien. Einige denken, er sei nach Stuttgart zurückgegangen, aber ich glaube nicht, daß er soviel Mut hat. Ich nehme immer noch an, daß er nach Paris kommt. Manchmal denke ich, daß er schon hier ist und mich beobachtet, wenn ich auf den Markt gehe oder Helen besuche, aber wenn ich mich umdrehe, ist nichts von ihm zu sehen. Die beste Lösung wäre, daß er eine andere Frau kennenlernt, eine, die gut zu ihm ist.

17. August. Ich habe endlich an Mutter geschrieben, ihr mitgeteilt, daß ich ein Baby erwarte, und sie gebeten, für ein paar Monate nach Paris zu kommen und mir bei der Geburt beizustehen. Ich brauche sie so sehr. Ich kann das nicht allein durchstehen. Ich bete, daß sie kommt.

3. Oktober. Ich kann es einfach nicht in Worte fassen. Ich habe den ganzen Tag geheult. Mutter schreibt, ich sei eine Hure und habe Werner auf dem Gewissen. Sie wird nicht nach Paris kommen. Jetzt bin ich ganz auf mich allein gestellt.

30. November. Vorige Nacht träumte ich, daß ich entbunden habe, und das Baby war ein kleiner SA-Mann mit bösartigen Augen, der mich erschießen wollte. Ich bin, am ganzen Leib zitternd, aufgewacht.

26. Dezember. Wir haben den ersten Weihnachtsfeiertag mit Helen und Roy verbracht. Sie ist so gut zu mir. Sie sagt, daß sie mir bei der Geburt beistehen wird. J-P soll sie holen, sobald die Wehen einsetzen. Nachdem sie mir dieses Versprechen gegeben hatte, habe ich eine Stunde lang geweint, und ich weine auch jetzt, während ich das schreibe. Was wird aus mir? Ich habe Angst, daß ich sterbe.

9. Januar. J-P ist jetzt sehr lieb zu mir. Ich denke, er macht sich Sorgen, daß ich sterben könnte, und möchte mich nicht verlieren. Ich liebe ihn von ganzem Herzen. Ich bedauere die Entscheidungen nicht, die ich getroffen habe, würde mir aber wünschen, daß sich die Uhr zurückdrehen ließe und wir einfach bloß wieder verliebt sein könnten. Vielleicht wird das so nach der Geburt des Babys.

Damit endeten die Eintragungen. Freda hatte das Heft auch von hinten nach vorn vollgeschrieben, Seiten über Seiten voller Datumsangaben, Initialen und Preise, aus denen Jenny nicht schlau werden konnte. Sie bat eine Stewardeß um ein Glas Wasser. Was sie soeben gelesen hatte, hatte sie sehr berührt. Sie verstand, was ihre Großmutter an Jean-Pierre gereizt hatte – all seine Energie, die Dramatik ihrer Beziehung –, als Vater war er aber absolut ungeeignet. Nach einer Weile setzte sie die Kopfhörer wieder auf, um sich den Rest der Kassette anzuhören.

Während der gesamten neun Monate dieser Schwangerschaft fühlte ich mich elend. Ich konnte kein Essen bei mir behalten, manchmal vertrug ich nicht einmal Wasser. Ich hatte schreckliche Kopfschmerzen und heftige Rückenschmerzen, und die Ärzte waren der Ansicht, daß das Baby nicht leben würde, weil ich im fünften Monat weniger wog als vor der Schwangerschaft. Wenn ich in den Spiegel schaute, sah ich nichts als große dunkle Augenringe und ein Gesicht aus Haut und Knochen. Neun Monate lang lag ich in unserer Mansardenwohnung auf dem Bett, hörte den Tauben draußen vor dem Fenster zu und starrte durchs Oberlicht auf die Wolken.

Jean-Pierre war mir natürlich überhaupt keine Hilfe. Es ist nicht so, daß er sich nicht um mich sorgte, aber er konnte mit Krankheit nicht umgehen. Es ekelte ihn, wenn ich mich übergab, und er schlief im Wohnzimmer, um es nicht riechen zu müssen. Darüber war ich aber oft auch froh, denn ansonsten wollte er immer Sex mit mir. Mir tat jedoch alles weh, so daß ich einfach nicht berührt werden wollte. Das klingt, als wäre er kalt und herzlos gewesen, aber eigentlich war er das ganze Gegenteil davon. Er war der leidenschaftlichste Mann, den ich je kennengelernt habe, sowohl was mich anging, als auch was Politik und Gerechtigkeit betraf. Er war zügellos, konnte mehr essen und trinken, als sich ein normaler Mensch vorstellen kann, und man sah ihn nie ohne eine amerikanische Zigarette im Mundwinkel. Darüber hinaus war er sehr abergläubisch. Verschüttetes Salz warf er sich über die Schulter, er grüßte einsame Elstern und sprang auf dem Bürgersteig herum, um nicht auf Fugen zu treten. Er hatte die komische Angewohnheit, jede Zigarette ganz genau zu inspizieren, bevor er sie ansteckte, und wenn er auch nur den winzigsten Fehler am Papier entdeckte, brach er sie in der Mitte durch und nahm sich eine andere. Diese Verschwendung machte mich wütend, denn wir hatten kaum Geld. Wenn ich ihn aber fragte, wonach er denn suche, erwiderte er geheimnisvoll: »Man kann nie wissen.«

Das Band wurde ab- und wieder angeschaltet.

Nach der Quälerei während der Schwangerschaft war die Entbindung dann ganz leicht. Nach nur sechs Stunden Wehen kam schon der kleine Kopf deiner Mutter zum Vorschein, ganz rot und runzlig mit strahlend blauen, leicht schielenden Augen und einem zarten Flaum von Jean-Pierres rotblonden Haaren. Das war im Januar 1939, keine gute Zeit, um neues Leben zur Welt zu bringen. Deine Mutter war jedoch ein tapferes kleines Wesen, sehr neugierig und aufgeweckt. Ich besaß keinerlei Mutterinstinkte, und es fiel mir schwer zu glauben, daß ich wirklich ihre Mutter war. Sie reagierte freudig auf jeden, der sie hochnahm oder mit ihr redete, und ir-

gendwie hatte ich das Gefühl, daß sie mich nicht wirklich brauchte. Ich versuche nicht, mich herauszureden, denn, wie sich zeigte, habe ich die beste Entscheidung getroffen, die mir unter diesen Umständen möglich war.

Es war offensichtlich, daß sie nicht bei uns in Paris bleiben konnte, deshalb hatte ich anfangs in Erwägung gezogen, sie zu meiner Mutter nach Marseille zu geben. Aber nach dem, was meine Mutter geäußert hatte, als sie von meiner Schwangerschaft erfuhr, war ich ziemlich sicher, daß sie uns nicht helfen würde. Da boten, wie du weißt, meine Freunde Helen und Roy Nicholson an, Maddy mit nach London zu nehmen. Weil Helen nie eigene Kinder bekommen konnte, wollte sie Maddy sogar adoptieren, das lehnte ich aber ab. Ich habe nur zugestimmt, daß sie sie aufziehen könnten, bis sich die Lage in Europa wieder normalisiert hätte. Wir wußten alle, daß es unausweichlich Krieg geben würde, und ich dachte, daß Maddy außerhalb des europäischen Festlandes sicherer aufgehoben wäre. Zudem waren die Nicholsons ein freundliches, großzügiges Paar mit viel Geld und einem großen Haus, so daß Maddy ein besseres Leben hätte, als ich es ihr bieten könnte. Jean-Pierre unterstützte diese Idee sehr. Er hatte sich nie damit anfreunden können, ein Baby im Haus zu haben, und nahm es übel, wenn ich meine Aufmerksamkeit auf jemand anderen als ihn konzentrierte.

So ist das alles gekommen, Jenny. Das waren die Gründe, weshalb ich meine Tochter, deine Mutter, weggab. Ich weiß, daß sich das für dich jetzt in den neunziger Jahren merkwürdig anhört, aber du mußt verstehen, daß Paris im Jahre 1939 ein sehr unsicherer Ort zum Leben war.

Jenny schaltete den Walkman ab und starrte aus dem Fenster. Die Wolken hatten sich verzogen, und sie konnte unter sich schlammig braunes Land sehen. Das mußte Grönland oder Nordkanada sein, denn es gab keine Städte oder markanten Punkte, bloß meilenweit flaches Land. Jenny hatte sich oft gefragt, wie wohl ihre

Mutter darüber denken mochte, daß Freda sie weggegeben hatte. Konnte das die Ursache für die gespannte Beziehung zwischen den beiden sein? Freda hegte offensichtlich noch Schuldgefühle, wäre aber eine unerträglich frustrierte Mutter gewesen. Für jemanden mit Fredas Charakter war es einfach undenkbar, Mutter zu sein, egal, ob Krieg war oder nicht.

Nachdem die Nicholsons mit Maddy abgereist waren, fing ich sofort wieder an zu arbeiten und wurde Tag und Nacht von völlig verstörten Männern und Frauen belagert, die flehentlich um Hilfe baten. Sie erzählten schlimme Geschichten von festgenommenen Familienangehörigen, kurz und klein geschlagenen Häusern und gefährlichen Fahrten nach Paris. Die meisten von ihnen hatten weder Geld noch Fahrkarten noch Visa, und unsere finanziellen Mittel waren fast versiegt, so daß es faktisch oft unmöglich war zu helfen, aber ich litt buchstäblich mit diesen Flüchtlingen mit, die Heim, Familie und Besitz verloren hatten und nirgends mehr hin konnten.

Als sich die deutschen Truppen nach dem Einmarsch in Polen nach Süden bewegten, begann der große Auszug aus Paris. Ganze Familien verstauten ihr Hab und Gut in Autos und banden sich zum Schutz vor feindlichen Tieffliegerangriffen eine Matratze aufs Dach. Voller Panik wälzten sich kilometerlange Autoschlangen auf den Hauptstraßen gen Süden, während die Fahrbahnen in der Gegenrichtung leer waren.

Jean-Pierre und ich führten endlose Gespräche darüber, was wir tun sollten. Er wollte, daß ich nach Marseille zu meiner Mutter oder nach London zu den Nicholsons fahre, aber ich war fest entschlossen, bei ihm zu bleiben. Ich konnte den Gedanken nicht ertragen, ihn zurückzulassen. Hitler verkündete, daß seine Truppen bis zum 14. Juni 1940 Paris erreicht haben würden, und das Leben war voller Anspannung, aber nie langweilig. Es war, als würde man mit zugehaltenen Ohren auf das Platzen eines zu stark aufgeblasenen Luftballons warten.

Die Büros wurden geschlossen, und ich nahm eine Arbeit in einem internationalen Übersetzungsbüro an. Jean-Pierre wurde Fahrer bei einer Spedition. Als dann der bewußte Tag kam, standen wir an der Haustür und schauten uns die Soldaten an, die in grauen Uniformen durch die Stadt marschierten und mit ihren Maschinengewehren herumfuchtelten wie ungezogene Schuljungen mit Stöcken. Es ist ein äußerst merkwürdiges Gefühl, Seite an Seite mit feindlichen Besatzern zu leben. Man haßt jeden einzelnen Deutschen und fühlt sich solidarisch mit allen Franzosen, sogar mit denjenigen, die man vor dem Krieg überhaupt nicht leiden konnte. Manchmal erscheint einem das Leben ganz normal, und dann wird man plötzlich durch einen kleinen Zwischenfall wieder auf den Boden der Realität zurückgeholt. Das muß nicht unbedingt etwas Gewalttätiges oder Dramatisches sein, sondern es sind oft bloß ganz kleine alltägliche Dinge.

Sie schwieg eine Weile, als wäre sie in Gedanken versunken.

Ich arbeitete nach wie vor als Kontaktperson für Leute, die aus dem besetzten in den unbesetzten Teil Frankreichs fliehen mußten. Anfangs lief das erstaunlich reibungslos, weil die Deutschen, wie du ja weißt, nie genügend Leute hatten, um die Grenzen zu bewachen, und in den meisten Gebieten gab es einen ortskundigen Fluchthelfer, der alle sicher hinüberbringen konnte. Im Übersetzungsbüro wurde ich oft gebeten, offizielle Bekanntmachungen von deutschen Verwaltungen zu übersetzen. Gewöhnlich handelte es sich bloß um Ankündigungen, daß Rationen gekürzt oder wieder etwas Neues rationiert würde. Manchmal waren es Anweisungen für die Gouverneure anderer Distrikte. Einmal ging es um eine Bekanntmachung, in der die Einwohner von Paris aufgefordert wurden, einige führende, der Verschwörung beschuldigte jüdische Persönlichkeiten auszuliefern, und ich veränderte beim Übersetzen fast unmerklich die Personenbeschreibungen.

Jean-Pierre haßte es, daß ich den Deutschen behilflich war, ich hielt ihm aber entgegen, daß meine Deckung aufgeflogen wäre, wenn ich mich nicht kooperativ gezeigt hätte. Er hatte sich einem der ersten Netze der Résistance angeschlossen. Diese frühen Zellen waren völlig desorganisiert und standen nicht untereinander in Verbindung. Ihre hauptsächliche Aufgabe bestand darin, Informationen über feindliche Truppenbewegungen zu sammeln und sie dann an die Briten weiterzuleiten. Ich war der Meinung, daß sich das ziemlich amateurhaft und nach Pfadfindern anhöre. Jean-Pierre erklärte, daß er nicht mit mir über seine Arbeit sprechen könne, denn es sei wichtig, die Anzahl der eingeweihten Personen begrenzt zu halten, für den Fall, daß jemand gefangengenommen und unter Folter Namen preisgeben würde. Ich sagte zwar, daß ich das verstünde, dachte aber, daß er das etwas zu sehr dramatisiere. Außerdem war ich aufgebracht, denn früher hatten wir alles miteinander besprochen, und ich mochte es gar nicht, ausgeschlossen zu werden.

An drei Abenden in der Woche ging er zu Gruppentreffen und kehrte erst am frühen Morgen zurück. An den Abenden, an denen er zu Hause war, saß er grübelnd im Sessel. Wir unterhielten uns über verschiedene Tagesereignisse, über Briefe, die ich übersetzt hatte, oder über die Schlange beim Fleischer, aber ich wußte absolut nichts über seine Arbeit bei der Résistance. Manchmal kam sein Freund Christophe vorbei, und ich stellte ihnen ein Glas Wein und etwas Schwarzbrot und Wurst hin, falls wir welche hatten, dann zog ich mich ins Schlafzimmer zurück, damit sie ungestört reden konnten.

Ich verbrachte in jenem Winter viel Zeit im Bett, denn in unserer Mansarde war es eiskalt. Ich glaube, das war einer der kältesten Winter seit Menschengedenken, und auf den hügligen Straßen um das Porte Saint-Cloud wurden sogar Skiwettkämpfe ausgetragen. Niemand hatte Heizöl, außer wahrscheinlich die Deutschen, deshalb verkroch ich mich nach dem Abendessen ins warme Bett und las. Vierzig führende jüdische Persönlichkeiten wurden festgenom-

men und erschossen, und ich war entsetzt, als ich hörte, daß es sich bei einigen von ihnen um diejenigen handelte, die ich auf dem Aushang beschrieben hatte.

Wieder eine längere Pause, Freda suchte offenbar nach den richtigen Worten.

Anfang März 1941 kam ich eines Abends mit ein paar Taschen vom Einkaufen zurück. Sofort, als ich die Tür öffnete, wußte ich, daß etwas nicht stimmte. Die Wohnung sah ordentlicher aus, der Tisch war abgeräumt und der Kleiderständer leer. Im Schlafzimmer erwartete mich das gleiche Bild – auf der Truhe lagen keine Münzhäufchen, Taschenmesser, Aspirin, Terminkalender und Taschentücher mehr herum. In der Küche stand ein Aschenbecher mit zwei Zigaretten, die Jean-Pierre in der Mitte durchgebrochen hatte und aus denen goldbrauner Tabak quoll. Ich erinnere mich, wie ich geistesabwesend kurz darüber strich und mich dann an den Tisch setzte und wartete. Am Morgen, als ich wegging, war er gereizt gewesen, hatte aber nicht erwähnt, daß er etwas Besonderes vorhabe.

Ungefähr um acht kam Christophe. Er war sehr aufgeregt und sagte, er habe eine Nachricht von Jean-Pierre erhalten, daß ich sofort packen und die Wohnung verlassen müßte. Er würde mich nach Orléans bringen und von da aus müßte ich allein weiter nach Marseille fahren. Ich solle bei meiner Mutter bleiben, und er würde sich mit mir in Verbindung setzen, sobald keine Gefahr mehr bestünde.

Ich fragte, wieviel ich mitnehmen solle, und er sagte: »Alles. Es darf nichts dableiben, was auf dich hindeuten könnte.«

Ich stellte keine Fragen, weil ich wußte, daß ich keine Antworten erhalten würde. Ich packte all meine Anziehsachen und Bücher in zwei große Koffer. Bettwäsche und Handtücher, Töpfe und Pfannen mußte ich zurücklassen, weil ich sie nicht hätte tragen können. In zehn Minuten hatten wir die Wohnung verlassen, und Christophe fuhr mich über kleine Nebenstraßen hinunter nach Orléans, wo ich bei einem Ehepaar übernachtete, das ich noch nie vorher gesehen hatte.

Am nächsten Morgen nahm ich einen Zug nach Süden, der anfangs voller lachender und scherzender deutscher Soldaten saß. Zwei von ihnen setzten sich neben mich und boten mir eine Zigarette an, die ich ablehnte. Später versuchten sie, sich mit mir zu unterhalten, zuerst auf französisch, was sich entsetzlich anhörte, und dann auf deutsch, aber ich tat einfach so, als würde ich sie nicht verstehen.

Ich traf am selben Tag spätabends in Marseille ein und war erschüttert, wie sehr sich meine Mutter verändert hatte. Geschwächt und verkrümmt durch die Gicht, konnte sie kaum noch laufen, und ihre Haare waren schneeweiß geworden. Zwischen uns herrschte eine sehr gespannte Atmosphäre, denn sie hatte Werner vergöttert und mir die Trennung von ihm sehr übelgenommen. Sie konnte auch nicht verstehen, wieso ich mein Baby weggegeben hatte, und trauerte um das Enkelkind, das sie nie kennenlernen würde. Es war nicht leicht, bei ihr zu wohnen, aber noch viel schwieriger war es, ruhig dazusitzen und auf Nachricht von Jean-Pierre zu warten.

Es vergingen Tage und dann eine Woche, ohne daß er sich meldete. Eines Morgens machte ich mich auf die Suche nach Armand, und er sagte, daß er vielleicht ein paar Leute kenne, die sich umhören könnten. Eine weitere Woche ohne Nachricht folgte.

Fredas Stimme war nur noch ein Flüstern.

Als Armand eines Abends vorbeikam und seinen Hut in den Händen hielt, wußte ich sofort, daß Jean-Pierre tot war. Ich glaube nicht, daß ich wirklich hörte, was er sagte, und meine Mutter mußte es in den nächsten Tagen mehrfach wiederholen, bevor ich es tatsächlich begriff.

Anscheinend hatte Jean-Pierres Widerstandsgruppe herausgefun-

den, daß Hitler nach Paris kommen wollte, und sich ausgerechnet, welche Strecke er fahren würde, weil dort deutsche Soldaten stündlich die Straßen kontrollierten und jeden Passanten durchsuchten. Kurz vor Reims führt die Straße über eine Brücke, und sie hatten ihren Sprengstoff ungefähr einen Kilometer weiter stromaufwärts versteckt. Sie warteten auf das Signal, daß Hitlers Konvoi fast diesen Punkt erreicht hatte, und dann liefen Jean-Pierre und einer seiner Kameraden in der Abenddämmerung am Flußufer entlang in Richtung der Brücke. Sie waren als Landarbeiter verkleidet, und der Sprengstoff befand sich in einer Schubkarre unter einer Lage Mist.

Sie warteten bis zur letzten Minute, bis aller Augen auf die sich nähernden Fahrzeuge der Vorausabteilung gerichtet waren. Dann sprinteten sie zur Brücke, ohne entdeckt zu werden. Wie ich hörte, hatten sie es fast geschafft. Einem Bericht zufolge hatten sie sogar schon die Zündschnur in Brand gesetzt, als sie von einem Soldaten gesehen wurden, der einen Warnruf ausstieß. Der Sprengstoff wurde in den Fluß geworfen und Jean-Pierre festgenommen. Sein Kamerad versuchte wegzurennen und wurde von hinten erschossen. Natürlich stellte sich heraus, daß es überhaupt nicht Hitler war, der da angefahren kam, sondern nur einer seiner höheren Mitarbeiter.

Es heißt, daß sie Jean-Pierre sechs Tage lang verhörten, er aber keine Namen preisgab. Und so töteten sie ihn dann. Ich habe diese Geschichte mit geringfügigen Abweichungen aus verschiedenen Quellen gehört, sie endete aber immer gleich. Sein Tod entsprach völlig seinem Charakter – töricht, ungestüm, leidenschaftlich, tollkühn und unglaublich tapfer. Ganz dein Großvater, so wie er lebte, starb er auch.

Jenny setzte die Kopfhörer ab und betrachtete nachdenklich das Tagebuch von 1941. Sie schlug die erste Seite auf und klappte es dann wieder zu. Sie wußte, daß Freda vor Kummer fast wahnsinnig geworden war, als sie erfuhr, daß Jean-Pierre tot war, und daß ihre Mutter lange Zeit befürchtet hatte, Freda würde sich das Leben nehmen. Jenny kam zu dem Schluß, daß sie im Moment nicht mehr von der Geschichte verkraften konnte. Sie zog es vor, eine Weile zu schlafen. Sie lehnte sich zurück und zog das Rouleau herunter, um nicht von dem strahlend weißen Licht über den Wolken geblendet zu werden.

Kapitel 14

Am Kennedy-Airport nahm sich Jenny ein Taxi, das sie zu ihrem gewohnten Hotel in der Upper East Side brachte, von dem aus man einen herrlichen Blick über den Central Park hatte. Es war teuer wie alle Hotels in dieser Gegend, aber nicht so unpersönlich. Alle Zimmer waren mit Kaminen ausgestattet, die im Winter auch wirklich brannten. Es gab Bücherschränke mit einer eher zufälligen Auswahl von Hardcover-Ausgaben, vom Angelratgeber bis zu keltischen Legenden, außerdem Ölgemälde mit Bergen und Schafen und altehrwürdige Möbelstücke. Verstaubte Gediegenheit eben. Sie konnte nur noch schnell ihre Kleidung in den Schrank aus dunklem Holz hängen, der nach Lavendel duftete, und Louie anrufen, um ihm mitzuteilen, daß sie angekommen sei, bevor es an der Zeit war, sich zu den Büros von Newman & Hall in der Madison Avenue zu begeben, die nur ein paar Querstraßen von hier entfernt lagen.

Draußen war es mild, viel wärmer als in London, und die Straßen kamen ihr belebter und lauter als sonst vor. Sie tauchte ein in eine ohrenbetäubende Kakophonie aus Sirenengeheul, Pfeif- und Hupkonzerten, Hufgeklapper der Pferdekutschen vom Central Park, Hubschrauberdröhnen und allgegenwärtiger menschlicher Betriebsamkeit. Der Geräuschpegel zerrte an ihren Nerven, die wegen des bevorstehenden Treffens ohnehin schon angespannt waren.

Eine Glasdrehtür führte zum Empfang. Ein uniformierter Türsteher inspizierte Jennys Aktenkoffer gründlich, klopfte ihre Kleidertaschen ab und verglich ihren Namen mit einem vorliegenden Computerausdruck. Sie wurde um eine Trennwand herum in den Empfangsbereich gewinkt, wo sie sich ausweisen und ihren Namen und ihre genaue Funktionsbezeichnung in dem Verlag in einen Apparat eintippen mußte, der plötzlich aufblitzte, ein Bild von ihr schoß und kurz darauf eine Besucherkarte ausdruckte. Bei ihren Stippvisiten hier waren die Kontrollmechanismen von Mal zu Mal ausgeklügelter geworden.

»Grund des Besuchs?« fragte die Empfangssekretärin.

Das ist eine gute Frage, dachte Jenny. Ich wünschte, ich wüßte es.

Ein paar Minuten später trat Tania aus dem Fahrstuhl, ein kleines, drahtiges Mädchen, eine von Howies Assistentinnen. Sie plapperte im Lift fröhlich drauflos, erkundigte sich nach dem Flug und dem Wetter in England, und dann fragte sie: »Und wie geht es Ihren Kindern, Jenny?«

»Ich habe keine«, erwiderte Jenny, woraufhin Tania rot anlief und sichtlich nervös wurde. »Ach, so? Mit wem habe ich Sie denn da verwechselt? Wer war das dann, der Kinder hatte?« Sie war jetzt weniger freundlich, gerade so, als verdächtigte sie Jenny, sie irgendwie vorsätzlich irregeführt zu haben.

Sobald sie auf der zwanzigsten Etage angelangt waren, brachte sie Jenny ein Glas Wasser und zog sich dann zu zwei weiteren Assistentinnen hinter einen riesigen halbrunden Schreibtisch zurück. An der Wand tickte eine große Uhr, die drei lange Zeiger, aber keine Ziffern hatte. Jenny nahm ihre Unterlagen heraus und tat geschäftig, während sie beobachtete, wie die Zeit verstrich.

Mehr als eine halbe Stunde war vergangen, als ein Summer auf dem Schreibtisch ertönte und sich im gleichen Moment die großen Holztüren öffneten, die in Howies Bürosuite führten. Robert Milligan, einer der Buchhalter des Verlags, kam heraus, um sie zu begrüßen und in den Raum zu geleiten, wo Howie am Kopfende eines großen ovalen Tisches saß, flankiert von zwei

Männern, die sie kannte, und einem weiteren, der ihr unbekannt war.

»Jenny, das ist Richard Bly von unserem Spezialteam für Marketing. Ben und Adam kennen Sie ja.« Sie nickte, lächelte und nahm Platz. Howie hatte zugenommen seit ihrer letzten Begegnung in London vor ein paar Monaten. Es wäre denkbar, daß er absichtlich in die Breite ging, um den gewaltigen hypermodernen Chefsessel voll auszufüllen, auf dem er saß. Er war groß, hatte mausgraue Haare, die sich oben lichteten, und trug eine riesige Brille mit Silbergestell. Er hatte ein breites Gebiß und dicke fleischige Lippen, die schmatzten, wenn er sprach oder seinen Kaffee schlürfte, wodurch er auffallend einem Kamel ähnelte.

»Wir sind heute etwas spät dran, kommen wir also gleich zur Sache. Jenny, vielleicht könnten Sie den Anfang machen und uns Ihre Finanzprognosen für das zweite Halbjahr vorlegen«, ordnete er an. Sein förmlicher Ton überraschte sie. Gewöhnlich versuchte er sich wenigstens in ein paar freundlichen Floskeln, obgleich er dabei noch weniger überzeugend als seine Assistentin wirkte.

»Wir haben im Herbst einige sehr vielversprechende Titel im Programm, was uns drei sichere Weihnachtsbestseller garantieren müßte, unter Umständen sogar mehr.« Sie holte ihre Unterlagen heraus und begann, ihr Programm zu erklären, aber Howie schnitt ihr das Wort ab.

»Wieso bringen Sie dreißig neue Bücher heraus, wenn Sie glauben, daß darunter nur drei Bestseller sind?« Er lehnte sich im Sessel zurück und musterte sie kritisch. »Ich habe schon seit geraumer Zeit den Eindruck, daß Sie sich nicht auf das Hauptziel der Unternehmensführung konzentrieren, nämlich Profit zu machen.«

»Wir verlegen kein einziges Buch, ohne nachhaltige finanzielle Beweggründe dafür zu haben«, entgegnete sie, aber er hörte gar nicht zu.

»Wir denken, daß Sie bei der Entscheidung, welche Bücher in Zukunft veröffentlicht werden sollten, Hilfe benötigen, und deshalb wird Richard zu Ihnen nach England kommen und mit Ihrem Team an diesem Problem arbeiten.« Richard lächelte ihr zu.

»Danke für das Angebot, aber wir haben schon einen Marketingchef, der diese Aufgabe zufriedenstellend erfüllt«, meinte Jenny kühl.

»Ja, diesen, wie heißt er doch gleich, Stuart Murphy. Der sollte erschossen werden, weil er es zugelassen hat, daß Sie dieses Buch von Dianas bester Freundin abgelehnt haben. Wissen Sie eigentlich, wie viele Exemplare davon wir hier hätten verkaufen können?«

»Howie, diese Frau ist eine Hochstaplerin. Es sollte mich wundern, wenn sie Diana häufiger als ein halbes dutzendmal getroffen hat.« Er ignorierte, was sie sagte.

»Sie brauchen jemanden, der imstande ist, all diese rührseligen Lektorenvorschläge abzulehnen, daß dieses oder jenes Buch wichtig oder wertvoll oder was auch immer sei, als wären wir ein Wohltätigkeitsverein und kein Wirtschaftsunternehmen. Ich möchte, daß Ihr Mann mit Richard zusammenarbeitet, und ich glaube, daß wir dann schon bald einige Änderungen erreichen werden.«

»Ich sehe dafür keine Notwendigkeit, Howie. Ich war diejenige, die das Diana-Buch abgelehnt hat, und ich glaube, wenn Sie sich meine Erklärung anhören, werden Sie feststellen, daß es für die Veröffentlichung all der Titel auf unserer Liste sehr wohl gute kommerzielle Gründe gibt.«

»Okay, Jenny, möglicherweise verstehen wir einfach Ihre Auswahlkriterien nicht, aber vielleicht könnten Sie mir die Gründe dafür nennen, weshalb Sie zum Beispiel das Buch Ihrer Großmutter herausbringen wollen? Ich zumindest wußte bislang nicht, daß wir neuerdings ein Verlag zur Befriedigung persönlicher

Eitelkeiten sind. Das ist ein hübsches Weihnachtsgeschenk für die liebe Oma, und ich bin sicher, daß sie dafür sehr dankbar sein wird, ich kann mir aber nicht vorstellen, daß das Buch sonst noch jemanden interessiert«, meinte Howie mit beißendem Sarkasmus und verschränkte die Arme.

»Haben Sie das Exposé gelesen? Es ist ein eindrucksvoller Bericht über Ereignisse, die das zwanzigste Jahrhundert verändert haben.« Howie runzelte die Stirn und neigte ungläubig den Kopf zur Seite, weshalb sie mit größerem Nachdruck fortfuhr: »Wie wir wissen, werden immer noch gern Bücher über die beiden Weltkriege gelesen. In diesem geht es jedoch außerdem um eine unkonventionelle und kontroverse Auffassung von Heldentum, und durch verschiedene Liebesgeschichten wird es sogar noch interessanter.«

Höhnisch lachend, fragte Howie: »Wieso haben Sie dann einem Coverentwurf zugestimmt, der es wie ein Geschichtsbuch für Viertklässler aussehen läßt? Da wir es jetzt schon einmal am Hals haben, bin ich der Meinung, Sie sollten es sofort als Paperback mit reißerischem Cover herausbringen und sich bei der Werbekampagne auf die skandalösen Liebesaffären konzentrieren.«

»Das können wir unmöglich tun«, sagte Jenny bestimmt. »Freda ist eine angesehene alte Dame, die Frau eines Offiziers.«

»Sehen wir den Tatsachen doch ins Auge, Jenny, sie war eine Nutte. Und wenn man die Memoiren einer Nutte veröffentlicht, ist genau das die Art, wie man die Werbung aufziehen muß.« Er lehnte sich im Stuhl zurück, die Beine weit gespreizt, als wolle er ihr prahlerisch seine Männlichkeit entgegenhalten.

Jenny war nahe daran, die Beherrschung zu verlieren. »Ich glaube nicht, daß das den Punkt trifft, Howie. Sie sprechen hier von jemandem, der unter enormen persönlichen Risiken zahllose jüdische Kinder vor den Nazis gerettet und Informationen an die Alliierten weitergeleitet hat, die deren strategische Vorgehensweise während des Krieges nachhaltig beeinflußt haben.«

Aber Howie hörte immer noch nicht zu. Er legte demonstrativ die vor ihm liegenden Papiere auf einen Stapel und klopfte diesen mit der Schmalseite mehrfach laut auf den Tisch, bis die Seiten ordentlich ausgerichtet waren. Dann öffnete er einen Aktenordner, um die Papiere hineinzutun, wobei er den Deckel gerade lange genug aufhielt, daß Jenny den darin befindlichen Zeitungsausschnitt erkennen konnte – eine Kopie des Artikels mit der Fotografie von sich und Marc. Das Blatt sah aus wie ein Fax. Ihr verschlug es die Sprache.

Er lächelte kühl. »Richard wird am Montag in einer Woche bei Ihnen sein, und in Zukunft dürfen neue Bücher nur mit seiner Unterschrift genehmigt werden. Sollten Sie völlig unterschiedlicher Meinung mit ihm sein, können Sie in Einzelfällen jederzeit meine Entscheidung einholen.«

Es gab noch verschiedene andere geschäftliche Fragen zu klären, und sie saß ruhig da und schrieb mit. Die anderen Männer im Raum machten sich ebenfalls Notizen, außer Richard, der einen Blick oder ein Lächeln von ihr zu erhaschen versuchte.

Sie fühlte sich angewidert. Wie konnte Howie es wagen, in ihrem Privatleben herumzuschnüffeln? Er war ein derart schlaffer, abstoßender Sack, daß sie sich nicht vorstellen konnte, welche Art Frau sich überhaupt dazu hergeben würde, ihn schweißtriefend auf sich liegen zu haben und ihn in sich hineinstoßen zu lassen. Er grunzt wahrscheinlich dabei, dachte sie. Sie hatte die Nase gestrichen voll von Männern wie ihm, die ihr in väterlichem, humorlosem Ton sagten, was sie zu tun habe, und die vollkommen überzeugt davon waren, alles besser zu wissen, und sie nach ihrem Sexleben beurteilten.

Draußen wurde es schon dunkel, als Howie die Sitzung endlich beendete. Er stand auf, um den Raum zu verlassen, und klopfte ihr im Vorübergehen auf die Schulter, was sie noch mehr in Rage brachte. Ben, Robert und Adam packten eilig ihre Taschen und verschwanden, Richard aber kam langsam mit ausgestreckter Hand um den Tisch herum.

»Ich denke, wir sollten auf unsere neue Zusammenarbeit anstoßen«, sagte er. »Ganz in der Nähe gibt es eine nette Bar.«

»Tut mir leid, ich habe schon etwas vor«, erwiderte sie.

»Können Sie das nicht absagen?« quengelte er. »Geben Sie sich einen Ruck, nur auf einen schnellen Drink.«

»Nein, tut mir leid.«

»Und wie wär's mit morgen?«

»Ich habe diesmal wirklich keine Zeit hier«, sagte sie bestimmt. »Aber ich sehe Sie ja dann in zehn Tagen in London.«

»Oh, wie schade, eigentlich hatte ich ja gehofft, daß wir beide richtig enge Freunde werden könnten«, meinte er in seinem schleppenden Tonfall. »Ungefähr so, wie Sie's mit Ihrem alten Marketingchef sind.«

Jenny rückte geräuschvoll ihren Stuhl zurück und verließ schnellen Schritts den Raum. Hatte Stuart ihnen etwa über ihre Affäre berichtet? Woher sonst hätte Richard das wissen sollen? Sie rannte durch den unteren Empfangsbereich, warf dem Wachmann ihren Besucherausweis zu und lief eilig in ihr Hotel. Sobald sie oben in ihrem Zimmer angelangt war, rief sie bei der Rezeption an und bestellte sich eine Flasche Wein und eine Schachtel Zigaretten.

»Tut mir leid, Madame, aber wir sind ein Nichtraucherhotel«, sagte die Stimme, woraufhin Jenny laut fluchte und den Hörer aufknallte. Als nächstes wählte sie Louies Handynummer.

»Er hat das Haus noch nicht verlassen. Wo erreiche ich Sie? … Okay, ich rufe zurück, wenn ich Ihnen einen Treffpunkt nennen kann.«

Es war schon fast 20 Uhr, also ein Uhr morgens nach britischer Zeit. Jenny ließ sich Badewasser einlaufen und nahm sich ein Glas Wein, das sie hastig hinunterstürzte, stieg dann in die Wanne und nickte sofort ein. Das Wasser war kühl, als sie vom

Klingeln des Telefons im Nebenzimmer geweckt wurde. Sie sprang aus der Wanne und tappte, den Plüschteppich volltropfend, an den Apparat.

»Ja?«

»Das Restaurant ›Cucina‹ in der Gansevoort Street.« Louie buchstabierte es ihr. »Ich reserviere einen Tisch für zwei, nach Möglichkeit ganz in seiner Nähe. Beeilen Sie sich aber, möglicherweise wollen sie ja noch weiter.«

Sie zog das Kleid an, das sie auf der Party getragen hatte, als sie und Marc sich das erste Mal begegnet waren, und schminkte sich die Lippen. Der Portier rief ihr ein Taxi, und eine halbe Stunde später betrat sie ein Speiserestaurant europäischen Stils mit vergoldeten Spiegeln und Kopien impressionistischer Gemälde an den Wänden. Ein Kellner geleitete sie an einen winzigen Tisch im hinteren Teil des Raumes, wo Louie sie schon erwartete. Sie stierte krampfhaft geradeaus und war derart nervös, daß sie kaum sprechen konnte. Ihr zuckte ständig die linke Wange, teils vor Müdigkeit und teils vor Aufregung.

Louie stand auf und empfing sie mit offenen Armen. »Wow, Jenny, Sie sehen einfach sensationell aus. Ich wäre ein toter Mann, wenn meine Frau mich hier mit Ihnen in dieser Aufmachung beim Essen sehen könnte.«

»Oh, vielen Dank.« Sie setzte sich. »Okay, nun sagen Sie schon, ist er noch hier?«

»Er sitzt mit zwei Mädchen und ein paar Kerlen in der Nische dort drüben. Sie können nur ein Stück von seinem Hinterkopf sehen. Da sie alle schon fast mit dem Hauptgericht fertig sind, sollten Sie sich besser sputen.«

Jenny drehte sich um, und wirklich, da war es, das vertraute dunkelbraune Haar. Sie fühlte sich einer Ohnmacht nahe, so stark pochte ihr Herz. Sie griff nach Louies Glas und nahm einen Schluck von seinem Whisky Soda, dann stand sie auf, als wolle sie zur Toilette, und ging auf die Nische zu. Dort angelangt, blieb sie plötzlich stehen und rief mit gespielter Verwunderung: »Marc!« Es hörte sich schriller an, als sie beabsichtigt hatte. Sie wandte sich dem braunhaarigen jungen Mann zu und sah ihm ins Gesicht, blinzelte und schlug die Hand vor den Mund. Die Ähnlichkeit war groß, die gleichen Haare, das gleiche strahlende Lächeln, aber er war es nicht. Die Leute am Tisch starrten sie an.

»Entschuldigung, ich dachte, Sie wären ein Freund von mir, Marc Jacquinet.«

»Ich bin Marc Jacquinet«, sagte er mit weichem kalifornischen Akzent. »Und wer sind Sie?«

»Sie können nicht Marc sein. Besitzt Ihre Familie ein Haus in der Bretagne in der Nähe von Paimpol?«

»Ja«, erwiderte er verwundert.

»Aber das ergibt keinen Sinn. Ich war voriges Wochenende mit jemandem dort, der vorgab, Sie zu sein.« Und dann füllten sich Jennys Augen mit Tränen, und sie begann am Tisch vor den jungen Leuten zu weinen, was ihr schrecklich peinlich war.

Der Schock, der Streß des heutigen Tages, Erschöpfung und vor allem die schreckliche Enttäuschung führten zu diesem spontanen Gefühlsausbruch. Jenny konnte sich nicht erinnern, wann sie das letzte Mal geweint hatte, und noch dazu in der Öffentlichkeit, das entsprach überhaupt nicht ihrem Charakter. Sie drehte sich auf dem Absatz um und hastete zu Louies Tisch zurück, ließ sich auf den Stuhl fallen und vergrub ihr Gesicht in einer großen weißen Serviette. Louie hatte sich halb erhoben und wußte nicht, was er tun sollte. Und dann spürte sie, wie sich ein Arm um ihre Schulter legte, und hörte eine sanfte, freundliche Stimme in gedehntem amerikanischen Tonfall sagen: »He, he, weinen Sie doch nicht, ist ja gut, ist ja gut.«

Sie holte tief Luft und wischte sich mit der Serviette die Tränen aus den Augenwinkeln, bevor sie mit feuchtem Blick hochschaute. Der Fremde, der behauptet hatte, Marc Jacquinet zu sein, hatte sich über sie gebeugt und tätschelte betroffen ihre

Schulter. Louie nahm wieder Platz, und es war ihm anzusehen, daß er sich sehr unbehaglich fühlte.

»Louie, das ist er nicht«, erklärte Jenny schluchzend.

»Was?« rief er und sah den jungen Mann am Tisch an, als wäre es dessen Schuld. »Was zum Henker …«

Sie lächelte dem Fremden unter Tränen zu. »Sind Sie der Sohn von Chantal Jacquinet, die bei Berger Walsh arbeitet?« Er nickte. »Und Sie haben ein Haus bei Paimpol. Warten Sie mal, haben Sie vielleicht einen Freund, der Hervé heißt und dort in der Nähe etwas außerhalb wohnt?«

»Er ist zwar nicht direkt mein Freund, sondern mehr ein Freund meines Vaters, aber ansonsten stimmt das«, antwortete der große dunkelhaarige Junge.

Sie schüttelte völlig perplex den Kopf. »Ich glaube, wir müssen uns unterhalten«, sagte sie. »Ich denke nämlich, daß ich voriges Wochenende in Ihrem Haus war, und ich bin mit Hervé und einem Mann, der sich für Sie ausgab, segeln gewesen. Und dann hatte er mitten in der Nacht eine Auseinandersetzung mit Hervé und verschwand spurlos.«

»Sie haben im ›Roch'hir‹ gewohnt? Wer hat Sie denn reingelassen?«

»Der Schlüssel lag auf einem Sims über der Küchentür. Marc sagte, das heißt, der Mann, mit dem ich dort war, sagte, daß er immer dort aufbewahrt wird.«

»Das gibt's doch gar nicht!« rief er aus. »Woher weiß er das?«

»Wissen Sie, Sie sind heute abend mit Ihren Freunden verabredet, und ich bin völlig erschöpft. Können wir uns vielleicht morgen früh treffen?«

»Klar, wie Sie möchten. Warum kommen Sie nicht einfach zu uns? Ich nehme an, meine Mutter wird auch gern etwas darüber hören wollen. Wir wohnen in …«

»Sutton Place«, fuhr Louie dazwischen.

»Woher wissen Sie das?« fragte Marc.

»Das werde ich Ihnen morgen erzählen«, sagte Jenny. »Gegen zwölf?«

»Klar, in Ordnung. Bis dann also.«

Sie konnte nichts essen, denn sie fühlte sich immer noch ganz benommen, ihr rauschte es in den Ohren, und sie hatte diese ständigen Zuckungen im Gesicht. Louie verlangte die Rechnung und fuhr sie zurück zum Hotel. Er war bedrückt und verärgert, weil er nicht die richtige Person gefunden hatte. Jenny zermarterte sich das Hirn, was ihr vielleicht sonst noch über den Mann einfiel, den sie in die Bretagne begleitet hatte.

»Konnten Sie Abbey bei Oriol Records ausfindig machen?« fragte sie, sich plötzlich erinnernd.

»Auf der Gehaltsliste steht jedenfalls niemand mit diesem Namen«, erwiderte Louie verdrießlich. »Sieht ganz so aus, als müßte sich der nächste Schritt bei den Ermittlungen auf Hervé, den Freund seiner Familie, konzentrieren. Möchten Sie, daß ich morgen mitkomme?«

»Sie haben fürs erste genug getan, Louie. Sie waren brillant. Ich rufe Sie an, nachdem ich die beiden getroffen habe, und dann verabreden wir uns.«

»Nehmen Sie's nicht so schwer, Schätzchen«, sagte er und drückte ihr die Hand, bevor sie ausstieg.

Jenny schlief in dem Himmelbett wie eine Tote. Es fiel ihr schwer, am nächsten Morgen wieder zu sich zu kommen. Vor ihrem geistigen Auge lief ein seltsamer Film ab, während sie langsam wach wurde. Sie sah sich auf dem Grund eines tiefen dunklen Meeres voller Wasserpflanzen, und sie tauchte ganz gemächlich durch die schleimigen, sich an sie klammernden Schlingpflanzen zur Oberfläche empor, einem Lichtschein entgegen, der immer weiter zu entrücken schien.

Kapitel 15

Für den Besuch bei Chantal Jacquinet kleidete sie sich teuer, denn sie wollte wie eine seriöse Geschäftsführerin und nicht wie irgendein hergelaufenes verantwortungsloses Flittchen wirken, das mit einem Mann, den es kaum kannte, in das Ferienhaus der Gastgeberin eingestiegen war. Wie sich herausstellte, hätte sie sich nicht so viele Gedanken machen müssen, denn Chantal war eine charmante, sensible Frau, die von Anfang an hauptsächlich um Jenny besorgt zu sein schien.

»Sie sind das also, die mich am Montag im Büro angerufen hat. Wie geht es Ihnen? Ich habe mir Sorgen gemacht, und als ich dann Marc von unserem Gespräch erzählte und er mir sagte, daß er Sie gar nicht kenne, dachte ich, vielleicht ... Na ja, egal, nehmen Sie doch bitte Platz.« Sie hatte einen starken französischen Akzent, sprach aber, mit ihren tadellos manikürten Händen gestikulierend, fehlerfrei Englisch. Sie war klein und blond und ähnelte mit ihren leicht blinzelnden blauen Augen und ihrer cremefarbenen Haut einer Siamkatze.

Jenny saß auf einem langen weißen Sofa direkt gegenüber einer Glaswand, durch die man einen Blick über den East River hinweg bis nach Queens hatte.

»Marc war gerade von einem kurzen Aufenthalt in Los Angeles zurückgekehrt, und ich hatte angenommen, daß Sie eine seiner dortigen Freundinnen wären, aber ...« Sie brach mitten im Satz ab. »Ich hoffe, Sie haben nicht die weite Reise hierher auf sich genommen, nur um ihn zu treffen und dann festzustellen, daß er der Falsche ist. Das würde mir schrecklich leid tun.«

»Nein, ganz und gar nicht. Ich bin eigentlich geschäftlich hier.«

Und dann kam Marc in Levi's und einem gerippten grauen Pullover herein. Er lief barfuß übers Parkett, und sie bemerkte, daß er sehr lange elegante Zehen hatte.

»Hallo, haben Sie gut geschlafen?« Er stellte ein Tablett mit einer Kaffeekanne auf einem Tisch in der Nähe ab und goß Jenny eine Tasse ein. Als er ihr die Tasse reichte, meinte er: »Ich habe Hervé übrigens heute früh angerufen.« Sie zuckte vor Schreck so sehr zusammen, daß etwas Kaffee auf die Untertasse schwappte.

»Was hat er gesagt?« fragte sie mit belegter Stimme und räusperte sich.

»Er sagte, er habe nicht gewußt, daß Sie in unserem Haus waren. Er habe Sie und Ihren Freund am Sonnabendvormittag im Café getroffen, sei mit Ihnen ins Gespräch gekommen, und Sie hätten ihn beide gebeten, mit Ihnen segeln zu gehen, was er auch getan habe. Dann seien Sie plötzlich spät nachts an seiner Tür aufgetaucht, völlig außer sich, weil Ihr Freund verschwunden war.«

»Er lügt«, rief Jenny wütend. »Das ist ja einfach lächerlich. Die beiden haben sich auf alle Fälle schon vorher gekannt.« Sie erzählte ihnen die Geschichte von Anfang bis Ende, und sie hörten aufmerksam zu und sahen einander gelegentlich vielsagend an. »Also wissen Sie, meiner Meinung nach müssen die beiden irgendwelche Geschäfte miteinander gemacht haben. Und daher befürchtete ich, daß Hervé ihn ...«, sie zögerte, »... umgebracht haben könnte.«

»O nein, das würde er nicht tun«, sagte Chantal bestimmt. »Niemals. Ich kenne ihn schon fast mein ganzes Leben lang. Zu so etwas wäre er nicht fähig.« Chantals Gesicht hatte sich leicht gerötet, und Jenny bereute, das gesagt zu haben, denn es war nicht sehr taktvoll, einen Freund der Familie des Mordes zu bezichtigen.

»Ich frage mich, ob Marc, ich meine natürlich die besagte

Person, ins Haus zurückgekommen ist, um seine Sachen zu holen. Ich habe am Sonntagmorgen alles einfach dort liegenlassen.«

»Ich werde Claudine anrufen und sie bitten nachzuschauen. Aber das kann ich jetzt auch sofort erledigen«, sagte Chantal und erhob sich.

»Sie ist die Haushälterin«, erklärte Marc. »Sie wohnt im Dorf und sieht ab und an nach dem Rechten, wenn wir nicht da sind.«

Jenny nickte und überlegte einen Augenblick. »Ich nehme aber fast an, daß jemand seine Sachen weggeräumt haben wird«, meinte sie, während sie im Hintergrund Chantal schnell sagen hörte: »*Claudine? Bonjour, ç'est Chantal.*«

»Denken Sie wirklich, daß er tot ist?« fragte Marc mit der gleichen sanften Stimme wie gestern abend, und seine braunen Augen schauten sie dabei freundlich an.

»Hmm«, meinte sie und zuckte leicht die Schultern, da sie es nicht auszusprechen wagte.

»Sie haben ihn anscheinend wirklich gern gehabt, stimmt's?«

»Ich kannte ihn ja erst seit fünf Tagen, das ist das Verrückte daran. Eigentlich will ich der Sache bloß auf den Grund gehen und herausfinden, was passiert ist. Ich nehme an, daß Sie das auch möchten, nachdem Sie jetzt wissen, daß Ihr Haus darin verwickelt war.«

»Na ja, ich denke schon. Sie sind also tatsächlich zwei Nächte im Haus gewesen? Wo haben Sie geschlafen?«

»Es war ein Schlafzimmer in einem Turmanbau, das man über eine Wendeltreppe von der Küche aus erreichte. Das war in der ersten Nacht. Die zweite Nacht bin ich aufgeblieben und habe auf ihn gewartet, weil ich dachte, er würde zurückkommen.«

»Das ist das Zimmer meiner Großmutter«, bemerkte Marc.

»Fakt ist aber, daß dieser jemand sich genau auskannte«, sagte Jenny. »Er führte mich nach unserer Ankunft direkt in dieses Schlafzimmer, und er wußte, wo sich alles im Haus befand.«

»Sie glauben also, daß er vorher schon mal dort gewesen sein muß?«

»Auf jeden Fall«, antwortete sie. Chantal plauderte immer noch im Hintergrund. »Erzählen Sie mir von Hervé. Woher kennt Ihre Familie ihn?«

»Wissen Sie, ich kann im Beisein meiner Mutter nicht unbefangen über ihn sprechen. Vielleicht darf ich Sie irgendwohin zum Mittagessen einladen?«

»Okay, gern«, sagte sie überrascht, und er grinste.

Chantal legte den Hörer auf und kam, verständnislos die Arme hebend, zu ihnen zurück. »Claudine war am Mittwoch dort, um das Haus zu lüften, und sie sagte, daß sie alles genau so vorgefunden habe, wie sie es verlassen hat. Keine Kleidungsstücke, keinerlei Anzeichen, daß jemand da gewesen wäre. Ich bat sie, den Ersatzschlüssel zu entfernen, und sie wird ihn jetzt bei sich im Haus aufbewahren.«

»Es ist jemand drin gewesen und hat aufgeräumt«, sagte Jenny und warf Marc einen Blick zu.

»Aber das ergibt keinen Sinn. Sind Sie sicher, daß es unser Haus war?« fragte Chantal. »Vielleicht war es ein anderes Haus in der Nachbarschaft oder weiter oben in der Bucht?«

Jenny öffnete den Mund, um zu antworten, aber Marc war schneller. »Weißt du, ich glaube, das wird's sein, Mutter. Es war bestimmt ein anderes Haus in der Nähe, und die hatten zufällig eine deiner Visitenkarten in einem Schubfach, was wirklich nicht unwahrscheinlich wäre. So wird's gewesen sein.«

Jenny erkannte seine Taktik und schwieg.

»Aber die ganze Sache ist trotzdem sehr seltsam«, meinte Chantal und setzte sich wieder. »Dieser Mann hat sich für dich ausgegeben. Vielleicht sollten wir die Polizei anrufen.«

»Ich habe das der Polizei in Paimpol schon gemeldet«, teilte Jenny ihnen mit. »Diesem Mann, der dort im Café wohnt.«

»Georges?«

»Ich weiß nicht, wie er heißt. Jedenfalls hat er's nicht sehr ernst genommen, sondern einfach als ein Problem mit meinem Liebhaber abgetan«, sagte Jenny mit einem Schulterzucken.

»Vielleicht rufe ich Georges an«, überlegte Chantal. »Möglicherweise hat er dafür eine Erklärung.«

»Das ist eine gute Idee, Mutter. Ich werde jetzt mit Jenny Mittagessen gehen, damit sie wenigstens etwas Freude hat, bevor sie wieder nach London abreist. Ist mit dir alles in Ordnung?«

»O ja, ja, selbstverständlich.« Sie winkte leicht mit der Hand ab. »Mach dir keine Sorgen.«

Er führte Jenny in ein enges Kellerrestaurant, das einen Holzfußboden hatte und in dem es nach Sägespänen roch, und bestellte, kaum hatten sie sich gesetzt, eine Flasche Sancerre. Während der Taxifahrt durch die Stadt hatte Jenny begonnen, ihm über den Verlag zu erzählen und darüber, wie stolz sie war auf das ausgewogene Verhältnis zwischen hervorragenden Autoren und gerade so vielen Bestsellern, daß die Bilanz positiv blieb.

Marc war ein guter Zuhörer, der die richtigen Fragen stellte, und zu ihrer eigenen Verwunderung ertappte sie sich dabei, wie sie ihm über das Treffen mit Howie erzählte. Normalerweise erörterte sie solche Dinge nicht mit Fremden, aber er war beharrlich, interessiert und teilnahmsvoll. Als Jenny dann das Gespräch auf ihn bringen wollte, tat er sein Bestes, um sich den Antworten zu entziehen.

»Ich versuche mich manchmal ein bißchen als Schauspieler«, gestand er ihr schließlich.

»In welcher Art von Rollen?«

»Ach, Werbespots. Ein anspruchsvollerer Film … Sie wissen ja, wie das so ist.«

Mit zusammengekniffenen Augen betrachtete sie ihn im trüben Licht. Irgendwie kam er ihr, abgesehen von der entfernten Ähnlichkeit mit dem anderen Marc, bekannt vor.

»O nein, bitte nicht«, meinte er lachend. »Ich gebe mich geschlagen. Ich bin tatsächlich der aus der blöden Rasierwasserwerbung. Das ist es doch, worüber Sie sich den Kopf zerbrechen, stimmt's?«

Ja, das stimmte. Sie lachte schallend. Das war ein lächerlich stilisierter Spot mit Iggy-Pop-Soundtrack, in dem bekannte Models in Kunstpelzen an ihm hängen, er aber kein Interesse an ihnen zeigt, weil er damit beschäftigt ist, sich im Spiegel seine Wangenknochen von allen Seiten zu betrachten.

»Drehen Sie mal Ihren Kopf etwas nach links.« Sie schob sein Kinn nach links. »Ah, ja, jetzt ist es ganz deutlich zu erkennen.«

»Hören Sie auf, es reicht«, befahl er mit finsterer Miene.

»Sie müssen ein Vermögen damit verdient haben. Dieser Spot läuft doch überall.«

»Ja, ich weiß, aber ich war so dumm, ein Pauschalhonorar zu akzeptieren, und bekomme deshalb keine Prozente. Der Spot hat jedoch genug eingebracht, um ein paar Freunden und mir vorigen Sommer eine wunderbare Rundreise durch Europa zu finanzieren.«

»Was, Sie haben alles schon verjubelt?«

»Ja«, meinte er etwas kleinlaut.

»Und wovon leben Sie jetzt?«

»Mutter gibt mir ein Taschengeld. Wie dem auch sei, ich dachte, daß Sie eigentlich etwas über Hervé wissen wollten.«

»O ja, erzählen Sie mir von Hervé. Woher kennt Ihre Familie ihn?«

Marc lehnte sich auf dem Stuhl zurück und trank noch ein paar Schluck Wein. »Mein Vater arbeitete vor ungefähr fünfzehn Jahren gemeinsam mit ihm an irgendeiner Sache für die Regierung. Fragen Sie mich nicht, was das war, denn ich habe keine Ahnung, womit genau mein Vater sich seinen Lebensunterhalt verdient. Mutter sagt, es handle sich um irgendwelche internationalen Transaktionen, bei denen Verträge mit Zulieferern und die besten Preise für Importe und Exporte bei Regierungsgeschäften auszuhandeln sind. Er arbeitete jahrelang in Libyen wegen irgendeines Geschäfts. Ich flog in den Schulferien hin, um ihn zu besuchen, und er tauchte überhaupt nicht auf, weil sie draußen in der Wüste zu tun hatten. So saß ich zwei Wochen lang ganz allein in einem Hotelzimmer in Tripolis fest und schaute mir arabische Fernsehsendungen an. Ich war damals erst elf und habe mir einfach Essen beim Zimmerservice bestellt, wenn ich Hunger hatte.«

»Das darf doch nicht wahr sein!« flüsterte sie.

»Na ja, jedenfalls gab es kurz danach einen Riesenskandal, und Hervé bekam Ärger mit der libyschen Regierung und saß eine Zeitlang im Gefängnis. Mein Vater mußte alle Hebel in Bewegung setzen, um ihn herauszukriegen. Ich hatte den Eindruck, daß es sich um eine Sexaffäre handelte, ich weiß aber nicht, weshalb ich das annahm, denn mir ist in all den Jahren, die ich ihn kenne, nie zu Ohren gekommen, daß Hervé jemals etwas mit jemandem, sei es Mann oder Frau, hatte.«

»Mein Eindruck war, daß er Frauen nicht sonderlich mag«, sagte Jenny.

»Da haben Sie verdammt recht, und Kinder mag er auch nicht. Nachdem er aus dem Gefängnis kam, brachte Vater ihn mit nach Kalifornien, um eine Weile bei uns zu wohnen. Es war schrecklich, einfach unerträglich. Er war gemein zu mir, wann immer sich ihm die Möglichkeit bot. Und er kommandierte meine Mutter herum, als wäre sie ein Dienstmädchen. Sie arbeitete tagsüber in einer Maklerfirma, und wenn sie heimkam, gab Hervé ihr solche Befehle wie: ›Bring mir ein Bier, Chantal.‹ Und sie gehorchte. Zu Weihnachten wollte er einmal seinem Vater einen Kaschmirschal schicken, und Mutter hatte für ihn im ganzen Land herumzutelefonieren, um den passenden zu finden. Sie bestellte einen bei Bloomingdale's, und dann mußte sie ihn umtauschen, weil seinem Vater die Farbe nicht gefiel. Ich habe mich gefragt: Was ist hier eigentlich los? Sobald Hervé in der Nähe ist, wird sie ganz nervös. Und im Beisein meines Vaters wirkte sie ohnehin immer wie erstarrt.«

»Wieso? Was hat er denn gemacht?«

»Ach, für gewöhnlich war er damit beschäftigt, irgendein junges Ding zu bumsen, das er mitgebracht hatte. Das ist wirklich wahr.« Jenny runzelte verwundert die Stirn. »Er las achtzehn-, neunzehnjährige Mädchen in Bars auf und nahm sie zu uns nach Hause mit. Sie sagten kichernd: ›Guten Tag, Frau Jacquinet, hallo Marc!‹« Er imitierte die albernen hohen Stimmen. »Und dann ging Vater mit ihnen nach oben ins Bett.«

»Nein, das ist ja unglaublich! Warum hat Ihre Mutter sich das gefallen lassen?«

»Sie haben doch gesehen, wie sie ist. Sie ist sehr ängstlich, hat manchmal richtige Angstpsychosen, und sie meinte, ohne einen Ehemann nicht überleben zu können, obwohl sie das schon jahrelang getan hatte, als er in Übersee war. Die Scheidung erwies sich als das Beste, das ihr je passieren konnte. Sie konnte endlich Kalifornien verlassen, das sie immer gehaßt hat, und sie bekam diesen tollen Job in New York und hat sich inzwischen ihr eigenes Leben aufgebaut.«

»Wann wurde sie geschieden?«

»Das ist jetzt ungefähr zehn Jahre her. Ja, ich war sechzehn. Es war, nachdem er mit einer Freundin von mir geschlafen hatte, die damals noch minderjährig war, und ich ihm drohte, ihn wegen Verführung Minderjähriger bei der Polizei anzuzeigen. Er verließ uns jedoch nicht aus diesem Grund. Eines Morgens packte er einfach seine Koffer und kam ins Zimmer, während wir beim Frühstück saßen. Er sagte, daß er Mutter und mich nie geliebt habe und daß er uns satt habe, und das war's. Er ging, und seitdem haben wir ihn nicht mehr gesehen.«

»Wissen Sie, wo er ist?«

»Keine Ahnung. Wenn ich Hervé bei meinen Aufenthalten in der Bretagne zufällig über den Weg laufe, frage ich ihn immer, ob er was von ihm gehört hat, und er verneint es. Ich bin mir jedoch ziemlich sicher, daß er lügt.«

»Mein Gott, wie schrecklich diese Ungewißheit für Sie sein muß!«

»Glauben Sie mir, es ist besser so. Wollen wir noch eine Flasche Wein bestellen?«

Das Restaurant hatte sich geleert. Außer einem Paar in der Ecke waren sie jetzt die einzigen Gäste. Marc bedeutete der Kellnerin, ihnen noch eine Flasche Sancerre zu bringen. Er ist wirklich eine seltsame Mischung, überlegte Jenny, während sie sich zurücklehnte, um ihn zu betrachten. Einerseits wirkte er sehr gesetzt, erwachsen, freundlich und fürsorglich, was darin zum Ausdruck kam, wie er ganz offensichtlich seine Mutter beschützte und sich richtig lieb zu ihr verhielt. Während ihres Gesprächs hatte sie aber auch seine andere Seite gesehen: ein verlorenes, verletztes Kind und den Playboy, den Louie beschrieben hatte, der nicht wie die meisten für seinen Lebensunterhalt arbeitete.

Als er den Wein einschenkte, bemerkte er, daß sie ihn beobachtete, und lächelte in sich hinein.

»Wieso lächeln Sie?« fragte sie.

Er stellte die Flasche ab, schaute ihr in die Augen und sagte: »Das ist eine sehr persönliche Frage, und ich beantworte sie nur, wenn Sie mich vorher küssen.«

Jenny war verblüfft. Sie hatte nicht im Traum daran gedacht, daß er mit seiner Erfolgsstatistik bei Supermodels und jüdischen Erbinnen an ihr interessiert sein könnte. Er saß geduldig da und wartete. Und dann sagte sie kurz entschlossen: »Okay, warum nicht?« Bloß um zu sehen, was als nächstes passieren würde, beugte sie sich über den Tisch und hauchte ihm einen Kuß auf die Lippen.

Kapitel 16

Eine Kellnerin rückte am Tisch hinter ihnen laut die Stühle zurecht, aber Jenny und Marc ignorierten es.

»Du hast gestern abend in dem Kleid so sexy ausgesehen, daß ich dich nicht gehen lassen wollte, aber ich war mir nicht sicher, ob der Kerl zu dir gehört oder nicht«, gestand Marc.

»Louie? Du liebe Güte, nein! Er ist Privatdetektiv.« Jenny lachte. »Ich weiß, es ist verrückt, aber ich habe ihn angeheuert, um den Mann zu finden, mit dem ich in Frankreich war, und er hat dich statt dessen gefunden.«

»Ohne Quatsch? Er ist mir also gefolgt?«

»Klar, daher habe ich gewußt, daß du in diesem Restaurant sein würdest.«

»Bist du denn von allen guten Geistern verlassen? Dieser ganze Aufwand wegen eines Kerls, den du kaum kennst? Der muß ein echt scharfer Typ sein!«

»Ich will nur herausfinden, was passiert ist. Ich kann Unklarheiten nicht ausstehen.«

»Klasse! Ich bin von einem Privatschnüffler aufgespürt worden. Das ist ja echt cool. Was hat er denn über mich herausbekommen?«

Ihn auf die Folter spannend, meinte Jenny lächelnd: »Das ist vertraulich.«

»Ach, komm.« Er zog sie zu sich herüber und küßte sie wieder. »Sag schon.«

»Er meinte, daß du Mädchen liebst. Und zwar viele.«

»Was du nicht sagst! Von wem hat er das erfahren?«

»Hört sich nach einer gekränkten Sitzengelassenen an, oder?«

»Wirst du ihn fragen? Ich wüßte gern, wer ihm das gesteckt hat.«

»Okay«, lenkte sie belustigt ein. »Ich bin mir aber nicht sicher, ob er seine Quellen offenlegen wird.«

»Also, was wirst du jetzt tun? Wirst du weiterhin versuchen, diesen Freund zu finden?«

»Ich weiß nicht, wo ich damit anfangen soll. Ich kann mich auf nichts verlassen, was er mir über sich erzählt hat, weil er sich die ganze Zeit für dich ausgegeben hat. Bist du ein Einzelkind?«

»Ja.«

»Und bist du als Kind häufig umgezogen und hast ständig die Schule gewechselt?«

Er schüttelte den Kopf. »Als ich fünf war, sind wir von Pasadena nach Paris gezogen, und dort bin ich zur Schule gegangen.«

»Dann hattest du also keinen Freund, der Toby hieß?«

»Nein.«

»Interessant.« Sie trank einen Schluck Wein. Marcs Hand lag auf ihrem Knie. »Hast du eine italienische Großmutter?«

»Nein, beide Großmütter sind aus Frankreich. Hör zu, ich hab eine großartige Idee. Warum fahren wir zwei nicht zusammen in die Bretagne und ermitteln auf eigene Faust? Wir könnten uns umhören, mit Leuten sprechen, die du dort getroffen hast, und uns überraschen lassen, was wir herausfinden. Das würde bestimmt riesigen Spaß machen.«

Jenny starrte ihn an. »Meinst du das ernst?«

»Selbstverständlich. Ich könnte morgen mit dir zurück nach London fliegen, und dann mieten wir uns ein Auto und fahren los.«

»Ich kann nicht. Ich muß nächste Woche arbeiten.«

»Na, dann eben nächstes Wochenende. Was meinst du?«

»Das wäre nicht schlecht«, stimmte sie zu. »Ich bin einverstanden.«

Nachdem sie die zweite Flasche Wein ausgetrunken hatten, schaute Marc auf die Uhr. »Oh, verdammt! Ich war vor einer halben Stunde mit ein paar Leuten verabredet. Sie werden ganz schön sauer auf mich sein.«

»Das ist schon okay«, meinte Jenny lächelnd. »Ich werde in mein Hotel zurückgehen und mir einen ruhigen Abend machen. Du kannst also getrost aufbrechen und dich jetzt noch mit ihnen treffen.«

»Ich möchte nicht, daß du gehst. Warum kommst du nicht einfach mit? Die werden dir gefallen.« Sie war sich unschlüssig, denn sie hatte keine anderen Pläne, und er bettelte weiter: »Mach schon, sag ja.«

»Bist du sicher, daß ich dir nicht den Spaß verderbe?«

»Nein, das wird total cool«, versicherte er ihr.

Sie fuhren mit dem Taxi quer durch die Stadt zu einer Bar im Village, und als sie hineingingen, legte Marc ihr lässig den Arm um die Schulter. Er begrüßte eine Gruppe von Leuten, die zusammengedrängt auf zwei Sofas hinter einem niedrigen Holztisch saßen. »Hallo, Freunde, das ist Jenny aus London.«

Jenny setzte ein strahlendes Lächeln auf, obwohl sie sich unbehaglich fühlte. Alle waren mehr als zehn Jahre jünger als sie und in Jeans und T-Shirts, während sie einen maßgeschneiderten Hosenanzug aus Leinen trug. Sie rutschten zusammen, um Platz zu machen, und sie zwängte sich zwischen Marc und einen anderen jungen Kerl mit langen blonden Haaren und roten Baseballstiefeln.

»Bist du auf Urlaub hier, Jenny?« fragte eines der Mädchen.

»Nein, geschäftlich«, erwiderte sie, aber niemand wollte wissen, in welcher Art von Geschäften sie tätig war. Jemand reichte ihr eine Flasche Bier, und Marc legte ihr wieder den Arm um die Schulter und drückte sie aufmunternd an sich.

»Also, was geht heute abend ab?« fragte er die Gruppe.

»Du hättest uns beinahe verpaßt«, antwortete einer der Jungen.

»Wir wollen gleich zu Ruby weiterziehen. Dort steigt nämlich eine Party.«

»Echt cool«, meinte Marc.

Jenny nahm einen kräftigen Schluck von ihrem Bier und verzog das Gesicht wegen des Hefegeschmacks. Sie trank normalerweise kein Bier, der viele Wein hatte sie aber schrecklich durstig gemacht.

»Luke hatte gestern einen Homerun«, warf einer der Jungen ein, und Marc nickte anerkennend. »Gut, Mann.«

»Ist Natalie gestern abend noch aufgetaucht?« erkundigte sich eines der Mädchen bei Marc.

»Ja, wir waren alle im ›Cucina‹ essen.«

»Und?« fragte das Mädchen bedeutungsvoll.

»Kümmere dich lieber um deine eigenen Angelegenheiten«, erwiderte er und drückte Jenny lachend an sich.

Als sie aufstanden, um zu gehen, flüsterte Jenny ihm zu: »Deine Freunde sind wirklich sehr nett, aber ich bin ziemlich müde und kenne niemanden auf der Party, deshalb werde ich jetzt verschwinden.«

»Ach nein, komm doch mit. Rubys Partys sind die allerbesten. Sie ist PR-Frau bei einer Plattenfirma, und deshalb kreuzen all diese ausgeflippten Musikertypen bei ihr auf, um zu spielen. Da geht's manchmal ganz schön wild zu. Schau's dir doch einfach mal an, und wenn's dir zuviel wird, bringe ich dich in dein Hotel zurück.«

»Bei welcher Plattenfirma ist sie denn?« fragte Jenny, plötzlich ganz Ohr.

»Keine Ahnung. He«, rief er, »weiß jemand, bei welcher Firma Ruby arbeitet?«

Sie sahen sich an und schüttelten die Köpfe. »Nein, keinen blassen Schimmer.«

Jenny kam zu dem Schluß, daß sie doch auf der Party vorbeischauen sollte, weil dort vielleicht jemand Joes Freundin Abbey kennen könnte, und schloß sich deshalb der Gruppe an. Sie liefen ein kurzes Stück die Straße hinunter, klingelten an einem hohen Lagerhaus und wurden in einen schmalen Betonflur eingelassen. Dort gab es einen kleinen, uralten Fahrstuhl mit Metallgittertüren, in den sich sofort ein halbes Dutzend von ihnen zwängte, obwohl auf dem Schild zu lesen war: *Nicht mehr als 4 Personen.* Jenny und Marc standen wartend in dem düsteren Flur, während der Lift geräuschvoll nach oben ratterte, und er zog sie für einen Kuß an sich und schlang unter dem Jackett seinen Arm um ihre Taille. Sie kam sich vor wie in einem Traum, in dem alles ohne ihr Zutun ablief. Es war wie ein Zeitsprung, so als wäre sie wieder fünfundzwanzig und frei von jeglicher Verantwortung und allen Sorgen. Mit dem anderen Teil ihres Bewußtseins stand sie neben sich und beobachtete sich voller Selbstironie.

Der Fahrstuhl kam wieder herunter, und sie wurden eng aneinander gepreßt, als sich der Rest der Gruppe neben ihnen hineinzwängte. Unter dem Jackett berührte Marcs Hand ihre Brust, und sie spürte das vertraute Kribbeln im Bauch.

Als sich die Türen öffneten, standen sie in einer umgebauten Fabrikhalle mit unverputzen Wänden und Steinfußboden, die voller Menschen war. Abgesehen von winzigen Luken unterhalb der Decke, wurde der Raum nur von roten Glühlampen erleuchtet, und die Luft stand vor Rauch. Die Musik dröhnte so laut, daß Jenny nur einen pochenden Baßrhythmus ausmachen konnte. Alle schrien aufeinander ein, um gehört zu werden, und lasen sich dann die Antworten von den Lippen ab. Nach einer Weile gab Jenny es auf, sich unterhalten zu wollen, und ließ sich statt dessen von Marc führen, der, den Arm um ihre Taille gelegt, mit verschiedenen Freunden sprach.

Ein paar Leute tanzten, einer spielte in der Ecke Bongotrommeln, eine Gruppe saß im Schneidersitz auf dem Fußboden. Auf einem Zeichentisch ganz hinten im Raum stand ein Bierfaß, dessen Hahn tropfte, und auf dem Boden darunter hatte sich eine Pfütze gebildet. Die Tischplatte selbst war übersät von umgestoßenen weißen Plastikbechern, und durchweichte Zigarettenkippen schwammen in den Bierlachen. In einer anderen Ecke des Raumes befand sich ein Wasserbereiter, an dem ein Junge wilde Verrenkungen machte, um direkt aus dem Hahn trinken zu können.

»He, guck mal, da ist Ruby!« Marc brachte sie zu einer schmächtigen, dunkelhaarigen Frau, die weite Hüftjeans trug und um die Brüste einen Seidenschal gewickelt hatte. Nachdem er ihr einen Begrüßungskuß gegeben hatte, sagte er: »Das ist Jenny, eine Freundin aus England.«

»Tolle Party«, brüllte Jenny.

»Später wird mehr los sein«, erwiderte die Frau.

»Wie ich höre, sind Sie in der Musikbranche. Für welche Firma arbeiten Sie?«

»Für Oriol. Kennen Sie die?«

Jenny griff sie am Arm. »Ich kenne dort ein paar Leute. Abbey zum Beispiel? Ich glaube, sie macht PR.«

Ruby schüttelte den Kopf. »Nein, ich kann mich nicht erinnern, je von einer Abbey gehört zu haben.«

»Ist Ihnen Joe Paton bekannt?« fragte Jenny. »Er steht bei Oriol unter Vertrag.«

»O ja«, meinte Ruby lachend. »Sind Sie mit Joe befreundet?«

»Gewissermaßen.«

»Ja, ich verstehe. Sie kaufen von ihm, nehme ich an.«

»Kaufen, was denn?«

»Na, Stoff.«

Jenny starrte sie verwundert an. »Joe ist ein Dealer?«

»Oh, verflixt!« Ruby hielt sich erschrocken die Hand vor den Mund. »Da hab ich jetzt wohl zuviel gesagt?«

»Nein, das überrascht mich gar nicht.«

»Er ist ein komischer Kauz, stimmt's? Manchmal aber auch

ganz nützlich. Grüßen Sie ihn von mir, wenn Sie ihn sehen.« Damit wandte sie sich ab, um mit einem jungen Kerl mit Stirnband und über der Brust aufgeschlitztem T-Shirt zu sprechen.

»Ich war mir nicht sicher, ob du auf Drogen stehst«, flüsterte ihr Marc ins Ohr. »Wir haben etwas Koks oder MDMA, falls du interessiert bist.«

Sie lächelte, denn das Angebot lockte sie nicht im mindesten. »Nein, danke. Du brauchst dir aber wegen mir keinen Zwang antun. Kann man hier irgendwo pinkeln gehen?«

Er wies mit dem Finger quer durch den Raum. »Dort nach links und dann durch die blaue Tür. Du kannst einfach deiner Nase folgen.«

Das einzige Toilettenbecken war mit Papier verstopft, auf dem ein benutztes Tampon sich allmählich braun färbte. Der Fußboden war glitschig, und als Jenny aus der Kabine trat, mußte sie erst einmal stehenbleiben, um ein Stück Papier abzustreifen, das ihr an der Schuhsohle klebte. Eines der Mädchen von Marcs Freundeskreis aus der Bar stand vorm Waschbecken und schaute in den Spiegel, während es Lipgloss auflegte.

»Hallo«, sagte Jenny.

Das Mädchen trat etwas zur Seite, damit Jenny sich die Hände waschen konnte. »Gefällt's dir?« fragte sie und sah Jenny an, ohne das Gesicht zu einem Lächeln zu verziehen.

»Interessante Party.«

»Wie lange kennst du Marc schon?«

»Wie spät ist es jetzt?« meinte Jenny lachend. »Wahrscheinlich ungefähr vierundzwanzig Stunden.«

»Mach das Beste daraus, Schätzchen, denn es währt nicht mehr lange. Seine Konzentrationsfähigkeit ist äußerst begrenzt.« Sie ließ ihr Lipgloss-Döschen zuschnappen und steckte es in ihre Jeanstasche.

»Danke für den guten Rat«, gab Jenny zurück. »Ich nehme an, aus dir spricht pure Selbstlosigkeit?«

Das Mädchen rauschte an ihr vorbei zur Party zurück, und Jenny lachte in sich hinein. Dann sah sie plötzlich ihr Gesicht im Spiegel und schnappte erschrocken nach Luft. Ihre Nase war rot und glänzte, ihr Mascara war verlaufen und hatte sich in die kleinen Falten unter ihren Augen gesetzt, ihre Haare hingen strähnig herunter, und ihre Augen flackerten und schielten leicht. Neben den hübschen jungen Mädchen, die draußen tanzten, mußte sie wie die besoffene Mutter eines Partygastes wirken, die sich von der Straße hereinverirrt hatte. Sie zog eine Puderdose aus der Handtasche und deckte die Nase ein wenig ab.

Es dauerte eine Weile, bis sie Marc in dem Gedränge fand. Sie stolperte und stürzte beinahe über den vorgestreckten Fuß eines Jungen, der an der Wand lehnte. Als sie Marc erspäht hatte, zog sie ihn am Ärmel und brüllte ihm zu: »Ich muß jetzt gehen, ich bin todmüde, du bleibst aber. Wir sprechen uns morgen.«

Er legte den Arm um sie und hauchte ihr ins Ohr: »Warum läßt du mich nicht mit dir mitkommen?«

Sie schüttelte kategorisch den Kopf. »Du bleibst hier und amüsierst dich.« Sie stellte sich schnell auf die Zehenspitzen und drückte ihm einen Kuß auf die Lippen. »Ruf mich morgen früh an.« Dann drehte sie sich um und lief zum Fahrstuhl.

Die Straße draußen war menschenleer, und ihr wurde bewußt, daß sie nicht die leiseste Vorstellung hatte, in welcher Richtung sich ihr Hotel befand. Eine Querstraße etwas weiter oben sah belebter aus, deshalb lenkte sie ihre Schritte dorthin. Die Häuser waren durch dunkle, enge Durchgänge voneinander getrennt, und als sie in einen davon hineinschaute, schrie sie plötzlich erschrocken auf, denn ein in eine Decke gewickelter Mann starrte zurück, und sie konnte dabei das Weiße in seinen Augen funkeln sehen. Sie lief schnell weiter und hatte das Gefühl, daß ihre Absätze schrecklich laut auf dem Pflaster klapperten.

Unwillkürlich mußte sie an all die Geschichten ihrer Mutter über Raubüberfälle in Rio denken. Ihre Mutter hatte regelrechte

Zwangsvorstellungen entwickelt, was die dortige Kriminalitätsrate anging und erzählte immerzu von den Kinderbanden, die mitten am Tag unvorsichtige Käufer umzingeln und um ihre Einkäufe erleichtern, oder von dem Freund, der nach einem Besuch bei ihnen abends auf dem Heimweg mit vorgehaltener Waffe ausgeraubt worden war, oder von dem Mann, dem man die Hose mit einem Messer aufgeschlitzt und die Brieftasche entwendet hatte, ohne daß er es bemerkte. Jenny war sich sicher, daß es in Rio nicht soviel Kriminalität gab, wie sich ihre Mutter einbildete, aber es muß schwer zu verkraften sein, auf dem Weg vom Auto zur Haustür jedesmal solche Angst auszustehen.

Vor ihr an der Ampel hielt ein gelbes Taxi, und Jenny rannte winkend darauf zu.

»Wo wollen Sie denn hin?«

Sie nannte den Namen des Hotels.

»Okay, springen Sie rein.«

Sie fühlte sich erst wieder sicher, als sie in ihrer glänzenden Hotelhalle stand. Der Empfangschef händigte ihr den Schlüssel aus und überreichte ihr eine Nachricht, die sie sofort öffnete. Sie lautete: *Jen. Haben Sie Lust, morgen zum Mittagessen zu kommen? Um eins. Louie.* Sie war etwas enttäuscht, hätte aber nicht sagen können, was sie eigentlich erwartet hatte.

Kapitel 17

Es war Sonntagmorgen, der letzte Tag von Jennys Aufenthalt in New York, und sie war mit dem Taxi nach East Brooklyn gefahren, wo Louie Farmilow in der dritten Etage eines heruntergekommenen Mietshauses lebte. In seiner Wohnung gingen von einem langen, mit Linoleum ausgelegten Korridor mehrere Räume ab. Kinder kreischten und quiekten und rannten aus einer Tür heraus und in die nächste hinein. Kate, Louies Frau, tauchte aus der Küche auf, wischte sich die Hände an einem Geschirrtuch ab und brüllte, daß alle gefälligst mal den Mund halten sollten. Dann begrüßte sie Jenny mit einer Umarmung.

»Jen! Wie geht's? Ich freu mich so, Sie zu sehen! Sie essen doch mit uns Mittag?«

»Ich muß heute noch nach Hause fliegen, aber bis drei kann ich bleiben.«

»Phantastisch!« rief sie und verschwand wieder in der Küche. »Lou, gib Jenny was zu trinken.«

Er führte sie in ein Wohnzimmer, in dem eine Schar von Kindern mit einem Computerspiel beschäftigt war. Laser zuckten wie ein Feuerwerk, Außerirdische hüpften wie Medizinbälle umher und zersprangen wie Porzellan in tausend Stücke.

»Kinder, raus mit euch, wir haben Besuch«, sagte er, und sie gehorchten, ohne groß zu murren. Überall auf dem Fußboden und den Stühlen lag Spielzeug herum. Hinten im Raum stand, weiß gedeckt fürs Mittagessen, ein großer Tisch, und Louie zog zwei Stühle heraus.

Jenny lehnte es ab, einen Drink zu nehmen, da sie noch leichte Kopfschmerzen hatte; infolge des gestrigen Durcheinanders von Wein und Bier verspürte sie ein Stechen in den Schläfen. Sie erzählte Louie, was sie von Marc erfahren hatte.

»Na toll«, bemerkte er sarkastisch. »Es *mußte* natürlich Libyen sein, genau das Land, aus dem sich so gut wie keine Informationen beschaffen lassen. Okay, ich werde sehen, was ich tun kann. Es sollte mir eigentlich möglich sein, herauszukriegen, weshalb sie diesen Hervé eingelocht haben.« Er strich sich nachdenklich übers Kinn. »Ich wette, das FBI besitzt ganze Ordner voller Akten über die beiden. Wie's scheint, saßen sie bis zum Hals in der Scheiße.«

»Was glauben Sie, welche Art von Schwierigkeiten das gewesen sein könnten?«

»Mit Ihrer Vermutung über Waffenhandel lagen Sie vielleicht gar nicht so falsch. Ghadaffi hat Expansionsgelüste in Nordafrika. Er besitzt Öl-Dollars, um Truppen zu finanzieren, braucht aber das Wissen und Know-how unserer Leute. Da gibt es noch einen anderen Aspekt, der mir Kopfschmerzen bereitet. Wieso, um alles in der Welt, hat man gerade Sie aufs Korn genommen? Schwer zu glauben, daß dieser Kerl Sie ohne triftigen Grund abgeschleppt hat?«

Das war genau die Frage, die Jenny verzweifelt zu verdrängen versuchte. »Vielleicht mochte er mich einfach, Louie. Was sonst?«

»Erklären Sie mir doch noch einmal, wie das alles mit diesem Joe zusammenhängt. Wie haben Sie den kennengelernt?«

»Ich verlege die Bücher eines Musikautoren namens Nigel Saxton. Er ist Journalist und schreibt vorwiegend Autobiographien für Rock Stars. Er kennt in der Musikwelt einfach jeden. Wie dem auch sei, ich hatte mich auf einen Drink mit ihm verabredet, um zu besprechen, woran er als nächstes arbeiten sollte, und er brachte Joe zu diesem Treffen mit und machte uns miteinander bekannt.«

»Das hätte also abgekartet gewesen sein können«, meinte Louie und nickte.

»Du liebe Güte, nein, Nigel würde nie so etwas Hinterhältiges tun. Ich kenne ihn schon seit Jahren.« Durch ihren Kater reagierte sie leicht reizbar.

»Aber, aber, ich meine damit, daß Joe vielleicht Nigel eingeredet haben könnte, er wäre scharf auf Sie, und ihn dann gefragt hat, wann Sie beide sich wieder treffen würden – etwas in der Art. Nigel glaubte wahrscheinlich, einem Freund einen Gefallen zu tun. Sie kennen das doch: Wir sind um sechs in dieser oder jener Bar verabredet, warum kommst du nicht einfach mit? Klingt ganz plausibel, oder?«

»Schon möglich.«

»Ist dieser Joe Paton denn bekannt? Kann mich nicht erinnern, je von ihm gehört zu haben.«

»Joe? Nein, ganz und gar nicht. Er komponiert Synthesizermusik und hat bisher drei Alben herausgebracht, aber ich glaube kaum, daß sie ein Verkaufsschlager waren. Er geht auch überhaupt nicht auf Tour oder gibt Konzerte.«

»Ist er bei einer Plattenfirma?«

»Bei Oriol. Wo, wie er sagte, diese nicht existierende Abbey arbeitet. Warum?«

»Ich weiß nicht, aber in der Musikbranche geht's ziemlich verrückt zu«, erwiderte Louie. »Wieso bringt man weiterhin seine Platten heraus, wenn sie sich nicht verkaufen lassen? Das sollte einem schon zu denken geben. Würden Sie etwa Geld für einen Schriftsteller ausgeben, von dem man kein einziges Buch los wird?«

»Höchstwahrscheinlich nicht, aber ich glaube, in der Plattenindustrie macht man das, um es irgendwie von der Steuer abzusetzen. Ich weiß nicht, wie das genau funktioniert.« Sie runzelte die Stirn, und Louie nickte nachdenklich.

»Und Sie sagen, dieser Joe handelt mit Drogen?«

»Laut Marcs Freundin Ruby.«

»Möchte wetten, seine Plattenfirma ist darüber nicht allzu glücklich.

Jenny zuckte die Schultern. »Vielleicht stellen sie sich blind, wenn er ihre Musiker dadurch bei Laune hält.«

Louie warf ihr einen mißbilligenden Blick zu. »Sie haben also Joe durch Nigel kennengelernt. Und was ist dann passiert? Hat er sich mit Ihnen verabredet?«

»Nein, er bat mich um meine Telefonnummer, und wir telefonierten ein paarmal miteinander, ich war aber immer zu beschäftigt, wenn er sich mit mir treffen wollte. In den letzten Monaten ist es ziemlich hektisch gewesen. Ich habe ihm ein Buch geschickt, das er gern haben wollte. Und dann hat er mich zu der Party von der Plattenfirma eingeladen, auf die ich ohnehin unbedingt gehen wollte.«

»Wie hat er es aufgenommen, daß Sie ihm so oft einen Korb gaben?« fragte Louie.

»Um ehrlich zu sein, ich glaube, er war ziemlich verärgert darüber, vor allem die beiden Male, als ich bereits getroffene Verabredungen absagen mußte, weil etwas dazwischengekommen war. Ich wäre nicht verwundert gewesen, wenn er es aufgegeben hätte mit mir.«

»Das hat er aber keineswegs, nicht wahr? Ihm ist befohlen worden, Sie mit diesem Kerl bekannt zu machen, der sich als Marc ausgab.«

»Oh, Louie, ich bin nicht sicher, ob ich Ihnen diese Geschichte abkaufe. Er schien ziemlich wütend darüber zu sein, daß ich an dem Abend mit Marc verschwand.«

»Sonst wären Sie doch aber auch mißtrauisch geworden, oder? Was dachten Sie denn, warum er Sie die ganze Zeit über angerufen hat?« Jenny zuckte die Schultern. »Wie dem auch sei, ich nehme an, es gibt einen Grund für das, was Ihnen passiert. Wir müssen ihn nur herausbekommen. Irgend jemand hat arrangiert, daß Sie auf Schritt und Tritt beschattet werden und Ihr Bild groß in der Zeitung erscheint. Man hat sich Ihre Wohnung vorgenommen, und ich würde meinen Hals dafür verwetten, daß sie sogar verwanzt worden ist.«

»Warum, um alles in der Welt, sollte mich jemand abhören wollen?«

»Weil man glaubt, daß Sie etwas Wichtiges wissen.«

»Das ist ja lachhaft. Ich habe keine dunklen Geheimnisse.«

»Es muß etwas sein, von dem Sie Kenntnis haben, ohne sich über die Bedeutung im klaren zu sein. Hatten Sie in letzter Zeit mit irgendwelchen umstrittenen Autoren zu tun? Vielleicht hat einer von denen etwas ausgeplaudert, was er nicht sollte, zum Beispiel Industriegeheimnisse oder Machenschaften des organisierten Verbrechens.«

»Nein, nicht daß ich wüßte. Nichts, was nicht schon allgemein bekannt ist.«

»Überlegen Sie weiter, denn es muß etwas geben. Haben Sie schon mal eine Wanze gesehen?« Sie schüttelte den Kopf.

»Na ja«, meinte er nachdenklich, »es könnte den Versuch wert sein, Ihr Telefon unter die Lupe zu nehmen. Aber wenn es eine Hightech-Wanze ist, werden Sie sie gar nicht finden. Warten Sie mal ...« Er stand auf und trottete aus dem Zimmer, und sie blieb, den Kopf in die Hände gestützt, sitzen. Kate schaute zur Tür herein. »Möchten Sie etwas trinken, Jenny? Das Mittagessen wird jeden Moment fertig sein.« Sie warf einen Blick auf die laut tickende Kaminuhr aus den Fünfzigern. Es war fast zwei.

Louie kam mit einem Telefon zurück, die hellgraue Schnur zog er auf dem Boden hinter sich her. »Okay, sobald Sie nach Hause kommen, überprüfen Sie zuerst einmal folgendermaßen Ihr Telefon.« Er öffnete den Plastikdeckel und zeigte ihr, was sich darunter befand. »Im Grunde genommen suchen Sie nach nichts anderem als einem zusätzlichen Mikrophon, das von ganz unterschiedlicher Größe sein kann, je nachdem, wieviel man dafür ausgeben will. Es könnte also, wie dieses hier, so groß wie ein

Penny sein.« Er reichte ihr ein flaches, mit feinmaschigem Draht überzogenes Teil. »Oder, wenn derjenige genügend Geld hat, könnte es auch nur so groß wie ein Samenkorn sein, ungefähr ein Viertel eines Streichholzkopfes. Staatliche Geheimdienste benötigen heutzutage gar keine Wanzen mehr. Sie richten einfach ein starkes Mikrophon auf jemanden aus und fangen damit jedes Wort auf, durch Mauern hindurch und sogar um Ecken herum. Es ist zwar durchaus angebracht, daß Sie Ihr Telefon überprüfen und irgendwelche zusätzlichen Mikrophone, die Sie finden, herausziehen, aber Sie dürfen nicht einen Moment lang glauben, daß man nicht trotzdem alles abhören kann, was Sie sagen.«

Sie drehte die Wanze zwischen den Fingern und strich mit dem Daumen darüber. »Ich wünschte, ich wüßte, worauf diejenigen aus sind, dann würde ich auch wissen, wobei ich mich vorzusehen habe. Vorausgesetzt natürlich, daß Ihre Theorie stimmt.«

Louie zuckte die Schultern. »Das werden wir herausfinden. Einiges weist auf Drogen hin und einiges auf Waffenhandel. Auf jeden Fall ist es kriminell und anscheinend ziemlich ausgeklügelt. Daher bin ich der Meinung, daß es verrückt von Ihnen ist, wieder in die Bretagne zu fahren. Sie könnten sich dadurch wirklich in Gefahr bringen, und mir ist nicht klar, was Sie zu finden hoffen, wenn Sie dorthin zurückkehren.«

»Wir wollen uns nur ein bißchen umsehen und ein paar Fragen stellen. Marc und ich werden einander nicht von der Seite weichen. Es ist sein Haus, und er möchte wissen, was dort vorgeht.«

»Und Sie denken also, daß dieser Hervé unter Ihrer beider Fragen zusammenbrechen und sagen wird: ›Oh, verdammt, tut mir leid, ich war's.‹« Er hatte wie ein Westernheld gesprochen, und das ärgerte Jenny.

»Nein, aber ich wette, daß ich aus seinem Verhalten allerhand entnehmen kann. Ich habe eine ziemlich gute Menschenkenntnis.«

»Oho«, meinte er und fuhr mit zynischem Seitenblick fort: »Und das ist der einzige Grund, aus dem Sie hinfahren, stimmt's?«

»Louie! Ich bin nicht an ihm interessiert, das schwöre ich! Es ist nur so, daß mir die Sache keine Ruhe läßt, bevor ich nicht weiß, was es damit auf sich hat.«

»Seien Sie bloß vorsichtig«, sagte er, wieder ganz ernst geworden.

Das Mittagessen war chaotisch und anstrengend. Kate servierte ihr eine riesige Portion Schmorfleisch mit Kartoffelbrei, in der sie lustlos herumstocherte. Die Kinder stritten sich die ganze Zeit kreischend miteinander, rannten um den Tisch herum und verkleckerten ihr Essen und Trinken. Louie kitzelte immerzu das kleine Mädchen, das neben ihm saß, bis es quiekte. Kate brüllte gelegentlich in die Runde, daß sich alle endlich benehmen sollten. Jenny war heilfroh, sich gleich nach dem Hauptgericht entfernen zu können, als es klingelte und das bestellte Taxi vor der Tür stand. Louie verabschiedete sie im Korridor mit einer Umarmung, die ihr fast die Luft nahm, und tätschelte ihr wohlwollend den Rücken.

Als sie ins Hotel zurückkehrte, saß Marc, lässig ein Bein übers andere geschlagen, in der Halle und las Zeitung. Er erhob sich und küßte sie im europäischen Stil links und rechts auf die Wangen. Es gefiel ihr, daß er so groß war und sich zu ihr herabbeugen mußte. Sie hatte jedoch gemischte Gefühle, ihn bei Tageslicht wiederzusehen. Als er heute morgen angerufen und vorgeschlagen hatte, sie zum Flugplatz zu fahren, fand sie das sehr freundlich von ihm, als sie aber jetzt aus der Tür traten und ein glänzender roter Sportwagen vorfuhr, von dem sie wußte, daß er ihn sich nicht erarbeitet hatte, empfand sie das als abstoßend.

»Ich habe mich heute morgen erkundigt. Ich kann am Donnerstag einen Flug nach Paris bekommen, mit dem ich am frühen Abend eintreffe«, sagte er, als sie auf dem Weg zum Flugplatz waren. »Ist es dir möglich, mich dort abzuholen? Dann könnten wir sofort am Freitagmorgen in die Bretagne aufbrechen.«

»Ich komme wahrscheinlich nicht vor Freitag weg«, sagte sie. »Hast du eine Übernachtungsmöglichkeit?«

»Ja, selbstverständlich, wir haben eine Wohnung in Neuilly. Die Telefonnummer gebe ich dir noch. Komm aber Donnerstag, falls möglich, dann lade ich dich zum Abendessen ein, und zwar in mein Lieblingsrestaurant in Paris.«

»Mal sehen«, meinte sie, kurz angebunden. Er schaute sie von der Seite an.

»Hast du ein komisches Gefühl, schon so bald wieder zurückzufahren?« fragte er.

»In die Bretagne? Ja, ein bißchen, aber es scheint mir richtig zu sein. Hat deine Mutter übrigens mit Georges gesprochen?«

»Ja. Er sagt das gleiche wie Hervé. Mutter ist ein wenig besorgt, daß ich hinfahren und die Sache überprüfen will, aber ich werde sie schon noch überzeugen.«

Jenny saß eine Weile schweigend da und beobachtete durchs Fenster, wie sie den grauen, aufgewirbelten East River in Richtung Queens überquerten. Der Himmel hatte sich bewölkt und sah bedrohlich nach Regen aus.

»War die Party noch gut?«

»Es war ganz okay. Ich bin ungefähr eine Stunde nach dir gegangen. Die Leute dort können sich manchmal ziemlich kindisch aufführen.« Jenny verkniff sich ein Lächeln.

Er ließ eine Hand auf ihr Knie gleiten, und sie war sich nicht sicher, was sie dabei empfand. »Also, was wirst du nun bezüglich all der Probleme in deinem Verlag unternehmen?« fragte er.

»Sie sind die Besitzer und können neue Mitarbeiter einstellen, wie es ihnen beliebt. Was ich aber herausfinden muß, ist, wie Informationen so schnell über den Atlantik gelangen.«

Susie und Kerry waren die einzigen, deren sie sich völlig sicher war; sie arbeiteten nun schon so lange miteinander. Stuart könnte für das Durchsickern der Informationen verantwortlich sein, aber, wenn dem so wäre, wieso bestraft ihn Howie dann damit, daß er jemanden schickt, um ihn zu beaufsichtigen? Das ergab keinen Sinn. Sie würde bestimmt viel aus seiner Reaktion entnehmen können, wenn sie ihm die Neuigkeit mitteilte. Andererseits konnte sie sich kaum jemanden im Verlag denken, der Zugang zu der Art von Informationen hatte, wie sie Howie zugespielt wurden. Die Hersteller bekamen es zwar immer mit, wenn etwas schiefging, aber die Details ihres Privatlebens waren ihnen unbekannt. Dann erinnerte sie sich an Louies Warnung, daß sie vielleicht wegen etwas, das sie wußte, ausspioniert wurde. Könnte das alles irgendwie miteinander verknüpft sein? Handelte es sich bei der Person, die sie im Büro ausspionierte, um die gleiche, die in ihre Wohnung eingebrochen war? Und stand das alles im Zusammenhang mit dem Verschwinden des ersten Marcs? War er ein Krimineller, der ihr etwas angehängt hatte?

Schweigsam und ganz in Gedanken versunken, saß Jenny da, und schließlich stellte Marc einen Popsender im Radio an und begann leise mitzusingen und den Kopf im Rhythmus der Musik zu bewegen. Er hatte eine gute Stimme.

Als sie den Flugplatz erreichten, half er ihr, das Gepäck zu tragen. Dann gab er ihr einen herzlichen Abschiedskuß. »Gib gut auf dich acht«, meinte er lächelnd und streichelte ihre Wange.

»Wir sehen uns in ein paar Tagen«, sagte sie. »Ich rufe dich an.«

Acht Stunden später landete das Flugzeug in Heathrow. Es war ein grauer und nebliger Montag, die Wolken hingen so tief, daß der Pilot den Boden erst wenige Sekunden vor dem Aufsetzen gesehen haben konnte, und das Flugzeug kam mehrmals auf der Landebahn auf, bevor es stabil genug lag, um den Bremsvorgang einzuleiten.

Emma hatte veranlaßt, daß Jenny von einem Auto abgeholt wurde, weil sie noch nach Hause fahren und sich umziehen mußte, um dann sofort im Büro zu erscheinen, da sie bereits um 10.30 Uhr einen Termin mit einem deutschen Verleger hatte, der gerade in London war. Direkt hinter der Zollabfertigung wartete ein Fahrer mit einem Schild, auf dem *Mrs. Rollands* stand, was sie als fehlerhafte Version ihres Namens interpretierte.

Den ganzen Weg in die Stadt herrschte stockender Verkehr, und stinkende Auspuffgase drangen von draußen in die Limousine. Jenny zog die Fensterblenden herunter und döste eine Weile. Als sie an ihrem Wohnhaus ankamen, stieß sie mit dem Briefträger zusammen, und er händigte ihr einen Stapel Post aus: ein Päckchen von Freda, eine Postkarte von ihrer Mutter aus Rio und ein paar Rechnungen. Sie schleppte ihre Taschen die Treppen hoch, warf ihre Jacke aufs Sofa und sah sich die Karte an. Auf der Vorderseite war ein Foto von Corcovado.

Auf die Rückseite hatte ihre Mutter geschrieben: *Liebe Jenny. Dramatische Ereignisse hier. Ich mußte das Hausmädchen feuern, weil sie beim Einkaufen immer das Wechselgeld eingesteckt und dann gesagt hat, sie hätte die Quittungen verloren. Ausgerechnet jetzt ist Dein Vater für zwei Wochen in Venezuela, aber Mandy wird ihr Hausmädchen bitten, jemanden für mich zu finden. Bis dahin koche ich selbst für mich, was wirklich Spaß macht! Es wird jetzt etwas kühler – um die 25 Grad. Hoffe, das Wetter ist gut in London. Viele liebe Grüße, Mam*

Jenny warf die Karte auf den Couchtisch und ging ins Bad, um zu duschen.

Kapitel 18

Obwohl das tief gefurchte, sonnengebräunte Gesicht Kurt Schröders von Wanschaffs nahelegte, daß er in den Fünfzigern sein mußte, hatte er strahlend blonde Haare. Während des Händeschüttelns sah Jenny sie sich genauer an, um herauszubekommen, ob sie gefärbt waren. Auf seinem Gesicht lag immer noch ein maskenhaftes Lächeln, als er sich hinsetzte und die Beine übereinanderschlug, wodurch Jennys Blick jetzt auf seine übergroßen beigefarbenen Hush Puppies gelenkt wurde. Emma brachte ihnen Kaffee, und Jenny reichte ihm die Liste der verfügbaren Titel zum Durchsehen.

Kurt kaufte gewöhnlich jedes Jahr die deutschen Rechte an vier bis fünf ihrer Bücher, sein Geschmack war aber willkürlich und nicht festgelegt. Das Irritierendste an ihren Zusammenkünften war, daß er darauf bestand, für jeden einzelnen Titel das Cover in Augenschein zu nehmen, Textproben, Bilder und Werbekonzepte zu prüfen, nur um dann, zumindest in den meisten Fällen, feierlich zu verkünden: »Nein, ich glaube nicht, daß das für uns geht.« Ihr Gespräch war ein mühseliges Unterfangen, unterbrochen von langen Schweigepausen, in denen Kurt sich Texte durchlas und Jenny ungeduldig ihre Papiere hin- und herschob.

Als sie zu Fredas Buch kamen, studierte er gründlich das Exposé. »Kann ich vielleicht das Manuskript mitnehmen, um es mir näher anzusehen?« fragte er.

»Tut mir leid, es ist noch nicht fertig, aber ich könnte es Ihnen in ein paar Wochen schicken. Dortmunder ist ebenfalls interessiert«, log sie. »Solche Geschichten scheinen in Deutschland beliebt zu sein.«

»In der Tat. Besonders wegen der Affäre mit dem deutschen Offizier.« Er überlegte eine Weile, nahm den Coverentwurf und hielt ihn mit ausgestreckten Armen weit von sich, holte dann einen Palmtop heraus und tippte etwas ein. »Ist es gut geschrieben?«

»Habe ich jemals etwas herausgebracht, das nicht gut geschrieben war?«

»Denken Sie, die Autorin würde bereit sein, nach Deutschland zu kommen, um das Buch vorzustellen?«

»Da bin ich mir nicht sicher, sie ist nämlich sehr alt, aber ich werde sie fragen. Vielleicht wird der Offizier, sollte er noch am Leben sein, mit ihr in Verbindung treten, wenn er die Buchwerbung sieht.«

Für ein paar Minuten herrschte völlige Stille, unterbrochen nur vom Klicken der Tasten und einem leisen quietschenden Geräusch, das durch sein Hin- und Herrutschen auf dem Lederstuhl verursacht wurde. »Okay, ich biete 20000 DM für die deutschen Rechte.«

Jenny rechnete. Bei dem gegenwärtigen Umtauschkurs waren das nur ungefähr 7000 Pfund. »Wir hatten eigentlich an beträchtlich mehr gedacht, muß ich ihnen leider sagen. Es ist ein sehr bedeutsames Buch und wird bei seinem Erscheinen große Aufmerksamkeit erregen.«

Sie hielt den Atem an, als er weitere Berechnungen anstellte. Dann sagte er: »Okay, 30000 DM ist mein letztes Angebot, höher kann ich nicht gehen.«

»Abgemacht«, meinte sie lächelnd. Das würde sich als sehr hilfreich erweisen, um die Veröffentlichung des Buches Howie gegenüber zu rechtfertigen.

Sie verbrachten weitere zwei Stunden damit, das gesamte Verlagsprogramm von Newman & Hall durchzugehen, aber er machte kein weiteres Angebot. Jenny fühlte sich danach verpflichtet, ihn zum Mittagessen in ein Bistro um die Ecke einzuladen. Er sprach zwar fließend Englisch, aber es hörte sich monoton und schwerfällig an. Sie fragte nach seiner Familie, sie redeten über Trends im britischen und deutschen Verlagswesen, über die Stärke des Euros, und ob sie vielleicht damit beginnen sollten, ihre Geschäfte auf Eurobasis abzuwickeln. Und dann war Jenny schließlich gezwungen, das aufgekommene Schweigen durch Bemerkungen über das vor ihnen stehende Essen zu überbrücken.

Es war drei Uhr, als sie das Mittagessen beendet und sich verabschiedet hatten. Jenny ging danach sofort in Stuarts Büro. Er telefonierte gerade, beendete das Gespräch aber kurz nach ihrem Eintreten. Ihr fiel auf, daß er ganz grau und vergrämt aussah und nicht lächelte, als er sie begrüßte.

»Du läßt dich also herab, es mir persönlich zu sagen?« begann er.

»Dir was zu sagen?«

Er stutzte. »Vielleicht weißt du es noch gar nicht. Wenn dem so ist, hast du noch weniger Einfluß in diesem Verlag, als ich dachte. Howie hat angerufen und mitgeteilt, daß er einen seiner Büttel rüberschickt, der eine Weile an meiner Seite arbeiten und sehen wird, ob wir die Dinge hier ›auf Zack bringen‹ können. Ich glaube, das war seine Formulierung.«

Jenny biß sich auf die Lippen. »Das hat er mir schon am Freitag gesagt. Es tut mir wirklich leid, Stuart.«

»Ich werde nicht hierbleiben und mich wie ein Lehrjunge behandeln lassen, wie du dir vielleicht vorstellen kannst.«

»Das würde ich auch nicht von dir erwarten.« Sie überlegte kurz. Falls Stuart *tatsächlich* mit ihnen im Bunde war, könnte sich das, was ihr auf der Zunge lag, sehr nachteilig für sie auswirken. »Kann ich von Freund zu Freund und nicht als Geschäftsführerin mit dir sprechen? Ich möchte dir einen Tip geben, aber du mußt versprechen, daß es unter uns bleibt.«

»Okay«, stimmte er nickend zu.

»Als ich vorige Woche mit Gail Robinson sprach, erzählte sie mir, daß sie ihre Arbeitsgruppen für Absatz und Verkaufsstatistik zusammenlegen wollen und einen Leiter für diese neue Abteilung suchen. Keiner von den jetzigen Gruppenleitern besitzt genügend Erfahrung für diesen Job. Meiner Meinung nach könnte es sich lohnen, sie anzurufen.« Stuart schwieg. »Mir tut das alles wirklich sehr leid, und ich bin wütend auf Howie, daß er dich angerufen hat, bevor ich Gelegenheit hatte, dich zu warnen, aber ich war heute den ganzen Vormittag mit Kurt beschäftigt.« Sie verzog das Gesicht. Stuart ging nicht darauf ein.

»Ich habe dir den Schlüssel in den Schreibtisch gelegt. Hast du ihn gefunden?«

»Ja, vielen Dank. Hör zu, ich will nicht, daß du uns verläßt, und ich weiß nicht, wie ich ohne dich zurechtkommen soll, aber ich kann verstehen, daß du diese Situation unerträglich findest. Hier geht alles in Windeseile den Bach runter. Es würde mich nicht überraschen, wenn Howie nächstens mir jemanden zur Seite stellte.«

Sie hatte sich bisher gescheut, diesen Gedanken auszusprechen, denn er war schrecklich frustrierend. Ihr krampfte sich der Magen zusammen. Stuart nickte mit gespitztem Mund.

Sie erhob sich. »Wir sollten mal zusammen was trinken gehen, sobald sich alles ein bißchen beruhigt hat, okay?«

Er sagte nichts, sondern starrte sie bloß an. Sie konnte seinen Gesichtsausdruck nicht entschlüsseln, aber wahrscheinlich handelte es sich um eine Mischung aus Wut und Traurigkeit. Das Gespräch hatte sie sehr mitgenommen. Die Kopfschmerzen, die sich schon den ganzen Tag über angedeutet hatten, nahmen jetzt an Stärke zu. Als sie wieder in ihrem Büro war, schluckte sie zwei Schmerztabletten. Nachdenklich betrachtete sie den Stapel Papier, der sich auf ihrem Schreibtisch angehäuft hatte. Dann faßte sie einen schnellen Entschluß. Sie griff sich ihren Mantel, rannte die Treppe hinunter und hinaus auf die Straße. Draußen war es kühl, und dunkle Wolken hingen am Himmel. Während sie sich über den belebten Obst- und Gemüsemarkt schlängelte, rief eine rauhe Cockney-Stimme hinter ihr her: »Nur Mut, Schätzchen, das wird schon wieder!«

Als sie an ihrem Wohnhaus ankam, stand Kirsten, die Hände in die Hüften gestützt, im Eingang und starrte auf die Briefkästen.

»Hallo, was ist denn los?«

»Verfluchte Mistkerle!« lautete die Antwort. »Das ist das dritte Mal innerhalb einer Woche, daß mein Briefkasten aufgebrochen worden ist, wo ich doch ein Päckchen mit libanesischem Stoff erwarte. Ist dein Briefkasten auch geplündert worden, oder betrifft es nur mich?«

Jenny blieb stehen. »Ich habe heute morgen Post gehabt, aber wenn ich mir's recht überlege, war das seit langem das erste Mal. Ich dachte, die Post streikt vielleicht. Sollte wirklich jemand die Briefkästen aufbrechen? Wie kommt der eigentlich durch die Haustür? Hast du schon mit dem Hausmeister gesprochen?«

»Ja. Dieser alte blinde Trottel. Er sagt, er hat nichts gesehen. Wofür wir den überhaupt bezahlen, ist mir schleierhaft.«

Jenny schaute sich Kirstens Briefkasten genauer an. Wo man ihn aufgedrückt hatte, war die Metalltür leicht verbogen. Außer dem Prospekt von einem Pizza-Service befand sich nichts darin. Sie schloß ihren eigenen Kasten auf; er enthielt nur den gleichen Reklamezettel. Auf den Briefkästen standen nicht die zugehörigen Wohnungsnummern.

»Sind noch andere Briefkästen beschädigt?« fragte sie, und dann untersuchten sie gemeinsam die dunkelgrauen Metallkästen. Die meisten waren um das Schloß herum zerkratzt und an den Rändern eingebeult. Es waren eben sehr alte Briefkästen. »Es sind wahrscheinlich einfach Gelegenheitsdiebe«, meinte Jenny.

»Nein, es geht um mich. Ich wette, das war die Drogenfahndung. Ich sollte mir lieber eine andere Lieferadresse besorgen. Diese Schweinehunde rauchen das Zeug wahrscheinlich gerade unten im Revier.«

Jenny tätschelte ihr beruhigend den Arm und begann die Treppe hinaufzusteigen. Dann wandte sie sich noch einmal um und fragte: »Hast du was von Debbie gehört?«

»Ja, wir waren am Sonntag was trinken. Stell dir vor, sie möchte, daß wir Freunde bleiben. Ich habe mich freundlich für das Angebot bedankt und ihr gesagt, daß ich schon genug Freunde habe.«

»Oh, mein Gott!«

»Und was ist mit deiner jüngsten Flamme?«

»Frag lieber nicht!« Über die neueste Wendung in ihrer Affäre zu sprechen, daß sie nämlich möglicherweise schwanger von einem Kriminellen sein könnte, der sich in Luft aufgelöst hatte, war das letzte, wonach ihr jetzt der Sinn stand.

»Hast du Lust, am Donnerstag mitzukommen? Ein paar von uns gehen in das ›Honeypot‹, und du hattest doch gesagt, daß du es irgendwann mal sehen möchtest.«

»Vielleicht komme ich mit. Das ist gar keine schlechte Idee.« Das »Honeypot« war ein neuer Klub nur für Frauen, der vor kurzem in der Nähe aufgemacht hatte.

Als Jenny die Tür aufschloß und einen Blick in die Wohnung warf, mußte sie sich vor Schreck am Türrahmen festhalten. Ihre Reisetaschen waren aus dem Korridor verschwunden, auf dem Schreibtisch lagen nicht mehr die gewohnten Stapel von Papieren und Zeitschriften, und es roch nach Putzmittel. Dann sah sie neben dem Telefon einen Zettel. Das Herz klopfte ihr bis zum Hals, als sie ihn nahm und las, was darauf geschrieben stand:

Jenny, Sie haben fast kein Bleichmittel und keine Müllsäcke mehr Könnten Sie das diese Woche besorgen? Und Sie haben vergessen, mir heute mein Geld dazulassen, aber das macht nichts, Sie können mir nächsten Montag ja einfach das Doppelte hinlegen. Vielen Dank, Izzie.

Sie stöhnte laut auf vor Erleichterung. Natürlich, heute war Montag, der Tag, an dem immer ihre Putzfrau kam. Jenny brachte inzwischen schon die Wochentage durcheinander. Ist Izzie denn vorige Woche dagewesen? Welcher Tag war das eigentlich, an dem sie vermutet hatte, daß eingebrochen worden wäre? Vielleicht handelte es sich bei all ihren Verdachtsmomenten um nichts als Wahnvorstellungen.

Sie legte den Mantel ab und entschloß sich dann, Louies Rat zu folgen und nach Wanzen zu suchen. Es war schwierig, das Telefon zu öffnen, so wie er es ihr vorgemacht hatte. Sie mußte ein Küchenmesser benutzen, um den Plastikdeckel mit Gewalt hochzudrücken. Sie betrachtete die Drähte und Platinen. Ganz hinten befand sich ein winziges Objekt, das so ähnlich aussah wie das Teil, das ihr Louie gezeigt hatte. Es ließ sich ziemlich leicht aus dem Gehäuse lösen. Sie zog es heraus und hielt es in der geschlossenen Hand. Von dem Fund war sie so schockiert, als hätte ihr jemand einen Schlag versetzt. Danach ging sie zum Telefon im Schlafzimmer und tat dort dasselbe, und wieder fand sie ein zusätzliches Teil. Sie rief die Zeitansage an, um zu überprüfen, ob das Telefon noch funktionierte und sie nicht vielleicht etwas Wichtiges entfernt hatte. »Beim nächsten Ton des Zeitzeichens ist es genau vier Uhr und fünfundfünfzig Minuten«, sagte die Automatenstimme. Sie brachte beide Wanzen zur Toilette und spülte sie hinunter. Dann setzte sie sich auf den Rand der Badewanne und versuchte nachzudenken.

Warum sollte jemand ihr Telefon für wichtig genug erachten, um es abzuhören? Was glaubten die, was sie da erfahren könnten? Hatte der Mann, der sich für Marc ausgab, die Wanzen eingebaut, als er bei ihr nächtigte? Sie konnte nicht begreifen, weshalb er sie nicht einfach gefragt hatte, was er wissen wollte. Sie hätte ihm alles gesagt, so sehr wie sie ihn mochte. Arbeitete er womöglich mit Hervé zusammen, obwohl es nicht so ausgesehen hatte? Und was hatte das alles mit Howie und dessen übersteigerten Interesse an ihrem Privatleben zu tun? Hatte der amerikanische Geschäftsführer auf diese Weise von ihrer Affäre mit Stuart erfahren? Oder vielleicht waren die Wanzen schon längere Zeit da. Sie könnten noch von 1989 stammen, als sie das Buch gegen die Kernkraft verlegt hatte, oder sogar noch aus der Zeit ihrer Affäre mit Andrew Lennard, denn sie hatte seither weder Wohnung noch Telefon gewechselt. Es mochte vielerlei Gründe geben, aber der Gedanke, daß jemand zugehört hätte, was sie ihren Freundinnen oder nachts ihren Liebhabern erzählt hatte, kam ihr wie eine Vergewaltigung vor.

Sie sprach Louie eine Nachricht auf den Anrufbeantworter, um ihn wissen zu lassen, daß sich sein Verdacht bestätigt hatte, und ging dann in die Küche, toastete sich ein paar Scheiben Brot und öffnete eine Flasche Wein. Da sie zu müde war, um sich noch mit jemandem zu treffen, wollte sie sich Fredas letzte Kassette anhören und zeitig schlafen gehen. Sie sehnte sich eigentlich danach, persönlich mit ihrer Großmutter zu reden, aber die Kassetten waren besser als nichts. Sie setzte sich in ihren lila Sessel, schaltete den Recorder an, und sofort begann die Stimme zu sprechen:

An der spanischen Grenze wurde ich mit zwei kleinen Mädchen aufgegriffen, die ich in ein Waisenhaus nach Figueres bringen wollte.

Jenny stoppte die Kassette und nahm sie heraus, um die Nummer zu überprüfen. Es stand »Band 5« darauf. Sie zählte im Kopf nach. Nummer eins waren die Kindheitserinnerungen, Nummer zwei war Mussolini, Nummer drei waren Marseille und Jean-Pierre. Die hatte sie sich im Flugzeug nach New York angehört. Wie es aussah, fehlte also ein Band. Die anderen waren gerade zum Abschreiben, deshalb konnte sie es nicht genau feststellen, aber Freda schien anderthalb Jahre nach Jean-Pierres Tod ausgelassen zu haben. Sie mußte sie bitten, diese Lücke zu füllen, damit die Leser nicht von dem plötzlichen Zeitsprung verwirrt würden.

Sie entschloß sich, die Tagebücher aus dieser Zeit zu überprüfen, und langte nach ihrer Handtasche. Richtig, das nächste Heft trug die Jahreszahl 1941. Sie hatte im Flugzeug nicht die Kraft gehabt, es zu lesen. Sie war sich nicht sicher, ob sie sich jetzt damit auseinandersetzen könnte. Der erste Eintrag stammte vom 3. Juni, wenige Monate nach Jean-Pierres Tod:

Zehn uniformierte Männer rannten mir auf einem Feld hinterher, und ich sah keine Möglichkeit, mich in Sicherheit zu bringen. Ich erblickte eine Lücke zwischen Bäumen, als ich aber dort hindurchrannte, vertrat mir jemand den Weg, packte mich an den Haaren, zog meinen Kopf nach hinten und schlitzte mir den Hals auf. Blut floß mir über die Brust. Ich war nackt. Erst jetzt bemerkte Jenny, daß Freda einen Traum schilderte. *In der vorigen Nacht versuchten Einbrecher, in mein Haus einzudringen, obwohl die Fenster mit Brettern vernagelt waren. Als sie die Bretter lösten, hackte ich ihnen mit einem Fleischerbeil die Finger ab, aber das schien sie nicht aufhalten zu können. Dann befand ich mich plötzlich mitten in einer Nazi-Versammlung voller Soldaten und rotwangiger blonder junger Männer. Ich war die einzige Frau unter ihnen und bemühte mich, nicht aufzufallen. Ich trug jedoch ein Abendkleid, und nach und nach fingen sie an, mit den Fingern auf mich zu zeigen und miteinander zu tuscheln. Ich wußte, daß etwas Schreckliches geschehen würde.*

14. Juli. Armand fuhr mit mir über Land. Es war ein wunderschöner heißer Tag, die Blumen stehen jetzt in voller Blüte, die Luft riecht süß und frisch. Er hielt an und begann mich zu küssen, und ich erwiderte seine Küsse. Dann bekam ich aber einen derartigen Weinkrampf, daß er nicht wußte, was er tun sollte. Ich konnte überhaupt nicht mehr aufhören zu weinen, was die Stimmung bei unse-

rem Ausflug entschieden beeinträchtigte. Er hatte zuvor den Wunsch geäußert, ich solle die Arbeit wieder aufnehmen, aber ich glaube, daß er seine Meinung jetzt vielleicht ändert.

27. Juli. Bin heute so wütend, habe diesen gewaltigen Zorn in mir, der die ganze Zeit im Hintergrund schwelt. Auf Mutter, auf Armand, auf Hitler, auf die Vichy-Regierung, am meisten aber auf ihn, weil er mich verlassen hat. Er war so selbstsüchtig. Er hatte kein Recht, mir das anzutun.

Die folgenden Eintragungen stellten eine Mischung aus Wut und Trauer dar. Einige waren als Briefe an Jean-Pierre abgefaßt. Freda schalt ihn darin heftig, daß er sich so dumm benommen und ihr Leben beendet hatte. Jenny hielt inne bei der vom 4. August, die ganz anders klang:

Mein Liebster, ich habe mich immer gefragt, ob ich jemals wieder mit einem Mann schlafen würde, und mir dann vorgestellt, daß du meine Gedanken lesen könntest, und wie wütend du wärst, daß ich überhaupt darüber nachdenke. Deine Antworten klingen mir im Ohr, aber sag mir folgendes: Woher weiß ich denn, daß du in deinem jetzigen Leben nicht von Frauen umgeben bist, die du den ganzen Tag lang liebst, bis du dich nicht mehr bewegen kannst, und daß du dann nicht übersättigt daliegst, träge in unsere Welt guckst und dich darüber erbost, was ich in mein Tagebuch schreibe? Ich glaube, daß das den Unterschied zwischen uns ausmacht, denn ich wünsche mir nichts sehnlicher, als daß du jetzt zufrieden bist, weil du im Leben zu rastlos, zu getrieben warst. Nichts auf dieser Welt hätte dich jemals längere Zeit zur Ruhe kommen lassen. Mir ist nur der Gedanke unerträglich, daß du vielleicht zu Nichts geworden sein, nicht mehr existieren, mich allein gelassen haben könntest in dieser widerhallenden Leere, die wir früher miteinander ausfüllten.

Ich will mir dich vorstellen, umgeben von einem Harem, eine Frau liebreizender als die andere. Zwei von ihnen saugen mit warmen Lippen zart an deinen Knubbelzehen. Zwei weitere massieren und kneten mit kundigen Fingern deine Wadenmuskeln. Du hast

Frauen, die ihren Saft an deine kräftigen Schenkel reiben. Eine exotische Sirene hat deinen Schwanz tief in ihrem schlanken Hals, während ihre Schwestern mit kreisender Zunge jede Falte deiner Eier erkunden. Andere Frauen salben dir Brust und Arme mit wohlriechenden, erotisierenden Ölen ein. Hinter dir befinden sich noch einmal so viele Frauen, die deine runden Pobacken und deinen muskulösen Rücken mit ihren Händen liebkosen, deine Haut mit der Zunge befeuchten und dann sanft trockenpusten, um dir Kühlung zu verschaffen. Du hast die Wahl zwischen vielen, ganz verschiedenen Brustwarzen und Muschis, an denen du genüßlich saugen kannst, und dein Kopf ruht im Schoß einer freundlichen mütterlichen Frau, die dir mit den Fingern durch dein struppiges rotblondes Haar streicht. Du kannst mit diesen Frauen tun, was dir gefällt. Es macht mich glücklich, mir dich so vorzustellen, mit Rotwein und amerikanischen Zigaretten neben dir und ohne sich sorgen zu müssen, daß dir das weggenommen werden könnte. Deine zweitgrößte Leidenschaft war das Diskutieren, und ich weiß, daß du das auch noch kannst, weil ich es jeden Tag in Gedanken höre.

15. August. Jetzt bin ich wirklich durchgedreht. Ich habe etwas Schreckliches getan, und es gibt niemanden, dem ich mich anvertrauen kann. Gestern nacht habe ich mit Armand geschlafen, und das ist das Grausamste, was ich jemandem, der mich seit sieben Jahren liebt, antun konnte. Der Sex an sich war gut, aber ich wollte, daß er schnell zum Ende kommen und mich in den Arm nehmen würde. Er versuchte mich zu befriedigen, aber ich war nicht empfänglich dafür. Mutter wußte Bescheid, als ich heute früh zurückkam, und jetzt spricht sie nicht mehr mit mir. Ich hasse mich mehr denn je, daß ich so schwach bin.

30. September. Es ist schön, wieder zu arbeiten, aber mein Verhältnis zu Armand ist sehr kompliziert. Ich fühle mich den Leuten, mit denen ich zu tun habe, mehr verbunden als früher und empfinde tiefes Mitleid mit ihrer mißlichen Lage. Manchmal komme ich nach Hause und weine, weil alles derart hoffnungslos ist. Jetzt, da mir durch diesen Krieg persönlich Leid widerfahren ist, habe ich das Gefühl, daß ich mehr zu geben und nichts mehr zu verlieren habe.

Mehrere Seiten waren mit Listen voller unverständlicher Zeichen angefüllt, dann folgte wieder ein Eintrag über Fredas seltsame, qualvolle Träume. Einer davon weckte Jennys Interesse. In diesem Traum half Jean-Pierre Freda dabei, sich um ein kleines Mädchen mit blutverschmiertem Kopf und weit aufgerissenen starren Augen zu kümmern. Freda nannte es zwar Sylvie in ihrem Traum, aber Jenny fragte sich, ob es nicht vielmehr um Maddy ging, ihre Mutter, das Kind, das Freda weggegeben hatte. Irgendwie erinnerte sie Fredas Schilderung an ihren eigenen ständig wiederkehrenden Traum von dem Kind, das sie nicht erreichen konnte: *Der Mund des Mädchens ist offen, gibt aber keinen Laut von sich. Ich weiß, daß Sylvie sich nicht selbst helfen kann, daß sie sterben wird, wenn ich sie nicht beschütze, und gleichzeitig ahne ich voller Grauen, daß der Zug kommen wird und ich bereits versagt habe.*

Der letzte Eintrag in dem Heft war vom 15. Dezember: *Xavier und ich werden niemals miteinander auskommen. Er hat mich eine Stunde lang angeschrien, daß ich zu viele Risiken eingehen und sie dadurch alle gefährden würde, was nicht stimmt. Falls ich verhaftet werde, gäbe es absolut nichts, was mich zum Reden bringen könnte, das weiß ich, denn ich würde sonst das Andenken Jean-Pierres verraten. Ich bin so vorsichtig wie möglich, aber es kann trotzdem passieren, falls unser Freund in Limoges meine Personenbeschreibung an die hiesige Polizei geschickt hat. Ich glaube, wenn sie mich verhaften, werde ich einen Weg finden, mich umzubringen. Nach allem, was ich erlebt habe, würde mir das nicht schwerfallen. Ich denke, daß X. mich vor allem deshalb nicht leiden kann, weil A. ihm etwas über mich erzählt hat, aber dagegen kann ich nichts machen.*

Jenny fragte sich, wer der Freund in Limoges sei, aber in dem

Tagebuch gab es keine weiteren Hinweise auf ihn. Sie kam zu dem Schluß, daß es irgendein Beamter sein müsse, dem Freda im Laufe ihrer Arbeit begegnet war. Jenny schaltete wieder den Recorder an.

Ich wurde in eine nahe gelegene Kaserne gebracht und dort in einem Raum von zwei Offizieren verhört. Der eine war um die zwanzig und der andere, Axel, war dreiunddreißig. Ich sagte ihnen, daß mein Mann Deutscher sei und im Krieg gefallen wäre, was sie mir glaubten, da ich Trauerkleidung und meinen goldenen Ehering trug.

»An der Ostfront?« fragte Axel, und ich nickte einfach.

Dann erklärte ich, daß ich, nachdem mein Mann gefallen war, wieder zu meiner Mutter nach Marseille gezogen sei und in der Zeitung von all den Kindern gelesen hätte, die sich nach dem Tod ihrer Eltern ganz allein durchs Leben schlagen mußten. Das hätte mich bewogen, ihnen irgendwie zu helfen. Sie wollten wissen, ob ich für eine Organisation arbeite, aber ich beteuerte, daß ich das alles allein täte. Ich erklärte ihnen, daß ich vorgehabt hätte, die kleinen Mädchen nach Figueres zu bringen, weil Spanien sicherer sei und ich gehört hätte, daß es dort mehr zu essen gäbe.

Der jüngere Offizier verhielt sich mir gegenüber ziemlich feindselig. Er sagte: »Erwarten Sie wirklich, daß wir Ihnen glauben, Sie hätten nicht gewußt, daß das Judenbälger sind?« Ich antwortete ihm, daß ich das selbstverständlich nicht gewußt hätte, denn sonst hätte ich mich da natürlich rausgehalten. Axel lächelte über diese offensichtliche Lüge. Dann erklärte der jüngere Offizier: »Die Mädchen werden nach Gurs in das jüdische Umsiedlungslager geschickt.« Ich nickte nur. Obwohl es mir sehr weh tat, sie zu verlieren, konnte ich nichts mehr für sie tun.

Ich sagte etwas in der Art, wie dumm es von mir gewesen wäre, zu denken, ich könne einfach reisen, wohin ich wolle, sei es auch nur, um Waisen zu helfen, und bat sie um Rat, welche Gebiete ich in Zukunft lieber meiden sollte.

»Vielleicht sollten Sie einfach zu Hause in Marseille bleiben, Madame, und Schwierigkeiten aus dem Weg gehen«, erwiderte Axel. »Es ist spät geworden, und wir sollten wegen dieses Mißverständnisses Ihre Zeit nicht länger in Anspruch nehmen.«

Ich hatte jedoch den letzten Zug zurück nach Marseille verpaßt, deshalb fuhr mich Axel nach Perpignan und besorgte mir ein Zimmer für die Nacht. Dann fragte er, ob er mich zum Abendessen einladen dürfe. Ich willigte ein, weil er so schüchtern war und ich mir vorstellen konnte, welche Überwindung es ihn gekostet haben mußte, diese Frage zu stellen. Er hatte außerordentlich gute Manieren und benahm sich wie ein echter Gentleman – rückte mir den Stuhl zurecht, wählte das Essen für mich aus und so weiter –, und langsam begann ich mich ein wenig für ihn zu erwärmen. Unsere Unterhaltung verlief etwas schleppend, und ich suchte krampfhaft nach Themen, die ihn neben dem Krieg, über den wir tunlichst nicht sprachen, vielleicht interessieren könnten. Er erzählte mir, daß er gern Landschaftsaquarelle malte, seine Frau das jedoch unmännlich fand. Er war seit fünf Jahren verheiratet und Vater von zwei Kindern, hatte seine Familie aber seit acht Monaten nicht gesehen. Vor dem Krieg hatte er auf der mittleren Leitungsebene in einer Bank gearbeitet.

Nach dem Abendessen brachte er mich zurück zur Pension, und wir standen noch eine Weile vor der Tür und unterhielten uns. Sobald ich mich anschickte, ins Haus zu gehen, schnitt er jedesmal ein neues Gesprächsthema an, und schließlich fragte er, ob er mich wiedersehen dürfe. Ich erwiderte, daß das schön wäre, und wenn er mir eine Telefonnummer gäbe, wo ich ihn erreichen könne, würde ich mich melden, falls ich wieder einmal in diese Gegend käme. Er schrieb die Nummer in ein Streichholzheftchen vom Restaurant. Dann gab er mir noch einen flüchtigen Handkuß und entfernte sich.

Zu der Zeit hatte ich nicht die Absicht, ihn anzurufen, als ich aber nach Hause kam und darüber nachdachte, begann ich mich zu fragen, ob sich eine Verbindung mit ihm nicht vielleicht als sehr nützlich erweisen könnte. Er bekleidete keinen sonderlich hohen Rang, war jedoch viel in den noch unbesetzten südlichen Gebieten unterwegs, um die Arbeit der örtlichen Verwaltungen anzuleiten, und ich nahm an, daß ich mir vielleicht anhand seiner Reisetätigkeit zusammenreimen könnte, wo man die Sicherheitsmaßnahmen erhöhte, selbst wenn er nicht mit mir über seine Befehle spräche.

Nach drei Wochen rief ich ihn also an, fuhr wieder nach Perpignan, und danach trafen wir uns regelmäßig. Bei meinem fünften oder sechsten Besuch schliefen wir dann miteinander. Ich mußte mich vorsehen, um ihn nicht zu schockieren. Er war sehr konventionell und naiv in sexueller Hinsicht und schreckte zurück, wenn ich etwas Ausgefallenes tun wollte. Ich hatte oft das Gefühl, daß ihm das Kuscheln nach dem Sex eigentlich am besten gefiel. Wahrscheinlich war ich für ihn mitten in einem Krieg, in den er lieber nicht gezogen wäre, zu einer Art Halt oder Mutterfigur geworden.

Wir mieteten uns ein Zimmer in Perpignan, und ich brachte ein paar Sachen aus Marseille mit, um es wohnlicher zu gestalten: Läufer und Bilder, einen Korb mit Seidenblumen und ein altes Grammophon. Ich kochte dort immer etwas zum Abendessen für uns, weil wir übereingekommen waren, unsere Beziehung besser nicht an die große Glocke zu hängen. In vielen Gebieten fand man es zwar völlig in Ordnung, mit den Deutschen zu kollaborieren, und kaufte der Vichy-Regierung die Parole von der »Zusammenarbeit zweier Großmächte« ab, die Stimmung schlug jedoch rasch um, als die Deutschen damit begannen, Männer als Zwangsarbeiter einzuziehen.

Daß du dich nicht täuschst, Axel wußte genau, worin meine Arbeit bestand, aber wir sprachen nur verschlüsselt darüber. Wenn ich zum Beispiel ganz beiläufig erwähnte, daß ich am Wochenende nach Limoges fahren müsse, dann sagte er, daß es seiner Meinung nach auf der und der Strecke schwierig werden könnte und er mir statt des-

sen diese oder jene empfehlen würde. Einmal fragte er mich, ob ich interessiert daran wäre, als Dolmetscherin für die Wehrmacht zu arbeiten. Zuerst dachte ich, er meine das ernst, und antwortete ihm, nein, soweit könne ich nicht gehen. Er kam jedoch darauf zurück und sagte: »Es ist bestimmt möglich für dich, als Dolmetscherin zu arbeiten. Leute mit deinen Fähigkeiten werden dringend gebraucht.« Ich verstand immer noch nicht, was er damit anzudeuten versuchte, bis er eines Abends in unser Zimmer trat und mir einen Briefumschlag hinhielt. »Das sind die Papiere, die du benötigst, falls du dich entschließen solltest, als Dolmetscherin zu arbeiten.« Ich blätterte die Dokumente in aller Ruhe durch. Im Grunde besagten sie, daß ich Dolmetscherin bei der Wehrmacht sei und die Genehmigung habe, mich überall, außer in militärischen Sperrgebieten, frei zu bewegen. Er hatte meinen Kopf aus einem Foto herausgeschnitten, das im Zimmer herumlag, ihn aufgeklebt und mit einem Amtssiegel versehen lassen. Mir verschlug es die Sprache, denn ich wußte, was für ein gewaltiges Risiko er damit einging. Ich umarmte ihn, trotzdem redeten wir nicht offen darüber. Und so sagte ich: »Vielen Dank, Liebling, das wird mir sehr nützen, falls ich mich entschließen sollte, deinen Vorschlag aufzugreifen.«

Einmal fragte ich ihn nach dem jüdischen Lager in Gurs, und er antwortete, daß es aus Baracken mit Doppelstockbetten darin bestünde und die Häftlinge tagsüber auf den Feldern ringsum arbeiteten. Sie seien gut genährt, meinte er, aber es sei trotzdem ziemlich schrecklich. Dann hielt er inne. Ich kannte Axel inzwischen gut genug, um auf die Fortsetzung der Geschichte zu warten. Er zögerte immer und spielte nervös mit den Fingern, wenn er überlegte, ob er mir etwas sagen sollte oder nicht. Dann erzählte er, daß man Züge voller Häftlinge aus Gurs und Les Milles nach Norden in die polnischen Lager transportiere, weil die Lager hier allmählich zu voll würden wegen all der französischen Juden, die man jetzt verhafte.

Wenn ich Informationen dieser Art erhielt, gab ich sie immer an einen gewissen Xavier weiter, meinen Kontaktmann in Marseille.

Zuerst war man verständlicherweise mißtrauisch wegen meiner Affäre mit Axel, aber ich hatte meine Vertrauenswürdigkeit bereits mehrfach zuvor unter Beweis gestellt und war zu nützlich für sie mit meinen amtlichen deutschen Papieren, um mich auszuschalten. Im weiteren Verlauf des Krieges, besonders nach der Operation Tiger, verhielt sich Xavier jedoch immer kritischer mir gegenüber. Wie dem auch sei, das greift den Ereignissen vor.

Die Aufnahme wurde an dieser Stelle unterbrochen und kurz danach fortgesetzt.

Es muß im Oktober oder November 1942 gewesen sein, als Axel mir sagte, daß er nach Marseille versetzt und zum Leiter des Sicherheitsdienstes im Hafen ernannt werde. Er meinte, er könne es verstehen, wenn ich unsere Beziehung abbrechen wolle, weil sie mir vor meinen Freunden und Nachbarn zu peinlich wäre. In Perpignan kannte uns keiner, aber in Marseille wären meine Mutter und ich Schmähungen ausgesetzt. Darüber dachte ich lange nach. Letztendlich faßte ich meinen Entschluß ganz instinktiv und erklärte ihm, daß ich ohne Rücksicht auf die Konsequenzen weiter mit ihm zusammensein wolle. Meine Mutter bekam einen Tobsuchtsanfall, als ich ihr das sagte. Sie nannte mich eine Hure und Verräterin und ohrfeigte mich. Ich mußte eine andere Wohnung für uns suchen, denn sie hätte Axel nie erlaubt, ihr Haus zu betreten. Schließlich schlossen meine Mutter und ich eine Art Waffenstillstandspakt, indem wir dieses Thema nie ansprachen, aber ich weiß, daß es für sie danach sehr schwierig wurde. Der Süden war inzwischen okkupiert worden, und der Haß auf die Deutschen wurde überall spürbar. Man spuckte auf der Straße vor ihr aus oder rempelte sie auf dem Markt an, so daß ihr das Wechselgeld herunterfiel. Ich habe deswegen immer noch ein schlechtes Gewissen.

Gefühlsmäßig befand ich mich damals in einem Zustand der Erstarrung. Die ganze Zeit über trug ich den Schmerz über den Ver-

lust von Jean-Pierre mit mir herum wie einen schweren Mantel, der mich herunterzog. Werner vermißte ich auch, vor allem die kindliche Unschuld unserer frühen Ehejahre. Ich wußte immer noch nicht, ob er tot oder am Leben war, da ich jedoch nie eine Karte oder einen Brief von ihm erhalten hatte, befürchtete ich das Schlimmste. Axel war lieb und zärtlich, und seine physische Anwesenheit spendete mir gelegentlich Trost, aber eine Partnerschaft im eigentlichen Sinne war es nie. Ohne den Krieg wäre ich nicht mit ihm zusammengewesen. Wir unterhielten uns über unsere täglichen Erlebnisse, verloren dabei aber kein Wort über unsere Arbeit. Wir sprachen übers Wetter, aber nicht übers Frontgeschehen. Wir lebten fast zwei Jahre zusammen, teilten unsere Körper miteinander, aber nie unsere Gedanken. Er war kein übler Mann, ganz im Gegenteil, und nur durch den Zufall der Geburt stand er auf der anderen Seite. Wie dem auch sei, genug der Rechtfertigungen.

Es folgte eine lange Pause.

Nur ein einziges Mal betrat Axel das Haus meiner Mutter, und das war im Januar 1943, als er mich vor der Operation Tiger warnte. Anfangs sagte er nur, daß Mutter und ich ein paar Tage die Wohnung nicht verlassen sollten und daß wir sicher wären, wenn wir uns im Haus aufhielten. Als ich Näheres wissen wollte, starrte er wie üblich zu Boden und spielte mit den Fingern, und dann erzählte er mir schließlich, daß man alle Juden in Marseille verhaften würde. Niemand hatte je geglaubt, daß das passieren könnte, denn es waren so viele, und sie waren so fest in allen Schichten der Gesellschaft etabliert. Er wiederholte nochmals, daß wir zu Hause sicher wären.

Natürlich rannte ich sofort zu Xavier und berichtete ihm, was ich erfahren hatte. Dann fuhr ich per Anhalter hinaus zu Armands Bauernhof, weil er besser wußte, wo all die jüdischen Familien wohnten. Sie hatten beide derartige Gerüchte schon von anderen

Informanten gehört, aber ich lieferte ihnen den genauen Zeitpunkt. Trotz Sonnenbräune konnte man sehen, wie Armand blaß wurde. Er sprang in seinen alten Laster und verschwand, und so mußte ich die drei Meilen nach Hause zu Fuß zurücklaufen. Ich erinnere mich, daß es staubig war und widerwärtig nach Lavendel roch.

Sie unterbrach sich kurz.

Vielleicht bilde ich mir das aber auch nur ein, denn im Januar konnte der Lavendel eigentlich gar nicht blühen.

Der Recorder wurde wieder abgeschaltet, und Jenny saß da, starrte auf die Regentropfen, die an der Fensterscheibe hinunterliefen, und wartete darauf, daß es weiterging, bis sie schließlich feststellte, daß die erste Seite bereits abgespielt war. Es war schon nach zehn, aber sie wollte sich auch den Rest noch anhören und schenkte sich deshalb Wein nach, drehte die Kassette um und drückte auf die Wiedergabetaste.

Die Festnahmen begannen in den frühen Morgenstunden des folgenden Tages. Man kann sich kaum vorstellen, wie sie das logistisch schafften, aber in ungefähr einer Woche wurden mehr als viertausend Juden in Marseille verhaftet. Viertausend! Man stürmte das Waisenhaus von La Lavande und transportierte all die Kinder nach Polen ab, an das andere Ende Europas. Die Leiterin des Waisenhauses, eine Französin, wollte sich nicht von ihren Schützlingen trennen und erklärte: »Ich gehe, wohin sie gehen«, und so wurde sie auch nach Auschwitz gebracht.

Nach allem, was man hörte, war es eine äußerst brutale Aktion. Denjenigen, die sich der Verhaftung widersetzten, wurden mit Gewehren die Gesichter zertrümmert, oder sie wurden gleich auf der Stelle erschossen. Ganze Straßenzüge wurden entvölkert und nicht ein Keller oder eine Bodenkammer ausgelassen. Ich weiß nicht, ob

Axel direkt daran beteiligt war. Ich vermute es aber, und unsere Nachbarn dachten es ganz bestimmt. Nach dieser Aktion wurde es schwierig für mich, auf die Straße zu gehen, denn die Feindseligkeit war so offenkundig, als würde man mich persönlich für das alles verantwortlich machen. Ich konnte die Leute natürlich verstehen, und ich überlegte damals ernsthaft, ob ich mit Axel Schluß machen sollte. Aber um ehrlich zu sein, er war der einzige Freund, den ich auf der Welt hatte. Alle anderen haßten mich, meine eigene Mutter eingeschlossen.

Ich habe mich ein paar Wochen nicht mit ihm getroffen, suchte ihn dann aber eines Tages in seinem Büro am Hafen auf. Als erstes erkundigte er sich, wie es Mutter und mir gesundheitlich gehe, und gleich danach sagte er: »Ich hoffe, man hat euch nicht belästigt. Ich hatte sie wissen lassen, daß in eurem Haus niemand wäre.«

Ich war bestürzt, als ich begriff, daß er anscheinend angenommen hatte, ich würde jüdische Flüchtlinge in unserem Haus verstecken, und deshalb die Soldaten angewiesen hatte, dort nicht zu suchen. Außerdem ärgerte ich mich über mich selbst, denn hätte ich seine Andeutungen verstanden, wäre es mir vielleicht möglich gewesen, ein paar Familien zu verstecken und somit zu retten. Dieser Mann würde mich mit allem ungestraft davonkommen lassen. Er hatte seinen Hals so oft für mich riskiert.

Wir haben uns an diesem Abend getroffen und setzten anschließend unsere Beziehung fort. Allmählich erfuhr ich von Axel immer mehr über die Befehle, die sie aus Berlin erhielten, über die Munitionslager in der Gegend und die Verteidigungsstellungen im Hafen. Alles, was er mir erzählte, gab ich sofort an Xavier weiter, obwohl mein Verhältnis zu ihm inzwischen äußerst gespannt war. Er tat all meine Berichte mit der sarkastischen Bemerkung ab, daß es bloß allgemein bekannte Fakten wären, und er machte sich über meine Frisur und meine Kleidung lustig. Eines Abends nannte er mich sogar eine aufgeblasene Hure. Wenn ich die Lippen geschminkt hatte, hieß es gleich, ich wollte nur auffallen, und unsere Arbeit wäre mir eigentlich egal. »Du würdest dich doch freuen, wenn die Deutschen uns für immer regierten«, sagte er. Ich habe ihm nie widersprochen, und dafür haßte er mich um so mehr.

1944 wußten alle, daß die Landung der Alliierten nur noch eine Frage der Zeit sei, ungewiß war bloß, wo sie stattfinden würde. In mancherlei Hinsicht fühlten wir uns wie damals 1940 in Paris, als wir auf den Einmarsch Hitlers warteten. Da Marseille ein so wichtiger Hafen war, hatten wir Angst, mitten in die Kampfhandlungen zu geraten. Ich sah Axel immer seltener, weil er täglich zwölf oder sogar sechzehn Stunden Dienst hatte. Dann begannen die Bombardierungen, und östlich von uns war schweres Geschützfeuer zu hören, das von Tag zu Tag näher zu kommen schienen.

Als ich Axel das letzte Mal sah, fiel mir nichts Außergewöhnliches auf. Wir hatten uns an einem Dienstagabend verabredet, und ich hatte für ihn gekocht, da er sonst anscheinend keine richtigen Mahlzeiten mehr bekam. Er verspätete sich jedoch und sagte, daß er nicht zum Essen bleiben könne und sofort zu seiner Dienststelle zurück müsse. Ich fragte ihn: »Wann sehen wir uns denn wieder?« Er warf mir einen seltsamen Blick zu und erwiderte: »Treffen wir uns doch am Freitagmittag hier.« Dann küßte er mich sehr zärtlich und ging.

Bis Freitag war die Atmosphäre in der Stadt chaotisch geworden, die Bomben schlugen jetzt ganz in der Nähe ein, und auf dem Weg zur Wohnung lief ich, Deckung suchend, von Hauseingang zu Hauseingang. Als ich die Tür aufschloß, fiel mir sofort eine braune Ledermappe auf dem Tisch ins Auge. Nachdem ich einen kurzen Blick hineingeworfen hatte, wußte ich, daß Axel nicht kommen würde. Ich zog meine Schuhe mit den hohen Plateausohlen aus und rannte durch die ganze Stadt zu Xavier, übergab ihm die Mappe und lief dann schnurstracks zurück zur Wohnung meiner Mutter.

Bis zum nächsten Morgen hatten die Kämpfe die Außenbezirke der Stadt erreicht. Alle Einwohner blieben vier Tage lang in ihren Häusern. Am fünften Tag ließ das Feuer nach und verstummte schließlich. Man hörte Leute auf den Straßen rufen, und irgendwo spielte jemand die Marseillaise. Dann krachte es oben, und als ich hinaufrannte, um nachzusehen, fand ich einen Kohlkopf, der durch die offenen Fensterläden geschleudert worden war. Ich schloß uns in der Wohnung ein, aber den ganzen Tag über wurde das Haus mit Steinen beworfen, und die Leute brüllten: »Traîtresse!«, »Collaboratrice!«, »Salope!« Meine Mutter saß währenddessen weinend in der Küche. »Wie sollen wir jetzt weiterleben? Wir müssen irgendwohin ziehen, wo uns keiner kennt, und wieder ganz von vorn anfangen. Und das in meinem Alter!«

Ich hatte einen Plan, mußte mit seiner Ausführung aber warten, bis sich die erste Aufregung etwas gelegt hatte. Wir verbarrikadierten uns fast eine Woche im Haus und aßen die Speiseschränke leer. Dann, eines späten Abends, hüllte ich mich in einen Regenmantel, band mir einen Schal um den Kopf, setzte eine dunkle Brille auf und huschte durch die Straßen zur ehemaligen deutschen Stadtkommandantur. Wie ich erwartete hatte, wimmelte es in dem Gebäude jetzt von amerikanischen Soldaten. Ein paar standen draußen auf der Treppe und rauchten, und als ich herantrat, stieß einer von ihnen einen Pfiff aus.

Ich sagte ihnen, daß ich dringend mit einem Offizier sprechen müsse. Ein großer Schwarzer führte mich hinein und ließ mich auf einer Bank in der Ecke Platz nehmen. Dann entfernte er sich, und als er fünf Minuten später wieder auftauchte, teilte er mir mit, daß mich erst in ungefähr einer halben Stunde jemand empfangen könnte. Ich sagte, daß ich warten wolle, und er bot mir eine Zigarette an. Ich brachte kein Wort heraus und schüttelte bloß den Kopf, denn es handelte sich um die gleiche Sorte Marlboro, die Jean-Pierre immer geraucht hatte. Während ich wartete, probte ich in Gedanken noch einmal, was ich sagen wollte und wie ich erklären würde, wer ich sei, was sich letztendlich aber als unnötig erwies.

Ich wurde in einen kleinen Raum geführt, in dem ein Offizier, flankiert von zwei weiteren Soldaten, hinter einem Schreibtisch saß. Sie unterhielten sich noch miteinander, und so legte ich inzwischen

Brille und Schal ab und setzte mich. Dann endlich wandte sich der Offizier mir zu.

»Was kann ich für Sie tun, Madame?« fragte er.

Ich holte tief Luft und sagte: »Ich heiße Freda Guttmann und war die Geliebte des deutschen Offiziers Axel Bermann, des Leiters des Sicherheitsdienstes für den Hafen …« Der Offizier unterbrach mich und fragte: »Sie sind Freda?« Er stand auf, kam um den Schreibtisch herum und schüttelte mir die Hand. »Wir sind über Sie im Bilde«, sagte er und fragte dann: »Wissen Sie eigentlich, was sich in jener Mappe befand, die Sie vorige Woche übergeben haben?«

Ich zuckte die Schultern. Ich hatte eine schwache Ahnung, jedoch keine Zeit gehabt, mir den Inhalt genauer anzusehen.

Er teilte mir mit, daß sie sämtliche Informationen über die Verminung des Hafens von Marseille und über die Verteidigungsstellungen an fast der gesamten Südküste enthalten habe. Dann fuhr er fort: »Sie haben wahrscheinlich sehr vielen unserer Jungs das Leben gerettet, Madame Guttmann. Meine Anerkennung.«

Das Band schaltete sich ab, und Jenny überlegte, noch das nächste Heft der Tagebücher zu lesen, aber eine bleierne Müdigkeit ließ ihr die Augenlider schwer werden, und sie gähnte laut. Es kostete sie große Anstrengung, sich aus dem Sessel zu erheben. Sie fiel ins Bett, ohne sich abzuschminken und das T-Shirt auszuziehen, das sie den ganzen Tag über getragen hatte.

Kapitel 19

Am nächsten Morgen rannte Jenny die Treppe hinunter, um den Briefträger abzufangen, als er die Post brachte, aber für sie war nur eine Kreditkartenrechnung dabei. Sie warf den Brief in ihre Handtasche und lief schnell zur Oxford Street, um ein Taxi zu nehmen. Nach Osten waren die Fahrspuren in die City dicht, und der Taxifahrer begann ein Gespräch, während sie langsam schubweise vorankamen.

»Um die Straßen frei zu kriegen, brauchten die Typen, die die Ampelschaltung planen, weiter nichts als ein bißchen mehr Grips. Es ist doch völlig hirnrissig, hier im Berufsverkehr die Nordsüd-Richtung zwei Minuten lang frei zu geben, wenn alle nur in die Ostwest-Richtung fahren.«

»Es muß manchmal ganz schöner Streß für Sie sein, in solchen Staus zu stecken«, bemerkte Jenny.

»Nein, nicht die Bohne. Wenn einen das nicht kalt läßt, kann man den Job nicht machen. Was mich zur Weißglut treibt, sind die Fremden, die plötzlich stehenbleiben, im Stadtplan nach Straßen suchen, mit ihrer Kriecherei den ganzen Verkehr aufhalten und nicht wissen, in welche Spur sie sich einordnen sollen. Auf der Welt gibt's aber Wichtigeres in Ordnung zu bringen als das bißchen Verkehr. Was sagen Sie denn zu den Amis?«

»Was ist mit ihnen?« fragte Jenny und erinnerte sich an die Erfahrungen, die sie selbst kürzlich mit ihnen gemacht hatte.

»Schicken einfach Cruise Missiles in ein Stadtzentrum wie das hier. Sogenannte ›intelligente Bomben‹, die so intelligent sind, daß sie doch wirklich die oberste Etage eines verdammten Krankenhauses wegrasiert haben. Was glauben die eigentlich, wer sie sind?«

Jenny hatte keine Ahnung, wen die Amerikaner im Moment gerade bombardierten, wollte es aber nicht zugeben.

»Ich bin der Meinung, daß ein Unrecht noch lange kein anderes rechtfertigt.«

Auf die Uhr schielend, pflichtete sie ihm bei. Als sie endlich bei der Osteopathin ankamen, war Jenny zehn Minuten zu spät für ihren Termin.

»Wie geht's Ihnen?« fragte die Osteopathin, als Jenny sich auszog.

»Ziemlich viel Ärger«, erwiderte sie. »Auf der Arbeit, zu Hause, mit den Männern – einfach auf der ganzen Linie.«

»Ihre Schultern sind sehr verspannt. Können Sie bitte mal über die linke Schulter schauen?« Jenny versuchte es, konnte den Kopf aber nicht sehr weit drehen. »Jetzt über die rechte, bitte.« Das ging noch schlechter. »Legen Sie sich auf den Rücken.«

Kalte Finger glitten unter ihren Rücken und arbeiteten sich, die Wirbel leicht drückend, am Rückgrat hoch. »Ich glaube, es ist höchste Zeit, daß Sie mal Urlaub machen.« Jenny seufzte, als sie spürte, wie sich ihre Muskeln nacheinander entspannten. Sie rollte sich erst auf die eine und dann auf die andere Seite, und starke Daumen lösten die Verspannung in ihren Schulterblättern. Zwischen Hals und Schultern war alles fest. »Ich glaube, da müssen wir was machen. Drehen Sie sich auf den Bauch.«

Jenny gehorchte, wenn auch mit der üblichen Portion Angst. »Legen Sie den Kopf mit dem Kinn auf. Okay, und jetzt überlassen Sie sich ganz locker meinen Händen.« Das war leichter gesagt als getan. »Drehen Sie den Kopf rüber. Etwas weiter. Noch ein bißchen mehr.« Plötzlich gab es ein scharfes Knacken, das ihr wie ein Schuß durch alle Glieder fuhr. »Gut, und jetzt versuchen wir es mal von der anderen Seite.« Jenny ruhte wieder auf ihrem

Kinn, und mit einem schnellen Ruck wurde das Gelenk in die entgegengesetzte Richtung gedreht.

Jenny rollte sich auf den Rücken. Ihr war etwas schwindlig, und die Decke über ihr schien leicht zu schwanken, während die ruhigen Finger ihr Werk vollendeten. Wie vertrauensselig sie ihr Leben doch in anderer Leute Hände legte, dachte sie verwundert. Aber zu dieser Osteopathin ging sie schon seit Jahren und wußte, daß es die Sache wert war. Als sie sich wenige Minuten später erhob, fühlten sich ihre Schultern und ihre Wirbelsäule locker an. Sie schwang unbeschwert die Arme und lief beschwingt und leichtfüßig.

Zum Büro nahm sie sich wieder ein Taxi. Sie verbrachte den Vormittag damit, Briefe zu diktieren und Anrufe zu beantworten. Am Nachmittag hatten sie eine Sitzung, auf der die Lektoren neue Publikationsideen vorstellten. Anschließend wurde von allen darüber diskutiert, ob diese Bücher verlegt werden sollten, wie viele Exemplare man davon schätzungsweise verkaufen könnte und welche Vorauszahlungen man den Autoren anbieten sollte.

Jenny saß an einem Ende des Konferenztisches, Kerry neben ihr, die Lektoren hatten zu beiden Seiten Platz genommen und Stuart am anderen Ende. Emma führte Protokoll. Zu Beginn diskutierten sie über einen neuen Vorschlag eines Historikers, der bei ihnen bereits ein Buch über das stalinistische Rußland veröffentlicht hatte. Auch in seinem nächsten Werk sollte es um Osteuropa gehen.

Jenny runzelte die Stirn. »Interessieren sich die Briten wirklich dafür, was in Bulgarien passiert?« fragte sie. »Ich bin mir da nicht so sicher.«

Stuart gab ihr recht. »Ich für meinen Teil glaube das auch nicht. Können wir ihn nicht bitten, etwas über das maoistische China zu schreiben? Bücher über China verkaufen sich immer noch gut.«

Susie schüttelte den Kopf. »Das habe ich ihm bereits vorgeschlagen. Ich sagte ihm, daß Diktatoren sexy seien – na ja, das Wort habe ich nicht benutzt –, aber er ist vollkommen auf Osteuropa fixiert. Das ist sein Lieblingsthema, das Buch, das er schon immer schreiben wollte. Ich denke, wenn wir ihm kein Angebot machen, wird er es vielleicht einem anderen Verlag anbieten.«

»Warum sollte er das auch nicht tun?« erklärte Jenny, und alle guckten sie verwundert an. »Wieviel haben wir ihm letztes Mal gezahlt?«

»Fünfzehn.«

»Biete ihm zehn. Schließlich wollen wir ihn ja nicht verlieren.«

Stuart stöhnte auf. »Jenny, sollten wir nicht eine Kostenrechnung anstellen, bevor wir ihm ein Angebot unterbreiten? Ich kann davon nicht mehr als zweitausend Exemplare verkaufen.«

»Okay, acht. Versuch mal, ob er acht akzeptiert.«

Stuart sah sie verwundert an.

Karen, eine der jüngeren Lektorinnen, war als nächste an der Reihe. Sie war sehr aufgeregt, weil sie Eindruck schinden wollte im Verlag, und fing mit zitternder Stimme an zu sprechen: »Ich habe zwei Vorschläge zu unterbreiten, die euch aber vielleicht ein bißchen abgedreht erscheinen mögen. Der erste kommt von einem Ägyptologen namens Peter Curtis. Er hat diesen Bestseller darüber geschrieben, daß die Pyramiden älter seien, als bisher allgemein angenommen wurde. Wie auch immer, jetzt hat er eine neue Theorie zum Einfluß des Mondes auf die Kulturen der Welt. Er behauptet, daß alte Kulturen wie die Sumerer ihr Leben in einer Art und Weise nach dem Mond einrichteten, die uns inzwischen abhanden gekommen ist. Wenn wir uns heute deren Vorstellungen wieder zu eigen machten, könnten wir sehr viel erfolgreicher sein.«

»Was genau beeinflußt der Mond denn eigentlich?« fragte Jenny.

»Oh, einfach alles! Landwirtschaft, Fruchtbarkeit, Kreativität, Konzentration, Gesundheit, Emotionen, die Finanzmärkte und die Zyklen der Weltkonjunktur. Alles nur Erdenkliche.«

»Ich bin nicht abgeneigt, mir das mal anzusehen«, bemerkte Jenny.

»Das Problem ist nur, daß es zweitausend Seiten sind. Ich kann es kaum hochheben.«

»Na ja, dann vielleicht nicht. Stuart, was meinst du?«

Er kaute auf der Unterlippe und zuckte die Schultern. »Könnte machbar sein. Ich schau mir's mal an, soll ich?«

»Gut gemacht, Karen. Und was ist deine andere abgedrehte Idee?«

Sie lächelte. »Ich stehe schon seit geraumer Zeit im Briefwechsel mit einem Fassadenkletterer, der fünfzehn Jahre im Gefängnis von Leeds absitzt. Er schreibt seine Memoiren und bat mich anfangs nur um Rat. Nachdem er mir aber ein paar Kapitel geschickt hatte, war ich fasziniert. Inzwischen habe ich fast das gesamte Manuskript gelesen. Es ist faszinierend. Stimmungsvoll und detailliert beschreibt er seine Kindheit und die älteren Jungs, die ihn anlernten. Sehr ergreifend ist auch, was er fühlt, wenn er sieht, wie Frau und Kinder von Besuch zu Besuch immer älter werden. Ich konnte das Manuskript überhaupt nicht aus der Hand legen. Sorgen bereitet mir nur, daß es nebenbei eindeutig ein Ratgeber für Fassadenkletterer ist. Da müßten wir vielleicht ein wenig kürzen und überarbeiten.«

»Ist er ein berühmter Fassadenkletterer?« fragte Jenny. »Irgendein großer Raub von Juwelen oder Van Goghs?«

»Nein, nur Videorecorder und Stereoanlagen, Silber und Familienschmuck. Er hat bei ein paar größeren Dingern mitgemischt, aber er sagt, daß ihm das zu hektisch sei und er lieber bei seinen Leisten bleibt. Er ist ein echter Perfektionist.«

»Dem Buch gebe ich keine Chance«, bemerkte Stuart. »Wie sollen wir denn die Leute überreden, in ihre Buchhandlung zu gehen und für so etwas fünfzehn Pfund lockerzumachen? Er wird ja noch nicht einmal eine Lesereise machen können.«

»Ich weiß nicht recht«, meinte Jenny. »Wenn das gut geschrieben ist, könnte es vielleicht funktionieren. Susie, würdest du es dir mal ansehen?« Sie lächelte Stuart an, und der runzelte die Stirn. »Vielleicht sollten wir noch soviel wie möglich kaufen, bevor die Amerikaner nächste Woche hier das Sagen haben, denkt ihr nicht auch? Susie, was hast du anzubieten?«

»Ich hatte doch dieses Buch über den blinden Mann gekauft, der in einem Ruderboot den Pazifik überquert. Jetzt will der Agent wissen, ob wir an Bergsteigerunfällen interessiert sind. Ich habe ja gesagt. Seid ihr damit einverstanden?«

Alle nickten.

»Okay, ich habe drei Bücher dazu zur Auswahl. Ich werde euch nächste Woche darüber informieren. Um zum eigentlichen Thema zu kommen, alle haben schon mal was von der Chaos-Theorie und der String-Theorie gehört, der letzte Schrei in der Naturwissenschaft scheint jetzt jedoch die Absolut-Theorie zu sein. Ich habe hier ein Manuskript von Dr. Rodney Alstead aus Cambridge, einem Freund von Gwen Headley. Soweit ich es verstehe, widerlegt er die Existenz der Unendlichkeit, aber ihr wißt ja, daß Naturwissenschaft nicht meine stärkste Seite ist.«

»Für wieviel können wir es bekommen?« fragte Jenny.

»Ich schätze, es wird zwanzig oder fünfundzwanzigtausend kosten. Er scheint ziemlich genau im Bilde zu sein, was in letzter Zeit für andere populärwissenschaftliche Bücher gezahlt worden ist.«

»Kauf es!« wies Jenny an. »Stuart, kannst du uns zur Abwechslung mal ein paar Zahlen geben, die brauchbar sind?«

Er lachte. »In Ordnung. Schließlich bin ich der letzte, der dir diesen kleinen Kaufrausch am Nachmittag verleiden möchte.«

Am Abend sagte sie ein Essen mit einem alten Freund ab, weil die Leichtigkeit, die sie nach der osteopathischen Behandlung verspürt hatte, nachließ und sie sich allmählich erschöpft fühlte. Sie holte sich statt dessen am italienischen Delikatessenstand auf dem Markt frische Pasta und dazu einen Becher mit hellroter Tomatensoße mit Basilikum. »Wann werden Sie mir endlich gestatten, für Sie zu kochen, statt sich etwas mit nach Hause zu nehmen und dann dort allein zu essen«, versuchte der junge Mann hinterm Ladentisch mit ihr zu flirten, und sie dachte bei sich, daß sie bei weitem alt genug wäre, seine Mutter zu sein.

Vorsichtig betrat sie das Haus und schloß dann ihre Wohnungstür auf, aber es schien alles an seinem Platz zu sein. Sie holte gerade ihr Essen aus dem Beutel, als das Telefon klingelte.

»Hallo, ist dort Jenny?« Die Stimme hörte sich ausländisch und vertraut an, Jenny konnte sie jedoch nicht gleich einordnen. »Hier ist Chantal Jacquinet. Ich hoffe, ich störe Sie nicht, aber ich rufe an, weil ich mit Ihnen wegen Ihrer Reise mit Marc in die Bretagne sprechen wollte.«

»Sie stören keineswegs. Wie geht es Ihnen?«

»Ich bin ein bißchen beunruhigt wegen dieser Reise, denn ich möchte nicht, daß Marc in etwas verwickelt wird, das gefährlich sein könnte. Wie Sie wissen, ist er alles, was ich habe, und ich mache mir Sorgen um ihn.« Ihre Stimme klang, als sei sie den Tränen nahe und nur noch ein Nervenbündel.

»Das verstehe ich, aber wieso glauben Sie, daß es gefährlich werden könnte?« fragte Jenny.

»Na ja«, meinte sie zögernd. »Ich rufe Sie von der Arbeit aus an, weil ich nicht möchte, daß Marc erfährt, daß ich mit Ihnen geredet habe, aber ich traue Hervé nicht über den Weg. Er kann sie in Schwierigkeiten bringen. Mehr sage ich dazu jedoch nicht.«

»Was denn für Schwierigkeiten?«

»Oh, Sie wissen schon. Er hat sich früher mit den falschen Leuten abgegeben und ein paar nicht ganz legale Sachen gemacht. Ich erzähle Ihnen das im Vertrauen, Jenny. Ich möchte, daß es unter uns bleibt.«

»Aber ich dachte, daß Hervé mit Ihrem Mann zusammengearbeitet hätte?«

»Vor langer Zeit einmal, aber inzwischen nicht mehr, soweit mir bekannt ist.«

»Was soll ich Marc denn sagen, Chantal? Er ist entschlossen, in die Bretagne zu fahren, weil er sich Sorgen um Ihr Haus macht. Und ich möchte herauszufinden versuchen, was mit meinem Freund passiert ist. Denken Sie, wir sollten unsere Pläne ändern?«

»Hm, ich denke, es dürfte nichts passieren, wenn Sie sich Hervé nicht zum Feind machen. Seien Sie höflich zu Hervé. Ich weiß, er kann sehr verletzend sein, aber mein Mann und ich kennen ihn schon sehr lange.«

Jenny bemerkte, daß Chantal das Wörtchen »geschiedener« weggelassen hatte, als sie von ihrem Mann sprach. »Wie haben Sie Hervé kennengelernt?« fragte Jenny.

»Er und sein Vater sind in die Bretagne gezogen, als ich noch ein Kind war. Ich glaube, seine Mutter ist früh gestorben. Wir beide, Edouard und ich, haben mit unseren Familien in Paris gewohnt, trafen uns aber jeden Sommer in der Bretagne, und als Teenager begannen wir dann miteinander zu gehen. Hervé arbeitete in der dortigen Bootswerft und war ein versierter Segler. Edouards Vater nahm ihn manchmal mit, wenn wir mit der Jacht rausfuhren. Nach unserer Hochzeit baute Edouard sein eigenes Geschäft auf und stellte Hervé als Hilfe ein, deshalb traf ich ihn in unseren frühen Ehejahren recht häufig, und später kam er dann nach Kalifornien, um eine Weile bei uns zu wohnen. Er ist also mehr mit meinem Mann befreundet als mit mir, aber wir kennen uns alle schon ewig.«

»Sehen Sie ihn noch, wenn Sie in Ihr Haus fahren?«

»Ich bin seit zehn Jahren nicht mehr dort gewesen, vielleicht auch noch länger. Ich kann nie lange genug frei nehmen, damit sich die Reise lohnen würde. Ich habe einen Job, der mich sehr fordert, wissen Sie. Ich weiß nicht, ob Marc Ihnen das erzählt hat.«

»Wie ich verstanden habe, sind Sie Grundstücksmaklerin.«

»Ich bin Teilhaberin der Agentur, deshalb stehe ich immer unter Druck, neue Verträge abzuschließen und die Quartalsvorgaben zu erfüllen. Sobald ein großes Projekt abgeschlossen ist, muß ich das nächste finden. Es ist sehr stressig.«

»Müssen Sie denn wirklich so viel arbeiten? Können Sie sich keinen weniger anstrengenden Job suchen und sich ein bißchen mehr Ruhe gönnen?«

»O nein, ich bin auf das Geld angewiesen. Sie machen sich ja keine Vorstellung, wie teuer es für Marc und mich ist, in Manhattan zu leben und die Wohnung hier zu halten, und dazu kommen dann noch die hohen Rechnungen für den Unterhalt des Hauses in der Bretagne.«

»Aber warum, um alles in der Welt, behalten Sie denn dieses Haus, wenn Sie es doch nie nutzen?«

»Ich könnte es unmöglich verkaufen. Es befindet sich seit Generationen im Familienbesitz, und Marc gefällt es dort. Außerdem nutzt Edouard es im Winter manchmal, und er würde mir nie erlauben, es zu verkaufen.«

Jenny war verblüfft. »Entschuldigen Sie bitte, aber ich hatte eigentlich angenommen, daß Sie und Edouard geschieden wären.«

»Ja, das ist richtig, das sind wir auch. Ich kann es mir jedoch aus Rücksicht auf Marc nicht leisten, ihn zu verärgern.«

»Marc ist doch aber erwachsen, und wie er mir sagte, sieht er seinen Vater nie. Ich bin mir sicher, daß er es verkraften würde. Außerdem, wenn Edouard im Winter das Haus nutzt, müßte er dann nicht auch seinen Teil zu den Ausgaben beitragen?«

»Es widerstrebt mir, ihn darum zu bitten. Eigentlich weiß ich überhaupt nicht, warum ich Ihnen von meinen finanziellen Sorgen erzähle. Sagen Sie Marc bitte nichts davon. Ich habe Sie nur angerufen, um sicherzugehen, daß Sie auf Marc aufpassen und sich nicht in Schwierigkeiten bringen.«

»Ich werde mein Bestes tun«, versprach Jenny. Nach dem Telefongespräch war sie mehr denn je verwirrt über das bizarre Beziehungsgeflecht, das in der Familie Jacquinet herrschte, und grübelte über diese rätselhafte Frau nach, die einerseits offenbar eine harte Geschäftsfrau war und sich andererseits unterwürfig den Wünschen eines Ehemannes beugte, der sie erst absolut geringschätzig behandelt und dann vor zehn Jahren einfach sitzengelassen hatte. Da mußte mehr dahinterstecken.

Sie ging in die Küche, um sich etwas zu trinken einzuschenken, im Kühlschrank gab es aber keinen Wein mehr und in der Tonicflasche befand sich nur noch ein letzter kleiner Rest, der nicht mehr für einen Wodka Tonic reichte. Sie betrachtete ihr einsames Abendessen, und es verging ihr der Appetit, deshalb schlüpfte sie in ihr Jackett, griff nach den Schlüsseln und lief zum italienischen Restaurant um die Ecke, das ihrem Freund Mario gehörte. Es waren nur zwei Tische besetzt, er würde also nicht zu sehr beschäftigt sein. Sie ließ sich auf einem Barhocker an der langen chromglänzenden Theke nieder und wartete darauf, daß er sie bemerkte.

»Mit dir spreche ich nicht mehr«, meinte er, küßte sie auf beide Wangen und lief weiter in Richtung Küche.

»Was habe ich denn diesmal gemacht?« rief sie ihm nach.

»Das fragst du noch! Zwei Wochen lang hast du dich überhaupt nicht blicken lassen, und dann schleppst du irgendeinen Mann an und wechselst kaum ein Wort mit mir. Geht man so etwa mit Freunden um?« Die Hände in die Hüften gestützt, stand er da und sah sie an. Sein weißes Hemd, das in einer eleganten schwarzen Hose mit scharfer Bügelfalte steckte, spannte oberhalb der rundlichen Taille.

»Schenk mir ein Glas Wein ein, Mario, und dann erzähle ich dir alles über ihn.«

Schnaufend und seufzend bückte er sich zum Kühlschrank herab, holte eine Flasche ihres toskanischen Lieblingsweißweins heraus und schenkte sich auch ein Glas ein.

»Du bist verliebt, so etwas merke ich immer auf Anhieb«, sagte er, als er ihr den Wein reichte. »Du hattest diesen schwärmerischen, verträumten Blick, als du mit ihm hier warst.«

»Gar nicht wahr!« entrüstete sie sich. »Egal, es ist vorbei. Er hat mich sitzenlassen, ist einfach verschwunden. Ich habe keine Ahnung, wo er jetzt steckt.«

»Warum hast du mich nicht von vornherein um Rat gefragt? Ich hätte dir sagen können, daß große Kerle nicht sehr beständig sind«, sagte Mario, ihr zuzwinkernd. »Er ist ein dummer Junge.«

»Und weißt du, was das beste ist? Ich denke, daß ich vielleicht schwanger bin.«

»Oh, mein Gott, das fasse ich nicht!« Wenn er aufgeregt war, benahm er sich noch tuntenhafter. »Läßt du mich das Baby für dich aufziehen? Gary und ich wünschen uns so sehr ein Baby.«

»Nein, Mario, ich glaube nicht. Tut mir leid.«

»Du liebe Güte, du bist schwanger. Hast du denn schon was gegessen? Ich bringe dir Gnocchi. Du brauchst doch jetzt Kraft.«

»Ich habe gesagt, daß ich *vielleicht* schwanger sei.« Sie bereute bereits, ihm das erzählt zu haben. Es war klüger, solche Dinge für sich zu behalten. Nun würde sie sich für eine Abtreibung, falls es dazu käme, vor ihm rechtfertigen müssen. Sie hatte sich noch keinen Schwangerschaftstest gekauft, weil sie sich nicht dazu durchringen konnte, über die Konsequenzen nachzudenken. Wie denn auch, wenn sie nicht das geringste wußte über den Vater des Kindes, und wie er sich seinen Lebensunterhalt verdiente? Er könnte mit Hervé Waffen schmuggeln oder mit Joe Drogen dealen oder auch beides. Wie konnte sie ein Kind von so jemandem zur Welt bringen?

Da Mario darauf bestand, aß sie etwas, trank noch ein paar

Gläser Wein, was er nicht guthieß, und eilte dann nach Hause, um früh ins Bett zu kommen. Wieder schlief sie gut, wachte jedoch zeitig auf und war irgendwie beunruhigt und verstört, als hätte sie etwas Seltsames geträumt, an das sie sich aber nicht erinnern konnte.

Als der Briefträger kam, lief sie schnell hinunter, und diesmal hatte er ein Einschreiben für sie. Sie quittierte dafür und sah sich den Absender auf der Rückseite an – es war ein Päckchen von Freda. Freudig sprang sie, zwei Stufen auf einmal nehmend, die Treppe hoch. Oben wurde ihr bewußt, daß sie die Tür nicht gesichert hatte, diese ins Schloß gefallen war und sie sich ausgesperrt hatte. Der Hausmeister saß gerade beim Frühstück und begab sich mürrisch hinüber in sein Büro, um den Generalschlüssel zu holen. Er redete ununterbrochen auf sie ein, das nächste Mal besser aufzupassen und den Generalschlüssel auf jeden Fall zurückzubringen, bevor sie zur Arbeit ging.

Danach konnte sie es sich endlich mit einer Tasse Kaffee auf dem Sofa gemütlich machen und das Päckchen öffnen. Heraus fielen ein Bündel Fotos sowie eine weitere Kassette und ein Brief. Sie überflog den Brief, den zwar Roddy geschrieben hatte, der aber ganz offensichtlich von Freda diktiert worden war.

Hier sind ein paar Abzüge von Fotos, von denen ich dachte, daß Du sie vielleicht gern verwenden würdest. Ich wollte mich nicht von den Originalen trennen und hoffe, daß die Qualität der Abzüge annehmbar ist. Ich bespreche jetzt jeden Tag fleißig weitere Kassetten und bin schon beim Vietnamkrieg angelangt, frage mich aber, wie weit in die Gegenwart ich Deiner Meinung nach überhaupt gehen soll. Roddy besteht nach wie vor darauf, nicht erwähnt zu werden. Laß mich kurz wissen, wie es Dir gefällt. Gibt's was Neues von Deinem Privatdetektiv? Du mußt mich unbedingt auf dem laufenden halten. Viele liebe Grüße, Freda.

Zuoberst auf dem Stapel lag ein gelungenes Schwarzweißfoto,

das Freda mit einem blonden Mann in deutscher Uniform zeigte. Sie standen Arm in Arm da und lachten beide in die Kamera. Jenny drehte das Bild um, und auf der Rückseite stand: *Axel und ich, 1943*. Das muß von einem seiner Freunde aufgenommen worden sein, überlegte sich Jenny. Axel war ein gutaussehender Mann, aber eher unauffällig und alltäglich, und er war nur wenig größer als Freda. *Sie* jedoch sah atemberaubend aus. Sie trug ein dunkles, auf Taille geschnittenes Kostüm mit einem Kragen aus künstlichem Leopardenfell und zierliche schwarze Schuhe mit Fesselriemchen. Ihre blonden schulterlangen Haare waren sorgfältig frisiert und über der Stirn in eine übertriebene Rolle gelegt. Jenny sah sich noch ein paar Fotos an und bemerkte, daß Freda auf jedem eine andere Frisur hatte. Einmal waren ihre Haare unter einen Turban gesteckt, ein anderes Mal umrahmten sie im Stil von Wallis Simpson ihr Gesicht, oder sie waren gewellt und im Nacken zu einem klassischen Knoten zusammengesteckt. Es mußte Stunden gedauert haben, bis Freda morgens fertig war.

Dann hielt sie das Gruppenfoto einer Familie in der Hand: Alle waren dunkelhaarig und standen, hinten die Erwachsenen und davor die Kinder, am Meer auf einer Uferpromenade. Die Beschriftung lautete: *Klaus, Hanna und Kinder in Marseille, 1934*. Es gab auch ein hübsches Foto von Fredas Mutter, ihrer Urgroßmutter, auf dem sie friedlich lächelnd in einem Schaukelstuhl saß, und dann einige verwackelte Bilder von Freda und Werner beim Tanzen, auf denen sie sehr jung aussah. Von Jean-Pierre, der es anscheinend haßte, fotografiert zu werden, war nur ein Bild dabei. Darauf saß er in einer Bar und blickte durch Zigarettenqualm finster in die Kamera.

Die letzten Fotos waren in Farbe und zeigten Freda in einem weiten getupften Glockenrock und weißem Nackenhalter-Top neben einem riesigen Mann mit rotem Gesicht. Jenny drehte eines der Bilder um. Das war also Bobby! Freda reichte ihm nur knapp bis an die Schulter, obwohl sie hohe Absätze trug. Und sie war nur halb so dick wie er. Sie schienen vollkommen verschieden zu sein. Er besaß ein offenes, freundliches Gesicht und hatte seinen Arm liebevoll und beschützend um Fredas Schulter gelegt. Jenny sah nochmals alle Fotos durch und stellte fest, daß keine Bilder von Phil, Fredas drittem Ehemann, dabei waren. Das entlockte ihr ein Lächeln. Von der Zeit nach 1960 hatte Freda überhaupt keine Fotos mitgeschickt. Offenbar wollte sie nicht als ältere Frau abgebildet werden.

Jenny griff nach der Kassette. Auf dem Etikett stand BAND 6, und sie fluchte leise. Wie es schien, war das vierte Band tatsächlich verlorengegangen. Dann lief es ihr plötzlich eiskalt den Rücken hinunter. Sie sank aufs Sofa zurück. Es war so erschütternd, sich Fotos von einer lebenslustigen, schönen Frau in der Blüte ihres Lebens anzuschauen und dann an die taube, gehbehinderte alte Dame zu denken, die jetzt die meiste Zeit des Tages vor dem Fernseher zubrachte. Jenny wollte sich gar nicht ausmalen, wie sie damit fertig werden sollte, wenn Freda sterben würde. Es wäre einfach zu grausam, sie zu verlieren, nachdem ihnen so viele gemeinsame Jahre entgangen waren. Sie nahm an, Roddy würde anrufen, um es ihr mitzuteilen, und sie fühlte sich wie gelähmt, wenn sie sich vorstellte, diese endgültigen Worte zu hören. Freda war zum einzigen festen Halt in ihrem Leben geworden. Sie war für sie das gelassene, verständnisvolle Vorbild, das immer Rat wußte, den richtigen Riecher hatte und ansteckenden Optimismus verbreitete. Und dann dachte Jenny an die Kassetten und fragte sich, wie es wohl wäre, sie nach Fredas Tod zu hören. Vielleicht würden sie mit der Zeit Trost spenden, aber gegenwärtig war es ihr unvorstellbar, dieser wortgewandten, selbstsicheren Stimme zu lauschen und gleichzeitig zu wissen, daß Freda nicht mehr im geblümten Hauskleid und mit hellblauem Haarband in ihrem großen Ledersessel saß.

Sie spürte, wie sich ihre Augen mit Tränen füllten, und mußte sich zusammenreißen, um nicht zu weinen. Schnell stand sie auf, steckte sich die Kassette in die Handtasche, raffte ihre Papiere fürs Büro zusammen, hängte sich ein grünes Wolljackett über die Schultern und verließ die Wohnung.

Kapitel 20

Jenny hatte kaum die Tür zu ihrem Büro geöffnet, da drückte Emma ihr auch schon ein Fax in die Hand. Wie dem Briefkopf zu entnehmen war, kam es von einer angesehenen, auf Verleumdungsklagen spezialisierten Londoner Anwaltsfirma. Sofort, ohne erst das Jackett abzulegen, setzte sich Jenny auf die Stirnseite ihres Schreibtischs und überflog rasch den Text. Newman & Hall wurden beschuldigt, in einem kürzlich veröffentlichten Buch über genmanipulierte Nahrungsmittel eine große Lebensmittelkette verleumdet zu haben. Im Fax wurde auf eine bestimmte Seite im Buch Bezug genommen. Jenny rief Susie an und bat sie, sofort mit einem Exemplar des Buches in ihr Büro zu kommen.

»Anscheinend behaupten wir auf Seite 174, daß sie die Zutaten ihrer Pastasoßen genmanipulieren. Stimmt das?«

»Ganz so einfach ist das nicht«, erklärte Susie. »Diese Firmen kaufen ihre Zutaten häufig bei Großhändlern, und es sind diese Großhändler, die die Genmanipulationen vornehmen. Manchmal werden die Zutaten auch aus genmanipulierten Produkten hergestellt. In besagtem Fall enthalten die Pastasoßen dieser Firma ein Tomatenmark, das aus genmanipulierten Tomaten gemacht wird.«

»Aber wir sind uns sicher, daß sie Tomatenmark für ihre Produkte verwenden?«

»Absolut. Der Autor war äußerst penibel bei seinen Recherchen. Er kann alles genau belegen.«

»Wieso glauben sie dann aber, uns verklagen zu können? Ich

werde lieber unser Anwaltsbüro anrufen«, sagte Jenny, während sie bereits die Nummer wählte.

Sie schilderte dem Verlagsanwalt die Situation und ließ ihm dann per Fahrradkurier ein Exemplar des Buches sowie das Fax vorbeibringen. Eine Stunde später rief der Anwalt zurück.

»Jenny, ich glaube, wir haben ein Problem. Sie sollten besser herkommen, wenn wir eine außergerichtliche Einigung aushandeln wollen.«

»Aber wieso denn das? Sie verwenden doch *wirklich* eine genmanipulierte Zutat für ihre Pastasoße.«

»Früher schon, aber inzwischen nicht mehr.«

»O nein! Aber Sie haben doch dieses Buch gelesen, sich die vorgelegten Beweise angesehen und sämtliche Fakten geprüft, bevor wir es herausbrachten!«

»Ich weiß, ich habe auch noch ein Exemplar des Manuskripts, das Sie mir geschickt haben. Irgendwann, nachdem wir es durchgesehen hatten, muß einer Ihrer Korrektoren entschieden haben, daß es viel reißerischer klingen würde, die Gegenwart statt der Vergangenheit zu verwenden, und deshalb haben wir jetzt ein Problem.«

»Ich bin schon unterwegs«, sagte Jenny. »Ich werde versuchen, auch den Autor mitzubringen.«

Der Autor, ein führender Journalist für Verbraucherschutz, war gemäß seines Vertrages verantwortlich für jegliche Schadenersatzansprüche und Kosten, die durch Verleumdungsklagen entstanden. Es würde aber schwierig werden, sich auf diese Klausel zu berufen, wenn ein Mitarbeiter von Newman & Hall die Änderung vorgenommen hatte.

Der Anrufbeantworter des Autors teilte mit, daß er bis nächste Woche außer Landes sei. Für den Fall, daß er ihn abhören würde, hinterließ Jenny ihm aber trotzdem eine Nachricht. Dann rief sie Stuart an und bekam von ihm einen Ausdruck der neuesten Verkaufszahlen des Buches. Im Taxi auf dem Weg nach

Lincoln's Inn Fields zermarterte sie sich das Hirn über mögliche Verteidigungsstrategien, die sie sich auf der Rückseite eines Briefumschlages notierte. Sie wurde direkt in das beeindruckend hohe und mit verstaubten Lederfolianten vollgestellte Büro von Guy Masterton, dem Seniorchef, geführt. Während sie auf Guy wartete, stand sie an den hohen Erkerfenstern und schaute auf ein Obdachlosenlager inmitten des von Bäumen umgebenen Platzes hinunter. Die Leute schlurften langsam zwischen Decken, Einkaufswagen und Pappkartons umher, die über den Rasen verstreut lagen, oder saßen für sich allein auf Bänken herum.

Guy kam herein, und sie schüttelten sich die Hand, dann nahmen sie Platz.

»Haben Sie schon mit der Gegenseite gesprochen?« fragte Jenny.

»Ja, es klingt gar nicht gut. Sie verlangen, daß das Buch aus dem Handel genommen wird, und drohen mit einer einstweiligen Verfügung, falls wir uns nicht kooperativ zeigen.«

Jenny seufzte. »Wissen Sie zufällig, wann die Firma aufgehört hat, dieses genmanipulierte Tomatenmark zu verwenden? Das muß erst ganz vor kurzem gewesen sein.« Guy schüttelte den Kopf. »Ich habe mir gedacht, wenn es erst kürzlich war« fuhr Jenny fort, »dann findet sich möglicherweise noch etwas von den alten Beständen in den Supermarktregalen. Und wir könnten sicher damit argumentieren, daß Bücher eine ziemlich lange Herstellungszeit haben und wir deshalb nicht so aktuell sein können wie beispielsweise Zeitungen. Damit meine ich, wenn man sich einen Reiseführer kauft, der den Umtauschkurs zum französischen Franc mit 9,1 angibt, und wenn man dann in den Urlaub fährt und der Umtauschkurs nur 8,5 beträgt, haben die Leser doch auch Verständnis dafür, daß Bücher nicht so schnell auf Änderungen reagieren können. Unser Buch fordert die Konsumenten ganz eindeutig auf, immer selbst die Liste der verwendeten

Zutaten zu lesen, und es erklärt ihnen genau, worauf sie dabei achten müssen.«

»Das zieht nicht, Jenny. Ich glaube, wir werden sehr viel versöhnlicher auftreten müssen.«

»Wie wär's damit? Die erste Auflage ist bereits fast ausverkauft, aber wir werden den Fehler in der nächsten Auflage bestimmt berichtigen.«

»Oh, du meine Güte. Wie viele Exemplare haben Sie denn verkauft?«

»Ungefähr 9500. Es ist doch bloß ein Taschenbuch für £ 5,99.«

»Ich glaube, das sollte ich keinesfalls zur Sprache bringen. Sie könnten nämlich den entstandenen Schaden berechnen, indem sie von der Anzahl der Leute, die die fragliche Textpassage gelesen haben, auf den möglichen Verkaufsverlust für ihr Produkt schließen.«

»Was schlagen Sie also vor?«

»Äußerste Devotheit. Eine zerknirschte Entschuldigung. Und dann werden wir sehen, ob wir einen Vergleich aushandeln können.«

»Guy, Sie kennen mich doch. Ich kann nicht devot tun.«

»Das müssen Sie aber, wenn Sie nicht vor Gericht gehen und das Buch aufgrund einer einstweiligen Verfügung bis zur Verhandlung aus dem Buchhandel nehmen wollen. Im Falle eines Gerichtsverfahrens hätten Sie dann zudem noch unsere Anwaltskosten und wahrscheinlich auch die der Gegenpartei zu tragen, weil ich, so leid es mir tut, nicht glaube, daß Sie gewinnen würden.«

»Okay, wie soll ich meine Zerknirschtheit zeigen? Soll ich ihnen eine Entschuldigung faxen? Ich muß mich doch wohl nicht mit ihnen treffen, oder?«

Er schloß kurz die Augen und überlegte. »Ich werde anrufen.«

Jenny hätte am liebsten über den geschraubten Juristenjargon gekichert, als er telefonierte, doch sie wußte sehr wohl, wie ernst die Angelegenheit war. Wenn eine große Lebensmittelkette für ein einziges ihrer Produkte Schadenersatz aufgrund von Umsatzverlusten einklagte, konnte das den Verlag ruinieren.

»Mein Mandant bedauert außerordentlich, daß die Änderung in der Firmenpolitik Ihres Mandanten nicht rechtzeitig publik gemacht wurde, um, eingedenk der langen Herstellungsfristen, noch Eingang in das Buch zu finden«, sagte Guy. Jenny spielte nervös mit ihrem Stift. »Mein Mandant versichert Ihnen, daß dieser bedauerliche Fehler bei der nächsten Auflage korrigiert wird.«

Mit ausdruckslosem Gesicht hörte Guy sich an, was der andere Anwalt zu sagen hatte.

»Ich denke, Sie wissen so gut wie ich, daß es keine Garantie dafür gibt, daß alle Buchläden im Land auch wirklich in jedes Exemplar auf ihren Regalen eine Berichtigung einlegen. Wenn wir uns aber auf diese Einschränkung verständigen, werde ich Ihren Vorschlag selbstverständlich meinem Mandanten unterbreiten.«

Jenny schüttelte vehement den Kopf, doch er winkte beschwichtigend ab, gebot ihr zu schweigen und hörte weiter zu.

»Wo erwartet Ihr Mandant eine solche Richtigstellung zu finden?«

Er hörte wieder. »Ich denke, wenn der Fall so liegt, könnte mein Mandant sich entschließen, doch vor Gericht zu gehen, da die Änderung in der Firmenpolitik derart kurzfristig erfolgte.«

Er hörte weiter. »Ich werde meinem Mandanten diesen Vorschlag unterbreiten und Sie zurückrufen.« Guy legte auf und sah sie, sich das Kinn reibend, ernst an.

»Was ist denn nun?«

»Sie wollen die Zusage, daß in der nächsten Auflage der Wortlaut dieses Abschnitts nach bestem Wissen und Gewissen und unter Aufwendung der zumutbaren Anstrengungen geändert wird. Außerdem werden Sie sich nach besten Kräften bemühen müssen, einen Berichtigungshinweis in alle unverkauften Exemplare des Buches einzulegen. Sie bitten zudem noch um eine

Richtigstellung in der Presse, aber ich denke, das wird sich vermeiden lassen.«

»Guy, es sind nur noch ungefähr tausend Exemplare im Handel und ein paar hundert im Lager. Ich möchte die Buchhändler nicht gern verunsichern, indem ich ihnen einen Berichtigungszettel schicke. Es könnte sie davon abhalten, die Nachauflage einzukaufen. Wie wäre es, wenn ich einfach nur einen Berichtigungshinweis in die Bücher einlege, die noch am Lager sind?«

»Es ist möglich, daß wir damit durchkommen.«

»Und keine Richtigstellungen in der Presse?«

»Okay, keine Richtigstellungen.«

Den Nachmittag verbrachte Jenny mit dem schwierigen Unterfangen, den Text der Berichtigung zu formulieren. Als sie dann ins Büro zurückeilte, fand sie auf ihrem Schreibtisch ungefähr zwanzig Telefonnachrichten, aber keine vom Autor des Buches. Um fünf Uhr mußte sie an der Eröffnung einer Ausstellung über Videokunst in einer Galerie in Mayfair teilnehmen, und als sie mit einem Glas Champagner in der Hand die Reihen buntflimmernder Monitore abschritt, fühlte sie sich plötzlich einer Ohnmacht nahe. Sie entschuldigte sich und verschwand auf die Toilette, wo sie sich fünf Minuten lang mit dem Kopf zwischen den Knien hinsetzte und ihr bewußt wurde, daß sie den ganzen Tag noch nichts gegessen hatte. Jemand brachte ihr ein Glas Wasser, und nachdem sie es in kleinen Schlucken getrunken hatte, zeigte ihr ein Prickeln unter der Kopfhaut an, daß sich ihre Durchblutung wieder normalisierte. Sie verließ die Veranstaltung durch eine Seitentür und atmete draußen erst einmal tief durch, bevor sie sich auf den Heimweg machte. Das Laufen fiel ihr schwer, und sie mußte hin und wieder stehenbleiben und sich ausruhen.

Als sie die Wohnungstür aufschloß, fiel ihr Blick auf die Garderobe, und sie seufzte tief, weil ihr klar wurde, daß sie ihr grünes Jackett irgendwo liegengelassen hatte. Es konnte in einem der vier Taxis, dem Anwaltsbüro oder der Kunstgalerie sein. Sie biß sich auf die Unterlippe. Es wurde Zeit, eine ruhigere Gangart einzulegen, aber dafür bestand bis nach dem Wochenende überhaupt keine Chance.

Marc rief an, um die Reise zu besprechen, und war enttäuscht, daß sie nicht schon am nächsten Tag nach Paris kommen konnte. Jenny erklärte ihm, daß sie es sich nicht leisten könne, wegzufahren, bevor die angedrohte Klage endgültig vom Tisch sei. Er plauderte ganz aufgeregt drauflos, als wäre die Reise eine Art Abenteuerurlaub oder Spiel, und sie bemühte sich, das Gespräch in etwas ernsthaftere Bahnen zu lenken.

»Ich weiß, daß Hervé ein langjähriger Freund deiner Familie ist, es könnte aber sein, daß er eine folgenschwere Auseinandersetzung mit meinem Freund hatte, deshalb müssen wir uns ihm gegenüber sehr vorsichtig verhalten. Du hast ihn doch nicht angerufen und ihm gesagt, daß ich komme, oder?«

»Nein.«

»Gut, dabei wollen wir es auch belassen. Sobald wir da sind, kannst du ihn anrufen und bitten, sich mit dir auf einen Drink im Jachtklub oder anderswo zu treffen. Dann kreuze ich mit dir auf. Wir werden ja sehen, wie er darauf reagiert. Er hat dir eine andere Geschichte als mir aufgetischt, deshalb wäre es gut, wenn du uns irgendwann einmal fünf Minuten allein lassen könntest, damit ich die Wahrheit aus ihm heraushole.«

»Und wie soll ich das machen?«

»Das weiß ich auch nicht. Geh einfach raus, um dir die Boote anzusehen, oder geh aufs Klo, oder vielleicht ist auch noch jemand anderes dort, den du kennst und mit dem du dich angeblich unterhalten willst. Wir werden sehen.«

»Okay, und was dann?«

»Das wird sich aus der Situation ergeben.«

»Ich kenne ein tolles Fischrestaurant in Loguivy. Wie wär's, wenn ich dort für Samstagabend einen Tisch für uns reserviere?«

Jenny seufzte. »Ja, wenn du möchtest. Wir können ja immer noch absagen, wenn wir's uns anders überlegen.«

Marc fragte sie, wie es im Verlag stehe. Sie äußerte sich sehr zurückhaltend.

»Mir gegenüber brauchst du doch kein Blatt vor den Mund zu nehmen. Du klingst ziemlich angespannt. Ich schätze mal, es läuft nicht so gut.«

»Ich habe einen anstrengenden Tag mit jeder Menge juristischem Ärger hinter mir, das ist alles.«

»Du mußt am Wochenende endlich mal ausspannen. Wir können uns mit Hervé treffen, sollten die Reise aber auch als Urlaub sehen – schön essen gehen, Spaziergänge machen und so weiter. Und du mußt dich ausschlafen. Okay?«

»Wir werden sehen, ob dafür genügend Zeit bleibt. Genug davon. Wie geht's denn dir? Irgendwelche Aufträge in Sicht?«

»Na ja, einigermaßen. Ich bin mit einem Freund von mir im Gespräch wegen einer Theaterrolle, aber der Direktor ist ein richtiges Arschloch.«

»Wie bist du überhaupt zur Schauspielerei gekommen?« erkundigte sie sich. Sie konnte sich irgendwie nicht vorstellen, daß er auf der Bühne sehr überzeugend wirkte.

»Nachdem ich das College geschmissen hatte, hing ich bloß noch am Strand von LA rum, und Mutter bezahlte mir dann die Schauspielausbildung. Ich fand das echt cool, weil es da so viele hübsche Mädchen gab. Mein Vater war im Filmgeschäft, als er in LA wohnte, und ich dachte mir, daß ich vielleicht ein paar seiner Kontakte nutzen könnte. Die meisten davon waren aber Flops.«

»Was hat er denn im Filmgeschäft gemacht? Ich habe nicht gedacht, daß das seine Branche sei.«

»Er war so eine Art Produzent, genau weiß ich es auch nicht. Er hat das aber auch nicht lange gemacht.«

Nachdem sie ihr Gespräch beendet hatten, rief Jenny sofort

Louie an und hinterließ ihm auf dem Anrufbeantworter die Neuigkeit, daß Edouard Verbindung zur Filmbranche gehabt hatte, denn Louie steckte noch mitten in den Ermittlungen über Edouards und Hervés Geschäfte. Sie brühte sich eine große Tasse von ihren chinesischen Kräutern auf. In letzter Zeit hatte sie das immer wieder vergessen. Dann klingelte das Telefon erneut.

Eine freundliche, vertraute Stimme sagte: »Na, geheimnisvolle Fremde, wer ist es?«

»Wer ist wer?«

»Wenn du abtauchst, ist doch immer irgendein Kerl im Spiel. Wie ich dich kenne, ist es ein komplizierter unabhängiger Typ, der eine heiße Nummer im Bett ist, und du weißt jetzt nicht, wie du mit ihm stehst. Obwohl du wahrscheinlich sowieso im Moment mehr liegst als stehst. Hab ich ins Schwarze getroffen?«

Jenny lachte. Niemand kannte sie besser als ihr alter Freund Michael. »Ich wünschte, es wäre so. Und wie geht's dir?«

»Ich bin furchtbar wütend. Hoffentlich hast du eine gute Entschuldigung, weshalb du dich einen Monat lang nicht hast blicken lassen.«

»Okay, hier ist die Kurzfassung. Ich habe einen Kerl kennengelernt, fünf Tage lang mit ihm gebumst, bin übers Wochenende zusammen mit ihm in die Bretagne gefahren, und am Sonnabend direkt nach dem Abendessen war er einfach verschwunden. Ich stellte dann ein paar Nachforschungen an und fand heraus, daß er wieder in New York war, und weil ich dort geschäftlich zu tun hatte, richtete ich es so ein, daß ich ihm zufällig über den Weg lief. Und weißt du, was dabei herauskam? Der in New York war gar nicht der, den ich suchte. Der Kerl, mit dem ich zusammen war, hatte sich nur für diesen New Yorker *ausgegeben,* und ich habe nicht die leiseste Ahnung, wer er in Wirklichkeit ist oder warum er mich belogen hat.«

»Reife Leistung. Du übertriffst dich selbst, Jen. Und, was denkst du, steckt dahinter?«

»Das weiß ich noch nicht, aber es scheint etwas Kriminelles zu sein.«

»Und jetzt hockst du zu Hause und stopfst Socken, damit dir so was nicht wieder passiert?«

»Nein, am Freitagfrüh fahre ich mit dem New Yorker in die Bretagne, um zu sehen, was wir herausfinden können.«

»Und wie's der Zufall will, schläfst du auch mit ihm.«

»Nein, wirklich nicht.«

»Das wirst du aber tun. Wenn du mich brauchst, um den Scherbenhaufen wegzukehren, laß es mich einfach wissen.«

»Michael, glaubst du an Astrologie?«

»Hmmm. Nicht an die Zeitungshoroskope, in denen so etwas steht wie ›Gehen Sie am Mittwoch vorsichtig mit Geld um‹, aber ich bin mir sicher, daß uns die Planeten irgendwie beeinflussen. Schließlich verursacht der Mond Gezeiten auf der Erde, und wir bestehen immerhin zu 85 oder sogar mehr Prozent aus Wasser. Wieso fragst du?«

»Kirsten hat mir mein Horoskop erstellt. Es hörte sich an, als wäre ich ein bißchen überdreht. Ich frage mich, ob das vielleicht stimmt. Sie sagte, daß ich mich zu Gefahr, Abenteuer und Sex hingezogen fühle.«

»Und jetzt denkst du, daß du dein Leben gar nicht selbst bestimmen kannst. Es steht alles in den Sternen, ist also nicht deine Schuld. Wirklich clever von dir, es so zu sehen.«

»Ich wußte, daß du mich verstehen würdest.«

»Willst du hören, was mein aufregendstes Erlebnis in dieser Woche war? Dein Patenkind hat heute morgen ›Dada‹ gesagt. Vielleicht hat meine Tochter aber auch nur versucht, etwas Zwieback zu entfernen, der ihr am Gaumen klebte. Ich wäre schon sehr verärgert gewesen, hätte sie als erstes ›Mama‹ gesagt, wenn man bedenkt, daß sie Annie am Tag nur ungefähr eine Stunde sieht. Ich nehme an, daß sie sehr wohl weiß, wer für sie da ist.«

»Hat Annie im Moment wirklich so viel zu tun?«

»Hab ich dir das nicht erzählt? Sie ist jetz Oberassistentin in der Kardiologie. Sie macht sich erstaunlich gut.«

»Schön für sie. Und wie geht's dir? Macht es dir noch Spaß, im Vaterschaftsurlaub zu sein?«

»Ich finde es großartig! Wer hätte das geahnt, aber ich denke überhaupt nicht an die Arbeit. Ich wäre traurig, all den Babykram zu missen.«

»Ich hoffe, Annie weiß, wie glücklich sie sich schätzen kann, dich zu haben.«

»Sie wäre verrückt geworden, wenn sie mit einem Baby zu Hause säße, während ich meine Berufung gefunden zu haben scheine. So hat sich alles zum besten gefügt. Unser einziges Problem ist, daß wir beide viel zu erschöpft für Sex sind. Wir vertrauen aber auf dich, denn in Gedanken durchleben wir deine glamourösen Affären mit. Also, wann sehen wir dich endlich einmal wieder?«

»Ich komme nächste Woche vorbei und erzähle euch alles über meine neue Karriere als Amateurdetektivin.«

»Ich nehme dich beim Wort.«

Nach diesem Telefongespräch fühlte sich Jenny schrecklich einsam. Wieso vertraute sie nie jemandem ihre Gefühle an, nicht einmal Michael? Keine Menschenseele wußte, daß sie ganz krank vor Angst war, vielleicht schwanger zu sein und bald ihren Job zu verlieren, und tief verletzt und traurig wegen des Mannes, für den sie so viel empfunden hatte, der sich ihr aber unter falschem Namen vorgestellt hatte und dann verschwunden war. Wieso meinte sie immer, das Gesicht wahren und alles unter Kontrolle haben zu müssen?

Kapitel 21

Jenny ging zeitig ins Bett und kuschelte sich mit dem Walkman und Fredas letzter Kassette unter die Decke. Ihr taten alle Knochen weh, und nach ihrem Schwächeanfall in der Galerie war ihr immer noch ein bißchen schwindlig. Es verlangte sie danach, sich eine Weile in ihr Schneckenhaus zurückzuziehen. Fredas Erzählungen waren Balsam für sie, weil sie aus einer anderen Zeit kamen, und es war gut, sich daran zu erinnern, daß sie von einer so starken Frau abstammte. Von dieser Erbmasse mußte doch sicher auch etwas auf sie übergegangen sein? Nachdem sie es sich gemütlich gemacht und die Kopfhörer aufgesetzt hatte, drückte sie die Abspieltaste.

Die Befragungen durch die Franzosen und Amerikaner waren schonungslos und zogen sich über ungefähr sechs Monate hin. Ich wurde danach noch mehrfach bestellt, um die Aussagen anderer zu bestätigen oder um Verdächtige zu identifizieren. Es waren immer drei Männer im Raum, einer führte Protokoll, und die beiden anderen stellten die Fragen. Mir fiel es schwer, präzise Zeitangaben zu machen, weil ich nach Jean-Pierres Tod nicht mehr gewagt hatte, Tagebuch zu führen oder etwas über meine Arbeit aufzuschreiben. Sie wollten aber ganz genau wissen, wann sich bestimmte Ereignisse zugetragen hatten, und oft erinnerte ich mich absolut nicht daran. Ich wußte nur, was stattgefunden hatte, bevor oder nachdem ich Axel begegnet war, bevor oder nachdem er nach Marseille gekommen war, vor oder nach der Operation Tiger, weil das alles Wendepunkte in meinem Leben waren. Ereignisse, die sich zwischen diesen Marksteinen befanden, konnte ich jedoch zeitlich schwer einordnen.

Ich war vor allem darum bemüht, möglichst exakte Aussagen zu machen, wenn es um Leute ging, die wahrscheinlich wegen Kriegsverbrechen angeklagt würden. Nach diesen Befragungen konnte ich nachts nicht schlafen. Ich lag im Bett und zermarterte mir das Hirn, um mir Einzelheiten in Erinnerung zu rufen, die dazu beitragen könnten, die Geschehnisse in die richtige Reihenfolge zu bringen. Es wird dich amüsieren, wenn ich dir sage, daß mir manchmal meine Kleidung dabei half. Ich kann mich meist recht gut daran erinnern, was ich bei bestimmten Gelegenheiten getragen habe. Wenn ich also das blaue Kostüm anhatte, muß es Herbst 1942 gewesen sein, weil ich es mir erst nähte, nachdem in jenem Sommer eine Stofflieferung eingetroffen war, da es aber zu warm war, konnte ich es erst ein paar Monate später anziehen. Dann war da noch ein Schal, den mir Axel zu unserem ersten Jahrestag geschenkt hatte, oder Schuhe von einem Elternpaar, dem ich geholfen hatte, ihre Tochter in den Alpes-Maritimes ausfindig zu machen. Wie du weißt, ziehe ich nicht gern häufig dasselbe an, deshalb war meine Kleidung von großem Wert, um sich an Daten zu erinnern. Den Amerikanern erzählte ich das natürlich nicht, denn sie hätten es vielleicht als frivol empfunden. Ich kann dich jetzt lachen hören.

Die Aufnahme wurde kurz unterbrochen und dann gleich wieder fortgesetzt.

Einer der Vorfälle, auf den sie immer wieder zu sprechen kamen, betraf zwei Flieger, die ich nur unter den Namen Mike und Ken kannte. Es war sehr ungewöhnlich gewesen, daß ich in eine solche Operation einbezogen wurde, denn ich war kein Mitglied des Maquis und hatte immer den Eindruck, daß sie mir nicht ganz trauten, aber Armand hatte mich für diese Sache um Hilfe gebeten. Das Unternehmen war wahrscheinlich so schwierig, daß sie dachten, mit meinen offiziellen Dokumenten als Dolmetscherin hätte ich bessere Chancen, es zu schaffen. Mir wurde nur gesagt, daß ich die Männer aus einer Scheune in der Nähe von Limoges abholen und dann zu einem Bauernhaus bei Bordeaux fahren sollte. In Bordeaux fand am nächsten Tag eine Behördenkonferenz statt, und vorgeblich war ich beauftragt, als Dolmetscherin daran teilzunehmen.

Man gab mir einen geschlossenen LKW, und die beiden Männer kauerten sich hinten auf die Ladefläche. Dann fuhr ich auf einer festgelegten Route über abgelegene Landstraßen. Ich hatte mich vorher bei Axel vergewissert, daß dort keine Sicherheitskontrollen geplant waren, aber als ich an einer Kreuzung 30 Kilometer hinter Limoges abbog, erblickte ich plötzlich vor mir eine Straßensperre mit zwei deutschen Posten. Ich hielt am Straßenrand an und stieg mit meinen Papieren aus dem LKW. Ich versuchte, entspannt und freundlich zu wirken, aber die Soldaten waren kurz angebunden und dienstbeflissen. Es war ungefähr fünf Uhr nachmittags, alles lag schon im grauen Dämmerlicht, und ich konnte den Rauch eines Gartenfeuers wahrnehmen. Unten auf einem Feldweg sah ich ein halbes Dutzend deutscher Wehrmachts-LKWs vor einem Bauernhaus stehen, bemerkte aber keine weiteren Soldaten.

Sie fragten mich, wo ich hinwolle, und ich sagte, ich sei auf dem Weg zu der Konferenz in Bordeaux und zeigte ihnen meine Papiere. Das ganze Gespräch fand auf deutsch statt. Dann wollte einer von ihnen wissen, was ich hinten auf dem Laster habe, und ich entgegnete: »Bloß eine alte Decke.« Ich versuchte, das Thema zu wechseln, und erkundigte mich bei ihnen, ob ich es heute abend noch bis nach St. Junien schaffen könne oder ob ich mir lieber in der Nähe ein Zimmer suchen solle. Ich erklärte ihnen, daß ich morgen um zehn in Bordeaux sein müsse und der Präfekt sehr ärgerlich sein würde, wenn ich zu spät käme.

Einer der Soldaten schaute immer wieder hinüber zum LKW und bat mich schließlich, die Hecktür zu öffnen, damit er einen Blick hineinwerfen könne. Ich sagte, da müsse ich erst die Schlüssel aus dem Zündschloß ziehen, drehte mich um und ging in Richtung Fahrertür, die noch offenstand. Ich überlegte mir, ob ich das Risiko eingehen sollte, einfach loszurennen, aber er folgte mir und packte mich am Arm, dann langte er selbst hinein und zog die Schlüssel ab. Als er um den Wagen herum nach hinten lief, klopfte ich an die Seite und sagte vor lauter Panik irgend etwas Blödes wie: »Störrischer alter Karren.« So versuchte ich, die Jungs hinten zu warnen.

Es ging alles schrecklich schnell. Der große Posten öffnete die Hecktür, und sie feuerten ihm ins Gesicht. Die Wucht des Geschosses warf ihn zurück. Er muß auf der Stelle tot gewesen sein. Mike sprang vom Wagen und wurde von dem anderen Posten in den Schenkel getroffen. Dann gab es eine wilde Schießerei. Ich rannte zu dem großen Soldaten hin und riß ihm die Schlüssel aus der Hand. Der Anblick war einfach furchtbar. Sein Gesicht sah aus wie gehackte Leber, in der blutigen Fleischmasse war außer dem weit geöffneten Mund nichts mehr zu erkennen.

Der andere Posten rannte auf das Bauernhaus zu und schrie wie am Spieß. Sie schossen ihm in den Rücken. Ich ließ den Wagen an, und mit quietschenden Reifen fuhren wir an der Sperre vorbei die Straße hinunter, bevor die übrigen kommen konnten, aber ich wußte, sie würden uns verfolgen. Statt also unseren Weg in Richtung Bordeaux fortzusetzen, wich ich auf eine Nebenstraße aus und entschloß mich, St. Yrieux la Perche anzusteuern und Henri Rabbe um Hilfe zu bitten.

Henri war der Besitzer der Autowerkstatt im Ort, und ich hatte schon ein paarmal die Autos bei ihm gewechselt und auch einmal einen Motor reparieren lassen. Armand hatte ihn mir empfohlen, für den Fall, daß ich je Probleme mit Autos hätte und Hilfe brauchte. In der damaligen Situation fiel mir nichts anderes ein, denn weiterzufahren schien mir zu riskant zu sein. Ich stellte den LKW also in Henris Garage ab, und Mike und Ken wurden nach oben in seine Wohnung gebracht. Henri sagte, daß er mir ein anderes Auto leihen werde und ich auf der Stelle verschwinden solle. Da man nach *einer Gruppe von zwei Männern und einer Frau suchen würde, wäre es besser, wenn er Mike und Ken von jemand anderem nach Bordeaux bringen ließe. Ich stimmte einfach zu. Ich hatte schon seit drei Tagen nicht mehr geschlafen und nehme an, daß ich nach der Schießerei noch unter Schock stand. Daß ich nach Hause fahren sollte, schien mir plausibel. Im nachhinein wurde mir klar, daß ich einen schrecklichen Fehler gemacht hatte.*

Sie seufzte laut.

Ich hätte nicht auf Henri hören dürfen. Die beiden Posten waren tot, und die anderen konnten uns, falls überhaupt, nur von weitem gesehen haben. Wenn ich ein paar Tage in St. Yrieux untergetaucht wäre, hätten wir bequem unsere Reise in einem anderen LKW fortsetzen können. Und ich hätte Henri nicht eine derart gefährliche Sache anvertrauen dürfen. Er war kein schlechter Mensch, bloß ängstlich und bestrebt, seine Familie zu schützen.

Ein paar Tage später teilte Xavier mir mit, daß Mike und Ken in St. Yrieux la Perche gefangengenommen und erschossen worden waren. Erst später tauchten Gerüchte auf, daß Henri die beiden bei der örtlichen Gendarmerie verpfiffen hätte. Das konnte ich nicht glauben, aber der arme Mann bekam keine Chance, seine Version der Geschichte zu erzählen, denn der Maquis war schneller. Sie behaupteten, er habe eine ganze Reihe von Widerstandskämpfern denunziert. Ich denke also, ich muß dankbar sein, daß er mich nicht angezeigt hat. Obgleich mir ein schlimmer Fehler unterlaufen war und ich mich deshalb furchtbar fühlte, machte Xavier mir seltsamerweise nie Vorwürfe deswegen. Er meinte nur: »Solche Sachen passieren im Krieg.«

Die Aufnahme wurde abgeschaltet, und es verstrich fast eine Minute, bis sie fortgesetzt wurde. Jenny fragte sich, ob Freda es sich vielleicht anders überlegt und einen Teil der Geschichte gelöscht hatte.

Wenn ich vor und nach meinen Befragungen durch Marseille lief, war ich sehr nervös. Im ganzen Land wurden Frauen, die sich mit dem Feind eingelassen hatten, die Köpfe kahl geschoren, und einige wurden sogar durch Schnellverfahren hingerichtet. Die Lokalpresse berichtete, daß Axel mir Karten über die Verteidigungsstellungen entlang der Küste überlassen hatte und daß ich alle von ihm erhaltenen Informationen an die Alliierten weitergeleitet hatte, aber einige unserer Nachbarn verhielten sich mir gegenüber immer noch feindselig. Ich fand Pferdeäpfel auf der Türschwelle, und Frauen spuckten vor mir aus, wenn ich an ihnen vorbeiging. Ältere Frauen bekreuzigten sich, wenn sie mich sahen.

Sie lachte leise.

Mutter konnte mit der Zeit ihre alten Freundschaften wieder beleben, weil man wußte, daß sie meine Beziehung mißbilligt und Axel nie bei sich empfangen hatte, ich aber wurde immer noch wie Abschaum behandelt. Einer der amerikanischen Soldaten bot mir an, mich immer abzuholen und heimzubringen, wenn er dienstfrei hatte. Das war Bobby.

Er war ein sehr netter Mann und wurde für mich zu einem starken Fels in der Brandung, an den ich mich in Momenten der Schwäche klammern konnte. Es ist schwer zu erklären, aber all das Geschehene bei den Verhören noch einmal zu durchleben kam mir fast schlimmer vor als das Geschehene selbst. Es tat furchtbar weh, zu erfahren, was mit den Leuten geschehen war, die ich gekannt hatte. Ich mußte mir immer wieder sagen, daß wir alle nur Menschen sind, die unter barbarischen Umständen getan hatten, was sie konnten. Wie dem auch sei, allmählich lud mich Bobby abends oft noch auf einen Drink ein, und das gefiel mir. Keiner wagte es, mich zu belästigen, wenn ich zusammen mit ihm kam, denn er war ein Hüne von einem Mann und hatte das gewinnendste Lächeln der Welt. Seine Arme waren so stark wie die Schenkel der meisten an-

deren Männer, und sein Brustkorb war so breit, daß ich ihn nicht umfangen konnte. Er war nicht etwa dick, Jenny, sondern einfach nur groß und kräftig. Und er war sehr höflich und aufmerksam. Er bemerkte es immer, wenn ich müde oder traurig war.

Er brachte Geschenke mit, meiner Mutter übrigens häufiger als mir, dieser Charmeur! Wir bekamen echten Bohnenkaffee oder eine Tafel Schokolade und, daran erinnere ich mich noch genau, einmal auch eine Flasche Bourbon. Nach einer Weile, damit meine ich ein paar Monate, begann er, mir auf der Türschwelle einen Gutenachtkuß zu geben, und ich mochte Bobby inzwischen so sehr, daß ich dabei immer fast ohnmächtig vor Begierde wurde. Ich schmiegte mich fest an ihn, um seine muskulöse Brust und seine strammen Schenkel zu spüren, aber er war zu altmodisch, um weiterzugehen. Es hätte alles verdorben, wenn ich versucht hätte, ihn zu verführen. Also ging ich statt dessen weiter brav ins Haus, und, wie du dir vorstellen kannst, wälzte ich mich dann, erregt und aufgewühlt von unseren Umarmungen, in meinem Bett hin und her.

Das muß über sechs Monate so gegangen sein, denn meine offiziellen Befragungen waren unterdessen beendet. Dann kam er plötzlich eines Tages vorbei, ganz zappelig vor Aufregung und mit fahrigem Blick. Mutter zog sich taktvoll nach oben zurück, und Bobby sank auf dem harten Steinfußboden in der Küche auf die Knie, zog einen Ring heraus und fragte mich, ob ich ihn heiraten wolle. Er sagte, er hätte mich schon früher gefragt, aber er habe noch auf den alten Familienverlobungsring warten müssen, den seine Mutter ihm aus Amerika schickte. Es war ein wunderschöner keltischer Knoten mit einem winzigen Diamanten in der Mitte. Ich habe ihn nicht mehr, denn als ich Bobby verließ, war ich der Meinung, ich sollte ihn zurückgeben. Jedenfalls brach ich erst einmal in Tränen aus, und er wußte nicht, was er davon halten sollte, und dann sagte ich ja, ohne viel nachzudenken. Es schien mir alles so romantisch, sicher und aufregend.

Am nächsten Tag war ich völlig durcheinander. Erstens wußte ich nicht mit Sicherheit, ob Werner tot sei oder noch lebte, ich hätte also noch verheiratet sein können. Zweitens hatte ich versprochen, daß ich nach dem Krieg meine Tochter zu mir holen würde. Ich war mir sicher, daß sie bei den Nicholsons prächtig gedieh, denn gelegentlich erreichten mich eine Postkarte oder ein Brief mit der Mitteilung, daß sie ihr erstes Wort gesprochen oder das Alphabet gelernt habe.

Es trat eine lange Pause ein.

Jenny, mir ist gerade bewußt geworden, daß ich deine Mutter in meiner Erzählung kaum erwähnt habe, gedacht habe ich aber oft an sie. Du mußt verstehen: Ich hatte sie nie richtig kennengelernt und habe deshalb ihre Abwesenheit auch nicht als Verlust empfunden, ich war jedoch immer neugierig darauf, Jean-Pierres Kind wiederzusehen, und fragte mich, wie sie wohl wäre. Ich bin offensichtlich kein sehr mütterlicher Typ, aber ich wußte, daß ich unter den gegebenen Umständen das Bestmögliche für sie getan hatte.

Das Band wurde ab- und wieder angeschaltet.

Ich machte mir auch Sorgen, meine Mutter allein in Marseille zurückzulassen, aber sie wollte nicht von dort wegziehen und bestand darauf, daß ich nach Amerika gehen solle. Ich glaube, sie stellte sich mein Leben in den Staaten traumhaft vor, umgeben von all diesen modernen Haushaltsgeräten wie Kühlschränken und Waschmaschinen, die sie aus Zeitschriften kannte. Sie fragte mich doch wirklich in jedem Brief nach meiner Küchenausstattung! Bobby sagte, sie könne uns jederzeit besuchen kommen, wenn sie es wolle, in Wirklichkeit hat sie das aber nie getan, denn sie starb 1950.

Es klickte erneut.

Auf dem Weg nach Amerika machten wir für eine Woche Zwischenstation in England bei den Nicholsons, und als ich sah, wie Madeleine dort lebte, wußte ich, daß ich nicht einmal im Traum daran denken durfte, sie dort herauszureißen. Sie hatten ein hübsches Haus mit Garten, sie ging in eine gute Schule und hatte ein paar nette gleichaltrige Freundinnen. Und ich war natürlich eine Fremde für sie. Als sie im Garten hinfiel, verlangte sie nach Helen, um ihr ein Pflaster aufs Knie zu kleben. Bobby sagte, daß es völlig mir überlassen sei und er glücklich wäre, sie mit nach Boston zu nehmen, aber ich konnte das einfach nicht tun, also fuhren wir ohne sie weg.

Ihre Stimme wurde immer leiser, bis sie sich schließlich am Ende des Bandes in knisternder Stille verlor. Jenny fragte sich, worüber Freda an dieser Stelle wohl nachgedacht habe. Obwohl Freda eine starke Persönlichkeit war, hatte sie sich doch immer chamäleonhaft an das Leben der Männer angepaßt, mit denen sie gerade eine Beziehung hatte. Nie war es andersherum. *Sie* wurde zur Bostoner Hausfrau oder zur Fluchthelferin, zur Lehrersgattin oder zur Zeitschriftenherausgeberin, und *sie* lernte Italienisch, Englisch oder Deutsch, den Bedürfnissen ihres jeweiligen Liebhabers entsprechend. Sobald sie dann aber eigene Ansprüche anzumelden begann, waren die Männer schon zu sehr an ihre Anpassung gewöhnt, um zu erkennen, daß jetzt vielleicht sie Kompromisse machen müßten. Jenny fragte sich oft, ob es auch in der Ehe mit Roddy irgendwelche Spannungen gäbe. Falls das so sein sollte, wäre Freda jedoch zu loyal ihm gegenüber, um es einzugestehen.

Kapitel 22

Als Jenny am nächsten Morgen aufwachte, hatte sie die Kopfhörer noch um den Hals hängen, und das Kabel war unter einem Arm hindurch um die Brust geschlungen. Sie befreite sich vorsichtig aus der Schlinge und machte sich mit einem unguten Gefühl fürs Büro fertig. Um elf würde Guy kommen, und sollte alles gut gegangen sein, müßten sie es eigentlich geschafft haben, die Katastrophe abzuwenden. Solange der Vergleich aber nicht von beiden Parteien unterzeichnet war, konnte er immer noch widerrufen werden.

Kaum saß sie am Schreibtisch, rief sie sofort Susie zu sich, um sie kurz über die neueste Entwicklung zu informieren.

»Hast du übrigens herausgefunden, wer diese Änderung in den Korrekturfahnen vorgenommen hat?« erkundigte sich Jenny.

Susie blickte zur Tür, um sich zu vergewissern, daß sie geschlossen war. »Ich fürchte, das war Emma.«

»Meine Sekretärin Emma?« fragte Jenny überrascht.

»Ja, sie bekniet mich schon seit geraumer Zeit, ihr etwas Lektoratsarbeit zu geben. Sie möchte unbedingt Lektorin werden. Hast du das nicht gewußt?«

Jenny erinnerte sich schwach an eine Unterhaltung, bei der das zur Sprache gekommen war.

»Wie dem auch sei, ich habe ihr ab und an einmal eine Kleinigkeit gegeben, wenn wir überlastet waren. Gewöhnlich handelte es sich um letzte Revisionen des Umbruchs, bei denen sie nur kontrollieren sollte, ob alle Korrekturen richtig eingearbeitet sind. Gestern habe ich mir die Korrekturfahnen dieses Buches über genmanipulierte Nahrungsmittel angesehen und mußte leider feststellen, daß sie auch noch einige andere Stellen geändert hat. Sie dachte offensichtlich, daß sie die Freiheit hätte, es reißerischer zu machen. Sie hat es bloß gut gemeint und wollte helfen, aber ich habe noch ein paar weitere Stellen gefunden, die mir Kopfzerbrechen bereiten.«

»O nein«, stöhnte Jenny und schlug die Hände überm Kopf zusammen.

»Es tut mir so leid, Jen. Ich hätte ihr niemals einen rechtlich so sensiblen Stoff anvertrauen dürfen, aber ich dachte, ich hätte ihr klargemacht, daß sie nur orthographische Fehler korrigieren darf. Willst du mit ihr darüber sprechen?«

»Nein, das überlasse ich dir. Sag es ihr auf die freundliche Tour, aber stelle sicher, daß sie auch versteht, was für ernsthafte Konsequenzen das hätte haben können. Ich sollte Guy vorsichtshalber bitten, sich das ganze Buch noch einmal durchzulesen. Kannst du mir eine Kopie der Änderungen hochschicken, die Emma vorgenommen hat, damit ich sie ihm um elf gleich geben kann?«

»Du siehst erschöpft aus, Jen. Kann ich sonst noch irgend etwas für dich tun?«

»Ja, du mußt morgen die Sache für mich im Auge behalten. Ich fahre übers Wochenende weg und bin erst am Montag früh wieder da.«

»Wo soll's denn hingehen?«

»In die Bretagne.«

Susie wartete, aber es folgte keine weitere Erklärung. »Mit jemandem, den ich kenne?«

Jenny lächelte geheimnisvoll. »Mit jemandem, den ich in New York getroffen habe.«

Guy war entsetzt, als sie ihm sagte, daß das Buch vielleicht noch weitere brisante Stellen enthalten könnte, aber anscheinend hatten sie wenigstens ein Übereinkommen mit der Nahrungsmittelkette erreicht. Jenny unterzeichnete den Vergleich und rief dann die Leiterin der Herstellung an, um ihr Anweisungen bezüglich des Berichtigungshinweises zu geben.

Den Rest des Tages verbrachte sie damit, telefonische Nachrichten und Briefe abzuarbeiten, und fand auch noch Zeit, schnell ihrer Großmutter ein paar Zeilen zu schreiben:

Liebe Freda, vielen Dank für die wunderbaren Fotos und die letzte Kassette. Ich habe sie mir gestern abend angehört und kann es kaum erwarten, das Material über Vietnam zu bekommen. Ich denke, die Leser möchten, daß Du die Geschichte bis in die Gegenwart führst, aber das braucht nicht so detailliert zu sein. Du solltest auf alle Fälle die Jahre in Harvard schildern, Deine Herausgebertätigkeit für die Zeitschrift und Dein Leben mit Sean in London. Es wäre schön, zu erfahren, wie Du und Roddy sich kennengelernt haben. Und dann könntest Du das Buch zum Beispiel einfach damit enden lassen, daß Du in Deiner vierten Ehe sehr zufrieden bist und in Schottland in einem alten Haus über einem schönen Tal wohnst.

Vielleicht möchtest Du auch ein paar abschließende Gedanken über Dein Leben hinzufügen? Schlechteste und beste Zeiten, Dinge, die Du bereust (falls es welche gibt), Deine Einschätzung, wie wichtig Deine Arbeit im Krieg war und wie sie Dich verändert hat. Ich weiß, daß man solche Dinge schwer selbst analysieren kann, es wäre aber interessant, Deine Meinung dazu kennenzulernen. Oder vielleicht könnten wir auch jemanden für ein Vorwort gewinnen? Fällt Dir da jemand ein?

Ich glaube, daß eines der Bänder, nämlich das vierte, verlorengegangen sein könnte, denn zwischen Jean-Pierres Tod und der Bekanntschaft mit Axel klafft eine Lücke. Ich weiß, das war sehr schmerzlich für Dich, und es fällt Dir sicher schwer, alles noch einmal zu durchleben, es wäre aber trotzdem gut, zu erklären, wie Du nach und nach Dein Leben wieder in den Griff bekommen und erneut zu arbeiten begonnen hast. Gab es in dieser Zeit erwähnenswerte Vorfälle? Irgendwelche schrecklichen Ereignisse? Solltest Du bereits darüber berichtet haben, könntest Du Dich dann wohl überwinden, das alles noch einmal auf Band zu sprechen? Man erfährt außerdem nirgends, ob Du versucht hast, herauszufinden, was mit Werner passiert ist. Ich denke, Du solltest den Lesern über Deine Reise mit Bobby nach Israel erzählen, bei der es Dir gelungen ist, Klaus und Hanna aufzuspüren. Insgesamt sind die Kriegsjahre der spannendste Teil der Geschichte, und deshalb würden weitere Anekdoten, an die Du Dich noch erinnern kannst, eine willkommene Ergänzung darstellen.

Unsere Hersteller meinen, daß sich die Fotos ganz gut reproduzieren lassen, obwohl einige ein bißchen unscharf sind. Sie werden alle in einem eher kleinen Format gedruckt. Ich habe bemerkt, daß Phil sich anscheinend gar kein Bild verdient hat – war er wirklich so häßlich?

Ich fahre übers Wochenende in die Bretagne, und wenn ich zurückkomme, gibt es bestimmt viel zu berichten, was sich in der Sache dort ergeben hat, deshalb komme ich vielleicht nach Schottland und hole mir die letzten Bänder persönlich ab.

Gib gut auf Dich acht, Freda. Ich vermisse Dich! In Liebe, Jenny

Als sie gegen sieben heimkam, fand sie einen unter der Tür durchgesteckten Zettel mit der Mitteilung, daß Kirsten sie ungefähr um halb acht abholen würde. Sie schlüpfte schnell aus ihrem Busineßkostüm in einen kurzen Rock, ein knappes Oberteil mit Reißverschluß und wadenlange Stiefel. Dann ließ sie sich aufs Sofa sinken und legte die Füße hoch. In der Bar unter ihr gab es heute Livemusik, und die abgehackten harten Akkorde sowie das ständige »eins, zwei, eins, zwei«, das durch die Dielen drang, hörte sich an, als würde die Band, die später spielen sollte, noch üben. Sie mußte eingenickt sein, denn sie schreckte von einem hartnäckigen Klopfen an der Tür hoch. Sie schaute auf ihre Armbanduhr. Es war schon mehr als eine Stunde über die verabredete Zeit, sie hatte also eine ganze Weile geschlafen.

»Schnell, wir müssen uns beeilen«, drängelte Kirsten. »Hilary und Fiona werden schon draußen auf der Straße warten und mich verfluchen, denn sie dürfen nicht rein, weil sie nicht Mitglied sind.«

Zwei Mädchen standen hinter Kirsten. Während Jenny sich ihr Jackett griff, fragte sie lachend: »Und was hat dich aufgehalten, daß du so spät kommst?«

»Oh, das liegt nur an meiner Zerstreutheit.« Jenny betrachtete sie neugierig. Sie schien vor Lebenslust zu sprühen, strahlte aber auch eine gewisse Nervosität aus. Kirsten packte Jenny bei der Hand und zog sie im Schlepptau die Straße entlang.

Als sie das »Honeypot« betraten, nahm Jenny zuerst nur hektisches Durcheinander und Stimmengewirr wahr. Frauen standen dicht gedrängt an der langen, lederverkleideten Bar oder saßen zusammengepfercht und teilweise einander auf dem Schoß um niedrige Tische herum. Laute Gespräche und Gelächter übertönten die Musik. Jennys Gruppe steuerte sofort auf eine freie Stelle am Ende der Bar zu und bestellte etwas zu trinken.

Dann sah sich Jenny genauer um. Ein bildschönes schwarzes Mädchen mit sehr kurzen Haaren und einem unwahrscheinlich langen Hals war mit einer blonden Freundin ins Gespräch vertieft, und Jenny konnte ihren Blick nicht von den makellosen Rundungen ihrer Kopfform und ihrer Schultern wenden. Das Mädchen drehte sich um und lächelte sie an, und Jenny lächelte verlegen zurück. Sie versuchte dem Gespräch zu folgen, das Kirsten mit ihren Freundinnen über irgendeinen Film führte, den sie alle vorige Woche gesehen hatten, brachte aber nicht die Kraft auf, nach dem Titel zu fragen. Gerade aus dem Schlaf gerissen, war ihr Kopf noch träge und voller verschwommener Bilder und flüchtiger Gedanken. Sie war von einer friedlichen, nebulösen Unbeschwertheit erfüllt, wenn da nicht das bohrende Gefühl gewesen wäre, daß sie sich mehr bemühen müßte, gesellig zu sein.

Sie hörte eine Stimme sagen: »Dreh dich jetzt nicht um, Kirsten, eine gewisse Person ist gerade eingetroffen.« Jenny sah zur Tür und erkannte Debbie, Kirstens verflossene Freundin. Debbie winkte ihr zu und wollte herüberkommen, bemerkte dann aber Kirsten und überlegte es sich anders.

Kirsten zog die Augenbrauen hoch. »Ich hätte nicht gedacht, daß das hier noch ihr Revier wäre. Eigentlich müßte sie doch mit den Jungs in irgendeinem Rugby-Pub sein.«

Alle lachten, aber Jenny fühlte sich unbehaglich. Sie mochte Debbie und hatte oft mit ihr auf der Treppe Klatsch und Tratsch ausgetauscht oder bei ihr einen Kaffee getrunken, als sie noch Nachbarn waren. Etwas später am Abend zwängte sie sich durch die Menge, um die Toilette aufzusuchen, und auf dem Rückweg ging sie zu Debbie, um hallo zu sagen.

»Es hat mir so leid getan, das von dir und Kirsten zu hören«, begann sie das Gespräch.

»Ich weiß, ich bin immer noch völlig fertig deswegen. Ich vermisse sie sehr, aber sie weigert sich, mit mir zu sprechen.«

»Sie hat mir erzählt, du hättest jemand anderen kennengelernt.«

»Das ist Blödsinn. Ich habe nur ein einziges Mal mit jemand anderem geschlafen und war so ehrlich oder so dumm, Kirsty davon zu erzählen. Das gehört alles bloß zu der Phase, die ich gerade durchmache. Ich frage mich ständig: Wer bin ich eigentlich, und was möchte ich mit meinem Leben anfangen? Will ich vielleicht eines Tages Kinder haben?«

»Manchmal denke ich, daß es gefährlich ist, sich mit solchen Fragen zu beschäftigen. Ich bekomme totale Panik, wenn ich über mein Leben nachdenke«, bekannte Jenny. »Deshalb lasse ich mich einfach blind treiben und sehe, was das Schicksal für mich bereithält.«

»Ach, erzähl doch nicht so was«, wehrte Debbie ab. »Ich glaube kaum, daß du da wärst, wo du heute bist, wenn du nicht ein Minimum an Planung und Ehrgeiz hättest.« Jenny verzog zweifelnd das Gesicht. »Oh, jetzt weiß ich, was ich dich noch fragen wollte. Wer war eigentlich der Kerl, der vor kurzem bei dir gewohnt hat? Ich bin mir sicher, daß ich ihn irgendwoher kenne.«

Jenny war so perplex, daß sie nicht sofort reagieren konnte und erschrocken einen Schritt zurückwich. »Marc? Der große, dunkelhaarige Typ?«

»Ja. Erinnerst du dich noch, wie ich euch damals auf der Treppe traf? Ich wollte ihn begrüßen, konnte mich aber nicht mehr an seinen Namen erinnern, und er schien mich nicht zu erkennen. Marc, sagst du? Und wie heißt er mit Nachnamen?«

»Das weiß ich nicht. Ich nehme nicht einmal an, daß Marc sein richtiger Name ist. Die ganze Sache mit ihm ist sehr mysteriös. Wir haben fünf Tage miteinander verbracht, und dann ist er einfach ohne ein Wort verschwunden.«

»Jetzt erinnere ich mich langsam wieder«, meinte Debbie zögernd. »Er hatte damals kürzere Haare. Ich glaube, er ist mit einer meiner Freundinnen gegangen, aber die Zeit mit ihm war schrecklich für sie. Sie wußte nie, wann er auftauchen oder wie lange er bleiben würde. Sie war ganz verrückt nach ihm, konnte aber letztendlich diese Ungewißheit nicht mehr aushalten. Was arbeitet er überhaupt? Ich denke nicht, daß sie mir das je gesagt hat.«

In Jenny stieg sofort Eifersucht auf. Er hatte nie irgendwelche Freundinnen erwähnt, obwohl es natürlich welche gegeben haben mußte. »Ich weiß nicht, womit er sein Geld verdient. Wahrscheinlich mit dunklen Geschäften. Wie lange ist es her, daß deine Freundin ein Verhältnis mit ihm hatte?«

»Drei oder vier Jahre.«

»Hat er damals in London gewohnt?«

»Er schien viel unterwegs zu sein. Ich bin mir nicht völlig sicher, daß er's wirklich ist, denn ich bin ihm nur ein paarmal auf Partys begegnet.«

Jenny überlegte schnell. »Kann ich die Telefonnummer deiner Freundin bekommen? Ich möchte ihr ein paar Fragen über ihn stellen. Ich versuche herauszufinden, wo er ist, denn er ist so unerwartet verschwunden, daß ich mir Sorgen mache, es könnte ihm etwas zugestoßen sein.«

»Ach, du liebe Güte«, sagte Debbie. »Ich habe keinen blassen Schimmer, wo sie jetzt wohnt. Sie war nur eine Arbeitskollegin. Ein nettes Mädchen, aber ich habe keine Verbindung mehr zu ihr.«

»Könntest du sie nicht ausfindig machen? Jemand wird es doch wissen.«

»Jen, ich habe inzwischen viermal die Arbeit gewechselt. Ich werde darüber nachdenken, aber ich bezweifle, daß ich dir helfen kann.«

Jenny schluckte ihre Enttäuschung herunter. »Möchtest du, daß ich mit Kirsten spreche und versuche, sie zu einer Aussprache mit dir zu überreden?«

Debbie seufzte und schüttelte dann bedächtig den Kopf. »Sie würde bloß ihre Wut an dir auslassen. Ich glaube, es wird noch eine Weile dauern, bis sie mir vergibt.«

Sie küßten sich zum Abschied auf die Wangen, und Jenny sagte: »Wir bleiben in Verbindung«. Dann schlängelte sie sich durch die Menge zu der Ecke zurück, wo Kirsten sie mißtrauisch beäugte.

»Und?« wollte sie wissen.

»Sie ist verwirrt und völlig durcheinander, und sie vermißt dich«, teilte Jenny ihr mit, aber Kirsten schnaubte nur verächtlich. Als Jenny ihr in die Augen sah, begriff sie plötzlich, woher Kirstens gereizte Euphorie kam. Sie stand unter Drogen. Aus der Größe ihrer Pupillen und ihrem aggressiven Verhalten ließ sich schließen, daß es wahrscheinlich Amphetamine waren.

Jenny wandte sich wieder ihrem Drink zu und dachte an den Morgen, als sie auf der Treppe zufällig Debbie begegnet waren.

Sie hatten auf dem Markt etwas zu essen gekauft und trugen zusammen eine schwere Einkaufstüte. Debbie war stehengeblieben, als wolle sie ein Gespräch anfangen, da Marc aber einfach weiterlief, blieb Jenny nichts anderes übrig, als ihm zu folgen. Seine Hand schob sich unter ihren Rock, und seine Finger waren in ihr, noch bevor sie die Tür hinter sich geschlossen hatten. Der Einkauf blieb auf dem Fußboden stehen, während er sie in Richtung Schlafzimmer schob. Damals hatte sie sich geschmeichelt gefühlt, weil er so wild auf sie zu sein schien, wenn sie es sich jetzt aber recht überlegte, wollte er vielleicht nur Debbie aus dem Weg gehen. Gab es überhaupt irgendeine Erinnerung an diese Affäre, der sie noch trauen konnte? Oder war seinerseits alles von Anfang an nur vorgespielt gewesen?

Kapitel 23

Am nächsten Morgen warf Jenny ein paar Kleidungsstücke in ihre Reisetasche und begab sich schnell zur Waterloo Station, um den Eurostar noch zu erwischen. Es war ein strahlender, windiger Morgen mit einer für London ungewöhnlich klaren Luft, und sie fühlte sich aufgekratzt und energiegeladen. Sie spürte, daß sie vielleicht schon bald etwas über ihren mysteriösen Liebhaber herausfinden würde, und freute sich, die Sache endlich in Angriff zu nehmen. Irgendwie würde sie in Erfahrung bringen, was passiert war. Selbst wenn sie ihn nie wiedersehen sollte, wäre es dennoch eine Erleichterung, die Wahrheit zu kennen.

Als Reiselektüre hatte sie sich die restlichen Hefte von Fredas Tagebüchern mitgenommen, die den Zeitraum von 1943, als sie noch mit Axel liiert war, bis 1946, als sie sich mit Bobby verlobt hatte, umfaßten. Freda war damals Anfang bis Mitte Dreißig, fast so alt wie Jenny jetzt. Ihre Handschrift hatte sich geringfügig verändert, sah nicht mehr so rund und verschnörkelt aus wie in ihren frühen Zwanzigern, sondern war eckiger und kleiner geworden und dadurch schwieriger zu lesen.

20. Februar. Mutter hat heute morgen etwas Fleisch von M… bekommen. Den Namen konnte Jenny nicht entziffern. *Ich habe daraus einen Schmorbraten zubereitet, wie ich ihn immer für Werner gemacht habe. Hatte nicht alle Kräuter dafür, er hat aber trotzdem gut geschmeckt. Nach dem Essen unterhielten wir uns ein wenig über Werner. Sie klammert sich an die Hoffnung, daß er nach Palästina entkommen sei. Ich sagte ihr, daß ich nach dem Krieg Erkundigungen einziehen werde. Sie stellte mir ein paar unangenehme*

Fragen, zum Beispiel wann ich J-P getroffen hätte, aber es gelang mir, ausweichend zu antworten. Ich möchte nicht, daß sie jemals erfährt, daß es fast zwei Jahre vor Werners Verschwinden war. Ich bin froh, daß wir miteinander gesprochen haben, obgleich ich mich unwohl dabei fühlte. Es ist schon unglaublich, daß zwei Menschen derart lange unter einem Dach leben können, ohne miteinander über so etwas zu reden.

31. März. Heute morgen war ich auf dem Markt, und ein sehr hübscher deutscher Soldat hat angeboten, mir den Korb zu tragen. Das habe ich natürlich abgelehnt, freue mich aber, daß ich anscheinend immer noch attraktiv bin. Dieser Krieg läßt mich sichtbar altern. Vorigen Monat habe ich ein graues Haar entdeckt und herausgezogen, und inzwischen sind an der Stelle drei graue nachgewachsen. Es gibt selbstverständlich überhaupt kein Wasserstoffperoxid zu kaufen, deshalb denke ich mir immerzu neue Frisuren aus, um die grauen Haare zu verbergen.

5. April. Mir fehlen unsere jüdischen Nachbarn. Ohne sie ist es sehr ruhig in der Stadt geworden. War am Sonnabendabend mit Armand etwas trinken; in der Bar saßen nur noch drei weitere Gäste und vier Deutsche. Er teilte mir mit, daß mein Freund in Limoges in den Ruhestand getreten sei, worüber ich sehr froh bin, denn damit dürften aus dieser Ecke keine Schwierigkeiten mehr zu erwarten sein. A. geht jetzt mit einem Mädchen von hier, ich habe ihn aber nicht nach Einzelheiten gefragt, weil mir das unter den gegebenen Umständen unangebracht schien.

Jenny überflog einige Seiten, sie enthielten nur Alltäglichkeiten über Gerichte, die Freda gekocht hatte, über Kleidung, die sie gerade änderte, und über Gespräche mit ihrer Mutter. Weder Axel wurde erwähnt, noch fanden sich irgendwelche Hinweise auf einen anderen Liebhaber. Es gab auch keine weiteren verschlüsselten Listen von Orten, zu denen sie gefahren war, oder von Leuten, die sie getroffen hatte. Das waren die nichtssagenden Äußerungen von jemandem, dem bewußt ist, daß seine Gedanken dem Feind in die Hände fallen könnten, aus denen aber auch Fredas Einsamkeit herauszulesen war. Sie schrieb häufig von Freunden, die sie vermißte, und schien außerhalb der vier Wände im Haus ihrer Mutter nicht viele Kontakte oder viel Geselligkeit zu haben. Das Tagebuch-Schreiben war ihre einzige Möglichkeit, sich mitzuteilen.

12. Oktober. Ich habe einen Brief von Helen erhalten, der natürlich aufgerissen war. Sie schreibt darin, daß sie ein Bild vom Meer beigelegt habe, das Maddy für mich beim Sommeraufenthalt an der Küste gemalt hat. Im Brief befand sich aber kein Bild. Vielleicht meinte die Zensur, daß die Zeichnung einer Vierjährigen irgendeine verschlüsselte Nachricht enthalten könnte.

25. Dezember. Weihnachtsfeiertag, uns hat aber weder jemand besucht, noch haben wir Geschenke erhalten oder sind zu irgendwelchen Feiern eingeladen worden. Mutter war sehr aufgebracht und wollte nicht essen, was ich gekocht hatte (eine Schmorpfanne mit Hühnerschenkeln). Ich habe einen Spaziergang zum Fort gemacht und eine Weile aufs Meer hinausgesehen, habe jedoch keine Menschenseele getroffen.

30. Januar. Die ganze Stadt ist in heller Aufregung, weil es heißt, daß die Alliierten vorhätten, in der Nähe von Marseille zu landen. Es liegt eine ungeheure Spannung in der Luft, und während ich schreibe, kann ich Madame Cressent beim Läuferausklopfen im Garten singen hören. Bin ich die einzige, die sich nicht auf das Ende des Krieges freut? Natürlich möchte ich, daß all das Leiden ein Ende hat, was aber wird aus mir werden? Egal, wie sehr ich mich auch bemühe, ich kann mir keine glückliche Zukunft vorstellen.

Es folgten weitere alltägliche Eintragungen, die Jenny nur kurz überflog.

8. Juni. Wir hörten im Radio, daß die Alliierten in der Normandie gelandet sind und vorrücken. Alle scheinen zu glauben, daß bald ganz Europa befreit sein wird. Ich habe sehr widersprüchliche Gefühle, und Mutter betet ständig. Irgendwie hat dieser Krieg sie im Glauben bestärkt, aber ich kann beim besten Willen nicht begreifen, warum.

5. August. Die ganze Nacht schwere Bombenangriffe. Mutter und ich haben uns eine Art Luftschutzkeller eingerichtet. Wir konnten vorige Nacht nicht schlafen und haben uns lange über den Tod unterhalten. Sie glaubt fest daran, im Himmel wieder mit Vater vereint zu werden. Als ich mich skeptisch zeigte, fragte sie sarkastisch: »Und mit wem wirst du deiner Meinung nach wieder vereint sein? Du hast ja die Qual der Wahl.« Wenigstens denkt sie nicht, daß ich in die Hölle komme.

15. August. Wir haben den ganzen Tag über die Nachrichten im Radio verfolgt. Französische und amerikanische Truppen haben St. Tropez, Port Grimaud und Ste. Maxime genommen. Es heißt, daß sie sich jetzt landeinwärts wenden. Die Radiosprecher werden manchmal von Emotionen übermannt und fangen mitten im Satz zu weinen an.

18. August. Die Deutschen haben sich in Draguignan ergeben, und man sagt, daß Hitler seinen Truppen befohlen habe, sich aus Südfrankreich zurückzuziehen. Vor genau einer Woche habe ich meinen Freund A. das letzte Mal gesehen, und ich bete, daß er in Sicherheit ist.

25. August. In Marseille gibt es noch vereinzelte Kämpfe. Wir haben seit einer Woche das Haus nicht mehr verlassen. Ich hoffe, daß A. überlebt hat und mit dem Rest der Armee nach Norden gegangen ist. Ich kann nicht beschreiben, was für gemischte Gefühle ich habe. Ich bin gespannt, erstarrt, aufgeregt, traurig und auch verängstigt.

29. August. Marseille ist frei und steht unter dem Kommando von General de Montsabert. Ich warte darauf, daß ein amerikanischer Stützpunkt eingerichtet wird, denn ich möchte nicht bei den Franzosen vorstellig werden. Wenn ich jetzt aus dem Haus ginge, würde ich umgebracht. Es ist ein merkwürdiges Gefühl. Ich habe dem Tod schon öfter ins Auge geblickt, jedoch nie die Erfahrung gemacht, von meinen eigenen Leuten derartig gehaßt zu werden. Die Stadt ist völlig außer Rand und Band.

14. September. Ich habe mit der amerikanischen 7. Armee Verbindung aufgenommen, einem intelligenten Mann namens Major DeBroglio, der italienischer Abstammung ist. Ich kann mich einfach nicht an das naiv heitere Wesen der Amis gewöhnen. Sie sind wie kleine Jungs, die sich bei einem Fußballspiel riesig freuen, wenn ihre Mannschaft am Gewinnen ist. Äußerst seltsam! Man hat mir erklärt, daß ich Marseille wahrscheinlich für mindestens ein Jahr nicht verlassen darf.

30. Oktober. Mutter ist sehr aufgeregt, weil sie mit Madame Cressent ein Glas Wein getrunken hat, und es sieht ganz so aus, als würden sie wieder Freunde. Mein Name wurde nicht erwähnt.

18. Dezember. Ich war mit Bobby in einem Café, und alle drehten mir demonstrativ den Rücken zu, als ich an ihnen vorüberging. Bobby nahm keine Notiz davon und scherzte mit dem Kellner darüber, daß es hier unmöglich sei, einen anständigen Drink zu bekommen. Die Situation war für mich zwar sehr peinlich, aber ich freute mich auch, daß meine Ausgangssperre endlich aufgehoben ist.

Es folgte eine Reihe von Eintragungen, in denen Einzelheiten der Befragungen geschildert wurden und Namen und Ereignisse auftauchten, von denen Jenny nichts wußte. Sie überflog den Rest dieses Tagebuchs und öffnete dann das nächste, das letzte, das Freda ihr gegeben hatte. Es begann mit einer sehr gefühlsbetonten Eintragung:

20. April. Das Lager in Bergen-Belsen ist befreit worden, und alle Zeitungen und Radionachrichten bringen Geschichten und Beschreibungen davon. Ich habe mir eine Zeitung gekauft, aber mir wird vom bloßen Ansehen der Fotos übel. Ein Bild zeigt einen Eisenbahnwaggon voller abgemagerter Leichen, deren Arme und Beine verdreht sind wie die Äste eines abgestorbenen Baumes. Ich kenne so viele Menschen, die auf die Art geendet haben könnten. Es ist wichtig, daß ich mich jetzt an sie alle zu erinnern versuche. Auf den nächsten vier Seiten folgte eine Liste von Vornamen oder auch Vor- und Zunamen und manchmal in Klammern dahinter ein Alter oder eine Stadt. Und ganz zum Schluß hatte Freda den Namen *Werner* geschrieben mit einem riesigen Fragezeichen dahinter.

Bobbys Name tauchte immer häufiger im Tagebuch auf, für Jenny war aber vor allem interessant festzustellen, daß Freda anscheinend noch einen weiteren amerikanischen Verehrer namens John gehabt hatte, der mit ihr Ausflüge aufs Land unternahm und ihr Geschenke machte. Ohne irgendwelche Erklärungen wurde John ab Mitte August nicht mehr erwähnt. Der Eintrag für den 30. September war offensichtlich kurz nach Bobbys Heiratsantrag geschrieben worden.

Diesmal bin ich fest entschlossen, alles Notwendige zu tun, damit meine Ehe funktioniert. Ich werde keine wahnwitzigen Affären mehr anfangen, und es verlangt mich auch nicht mehr nach der Beachtung, die ich früher immer brauchte. Es macht mich glücklich und zufrieden, die Ehefrau eines Amerikaners zu sein und diesen Mann den Rest meines Lebens zu umsorgen.

Jenny lächelte und schaute aus dem Fenster. Der Zug glitt durch die Außenbezirke von Paris. Kastenförmige Wohnblocks aus den 60er Jahren waren mit Graffiti beschmiert, und Wäsche hing auf düsteren Balkons. Sie klappte das Tagebuch zu und steckte es weg. Dann warf sie noch kurz einen prüfenden Blick in den winzigen Spiegel ihrer Puderdose. Als sie im Gare du Nord durch die Sperre ging, wartete Marc in einem blau-weiß karierten Fleece-Pullover auf sie. Er hatte bereits ein Auto gemietet und trug ihr die Reisetasche hinunter zum Parkplatz.

Auf dem Beifahrersitz lag eine große Papiertüte mit Coissants und anderen Backwaren, die warm und nach Butter rochen. Marc beteuerte, daß sie aus der besten Pâtisserie von Paris kämen. Jenny nahm sich ein *pain au chocolat*, und die Mischung aus bitterer Schokolade und knusprig frischem Blätterteig schmeckte unwiderstehlich. Marc kannte sich in Paris gut aus, und, Croissants mampfend, schlängelte er sich gekonnt durch den Verkehr, bis sie sich schließlich auf der Autobahn befanden, auf der sich Jenny nunmehr zum zweiten Mal in die Bretagne chauffieren ließ. Die flache, nebelverhangene Landschaft zu beiden Seiten der Straße war übersät von Strommasten, die sich wie riesige, in die Erde gesteckte Haarnadeln bis zum Horizont erstreckten. Es war ein warmer, aber bewölkter Nachmittag, und das gelbe Sonnenlicht versteckte sich hinter verschiedenen weißen und grauen Wolkenschichten, die in der Ferne in Schwarz übergingen.

Sie fing an, sich Sorgen zu machen, was sie erwarten würde. Sollte Hervé wirklich so gefährlich sein, wie Chantal angedeutet hatte? Er würde ihr doch sicher nichts tun, wenn Marc dabei war? Und was, wenn sie den anderen Marc fänden und er vorgäbe, sie nicht zu kennen? Sie hoffte, daß es keine zusätzlichen Komplikationen mit ihrem derzeitigen Begleiter geben würde. Sie sah ihn von der Seite an. Vornübergebeugt saß er mit weit gespreizten Beinen in dem kleinen Mietauto hinter dem Lenkrad eingezwängt. Aus dem Radio dudelte Popmusik mit starken Baßsynkopen und dem gehauchten Gesang einer Girly-Gruppe.

Marc begann, sie über ihre Beziehung zu dem anderen Marc, der sich für ihn ausgegeben hatte, auszufragen. »Ich kann verstehen, daß es ein Schock für dich gewesen sein muß, als er einfach verschwand, aber kannst du mir erklären, warum du derartig stark an ihm interessiert bist, wenn du ihn doch nur so kurz gekannt hast?«

»Das weiß ich nicht«, erwiderte sie kurz und bündig.

»Wie war er denn?«

»Leidenschaftlich. Eigenständig. Wahrscheinlich jemand, der seinen Freiraum braucht und ihn mir auch gelassen hätte. Selbstsicher. Schwierig.« Sie zuckte die Schultern. »Das war zumindest mein Eindruck von ihm.«

»Du liebst ihn also?«

»Ich glaube nicht, daß man das nach so kurzer Zeit sagen kann, aber ich habe der Sache durchaus Chancen eingeräumt.«

»Wann hast du das letzte Mal jemanden geliebt?«

»Geliebt habe ich vielleicht ein halbes dutzendmal oder vielleicht auch nie. Ich weiß nicht so genau, was das Wort eigentlich bedeutet. Ich war zwar der Meinung zu lieben, es geht aber vorüber wie eine Grippe oder eine Lebensmittelvergiftung. Es ist verhängnisvoll für einen Mann, sich mit mir einzulassen.« Sie warf ihm einen verstohlenen Blick zu.

»Wieso?« fragte er, sich auf die Straße konzentrierend.

»Weil ich nie jemanden nahe an mich heranlasse. Erst bezirze ich sie, und wenn sie mich dann festzunageln versuchen, stoße ich sie weg. Ich weiß, das klingt bestimmt melodramatisch, aber ich bin inzwischen der Meinung, daß ich keine weiteren Affären mehr haben möchte. Ich glaube, damit habe ich endgültig abgeschlossen.«

»Hört, hört«, meinte er ungläubig. »Und wie steht's mit Sex?« Wie kindisch diese Bemerkung doch ist, dachte sie bei sich.

»Sex ist nicht so wichtig«, sagte sie, wandte sich ab und schaute aus dem Fenster. »Und wie sieht's bei dir aus? Du mußt doch scharenweise Freundinnen in New York haben.«

»Ich kann mich nicht beklagen«, erwiderte er grinsend.

»Aber du liebst keine von ihnen.«

»Bisher nicht. Ich habe noch nicht die Richtige gefunden, nehme ich an.«

»Oh, das wird schon noch. Eines Tages wirst du dich bestimmt Hals über Kopf verlieben«, meinte sie lächelnd, denn sie sah deutlich vor sich, wie es kommen würde. Das Mädchen wäre sicher willensstark und herrschsüchtig, würde ebenfalls aus reichem Hause stammen und sich diesen großen reizenden Burschen einfach greifen und ganz nach ihren Vorstellungen formen. Jenny wußte nicht genau, was Marc in gefühlsmäßiger Hinsicht von ihr erwartete und wollte keine arroganten Vermutungen hegen, hoffte aber, genug gesagt zu haben, um ihn abzuschrecken.

Plötzlich begann es auf die Windschutzscheibe zu regnen, zuerst nur winzige Spritzer und dann im Handumdrehen große, schwere Tropfen. Marc probierte verzweifelt verschiedene Schalter aus, bis er den richtigen fand und die Scheibenwischer quietschend über das Glas zu gleiten begannen. Das Auto wurde von einer seitlichen Windböe erfaßt und scherte nach links aus. Im Radio knackte es, dann verschwand der Sender, und es waren nur noch knisternde Geräusche zu hören. Der Wind drückte wieder gegen das Auto, und Marc trat auf die Bremse, um die Geschwindigkeit herunterzunehmen, als sich plötzlich im Grau des Regengusses die Silhouette eines anderen Autos abzeichnete. Es ging alles viel zu schnell – kaum hatten sie es wahrgenommen, waren sie auch schon aufgefahren. Der Sicherheitsgurt zog sich straff und grub sich in Jennys Bauch und Schlüsselbein, dann wurde sie nach hinten geschleudert. Ihr Kopf prallte auf die Kopfstütze und wippte wieder nach vorn, als wäre sie ein Dummy. Dann wurde es ganz still, nur der Motor tuckerte noch leise.

Marc saß vornübergebeugt da und hielt sich die Stirn, mit der er gegen die Windschutzscheibe gestoßen war. Er drehte langsam den Kopf und schaute Jenny an. »Bist du okay?« – »Ja, und du?« Sie schnallten sich ab und stiegen aus. Der Wind peitschte Jenny den Regen ins Gesicht, und sie fühlte sich wacklig auf den Beinen.

Ihr Auto war vorn eingedellt, und die Scheinwerfer waren zerbrochen, aber es sah alles in allem nicht so schlimm aus, wie sie gedacht hatte. Der andere Fahrer zeigte sich nicht, deshalb trat sie ans Fenster, um nachzuschauen, aber es saß niemand drin. Sie versuchte die Tür zu öffnen, sie war jedoch verschlossen. Irgend jemand hatte seinen Wagen einfach auf der Autobahn stehenlassen, ohne die Warnblinkanlage einzuschalten und ihn auf den

Randstreifen zu schieben. Ihre Haare waren vom Regen klitschnaß geworden, und das Wasser lief ihr den Rücken hinunter. Sie bekam einen solchen Wutanfall, daß sie mit aller Kraft gegen das Auto trat und schrie: »Du blödes Arschloch! Verdammt!« Sie hörte erst damit auf, als Marc die Arme um sie legte und sie wegführte.

»Jenny, Jenny.« Er zog sie unter sein Jackett und geleitete sie zu ihrem Auto zurück. »Na, komm schon. Setz dich wieder rein, du bist ja völlig durchnäßt.«

Sie merkte sich die Nummer des verlassenen Wagens und kritzelte sie im Auto sofort auf die Tüte aus der Pâtisserie. »Die müßten dafür eingesperrt werden«, sagte sie zu Marc. »Wir hätten tot sein können.« Sie zitterte vor Kälte und vor Wut.

»Okay, probieren wir mal, ob es noch funktioniert.« Marc legte den Rückwärtsgang ein, und das Auto fuhr einwandfrei an. Dann bremste er und stieg wieder aus. Die starken Schultern flach gegen das demolierte Heck gepreßt und die Knie gebeugt, damit das Körpergewicht auf halbe Höhe des Kofferraums verlagert wurde, begann er mit aller Kraft gegen das stehende Auto zu drücken. Jenny öffnete ihre Tür, um auszusteigen und ihm zu helfen, sah dann aber, daß er es allein schaffte. Nachdem sich das Auto erst einmal in Bewegung gesetzt hatte, schien es leicht auf der nassen Straße dahinzugleiten, und er schob es bis an den äußeren Rand des Seitenstreifens, so daß die Räder im schlammigen Gras zu stehen kamen.

Als er auf den Fahrersitz zurückkehrte, war sein Pullover durchnäßt, und er versuchte sich seiner unter allerhand Verrenkungen zu entledigen. Jenny half ihm, ihn über den Kopf zu ziehen. »Es tut mir so leid, Jenny«, sagte er und sah sie mit seinen strahlenden braunen Augen an. Dann beugte er sich zu ihr hinüber, hauchte ihr einen kühlen, regennassen Kuß auf die Lippen, und schweigend lagen sie sich einen Moment lang in den Armen.

Die nächste Abfahrt war zufällig St. Malo. Also fuhren sie in die Stadt, wenn auch langsam, denn der Motor machte beunruhigende Schleifgeräusche. Sie verbrachten dann mehrere Stunden auf der Polizeiwache und bei der Mietwagenfirma. Der Besitzer des geparkten Autos wurde ermittelt, und es stellte sich heraus, daß er eine Panne gehabt hatte. Er schwor, daß er den Wagen nur fünf Minuten dort stehengelassen hatte, und wollte sogar noch von ihnen Schadenersatz für sein Auto einfordern. Jenny war so wütend, daß ihr die Hände zitterten. Es dauerte bis zum frühen Abend, ehe sie endlich ein anderes Auto erhielten und die Fahrt fortsetzen konnten. Erst bei Einbruch der Dunkelheit erreichten sie Paimpol und wanden sich den Weg zum Haus hoch. Eine blasse Mondsichel schien durch die Wolken. Schweigend registrierte Jenny die wenigen Dinge, an die sie sich erinnern konnte: den Kreisverkehr, die Gräben neben der Straße und die Reihen von Zypressen zwischen den Feldern. Sie begann sich langsam zu fragen, ob es wirklich das gleiche Haus war. Vielleicht hatte Chantal ja recht, und sie war weiter oben in der Bucht in einem ganz anderen gewesen.

Marc schlug das Lenkrad scharf ein, um in die Kiesauffahrt einzubiegen, und als Jenny die Umrisse der Türmchen und die dunkelgrauen Steinmauern erblickte, war sie sich ihrer Sache sicher. Sie parkten nicht an der Rückseite des Hauses, sondern vorn. Am Ende des Gartens glänzte bläulich der Atlantik, und hinten am Horizont zeichneten sich schwarz die Inseln ab.

Marc schloß die große hölzerne Eingangstür auf, durch die sie bisher noch nicht gegangen war, und sie legten in einem muffigen Flur ihre Jacken ab. Dann führte er sie einen Korridor hinunter zur Küche, und da waren auch der vertraute Steinfußboden und der große Holztisch, auf der einen Seite der Ofen und in der Ecke die enge Wendeltreppe. Auf dem Tisch stand ein Tablett, abgedeckt mit einem karierten Geschirrtuch, und als Marc es anhob, kamen darunter Weißbrot, eine Stück Käse, kaltes Bratenfleisch, Tomaten und eine Schüssel mit Obst zum Vorschein.

»Ach, Claudine ist einfach toll«, sagte er. »Sie hat wahrscheinlich auch unsere Zimmer hergerichtet.« Jenny fand es interessant, daß er den Plural benutzte. Sie war sich nicht sicher gewesen, was er vorhatte.

Marc machte Feuer im Ofen, und bald schon brannte es knisternd und strahlte wohlige Wärme aus. Er kochte Kaffee, und, ausgehungert nach der Fahrt, aßen sie das bereitgestellte Abendbrot. Dann fragte Jenny, ob sie ein Bad nehmen könne. Sie war völlig durchgefroren und verspannt. Außerdem wollte sie eine Weile mit sich allein sein, denn sie fand es sehr verwirrend und deprimierend, sich wieder in diesem Haus aufzuhalten.

Claudine hatte zwei angrenzende Räume in der Mitte der ersten Etage hergerichtet, und Marc führte Jenny in ein Badezimmer direkt gegenüber. Es war nicht das vom vorigen Mal, hatte aber genauso eine riesige Wanne auf Löwentatzen. Aus dem Hahn kam anfangs nur braunes Wasser, und erst nach einer Weile wurde es klar und dampfend heiß. Sie blieb lange darin liegen und rang mit den Schatten der Vergangenheit. Sie konnte immer noch die intensiven Gefühle ihres letzten Aufenthaltes in diesem Haus spüren und auch das lustvolle Brennen, wo er, kundig und wiederholt, in ihr Inneres vorgedrungen war. Voller Wehmut dachte sie daran, wie er die ganze Zeit alles unter Kontrolle gehabt hatte, alle Entscheidungen für sie getroffen und ihr jegliche Verantwortung abgenommen hatte. Sie konnte sich nicht erinnern, wann sie das letzte Mal jemandem solche Macht über sich zugestanden hatte, aber es war ein gutes Gefühl gewesen. Und dann war ihr das alles plötzlich ohne Vorwarnung oder Erklärung entrissen worden. Das war für sie das Unerträgliche daran. Sie legte die Hand auf den Bauch und fragte sich erneut, ob sie vielleicht sein Kind in sich trüge. Hätte sie denn nicht schon längst ihre Regel haben müssen? Einen Schwangerschaftstest zu kaufen hatte sie bei der gegenwärtigen Flut sich überstürzender Ereignisse keine Zeit gefunden.

Schließlich stieg sie aus der Wanne, trocknete sich ab und zog einen Bademantel über. Als sie auf den Flur trat, stand Marcs Zimmertür offen. Er lag im Bett und beobachtete sie. Die Tür zum anderen Zimmer war ebenfalls geöffnet. Sie schaute auf das leere Bett und zögerte kurz. Stumm breitete Marc die Arme aus, und wie in Trance traf sie wider besseren Wissens ihre Entscheidung. Sie wollte nichts mit ihm anfangen, sehnte sich aber nach körperlicher Nähe, und er war zufällig da und forderte sie dazu auf.

Sie schlüpfte im Dunkeln aus dem Bademantel, stieg neben ihm ins Bett und schmiegte sich an ihn. Er liebkoste ihre Brüste und ihren Po, und sein Knie schob sich zwischen ihre Beine und drückte sie auseinander. Er hatte ein Kondom auf dem Nachttisch liegen, und sie hörte, wie Papier zerrissen und Gummi aufgerollt wurde, als er es überzog. Es war gut, er fühlte sich gut an mit seinem langen, dünnen Penis und den sie umschlingenden Beinen, aber sogar während sie sich liebten, stellte sie Vergleiche an. Er küßte sie nicht so viel, seine Berührungen waren nicht ganz so geschickt, sein Körper war knochiger, weniger kräftig.

Als sie am nächsten Morgen aufwachte, fiel das Sonnenlicht in schrägen Strahlen durch die Fensterläden, und Marc schnarchte leise neben ihr. Sie versuchte sich auf den Rücken zu drehen, und plötzlich verspürte sie im Nacken knapp über dem Schulterblatt einen stechenden Schmerz, der bis hinters Ohr ausstrahlte. Sie schrie laut auf. Marc war sofort hellwach. »Was hast du?«

»Ich kann mich nicht bewegen«, wimmerte sie, vor Schmerz den Tränen nahe.

Er stieg aus dem Bett, stieß die Fensterläden auf, und gelbes Sonnenlicht erfüllte den Raum. Dann setzte er sich vorsichtig neben sie. Sie hatte sich in den Nacken gefaßt, und behutsam zog er ihre Hand weg, um ihn selbst abtasten zu können.

»Es ist ein Muskelkrampf«, sagte er. »Das hatte ich auch schon mal. Okay, ganz ruhig, ich werde jetzt deinen Nacken stützen, während du dich zu bewegen versuchst.« Mit seiner Hilfe gelang es ihr, sich umzudrehen und mit den Beinen auf den Boden zu kommen. Erst jetzt fiel ihr der purpurrote Fleck von der Größe einer Kiwi auf, den Marc auf der Stirn direkt über dem linken Auge hatte.

»Meine Güte, wir geben vielleicht ein Bild ab! Wir sehen eher nach Überlebenden einer Schlacht als nach Detektiven aus«, bemerkte er traurig lächelnd, während er seine Prellung im Spiegel betrachtete.

»Ich habe Arnikasalbe in meinem Kosmetikbeutel«, sagte sie. »Schau doch mal in meiner Reisetasche nach. Er ist nicht zu übersehen.«

Er kehrte schon kurz danach mit ihrem unhandlich großen, klappernden Kosmetikbeutel in den Händen zurück.

»Es muß eine weiße Tube ein. Ja, hier ist sie«, meinte sie, zwischen den verschiedenen Cremes, Pillen und Salben herumwühlend, und zog sie heraus.

»Mein Gott, ich hatte ja schon immer den Verdacht, daß du vielleicht eine Hexe sein könntest, aber das hier ist der Beweis«, rief er aus.

»Reibe die Prellung einfach damit ein, dann geht sie schneller zurück.«

»Gibt es irgendwelche Nebenwirkungen? Werde ich anfangen zu quaken und auf Seerosenblättern herumzuhüpfen?«

»Möglicherweise.« Sie fühlte sich so elend, daß ihr nicht zum Scherzen zumute war.

Nach dem Frühstück wählte Marc Hervés Nummer, und Jenny hörte ihn ein paar Minuten lang französisch sprechen und dann auflegen. Er hatte freundlich und jovial geklungen.

»Wir treffen uns mit ihm um 12.30 Uhr in der Bar des Jachtklubs«, teilte er ihr mit.

»Hast du etwa erwähnt, daß ich hier bin?« fragte sie überrascht, denn sie dachte, er hätte ihre Absprache vergessen.

»Du liebe Güte, nein. Er glaubt, daß ich nur mal kurz vorbeigekommen bin, um nach dem Haus zu sehen, weil meine Mutter sich Sorgen gemacht hat, als sie deine Geschichte hörte.«

Sie konnte nur sehr langsam gehen und mußte dabei den Oberkörper kerzengerade halten und den Kopf leicht zur Seite neigen. Sich hinzusetzen und aufzustehen erforderte sehr sorgfältig durchdachte und vorsichtige Bewegungen, und den Kopf konnte sie überhaupt nicht drehen. Marc half ihr beim Anziehen, und sie wählte eine Strickjacke zum Knöpfen, weil die nicht über den Kopf gezogen werden mußte. Marc fand in einem Badezimmerschrank noch eine alte Tube mit einer krampflösenden Salbe und rieb sie damit ein. Die Salbe brannte auf der Haut und roch ekelhaft.

Als sie am Jachtklub eintrafen und das Auto parkten, mußte er herumkommen und ihr aus dem Sitz helfen, weil sie sich nicht erheben und drehen konnte. Sie stießen die Schwingtüren zur Bar auf, und sie erblickte Hervé im gleichen Augenblick, in dem er sie bemerkte. Sie glaubte, in seinem Gesicht so etwas wie Furcht gesehen zu haben, vielleicht war es aber auch nur Überraschung. Er erhob sich und kam ihnen mit ausgestreckter Hand entgegen.

»Marc, alter Junge, wie geht's? Jenny.« Er nickte ihr zu. »Du liebe Güte, was ist denn mit euch passiert?«

Marc erzählte ihm von dem Unfall, während sie sich langsam auf einen Stuhl sinken ließ. Hervé hatte eine brennende Zigarette im Aschenbecher abgelegt, und dicker graublauer Rauch ringelte sich hoch. Er trank schwarzen Kaffee und dazu einen Pernod.

»Du hättest eben vorsichtiger fahren müssen«, meinte er, als Marc seine Geschichte beendet hatte, »dann wärst du noch rechtzeitig zum Stehen gekommen.«

Jenny entgegnete: »Wo ich herkomme, rechnet man nicht damit, daß Leute einfach ihr Auto auf der Autobahn abstellen. Das war eine glatte Unverschämtheit.«

»Oh, das ist ja ein ganz gescheites kleines Mädelchen«, verhöhnte Hervé sie. »In was für einer perfekten Welt Sie doch leben müssen! Hier bei uns paßt jeder selbst auf sich auf.« Er musterte sie mit seinen kleinen schwarzen Augen. Eine Kellnerin kam an den Tisch, um ihre Bestellung aufzunehmen, und Jenny verlangte einen Wodka Tonic. »Sagen Sie, haben Sie eigentlich mal wieder von diesem Freund gehört? Wie hieß er doch gleich?«

»Marc«, antwortete sie. »Nein, und Sie?«

Hervé lachte betont laut und schallend. »Also, wieso sollte ich denn wohl von ihm hören?«

Jenny lächelte sarkastisch. »Aber ich dachte, Sie wären so eng befreundet? Hat er Ihnen nicht anvertraut, daß ich ihn langweilen würde?«

»Das bilden Sie sich ein, meine Liebe. Ihr Französisch ist offensichtlich nicht gut genug, um alles richtig zu verstehen.« Er wandte sich Marc zu und redete in sehr schnellem Französisch auf ihn ein, beobachtete sie dabei aber fortwährend aus den Augenwinkeln.

Als er aufgehört hatte zu sprechen, übersetzte Marc. »Hervé hat gesagt, daß die See neulich zu rauh zum Segeln gewesen sei und er es nicht gewagt habe, wieder rauszufahren, seit ihr hier wart.«

»Es wäre alles in Ordnung gewesen, wenn Sie nicht um die Spitze von Bréhat gefahren wären, Hervé«, sagte sie und bemerkte, daß seine Hand leicht zitterte, als er die Kaffeetasse abstellte.

Er ignorierte sie und setzte sein Gespräch mit Marc fort, aber jetzt auf Englisch. »Wie kommt deine Mutter zurecht? Ist sie inzwischen weniger neurotisch?«

»Es geht ihr gut. Sie liebt New York«, antwortete Marc höflich, wie es sich für einen gut erzogenen Jungen einem Freund seiner Eltern gegenüber gehört.

»Schön zu hören. Vergiß nicht, sie von mir zu grüßen.« Sie

unterhielten sich eine Weile darüber, wer aus der Familie den Sommer in Roch'hir verbringen würde, und Jenny saß schweigend da, nippte an ihrem Drink und beobachtete sie. Hervé rauchte eine Zigarette nach der anderen, zündete sich die nächste Zigarette an der Kippe der vorherigen an und zog den Rauch so tief ein, daß er ihn meistens gar nicht wieder ausstieß. Wie abgesprochen, entschuldigte sich Marc nach ungefähr einer halben Stunde, um zur Toilette zu gehen.

»Also, Hervé, wollen Sie mir nun endlich sagen, was hier eigentlich los ist? Sie wissen ja, daß ich nicht eher Ruhe gebe, bis ich es herausgefunden habe«, sagte Jenny leise.

»Tut mir wirklich leid, meine Liebe, daß es Ihnen so an die Nieren geht, von einem Liebhaber sitzengelassen zu werden, aber in Ihrem Alter, denke ich, müßten Sie inzwischen daran gewöhnt sein.«

»Mir ist bekannt, daß Sie in Libyen im Gefängnis saßen, und ich weiß auch von den Geschäften mit Marcs Vater«, sagte sie.

Er knallte sein Glas auf den Tisch und zischelte ihr zu: »Sie haben keinen blassen Schimmer, womit Sie es hier zu tun haben. Das kann sehr böse für Sie ausgehen, meine Gute.«

»Ich möchte wissen, weshalb Sie solche Angst vor mir haben. Ist es vielleicht, weil Sie meinen Freund ermordet haben und fürchten, daß ich gegen Sie aussagen könnte?« Im gleichen Augenblick bereute Jenny auch schon, das gesagt zu haben, denn aus seiner Reaktion konnte sie ersehen, daß sie auf der falschen Fährte war.

Belustigt zog er die Augenbrauen hoch. »Aber klar doch, ich nehme an, Sie haben Unmengen von Beweisen. Ich bibbere vor Angst, das muß ich schon sagen.«

»Ich habe gesehen, wie Sie sich am folgenden Morgen auf dem Parkplatz mit jemandem gestritten haben. War das einer Ihrer Komplizen?«

Er sagte langsam: »Das geht Sie einen Scheißdreck an.«

»Ich habe ihn auf der Autobahn verfolgt. Ich weiß, wo er hingefahren ist«, log sie.

Hervés Gesichtsausdruck hatte sich verändert, und es fiel ihr schwer, ihn zu deuten. Mit reglosem Gesicht und ohne mit der Wimper zu zucken, starrte er sie an.

Plötzlich sprang er auf und schob mit aller Wucht den Tisch von sich. »Soll ich Ihnen noch einen Drink holen? Sie sehen aus, als könnten Sie einen brauchen.« Marc kam zurück, und sie fragte ihn: »Möchtest du noch etwas trinken?« Sie gab ihm mit den Augen zu verstehen, daß er ablehnen solle, und er begriff sofort.

»Ich denke, wir sollten jetzt besser gehen. Wir müssen noch jemanden finden, der sich deinen Hals ansieht, aber trotzdem vielen Dank, Hervé. Vielleicht treffen wir uns ja später noch mal hier.«

Sich am Tisch festhaltend, stand Jenny vorsichtig auf und wandte sich zum Gehen. In dem Moment zog Hervé sie an sich und umarmte sie überschwenglich, wobei er sie derb an den Schultern packte und, ihren Kopf ruckartig nach rechts und links drehend, stürmisch auf die Wangen küßte. Sie wurde fast ohnmächtig vor Schmerz, biß aber die Zähne zusammen, um nicht aufzuschreien.

Als er sich von ihr löste, grinste er und sagte: »Also dann bis bald.«

Kapitel 24

Marcs Tante Béatrice arbeitete in einem kleinen Landkrankenhaus eine halbe Autostunde entfernt. Sie war eine zierliche, attraktive Frau um die Sechzig mit großen braunen Augen und sorgfältig gelockten grauen Haaren. Sie trug einen weißen Kittel und ein Stethoskop und lächelte fortwährend, da sie sich offensichtlich freute, Marc zu sehen, und Jenny in die allgemeine Wiedersehensfreude einschloß. Sie sprach überhaupt kein Englisch, und deshalb mußte Marc ihr den Unfallhergang schildern und als Übersetzer fungieren, während sie Jennys Hals untersuchte. Die beiden hatten eine kurze, laute Auseinandersetzung. Soviel Jenny mitbekam, ging es darum, daß Béatrice ihn auch röntgen wollte. Er protestierte, gab aber schließlich nach. Béatrice drehte sich um, und hinter seinem Rücken signalisierte sie Jenny mit emporgerecktem Daumen verschwörerisch ihren Sieg.

Als sie Jennys Röntgenbild sah, schüttelte sie erschrocken den Kopf. Sie rief Marc heran, damit er übersetzte, und erklärte, daß es sich um ein schweres Trauma der oberen Wirbelsäule handle und daß diese stabilisiert werden müsse. Sie würde Jenny eine Spritze geben, um den Muskelkrampf zu lösen. Dadurch würde die Wirbelsäule geschützt, bis sie in der Lage wäre, sich selbst zu heilen. Die Spritze würde auch sofort die Schmerzen lindern, fügte sie hinzu.

»Und was genau injizieren Sie mir?« fragte Jenny, während sie beobachtete, wie Béatrice eine Spritze aufzog, die aussah, als diene sie normalerweise für die Behandlung von Pferden. Marc übersetzte die Frage, und sie drehte sich lachend um, drohte

Jenny mit dem Finger, als wäre sie vorlaut, und sagte bloß: »Ah, non.« Bei solchen Schmerzen kann man jedoch alle Vorsicht vergessen. Jenny ließ sich von ihr in die richtige Lage bringen, bäuchlings auf der Liege und das Gesicht in ein vorgefertigtes Loch gedrückt, sich dann die riesige Nadel ins Rückgrat rammen und die mysteriöse Flüssigkeit injizieren. Und sie war froh, es getan zu haben, denn die furchtbaren, peinigenden Schmerzen ließen schon nach wenigen Sekunden nach, und als sie fünf Minuten später aufstand, stellte sie fest, daß sie ihren Kopf wieder bewegen konnte, wenn auch nur schwerfällig. Es erschien ihr wie ein Wunder, ohne diesen quälenden Schmerz zu sein, und sie faßte sich überrascht in den Nacken. Sie fragte sich, was ihre Osteopathin wohl dazu sagen würde.

Als nächstes setzte Béatrice Marc auf einen Stuhl und pinselte ihm ein purpurrotes Antiseptikum auf die Stirn. Er protestierte lautstark, weil es brannte, und sie lachte ihn belustigt aus. Kleines süßes Baby Marc, dachte Jenny liebevoll, während sie beobachtete, wie er sich zum Narren machte. Er benahm sich in vieler Hinsicht noch wie ein richtiges Kind.

Als sie die Klinik verließen, war es schon später Nachmittag und das Licht dunstig und verwaschen gelb geworden. »Ich habe eine Idee«, sagte Marc. »Wir wissen doch, daß es an der Flußmündung bei Tréguier keinen anderen Eingang zu Hervés Haus gibt ...« Jenny guckte ihn verständnislos an. »Na ja, da, wo sich der Jachtklub befindet. Wie dem auch sei, wir sind jetzt in Perros-Guirec, das heißt, in der nächsten Stadt westlich davon, und mir ist gerade der Gedanke gekommen, daß es vielleicht einen Ausgang auf eine der kleinen Landstraßen geben könnte, die von unserem Rückfahrtsweg abzweigen, bevor wir die Hauptstraße erreichen. Wir sollten vielleicht mal Ausschau nach irgendwelchen Wegen halten, die nach links abgehen.«

Sie war völlig verwirrt von dem, was er gesagt hatte – räumliches Vorstellungsvermögen war nie eine ihrer starken Seiten gewesen –, aber es hörte sich ganz plausibel an. Es gingen tatsächlich mehrere Wege von der Straße ab, und sie bogen in einige ein und erkundeten sie. Die meisten wiesen tiefe Schlaglöcher auf. Herabhängende Zweige zerkratzten das Auto, und schließlich verloren sich die Wege im Wald oder endeten an einem Feld oder einem einsamen Bauernhaus. Sie waren schon fast wieder auf der Hauptstraße, als sie an einem Weg vorbeikamen, der so überwachsen war, daß man wie durch einen Tunnel fuhr und Marc das Fernlicht einschalten mußte. Der Untergrund war ebener als bei den anderen Wegen, so als würde er öfter benutzt. Sie folgten seinen vielen Windungen über ungefähr anderthalb Kilometer, bis sie um eine letzte Kurve bogen und plötzlich hinter einer Mauer mit einem Holztor die Schornsteine eines Hauses sichtbar wurden.

Sie stiegen aus und sahen sich um. Jenny reichte nicht bis an den Mauerrand, aber Marc zog sich an der Mauer hoch, sah hinüber und bestätigte, daß sie tatsächlich an der Rückfront von Hervés Haus waren. Nervös sprang er wieder herunter und griff nach ihrer Hand. »Komm, machen wir, daß wir hier wegkommen.«

»Warum? Ist er etwa da?« fragte sie.

»Nein, aber er könnte zurückkommen, und ich möchte nicht, daß er uns hier herumschnüffeln sieht. Das wäre peinlich.«

Was für eine seltsame Wortwahl, dachte sie, aber sie zeigte nur zu deutlich Marcs Erziehung. Jemand war vielleicht ermordet worden, und es ging hier um einen verschlagenen, gemeinen Menschen, der gedroht hatte, ihr etwas anzutun, und der ihr absichtlich den lädierten Hals verrenkt hatte, trotzdem war Marc darauf bedacht, sich diesem Freund seines Vaters gegenüber höflich zu benehmen.

Sie entzog ihm ihre Hand, ging hinüber zu dem Holztor, drückte die Klinke herunter, und einer der Torflügel sprang auf.

»Um Gottes willen!« zischte Marc ihr zu, aber sie legte nur den Finger an den Mund.

Im Haus brannte kein Licht, und eine große Doppelgarage stand offen, war aber leer, abgesehen von einem Bootsanhänger und ein paar grellfarbigen Bojen. Der Vorhof war glatt betoniert. Eine Mauer umgab das gesamte Haus und grenzte es vom dichten Kiefernwald ab. Sie betrachtete das zweistöckige hellgraue Steingebäude näher. Eine Mülltonne aus Metall stand vor einer Hintertür, und sie schaute durch das Fenster daneben in eine Küche mit einem großen unaufgeräumten Tisch in der Mitte. In der Spüle stapelten sich dreckiges Geschirr und Töpfe.

Als sie einen Blick zurück warf, sah sie Marc immer noch vor dem Tor stehen. Er gestikulierte ihr wild, daß sie zurückkommen solle, aber sie schlich weiter und lugte vorsichtig um die Hausecke. Der Weg war hier mit knirschenden Kieselsteinen belegt und verlief abschüssig bis hinunter an den Hauptweg, der zum hohen Metalltor an der Vorderfront des Hauses führte. Vorsichtig, sich des Geräusches ihrer Schuhe auf den Steinen bewußt, ging sie den Hang hinunter und guckte immer erst um die Fenstervorsprünge, bevor sie daran vorbeihuschte. An den Wänden eines Zimmers befanden sich Schiffsmodelle und so etwas wie Seekarten. In einem anderen standen ein großer Fernseher und unter einem Elchkopf an der Wand ein Sofa mit Schottenkaro.

Von der Vorderfront des Hauses bot sich ihr über die Baumwipfel hinweg ein atemberaubender Blick auf die funkelnde, mit Booten gesprenkelte Bucht. Sie suchte die dunstige Küste auf der anderen Seite ab und meinte, den dunkelgrauen Umriß des Jacquinet-Hauses auf einer Landspitze ausmachen zu können, obwohl das Licht schnell schwächer wurde. Sechs Stufen führten zu einer Vordertür mit schwerem schwarzen Klopfer. Sie schaute in den Garten hinunter und schätzte ab, an welcher Stelle der erste Marc wohl gelandet sein mußte, als er in jener Nacht über die Mauer gesprungen war.

Sie lief weiter um das Haus herum zur vierten Seite. Der Kies hörte hier auf, und sie machte sich Sorgen, daß sie im aufgeweichten Gras Fußspuren hinterlassen könnte, sagte sich dann aber, daß das eigentlich egal wäre. Direkt nach einem Schornsteinvorsprung gingen zwei Stufen hinunter zu einer niedrigen Holztür, die in eine Art Keller führen mußte. An dieser Seite des Hauses gab es keine Fenster, sondern nur hohe graue Mauern. Sie faßte an die Kellertür, aber sie war fest verschlossen. Ein Windstoß pfiff durch die Bäume. Sie schaute sich im Gras und im hohen Buschwerk um, konnte jedoch nichts Ungewöhnliches entdecken. Seit Marcs Verschwinden waren allerdings zwei Wochen vergangen, so daß etwaige Spuren von einer tätlichen Auseinandersetzung längst beseitigt wären. Könnte seine Leiche vielleicht in dem Keller liegen? Sie schüttelte den Kopf. So dumm wäre Hervé nicht. Jedenfalls war sie sich jetzt ziemlich sicher, daß nichts dergleichen passiert war.

Als sie zurück zum Tor kam, hatte Marc den Wagen bereits gewendet und saß rauchend hinterm Steuer.

»Was zum Teufel hast du eigentlich gesucht?« fragte er, als sie einstieg.

»Ich weiß auch nicht. Ich wollte einfach herausfinden, mit wem ich es zu tun habe«, erwiderte sie.

Auf dem Heimweg starrte sie, in Gedanken versunken, aus dem Fenster, und, wie hypnotisiert, sah sie dunkle Schatten an sich vorbeiziehen. Es waren keine klaren Szenen, sondern es kam ihr eher vor, als würde in ihrem Kopf ein Video schnell abgespult, mit Bildern, die auf der Leinwand aufflackerten und sofort wieder verschwanden, noch bevor man sie richtig wahrnehmen konnte. Ein unwirkliches Glühen überzog den Horizont, und lachsrote Wolken trieben am Himmel entlang.

Als sie am Haus ankamen, rannte sie schnell die Treppe hoch, sagte, sie müßte zur Toilette, lief aber statt dessen den gewundenen Flur entlang, durch eine Tür und über ein paar Stufen in das Turmzimmer. Die Fensterläden waren geschlossen, aber an den

Rändern drang das Abendlicht herein und ließ sie die Umrisse des Mobiliars erkennen. Sie setzte sich auf die kühle Steppdecke am Bettrand, schloß die Augen und schlang die Arme um sich. Nachdem sie mit Hervé gesprochen und den Hintereingang seines Hauses gefunden hatte, war sie sich sicher, daß der andere Marc entkommen konnte, daß er am Leben war und daß es für alles eine plausible Erklärung gab. Und sie verspürte einen Anflug von Optimismus, daß sie ihn bald wiedersehen würde. Sie atmete tief die abgestandene Luft ein, und ihr war, als könnte sie seine Präsenz in dem Raum noch spüren.

Am Abend gingen sie in das Fischrestaurant in Loguivy, in dem Marc für sie einen Tisch bestellt hatte. Der Besitzer kannte ihn, gab ihnen einen Platz am Fenster mit Blick über die von Sternen beleuchtete Bucht und spendierte ihnen mit großer Geste ein Glas knochentrockenen Champagner auf Kosten des Hauses. Sie aßen eine würzige Fischsuppe aus Langustinen und Muscheln in einer dicken Tomatensoße mit viel Knoblauch. Jenny stellte fest, daß Marc von alter Schule war: Er rückte den Stuhl zurecht, bevor sie sich setzte, schenkte ihr ständig Wein nach und bestand darauf, die Rechnung mit seiner Platin-AmexCard zu bezahlen (mit Geld vom Konto seiner Mutter, wie Jenny annahm). Sie sprachen ein wenig über Hervé, aber Marc mochte ihm partout nichts Böses unterstellen.

»Er ist ein Weiberfeind«, räumte er ein, »aber ich bin mir ziemlich sicher, daß das nur sexueller Frust ist. Er hat in all den Jahren, die ich ihn kenne, nie eine Frau gehabt. Inzwischen hat sich das wahrscheinlich von selbst erledigt.«

»Und wieso hat er dann solche Angst vor mir?« fragte Jenny. »Das mußt du doch bemerkt haben.«

»Vielleicht ist er's nicht gewöhnt, sich mit schönen Frauen zu unterhalten, und es macht ihn nervös.«

»Ach, das kannst du dir schenken!« wies sie ihn zurecht. Sie haßte es, wenn man sie schön nannte. Früher hatte sie ganz passabel ausgesehen, inzwischen wollte sie aber nicht mehr an ihr Aussehen erinnert werden.

Marc lachte. »Hervé ist unfreundlich zu Frauen gewesen, solange ich denken kann. Er hat sich meiner Mutter gegenüber furchtbar aufgeführt, ich glaube, das habe ich dir schon erzählt. Und einmal hatte er eine schreckliche Auseinandersetzung mit Tante Béatrice. Sie stammt aus einer jüdischen Familie in Wien, ihre Mutter kam in den dreißiger Jahren in die Bretagne und hat den Bruder meiner Großmutter geheiratet. Béatrice wurde irgendwann im Krieg geboren. Wie dem auch sei, wir waren einmal, ich muß damals ungefähr neunzehn oder zwanzig gewesen sein, alle hier im Haus zum Essen versammelt, und Hervé begann, Béatrice zu provozieren, daß ihre Familie Nazis gewesen wären. Er meinte, es sei eine allgemein bekannte Tatsache, daß alle Wiener mit den Deutschen kollaboriert hätten. Béatrice wurde immer wütender und sagte schließlich: ›Damit Sie's wissen, meine Großeltern sind im Konzentrationslager umgekommen.‹ Und wie aus der Pistole geschossen, konterte Hervé: ›Wie ist denn das passiert? Sind sie etwa vom Wachturm gefallen?‹« Marc lachte.

»Oh, mein Gott«, rief Jenny aus, »das ist geradezu unverzeihlich!«

»Ich weiß. Béatrice hat seitdem kein Wort mehr mit ihm gesprochen. Meine Mutter war auch ziemlich wütend auf ihn.«

»Weißt du, was deine Großeltern im Krieg gemacht haben?« fragte Jenny.

»Ich bin mir nicht ganz sicher. Ich glaube, die Familie meiner Mutter hat den Großteil des Krieges hier in der Bretagne verbracht. Über meines Vaters Seite ist mir nichts bekannt.«

»Das Haus muß doch bestimmt von den Deutschen konfisziert worden sein? Es hat ja eine strategisch so wichtige Lage.«

»Ja, ich glaube, es haben ein paar Offiziere hier gewohnt. Ich weiß es aber nicht genau.«

»Es muß seltsam sein, in einem besetzen Land zu leben. Jeder, der heute über sechzig ist, wird etwas darüber zu erzählen haben.«

»Kann schon sein«, erwiderte Marc, ihn interessierte das nicht besonders. »Laß uns noch eine Flasche Champagner bestellen. Ich merke, daß ich langsam betrunken werde. Wir können uns ja aber jederzeit ein Taxi nehmen. Was meinst du?«

»Ich könnte noch was vertragen. Ich muß aber erst mal verschwinden. Du kannst ja schon bestellen.«

Als Jenny in der Toilette war und ihre Hosen herunterzog, blieb ihr die Luft weg, und sie ließ sich auf den Toilettendeckel plumpsen. Ihre Periode hatte äußerst vehement eingesetzt, und alles war voller Blut. Ihre Schlüpfer waren durchweicht, und im Zwickel ihrer Hose zeigten sich schon erste Flecken. Sie atmete tief durch und versuchte, sich über ihre Gefühle klar zu werden – es überwog ganz klar die Erleichterung. Sie brauchte keine Entscheidung mehr treffen, es würde keine Abtreibung geben, kein schreiendes Baby, das sie allein aufziehen müßte. Sie befeuchtete etwas Toilettenpapier im Waschbecken und säuberte sich, so gut sie konnte. Sie hatte keine Tampons bei sich und faltete deshalb mehrere Lagen Toilettenpapier zu einer provisorischen Binde, die sich beim Laufen sperrig und rutschig anfühlte.

Sie stand vor dem Spiegel, zog ihre Lippen nach und starrte sich an. »Ich bin nicht schwanger«, flüsterte sie erleichtert, und genau in dem Moment verspürte sie so etwas wie Bedauern. Das bedeutete auch, von ihrer leidenschaftlichen Liebesaffäre war ihr nichts geblieben als ein altes weißes T-Shirt und ein paar vergiftete Erinnerungen.

Reiß dich zusammen, wies sie sich selbst zurecht. Dir geht's bestens, alles ist bestens. Genau in dem Augenblick bemerkte sie in der Ecke des Raumes ein Telefon. Sie warf schnell einen prüfenden Blick darauf und stellte fest, daß es Kreditkarten nahm. Von einem Instinkt getrieben, hob sie den Hörer ab und wählte, inzwischen tief in ihren Erinnerungen verfangen, Louies Nummer in Brooklyn.

Er meldete sich beim vierten Klingelzeichen. »Jenny, wo sind Sie denn?«

»Ich bin in der Bretagne. Ich rufe aus einem Restaurant an.«

»Haben Sie Hervé gesehen?« Seine Stimme verlor sich in den Nachrichtenwellen über dem Atlantik.

»Ja, wir haben uns zu Mittag auf einen Drink mit ihm getroffen. Er hat nichts ausgespuckt, aber er ist sehr nervös. Und später haben wir dann einen Hinterausgang an seinem Haus gefunden, durch den Marc entkommen sein könnte.« Sie war immer noch ganz begeistert darüber.

»Ich habe mehr Informationen über die Sache in Libyen«, sagte Louie. »Anscheinend gab es einige sehr dubiose Regierungsprojekte im Süden des Landes, in Grenznähe zum Tschad. Hervé ist mit runtergelassenen Hosen erwischt worden, als er sich gerade am achtjährigen Sohn eines Cousins des dortigen Scheichs verging. Er kann von Glück sagen, daß er noch am Leben ist. Es war sehr schlimm für ihn im Gefängnis, bis Edouard ihn durch irgendeinen Handel freikriegte.«

»Das klingt plausibel, wenn man den Mann kennt«, meinte Jenny nachdenklich.

»Und was Edouards Filmgeschäfte angeht, das waren nur billige Pornos. In den siebziger Jahren konnte man viel Knete damit machen, irgendwo in einem Lagerhaus mit Amateurdarstellern schlecht und recht seine eigenen Filme zu drehen und Wagenladungen davon an Sex Shops und über Versand zu vertreiben.«

»War das illegal?«

»Er ist nie dafür verurteilt worden, aber Gott allein weiß, wie knapp er dem entgangen ist.«

»Louie, das ist toll, das ist genau, was ich brauche.«

»Sie werden doch nichts Dummes tun, nicht wahr? Versprechen Sie mir, daß Sie schleunigst von dort abhauen werden.«

»Keine Sorge, wir fahren morgen nach London zurück. Ich muß Montagfrüh im Büro sein.«

Als sie an den Tisch zurückkam, schaute Marc demonstrativ auf seine Uhr und seufzte. Und sie fragte lachend: »Willst du wirklich wissen, weshalb ich so lang gebraucht habe?«

»Ja«, sagte er vorsichtig, »ich glaube schon.«

»Ich habe gerade die stärkste aller Perioden bekommen und keine Tampons mit«, flüsterte sie provozierend.

»Hör auf!« Er hielt sich die Ohren zu. »Das ist so vulgär, ich kann nicht glauben, daß du mir so etwas sagst. Oh, mein Gott!«

Jenny mußte wieder darüber lachen, wie kindisch er sich benahm. »Glaubst du«, meinte sie, das Thema wechselnd, »daß Hervé morgen da sein wird, wenn wir vor unserer Abfahrt noch auf einen Drink im Jachtklub vorbeischauen würden?«

»Wahrscheinlich. Er wohnt praktisch dort«, erwiderte Marc. »Aber bist du sicher, daß du ihn wiedersehen willst? Das war doch ziemlich übel heute nachmittag.«

»Hmmm«, nickte sie. »Ich bin fest entschlossen.«

Als sie in jener Nacht gutgelaunt und beschwipst zurückkehrten, folgte sie Marc in sein Schlafzimmer. Sie war bester Laune, weil sie nicht schwanger war, und sie fühlte sich so befreit, als sei eine Fessel von ihr abgefallen. Sie rollte sich zu ihm, küßte ihn und ließ ihre Hand über seine Brust bis hinunter zu seiner Hüfte gleiten. Sie konnte seine Erektion spüren, ohne ihn zu berühren, aber er rückte von ihr ab.

»Willst du denn nicht mit mir schlafen?« flüsterte sie zärtlich.

»Das geht doch nicht«, sagte er. »Du hast ja deine Tage.«

»Wegen meiner Periode?« fragte sie lachend. »Hast du dir etwa noch nicht deine roten Sporen verdient?«

»Was ist denn das?«

»Das ist eine Auszeichnung, die wir Mädchen an Männer verleihen, die sich nicht vor etwas Blut fürchten.«

Er wurde ganz verlegen. »Das ist nicht der Grund. Ich will die

Laken nicht beschmutzen. Wir können aber trotzdem ein bißchen Spaß haben, wenn du möchtest.«

»Okay, ich kann dir die Auszeichnung ja schon mal im voraus zuerkennen, und du versuchst es dann vielleicht ein anderes Mal.« Sie schlüpfte unter die Decke und umschloß ihn mit ihren Lippen. Sein festes zuckendes Glied im Mund und den köstlichen Austerngeschmack auf der Zunge zu spüren bereitete ihr mehr Vergnügen als der gestrige Sex. Noch mit ihm verschlungen, schlief sie danach friedlich ein.

Am nächsten Morgen wachte Jenny zeitig auf. Sie wagte sich anfangs nur ganz vorsichtig zu bewegen, bis sie feststellte, daß ihr Hals in Ordnung und durch die Spritze weiterhin betäubt und geschützt zu sein schien. Marc schlief noch, also stand sie auf und tappte im Bademantel in die Küche, um Wasser für ihre Kräuter aufzusetzen. Mit ihrer Tasse dampfender, bitterer brauner Flüssigkeit ging sie dann ins vordere Zimmer. Die Fensterläden waren offengelassen worden, und als sie hinunter aufs Meer schaute, sah sie einen schwarzen Schatten zwischen den Bäumen am Gartenrand verschwinden. Es war nicht Hervé, dessen war sie sich sicher. Sie hatte zwar nur einen Umriß gesehen, dieser war aber größer und schlanker als er und auf jeden Fall behender gewesen. Vielleicht ein Einheimischer, der eine Abkürzung genommen hatte, dachte sie. Es gab keinen Grund, hinauszurennen und es zu überprüfen, weil sie denjenigen, wer immer es auch gewesen sein mochte, sowieso nicht mehr eingeholt hätte.

Sie zogen sich an, packten ihre Sachen ins Auto und vergaßen auch nicht, das übriggebliebene Obst für die Reise mitzunehmen. Dann ging Jenny in den von Tau benetzten Garten hinunter, um die Stelle zu inspizieren, wo der Mann zwischen den Bäumen verschwunden war, dort gab es jedoch keinen Pfad, und er hatte keinerlei Spuren hinterlassen. In der kalten Luft hing der Duft feuchter Kiefern, und über dem Wasser krächzten Vögel. Sie blickte noch einmal hinauf zu dem alten dunkelgrauen Steinhaus und dem erstaunlichen Terrassen-Garten, in dem gerade die ersten Blumen zu blühen begannen, und fragte sich, ob sie wohl jemals wieder hierher zurückkehren würde. Es erschien ihr irgendwie unwahrscheinlich und stimmte sie traurig.

Sie fuhren zum Jachtklub und betraten die Bar, die voller, lauter und verrauchter war als am Vortag. Sie bemerkte Hervé nicht sofort, weil er mit einem älteren Mann in der Ecke saß und ihnen den Rücken zukehrte.

»Das ist Auguste, Hervés Vater. Mein Gott, kaum zu glauben, daß er noch lebt. Komm, ich stelle dich vor.«

Hervé drehte sich um, und als er sie sah, rang er sich ein Lächeln ab und stand auf, um ihnen die Hand zu schütteln. »Oho, da sind ja die Unfallopfer! Wie geht's denn heute?« Jenny wich zurück, als er sich ihr zuneigte.

»Danke, schon viel besser. Tante Béatrice hat uns kuriert.«

»Darf ich Sie mit meinem Vater bekannt machen, Jenny? Leider spricht er aber überhaupt kein Englisch. *Papa, je te présente une amie de Marc.*«

Als Jenny dem alten Mann die Hand schüttelte, wurde ihr klar, was sie an seinem Aussehen irritiert hatte. Wenn er den Kopf drehte, bewegte sich das eine Auge nicht mit, und bei näherer Betrachtung sah es aus wie eine Kunststoffmurmel, die eingefärbt worden war, um Ähnlichkeit mit einem Auge zu haben. Es mußte aber wahrscheinlich doch aus Glas sein, vermutete sie. Jedenfalls ließ es ihn unheimlich wirken. Sein gesundes Auge war winzig klein und blutunterlaufen und seine Haut derart runzlig, daß sie in Falten herunterhing wie bei einer Bulldogge. Er war genau wie sein Sohn gekleidet, nämlich mit einem Zopfmusterpullover unter einer alten Tweedjacke.

Marc und Hervé zogen Stühle heran, und dann ging Hervé zur Bar, um etwas zu trinken. Marc erkundigte sich nach der Gesundheit des alten Mannes. Sie hörte nur mit halbem Ohr hin, denn sie ließ Hervé nicht aus den Augen und überlegte, ob sie vielleicht zu ihm an die Bar gehen und mit ihm sprechen solle. Sie wollte sehen, wie er reagieren würde, wenn sie den Sohn des Cousins vom Scheich und das Pornographie-Studio im Lagerhaus zur Sprache brächte. Auguste erzählte gerade, was für ein guter Junge Hervé doch sei und daß er ihn jeden Sonntag zum Mittagessen ausführen und sie dabei immer einen über den Durst trinken würden.

Marc fragte, ob er noch bei Hervé im Haus wohne, und Jenny wartete gespannt, was er antworten würde. Der alte Mann verneinte, und sie gewann den Eindruck, daß er in einem Altersheim in der Nähe lebe. Es gebe dort viele andere alte Leute. Und plötzlich wurde ihr bewußt, daß sie seinem Französisch, ganz im Gegensatz zum starken bretonischen Akzent der Einheimischen, durchaus folgen konnte. Sie mühte sich, im Kopf eine Frage zu formulieren, einfach, um am Gespräch teilzunehmen.

»*Vous n'avez pas l'accent Breton, monsieur. Quelle parte de France …*« Sie verstummte, denn sie merkte, daß sie nicht wußte, wie sie fragen sollte, woher er komme.

Marc mußte sich vor Lachen über ihren Versuch den Bauch halten und imitierte mit hoher Stimme ihr Französisch: »*Quelle parte de France?*« Sie puffte ihn am Arm.

Der alte Mann lachte ebenfalls so sehr, daß ihm das gesunde Auge tränte. »*Je suis né dans la sud-ouest, mademoiselle. Vous êtes anglaise?*«

»*Oui, j'habite à Londres.*«

»*Vous êtes ici en vacances?*«

»*Non, je cherche un ami …*« Dann hörte sie auf zu sprechen, weil Marc laut losprustete.

»Hat man dir das so in der Schule beigebracht, oder imitierst du nur Peter Sellers Akzent aus ›Der rosarote Panther‹?«

»Was soll das? Ich versuch's wenigstens.«

Hervé kam mit einem Tablett voller Gläser zurück. »Was ist denn so lustig?« fragte er.

»Jenny hat versucht, Französisch zu sprechen«, erklärte Marc.

»Wieso bleiben Sie nicht bei den Sachen, von denen Sie etwas verstehen? Was auch immer das sein mag.« Hervé reichte ihr ein Glas. Marc hatte diese rüde Bemerkung die Sprache verschlagen. Sie beobachteten, wie Hervé seinem Vater einen Pernod hinstellte und dann eine Decke glattstrich, die über den Schoß des alten Mannes gebreitet war.

»Also, Marc, *mon vieux*, wie lange bleibst du?«

»Wir fahren heute nachmittag nach Paris zurück, wo ich noch ein paar Freunde besuchen werde, bevor ich wieder nach New York fliege.«

»Wirst du dich auch mit dieser Marie-Letitia treffen, die du vorigen Sommer mitgebracht hast? Die sah toll und sehr sexy aus, fand ich.« Er schaute zu Jenny hin, offensichtlich in der Hoffnung, daß sie das ärgern würde.

»Nur wenn es sich absolut nicht vermeiden läßt«, erwiderte Marc. »Wir hatten zwei Wochen lang unseren Spaß miteinander, und daraufhin führte sie sich auf, als wären wir praktisch schon verlobt. Sie hat mich zur Weißglut gebracht, rief immerzu in New York an und nervte meine Mutter, sie doch zu uns einzuladen. Sie ließ sich kaum abschütteln.«

Hervé lachte und übersetzte die Geschichte seinem Vater, der verständnisvoll nickte. »*Les Parisiennes sont collantes*«, meinte er, und Jenny nahm sich vor, Marc später zu fragen, was das bedeute.

»Werden Sie auch noch einige Zeit in Paris bleiben, um alle Verflossenen von Marc kennenzulernen?« wollte Hervé von Jenny wissen.

Sie rang sich ein Lächeln ab. »Nein, ich muß sofort nach London zurück.«

»Das war ja ein sehr kurzer Besuch. Haben Sie denn gefunden, was Sie suchten?« fragte er mit spöttischem Blick. Sie wunderte sich, wieso ihn ihre Gegenwart heute überhaupt nicht nervös zu machen schien. Irgend etwas hatte sich verändert.

»Ich habe zwar meinen Freund nicht gefunden, aber zumindest kann Marc seine Mutter beruhigen, daß mit dem Haus alles in Ordnung ist.«

»Ja, wie ich gehört habe, sind Sie und Ihr Freund ja dort eingebrochen und haben da gewohnt. Wie schrecklich ungezogen von Ihnen!«

»Wie's scheint, haben sie aber keinen Schaden angerichtet«, scherzte Marc in ihre Richtung. Jenny sagte dazu nichts. Allem Anschein nach würde sich ihr nicht die Gelegenheit bieten, mit Hervé unter vier Augen zu sprechen. Nachdem sie gestern so erfolgreich den Weg zum Hintereingang seines Grundstücks ausfindig gemacht hatten, waren ihre Nachforschungen offensichtlich in eine Sackgasse geraten.

Sie blieben noch eine halbe Stunde, dann schaute Marc auf die Uhr und meinte, daß sie jetzt besser gehen sollten, weil Jenny Karten für den Eurostar um fünf habe. Sie schüttelten sich zum Abschied die Hände, und Hervé bemerkte: »Fahr diesmal aber vorsichtiger, alter Junge. Wir wollen doch nicht, daß du noch mehr Unfälle baust.« Dann wandte er sich Jenny zu, und eingedenk seiner gestrigen Verabschiedung erstarrte sie, aber er drückte ihr nur einen flüchtigen kratzigen Kuß auf beide Wangen und sagte: »Geben Sie gut auf sich acht, meine Liebe«, wobei seine winzigen Augen amüsiert funkelten, als wäre das ein guter Witz gewesen.

Kapitel 25

Es war heiß im Auto, und Jenny zog ihr Jackett aus und drehte sich dann unterm Sicherheitsgurt zum Fenster hin, ließ sich seitlich in den Sitz zurücksinken und starrte hinaus auf die Bäume, Felder und Häuser, die als gelblich-grüne Farbkleckse vorüberhuschten. Sie wollte in Ruhe ihre Gedanken und Gefühle ordnen, aber Marc schaute sie fortwährend von der Seite an, um mit ihr Verbindung aufzunehmen. Sie war über ihn verärgert, weil er sich so freundlich zu dem Mann verhalten hatte, der ganz offenkundig ihr Feind war, dann überlegte sie sich aber, daß er Hervé schließlich schon sein Leben lang kannte, sie hingegen erst seit einer Woche.

»Erzähl mir was über Hervés Vater«, bat sie. »Wie hat er sein Auge verloren?«

»Mutter sagte mir, es sei ein Unfall mit einer Flinte gewesen. Er war früher Polizist, ist aber nach diesem Unfall in den Ruhestand getreten, und ich nehme an, sie haben einfach vom Familienvermögen gelebt und von dem, was Hervé verdiente.«

»Hat er mit Hervé zusammen in jenem Haus gewohnt?«

»Ja, sie haben dort gelebt, seit ich sie kenne. Ich bin aber fast nie bei ihnen zu Hause gewesen, weil sie eigentlich immer zu uns kamen. Als Kind habe ich mich regelrecht gefürchtet vor dem alten Mann, wahrscheinlich wegen seines gruseligen Auges.« Er überlegte. »Oh, Gott, als ich noch klein war, hat er manchmal auf mich aufgepaßt, wenn Mutter und Vater ausgegangen sind. Ich mochte das überhaupt nicht. Er dachte sich immer so blöde Spiele aus, wie Verfolgungsjagden durchs ganze Haus. Ich hatte panische Angst, kannst du dir das vorstellen? Und wenn er mich dann erwischte, legte er mich übers Knie und tat so, als würde er mich verprügeln. Es war richtig ekelhaft. Schließlich wurde ich trotzig und sagte Mutter, daß ich auf keinen Fall mehr bei ihm bleiben würde, und zum Glück ging sie darauf ein.

Jenny sah ihn an und versuchte sich vorzustellen, wie es wohl für ihn gewesen sein mochte, von einem einäugigen Mann durch das düstere Haus gehetzt zu werden.

»Na ja, jetzt ist er nur noch ein kranker alter Mann, der ganz vernarrt in seinen Sohn ist. Sie waren einander schon immer auf seltsame Art verbunden. Ich glaube, sie haben gar keine weiteren Verwandten.«

»Hat er jemals etwas Sexuelles mit dir versucht?« fragte Jenny. »Mal abgesehen von dem Prügeln?«

»Sei nicht so obszön!« rief Marc entsetzt. »Das ist ja pervers! Da hätte ich ihn umgebracht.«

»Ich habe mich das nur gefragt, weil ich inzwischen weiß, daß Hervé in Libyen wegen Unzucht mit einem Achtjährigen im Gefängnis saß.«

»Nein, das ist unmöglich!« schrie er. »Oh, wie abscheulich! Der arme Junge!«

»Aber dir ist nichts dergleichen passiert?«

»Nein, natürlich nicht!« Marc schüttelte sich. »Auf gar keinen Fall!«

Sie fuhren eine Weile schweigend weiter. Jenny überlegte, wie wenig sie eigentlich über Kindesmißbrauch wußte, und erinnerte sich, irgendwo gelesen zu haben, daß Kinder, die sexuell mißbraucht worden sind, mit hoher Wahrscheinlichkeit später selbst Sexualstraftaten an Minderjährigen begehen. Vielleicht hatte Auguste ein krankhaftes Interesse an seinem Sohn gehabt, und Hervé entwickelte die gleiche Vorliebe.

»Weißt du, woran du mich gerade erinnert hast?« fragte Marc plötzlich. »Vor drei Jahren wurde meine Cousine Ailsa überfallen, als wir uns in jenem Sommer im Haus aufhielten. Das war wirklich furchtbar. Sie war damals erst zwölf Jahre alt.«

»Und denkst du, daß es Hervé gewesen sein könnte?« fragte Jenny.

»Nein, wir wissen, wer es war. Ein Holländer, den wir an jenem Tag am Strand getroffen hatten. Die Schwester meiner Mutter, ihr Mann und meine Großmutter mit den Kindern, wir alle waren am kleinen Strand direkt unterhalb unseres Gartens. Dieser junge Kerl kam zu uns rüber und begann sich mit mir über Boote zu unterhalten. Er sagte, daß er aus Holland sei und Hans heiße. Ich lud ihn auf ein Bier ein, und er schien mir ein ganz normaler junger Mann zu sein, weißt du.« Marc fummelte an der Zigarettenschachtel auf seinem Schoß herum, zog eine Zigarette heraus, zündete sie sich an und fuhr danach fort: »Er baute für die Kinder eine wunderbare Sandburg mit vielen Türmchen und einem Graben und ließ sie nach Federn, Muscheln und Seetang suchen, um sie zu verzieren. Ich fand das toll, denn sonst hätten sie mich genervt, mit ihnen zu spielen. Jedenfalls verabschiedeten wir uns am Ende des Nachmittags von ihm, und ich sagte sogar, daß ich ihn vielleicht später in der Bar treffen würde. Wir packten unsere Sachen zusammen und trugen sie den Pfad hinauf zum Haus zurück. Aus unerfindlichem Grund fiel keinem von uns auf, daß Ailsa fehlte. Ich meine, man erwartet doch einfach nicht, daß so etwas gleich hinterm Haus im eigenen Garten passiert.« Er zog an der Zigarette und inhalierte tief.

»Als es Zeit zum Abendessen war, ging ich raus, um sie zu suchen, und ich fand sie im Wald, im Badeanzug auf dem Boden sitzend. Ihre Beine waren voller Blut, und sie konnte weder sprechen noch weinen, sie zitterte nur am ganzen Körper und starrte mich mit ihren kleinen Augen an. Ich trug sie ins Haus, und später erzählte sie uns, daß es der Holländer gewesen sei. Wir riefen die Polizei, aber sie konnten ihn nicht finden. Ich glaube, sie haben sich auch mit der Polizei in Amsterdam in Verbindung gesetzt, aber er wurde nie geschnappt. Ich schwöre dir, ich würde ihn umbringen, sollte ich ihn jemals wiedersehen.« Er schüttelte den Kopf und stieß kräftig den Rauch aus.

»Wie geht es ihr jetzt?« fragte Jenny.

»Sie scheint okay zu sein«, sagte er. »Ich habe sie letztes Jahr gesehen. Wie ich hörte, spricht sie nie darüber, aber ich bin mir ziemlich sicher, sie wird noch lange damit zu kämpfen haben.«

»Das arme Mädchen. Das ist ja furchtbar.« Ihr schauderte bei dem Gedanken an den Schatten, den sie heute morgen zwischen den Bäumen verschwinden gesehen hatte. »Deine Mutter muß außer sich gewesen sein, daß auf ihrem Grundstück dem Kind ihrer Schwester so etwas zugestoßen ist.«

»Mutter war lange Zeit fix und fertig. Sie weinte immer nur. Es war ein richtiger Schock für sie.«

Das konnte sich Jenny vorstellen. Chantal war selbst in guten Zeiten nicht die Ruhe selbst. Marc fühlte sich offensichtlich verantwortlich dafür, sich um sie zu kümmern, aber seine Geduld wurde dabei bestimmt manchmal ziemlich auf die Probe gestellt.

»Hast du schon mal daran gedacht, dir eine eigene Wohnung zu nehmen?« fragte sie, ihrem Gedankengang folgend.

»Ja, das wäre gar nicht so schlecht. Ich bin einfach zu faul, sonst hätte ich wahrscheinlich schon längst etwas in der Richtung unternommen.« Er grinste. »Ich bin nicht gerade der Größte beim Reinemachen, Kochen und solchen Sachen. Vielleicht warte ich noch, bis ich mir ein Hausmädchen leisten kann.«

»Oder du heiratest und läßt deine Frau die Hausarbeit übernehmen.«

»Gute Idee. Frauen machen doch so etwas gern, nicht wahr?« Sie knuffte ihn.

»He, es gibt da etwas, das ich dich schon lange fragen wollte«, sagte er, »aber ich hatte Angst, daß du nein sagen würdest.« Er lächelte sie an, und sie lächelte unsicher zurück.

»Wieso versuchst du's nicht einfach?«

»In Wirklichkeit will ich gar nicht in Paris bleiben. Vielleicht könnte ich für ein paar Tage mit dir nach London kommen.« Da sie nichts sagte, fuhr er fort: »Ob du's glaubst oder nicht, aber ich war noch nie in London, und deshalb würde ich es mir gern ansehen, und irgendwie habe ich auch gehofft, noch mehr Zeit mit dir verbringen zu können, bevor ich wieder nach New York zurückfliege. Was hältst du davon?«

Sie zögerte. »Das Problem ist, daß ich arbeiten gehen muß, denn ich habe allerhand aufzuholen.«

»Das ist okay«, meinte er strahlend. »Ich werde einfach tagsüber allein herumschlendern, auf Entdeckungsreise gehen und mir vielleicht ein paar Musicals ansehen. Ich werde dich nicht stören. Ehrenwort!«

Sie zermarterte sich das Hirn nach einer höflichen, aber stichhaltigen Ausrede. »Oh, bitte!« drängelte er. »Mach schon, gib dir einen Ruck!«

»Weißt du, ich denke, es war wahrscheinlich ein Fehler, daß wir miteinander geschlafen haben, und ich möchte die Sache nicht noch mehr verkomplizieren.«

»Und ich denke, es war toll«, erwiderte er fröhlich. »Wo liegt das Problem?«

»Daß du schon bald in die Staaten zurückkehren wirst und ich scharf auf einen anderen bin, wie du weißt.«

»O ja, auf den verschwundenen Liebhaber. Du brauchst keine Angst zu haben, ich werde dir nicht zu nahe kommen, wenn du's nicht willst.« Sie sagte nichts. »Ist es also abgemacht?« Er langte herüber und kniff sie mit kokettem, bettelnden Augenaufschlag ins Bein.

»Könntest du bitte auf die Straße achten! Ja, in Ordnung, aber nur für ein paar Tage.« Dann fiel ihr etwas ein. »Was bedeutet eigentlich *collantes*? Auguste hat gesagt, Pariserinnen seien *collantes*?«

Er kniff die Augen zusammen. »Das heißt ›klebrig‹. Sie werden fordernd und besitzergreifend, kaum daß man sie kennengelernt hat, und man wird sie dann nicht mehr los.«

»Ich wette, du bist ein richtiger Feigling, wenn es darum geht, mit Mädchen Schluß zu machen«, bemerkte Jenny.

»Wie meinst du das?«

»Du möchtest von jeder geliebt werden. Dir ist die Vorstellung verhaßt, daß jemand schlecht von dir denken könnte, und deshalb drückst du dich wahrscheinlich nicht sehr deutlich aus, wenn du mit einer Schluß machen willst. Ich wette, du sagst ihnen, wie wunderbar sie seien, und überschüttest sie mit Komplimenten, um dann schließlich mit irgendeiner lahmen Ausrede zu kommen, warum du sie nicht wiedersehen kannst, so daß sie überhaupt nicht wissen, woran sie sind.«

»Ja, ich bin zu Mädchen immer freundlich«, stimmte er zu. »Man kann ja nie wissen, ob man eines Tages vielleicht wieder mit ihnen schlafen will.«

Sie aßen schnell etwas in einem Bistro gegenüber dem Gare du Nord, und dann kaufte Jenny als Reiselektüre ein paar englische Sonntagszeitungen. Die banalen Schlagzeilen über die Affären und sexuellen Entgleisungen Prominenter machten sie aus unerklärlichem Grund wütend, während Marc sie amüsant fand.

Kaum hatte der Zug sich in Bewegung gesetzt, schob Jenny die Zeitungen beiseite und schloß die Augen. Bei ihrem kurzen Ausflug hatten sie allerhand herausgefunden, jedoch nichts, daß sie dem Aufspüren ihres verlorenen Liebhabers näher brachte. Sie überlegte, welche Anhaltspunkte ihr noch verblieben waren. Sie könnte Debbie anrufen und sie bitten, etwas intensiver nach ihrer früheren Freundin und Arbeitskollegin zu suchen. Oder sie könnte auch noch einmal zu Joe gehen, ihn mit ihrem Wissen um seine Drogengeschäfte konfrontieren und ihn fragen, ob der erste Marc darin verwickelt gewesen sei. Joe wußte mehr, als er sagte. Wieso hatte denn bei Oriol noch nie jemand etwas von seiner Freundin Abbey gehört? Sie entschloß sich, diese beiden

Spuren weiterzuverfolgen und zu sehen, was sich als nächstes ergeben würde.

Von Waterloo Station nahmen sie ein Taxi zu ihrer Wohnung. Marc fing bereits an, ihr auf die Nerven zu gehen. Er warf sein Jackett lässig über eine Stuhllehne und schien überhaupt nicht zu bemerken, wie sie es demonstrativ aufhob und an einen Kleiderhaken hängte. Dann fläzte er sich der Länge nach aufs Sofa und ließ die Beine über die Lehne baumeln. Er nahm viel zuviel Platz in dem Raum ein, der durch seine Anwesenheit unordentlich wirkte.

»Hast du Bier da?« fragte er.

Sie fand ganz hinten im Kühlschrank eine vereinzelte Büchse und reichte sie ihm, danach ging sie zum Telefon, um ihre Nachrichten abzuhören. Michael hatte angerufen, um zu erfahren, wie das Wochenende gelaufen sei; Stuart bat darum, ihn zurückzurufen, weil er Neuigkeiten habe; und dann ertönte Chantals schnelle, aufgeregte Stimme: »Jenny, ich habe in Neuilly eine Nachricht für Marc hinterlassen, aber er hat mich noch nicht angerufen, und er müßte doch inzwischen zurück in Paris sein. Es ist jetzt hier zwei Uhr nachmittags. Können Sie mich bitte umgehend anrufen, wenn Sie wieder zu Hause sind, um mich wissen zu lassen, wo er ist?«

»Du solltest dich lieber bei ihr melden«, sagte Jenny, aufs Telefon zeigend.

»Oh, mein Gott, diese Frau ist eine Landplage. Das hat Zeit«, meinte er, »erst muß ich mal duschen. Wo ist das Bad?«

Jenny nahm ein frisches Handtuch aus dem Schrank und gab es ihm, dann brachte sie ihre Reisetasche ins Schlafzimmer. Ihr fiel ein, daß sie noch gar nicht die Post geholt hatte, deshalb rannte sie, diesmal bei gesicherter Tür, schnell die Treppe hinunter, aber in ihrem Briefkasten war nichts außer der Reklame einer Fensterreinigungsfirma. Als sie wieder in der Wohnung war, ging sie in die Küche, um sich etwas zu trinken zu holen. Sie hatte keine Gelegenheit gehabt, neues Mineralwasser zu kaufen, deshalb verbrauchte sie den kleinen Rest, der noch da war und füllte danach das Glas mit Wodka auf. Es wurde ziemlich viel Alkohol. Sie genehmigte sich trotzdem einen großen Schluck. Der Wodka brannte ihr in der Kehle.

Plötzlich klingelte es, und sie runzelte die Stirn, denn sie erwartete keinen Besuch.

»Hallo?« fragte sie in die Wechselsprechanlage.

»Jenny, ich bin's, Joe, Joe Paton. Kann ich mal kurz mit dir sprechen?«

»Joe, was willst du denn hier?«

»Es geht um Marc. Ich habe ihn gestern getroffen und soll dir was von ihm ausrichten.«

Sie war baff und drückte die Öffnertaste, um ihn hereinzulassen. Ihr zitterten die Hände, als sie die Tür zu entriegeln versuchte. Wenn Joe ihn gestern gesehen hatte, war er vielleicht in London. Sie hörte Schritte die Treppe hochkommen, und Joe grinste zu ihr herauf, als er um die Biegung trat. Zu verwirrt, um etwas sagen zu können, lächelte sie zurück.

Als er oben angelangt war, dachte sie, daß er sie auf die Wange küssen wolle, aber er versetzte ihr statt dessen einen derartig kräftigen Stoß gegen die Brust, daß sie das Gleichgewicht verlor, sich an der Wand den Ellbogen aufschlug und mit dem Rücken auf den Holzfußboden des Korridors stürzte. Sie brauchte ein paar Sekunden, um zu sich zu kommen. Joe stand mit erhobener Hand über ihr, als wolle er nochmals ausholen. Er hatte ganz glasige Augen und einen harten, kalten Blick. Sie rollte sich zur Seite, um auszuweichen, und packte den Saum eines Mantels, der über ihrem Kopf hing. Genau in dem Augenblick, als Joe einen weiteren Schlag landete, fiel der Mantel auf sie. Es gelang ihr, darunter hervorzukriechen, und erst jetzt fing sie an zu schreien.

Sie kam wieder auf die Beine, taumelte ins Zimmer und sprang über die Sofalehne, wobei etwas Scharfes ihr Bein streifte. Dann fiel sie mit dem Kopf gegen die Glasplatte des Couchtisches. Sie schrie hysterisch aus vollem Hals, für sie hörte es sich aber leise und wie von jemand anderem aus weiter Ferne an.

Im Hintergrund brüllte jemand laut etwas wie »Du!«, und der Telefontisch fiel krachend um. Sie stützte sich auf die Ellbogen und sah Marc mit Joe auf dem Fußboden ringen. Bevor sie ums Sofa herumgekrochen war, saß Joe schon auf Marc und schlug auf ihn ein, während dieser abwehrend die Arme hob.

Jenny warf sich auf Joe. Durch den Aufprall wurde er weggedrückt. Dann flog die Tür auf, und Kirsten stand im Zimmer. »Was, zum Teufel ...«, brüllte sie los. Joe stieß Jenny plötzlich von sich, schob Kirsten beiseite und stürzte an ihr vorbei zur Tür hinaus. Die ganze Sache hatte nur ein paar Minuten gedauert.

Jenny konnte sich nicht beruhigen und schrie weiter, woraufhin Kirsten sich zu ihr hinunterbeugte, sie in die Arme nahm und beschwichtigend auf sie einflüsterte: »Pst, alles ist gut, er ist ja weg«, bis Jenny schließlich verstummt war. Sie rang hechelnd nach Luft und zitterte am ganzen Leibe. Dann wandte sie sich zu Marc um. Mit angezogenen Knien und fest zusammengekniffenen Augen lag er splitternackt auf der Seite, stöhnte und gab dabei seltsam glucksende Laute von sich. Jenny schleppte sich zu ihm hin, um seine Stirn zu befühlen, schreckte jedoch zurück, als sie eine Lache dunklen klebrigen Blutes auf dem Fußboden sah. Auch seine Brust und seine Arme waren blutverschmiert. Sie konnte nicht feststellen, wo es herkam, und war einfach wie gelähmt.

Sie hörte Kirsten telefonieren und versuchte den Sinn der Worte zu erfassen. »Es handelt sich um eine schwere Stichverletzung. Beeilen Sie sich.«

Bis der Rettungswagen eintraf, klapperten Marcs Zähne bereits heftig, er war nur noch halb bei Bewußtsein und lag zitternd unter dem Federbett, mit dem Kirsten ihn zugedeckt hatte.

Kapitel 26

Wie sich herausstellte, rührte der heftige Schmerz, den Jenny am Bein verspürt hatte, von einer tiefen Stichwunde in ihrer rechten Wade her. Nachdem die Wunde genäht und verbunden war, nahmen zwei Polizisten ihre Aussage auf in einem Raum mit braunem Teppich, Resopal-Tischen und bröckelndem Putz an den Wänden, der sich direkt neben der Unfallstation des Krankenhauses befand.

Ich habe doch gar kein Messer gesehen, sagte sie sich immer wieder, und dieser Satz ging ihr nicht aus dem Kopf, so daß es ihr schwerfiel, den Fragen der Polizisten zu folgen. Sie rasselte den Tathergang derartig schnell herunter, daß sie sich, was Details betraf, ständig in Widersprüchen verfing.

»Eigentlich waren sie hinter mir her. Sie dachten doch, daß Marc in Paris wäre.«

»Wen meinen Sie denn mit ›sie‹?«

»Hervé. Ich glaube, daß er Joe beauftragt hat, mich umzubringen.«

Die Polizisten mußten ständig um nähere Erläuterungen bitten. »Woher kannten Sie diesen Joe überhaupt? Wieso kannte er Marc? Über welchen Marc sprechen Sie jetzt gerade?« Sie sahen sich vielsagend an, und sie wußte sehr wohl, daß sie ihr die Geschichte nicht ganz abnahmen, die sich allerdings auch weit hergeholt anhörte – ein verschwundener Liebhaber, der sich für jemand anderen ausgegeben hat, ein Drogenhändler mit Plattenvertrag und ein finsterer bretonischer Segler. Vielleicht nahmen sie an, daß sie unter Schock stand. Vielleicht würden sie sie in die

Psychiatrie einweisen. Sie mußte über sich selbst lächeln und bemerkte, daß ihnen auch das nicht entging.

Marc hatte mehrere Stichwunden an den Armen und in der Brust, die Ärzte versicherten ihr aber, daß keine davon lebensgefährlich sei. Seine rechte Lunge war kollabiert, deshalb wurde eine Drainage gelegt, um sie wieder zu entfalten, und sie hatten ihm eine Transfusion gegeben, um seinen Blutverlust auszugleichen. Sie meinten jedoch, er könne von Glück sagen, daß das Messer das Herz und die Halsschlagader verfehlt hätte. Glück, was für ein merkwürdiges Wort das doch ist, dachte sie, es in Gedanken wiederholend.

Nachdem man ihr versichert hatte, daß sein Zustand stabil sei, atmete Jenny tief durch und wählte Chantals Nummer in New York. Sie nahm sofort ab, und Jenny meldete sich.

»Ist Marc bei Ihnen?« wollte Chantal sofort wissen.

»Bedauerlicherweise hat es einen Unfall gegeben«, begann Jenny, stockte und korrigierte sich dann: »Nein, einen Zwischenfall.« Sie hielt inne, und am anderen Ende der Leitung herrschte Schweigen. »Sind Sie noch da?«

»Ja«, flüsterte Chantal fast unhörbar.

»Wir sind heute am frühen Abend nach London zurückgekommen, und jemand ist gewaltsam in meine Wohnung eingedrungen und ...« Sie zögerte den Moment der Wahrheit hinaus. »Leider hat Marc Stichverletzungen davongetragen. Er wird aber bald wieder auf den Beinen sein. Ich rufe gerade aus dem Krankenhaus an.«

In der rauschenden Leitung war ein kurzer Aufschrei zu hören und dann ein langgezogenes und schmerzvoll gestöhntes »Nein«.

»Chantal, sind Sie noch da? Er ist okay, er ist am Leben. Es ist jemand vorbeigekommen und hat den Angreifer verschreckt.«

»Kann ich mit ihm sprechen?« flüsterte sie. »Bitte.«

»Das ist leider nicht möglich. Einer seiner Lungenflügel ist kollabiert, aber ich schwöre Ihnen, er ist außer Lebensgefahr.«

»Oh, mein Gott!« Sie weinte.

»Hören Sie, wenn Sie herkommen möchten, sind Sie herzlich eingeladen, bei mir zu wohnen. Meine Wohnung befindet sich ganz in der Nähe des Krankenhauses.«

»Selbstverständlich komme ich!« erwiderte sie aufgeregt. »Was dachten Sie denn, was ich tun würde? Ich nehme den nächsten Flug.«

»Haben Sie einen Stift? Ich gebe Ihnen meine Nummer und die Adresse des Krankenhauses durch.« Immer noch schluchzend, notierte Chantal sich alles. »Wollen Sie jemanden mitbringen?« fragte Jenny.

»Nein«, wimmerte sie. »Marc ist alles, was mir geblieben ist.«

Nachdem sie aufgelegt hatten, wurde Jenny bewußt, daß Chantal sich überhaupt nicht nach Einzelheiten zum Tathergang oder zum Angreifer erkundigt hatte, und das kam ihr ziemlich seltsam vor. Aber schließlich reagieren Leute in so einer Situation oft recht seltsam.

Inzwischen war es bereits fast ein Uhr morgens und die verordnete Ruhe eingekehrt. Sie hinkte durch die fahlen Korridore, in denen es nach altem Gummi roch, um noch einmal nach Marc zu sehen. Sein Raum war voller modernster Technik und wirkte gespenstisch im Widerschein der Monitore, die ihn umgaben. Der Schlauch, der aus seiner Brust ragte, endete in einer Wasserflasche, in der gurgelnd Luftblasen sprudelten, und irgendwo tickte eine Maschine. Sein Körper zeichnete sich groß und lang unter dem sauberen glatten Laken ab, und seine Füße ragten übers Bettende hinaus. Jenny strich ihm ein paar Haarsträhnen aus der blassen feuchtkalten Stirn, aber er regte sich nicht. Vorsichtig den Schläuchen ausweichend, küßte sie ihn zart auf die Schläfe, wandte sich dann ab und humpelte aus dem Krankenhaus.

Kirsten hatte ihr angeboten, oben bei ihr zu übernachten, sie konnte es aber nicht über sich bringen, in dieser Nacht nach

Soho zurückzukehren, deshalb winkte sie sich ein Taxi heran und nannte dem Fahrer Michaels Adresse in Dulwich. Die Straßen waren schwarz und glänzten vom Regen, der vor kurzem gefallen war, und die orangeroten Straßenlaternen warfen nur hier und da kleine Lichtkegel. Der Taxifahrer nahm eine ungewohnte Route durch Nebenstraßen südlich vom Fluß, und für ein paar Minuten geriet Jenny in Panik und stellte sich die irrationale Frage, ob er sie vielleicht entführen wolle. Dann hielten sie aber vor Michaels viktorianischem Reihenhaus in einer von Bäumen gesäumten Straße, in der alle Fenster mit Gardinen versehen und blitzblank waren. Sie klingelte Sturm, bis oben ein Licht anging und Michael schließlich verschlafen und im Bademantel die Tür öffnete.

»Ich bin überfallen worden«, sagte sie unter Tränen, und er legte ihr den Arm um die Schultern und führte sie ins Haus. Seine Frau Annie kam schnell herunter und kochte Tee. Wortreich versuchte Jenny zu erklären, was passiert war, aber sie spürte, daß die beiden nichts begriffen. Annie wickelte den Verband ab, um sich die Naht an ihrer Wade anzusehen und meinte, daß man es gut gemacht habe. Dann legte sie sorgfältig den Verband wieder an. Sie trug ein ärmelloses Nachthemd, und Jenny bemerkte, daß sie Cellulite an den Oberarmen hatte. Der Raum kam ihr unwirklich vor, und sie hob zum x-ten Mal die Teetasse hoch, nur um sie zitternd gleich wieder abzustellen. Michael nahm ihre Hand und drückte sie beruhigend.

»Ich denke, wir sollten uns am Morgen weiter unterhalten«, sagte Annie freundlich. »Du brauchst jetzt Schlaf.« Sie führte Jenny nach oben ins Gästezimmer, brachte sie zu Bett und zog ihr die Daunendecke bis unters Kinn hoch. Michael blieb noch eine Weile neben ihr auf dem Bett sitzen, strich ihr übers Haar und flüsterte: »Du bist jetzt sicher, schließ einfach die Augen und entspanne dich.«

Jenny konnte aber nicht einschlafen, nachdem er gegangen

war. Der Lichterschein der nächtlichen Stadt fiel durch die Vorhänge, und sie lag reglos da und versuchte sich an alle Zusammenhänge zu erinnern, die ihr jedoch immer wieder entglitten. Einzelne Gedanken schossen ihr durch den Kopf, verweilten aber nicht lange genug, um sie zu einem Ganzen zusammenzufügen. Joe arbeitet bestimmt für Hervé und war geschickt worden, um sie zum Schweigen zu bringen. Deshalb hatte Hervé keine Anzeichen von Nervosität mehr gezeigt, als sie sich am Sonntag trafen, denn er wußte bereits, wie er sie loswurde. Joe aber war ein Freund des ersten angeblichen Marcs, und das hieß, daß Marc auch etwas mit ihnen zu tun haben mußte. Ja, das war ganz offensichtlich. Louies Vermutung, daß ihrer beider Treffen von Joe arrangiert worden sei, mußte also stimmen. Blieb nur noch die Frage, warum. Wußte Marc von Joes Überfall auf sie? Wollte auch er sie beseitigen lassen? Die Vorstellung war zu schrecklich, um sich weiter in sie hineinzudenken. Was hatte das alles eigentlich überhaupt mit ihr zu tun? Sie durchdachte eine Theorie nach der anderen, aber keine schien ihr wirklich stimmig zu sein. Sie hatte das Gefühl, als wäre die Erklärung für alles sehr naheliegend und doch vollkommen unerreichbar.

Sie schlummerte kurz ein, wachte aber im Morgengrauen auf, als ein Müllauto die Straße entlangholperte und den Abfall in seinen Bauch preßte. Ihr Hals war wieder besorgniserregend steif geworden, so daß es ihr schwerfiel, den Kopf vom Kissen zu heben. Als sie schließlich nach unten humpelte, war Annie schon zur Arbeit gegangen, und Michael fütterte gerade das Baby, das in einem Kinderstuhl saß und völlig sorglos krähte und quiekste. Jenny ließ sich vorsichtig auf einen Küchenstuhl sinken.

»Wie fühlst du dich?«

»O Gott, einfach furchtbar, Michael.« Sie fing an zu weinen, riß sich dann aber zusammen und schluchzte nur noch verhalten. Michael umarmte sie, und Jenny nahm den süßlichen Geruch erbrochener Babynahrung an seiner Kleidung wahr. »Na komm schon, laß alles heraus«, forderte er sie auf, aber das konnte sie nicht. Sie hatte viel zu viele Sorgen.

»Ich muß gehen und die Wohnung saubermachen, denn Marcs Mutter kommt, und alles ist noch voller Blut. Du meine Güte, vielleicht ist sie ja sogar schon da. Ich muß mich beeilen. Und dieser blöde amerikanische Marketingmensch trifft heute im Verlag ein. Ich hätte ihn gleich am Morgen in Empfang nehmen müssen.«

»Okay, hör sofort auf damit«, befahl Michael streng. »Ich sage dir, was wir jetzt tun werden.«

Er ging zur Spüle, um eine Tasse Tee einzuschenken, und Jenny fiel auf, daß er, genau wie Annie, zugenommen hatte. Um seine Taille hatte sich ein gleichmäßiges Fettpölsterchen gebildet, was ihn zufrieden und irgendwie gesetzter wirken ließ. Sie dachte an den drahtigen, energischen Mann zurück, den sie auf der Universität gekannt hatte, und war erstaunt, wie stark er sich verändert hatte.

»Ich werde im Verlag anrufen und mitteilen, daß du einen Unfall hattest und heute nicht kommen wirst. Ich habe für den Vormittag schon einen Babysitter bestellt. Sobald der eintrifft, fahre ich dich zu deiner Wohnung, und wir gucken uns an, was dort los ist. Du darfst bestimmt gar nichts anrühren, bevor die Polizei nicht mit der Spurensicherung fertig ist. Außerdem solltest du meiner Meinung nach sowieso lieber deine Putzfrau bitten, alles wieder in Ordnung zu bringen. Biete ihr einfach ein paar Pfund extra an.« Er stellte Jenny eine riesige Tasse Tee hin, auf deren Außenseite gelbe Zirkuselefanten tanzten. »Marcs Mutter wird höchstwahrscheinlich ohnehin direkt ins Krankenhaus fahren, also kannst du sie dort treffen.«

Jenny traten erneut Tränen in die Augen. Es war wunderbar, sich von jemand anderem die Entscheidungen abnehmen zu lassen. »Einen Anruf muß ich aber noch machen. Ich sollte vielleicht meinen Freund Nigel warnen, der mich mit Joe bekannt gemacht hat. Kann ich dein Telefon benutzen?« Michael nahm ein schnurloses Telefon aus einer Halterung an der Küchenwand und reichte es ihr. Sie wählte die Nummer, und es wurde sofort abgenommen.

»Nigel? Hier ist Jenny. Ich muß dir ein paar Fragen über Joe stellen.«

»Wieso, was hat er denn getan?«

»Er hat gestern abend versucht, mich umzubringen, und einen Freund von mir schwer verletzt.«

Nigel stöhnte laut auf. »Verdammt noch mal, das darf doch wohl nicht wahr sein!«

»Die Polizei fahndet nach ihm und hat ihn vielleicht inzwischen schon verhaftet. Du wirst wahrscheinlich Besuch bekommen, denn ich mußte ihnen sagen, wie wir uns kennengelernt haben.«

»Du lieber Himmel, ist mit dir alles in Ordnung?«

»Ich lebe noch.«

»Bist du dir sicher, daß es Joe war?«

»Nigel, ich habe mit ihm auf dem Fußboden gerungen. Natürlich bin ich mir sicher, daß er's war.«

»Ich habe ihn zwar schon immer für einen komischen Vogel gehalten, hätte aber nie gedacht, daß er ein Psychopath ist.«

»Wie gut kennst du ihn?«

»Er macht manchmal Tonaufnahmen in den Nirvana-Studios, und ich habe ihn ab und an mit Musikern zusammengebracht, die er dafür brauchte. Wir waren eigentlich nicht wirklich befreundet. Um ehrlich zu sein, ich finde ihn etwas kindisch.«

»Warum hast du ihn mir eigentlich vorgestellt?«

»Dein Name fiel eines Tages im Gespräch, und er meinte, daß er dich gern kennenlernen würde, weil er vielleicht eines Tages ein Buch schreiben möchte. Ich habe das nicht ernst genommen, denn er ist nicht gerade der Typ, den man als wortgewandt bezeichnen kann. An jenem Abend dann, als wir miteinander verabredet waren, hat er davon irgendwie Wind bekommen und sich einfach an mich gehängt. Er ließ sich partout nicht abschütteln. Hast du denn nicht gemerkt, wie peinlich es mir war, daß er, kaum hatte ich euch bekannt gemacht, wie eine Klette an dir klebte?«

Jenny erinnerte sich daran und runzelte die Stirn.

»Er muß wie besessen von dir gewesen sein«, fuhr Nigel fort. »Hat er dich vielleicht angegriffen, weil du ihm einen Korb gegeben hast?«

»Nein, es ist alles viel komplizierter. Wann hast du ihn das letzte Mal gesehen?«

»Donnerstag oder Freitag im Studio.«

»Kennst du irgendwelche Freunde von ihm?«

»Nicht, daß ich wüßte. Er scheint mir eher ein Eigenbrötler zu sein. Jenny, ich fühle mich furchtbar wegen der Sache. Entschuldige bitte, das alles tut mir wirklich schrecklich leid.«

»Es ist nicht deine Schuld. Er hat dich bloß benutzt, um an mich heranzukommen. Ich muß jetzt gehen, aber ich rufe dich bald wieder an.«

Während der Fahrt von Dulwich nach Soho erzählte Jenny Michael die ganze Geschichte. Es herrschte starker Verkehr, und sie hatten Rot an jeder Ampel, ohne dazwischen auf Geschwindigkeit zu kommen. Es regnete erneut, die Fußgänger auf dem Bürgersteig waren nur noch verschwommen zu erkennen, und die Straßen wirkten grau und trübe.

»Als du das erste Mal in der Bretagne warst, hast du da deine Sachen gleich nach der Ankunft ausgepackt?« fragte Michael.

»Nein, wir sind sofort ins Bett gefallen. Ich habe erst am nächsten Morgen ausgepackt. Wieso?«

»Mir ist gerade der Gedanke gekommen, daß er dir vielleicht irgendwelche Drogen ins Gepäck geschmuggelt und dich als Kurier benutzt haben könnte.«

Jenny kaute auf der Lippe herum und starrte aus dem Fenster.

»Das traue ich ihm nicht zu. So kann ich mich doch nicht in jemandem täuschen?«

»Das wäre ja nicht das erste Mal, oder?« entgegnete Michael. »Liebe hat dich schon öfter blind gemacht.«

»Das stimmt«, gestand sie leise ein.

»Vielleicht hat er in deiner Wohnung etwas liegenlassen, und das ist der Grund, weshalb jetzt eingebrochen wurde.«

»Mir ist nichts aufgefallen, außer einem T-Shirt.« Sie dachte angestrengt nach. Für übertriebene Ordnungsliebe war sie nicht unbedingt bekannt, und so war es durchaus möglich, daß sie etwas übersehen hatte. »Aber wieso wäre dann mein Telefon verwanzt worden? Das paßt alles nicht zusammen.«

»Ich frage mich, ob Kirsten irgendwas damit zu tun haben könnte. Sie dealt doch mit Drogen, oder nicht?«

»Nein, das macht sie nicht. Sie konsumiert sie nur. So blöd ist sie nicht.«

»Nun ja, welche Erklärung es auch immer dafür geben mag, ich bin jedenfalls der Meinung, daß du eine Weile woanders wohnen mußt. Erstens könnte Joe noch hinter dir her sein, und zweitens solltest du nach einem solchen Erlebnis nicht allein sein. Ich denke, du solltest zu uns kommen und bei uns wohnen, zumindest bis Joe geschnappt ist.«

»Oh, Michael, das ist wirklich lieb von dir. Kann ich es mir noch überlegen? Ich muß erst mal sehen, was Chantal vorhat. Wenn sie bei mir wohnen will, sollte ich wohl auch dort bleiben.«

Michael seufzte. »Sie geht dich nichts an. Du bist ihr nicht verpflichtet.«

»Ich empfinde es aber so. Immerhin ist ihr Sohn wegen mir verletzt worden.«

»Jenny, das ist Blödsinn. Daran ist Joe schuld. Wirst du wohl aufhören, dir die Verantwortung für die ganze Welt aufzubürden? Du kannst nicht alles selbst lösen. Es ist jetzt sowieso Sache der Polizei. Hast du ihnen von Joes Drogengeschäften erzählt?«

Sie nickte.

»Also halte dich da heraus.« Er schlug Jennys Warnungen vor lauernden Politessen in den Wind und parkte direkt vor ihrem Haus. Als sie die Treppe hochstiegen, stützte er sie am Arm. Jenny nahm vorsichtig und leicht schwankend eine Stufe nach der anderen, um ihr verletztes Bein nicht zu belasten.

Auf dem Treppenabsatz vor ihrer Tür kauerte ein Mann und suchte den Rahmen nach Fingerabdrücken ab.

»Ich bin Jenny Rowland«, erklärte sie. »Ich wohne hier.«

»Spurensicherung«, erwiderte er. »Wir brauchen nur noch ungefähr eine halbe Stunde. In der Küche wartet jemand auf Sie.«

Sie stiegen vorsichtig über den Mantel und das Federbett, die noch auf dem Fußboden lagen, und Jenny versuchte die dunkelbraunen Flecken auf den Dielen zu übersehen. Am Küchentisch saß Izzie, ihre Putzfrau, und trank Tee.

»Jenny, meine Liebe, was war denn hier los?« Izzie war eine massige Irin, eine Mutter von fünf kleinen Kindern.

Jenny vermochte plötzlich kein Wort mehr hervorzubringen, und sie wandte sich hilfesuchend nach Michael um.

»Jemand ist in die Wohnung eingedrungen und hat sie und einen Freund, der zufällig hier war, überfallen«, erklärte er. »Sie steht immer noch etwas unter Schock.«

»Das wundert mich überhaupt nicht, Sie Ärmste«, meinte Izzie freundlich. »Warum gehen Sie nicht einfach ins Bett und ruhen sich ein wenig aus, und ich werde alles in Ordnung bringen, wenn die Polizisten mir nicht mehr im Weg rumstehen. Sie brauchen sich darum nicht zu kümmern.«

»Ich muß ins Krankenhaus«, stammelte Jenny. »Ich werde mir nur schnell was anderes anziehen.«

Sie wusch sich langsam, ohne dabei in den Spiegel zu sehen, und schlüpfte in ein Paar bequeme Hosen und einen weiten Baumwollpulli. Ihr Hals war inzwischen fast völlig steif geworden, und sie nahm sich vor, ihre Osteopathin anzurufen. Draußen hörte sie Michael telefonieren, und als sie wieder ins Zimmer kam, fragte sie ihn, mit wem er gesprochen habe.

»Ich habe einen Schlosser angerufen. Sie werden vorbeikommen und an der Tür eine zusätzliche Sicherheitsvorrichtung anbringen, so daß sie sich von innen verriegeln läßt. Izzie wird dafür sorgen, daß sie ordentlich arbeiten.«

Jenny war vor Dankbarkeit wieder zu Tränen gerührt und konnte nicht sprechen, deshalb drückte sie nur seinen Arm. »Ich schulde Izzie noch Geld für die letzten zwei Wochen und für heute. Kannst du mir was leihen?«

»Darum brauchst du dir keine Sorgen machen. Das ist alles schon erledigt.«

Sie liefen langsam hinunter zum Auto und fuhren dann zum Krankenhaus. »Ich denke, ich sollte vielleicht mit hineingehen«, sagte Michael. »Ich möchte dich heute eigentlich nicht gern allein lassen. Ich könnte anrufen und den Babysitter bitten, noch dazubleiben, bis Annie heimkommt.«

»Nein, das ist wirklich nicht nötig. Mir geht's gut, ehrlich.«

»Kommst du dann später wieder zu uns?«

»Ich weiß nicht. Ich werde dir Bescheid geben, sobald ich mit Chantal gesprochen habe.«

»Versprichst du mir, gut auf dich aufzupassen?«

Sie lächelte matt. »Ich werd's versuchen.« Mit einer Mischung aus Angst und verzweifelter Verlassenheit sah sie durch die Glastüren des Empfangsbereiches, wie sein Wagen wegfuhr. Wieso, um alles in der Welt, hatte sie seinem Vorschlag, bei ihr zu bleiben, nicht zugestimmt? Mit ihm hatte sie sich sicher gefühlt, und jetzt war sie wieder verwundbar und ängstlich. Wenn sie sich doch bloß nicht so sperren würde, die Hilfe anderer anzunehmen.

Marc war wach, wirkte aber sehr benommen. Der Drain gurgelte noch neben ihm am Bett. Er verzog die Lippen zu einem Lächeln, als sie einen harten Plastikstuhl heranzog und sich setzte.

»Wie fühlst du dich?« fragte sie. Woraufhin er eine Grimasse schnitt. »Deine Mutter wird bald hier sein. Sie wohnt bei mir, bis es dir wieder besser geht.« Er griff nach ihrer Hand, was ihn so anstrengte, daß er husten mußte.

»Es tut mir so leid, Marc. Das ist alles meine Schuld, denn ich habe dich in diese Sache hineingezogen, obwohl ich wußte, daß es gefährlich werden könnte. Louie hatte mich gewarnt.« Er zog verwundert die Augenbrauen hoch, dann schüttelte er kaum wahrnehmbar den Kopf und schloß erschöpft die Augen.

Sie blieb geduldig sitzen und streichelte mit der Fingerspitze seine Hand, bis er die Augen wieder öffnete und mit heiserer Stimme flüsterte: »Wie ist er hereingekommen?«

»Ich kenne ihn«, erklärte Jenny. »Das war Joe, derjenige, der mich mit dem anderen Marc bekannt gemacht hat.«

»Was, du kennst den?« bellte Marc, von einem schmerzhaften Hustenanfall geschüttelt. Er fuhr flüsternd fort: »Ich kenne ihn nämlich auch. Das ist der verdammte Mistkerl, der meine Cousine Ailsa vergewaltigt hat.«

»Das war Joe? Mein Gott!« Sie schwieg fassungslos. »Bist du dir sicher, daß es wirklich ein und derselbe war?«

»Absolut. Wie könnte ich mich denn bei so etwas täuschen?« Er hustete wieder. Es hörte sich gurgelnd und kratzig an. Jenny starrte gebannt auf seine Lippen und versuchte zu verstehen, was er sagte.

»Wie hast du ihn genannt? Joe?« Jenny nickte wortlos. »Warte mal, du bist mit ihm gegangen, stimmt's? Und du warst mit ihm zusammen, als du diesen anderen Kerl getroffen hast?«

»Wir waren nie zusammen oder so was«, protestierte sie. Sie war wie gelähmt vor Schreck. Wie hatte sie zu jemandem freundlich sein können, der zu so etwas fähig war?

»Was arbeitet er?« fragte Marc.

»Er ist Musiker und bei Oriol unter Vertrag. Er hat ein paar Alben produziert, ist aber nicht sehr erfolgreich.« Sie versuchte immer noch, zu verdauen, was sie soeben erfahren hatte. »Ich frage mich, was er wohl getan hätte, wenn du sein Gesicht auf dem Cover einer CD oder auf einem Poster oder sonst irgendwo entdeckt hättest? Er hält sich ja nicht gerade versteckt, um nicht geschnappt zu werden.«

»Ich bin mir sicher, daß er es einfach leugnen würde. Sein Wort steht gegen das eines damals erst zwölfjährigen Mädchens, und es gab keine Zeugen. Ich glaube nicht, daß man ihm die Sache jemals nachweisen könnte.«

»Zumindest kann man ihn wegen des Überfalls auf uns drankriegen. Wir beide können es bezeugen, und Kirsten hat ihn ebenfalls gesehen.«

»Da wäre ich mir nicht so sicher«, meinte Marc düster.

Eine Krankenschwester steckte ihren Kopf zur Tür herein und teilte mit, daß die Polizei mit ihm sprechen wolle. Die Polizisten trugen Zivil. Es waren nicht die gleichen, die sie am Tag zuvor befragt hatten. Jenny verließ das Zimmer, um draußen zu warten. Sie versuchte, sich aus einem Automaten einen Kaffee zu holen, aber er wies ihr Geld immer wieder zurück, bis sie es schließlich aufgab.

Die Krankenhausluft machte ihr allmählich zu schaffen. Sie roch, als wäre sie voller Keime. Und das Neonlicht, das auf den kahlen getünchten Wänden und den Leitungsrohren flackerte, bedrückte sie. Sie ging zur Eingangstür und sah, daß der Regen nachgelassen hatte, also wagte sie sich hinaus und ließ sich auf einer nassen Steinmauer nieder. Krankenwagen fuhren ein und aus, und alte Leute mit Gehbänken schlurften über den Hof. Es ist alles meine Schuld, sagte sie sich weiterhin wider jede Logik. Ich kann mich nicht auf meine Menschenkenntnis verlassen. Wegen mir werden andere verletzt. Sie war wie gelähmt vor Entsetzen, wenn sie an das Mädchen Ailsa dachte.

War Joe jene Tat ebenfalls von Hervé befohlen worden? Wieso würden sie aber Chantals Nichte ein Leid antun wollen, wenn

Edouard doch ein Freund und Geschäftspartner von Hervé war? Sie hatten das Mädchen nicht umgebracht, obgleich das ein leichtes gewesen wäre, also sollte es vielleicht eine Warnung für irgend jemanden sein. Aber für wen? Und war es bloßer Zufall, daß sich sowohl Joe als auch Hervé an Kindern vergangen hatten? Eine merkwürdige und abstoßende Sache hatten die beiden da gemeinsam.

Nach einer halben Stunde kam einer der Polizisten sie holen und begleitete sie zurück ins Krankenzimmer.

»Wie's scheint, ist Joe verschwunden«, teilte Marc ihr mit. »Wer hätte das gedacht?«

»Können Sie sich an irgendwelche Freunde erinnern, die vielleicht wissen, wo er ist?« fragte einer der Polizisten.

»Ich habe heute morgen mit Nigel gesprochen, demjenigen, der uns miteinander bekannt gemacht hat, und er hat Joe seit voriger Woche nicht mehr gesehen. Sie könnten es aber vielleicht mal bei der Plattenfirma versuchen.«

»Falls Ihnen noch etwas einfällt, dann rufen Sie uns bitte an«, sagte der Polizist und gab ihr eine Visitenkarte, auf deren Rückseite eine Telefonnummer gekritzelt war. Jenny steckte sie sich ins vordere Portemonnaiefach.

Kurz nachdem die Polizisten gegangen waren, öffnete die Schwester erneut die Tür, um Besuch anzukündigen, und mit tränenüberströmtem Gesicht drückte sich Chantal an ihr vorbei ins Zimmer und rannte mit wehendem Mantel auf Marc zu. Sie wurde gefolgt von einem Taxifahrer, der einen großen Koffer und ein kleineres Handgepäckstück trug. Jenny bezahlte ihn.

»Hast du Schmerzen, mein Liebling?« fragte Chantal und strich ihm mit den Fingern durchs Haar.

»Mir geht's einigermaßen, Mutter. Du brauchst dir keine Sorgen zu machen, in ein oder zwei Tagen komme ich hier raus.«

»Wer hat das getan?« verlangte sie mit gebieterischer Stimme zu wissen.

»Dieser Holländer, der Ailsa vergewaltigt hat.«

Chantal ließ sich plötzlich auf den Plastikstuhl plumpsen und vergrub ihr Gesicht in den Händen. Marc und Jenny sahen sie verwundert an. Und dann erklärte sie: »Okay, das war's. Jetzt reicht's. Ich werde herumtelefonieren, bis ich Edouard gefunden habe, und wenn er nicht sofort hier erscheint, erzähle ich alles dem FBI, der hiesigen Polizei, den Zeitungen, den Fernsehsendern, einfach jedem, der bereit ist, mir zuzuhören. Diesmal ist es mein bitterer Ernst. Das werdet ihr schon sehen.«

Sie starrten sie beide sprachlos an.

Kapitel 27

Auf dem Nachhauseweg bat Jenny den Taxifahrer, bei einem Gemischtwarenladen zu halten, um schnell noch ein paar Lebensmittel mitzunehmen. Als sie aber im Geschäft war, fiel ihr nichts ein, was sie brauchen könnte. Mit leerem Blick starrte sie auf die grellen Verpackungen in den Regalen und kaufte dann einige total überteuerte Flaschen Wein, Milch und einen Beutel Croissants.

Nachdem Jenny die Tür aufgeschlossen hatte, schaute sie sich vorsichtig in der Wohnung um, aber es war niemand da. Die Möbel standen wieder an ihrem Platz, und der Fußboden glänzte frisch gebohnert. An der Innenseite der Tür war eine kompliziert aussehende Vorrichtung angebracht worden. Chantal fragte, wo das Telefon sei, und setzte sich auf den Stuhl daneben, ohne erst ihren langen dunkelblauen Mantel abzulegen. Sie begann Nummern aus einem kleinen schwarzen Notizbuch zu wählen, und als sie sprach, klang ihre Stimme scharf und förmlich.

»Hallo, hier ist Chantal Jacquinet. Könnten Sie Edouard sagen, daß ich ihn heute abend sprechen muß, und zwar unter dieser Nummer.« Sie gab Jennys Telefonnummer durch. »Danke.« Sie drückte auf die Gabel und wählte sofort die nächste Nummer aus dem Buch. Diesmal wiederholte sie den gleichen Text auf französisch, und bei einem weiteren Telefonat hörte es sich wie Spanisch an. Jenny zählte die Telefonate nicht mit, denn sie ging derweil in die Küche, um eine Flasche Wein zu öffnen, aber es handelte sich bestimmt um mehr als zehn, und jedesmal sagte Chantal genau das gleiche.

Jenny rief den Lieferservice eines japanischen Restaurants an und holte die Flasche Wein aus der Küche. Als aber die leckeren Sushi-Häppchen gebracht wurden und sie die glänzenden rosa, schwarzen und weißen Kreise vor sich sah, die zusammen mit Meerrettich und einer kleinen Flasche Sojasoße als Beigabe hübsch in einem Plastikbehälter angeordnet waren, wurde ihr schon vom bloßen Anblick übel. Sie erinnerten sie zu sehr an rohes Fleisch. Chantal stocherte an ihnen herum, führte jedoch auch keines zum Mund.

»Wieso glauben Sie, daß Edouard mit der Sache zu tun hat?« fragte Jenny.

»Der Mann, der über Ailsa hergefallen ist, arbeitet für ihn«, erwiderte Chantal. »Er hat das zwar immer bestritten, aber für mich besteht gar kein Zweifel daran. Er hatte mich zwingen wollen, ihm etwas zu geben, und als er nicht bekam, was er wollte, hat er zur Warnung für mich der Tochter meiner Schwester etwas angetan.«

»Was, um alles in der Welt, wollte er denn von Ihnen haben?«

»Ein Videoband, das er nur zu gern an sich bringen würde. Sie sind sogar in meine Wohnung eingebrochen, um danach zu suchen, aber ich bewahre es an einem Ort auf, wo sie es nie finden werden. Dieses Band ist meine einzige Sicherheit.«

»Oh, mein Gott!« rief Jenny. »Was ist denn darauf?«

Chantal schaute sie an. »Mir ist klar, daß Sie jetzt mit in dieser Sache drinstecken, egal, ob Ihnen das nun gefällt oder nicht, aber um Ihretwillen ist es das Beste, wenn Sie nicht mehr wissen.«

Das Telefon klingelte, und Jenny humpelte hin und nahm den Hörer ab.

»Hi, hier ist Michael. Kommst du nun?«

»Ich bin mit Marcs Mutter hier. Wir sind gerade beim Abendessen.«

»Ist alles okay?«

Chantal lief aufgeregt um sie herum, voller Angst, daß es

Edouard sein könnte, doch Jenny schüttelte verneinend den Kopf. »Mir geht's gut. Aber weißt du schon das Neueste? Marc kannte Joe auch. Er sagt, daß Joe vor drei Jahren in der Bretagne seine Cousine überfallen habe. Er ist überzeugt davon, daß es sich dabei um ein und dieselbe Person handelt.«

»Mein Gott, Jenny. Das wird ja immer verrückter.«

»Und die Polizei sagt, daß Joe jetzt verschwunden sei.« Chantal stand immer noch dicht neben dem Telefon, seufzte und trat von einem Fuß auf den anderen. Als Jenny aufschaute, zog sie die Augenbrauen hoch und zeigte auf ihre Uhr.

»Du bleibst heute nacht doch nicht etwa in der Wohnung, oder?«

»Vielleicht schon, nur die eine Nacht. Ich habe mich bereits eingeriegelt. Hör zu, ich mache jetzt besser Schluß, denn wir erwarten einen Anruf, ich rufe dich aber morgen früh wieder an.«

»Gib gut auf dich acht«, bat er.

Sobald Jenny aufgelegt hatte, erklärte Chantal: »Sie müssen wissen, daß Edouard ein vielbeschäftigter Mann ist. Wenn er nicht sofort zu Ihrer Nummer durchkommt, wird er's nicht noch einmal versuchen. Ich muß aber unbedingt heute abend mit ihm sprechen.«

Jenny murmelte eine Entschuldigung. Chantal griff sich eine Zeitschrift, postierte sich in eine Sofaecke und sah immer wieder zum Telefon hin. Jenny hinkte durchs Wohnzimmer hinüber ins Schlafzimmer, um ihre Sachen auszupacken. Es war nach Mitternacht, und sie wollten sich gerade zum Schlafengehen fertigmachen, als das Telefon erneut klingelte. Es meldete sich eine kräftige, höfliche Stimme, die angenehm und selbstbewußt klang.

»Oh, guten Abend. Ich glaube, Chantal Jaquinet wohnt bei Ihnen. Könnte ich vielleicht mit ihr sprechen?«

Chantal hatte ihren Kopf aus der Badezimmertür gestreckt. Als Jenny ihr zu verstehen gab, daß er es sei, rannte sie wie ein

Schulmädchen ins Wohnzimmer und griff nach dem Hörer. Jenny blieb lauernd in der Tür stehen, denn sie war neugierig, was Chantal sagen würde.

Diese gab ihrer Stimme einen so frostigen und herrischen Ton wie nur möglich. »Dein Sohn ist von einem deiner Männer niedergestochen worden. Er liegt hier in London im Krankenhaus. Ich weiß nicht, was los ist, aber ich möchte, daß du mich morgen triffst, sonst gehe ich zur Polizei.«

Es trat eine lange Pause ein, während Edouard etwas erwiderte. Chantal schnitt ihm scharf das Wort ab: »Hör auf damit! Es ist mir egal, wo du bist, sei einfach morgen abend um sieben hier.« Sie gab Jennys Adresse durch und legte auf.

Chantal trug ein elfenbeinfarbenes Satinnachthemd, die blonden Haare fielen ihr zerzaust auf die Schultern, und ihre Fußnägel waren korallenrot lackiert. Sie nahm sich ein Weinglas vom Tisch und leerte es bis zum letzten Tropfen.

»Wo ist er?« wollte Jenny wissen.

Finster vor sich hin starrend, überhörte Chantal die Frage. »Werden Sie morgen abend hier sein?«

»Möchten Sie das denn?«

»Würde es Ihnen etwas ausmachen? Am besten ist vielleicht, wenn Sie in der Wohnung sind, uns aber eine Weile allein lassen. Wäre das okay für Sie?« Jenny nickte.

Am nächsten Morgen, bevor Chantal zum Krankenhaus aufbrach, gab Jenny ihr einen Satz Wohnungsschlüssel und entschloß sich dann, ins Büro zu gehen. Sie wollte nicht den ganzen Tag allein in der Wohnung auf- und ablaufen und ihren Gedanken nachhängen. Das Anziehen nahm allerhand Zeit in Anspruch, denn das Bein tat ihr jetzt mehr weh, und den Kopf konnte sie überhaupt nicht mehr drehen. Alle ihre Muskeln waren verkrampft und schmerzten, und die tiefe Schnittwunde in der Wade begann sofort quälend zu pochen, sobald sie das

Gewicht auf das Bein verlagerte. Sie rief ein Taxi, um sich abholen zu lassen, und als es eintraf, humpelte sie langsam die Treppe hinunter. Auf dem Weg nach draußen schaute sie in ihrem Briefkasten nach Post und fand einen ganzen Stoß Briefe darin. Sie öffnete sie im Taxi: Finanzamt, Amnesty International, eine Einladung aus Anlaß der Erstausgabe eines Magazins, eine Bank, die ihr eine neue Art von Kreditkarte verkaufen wollte, und zuunterst ein brauner Umschlag mit dem Poststempel von Ayrshire. Freda schien jetzt angestrengt zu arbeiten. Sie steckte alle die Briefe in ihre Handtasche.

Als sie ihre Bürotür aufstieß, saß Richard Bly, mit den Beinen wippend, auf Emmas Schreibtischkante, und die beiden schütteten sich aus vor Lachen über irgendeinen Witz. Er sprang verlegen herunter, als Jenny plötzlich auftauchte, aber sie winkte beschwichtigend ab, insgeheim verwundert, was für ein fixes Kerlchen er doch war. Für eine Mittzwanzigerin besaß Emma sehr viel Gelassenheit, und Jenny war sich sicher, daß sie gut auf sich selbst aufpassen konnte.

»Wir haben dich nicht erwartet. Wie geht's dir denn?« Emma stützte sie am Arm und half ihr in den Schreibtischsessel.

»Ganz gut, ich bin nur ein bißchen steif. Und wie läuft's hier?«

»Bestens, keine Probleme. Soll ich dir einen Kaffee bringen?«

»Das wäre toll. Denkst du, daß du auch ein Stück Kuchen für mich auftreiben könntest? Ich bin am Verhungern. Richard, kommen Sie doch herein. Ich bedaure, daß ich gestern nicht da sein konnte, um Sie willkommen zu heißen.«

»Das macht doch nichts. Die Sache mit Ihrem Unfall tut mir aufrichtig leid. Wie ich Emmas Worten entnommen habe, handelte es sich um eine Art Überfall, stimmt das?«

Jenny nickte mit eingezogenen Lippen. »Ich möchte nicht darüber sprechen, wenn es Ihnen recht ist.«

»Natürlich, das verstehe ich. Es muß ziemlich schlimm für Sie gewesen sein.«

»Aber bitte setzen Sie sich doch«, forderte sie ihn freundlich auf. »Wann sind Sie denn angekommen?«

»Am Sonnabendnachmittag. Ich dachte, ich sollte mir einen Tag Zeit gönnen, um die Zeitverschiebung zu verkraften. Ich wohne in einem Hotel nicht weit von hier, bis ich Zeit habe, mir eine Wohnung zu suchen.«

Jenny fand es belustigend, was für ein Weichei er doch war. »Sind Sie schon allen vorgestellt worden?«

»Ja, sie haben mich alle sehr freundlich aufgenommen. Stuart Murphy hat mir die Abläufe erklärt und wird mich morgen zu einigen Kunden mitnehmen. Es ist doch richtig, daß Dienstagnachmittag immer Ihre Lektoratssitzungen stattfinden?«

»Ja, aber ich glaube nicht, daß wir heute eine machen werden.«

»Ach, schade. Das ist nämlich genau der Bereich, mit dem ich mich hauptsächlich beschäftigen soll«, meinte Howie.«

»Wenn alles gut geht, werden wir nächste Woche eine machen«, sagte sie. »Das gibt Ihnen auch genügend Zeit, sich einzugewöhnen.« Sie fragte sich, ob ihre Ironie vielleicht zu offensichtlich gewesen sei, aber er schien sie nicht bemerkt zu haben.

Richard räusperte sich. »Ich möchte mich noch für unseren mißglückten Start in New York entschuldigen. Vielleicht dürfte ich Sie zum Lunch einladen, und wir könnten noch einmal ganz von vorn anfangen?«

»Ja, in Ordnung, aber bestimmt nicht heute. Ich werde Sie wissen lassen, wenn ich Zeit habe.« Sie begann in den Papieren auf ihrem Schreibtisch herumzuwühlen. Richard verstand den Wink und erhob sich.

»Gehen Sie's sachte an«, sagte er zum Abschied, was sie dazu veranlaßte, hinter seinem Rücken die Augen zu verdrehen. Dann griff sie zum Hörer, um Stuart anzurufen, noch bevor Richard in das Büro zurückkehren könnte, das sich die beiden teilten.

»Jenny, bist du okay?« Er klang wahrhaft besorgt.

»Eigentlich nicht«, erwiderte sie, »aber ich bin trotzdem hier. Ich habe deine Nachricht erhalten, daß du mir etwas mitzuteilen hast.«

»Können wir uns kurz um die Ecke auf einen Kaffee treffen? Ich möchte unter vier Augen mit dir sprechen.«

»In Ordnung«, willigte sie ein. »Kannst du herkommen und mich abholen? Das Laufen fällt mir heute ein bißchen schwer.«

Stuart guckte sie erschrocken an, als er ihr Büro betrat, und sein Gesichtsausdruck erinnerte sie daran, wie furchtbar sie aussah. Sie hatte eine dunkelblaue Beule an der Schläfe, wo sie auf dem Couchtisch aufgeschlagen war, am Arm gab es weitere Prellungen, und das Bein war mit einem dicken Verband umwickelt. Sie hatte dunkle Ringe unter den Augen, saß starr und steif da, und die Hände zitterten ihr, als sie die Kaffeetasse anhob. Um ehrlich zu sein: Eigentlich wollte sie von Stuart abgeholt werden, weil sie sich fürchtete, allein auf die Straße zu gehen. Sie versuchte zwar, den Gedanken zu verdrängen, daß Joe noch irgendwo da draußen sein und ihr auflauern könnte, aber es erschien ihr dennoch angebracht, Vorsicht walten zu lassen.

Sie teilte Stuart in einer Kurzfassung mit, was passiert war, wobei sie nur Joe und keine der anderen Personen erwähnte, die noch in die Sache verwickelt waren. Er zeigte so viel Mitgefühl, daß ihr mehrmals die Tränen in die Augen stiegen und sie mit sich kämpfen mußte, ihnen nicht freien Lauf zu lassen.

»Denkst du, daß es etwas mit diesem anderen Einbruch zu tun hat?« fragte Stuart.

»Könnte sein. Ich bin nicht sicher.«

»Meiner Meinung nach solltest du dich nicht in der Wohnung aufhalten, solange er nicht geschnappt worden ist«, sagte Stuart. »Er weiß doch, daß du ihn identifizieren kannst. Es ist unbegreiflich, daß die Polizei dich vorige Nacht dort schlafen lassen hat.«

»An meiner Tür ist ein kompliziertes Verrieglungssystem angebracht worden. Ich bin kaum mehr selbst in der Lage, sie von innen zu öffnen«, versuchte sie zu scherzen. »Marcs Mutter wohnt bei mir, und heute abend trifft sein Vater ein, ich bin also vorerst sicher. Was war es, das du mir mitteilen wolltest?«

»Ich habe Gail angerufen und bekomme die Stelle. Ich wollte dich vorwarnen, bevor ich offiziell meine Kündigung einreiche.«

»Oh, Stuart«, seufzte sie. »Ich freue mich, daß es geklappt hat, aber wie soll ich denn ohne dich zurechtkommen?«

»Ich habe etwas herausgefunden, was dir helfen könnte. Ich weiß nämlich, wer all die Verlagsprobleme an Howie durchsikkern lassen hat. Am Freitagabend bin ich zu Emma hochgegangen, um mich zu erkundigen, in welchem Hotel sie Richard untergebracht hat. Sie war aber schon früher gegangen, und so schaltete ich ihren Computer ein, um zu sehen, ob ich irgendwelchen Schriftverkehr dazu finden könnte. Ich nahm an, daß sie ihm die Einzelheiten per E-Mail mitgeteilt hätte, deshalb klickte ich ihren Ordner ›gesendete Nachrichten‹ an. Und weißt du, was ich da gefunden habe?« Jenny schüttelte den Kopf. »Eine ellenlange Liste von E-Mails an Howie. Ich überprüfte die Datumsangaben. Es waren im Durchschnitt zwei bis drei Mails pro Woche in den letzten vier Monaten.«

»Emma hat E-Mails an Howie geschickt?« fragte Jenny ungläubig. »Warum denn nur, um alles in der Welt?«

»Anscheinend hat er ihr eingeredet, daß er sich Sorgen über deinen Leitungsstil mache, und versprochen, ihr eine Lektoratsstelle zu geben, wenn sie ihn über alle Entwicklungen auf dem laufenden halte. Also hat sie ihm berichtet, mit wem du dich getroffen hast, welche Bücher du angenommen oder abgelehnt hast, welche Mißgeschicke in der Herstellung aufgetreten sind und welche Probleme es mit Autoren gab. In der letzten Nachricht, die sie abgeschickt hat, geht es um den Rechtsstreit wegen des Buches über genmanipulierte Nahrungsmittel. Oh, und sie hat ihm auch Sachen aus deinem

Privatleben gesteckt, er weiß also über uns Bescheid und auch über jenen kleinen Ausflug nach Frankreich, der von den Zeitungen aufgegriffen wurde. Ihre Berichterstattung scheint bis zu den Zeitungsmeldungen über deine Affäre mit Leo Kozinsky zurückzureichen.«

»Das erklärt vieles. Dieses intrigante kleine Miststück!« Jenny lächelte vor Erleichterung, endlich Klarheit zu haben. »Ich wette, sie hat nicht erwähnt, daß der Rechtsstreit wegen dieses Buches über genmanipulierte Nahrungsmittel ihre Schuld war.«

»Was wirst du nun machen?«

»Oh, mein Gott, das weiß ich noch nicht. Im Moment läßt mich das wirklich ziemlich kalt. Was soll ich dazu sagen? Howie hat sicherlich das Recht, über unsere Verlagsprobleme Bescheid zu wissen, nehme ich mal an.«

»Für mich hat es den Anschein, als würde er belastendes Material gegen dich sammeln.«

»Ja, das könnte man in der Tat meinen.« Sie schwieg, um darüber nachzudenken, aber irgendwie erschien ihr das in dem gegenwärtigen Durcheinander unerheblich.

»Wirst du Emma feuern?«

»Wahrscheinlich. Aber bestimmt nicht heute. Dazu habe ich jetzt nicht die Nerven.«

Als sie ins Büro zurückkehrte, fand sie eine Nachricht vor, daß sie Louie anrufen solle. Sie schloß also die Tür hinter sich, um nicht von Emma belauscht zu werden, und humpelte hinüber zu ihrem Schreibtisch.

»Jenny, was, in Gottes Namen, ist denn passiert?« verlangte er zu wissen.

Sie berichtete ihm, was sich in den vergangenen anderthalb Tagen seit ihrem letzten Telefongespräch zugetragen hatte, und als sie damit fertig war, meinte Louie sehr ernst: »Okay, ich möchte, daß Sie um Polizeischutz bitten. Wenn Sie es nicht tun, werde ich es tun. Sie wissen offensichtlich etwas, was für diese Leute eine

Bedrohung darstellt, und es würde mich gar nicht überraschen, wenn sie's noch einmal versuchten.«

»Was, um alles in der Welt, soll ich denn bloß wissen? Haben Sie inzwischen noch irgend etwas herausgefunden?«

»Ja, allerdings. Anscheinend betreibt Edouard Jacquinet ein großes geheimes Unternehmen, dem seit Jahren das FBI auf der Spur ist, ohne daß ihm bisher etwas anzuhaben war. Ich kann mir denken, daß die britischen Geheimdienste ebenfalls hinter ihm her sind. Er kontrolliert ein riesiges Speditionsnetz, und seine Leute können jegliche Art von Waren überallhin transportieren. Sie liefern an Länder Waffen, denen diese nicht über normale Kanäle zugänglich sind, und es ist so gut wie sicher, daß er große Drogentransporte für die kolumbianischen Kartelle tätigt. Selbst handelt er jedoch nicht mit Drogen. Er ist einfach in der Lage, glattweg alles zu liefern.«

»Sind Sie sicher, daß er nicht mit Drogen handelt? Ich dachte, daß es eigentlich genau darum gehen muß, wenn Joe für sie arbeitet.«

»Nein, dann wäre viel mehr über sie bekannt. Für mich hat es den Anschein, als würde Joe den Drogenhandel auf eigene Faust betreiben.«

»Edouard besitzt also einen Kurierdienst, so etwas wie Federal Express, er befördert jedoch die Art von Lieferungen, die normalerweise nicht durch Grenzkontrollen kommen würden.«

»Und zudem beseitigt er jeden, der ihm im Weg ist. Vor ein paar Jahren hatte das FBI einmal einen Hinweis erhalten, daß ein bestimmtes Haus in Teheran von ihm genutzt würde, als sie aber eine Razzia machten, fanden sie darin Massen von Leichen, viele davon verstümmelt, darunter auch ihr Informant und ein paar Kinder. Mir will das ganz und gar nicht gefallen, Jenny, denn im Moment hat es den Anschein, als wären Sie ihm im Wege.«

»Wenn dem FBI das alles bekannt ist, wieso verhaften sie ihn dann nicht einfach?«

»Sie haben seine Geschäfte in den Staaten faktisch zum Erliegen gebracht, indem sie all seine Kuriere festgenommen haben, aber sie glauben, daß er in Europa und im Fernen Osten noch aktiv ist. Niemand weiß, wo er wohnt, wer seine engsten Mitarbeiter sind, oder wo er sein Geld aufbewahrt. Nur sehr wenige Leute wissen überhaupt, wie er aussieht.«

»Ich bin dabei, es herauszufinden«, gestand Jenny. »Ich werde ihn heute abend treffen. Er kommt zu mir in die Wohnung.«

»Auf gar keinen Fall!« schrie Louie erschrocken auf. »Okay, Sie machen jetzt folgendes: Sie rufen die Polizei an und sagen denen, daß er kommt. Dann bitten Sie um Personenschutz und hauen sofort ab. Werden Sie das tun?«

»Ich habe Chantal versprochen, bei ihr zu bleiben. Ich glaube, sie fürchtet sich ein wenig vor ihm.«

»Das wundert mich nicht. Wenn Sie die Polizei nicht anrufen, tue ich es.«

»Okay, okay, Sie haben gewonnen«, willigte sie ein. »Ich werde mich mit dem Kriminalbeamten in Verbindung setzen, der den Überfall untersucht. Er hat mir seine Visitenkarte gegeben.« Als sie aber das Telefongespräch beendet hatte, lehnte sie sich zurück und überlegte.

Würde sie die Polizei anrufen und dürfte dann nicht an dem Treffen teilnehmen, wäre ihre letzte Möglichkeit vertan, etwas über ihren mysteriösen Liebhaber herauszufinden. Joe hatte sich abgesetzt, und von Hervé würde sie nichts mehr erfahren, also könnte dieses Treffen ihre letzte Chance sein. Und dann fragte sie sich, ob es ihr nicht vielleicht sogar gelänge, Edouard irgendwie zu überführen. Vielleicht könnte sie, wenn er bei einem emotionsgeladenen Treffen mit seiner Ex-Frau weniger Vorsicht walten ließe, die Beweise beschaffen, die die Geheimdienste für seine Festnahme benötigten.

Sie dachte eine Weile darüber nach, und vor Angst krampfte sich alles in ihr zusammen. Sie war sich nicht sicher, wieviel

Edouard bereits über sie wußte. Vermutlich hatte er aber mit Hervé gesprochen. Er würde sie doch bestimmt nicht in Chantals Beisein umzubringen versuchen? Aber sicher konnte sie sich dessen natürlich nicht sein.

Jenny schwankte noch, wie sie sich entscheiden sollte, bis sie sich schließlich die Frage stellte: »Was würde denn Freda an meiner Stelle tun?« Und damit waren alle Zweifel ausgeräumt.

Kapitel 28

Um fünf nahm sich Jenny ein Taxi zum Krankenhaus und verbrachte eine halbe Stunde bei Marc. Der Schlauch war bereits aus seiner Brust entfernt worden, und die Ärzte meinten, daß er sich bemerkenswert schnell erhole, aber er war mürrisch und gereizt. Er haßte es, krank und hilflos herumzuliegen, und ärgerte sich über das Aufhebens, das seine Mutter um ihn machte. Chantal war unruhig und nervös; sie wollte möglichst schnell in die Wohnung zurück, falls Edouard schon früher auftauchen sollte.

Kaum waren sie angelangt, verschwand sie im Bad, um sich zurechtzumachen. Jenny humpelte währenddessen in der Wohnung herum und bereitete langsam alles vor, räumte ihre Papiere weg und öffnete vorsorglich eine Flasche Rotwein. Sie fragte sich, ob Edouard mit einem Gefolge von Leibwächtern erscheinen oder vielleicht bewaffnet sein würde. Sah er aus wie Marc? Was für ein Mann war das eigentlich, der sich als Ehegatte und Vater so herzlos benommen hatte und der einem kriminellen internationalen Unternehmen vorstand?

Um sieben kam Chantal wieder zum Vorschein. Sie war makellos geschminkt und frisiert und trug ein teures Seidenkleid in Wedgwood-Blau, das die Farbe ihrer Siamkatzenaugen vorteilhaft zur Geltung brachte. Sie hockte, die schlanken Beine übereinandergeschlagen, auf der Sofakante und zupfte an ihren Haaren herum, so daß sich fortwährend Strähnen aus dem strengen Knoten lösten. Jenny holte ein paar Gläser, und innerhalb der nächsten Stunde kippte Chantal ganz mechanisch ungefähr die Hälfte der Weinflasche in sich hinein. Geistesabwesend und ständig ein Bein über das andere schlagend, blätterte sie Magazine durch.

Es war nach acht, als es endlich klingelte und Edouard Jacquinets warme höfliche Stimme sich meldete. Jenny drückte auf die Taste, um ihn hereinzulassen, und stand in der Tür, während er die Treppe hochstieg. Das erinnerte sie an Joes Ankunft zwei Abende zuvor, und sie überkam plötzlich ein ganz ungutes Gefühl. Edouard erschien allein und begrüßte sie mit festem Händedruck. Sie schaute ihm in die Augen und verspürte eine seltsame Erregung. Sein Blick war fest und zeugte von scharfem Verstand, und sie erriet instinktiv, daß ihm bereits bekannt war, wer sie war, was sie über ihn wußte und welche Beziehung sie zu seinem Sohn hatte. Das alles war ihm von den Augen abzulesen.

Er ging zum Sofa hinüber, um Chantal zu umarmen, die sich schwankend auf ihre Bleistiftabsätze erhob, was Jenny die Gelegenheit bot, ihn genauer zu betrachten. Er war kleiner als sie, wahrscheinlich höchstens 1,68 m groß, stark gebräunt und hatte die gleichen kurzen gewellten braunen Haare wie sein Sohn. Sein Habitus ließ ihn jedoch viel größer erscheinen, als er in Wirklichkeit war. Ihn umgab die unnahbare Aura der Macht. Man würde sich ihm gegenüber keine Vertraulichkeiten herausnehmen oder ihn etwa während eines Gesprächs zwanglos berühren. Jenny schätzte ihn als sehr narzißtisch ein.

Er trug einen anthrazitfarbenen Anzug, der italienisch und teuer aussah, und dazu ein weißes Freizeithemd ohne Krawatte. Sie hatte schnell überschlagen, daß er in den Fünfzigern sein müßte, er wirkte jedoch mindestens zehn Jahre jünger. Irgend etwas mit seinen Augen stimmte nicht. Die Lider hingen leicht herunter, als hätte er irgendwann einmal eine kosmetische Operation gehabt und die Straffung würde jetzt langsam nachlassen.

Nachdem sich die beiden gesetzt hatten, waren seine Augen sofort wieder amüsiert und spöttisch auf Jenny gerichtet. Und da wurde ihr klar, was das seltsame Gefühl an der Tür zu bedeuten hatte. Dieser Mann sah wirklich interessant aus. Unter anderen Umständen, wenn sie ihm zum Beispiel auf einer Gesellschaft begegnet wäre, hätte sie ihn attraktiv gefunden. Sie bot ihm etwas zu trinken an, er winkte aber ab.

»Ich bin bei Marc im Krankenhaus gewesen, und er hat mir erzählt, was passiert ist. Das ist ja eine höchst seltsame Geschichte«, begann er. Er sprach fließend und ohne jeden Akzent. Man konnte nicht feststellen, wo er herstammte.

»Woher wußtest du denn, in welchem Krankenhaus er liegt?« erkundigte sich Chantal.

»Ich habe natürlich herumtelefoniert. Es ist nicht schwierig, das herauszubekommen.«

»Na ja, könntest du mir jetzt vielleicht einmal erklären, warum du Marc überfallen lassen hast?« brach es aus Chantal heraus. Ihre Wangen waren gerötet, und ihre Zunge war schwer vom Wein.

Er wandte sich ihr zu und ergriff ihre Hand. »Chantal, glaubst du wirklich, daß ich meinem eigenen Sohn Schaden zufügen würde? Ich liebe Marc, ich würde ihm nie etwas antun.«

»Es war aber der gleiche Mann, den du damals vor drei Jahren als Warnung an uns in die Bretagne geschickt hast, nämlich der, der Ailsa vergewaltigt hat. Welche Erklärung hast du dafür?«

Edouard warf Jenny einen besorgten Blick zu, dann senkte er die Stimme und sagte sehr eindringlich und freundlich: »Chantal, bitte beruhige dich. Laß uns vernünftig bleiben. Wir haben die Sache mit Ailsa doch schon mehrfach besprochen, und ich kann mich nur wundern, daß du anscheinend immer noch glaubst, daß ich etwas damit zu tun gehabt hätte. Mich aber jetzt sogar zu beschuldigen, unseren eigenen Sohn überfallen zu lassen, das ist wirklich paranoid. Wenn du ehrlich bist, glaubst du das doch selbst nicht.«

»Du gibst es nur nicht zu, weil Jenny anwesend ist. Du weißt aber ganz genau, was ich damit sagen will und warum ich es sage.«

»Du bist außer dir, weil Marc verletzt worden ist. Es freut mich aber, daß du dich mit mir in Verbindung gesetzt und es mir mitgeteilt hast. Wir sollten uns jetzt wie verantwortungsvolle Eltern verhalten und aufhören, uns zu bekriegen, bis wir ihm die bestmögliche Behandlung gesichert haben, die für Geld zu haben ist.«

»Edouard, es war schließlich einer deiner Handlanger, der ihn überfallen hat, und deshalb möchte ich dich auf gar keinen Fall in seiner Nähe haben«, entgegnete sie mit schriller Stimme.

Ruhig und gelassen sagte er: »Ich werde diese Unterhaltung nicht fortsetzen, wenn du weiterhin mit hysterischen Anschuldigungen um dich wirfst.«

Noch bevor Chantal etwas entgegnen konnte, wandte Jenny ein: »Wollen Sie damit sagen, daß Sie diesen Joe nicht kennen, der Ihre Nichte vergewaltigt und Ihren Sohn niedergestochen hat?«

»So ist es«, erwiderte er und schoß ihr einen vernichtenden Blick zu. Durch die schmalen Schlitze unter den herabhängenden Lidern war nicht zu erkennen, welche Farbe seine Augen hatten.

»Ihr Freund Hervé kennt ihn aber«, wagte sich Jenny zu behaupten.

»Wirklich? Das würde mich sehr wundern. Ich habe seit fast zehn Jahren nicht mehr mit Hervé gesprochen und daher keine Ahnung, was er so treibt.«

»Das stimmt überhaupt nicht!« schrie Chantal. »Hervé hat mich am Sonntag angerufen und gesagt, daß du von Jennys Aufenthalt in der Bretagne überhaupt nicht angetan seist und daß ich Marc ermahnen solle, sich von ihr fernzuhalten. Ich konnte ihn jedoch nicht erreichen, weil das Telefon im Haus nicht funktioniert. Also habe ich mit Claudine telefoniert und sie gebeten, schnell mal vorbeizugehen. Sie rief dann aber zurück und teilte mit, daß die beiden schon abgereist seien.« Sie brach in Tränen aus.

Edouard legte den Arm um sie. »Pst, ist ja gut. Ich schwöre, ich hatte damit nichts zu tun. Für mich hört sich das eher an, als gäbe es ein Problem zwischen Hervé und Jenny.« Er wandte sich zu ihr um. »Vielleicht wissen Sie etwas, von dem er nicht möchte, daß es an die Öffentlichkeit kommt?«

»Ich habe keinen blassen Schimmer, was das alles mit mir zu tun hat. Eigentlich hatte ich gehofft, daß Sie etwas Licht in die Angelegenheit bringen könnten.« Sie beobachtete ihn scharf, aber er war die Ruhe selbst, als er mit den Schultern zuckte und fragend die Hände hob.

»Woher sollte ich das denn wissen? Marc sagte, Sie seien mit einem Mann in der Bretagne gewesen, der sich für ihn ausgegeben habe, daß dieser Mann verschwunden sei und sie der Meinung sind, Hervé hätte ihn *ermordet*.« Er betonte das Wort »ermordet«, als wäre das eine völlig widersinnige Idee.

Chantal hob den Kopf. »Ja, wer ist denn nun aber dieser andere Marc, der in unserem Haus wohnte und sich als unser Sohn ausgab? Ist er auch einer von deinen Leuten?«

»Ich habe keine Ahnung, wer er ist, aber das klingt wirklich alles etwas beängstigend«, pflichtete Edouard gelassen bei. »Jenny, wenn ich Sie recht verstehe, denken Sie, Hervé hätte diesen anderen Marc ermordet und jetzt Joe geschickt, um meinen Sohn zu überfallen.«

»Nein, das glaube ich nicht«, gab sie zu. »Hervé hat Joe geschickt, um *mich* zu überfallen. Er dachte, Marc wäre in Paris geblieben.«

»Siehst du, Chantal? Wie ich gesagt habe, scheint es sich eindeutig um ein Problem zwischen Jenny und Hervé zu handeln.« Er saß lässig da, den Fußknöchel auf das Knie des anderen Beines gelegt, genau wie Marc es oft tat. Er trug Schnürschuhe aus dunkelgrauem Leder.

Chantal war außer sich. »Und wieso liegt dann mein Sohn im Krankenhaus? Mach mir nichts vor, Edouard! Du hast mir das seit Jahren angedroht, und jetzt erwartest du, daß ich dir glauben soll, du hättest nichts damit zu tun? Das lasse ich mir nicht länger bieten. Ich werde nicht erlauben, daß meinem Sohn etwas angetan wird. Wenn du mir nicht sofort sagst, was hier gespielt wird, gehe ich zur Polizei und packe alles aus, was ich weiß, und gebe ihnen auch alle Beweise, die ich habe.«

Sie hatte sich Edouards Umarmung entzogen, aber er langte wieder nach ihr und streichelte ihr mit dem Handrücken über die Wangen. »Liebling, ich weiß ehrlich nicht, was hier gespielt wird.« Chantal wich zurück. Jenny konnte ihm ansehen, daß er log. Hätte er sich sonst nicht viel interessierter gezeigt? Sein Sohn und seine Nichte waren von ein und demselben Mann angegriffen worden, und er wollte noch nicht einmal einräumen, daß das irgendwie verdächtig sei. Sie war sich jetzt sicher, daß es nicht Hervé, sondern er sein mußte, der die Fäden in der Hand hielt und die ganze Zeit über die Befehle gegeben hatte.

Es sollte so vernünftig wie möglich klingen, als sie sagte: »Wir sollten in aller Ruhe überlegen. Marc und ich sind überfallen worden, und allem Anschein nach könnte Hervé dahinter stecken. Edouard, warum rufen Sie ihn denn nicht einfach an, um zu hören, was er sagt?« Sie wies mit der Hand zum Telefon.

»Das scheint mir eine gute Idee zu sein«, meinte er schmeichlerisch. »Haben Sie vielleicht seine Telefonnummer? Wie bereits gesagt, wir hatten schon seit Jahren keinen Kontakt mehr miteinander.«

»Ich hab die Nummer«, rief Chantal. »Wo ist denn meine Handtasche?« Sie erhob sich halb, fing an zu taumeln und setzte sich wieder. Jenny fand die Tasche neben dem Sofa. Chantal kramte darin herum und zog schließlich ihr Adreßbuch heraus. Sie schlug die entsprechende Seite auf, und Edouard nahm ihr das Buch aus der Hand.

Jenny stand auf und stellte sich neben ihn, weil sie argwöhnte, daß er vielleicht eine falsche Nummer wählen würde, aber er drückte gewissenhaft Zahl für Zahl. Sie trat etwas zurück, da ihr seine Nähe unangenehm war, konnte jedoch dennoch das Klicken hören, als die Verbindung hergestellt wurde, und dann das Hunderte von Kilometern entfernte Klingelzeichen.

Ihre Augen trafen sich, und er sah sie immer noch spöttisch an, aber aus der Nähe betrachtet, waren seine Augen hellblau und so eiskalt wie der Ozean. Er hielt den Hörer in den Raum, um Chantal zu zeigen, daß keiner abnahm, und aus seiner Gelassenheit schloß Jenny, daß er schon die ganze Zeit über gewußt hatte, daß niemand da wäre. Er ließ das Telefon noch eine Minute klingeln und schaute sie dann beide mit hochgezogenen Augenbrauen an.

»Vielleicht müssen wir unsere Nachforschungen in eine andere Richtung lenken«, meinte er übertrieben freundlich. »Oder vielleicht sollten Sie das besser der Polizei überlassen. Ich nehme doch an, daß Sie denen alles erzählt haben.« Er legte sachte den Hörer wieder auf und kehrte zu seinem Sitzplatz zurück.

»Jenny, wäre es wohl möglich, daß ich mich einen Moment allein mit Edouard unterhalten könnte?« erkundigte sich Chantal.

»Aber natürlich.« Sie fragte zögernd: »Soll ich uns vielleicht etwas zu essen bestellen, hat jemand Appetit?«

»Nein, danke«, sagte er, und Chantal schüttelte den Kopf und winkte ab. Jenny humpelte ins Schlafzimmer, schloß die Tür hinter sich und legte sich hin. Da ihr das Bein schmerzte, nahm sie sich aus dem Nachttischkasten eine Schmerztablette und schluckte sie. Dann schloß sie die Augen und wartete darauf, daß sie zu wirken begannen. Sie konnte sich keinen anderen Weg denken, um Edouard zu zwingen, aufzudecken, was hier eigentlich gespielt wurde, aber vielleicht würden ja auch Chantals Drohungen Wirkung zeigen. So oder so, das würde sie alles später erfahren. Aus dem Wohnzimmer war das Gemurmel von Stimmen zu hören, und sie strengte sich an, etwas zu verstehen, aber anscheinend sprachen sie jetzt französisch, und sie bekam nichts mit.

Während sie so auf ihrer cremefarbenen gewebten Überdecke lag, fühlte sie sich plötzlich verletzlicher und hatte mehr Angst als in ihrem ganzen bisherigen Erwachsenendasein. Sie sehnte sich nach jemandem, der stark und zuverlässig war und dem sie sich anvertrauen könnte. Einen Moment dachte sie daran, Michael anzurufen, aber der würde sich schrecklich aufregen und darauf bestehen, daß sie sofort zu ihnen käme. Mit Kirsten und Susie wäre es dasselbe. Es gab nur eine Person, die alles ruhig und logisch angehen würde. Sie nahm den Hörer vom Telefon und wählte Fredas Nummer, aber es klingelte und klingelte, und niemand meldete sich. Sie legte auf und versuchte es noch einmal, für den Fall, daß sie sich verwählt hätte, doch es antwortete immer noch keiner. Roddy hatte wahrscheinlich das Telefon herausgezogen, oder aber er ignorierte es einfach.

Auf eine Eingebung hoffend, klammerte sie sich weiter ans Telefon, und dann tat sie etwas, das ihr gar nicht ähnlich sah. Sie zog ein Adreßbuch aus dem Nachttischkasten und wählte die Nummer ihrer Mutter in Rio. Es klingelte ein paarmal und dann wurde abgehoben.

»Mam, ich bin's, Jenny.«

»Hallo, Liebling, was für eine wundervolle Überraschung! Ich war gerade dabei, mich abzutrocknen. Ich bin ein paar Runden geschwommen, denn heute ist es ganz herrlich hier.«

»Mam«, sagte Jenny mit tränenerstickter Stimme, »ich bin überfallen worden. Jemand ist bei mir eingebrochen. Er hatte ein Messer und hat mich am Bein verletzt.«

»Oh, mein Gott, hast du die Polizei gerufen?«

»Ja, sie suchen ihn noch.«

»Hat er viel mitgehen lassen?«

»Nein, meine Nachbarin hat ihn verschreckt. Ich hatte zu der Zeit gerade einen Freund zu Besuch, und er liegt jetzt mit Stichverletzungen im Krankenhaus.«

»Oh, mein Kleines! Und das ausgerechnet in London! Weißt

du, du hättest dich nicht wehren dürfen. Man soll ihnen einfach geben, was sie wollen. Wir tragen hier immer einen 20-Dollar-Schein bei uns, um ihnen etwas geben zu können, und dann tun sie einem nichts. Also wirklich, ich hätte gedacht, daß du soviel Verstand besitzen würdest, dich nicht mit jemandem anzulegen, der mit einem Messer bewaffnet ist.«

»Mir blieb gar nichts anderes übrig, Mutter. Er ist sofort auf mich losgegangen.«

»Er muß verzweifelt gewesen sein. Mandy hat mir erzählt, daß ihre Freundin Jean ausgeraubt worden ist, als sie im Park bei der Lagoa mit dem Rad unterwegs war. Zwei Kinder, sie waren noch ziemlich klein, sind einfach auf sie zugerannt und haben sie vom Rad gestoßen. Beim Sturz hat sie sich den Kopf aufgeschlagen. Als sie benommen am Boden lag, haben sie ihr die Handtasche und die Uhr abgenommen, und dann haben sie ihr das Rad unter den Beinen weggezogen und sind damit davongefahren. Es war mitten am Nachmittag und wimmelte dort vor Menschen, aber keiner kam ihr zu Hilfe, bevor die beiden nicht verschwunden waren. Ich kann dir sagen, mich würde hier keiner auf ein Rad kriegen. Auf einem Fahrrad ist man einfach zu vielen Gefahren ausgesetzt.«

Jenny zog mit dem Finger das Muster ihrer Überdecke nach.

»Na ja, du bist doch aber okay, nicht wahr?«

»Ich bin genäht worden, und das Bein tut etwas weh beim Laufen.«

»Hoffentlich bleibt keine Narbe zurück. Wenn ja, dann mußt du schnell mal rüberkommen. Ich kenne einen Chirurgen, der bei Narben wahre Wunder vollbringt. Du brauchtest wahrscheinlich noch nicht einmal über Nacht in der Klinik bleiben. Ich spreche mal mit ihm, wenn du möchtest. Ich suche ihn nämlich sowieso nächste Woche wegen meiner Gesichtsstraffung auf. Ich denke übrigens, daß ich's nun doch machen lasse. Er meint, in meinem Alter sei das Liften am erfolgversprechendsten, wenn ich aber noch zehn Jahre wartete, wäre es wegen der nachlassenden Muskelspannung nicht mehr so effektiv. Er sagt, je früher man sich liften läßt, desto besser. Er ist sehr charmant.«

Jenny hörte die Verrieglung an der Tür klicken. »Mutter, ich muß jetzt auflegen. Ich habe Gäste hier. Ich wollte dich nur wissen lassen, was passiert ist.«

»Das ist alles nicht so schlimm, solange es dir nur gut geht, Liebling. Falls du mal ein bißchen ausspannen möchtest, weißt du ja, daß du hier jederzeit willkommen bist.«

»Danke, Mutter. Ich melde mich wieder.«

Sie legte auf und erhob sich schwerfällig vom Bett, um zu lauschen. Von draußen drang leise Verkehrslärm herein, aber sie hörte kein Stimmgemurmel mehr aus dem Wohnzimmer, deshalb schlich sie sich in den Korridor und lugte um die Ecke. Sie waren beide weg. An der Weinflasche auf dem Tisch lehnte ein Stück Papier mit der lapidaren Nachricht: *Jenny, wir sind essen gegangen. Chantal.*

Sie humpelte zur Tür und legte den Doppelriegel vor. Dann ging sie ins Arbeitszimmer, um den Kassettenrecorder und die Kopfhörer zu holen. Sie öffnete eine neue Flasche Wein, Weißwein diesmal, und stöberte in Marcs Reisetasche nach Zigaretten. Schließlich drehte sie noch ihren lila Sessel in Türrichtung, um sie im Blick zu behalten, falls jemand käme. Sie hatte wieder eine Kassette anzuhören.

Kapitel 29

Jenny spulte das Band fast bis zum Anfang zurück und drückte auf den Wiedergabeknopf. Wie sie es erwartet hatte, herrschte Schweigen, nur Rascheln von Papier und das gelegentliche Klirren beim Abstellen eines Glases auf dem Tisch waren zu hören. Sie spulte weiter und lauschte wieder, dann noch ein bißchen weiter, und diesmal kamen einige Worte: »Das würde mich sehr wundern. Ich habe seit fast zehn Jahren nicht mehr mit Hervé gesprochen …« Sie schaltete aus und drückte kurz auf Schnellvorlauf. Jetzt erklang ihre eigene Stimme: »Hat jemand Appetit?«

»Nein, danke«, erwiderte Edouards Stimme, dann vernahm sie das schlurfende Geräusch ihrer eigenen Füße über den Holzfußboden und das Schließen einer Tür. Einen Moment lang herrschte Schweigen, dann kam wieder Edouards Stimme: *»Qu'est qu'elle sait?«* Mist! Sie schaltete ab. Wie sie befürchtet hatte, waren sie zu Französisch übergegangen. Das würde viel Zeit in Anspruch nehmen. Sie holte ihr Wörterbuch, setzte sich wieder und arbeitete sich langsam durch den Rest des Bandes, indem sie aller paar Sätze abschaltete und häufig zurückspulte, um sich verschiedene Wörter nochmals anzuhören. Die beiden hatten eine einigermaßen deutliche Aussprache, redeten aber schnell und leise. Im großen und ganzen verstand sie, worum es ging, einige Wendungen waren ihr jedoch unklar.

»Wieviel weiß sie?« fragte Edouard. »Was hast du ihr erzählt?«

Chantals Stimme: »Nichts.«

»Bist du sicher? Was weiß sie über mich?«

»Daß du im Ausland arbeitest. Daß es schwierig ist, dich zu erreichen. Daß ich dich hasse.«

»Chantal, du solltest mir besser die Wahrheit sagen. Ich möchte sie nicht umbringen lassen, weil sie ...« Jenny konnte das Wort nicht finden, interpretierte es aber so, daß sie zu bekannt wäre und ihre Ermordung deshalb zuviel Staub aufwirbeln würde. Das Herz schlug ihr bis zum Hals, und der Mund wurde ihr trocken. Sie schaltete den Recorder wieder ein.

»Was soll das heißen, du möchtest sie nicht umbringen lassen? Schließlich hat vor zwei Tagen dein Laufbursche versucht, sie und auch meinen Sohn umzubringen.«

»Damit hatte ich nichts zu tun. Das hat Hervé eingefädelt. Es ging um ...« Jenny schlug das ihr unbekannte Wort *chantage* nach und stellte fest, daß es »Erpressung« bedeutete.

»Womit hat sie ihn denn erpreßt?«

»Sie weiß über Auguste Bescheid. Sie und ihr Freund.«

»Der, der sich als Marc ausgegeben hat?« Edouard hatte anscheinend genickt. »Oh, der arme Auguste. Nach all den Jahren.«

Jenny schaltete ab. Ihre Gedanken überschlugen sich. Was wußte sie über Auguste? Und hieß das, daß der falsche Marc nicht für Edouard arbeitete? So mußte es wohl sein, vorausgesetzt, Edouard belog Chantal nicht.

»Das war sehr dumm von dir, Chantal. Warum hast du Marc mit ihr in die Bretagne fahren lassen?«

Chantal klang jetzt kleinmütig. »Ich weiß auch nicht. Wie hätte ich ihn denn aufhalten sollen? Er hatte es sich doch in den Kopf gesetzt.«

»Hervé wollte nicht, daß er verletzt wird. So etwas würde er meinem Sohn nie antun. Er ist sehr bestürzt darüber.«

Chantal schien den Tränen nahe zu sein. »Was wird jetzt mit Auguste?«

»Ich habe mich um die beiden gekümmert.«

»Wie meinst du das?«

»Sie sind verschwunden.«

Es herrschte eine Weile Schweigen. »Wo sind sie?«

»Es ist besser, wenn du das nicht weißt.«

»Edouard, du hast sie doch nicht umgebracht?«

»Würde ich das einem so alten Freund antun? Traust du mir das zu?«

»Du vergißt, daß ich dich kenne. Ich weiß alles über deine ekelhaften Geschäfte und über all die Kinder …« Sie war nach einem leisen Aufschrei plötzlich verstummt, und Jenny nahm an, daß Edouard ihr den Mund zugehalten hatte. Auf dem Band hörte man knarrende Schritte auf dem Holzfußboden des Korridors und dann quietschte eine Tür. Vor Schreck erstarrt, stoppte sie das Band und spulte es zurück. Die Schlafzimmertür hatte er nicht geöffnet, also mußte er ins Arbeitszimmer geschaut haben, wo der Recorder eingeschaltet war. Sie hielt den Atem an, als das Band weiterlief.

Edouards Stimme teilte mit: »Sie telefoniert.«

Das Sofa federte, als er sich wieder niederließ, und brachte das Mikrophon ins Schwingen, das sie darunter befestigt hatte. »Chantal, es wird Zeit, daß wir das alles hinter uns lassen. Nach all den Jahren, die wir uns nun schon kennen, gibt es keinen Grund, warum wir nicht Freunde sein können.«

»Ich weiß viele Gründe, angefangen mit Angie.« Jenny wiederholte diesen Teil. Dieser Name war bisher noch nie aufgetaucht.

»Du weißt nicht das mindeste über Angie. Sie wollte es tun. Sie wollte ein Star werden.«

»Sie war sieben.«

»Na und? Auch Siebenjährige möchten ins Filmgeschäft.«

»Nicht auf die Art.«

»Was weißt du denn schon davon?«

»Ich habe Angie gekannt. Sie war wie eine Tochter für mich, und du hast sie mißbraucht und dann weggeschafft und umgebracht.«

»Hör auf, so melodramatisch zu sein.«

»Dann sag doch, wo sie jetzt ist?«

»Woher soll ich das wissen? Das ist zehn Jahre her.«

»Das werde ich dir nie verzeihen. Niemals.«

Edouard seufzte. »Du regst dich viel zu sehr über alles auf. Du weißt doch, das ist schlecht für deine Nerven. Es gäbe keinerlei Probleme zwischen uns, wenn du einfach vergessen könntest, was immer du zu wissen *glaubst* ...« – er betonte das Wort »glaubst« –, »und mir dieses Video zurückgeben würdest. Dann könnten wir wirklich Freunde sein. Ich könnte meinen Sohn ab und zu sehen. Vielleicht könnten wir drei zusammen während Marcs Genesung irgendwo hinfahren, wo es schön ist und Urlaub machen. Du siehst müde aus. Ein Urlaub würde dir guttun.«

»Du bist so ein ...« Chantal fauchte irgend etwas, und Jenny mußte das Band mehrfach zurückspulen, bevor sie das Wort *manipulateur* verstand. »Einen Augenblick lang könnte man dir fast glauben, was du sagst, aber dann erinnert man sich wieder daran, daß du deinen Lebensunterhalt mit dem Verkauf von Kindern verdienst.«

Edouard lachte abfällig. »Damit meinst du wohl meine Wohltätigkeitsarbeit, für Waisen aus Indonesien und von den Philippinen ein neues Zuhause zu finden? Wie kannst du dagegen etwas haben?«

»O ja, du bietest ihnen ein tolles Zuhause und schöne Bestattungen auf See, wenn du mit ihnen fertig bist.« Jenny sah das Wort *enterrements* in ihrem Wörterbuch nach. Es hieß eindeutig »Bestattung« oder »Beisetzung«.

»Chantal, du bist eine kluge Frau. Deswegen habe ich dich ja auch geheiratet und mein Leben lang geliebt.«

Man hörte einen tiefen Seufzer und danach nur noch Schluchzen, und Jenny begriff, daß Chantal leise weinte.

»Wir sind einander ewig verbunden durch unseren Sohn Marc, der so ein hübscher, kluger Junge geworden ist. Das ist allein dein Verdienst. Du hast ihn sehr gut erzogen.«

»Er ist bezaubernd, aber er hat zu viele Freundinnen.«

»Der Apfel fällt eben nicht weit vom Stamm«, meinte Edouard.

»Nein, er ist nicht wie du. Er ist ehrlich und aufrichtig und liebenswert. Er hat keine Feinde.«

»Schläft er mit ihr?«

»Ich weiß nicht, aber ich nehme an.«

»Wie können wir ihn denn überreden, sich nicht mehr mit ihr zu treffen?«

»Ich werde mir etwas überlegen«, erwiderte Chantal. »Er hört auf mich.«

»Oh, mein Liebling!« Es trat Schweigen ein, nur die Sofafedern quietschten unter der Bewegung. »Wir sollten auf jeden Fall zusammen Urlaub machen.«

»Nein, Edouard.«

Eine geraume Weile war nur Chantals leises Schluchzen zu hören.

»Wollen wir essen gehen?« schlug Edouard vor. »Ich möchte nicht mehr mit diesem Weibsstück sprechen müssen.«

»In Ordnung.«

»Willst du ihr Bescheid sagen?«

»Das kann ich nicht. Ich weiß nicht, was ich sagen soll.«

»Wir hinterlassen ihr einfach eine Nachricht. Hast du Stift und Papier in deiner Tasche?« Es raschelte, und dann sagte Edouard: »Das hier wird gehen.«

»Was soll ich schreiben?«

»Schreib einfach, daß wir essen gegangen sind. Wo ist dein Mantel?«

»Da drüben.«

Die Sofafedern quietschten, als sie aufstanden. Dann konnte Jenny hören, wie sie den Riegel betätigten und die Tür hinter ihnen ins Schloß fiel. Sie schaltete das Band ab und saß da und überlegte, was sie tun sollte.

Nach ein paar Minuten stand sie auf und sah auf die Uhr. Es

war halb zwölf. Sie könnte sich ein Taxi bestellen, zu Michael fahren und Chantal eine Nachricht hinterlassen, daß sie sich allein zu sehr gefürchtet hätte, aber sie wollte nicht riskieren, daß die beiden mißtrauisch wurden. Sie dachte daran, Kirsten zu bitten, bei ihr hier unten zu übernachten, es wäre jedoch unfair, auch sie noch in Gefahr zu bringen. Sie fand eine leere Kassette in ihrem Arbeitszimmer und bereitete alles vor, das gerade Aufgenommene zu kopieren. Dann überprüfte sie noch einmal die Verriegelung an ihrer Wohnungstür. Wenn Chantal zurückkäme, wäre es das beste, sich ganz normal zu verhalten, bis es am Morgen Zeit wäre, zur Arbeit zu gehen. Sie zündete sich noch eine Zigarette an, obwohl sich ihr Hals schon rauh und dick anfühlte.

Mit der Zigarette im Mund lief sie in der Wohnung umher und versuchte ihre Gedanken zu ordnen, aber das, was sie gehört hatte, war zu entsetzlich, um es verarbeiten zu können. Als sie mit dem Kopieren fertig war, steckte sie eine der Kassetten in einen Briefumschlag, den sie an Michael adressierte, und die andere in ihre Handtasche. Anschließend brachte sie den Recorder ins Arbeitszimmer zurück und entfernte das winzige Mikrophon von der Unterseite des Sofas. Louie hatte es ihr vor Jahren aus Spaß gegeben. Eigentlich war es ein Mikrophon, das man am Körper trägt, aber sie hatte es unter dem Sofa festgeklemmt, weil sie wußte, daß Chantal sie früher oder später bitten würde, den Raum zu verlassen. Zu dem Zeitpunkt schien ihr das eine gute Idee zu sein, jetzt wünschte sie jedoch, daß sie nicht so tollkühn gewesen wäre. Sie spürte, wie ihr das Adrenalin durch die Adern schoß, und hatte einen metallischen Geschmack im Mund.

Gegen eins ging sie ins Bett. Sie kroch unter die Decke, lag aber wach und starrte auf die verschwommenen Umrisse ihres Toilettentisches, die Schranktüren und die grellen Farben der Leuchtreklame, die durch die Ritzen der Jalousie drangen.

Ihr fiel etwas ein, und sie stand wieder auf, um nachzusehen, ob sich Fredas Tagebücher noch in ihrer Handtasche befänden.

Es waren nur sechs darin. Sie überprüfte die Datumsangaben und stellte fest, daß das Heft von 1934–1935 fehlte. Sie durchwühlte die Papiere auf ihrem Schreibtisch und dann die Zeitschriftenstapel neben dem Sofa. Sie kniete sich hin, um unter die Möbel zu schauen. Sie zog alle Schubläden heraus und durchstöberte sie. Sie suchte so lange, bis es nichts mehr gab, wo sie noch suchen konnte.

Kapitel 30

Um vier Uhr nachts kam Jenny zu dem Schluß, daß Chantal höchstwahrscheinlich nicht zurückkommen würde. Sie brühte sich ihre chinesischen Kräuter auf und nahm die Tasse mit ins Bad, wo sie sich lange Zeit vor den Spiegel stellte und sich eingehend ein Gesicht betrachtete, das sie nicht mehr wiedererkannte.

Ihre Haut wirkte grau und war von dünnen geplatzten Äderchen durchzogen. Es hatten sich Falten gebildet, die ihr neu waren: feine fächerförmige Strahlen von den Augenlidern hinauf zu den Augenbrauen, zwei Furchen über der Nasenwurzel, tiefe Runzeln in den Augenwinkeln und haarfeine Striche über der Oberlippe. Am eigenartigsten erschienen ihr ihre Wangen, die eingefallen wie bei einem Totenkopf aussahen und deren Fleisch unbemerkt unter das Kinn gesackt sein mußte. Sie suchte ihren Kopf nach grauen Haaren ab, konnte aber erleichtert feststellen, daß sich keine unter der kastanienbraunen Farbe verbargen, die der Friseur aller drei Monate auftrug.

Sie legte etwas Make-up auf, deckte die Schatten unter den Augen ab und tuschte sich mehrere Lagen Mascara auf die Wimpern. Dann zog sie sich an, warf Kleidung zum Wechseln in eine Tasche und rief einen 24-Stunden-Taxidienst an, um sich nach Heathrow bringen zu lassen. Die Straßen waren noch in nebliges Dunkel gehüllt, als es klingelte, um anzuzeigen, daß das Taxi eingetroffen war. Ihre Tasche krampfhaft umklammernd, humpelte sie langsam die Treppe hinunter und schaute am Hauseingang ängstlich nach links und rechts, um sich zu vergewissern, daß Chantal oder Edouard nicht in der Nähe wären. Die Straßen lagen jedoch verlassen da, und nirgends brannte Licht.

Der grauhaarige Fahrer sprang aus dem Wagen, als er Jenny sah. »Das ist aber heute ein ziemlich zeitiger Aufbruch«, meinte er. Dann bemerkte er, daß sie hinkte, und fragte, als er ihr die Tasche abnahm und die Autotür aufhielt: »Was ist denn mit Ihrem Bein passiert?«

»Es hat jemand bei mir eingebrochen und mich angegriffen«, antwortete sie.

»Ach, du meine Güte«, rief er aus. »Das ist ja furchtbar! Möchten Sie sich vielleicht auf dem Rücksitz ausstrecken und ihr Bein hochlegen? Ich habe eine Decke hinten im Auto, wenn Ihnen das hilft.«

»Nein, danke, wirklich nicht«, sagte sie, und seine Freundlichkeit trieb ihr die Tränen in die Augen. »Es geht schon.«

Er legte ihre Tasche in den Kofferraum und ließ das Auto an. »Wann ist denn das passiert?«

»Am Montagabend.«

»Dann stehen Sie immer noch unter Schock. Das ist ganz schrecklich für eine junge Frau, wenn ihr so etwas widerfährt.«

Jenny begriff, daß er dachte, sie wäre vergewaltigt worden. »Es hätte viel schlimmer ausgehen können«, sagte sie, »aber ich hatte einen Freund bei mir, und dann ist eine Nachbarin gekommen und hat ihn verschreckt.«

»Was sind das bloß für Menschen, die so etwas tun?« fragte er sich. »Ich verstehe nicht, was Menschen so werden läßt.«

Er erzählte Jenny, daß er drei Kinder, acht Enkelkinder und einen Urenkel habe und keiner davon mißraten sei. Er fragte, ob Jenny Kinder habe, und sie antwortete: »Noch nicht.«

»Ach, Sie haben auch noch jede Menge Zeit, so jung, wie Sie sind«, meinte er, ihr galant zuzwinkernd.

»Denken Sie, daß es möglich wäre, an einem Briefkasten zu

halten, bevor wir zur Autobahn kommen?« fragte sie. »Ich muß noch etwas abschicken.«

Ein paar Straßen weiter hielt er an der Bordsteinkante und bestand darauf, das Päckchen für sie einzuwerfen. Jenny schloß einen Moment lang die Augen. Sie hatte sich jetzt etwas beruhigt. In Heathrow parkte er sein Taxi direkt vor der Abflughalle und brachte sie noch bis zum Schalter, bevor er ihr zum Abschied freundlich die Hand schüttelte und ihr baldige Genesung wünschte. Sie kam gerade rechtzeitig für den ersten Flug nach Glasgow um 6.50 Uhr.

Sie saß am Fenster und schaute geistesabwesend auf die grellen rosaroten Lichtstreifen der Morgendämmerung, die durch dunkelgraue Wolkenbänke brachen. Sie war so in Gedanken versunken, daß die Stewardeß mehrfach fragen mußte, ob sie Kaffee wünsche. Als das Flugzeug zur Landung ansetzte, klarte der Himmel auf und gab den Blick auf die märchenhafte Westküste Schottlands frei. Vanillefarben flackerte das Morgenlicht auf dunkelgrünen samtigen Inseln, die wie Juwelen vom saphirblauen Meer eingefaßt waren und an deren Küsten sich die weißen Schaumkämme der Wellen hauchfein kräuselten.

Als sie aus dem Flughafengebäude trat, war es kälter als in London, dafür aber klarer und sonniger. Sie konnte sich nicht überwinden, sich selbst hinters Steuer zu setzen, deshalb winkte sie ein Taxi heran. Das Gesicht des Fahrers hellte sich auf, als ihm bewußt wurde, wieviel er an dieser Tour verdienen würde. Die Fahrt dauerte etwas über eine Stunde, und diesmal war ihr nicht nach Unterhaltung zumute. Sie lehnte sich in den Sitz zurück und ließ ihren Blick über eine Landschaft gleiten, die wie aus einem anderen Jahrhundert wirkte und in der ein völlig anderes Tempo zu herrschen schien als in ihrem Großstadtleben. Lämmer standen um ihre Mütter herum, Bäche stürzten an bemoosten Berghängen herab, Glockenblumen blühten in den Hecken, und die Sonne schien freundlich.

Als Jenny an dem alten Sandsteinhaus eintraf, konnte sie durchs Fenster sehen, wie Roddy sich mit Freda unterhielt. Sie klopfte also an die Scheibe, und die beiden schauten überrascht hoch. Nur Sekunden später öffnete er die Tür, und, ohne ein Wort zu sagen, umarmte Jenny ihn, was sie sonst nie getan hatte, und humpelte dann in das vordere Zimmer und schlang die Arme um ihre Großmutter.

»Du bist heute sehr zeitig. Möchtest du frühstücken?« fragte Roddy hinter ihr, und Jenny richtete sich auf, um ihm zu antworten.

»Kaffee wäre toll, wenn's keine Umstände macht.«

»Wie du möchtest.«

Sie setzte sich auf den kleinen Lederhocker zu Fredas Füßen und blickte mit Tränen in den Augen zu ihr hoch. »Am Montagabend hat mich jemand umzubringen versucht«, platzte sie heraus.

Freda strich ihr mit ihren gichtigen Fingern sanft übers Haar. »Das ist immer ein ziemlicher Schock«, sagte sie. »War es dein bretonischer Waffenhändler?«

»Einer seiner Handlanger«, schluchzte Jenny laut, und Freda langte nach unten, um aus einer Schachtel neben ihrem Stuhl ein Papiertaschentuch zu ziehen.

»Ich habe das alles von Anfang an für gefährlich gehalten. Du hast herumgeschnüffelt und etwas herausgefunden, was du nicht wissen solltest.«

»Ich bin voriges Wochenende noch einmal in die Bretagne gefahren.«

»Oh!«

Jenny schnaubte sich laut die Nase und hatte gerade zu einer Erklärung angesetzt, als Roddy Kaffee und Früchtekuchen auf einem Silbertablett hereinbrachte. Er schob einen Beistelltisch zu ihnen heran und setzte das Tablett ab.

»Soll ich euch Mädchen mit eurem Problem, was immer das auch sein mag, jetzt allein lassen?«

»Wieso bleibst du nicht lieber da?« schlug Jenny vor. »Vielleicht kannst du uns helfen, Licht in die Angelegenheit zu bringen.«

»Solange ihr euch nicht ständig darüber beklagt, wie furchtbar Männer doch sind. Mir hängt dieser ganze feministische Quatsch nämlich zum Hals raus.«

Jenny lächelte unter Tränen. »Es geht um nichts dergleichen.« Sie begann nochmals zu erzählen und berichtete Roddy auch über ihre erste Reise in die Bretagne. Die beiden hörten schweigend zu. Freda las ihr die Worte von den Lippen ab, und Roddy starrte auf das Feuer im Kamin.

Als Jenny beim gestrigen Abend angelangt war, fragte sie: »Hast du einen Kassettenrecorder da, Freda?«

»Ja, den Recorder, auf den ich das Buch diktiere. Wieso?«

»Weil ich das Gespräch zwischen Chantal und Edouard aufgenommen habe. Ich kann jetzt gar nicht mehr glauben, daß ich das wirklich getan habe. Ich muß vollkommen verrückt gewesen sein!«

»Jenny, um Gottes willen! Und wenn er nun gesehen hätte, daß das Gerät lief?« fragte Freda entsetzt.

»Es befand sich im Arbeitszimmer. Ich hatte es an ein winziges Mikrophon unter dem Sofa angeschlossen. Ich glaube, ich muß noch unter Schock gestanden haben, sonst wäre ich nicht ganz so draufgängerisch gewesen. Soll ich es euch vorspielen?«

»Ich kann doch nichts verstehen«, sagte Freda, »aber vielleicht hörst du es dir an, Roddy?«

»Oh, verdammt«, rief Jenny und schlug sich mit der Hand an die Stirn. »Das hatte ich ja völlig vergessen. Sprichst du französisch, Roddy?«

Er schüttelte den Kopf. »Nicht ein Wort.«

»So ein Mist! Sie sind zu Französisch übergegangen, als ich den Raum verlassen hatte. Ich denke, daß ich den größten Teil verstanden habe, hatte aber darauf gehofft, daß du noch ein paar Feinheiten übersetzen könntest, Freda. Wie blöd von mir!«

»Warum erzählst du uns nicht trotzdem einfach, was du mitbekommen hast?« schlug Roddy vor.

»Es übersteigt jede Vorstellungskraft«, meinte Jenny warnend. »Aus Chantals Worten geht hervor, daß es zu Edouards Geschäften gehört, Kinder aus Fernost zu beschaffen und sie an Kunden im Westen zu verkaufen. Wenn die dann mit ihnen fertig sind, entsorgt er die Leichen im Meer. Ist das nicht unfaßbar?«

»Oh, mein Gott!« Vor Entsetzen schlug sich Freda die Hand vor den Mund und hatte Tränen in den Augen.

Roddy knallte die Teetasse auf den Tisch und schrie: »Verdammte Kinderschänder, solche Lumpenhunde!«

»Ich kapiere nicht, daß ich so begriffsstutzig sein konnte«, fuhr Jenny fort. »Mir war doch eigentlich bekannt, daß sowohl Edouard als auch Hervé und Joe irgendwann einmal etwas mit sexuellem Mißbrauch Minderjähriger zu tun hatten: Hervé in Libyen, Edouard mit Marcs Freundin in Kalifornien und Joe mit Marcs Cousine Ailsa. Chantal spricht auf dem Band über ein siebenjähriges Mädchen namens Angie, das Edouard anscheinend in Filmen auftreten lassen hat, und ich kann mir auch vorstellen, um welche Art von Filmen es sich handelte. Chantal hatte dieses Mädchen sehr gern, und als sie das herausfand, rastete sie aus. Das ist jetzt zehn Jahre her. Ihre Ehe muß also kurz danach auseinandergegangen sein. Es klang so, als hätte man von Angie seither nichts mehr gehört.«

»Oh, mein Gott, das arme Kind«, flüsterte Freda.

»Vielleicht ist das auf dem Video zu sehen?« überlegte Roddy laut. »Sollte Edouard selbst auf dem Video sein, wäre das ein stichhaltiger Beweis. Wie könnte er das dann noch wegdiskutieren?«

»Genau.«

»Deine Aufnahme wird auch als Beweis gelten, Jenny«, sagte Freda. »Ich bin so stolz auf dich, daß du das getan hast, obwohl ich gar nicht daran denken darf, was dir hätte passieren können.«

»Ich bin mir nicht sicher, welchen Wert das Tonband wirklich hat. Edouard gibt eigentlich nichts zu. Er streitet die Beschuldigungen allerdings auch nicht ab, aber ich weiß nicht, ob das vor Gericht ausreicht.«

»Hast du es schon der Polizei übergeben?«

»Nein, ich wollte erst mit euch beiden darüber sprechen. Wißt ihr, auf dem Band beschuldigt mich Edouard, Hervé zu erpressen. Er sagt zu Chantal, daß ich über Auguste Bescheid wüßte, aber ich habe keine Ahnung, was er damit meint. Ich bin vorige Nacht in der Wohnung umhergewandert, und als einziges ist mir dabei eingefallen, daß es möglicherweise etwas mit deinem Buch zu tun haben könnte, Freda.«

»Wirklich? Wie kommst du darauf?«

»Dafür gibt es einige Anhaltspunkte. In meine Wohnung ist eingebrochen worden, und ich dachte, daß nichts mitgenommen worden wäre, als ich aber vorige Nacht nachschaute, stellte ich fest, daß ein Heft deiner Tagebücher fehlt. Ich bin mir ziemlich sicher, daß ich es am Abend vor dem Einbruch gelesen und dann liegengelassen haben muß, während alle anderen sicher in meiner Handtasche verstaut waren. Es tut mir so leid.« Freda saß mit gesenktem Kopf da, hatte die Stirn gerunzelt und starrte reglos auf ihre Finger. »Und du weißt doch, ein Tonband ist auch verschwunden. Unsere Briefkästen sind vor kurzem aufgebrochen worden, und ich habe mir damals nichts dabei gedacht, weil Kirstens Briefkasten auch davon betroffen war. Auf den Kästen stehen jedoch keine Wohnungsnummern, und so könnte sich derjenige, der daran interessiert war, vielleicht entschlossen haben, einfach alle leer zu räumen. Ich habe die ganze Zeit vermutet, daß das alles kein Zufall sei und mich immer wieder gefragt: ›Wieso gerade ich? Was weiß ich, das für sie irgendwie eine Bedrohung darstellen könnte?‹

Edouard sagt auf dem Band, daß ich über Auguste Bescheid wüßte. Daher denke ich, daß es vielleicht um etwas geht, was er im Krieg getan hat. Sie sind erst in die Bretagne gekommen, als Chantal ein Kind war. Wenn sie also jetzt in den Fünfzigern ist, müßte das ungefähr Ende der vierziger Jahre gewesen sein. Auguste erzählte mir, daß er im Südwesten geboren sei, wo du ja zu tun hattest, und ich nehme an, daß er auch während des Krieges dort gewohnt hat. Das ist natürlich nur so eine Vermutung von mir, aber was hältst du davon?«

»Kannst du ihn mir genauer beschreiben?« bat Freda. »Weißt du, was er von Beruf war?«

»Er war Polizist, bis er durch einen Unfall mit einer Flinte ein Auge verlor. Danach ist er in den Ruhestand gegangen.«

»Er hat nur ein Auge?« fragte Freda nach.

»Ja, er hat ein Glasauge. Man kann ihn nicht gut anschauen mit diesem komischen wackelnden Ding, das wie ein Spaßartikel aussieht, den Kinder in Kuriositätenläden kaufen.« Sie hielt inne, weil sie bemerkte, wie Freda sich plötzlich erschrocken an den Hals faßte.

»Welches Auge fehlt ihm? Das rechte oder das linke?«

Jenny überlegte einen Moment. »Das linke«, sagte sie dann. »Ja, es ist das linke. Warum?«

»Ich habe einen Polizisten mit einem Glasauge gekannt. Sein Name war Antoine Corlay. Er ist jedoch nicht nach einem Unfall in den Ruhestand getreten, sondern hat noch bis 1943 gearbeitet. Also ist er es doch sicher nicht?«

»Ich denke nicht, daß ihr Nachname Corlay ist. Die Getränkerechnung hat Hervé jedenfalls nicht so unterschrieben. Ich kann mich nicht mehr erinnern, wie ihr Nachname lautet. Sein Vater heißt auf alle Fälle Auguste.«

»Sie könnten ihre Namen geändert haben. Kannst du mir sagen, ob er klein oder groß, dünn oder dick ist?«

»Das weiß ich eigentlich nicht, denn er saß mit einer Decke über den Knien da. Er ist ziemlich klein, würde ich sagen. Hervé hat schütteres Haar, ist untersetzt, fast schon ein bißchen übergewichtig.«

»Ich weiß nicht, wie sein Sohn hieß. Sie könnten es aber durchaus sein.« Freda überlegte, und Jenny und Roddy beobachteten sie schweigend. »Er muß es sein. Irgendwie ist ihnen zu Ohren gekommen, daß du mein Buch verlegen willst, und sie haben Angst, daß ich nach all den Jahren Antoine immer noch ins Gefängnis bringen könnte.«

»Und wofür?« fragte Jenny.

»Wegen Kriegsverbrechen. Er war ziemlich berüchtigt. Mehrere von uns haben gegen ihn ausgesagt, und die Résistance hat jahrelang nach ihm gesucht. Er verschwand 1944, und wir nahmen an, daß er nach Südamerika geflohen wäre, vielleicht ist er aber auch einfach nur in die Bretagne gegangen. Wahrscheinlich sind sie eine Weile ständig umgezogen, um ihre Spur zu verwischen.«

»Was genau hat er denn getan, daß so viele Leute ihn ausfindig machen wollten?«

Freda holte tief Luft. »Er war Polizist in Limoges und gut Freund mit den Deutschen. Einigen dieser kleinen Leute, die unter den Nazis Verantwortung bekamen, stieg die neue Macht zu Kopfe. Er war ein klassisches Beispiel dafür. Übereifrig, war er bestrebt, alle Juden in der Gegend aufzuspüren und jeden zu melden, den er der Mitarbeit im Untergrund verdächtigte, was im Grunde genommen hieß, alle, die er nicht leiden konnte. Er war zudem persönlich für Dutzende von Morden verantwortlich und versteckte sich hinter seinen Dienstpflichten, um ungestraft damit davonzukommen. Sobald ihm jemand in die Quere kam, wurde er handgreiflich. Mit dem Mann stimmte etwas nicht. Ich denke, er war krankhaft gewalttätig. Ein absoluter Psychopath.« Sie schüttelte den Kopf. »Ich persönlich war nur Zeuge eines Mordes, den er begangen hat, aber die Erinnerung daran wird mich mein Leben lang verfolgen.«

Roddy unterbrach sie. »Ist das diese bewußte Geschichte?« Sie nickte, und er seufzte auf und senkte den Blick. Jenny wartete.

»Es war 1941, kurz vor Weihnachten. Man hatte mich nach Limoges geschickt, um ein kleines jüdisches Mädchen namens Sylvie abzuholen und nach Marseille zu bringen. Ich besaß Dokumente, die sie als meine Nichte auswiesen, aber sie waren nicht sehr überzeugend, denn sie hatte ganz dunkle und ich ganz hellblonde Haare. Wir mußten den Zug erreichen, und zufällig lief Antoine Corlay mit seinem Sohn gerade dort auf dem Bahnsteig Streife – ich denke, das muß Hervé gewesen sein, denn meiner Meinung nach hatte er nur das eine Kind. Der Junge war damals ungefähr zwölf oder dreizehn.«.

Jenny erinnerte sich plötzlich an die in Fredas Tagebuch beschriebenen Alpträume, in denen ein kleines Mädchen namens Sylvie eine entscheidende Rolle spielte.

»Antoine sah uns im Warteraum sitzen und kam herein. Er fragte Sylvie über ihre Eltern aus, wo sie denn wohnen würden und so weiter. Sein Glasauge erschreckte sie, und sie vergrub ihren Kopf in meinem Mantel. Ich versuchte für sie zu antworten, und daraufhin ohrfeigte er mich. Das sollte mich einschüchtern und mir Angst machen. Ich blieb ruhig und zeigte ihm unsere Dokumente, aber er bezweifelte ihre Echtheit oder war schlechter Laune oder wollte sich einfach nur vor seinem Sohn aufspielen, ich weiß es nicht.

Der Junge fing an, Sylvie zu verhöhnen, schimpfte sie eine dreckige Jüdin und sagte, daß sie wahrscheinlich völlig mit Judenkrankheiten verseucht wäre. Schließlich konterte sie, und er sei ein fettes Schwein. Ich konnte den Zug kommen hören, raffte unser Gepäck zusammen und schob sie hinaus auf den Bahnsteig, weil ich hoffte, daß wir in den Zug gelangen und entwischen könnten. Als der Zug schon fast auf gleicher Höhe mit uns war – es passierte alles ganz plötzlich, kam mir aber wie in Zeitlupe vor –, gab Antoine ihr von hinten einen kräftigen Stoß. Ich versuchte noch, sie an der Strickjacke zurückzureißen, bekam sie aber nicht mehr zu fassen, und sie stürzte direkt vor dem einfahrenden Zug auf die Gleise und wurde zermalmt wie ein kleiner Sack Lumpen. Die Schreie der Reisenden auf dem Bahnsteig und das bösartige, schadenfrohe Gelächter seines Sohnes klingen mir bis heute in den Ohren.«

Jenny schlug entsetzt die Hand vor den Mund. Sie war bis ins Mark erschüttert. Dieser kleine Junge war zu dem Mann herangewachsen, der versucht hatte, sie ermorden zu lassen, und von dem Auguste nicht müde wurde zu beteuern, was für ein »guter Junge« er doch wäre. »Und was hast du dann gemacht?« fragte sie leise.

»Es gab nichts, was ich tun konnte, ohne mich zu verraten. Wenn ich versucht hätte, ihn wegen Mordes an einer Jüdin anzuzeigen, hätte man sowieso nur mit den Schultern gezuckt. Ich bin in der allgemeinen Verwirrung durch den Hinterausgang des Bahnhofs entkommen und auf anderem Weg nach Marseille zurückgekehrt. Da ich keinen Alarm geschlagen hatte, wird Antoine geahnt haben, daß ich als *passeur* arbeitete, und wir waren uns sicher, daß er eine Personenbeschreibung von mir in Umlauf bringen würde. Armand und Xavier machten sich schreckliche Sorgen deswegen und versuchten mich an der Weiterarbeit zu hindern. Ich war aber der Ansicht, daß ich, wenn es das Schicksal so wollte, ohnehin verhaftet werden würde. Ich begann danach allerdings eine Perücke zu tragen, weil ich mit meinen blonden Haaren zu leicht zu erkennen war.«

»Was für eine Perücke?« fragte Jenny.

Freda seufzte und sagte: »Das habe ich ganz vergessen. Du hast ja die Kassette nicht bekommen, auf der die ganze Geschichte ist.« Sie sahen einander an.

Jenny erinnerte sich plötzlich an ein paar vage Anspielungen in den Tagebüchern. »War er gemeint, wenn du über deinen ›Freund in Limoges‹ geschrieben hast? Diese Andeutung war mir immer schleierhaft.«

»Ja, selbstverständlich. Es war ein paar Monate lang ziemlich nervenaufreibend, denn jedesmal, wenn es an der Tür klopfte, erwartete ich, verhaftet zu werden. Aus dem Grund erkundigte ich mich immer nach Antoine Corlay, wenn irgend jemand dort in der Gegend zu tun hatte. Ich bin nicht sicher, warum er 1943 in den Ruhestand gegangen ist, aber vielleicht fanden selbst die Deutschen seine Methoden ein bißchen zu blutrünstig und haben ihn gefeuert.«

Roddy erhob sich. »Ich glaube, es ist an der Zeit, uns vor dem Mittagessen etwas zu trinken zu genehmigen, nicht wahr, altes Mädchen? Magst du einen Whisky, Jenny?«

»Ja. Mit Eis, wenn du welches hast.«

»Dann kriegst du aber nur das billige Zeug«, brummelte er. »Eis, nicht zu fassen!«

Jenny drückte Fredas Hand. »Das muß er sein. Er muß es einfach sein.«

»Er lebt in einem Altersheim?« Jenny nickte. »Ich hoffe nur, daß er noch fit genug ist, damit ihm der Prozeß gemacht werden kann. Ich würde alles darum geben, ihm vor Gericht gegenüberzustehen und auszusagen, was an jenem Tag passiert ist.«

Kapitel 31

Freda lehnte sich im Sessel zurück. »Sie sind also unter anderem Namen in die Bretagne gezogen, und als Hervé herangewachsen war, begann er für Edouard zu arbeiten. Die Jahre vergingen, und niemand schien nach ihnen zu suchen, so daß sie sich in Sicherheit wähnten. Bis dann plötzlich jemand kam und ihre Vergangenheit offenzulegen drohte und dafür mein Buch als Beweismittel benutzen wollte. Wer aber war das und warum?«

»Genau das verstehe ich auch nicht«, sagte Jenny, »ich nehme jedoch an, daß es der Mann gewesen sein muß, mit dem ich die Affäre hatte und das erste Mal in der Bretagne war.«

»Was glaubst du, wer er ist?«

»Das ist das, was mich am meisten ärgert. Ich habe nach wie vor kaum etwas über ihn herausgefunden. Edouard kennt ihn offensichtlich nicht, obwohl sich dieser erste Marc als sein Sohn ausgegeben hat, Hervé und Joe kannten ihn aber.«

Freda zog die Augenbrauen hoch. »Er muß also wissen, worum es bei ihren Geschäften geht.«

»Das will mir einfach nicht in den Kopf, daß ich mich beinahe in jemanden verliebt hätte, der bei so etwas mitmacht.«

Schmunzelnd rief Freda: »Beinahe! Daß ich nicht lache!«

Jenny wurde rot. »Ich weiß, ich habe ein lausiges Urteilsvermögen, was Männer betrifft, aber so sehr kann man sich doch gar nicht irren?«

Roddy kam zurück und reichte jeder von ihnen ein Glas. Jenny nahm einen kräftigen Schluck Whisky und schüttelte sich, als er ihr brennend die Kehle hinunterlief.

»Wie dem auch sei, der Mann, mit dem ich die Affäre hatte, muß Hervé aus irgendeinem Grund erpreßt haben.«

Roddy unterbrach sie. »Ich bin mir nicht so sicher, daß das alles wirklich irgendwie mit dem Buch zu tun hat. Wenn Hervés Vater tatsächlich Antoine Corlay ist, muß es noch andere Leute geben, die gegen ihn aussagen könnten. Wieso sollte man also auf ein Buch warten?«

Jenny überlegte. »Es kann nicht mehr viele Zeugen geben, die noch am Leben sind und wirklich gesehen haben, wie er jemanden ermordete. Ich bin sicher, daß da etwas dran ist, denn was hätte ich sonst mit der ganzen Sache zu tun?«

»Aber wie haben sie überhaupt von dem Buch erfahren? Es ist ja noch nicht einmal fertig.«

»Das ist mir auch nicht ganz klar. Der Titel steht allerdings schon seit ein paar Monaten in unseren Vorankündigungen, die an Verleger im Ausland geschickt werden, die möglicherweise Rechte kaufen wollen. Es ist bloß eine Vermutung von mir, aber vielleicht hat jemand aus einem Verlag Hervé einen Tip gegeben. Ach, ich weiß auch nicht ... Wahrscheinlich kennt er Fredas Namen durch ihre Zeugenaussagen 1946 vor der Untersuchungskommission für Kriegsverbrechen, und die beiden befürchteten jetzt einfach, daß sie in ihrem Buch etwas über sie berichten wird.«

Roddy kratzte sich am Kopf. »Vielleicht solltest du bei dem Polizeidezernat anrufen, das den Überfall auf dich untersucht, und ihnen deine Vermutungen mitteilen. Obwohl ich nicht sicher bin, daß das nur ein Fall für die Polizei ist. Hat man dir eine Telefonnummer gegeben, mit der du dich in Verbindung setzen kannst?«

Jenny fand die Karte in ihrem Portemonnaie und reichte sie ihm.

»Detective Sergeant Barrington. Wenigstens ist es nicht irgendein beschränkter Police Constable. Du kannst unser Telefon benutzen, wenn du möchtest, aber fasse dich kurz. Wir sind schließlich keine Nabobs.«

Jenny setzte sich an den Schreibtisch beim Fenster und wählte die Nummer. Beim vierten Klingelzeichen hob jemand ab.

»Barrington.«

»Hier spricht Jenny Rowland«, sagte sie. »Ich rufe an, weil ich einige neue Informationen über den Mann habe, der mich am Montagabend umbringen lassen wollte.«

»Sie meinen Joe Paton? Es wird Sie freuen, zu hören, daß er heute morgen in Amsterdam verhaftet worden ist.«

»Oh, Gott sei Dank!« seufzte Jenny erleichtert auf.

»Er hat alles gestanden. Sie hatten recht mit der Annahme, daß ihr bretonischer Freund ihn dazu beauftragt hatte.«

»Ich glaube, ich weiß jetzt auch, warum er das getan hat«, teilte Jenny ihm mit. »Ich bin nämlich gerade dabei, die Memoiren meiner Großmutter herauszugeben, in denen sie Hervés Vater als Kriegsverbrecher entlarvt.«

»Das ist ja interessant.«

»Hervé arbeitet für eine Organisation, die von einem Mann namens Edouard Jacquinet geleitet wird, und über die habe ich auch einiges herausgefunden.«

»Ja, wir haben gehört, daß Sie Edouard gestern abend getroffen haben, und würden gern mit Ihnen darüber sprechen.«

»Sie kennen ihn?«

»Wir sind ihm schon seit Jahren auf den Fersen, deshalb sind wir besonders interessiert daran, Näheres über Ihr Treffen zu erfahren. Wann werden Sie nach London zurückkehren?«

»Woher wissen Sie, daß ich nicht in London bin?« fragte Jenny überrascht.

»Mein Telefon zeigt die Nummern der Anrufer an. Es ist eine schottische Vorwahl – Ayrshire, wenn ich mich nicht irre.«

»Das ist richtig. Ich bin nicht sicher, ob ich heute abend oder morgen früh zurückkomme. Soll ich Sie anrufen, sobald ich gelandet bin?«

»Wieso teilen Sie uns nicht einfach mit, welchen Flug Sie

buchen, und wir holen Sie dann gleich vom Flugplatz ab? Das erspart uns unnötige Wartezeiten.«

Als sie aufgelegt hatte, meinte Jenny verdutzt: »Er schien nicht sonderlich an Auguste und Hervé interessiert zu sein. Ich glaube, in Wirklichkeit sind sie hinter Edouard her. Die gute Nachricht ist aber, daß man Joe festgenommen hat. Roddy, bist du einverstanden, daß ich schnell mal im Krankenhaus anrufe, um es Marc mitzuteilen?«

»Ein R-Gespräch wäre nicht schlecht«, brummelte er, sie überhörte das aber einfach.

Es dauerte eine Weile, denn sie wurde von der Zentrale zur Station durchgestellt, und dort erklärte ihr dann eine Schwester, daß sie das Telefon erst zu Marc ans Bett rollen müsse, weil er noch nicht aufstehen dürfe. Schließlich meldete sich eine Stimme, es war jedoch nicht Marc.

»Chantal, hier ist Jenny. Ich rufe bloß an, um zu erfahren, wie es Marc geht. Ob ich wohl kurz mal mit ihm sprechen könnte?«

»Halten Sie sich ja von meinem Sohn fern, haben Sie mich verstanden? Das alles ist nur passiert, weil sie üble Gerüchte über den armen Hervé verbreitet haben. Sie kamen mit irgendeiner wilden Geschichte zu uns nach New York, und ich hätte es nie zulassen dürfen, daß Sie Marc da mit hineinziehen. Er hätte sterben können wegen Ihnen.«

»Chantal, das stimmt so nicht. Edouard hat bei seiner Schilderung der Ereignisse die Wahrheit verdreht. Ich war es nicht, die Hervé unter Druck gesetzt hat. Wenn Ihnen an der Aufklärung des Verbrechens liegt, sollten Sie zur Polizei gehen und denen sagen, was Sie wissen, wie Sie es gestern abend angedroht haben.«

»Ich habe gar nichts angedroht. Nie und nimmer. Mein Mann ist ein erfolgreicher Geschäftsmann mit makellosem Ruf, und wir werden Sie verklagen, sollte mir jemals zu Ohren kommen, daß sie etwas anderes behaupten. Ich habe unser Gepäck aus Ihrer Wohnung abgeholt und die Schlüssel beim Hausmeister hinterlegt. Ich möchte, daß Sie sich in Zukunft von meiner Familie fernhalten, sonst werden Sie mich kennenlernen.« Damit wurde der Hörer aufgeknallt.

»Uch!« Jenny hielt den Hörer mit ausgestrecktem Arm von sich. »Ich bin in Ungnade gefallen.«

»Sie hält wohl zu ihrem Mann?« fragte Freda.

»Ich wußte, daß sie das tun würde. Einerseits fürchtet sie sich vor ihm, aber andererseits glaube ich, liebt sie ihn auch immer noch. Du hättest bloß hören sollen, wie sich auf dem Band der Klang ihrer Stimme verändert hat, nachdem er ihr gesagt hatte, daß er sie liebe, und sie dann bat, mit ihm in Urlaub zu fahren.«

»Ich denke, es wird Zeit für den Lunch. Wollt ihr vielleicht mitkommen, und ich sehe mal, was sich in der Speisekammer noch finden läßt?« Roddy griff Freda unter die Arme, um ihr aus dem Sessel zu helfen, und bot ihr dann seinen Arm als Stütze, während sie langsam den Flur entlangschlurfte. Jenny hinkte hinterdrein.

Nach der glühenden Hitze, die das Kaminfeuer im Wohnzimmer verbreitet hatte, wirkte das Eßzimmer eiskalt, und Jenny zog fröstelnd ihre Strickjacke fest um sich. Freda und sie ließen sich an dem runden dunklen Holztisch nieder, während Roddy in der altmodischen Speisekammer verschwand.

»Übernimmst du immer das Kochen, Roddy?« rief Jenny zu ihm hinüber.

»Irgend jemand muß es ja tun. Freda ist nicht gerade der häusliche Typ.« Er kam wieder zum Vorschein, wobei er eine große Bratpfanne und ein paar prall gefüllte braune Papiertüten schwenkte.

»Aber früher hast du doch sehr gern gekocht, Freda. Auf einem der Bänder sagst du, daß du in Marseille einen ganzen Tag damit zubringen konntest, ein einziges Gericht zuzubereiten.«

Freda lachte. »Das war bloß eine kurze Phase. Sie dauerte nur ein paar Monate. Außerdem kann ich nicht mehr so lange stehen.«

»Wir haben nicht viel da, du wirst essen müssen, was dir vorgesetzt wird«, rief Roddy. »Wir wußten ja nicht, daß du kommst.«

»Ich habe anzurufen versucht«, sagte Jenny. Sie betrachtete die beiden, und ihr fiel auf, wieviel älter als ihr jetziger Mann Freda wirkte. Roddy war fünfzehn Jahre jünger. Als sie sich kennenlernten, war Freda energischer und lebhafter als er gewesen, so daß man nie einen Altersunterschied zwischen ihnen vermutet hätte. Freda hatte jedoch mehr aus dem vollen gelebt, und jetzt begann sie ihr Körper im Stich zu lassen, und die Waagschale senkte sich in die andere Richtung.

»Hast du schon immer auf ältere Frauen gestanden, Roddy?« zog Jenny ihn auf.

»Was heißt denn hier immer?« gab er erbost zurück. »Das klingt ja, als hätte ich mir ein Hobby daraus gemacht! In meinem Leben hat es nur zwei Frauen gegeben. Meine verstorbene Frau war genauso alt wie ich. Sie war drei Tage vor mir geboren.«

»Und danach bist du bei mir hängengeblieben«, meinte Freda lächelnd. »Das ist sein Beitrag zur Altenpflege.« Sie schauten einander liebevoll an.

»Und wie steht's mit dir, Jenny?« fragte Roddy. »Bist du schon immer mit jüngeren Männern zusammengewesen?«

»Mit älteren, jüngeren, gleichaltrigen, allen möglichen. Aber egal, wo ich auch bin, ich scheine mich immer zu dem Mann im Raum hingezogen zu fühlen, der am wenigsten zu mir paßt«, antwortete sie und verzog resignierend das Gesicht. »Sag mal, Roddy, warum warst du eigentlich so sehr dagegen, daß Freda ihre Memoiren veröffentlicht? Denkst du nicht, daß Geschichten wie die ihre als Zeitzeugenberichte festgehalten werden sollten?«

Aus einer der Pfannen auf dem Herd dampfte es heftig, und er antwortete ein paar Minuten lang nicht, während er die Pfanne herumjonglierte und die Gasflamme kleiner drehte. Freda warf ihr über den Tisch hinweg einen mißbilligenden Blick zu.

»Ich habe mir keines der Bänder angehört und beabsichtige auch nicht, das Buch zu lesen, weil das allein Fredas Sache ist. Ich kenne aber selbstverständlich all die Geschichten aus unseren Gesprächen, und ich weiß, daß es unmöglich ist, sie zu erzählen, ohne die verschiedenen anderen Männer in ihrem Leben zu erwähnen.« Er nahm Teller aus dem Schrank und stellte sie auf der Arbeitsplatte ab. »Es war schwierig genug für mich, als sie mir das alles unter vier Augen gesagt hat, aber was glaubst du wohl, wie ich mich fühle, wenn es öffentlich wird?«

Jenny schwieg. Aus unerfindlichem Grund war sie nie darauf gekommen. Sie hatte gedacht, daß Roddy vielleicht auf Fredas Erfolge neidisch sei, aber jetzt verstand sie ihn. Sie erinnerte sich daran, wie Freda ihr Sexleben mit Jean-Pierre beschrieben hatte, und schaute kurz zu ihrer Großmutter hin. Freda zuckte leicht die Schultern und zog die Augenbrauen hoch.

Roddy servierte ihnen gebratenen Speck mit Eiern, Kartoffeln und gebackenen Bohnen, was mit weiteren Gläsern Whisky hinuntergespült wurde. Jenny staunte über sich selbst, daß sie den ganzen Teller leer aß. Als sie fertig waren, holte er eine große Packung Himbeereis aus dem Tiefkühlschrank.

Er zwinkerte Jenny zu und sagte: »Das ißt Freda am liebsten, mußt du wissen. Wenn ich nicht hier wäre, würde sie gar nichts anderes essen, dessen bin ich mir sicher.«

»Roddy, das stimmt nicht. Wahrscheinlich würde ich hin und wieder einmal eine andere Sorte probieren.« Sie wandte sich Jenny zu. »Ich hatte doch noch nie Eis gegessen, bevor ich in den fünfziger Jahren in die Staaten kam, und jetzt muß ich eben alles nachholen.« Genüßlich schleckte sie einen Löffel Eis nach dem anderen, und sie sahen ihr dabei zu. »Möchtest du denn nichts?« fragte sie, kurz aufschauend, und Jenny schüttelte den Kopf.

»Nein, du kannst alles aufessen.«

»Ich habe über das nachgedacht, was du letztes Mal gesagt hast«, bemerkte Freda, »und mich entschlossen, an deine Mutter zu schreiben. Es ist dumm, sich nicht auszusöhnen, denn wir wissen ja nicht, was uns bevorsteht.«

»Ich habe sie gestern angerufen, um ihr von dem Überfall auf mich zu erzählen. Sie meinte nur, daß ihr plastischer Chirurg die Narbe bestimmt entfernen könne.«

Freda verzog das Gesicht. »Ich hatte eigentlich vor, ihr ein Buch von einer der neuen jungen Feministinnen zu schicken, das ich kürzlich in der Bibliothek ausgeliehen habe. Darin wird behauptet, daß deine Generation gewissermaßen die Werte aufgibt, die wir in den sechziger und siebziger Jahren erstritten haben, insbesondere weil ihr euch für irgendwelche männlichen Schönheitsideale unters Messer legt.«

»Ich kann mir nicht vorstellen, daß Mutter dir dafür besonders dankbar wäre. Sie würde es wahrscheinlich nicht einmal lesen«, bemerkte Jenny lachend und erzählte Freda von dem Taxifahrer, der gemeint hatte, daß hübsche Frauen es überhaupt nicht nötig hätten, sich mit Feminismus abzugeben. »Ich bin mir sicher, daß meine Mutter auch dieser Ansicht ist.«

»Ja, da hast du bestimmt recht.«

Roddy klapperte laut mit dem Geschirr in der Spüle, und sie grinsten sich heimlich an. Das war nicht sein Thema.

»Möchte noch jemand einen Whisky?« fragte er. »Oder soll ich jetzt Tee machen?«

»O nein, Tee bitte«, sagte Jenny, »und ein Glas Wasser. Du bringst mich mit all dem Whisky noch um. Ich habe vorige Nacht kein Auge zugetan. Wenn ich einschlafen sollte, deckt ihr mich dann zu?«

»Kein Problem«, meinte Roddy lächelnd.

Während Roddy Tee kochte, begaben sich Freda und Jenny langsam wieder ins Wohnzimmer.

»Freda, kannst du mir verraten, was das Geheimnis für eine glückliche Partnerschaft ist?«

»Ich dachte eigentlich, du magst Roddy nicht.«

»O doch, ich mag ihn«, widersprach ihr Jenny. »Ich habe ihn immer gemocht, aber ich hatte den Eindruck, daß er nicht viel von mir halten würde.«

»Er kann es nicht so zeigen, aber ich weiß, daß er dich bewundert. Und nach dem, was wir heute gehört haben, schätzt er dich sogar noch mehr, da bin ich mir sicher. Was das Geheimnis funktionierender Beziehungen anbelangt, bin ich vielleicht nicht gerade die größte Expertin, aber ich würde sagen, daß man miteinander reden kann, ist das A und O. Es gibt nichts Besseres, als offen und ehrlich über alles miteinander sprechen zu können. Wenn das nicht mehr geht, oder es nie ging, ist die Sache aussichtslos.«

»Aber wie kann man erkennen, ob jemand offen und ehrlich zu einem ist? Ich dachte, ich würde mich mit jenem ersten Marc, der verschwunden ist, gut verstehen. Wir haben uns über unsere Kindheit unterhalten, ich habe ihm alles über meine Familie und über dich erzählt, und erst im nachhinein ist mir klar geworden, daß die Offenheit größtenteils einseitig war.«

»Du bist doch auch nur fünf Tage mit ihm zusammen gewesen. Männer brauchen viel länger, um ihre Geheimnisse zu offenbaren.«

»Das weiß ich, aber wieso habe ich denn nicht gespürt, daß er mich in allem nur belogen hat? Mit seinem Namen, seinen Eltern, dem Architekturstudium, dem Familienanwesen, zu dem er mich mitgenommen hat. Ich kann gar nichts glauben, was er mir erzählt hat.«

Freda neigte den Kopf zur Seite. »Dafür muß es Gründe gegeben haben. Die sollten wir herauszufinden versuchen. Hattest du den Eindruck, daß er mit Joe eng befreundet sei? In welcher Beziehung standen sie überhaupt zueinander?«

Jenny versetzte sich in Gedanken auf die Party zurück. Sie stellte sich die beiden nebeneinander vor, den so viel kleineren Joe mit seinen dunkelblonden schulterlangen Locken und daneben Marc mit seinen dunklen Augen und schwarzen Haaren. »Ich habe sie nie miteinander sprechen sehen, außer als Joe fragte, was wir gern trinken würden. Auf der Party hingen sie jedenfalls nicht zusammen. Marc ist für sich allein herumgelaufen.«

»Aber er hat bei Joe gewohnt?«

Jenny dachte an die enge Wohnung mit den hohen Regalen voller Aufnahmetechnik und den Haufen dreckiger Wäsche. Irgendwie hatte sie sich ihn nicht in dieser Umgebung vorstellen können. »Er behauptete das zwar, aber vielleicht hat er auch gar nicht dort gewohnt.«

»Also waren sie nicht eng befreundet?«

»Nein, keinesfalls. Das nehme ich zumindest an.«

Roddy stieß die Tür auf und brachte den Tee herein. Als Jenny einen Blick zur Uhr auf dem Kaminsims warf, stellte sie überrascht fest, daß es bereits fünf war.

»Und Hervé?« fragte Freda. »Wie sah seine Beziehung mit ihm aus?«

»Ich hatte von Anfang an das Gefühl, daß zwischen ihm und Hervé eine seltsame Atmosphäre herrschte. Es kam mir so unglaubwürdig vor, daß sie viele Jahre miteinander befreundet sein sollten. Sie gingen mißtrauisch und vorsichtig miteinander um, obwohl ...« Sie stockte. »Also ich glaube, an ihre Streitereien waren sie gewöhnt. Sie müssen sich schon früher häufig gestritten haben, und es gab einige ungeklärte Probleme zwischen ihnen.«

»Oho!« meinte Freda und klatschte in die Hände. »Siehst du, du kannst durchaus deine Gefühle deuten, wenn du dir zur Abwechslung einmal genügend Zeit dafür nimmst, in dich hineinzuhören.«

»Okay, ich habe verstanden, was du damit sagen willst«, erwiderte Jenny lächelnd.

»So, und jetzt erinnere dich daran, was dir dein Instinkt sagte, als du diesem Mann das erste Mal begegnet bist, noch bevor ihr in die Bretagne gefahren seid. Hat er etwas mit organisiertem Kinderschmuggel für Pädophile zu tun?«

»Auf keinen Fall«, entgegnete sie, ohne zu zögern.

Freda und Roddy sahen einander an, und Jenny bemerkte, wie Roddy leicht zweifelnd die Augenbrauen hochzog. Sie fühlte sich gedemütigt, weil er ihr Urteilsvermögen in Frage stellte.

»Jenny, und was für ein Mensch ist er nun deiner Meinung nach?« fragte Freda.

»Ich weiß es einfach nicht. Ich habe zuviel getrunken, bin todmüde und emotional am Ende. Ich hatte ihn gern. Vielleicht habe ich mich auch in ihm getäuscht, und er ist doch ein Verbrecher«, Jenny zögerte, »aber das glaube ich eigentlich nicht.«

Freda beugte sich vor und ergriff Jennys Hand. »Du hast heute ein paar freimütige Bekenntnisse abgelegt. Jetzt wirst du etwas über mich erfahren, was dir vielleicht seltsam und erschreckend vorkommt.« Jenny kniff die Augen zusammen. »Ich bin nämlich inzwischen ganz süchtig nach Seifenopern geworden, und jetzt geht gleich *Neighbours* los.«

»Du willst mich wohl veralbern?« Sie schaute Roddy fragend an. Der nickte bestätigend und gab mit hilflos ausgebreiteten Armen zu verstehen, daß er das belustigt hinnahm.

Sie guckten sich nacheinander *Neighbours* und *Star Trek* an, dann bestellte Roddy telefonisch Essen beim Chinesen, was Jenny bezahlte und was sie während *EastEnders* und *Coronation Street* verzehrten. Freda hatte auf Videotext die Version mit Untertiteln eingestellt. Jenny rollte sich in der Sofaecke zusammen, ihren Hals mit Kissen abstützend. Die Augenlider wurden ihr schwer, und sie fühlte sich allmählich wieder in friedliche Normalität zurückversetzt. Roddy rückte näher an Freda heran, die unverwandt auf die Mattscheibe starrte, und gelegentlich kommentierten die beiden einzelne Szenen.

Eine Titelmelodie folgte der anderen, und Jenny nickte eine Weile ein. Sie wurde von den eindringlichen Glockenschlägen der

Neunuhrnachrichten geweckt. Eine Elektronikfirma entließ zweihundertfünfzig Angestellte. Einem Neugeborenen war das Herz eines Schweins eingepflanzt worden. Die amerikanische Delegation hatte die internationale Friedenskonferenz unter Protest verlassen.

»Ich muß ins Bett«, sagte sie gähnend. Sie stand auf und griff, leicht taumelnd, nach Fredas Arm. »Wo soll ich denn schlafen?«

»Roddy wird es dir zeigen.« Freda zog sie zu sich herunter, umarmte sie fest und küßte sie auf die Wange. »Schlaf gut und mach dir keine Sorgen mehr«, sagte sie. »Wir unterhalten uns morgen früh weiter.«

Roddy führte sie die Treppe hinauf ins Gästezimmer und stützte dabei ihren Arm, wie er es zuvor bei Freda getan hatte.

»Auf dem Bett liegt frische Bettwäsche, und hier hast du ein Handtuch. Verbrauch nicht das ganze heiße Wasser.« Jenny nickte. Ihr freundlich auf die Schultern klopfend, sagte er: »Schlaf gut, du hast es dir verdient.«

Sie stellte ihre Handtasche ab und wandte sich um, ihm einen Gutenachtkuß zu geben, aber er hatte sich schon entfernt. Es war bitterkalt, deshalb zog sie sich aus und kroch sofort ins Bett, zu erschöpft, um sich erst noch abzuschminken oder die Zähne zu putzen. Auf dem Bett lag eine altmodische, in kühlen Farben gehaltene Steppdecke, ähnlich der in der Bretagne in jener Nacht, als sie mit dem ersten Marc dort eintraf. Der Raum drehte sich leicht, und sie änderte ihre Lage in der Hoffnung, daß es dann aufhören würde.

Er hat nichts mit Kinderschändern zu tun, sagte sie sich, und dann fiel ihr Kopf auf dem Kissen zur Seite, und sie sank in tiefe Bewußtlosigkeit.

Kapitel 32

Jenny träumte, daß sie sich in einem riesigen alten Herrenhaus verlaufen hätte. Sich mit ausgestreckten Armen an kalten Steinmauern entlangtastend, wanderte sie in pechschwarzer Finsternis durch die Gänge. Sie wußte, daß ihre Freunde irgendwo im Haus waren und feierten. Sie konnte ihr fernes Gelächter und das Klirren von Gläsern hören. Jemand rief ihren Namen, aber sie vermochte nicht zu ihnen zu gelangen. Die Luft wurde immer dicker und stickiger, und die Stimme, die ihren Namen rief, kam näher. Dann wurde plötzlich ihre Schlafzimmertür krachend aufgestoßen.

»Jenny, steh auf! Es brennt!« rief eine Stimme.

Sie versuchte etwas zu erkennen. Im Türrahmen zeichneten sich vor flackerndem Hintergrund die Umrisse einer Gestalt ab.

»Los, schnell!« schrie die Stimme. »Wo ist deine Großmutter?«

»Den Flur hinunter, die letzte Tür«, antwortete sie, und die Gestalt verschwand. Ein beißender Gestank lag in der Luft, der ihr in Nase und Rachen brannte. Sie sprang aus dem Bett, zog den Morgenmantel aus ihrer Reisetasche und tastete neben dem Stuhl nach ihrer Handtasche.

Der schattenhafte Umriß kehrte zurück. »Wir steigen zum Hinterfenster raus. Komm mit!« Er legte ihr den Arm um die Schultern, drückte ihr den Kopf runter und schob sie zur Tür. »Halt dir das vor den Mund«, befahl er und gab ihr ein Stück Stoff. Sie gehorchte.

Ihr brannten die Augen so stark, daß sie kaum etwas sehen konnte, während er, den Arm um sie gelegt, mit ihr den Korridor entlangrannte. Als sie Fredas Schlafzimmer erreicht hatten, tränten ihr die Augen, und sie hustete und spuckte. Ihre Nasenlöcher und ihr Hals waren trocken und wie verbrannt, obwohl sie weder Hitze noch Feuer wahrgenommen hatte.

»Major Graham, haben Sie Handtücher da?«

Nur schemenhaft konnte Jenny ihre Großmutter und Roddy im Nachtzeug am weit aufgerissenen Fenster ausmachen. Roddy griff nach etwas und warf es dem Mann zu, und dieser bückte sich, um es unter den Türspalt zu schieben. Dann lief er zum Fenster und beugte sich hinaus. Einen Moment lang wurde er vom blassen grauen Mondlicht beleuchtet, und Jenny verschlug es die Sprache.

Er hob das Bettzeug an und riß mit einem Ruck ein Laken heraus, dann schlug er die Steppdecke zurück, um ein weiteres herauszuziehen. Sie standen da und schauten zu, wie er die Bettücher zusammenband und dann kräftig an ihnen zog, um die Festigkeit des Knotens zu prüfen.

»Jenny, hilf mir, das Bett ans Fenster zu schieben.« Es war ein solides Eichenbett, und sie ging in die Hocke, um sich mit den Schultern dagegen zu lehnen und es mit ihrem gesamten Körpergewicht wegstemmen zu können. Roddy trat neben sie, um ihr behilflich zu sein, während der Mann das Fußende des Bettes unter den Fensterrahmen drehte. Ihre Blicke trafen sich kurz.

Er schlang ein Ende der zusammengebundenen Laken um eine Querstange am Fußende des Bettes und zog wieder daran, um zu probieren, ob sie halten würden. Das andere Ende ließ er aus dem Fenster baumeln und lehnte sich dann hinaus, um zu sehen, ob es weit genug hinabreichte.

»Ihr haltet euch mit beiden Händen an den Laken fest und steigt mit den Füßen die Wand hinunter. Es ist zwar nicht tief, aber ich stehe unten, falls jemand ins Rutschen kommt. Alles klar?«

Freda stupste ihn am Arm. »Tut mir leid, das schaffe ich nicht. Ich kann mit meinen Händen nicht zupacken«, sagte sie und hielt ihm ihre verkrümmten Finger hin.

»Keine Angst, ich bringe Sie runter. Wir werden als erste gehen. Major, Sie helfen Jenny danach über den Fenstersims und warten, bis sie unten ist, bevor Sie nachkommen. Mrs. Graham, wenn Sie sich bitte mit dem Gesicht zum Fenster einfach dort aufs Fußende des Bettes stellen könnten.«

Er selbst stieg aufs Fensterbrett, setzte sich auf die Kante des Fensterrahmens, faßte dann mit einer Hand nach den Bettüchern und schwang die Beine hinaus. Roddy hielt Freda, die auf dem Fußende des Bettes balancierte, an der Taille fest. »Beugen Sie sich einfach nach vorn über meine Schulter«, wies der Mann sie an. Er schlang seinen freien Arm um ihre Beine und hob sie mühelos vom Fensterbrett. Sie gab keinen Laut von sich, als ihre Köpfe langsam aus dem Blickfeld entschwanden.

Jenny sprang auf die Bettkante und schaute ihnen nach. Der Mann war mit den Füßen bereits auf dem Boden und setzte Freda vorsichtig ab. Jenny warf ihre Handtasche über die Köpfe der beiden hinweg auf den Rasen, dann half Roddy ihr, auf dem Fensterbrett das Gleichgewicht zu wahren, während sie nach den zusammengeknoteten Bettlaken langte. Ihr verletztes Bein so weit wie möglich schonend, begann sie die rauhe Steinmauer hinabzuklettern. Schon nach wenigen Sekunden packten sie zwei kräftige Hände an der Hüfte und stellten sie mit den Füßen fest auf den Boden.

»Geh und weck irgendeinen Nachbarn und ruf die Feuerwehr. Versuch's bei denen da drüben.« Er zeigte auf das nächste, zwanzig Meter weiter oben an der Straße liegende Haus. Als sie barfuß über das eiskalte nasse Gras rannte, spürte sie die Hitze, die vom Haus ausstrahlte. Ein dumpfes Dröhnen und heftiges Krachen wie von Feuerwerkskörpern waren zu hören. Sie konnte keine Flammen sehen, das Licht warf aber gespenstisch flakkernde Schatten auf den Rasen.

Kurz nachdem sie geklingelt hatte, ging das Licht im Flur des Nachbarhauses an, und eine dickliche ältere Frau mit Haarnetz und blauem Morgenmantel öffnete die Tür.

»Das Haus meiner Großmutter brennt. Kann ich bei Ihnen telefonieren?« sagte Jenny und drängte sich sofort an ihr vorbei ins Haus.

»Oh, mein Gott! Das Telefon steht da drüben. Meinen Sie Fredas und Roddys Haus? Wo sind die beiden?«

Jenny wählte bereits. »Sie sind in Sicherheit«, erwiderte sie schnell, dann meldete sich die Notrufzentrale. Während sie die Adresse angab, starrte sie ganz benommen auf den präraffaelitischen Druck an der Wand vor sich, der ein Schäfermädchen inmitten ihrer Herde zeigte.

»Die Feuerwehr ist bereits auf dem Weg zu Ihnen«, teilte ihr die Telefonistin mit.

Die Nachbarin zog sich Schuhe an und reichte Jenny ein Paar übergroße Gummistiefel und einen alten Tweedmantel. »Los, lassen Sie uns rübergehen und gucken, ob wir helfen können.«

Als sie die Auffahrt hinunterrannten, sahen sie, wie Roddy Freda langsam über den Rasen führte. Jenny nahm Fredas anderen Arm, und die Nachbarin legte ihr eine Jacke über die Schultern. Freda zitterte, und ihr klapperten vor Kälte die Zähne.

»Bist du okay?« fragte Jenny flüsternd.

»Wir sollten sie erst mal ins Warme bringen«, meinte Roddy.

Die Nachbarin eilte voraus, und als sie ins Wohnzimmer traten, loderten bereits orangerote und blaue Flammen im Gaskamin und strahlten wohlige Wärme aus. Sie setzten Freda aufs Sofa und wickelten sie in eine Decke, dann entfernte sich die Nachbarin, um Tee zu machen.

»Wer ist dieser Mann, und wie ist er überhaupt ins Haus gekommen?« wunderte sich Roddy.

»Ich kenne ihn«, sagte Jenny. »Ihr werdet's nicht glauben, aber es ist jener erste Marc, der in der Bretagne plötzlich verschwunden ist.« Sie bemerkte erst jetzt, daß auch sie fror. Ihre Kiefer waren steif und eiskalt, und ihre Stimme klang ganz zittrig.

Freda griff nach ihrer Hand. »Oh, Jenny, das gibt's doch nicht! Aber er ist einfach toll!«

»Was, um alles in der Welt, macht er hier?« fragte Roddy.

Jenny zuckte die Schultern. »Ich habe keine Ahnung.« Sie hatte so widersprüchliche Empfindungen, daß ihr ganz schwindlig im Kopf war und sie sich wie benebelt fühlte.

Von draußen hörten sie das Geheul der eintreffenden Feuerwehrautos, ihre rotierenden Lichter spiegelten sich in den Fensterscheiben.

»Ich gehe mal hinüber und sehe, ob ich helfen kann«, sagte Roddy und stand auf.

»Du wirst doch keine Dummheiten machen?« fragte Freda, aber er winkte bloß ab und war weg. »All seine Orden und Erinnerungsstücke ans Militär sind im Haus. Ich hoffe nur, er versucht nicht, sie rauszuholen.«

»Das würde Marc nicht zulassen«, meinte Jenny überzeugt, und es versetzte ihr einen Stich, als sie seinen Namen aussprach.

Die Nachbarin brachte auf einem Tablett eine Kanne Tee und ein paar Tassen und Untertassen herein. »Die Feuerwehrleute haben ihre Schläuche schon ausgerollt«, berichtete sie. »Vielleicht schaffen sie es, eure Sachen zu retten.«

»Das glaube ich nicht«, seufzte Freda. »Es brennt ziemlich stark.«

»Na ja, wenigstens seid ihr alle heil rausgekommen. Das ist sicher die Enkeltochter, von der du mir erzählt hast. Guten Tag erst mal, meine Liebe.«

Sie schüttelten sich die Hände, obwohl das unter den Umständen ziemlich widersinnig anmutete.

»Ihre Großmutter erzählt mir immer, wie außerordentlich erfolgreich Sie als Verlegerin sind. Sie ist sehr stolz auf Sie.«

Jenny lächelte zu Freda hin und sagte: »Das ist sehr lieb von ihr.«

Freda drehte sich zum Fenster, um zu sehen, was draußen

passierte, und Jenny kniete sich aufs Sofa neben sie. Die gelben Helme der Feuerwehrmänner leuchteten im Widerschein des unnatürlich gefärbten Lichtes. Nur eilig die Mäntel über ihre Pyjamas geworfen, hatten sich ein paar Nachbarn eingefunden. Ein Polizeiwagen fuhr mit Blaulicht vor, und zwei Polizisten sprangen heraus.

»Ihr könnt alle heute nacht hierbleiben«, sagte die Nachbarin. »Ich habe oben noch sehr viel Platz. Ich gehe nur mal die Betten machen. Mir wär's recht, wenn ihr bleibt, bis euer Haus wieder hergerichtet ist. Gegen etwas Gesellschaft hätte ich wirklich nichts einzuwenden.«

»Danke«, sagte Freda, und Jenny lächelte der Nachbarin zu. Sie fragte sich, wo Marc übernachten würde.

Kaum hatte sie an ihn gedacht, erschien er auch schon auf der Bildfläche, und kurz danach tauchte Roddy auf. Sie standen am Polizeiauto und sprachen mit den beiden Polizisten. Marc wandte sich um und zeigte auf etwas. Roddy bemerkte sie am Fenster und winkte ihnen zu.

»Ich denke, ich laufe schnell mal raus und sehe, was los ist«, verkündete Jenny. Immer noch im Morgenrock, nur den Tweedmantel der Nachbarin übergeworfen und mit den riesengroßen Gummistiefeln an den Füßen, tappte sie die Auffahrt hinunter auf die Gruppe zu. Als sie näher kam, konnte sie hören, daß Marc der Wortführer war.

»Sie werden zu einem Kanalhafen wollen, sind vielleicht nach Hull oder Newcastle unterwegs. Wenn Sie irgendwelche Fingerabdrücke auf dem Benzinkanister im Vorgarten finden sollten, geben Sie die Meldung bitte noch heute nacht weiter.«

Jenny wandte sich zu dem geschwärzten Haus um. Alle Fenster, einschließlich derer in ihrem Schlafzimmer, waren zersprungen, und dicke graue Rauchschwaden stiegen zum Himmel empor. Die Feuerwehrmänner hatten die Schläuche immer noch auf die unteren Fenster gerichtet.

»Heißt das, es war Brandstiftung?« fuhr Jenny dazwischen.

»Sieht ganz danach aus, Madam«, erwiderte einer der Polizisten, und Marc drehte sich zu ihr um. Seine Augen waren groß und schwarz bei der Beleuchtung.

»Gibt es in der Nähe ein Hotel, wo ich die Leute hinbringen kann?« fragte er.

»Die Nachbarin sagt, daß wir bei ihr bleiben könnten«, teilte Jenny ihm mit. »Du auch, ich meine, wenn du ...«, sie zögerte unsicher, »wenn du das möchtest.«

»Ich muß mit dir reden«, sagte er. »Es wäre besser, wenn wir irgendwo hinfahren könnten, wo wir etwas ungestörter wären.«

»Ungefähr anderthalb Kilometer die Straße runter befindet sich das ›Royal Stuart Hotel‹. Die müßten zu dieser Jahreszeit freie Zimmer haben. Wir werden Sie mitnehmen«, sagte einer der Polizisten.

»Das ist nicht nötig«, erwiderte Marc. »Mein Auto steht gleich um die Ecke. Kannst du jetzt sofort mitkommen, Jenny?«

Sie erinnerte sich plötzlich an etwas. »Meine Handtasche ist im Garten hinter dem Haus. Ich habe sie aus dem Fenster geworfen.«

Er runzelte die Stirn. »Aha, und was ist so wichtig an der Tasche, daß du dich nicht von ihr trennen kannst?«

»Das werde ich dir später erzählen«, versprach sie.

Marc lief schnell die Tasche holen, und als sie außer Hörweite der Polizisten waren, fragte Jenny flüsternd: »Roddy, weißt du inzwischen, wer zum Teufel er eigentlich ist?«

»Scotland Yard«, kam die Antwort. »Er hat mir seinen Ausweis gezeigt. Er heißt Alec Sabatier.«

Kapitel 33

Während der Autofahrt schwiegen sie beide. Einer der Polizisten hatte vorher angerufen, um den Direktor des »Royal Stuart Hotel« zu informieren, daß noch ein paar späte Gäste eintreffen würden, und dieser stand schon an der Tür, um sie in Empfang zu nehmen. Der Himmel färbte sich bereits graurosa, und die Vögel hatten laut zu zwitschern begonnen, aber es war immer noch bitterkalt, und als Jenny aus dem Auto stieg, zitterte sie.

Sie folgten dem Direktor eine Treppe hoch, die mit Teppich im Schottenkaro ausgelegt war, und er schloß ihnen die Tür zu einem riesigen Doppelbettzimmer auf.

»Kann ich Ihnen vielleicht jetzt bereits etwas zum Frühstück bringen?« fragte er mit weichem schottischen Akzent.

»Eine große Kanne Kaffee wäre toll. Und für dich, Jenny?«

Sie schüttelte den Kopf. Sie fühlte sich peinlich berührt und befangen, mit ihm allein in einem Schlafzimmer zu sein. Seine Stimme klang anders, aber er sah noch genauso aus wie der Mann, in den sie sich zu verlieben begonnen hatte. Ihr war unbehaglich zumute, denn er kam ihr jetzt sowohl vertraut als auch fremd vor. Seine Mimik, seine Gestik und seine Bewegungen, die langen muskulösen Arme und die breite Brust waren die gleichen, die sie in ihrem Schlafzimmer, über Restauranttische hinweg oder im Park betrachtet hatte, aber seine Worte und die Autorität, die sie ausstrahlten, das gehörte zu einem Fremden.

Sie ging zu einem Sessel neben dem Heizkörper und ließ sich, nachdem sie die Gummistiefel abgestreift hatte, mit angezogenen Beinen darin nieder. Den Tweedmantel legte sie sich als eine Art

Schutz über die Beine. Vor noch nicht allzu langer Zeit hatte sie die Möglichkeit in Betracht gezogen, daß dieser Mann für Edouard arbeiten könnte, jetzt wurde ihr klar, daß sie das eigentlich nie wirklich geglaubt hatte.

Er wandte sich zu ihr um und starrte sie an. »Mein Gott, du bist wirklich unwahrscheinlich!« Er kam herüber und ließ sich, nur einen Meter von ihr entfernt, auf der Bettkante nieder. Er sah sie fragend an. Sie wurde verlegen und blickte zu Boden. »Was macht dein Bein?«

Erst jetzt erinnerte sie sich wieder an die Wunde, die Joe ihr mit dem Messer zugefügt hatte, und faßte instinktiv hin. »Danke, es ist schon viel besser.«

»Es tut mir so leid, daß ich dich damals nicht beschützen konnte. Jemand anderes hatte gerade Dienst. Er hat Joe zu deiner Wohnung hinaufgehen sehen, aber wir hatten nicht im Traum daran gedacht, daß Hervé diesen Blödmann schicken könnte, um dir was anzutun. Als mein Kollege dich dann schreien hörte und ins Haus lief, war deine Nachbarin bereits da.«

Sie dachte über seine Worte nach. »Wie lange beschattest du mich denn schon?«

»Oh, wochenlang. Seit wir anfingen, Hervé mit dem Buch unter Druck zu setzen. Wir waren uns bewußt, daß er möglicherweise etwas unternehmen könnte, um die Veröffentlichung zu verhindern.«

Jenny war ganz benommen und konnte das alles nicht so schnell verarbeiten. »Dann habt also ihr ihn erpreßt?«

»Wir wollten ihn dazu bringen, gegen Edouard auszusagen. Hervé war von Anfang an in dessen Geschäfte eingebunden. Er hat sämtliche Lieferrouten eingerichtet und weiß genug, um alles von heute auf morgen zum Erliegen zu bringen, wenn er will. Wir beobachten ihn schon seit Jahren und wußten von Augustes Kriegsverbrechen, aber erst als wir vom Buch deiner Großmutter erfuhren, erkannten wir, daß es jetzt eine vertrauenswürdige

Zeugin gäbe und wir einen Angriffspunkt hätten, um Hervé zur Kooperation mit uns zu überreden.«

Jenny schob im Sessel ihre Beine von einer Seite auf die andere. »Es gibt noch so vieles, was ich nicht verstehe«, meinte sie mißmutig. »Wie seid ihr zum Beispiel auf das Buch gestoßen?«

Er neigte den Kopf zur Seite und zog eine Augenbraue hoch. »Sei doch nicht naiv.«

Jenny runzelte die Stirn. Es klopfte an der Tür, und Alec stand auf, um zu öffnen. Der Direktor kam mit einem Tablett herein.

»Hier sind ein paar frische Brötchen mit Butter und Marmelade, falls sie doch Appetit bekommen, Sie können mich aber jederzeit anrufen, wenn Sie noch etwas anderes möchten.« Er stellte das Tablett auf dem Tisch neben Jenny ab. »Ach, Sie Ärmsten, was für ein schrecklicher Schock das für Sie gewesen sein muß.«

»Vielen Dank«, sagte Alec und wollte ein Trinkgeld geben, aber der Direktor wehrte ab.

»Ich nehme doch kein Geld von Ihnen, nach allem, was Sie durchgemacht haben. Schlafen Sie sich jetzt erst mal richtig aus.« Er ging und schloß die Tür hinter sich.

»Was meinst du mit ›naiv‹?« fragte Jenny.

»Glaubst du denn wirklich, daß die Geheimdienste nicht schon jahrelang ein wachsames Auge auf deine Vorankündigungslisten werfen, wenn man bedenkt, was für äußerst kompromittierende Bücher du in der Vergangenheit herausgegeben hast? Und die Wanzen, die du in deiner Wohnung gefunden hast, sind dort schon seit 1986 angebracht gewesen, als du mit diesem Minister liiert warst.«

»Willst du damit sagen, daß seit dieser Zeit alle meine Telefongespräche abgehört worden sind?«

»Wohl kaum, dafür haben sie gar nicht genug Leute. Es erwies sich aber als nützlich, daß sie noch da waren, als diese neue Situation entstand. Möchtest du Kaffee?«

Jenny schüttelte den Kopf, und er langte an ihr vorbei, um sich selbst eine Tasse einzuschenken. Sie beobachtete ihn beim Trinken.

»Noch einmal ganz langsam, damit ich das auch richtig verstehe. Ihr seid an Hervé herangetreten und habt gesagt, falls er nicht gegen Edouard aussage, würdet ihr seinen Vater als Kriegsverbrecher verhaften lassen. Und wieso hast du dich dann als Edouards Sohn ausgegeben?«

Er lächelte gequält. »Unter diesem Namen hatte ich schon fast ein Jahr verdeckt gearbeitet. Keiner der Kuriere an der Basis hat Edouard jemals zu Gesicht bekommen, von Marc ganz zu schweigen, als ich also auftauchte und behauptete, der Sohn vom Chef zu sein, haben sie das einfach geglaubt. Da mein Vater zufällig Franzose ist, konnte ich hinlänglich überzeugend auftreten. Ich hielt mich immer im Haus der Jacquinets auf, wenn ich in der Gegend war, weil es im Winter fast nie genutzt wird.« Er rieb sich mit dem Finger die Nasenspitze, eine Geste, an die sie sich gut erinnern konnte.

»Warum hat Hervé aber dabei mitgespielt? Er hat Marc doch von klein auf gekannt.«

»Wir hatten schon seit geraumer Zeit einen Deal mit Hervé ausgehandelt, konnten uns aber nie völlig über die Bedingungen einig werden. Er hatte mir einige Informationen gegeben, zögerte aber noch, bis zum letzten zu gehen.« Er unterbrach sich. »Stört es dich, wenn ich rauche?«

»Kann ich auch eine haben?« fragte sie.

Er zündete eine Zigarette an und reichte sie ihr. »Du hast doch vorher nicht geraucht. Wann hast du damit angefangen?«

»In der Nacht, in der du mich verlassen hast«, meinte sie knapp.

Er zögerte, als würde er überlegen, was er darauf sagen solle, dann zündete er sich eine Zigarette an und stellte einen Aschenbecher zwischen ihnen aufs Bett. »Hervé ist jetzt verschwunden.

Irgendwann am Montag hat er seinen Vater aus dem Altersheim abgeholt, und seither ist keiner von beiden mehr gesehen worden.«

»Ich weiß. Das hat Edouard arrangiert. Chantal hatte Angst, daß er sie umgebracht haben könnte, aber das stimmt doch sicher nicht?«

»Du hast den Mann getroffen, Jenny. Was denkst du, wie er reagiert, wenn er den Verdacht hegt, daß jemand ihn verraten haben könnte?« Er trank noch einen Schluck Kaffee. »Meine Kollegen in London können es kaum erwarten, dich über dein Treffen mit ihm zu befragen.«

Sie konnte sich ein Lächeln nicht verkneifen. »Nun, ich nehme an, dann werden sie sehr zufrieden mit mir sein.« Sie legte ihre Zigarette im Aschenbecher ab, griff nach ihrer Handtasche, schaute hinein und zog die graue Plastikkassette heraus. »Ich habe die ganze Sache nämlich mitgeschnitten. Obwohl ich mir nicht sicher bin, daß ich alles voll verstanden habe. Die interessanten Teile sind nämlich auf französisch.«

»Du hast was getan?« Er vergrub den Kopf in den Händen und kniff die Augen zusammen. »Mein Gott, du bist wohl lebensmüde? Du hast ja keine Ahnung ...«

Sie entgegnete trotzig: »Na ja, ist ja alles gut gegangen. Das war übrigens auch der Grund, weshalb ich meine Handtasche vor dem Feuer retten mußte. Willst du nun die Kassette oder nicht?«

Er nahm sie entgegen und drehte sie zwischen den Fingern. »Jenny, du bist ein Alptraum! Wie soll ich denn auf dich aufpassen, wenn du solche waghalsigen Sachen machst?« Er schüttelte den Kopf. »Also, was ist drauf? Irgend etwas, das uns nützt?«

»Er verbringt viel Zeit damit, Chantal davon zu überzeugen, daß es meine Schuld gewesen wäre, daß Marc verletzt wurde, dann versucht er sie zu überreden, ihm das Videoband zu geben. Weißt du etwas über dieses Video?«

»Was denn für ein Video?«

»Es ist bestimmt etwas darauf, das ihn persönlich belastet. Aus der Mühe, die er sich gibt, es in die Hand zu bekommen, schließe ich, daß es zu seiner Verurteilung ausreichen würde.«

»Weißt du, wo sie es aufbewahrt?«

»So sehr hat sie mir nun auch wieder nicht vertraut. Sie haben auch über ein Mädchen namens Angie gesprochen, die Chantal offensichtlich sehr ans Herz gewachsen war. Ich werde nicht schlau daraus, was mit ihr passiert ist, aber jedenfalls ist sie verschwunden, und Chantal gibt Edouard die Schuld dafür.«

»Ja, wir wissen von Angie. Sie war ein Mädchen, das bei ihnen in Pasadena wohnte.« Ihre Zigarette glimmte noch im Aschenbecher, wo sie sie ganz vergessen hatte, und er drückte sie aus.

»Was ist mit ihr passiert?«

Er zögerte. »Wir sind uns nicht völlig sicher.«

Jenny wartete, aber mehr würde er ihr nicht sagen.

»Bist du dir überhaupt über die Bedeutung deines Treffens mit Edouard im klaren?« Sie schüttelte den Kopf. »Von allem anderen einmal abgesehen, bist du einer der wenigen Menschen auf der Welt, die ihn wirklich identifizieren können. Möglicherweise wirst du irgendwann gebeten werden, als Zeugin auszusagen, falls es uns gelingen sollte, ein Verfahren gegen ihn einzuleiten.«

Ein eiskalter Schauer lief ihr über den Rücken. »Das klingt nicht gerade ungefährlich.«

»Nein, das wäre es auch nicht«, sagte er mit ernstem Blick.

»Und was ist mit Joe? Kann der nicht als Zeuge gegen ihn auftreten?«

»Joe würde im Moment alles sagen, was wir wollen, weil er in den Genuß der Kronzeugenreglung kommen möchte, was ihm aber nicht gelingen wird. Bei einer Gegenüberstellung könnte er Edouard jedoch nicht einmal von einem Türpfosten unterscheiden, denn er hat ihn nie gesehen.«

»Das ist es, was ich nicht verstehe. Wenn Joe für die arbeitet, wieso hat er dich mir vorgestellt?« Sie errötete, als sie an die

Nacht dachte, in der sie sich kennengelernt hatten, und griff nach einem Brötchen, um ihre Verlegenheit zu verbergen.

»Joe hat damals schon ein paar Wochen lang als Informant für uns gearbeitet, viel gebracht hat das aber nicht. Er war Kurier und Laufbursche für die Organisation, und im Gegenzug dafür hat man seine musikalische Karriere finanziell unterstützt. Die Arbeit langweilte ihn aber schon bald, und er fing an nebenher zu dealen. Als wir an ihn herantraten, drohten wir ihm, Edouard von seiner Nebenbeschäftigung zu unterrichten, was dieser bestimmt nicht sehr wohlwollend aufgenommen hätte. Joe erklärte sich bereitwillig einverstanden, für uns zu arbeiten, *zu* bereitwillig, wie sich jetzt herausstellt. Einerseits machte er uns auf der Party miteinander bekannt, andererseits sah ich ihn dann aber schon ungefähr eine Woche später in deine Wohnung einbrechen.«

»Das war Joe?«

»Hervé hatte ihn sicherlich beauftragt, nach Material von dem Buch zu suchen. Deinen Briefkasten hat er ebenfalls geleert. Und ich glaube, er muß auch dieses Foto von uns in Waterloo Station geschossen haben, wahrscheinlich, um mich zu enttarnen und unsere Pläne zu vereiteln. Hast du das Foto gesehen?« Jenny nickte. »Joe arbeitete schon seit geraumer Zeit für beide Seiten.«

Gedankenverloren zerbröckelte Jenny das Brötchen auf dem Schoß. Sie dachte angestrengt nach. »Es muß doch noch andere geben, die gegen ihn aussagen können. An dem Abend, an dem Chantal zu mir kam, hat sie ungefähr ein Dutzend verschiedene Nummern angerufen, um Edouard ausfindig zu machen. Wieso überprüfst du diese Nummern nicht?«

»Das haben wir bereits getan. Es gab da ein Pärchen, das wir noch nicht kannten, aber die beiden reden nicht. Es haben alle zu viel Angst.«

»Ich kann es einfach nicht glauben, daß du mich da hineingezogen hast!« machte sich Jenny nun Luft. »In dieser Woche hat man bereits zweimal versucht, mich umzubringen. Mein Leben und auch das meiner Großmutter sind in Gefahr, und das alles nur wegen dir. Du mußt gewußt haben, welcher Gefahr du uns aussetzt, als du dir dieses Szenario ausgedacht hast. Wie konntest du das bloß tun?«

Alec ließ den Kopf hängen. »Ich weiß. Ich kann dir gar nicht sagen, wie leid mir das tut. Vielleicht ist es dir ein Trost, daß wir nicht glauben, daß dir jetzt, nachdem Hervé weg ist, niemand mehr nachstellen wird, aber du wirst selbstverständlich noch eine Weile unter Polizeischutz bleiben.«

»Und was ist mit Freda?«

»Ich habe zur Sicherheit jemanden vor ihrem Haus postiert. Man wird ihr aber keinen Besuch mehr abstatten, denn Auguste ist verschwunden, und nur wegen ihm war sie in die ganze Sache verwickelt.«

Jenny seufzte tief auf und vergrub ihr Gesicht in den Händen.

»Warum legst du nicht einfach ins Bett und versuchst ein wenig zu schlafen?« meinte Alec freundlich. »Du bist ja fix und fertig. Wir können uns weiter unterhalten, wenn du dich etwas ausgeruht hast.«

»Ich sitze hier gut«, beteuerte sie und zog den Mantel fest um sich.

»Na, komm schon«, forderte er sie nochmals auf, erhob sich und streckte ihr die Hand hin. Als sie sich nicht regte, ergriff er ihre Hand, und sie ließ sich langsam hochziehen. Die Krumen vom Brötchen fielen zu Boden. Er nahm ihr den Mantel ab, führte sie zum Bett und schlug die Überdecke zurück. Sie zögerte einen Moment.

»Steig einfach rein«, sagte er, was sie dann schließlich auch tat.

Kapitel 34

Jenny schloß die Augen und versuchte zur Ruhe zu kommen, aber sie war wie elektrisiert, so viele Gedanken schwirrten ihr im Kopf herum. Sie rollte sich zur Seite, zog die Knie an und kuschelte sich unter die Decke. Ihr war übel vor Müdigkeit und Sorgen, mit ihm im Raum würde sie jedoch nie einschlafen können.

Nach einer Weile öffnete sie die Augen. An den Rändern der Vorhänge drang Tageslicht herein. Er saß im Sessel, beobachtete sie und wirkte so traurig und einsam, daß es ihr den Hals zuschnürte. Sie sahen einander an, und dann brach Jenny mit leiser, müder Stimme das Schweigen.

»Und wie war das mit uns? Gehörte der Befehl, mich zu verführen, auch zu eurem strategischen Plan?«

»O Gott, Jenny«, flüsterte er mit erstickter Stimme. Jenny spürte, wie ihr Tränen in die Augen traten.

»Komm her«, sagte sie kaum hörbar. »Leg dich neben mich und erkläre es mir.« Sie rutschte zur anderen Betthälfte hinüber, um ihm Platz zu machen. Er zögerte, dann stand er langsam auf, legte sein Jackett ab und hängte es sorgfältig über den Sessel. Mit widerstreitenden Gefühlen, einer Mischung aus Wut, Traurigkeit, Neugierde und Verlangen, betrachtete sie ihn. Er legte sich auf die Überdecke und drehte sich zu ihr, so daß ihre Gesichter nur noch wenige Zentimeter voneinander entfernt waren.

Leise und unverblümt sagte er: »Ich wollte dich vom ersten Augenblick an. Ich habe mich noch nie so stark zu irgend jemandem hingezogen gefühlt. Es lag nicht an deinem Gesicht oder deiner Figur, sondern an deiner Ausstrahlung. Ich hatte das Gefühl, wir wären uns irgendwie gleich und ich würde dich schon ewig kennen.« Seine Augen waren haselnußbraun, gesprenkelt mit gelben Flecken, und die Pupillen riesengroße schwarze Kreise. Es ist immer schwieriger, in braunen Augen zu lesen als in blauen, dachte Jenny, aber diese Augen schienen nicht zu lügen.

»Ich sollte mich mit dir anfreunden, um mehr über das Buch zu erfahren. Außerdem wäre es so leichter für mich, dich im Auge zu behalten. Ich lief auf der Party umher, beobachtete dich und dachte bei mir, das kann ich nicht tun. Ich wußte, daß ich mich von dir zu sehr angezogen fühlte, um leidenschaftslos zu bleiben. Ich wollte die Party schon verlassen und sie bitten, diese Aufgabe jemand anderem zu übertragen, aber das kriegte ich wiederum auch nicht fertig.«

Jenny betrachtete seine Wimpern und dann seine Lippen. Sie waren sehr voll, und sie mochte die Art, wie sie sich bewegten, wenn er sprach. Sie sog jedes seiner Worte in sich ein, lauschte auf das kleinste Anzeichen von Unehrlichkeit, konnte aber nichts entdecken.

»Ich mußte berichten, daß wir«, er zögerte, »eine Beziehung miteinander hatten, woraufhin sie entschieden, daß es eine gute Idee wäre, dich in die Bretagne mitzunehmen, um den Druck auf Hervé zu verstärken. Ich hatte sowieso vorgehabt, an jenem Wochenende hinzufahren. Ich versuchte sie davon zu überzeugen, daß das nicht nötig sei und gefährlich werden könnte, sie bestanden aber darauf. Es machte Hervé mit Sicherheit sehr nervös, als ich ihn anrief, um ihm mitzuteilen, daß du mitkommen würdest, er ist jedoch sehr schwer zu durchschauen. Hätte ich dich doch bloß nicht mitgenommen, dann wäre das alles nicht passiert!«

»Es war auch meine Schuld«, flüsterte sie. »Ich war wie besessen davon, herauszufinden, was mit dir passiert war, und bin unnötige Risiken eingegangen. Ich hätte nicht ein zweites Mal in die Bretagne fahren dürfen, und auf jeden Fall hätte ich Edouard neulich abends nicht treffen sollen.«

»Es war verrückt von dir, das Gespräch von Edouard und Chantal aufzunehmen. Wenn er das Band laufen sehen hätte ...«

»Ich weiß, ich weiß«, unterbrach ihn Jenny. Sie streckte die Beine aus und dabei streiften ihre Knie durch die Decke hindurch seine Beine. »Also, was genau ist denn nun passiert, als du damals verschwunden bist?«

Er strich ihr mit dem Finger eine Haarsträhne aus dem Gesicht. »Ich weiß nicht, wieviel dir über die Waren bekannt ist, die Edouard transportiert.«

Sie runzelte die Stirn. »Auf dem Band beschuldigt Chantal ihn, Kinder zu verkaufen und sich ihrer dann im Meer zu entledigen. Das ist alles, was ich weiß.« Sie brach in Tränen aus, und Marc hob die Hand, um sie ihr wegzuwischen.

»Es handelt sich um eine sehr ausgeklügelte, weltweit operierende Organisation. Hervé ist ihr wichtigster Mann, derjenige, der das Meer wie seine Westentasche kennt und das alles überhaupt erst ermöglicht hat. An jenem Tag, als wir segeln waren, zeigte er mir eine Strömung vor Bréhat, die das Wasser von der Küste weg direkt in einen tiefen Graben im Atlantik zieht.«

Jenny wandte sich ab und vergrub ihr Gesicht im Kissen. Er strich ihr besänftigend übers Haar.

»Den ganzen Tag lang hatte mir Hervé versprochen, daß er mir einen stichhaltigen Beweis liefern würde, und dann machte er wieder einen Rückzieher. Deshalb war ich so wütend. Nach unserem Essen an jenem Abend wollte ich ihm noch einen Überraschungsbesuch abstatten und hatte deshalb die Bootsschlüssel behalten, um einen Vorwand zu haben. Als ich bei ihm eintraf, war er mit zwei kleinen acht- oder neunjährigen Jungen im Keller zugange, und ich habe ihn mit der Waffe bedroht und mir sein hinter dem Haus geparktes Auto genommen. Wenn ich die Jungen zu dir herausgebracht hätte, um sie in unserem Wagen mitzunehmen, dann wärst du auf eine Weise in die Sache verwickelt worden, die ich vermeiden wollte.« Er seufzte. »Als wir wegfuhren, habe ich Hervé gebeten, dir auszurichten, daß ich geschäftlich nach Paris müsse und am Morgen zurück sei, was er, wie ich annehme, nicht getan hat.«

Jenny schüttelte den Kopf. Sie erinnerte sich an die fest verschlossene Kellertür. »Ich habe Hervé mit jemandem streiten sehen, als ich am nächsten Morgen in den Ort fuhr, um nach dir zu suchen.«

»Wirklich? Weißt du, wer es war?«

»Er hatte einen silberfarbenen Mercedes, und ich glaube, er fuhr nach St. Malo, was ich aber nicht mit Sicherheit sagen kann.«

»Hervorragend! Das war sicher der Kurier, der die Kinder abholen sollte. Glaubst du, daß du ihn identifizieren könntest?«

Sie nickte. »Ja, ich denke schon. Er hatte ein ziemlich markantes Aussehen.«

»Wir müssen an diesem Morgen in entgegengesetzten Richtungen aneinander vorbeigefahren sein. Ich habe die Kinder nach Paris gebracht und bin sofort zum Haus zurückgekehrt, du warst jedoch schon weg, und so habe ich aufgeräumt und bin dir nach London gefolgt. Eigentlich wollte ich dich anrufen und irgendeine Geschichte erfinden, aber erstens warst du nicht da, als ich wiederkam, und dann hat Joe mir erzählt, daß du dich mit Chantal in New York in Verbindung gesetzt hast, wodurch alles nur noch komplizierter wurde.« Er seufzte. »Du hast einfach zu schnell gehandelt. Ich mußte der Zentrale einen Lagebericht geben, und man entschied, daß man dich ungestört deine Nachforschungen anstellen lassen und sehen wollte, was du zutage fördern würdest. Ich habe mir aber Sorgen um dich gemacht und dich im Auge behalten.«

Jenny drehte ihm wieder ihr Gesicht zu. »Wann genau hast du mich denn beschattet?«

»Ich bin dir schon einmal zu Freda nach Schottland gefolgt.

Erinnerst du dich noch an das Auto, das beinahe auf dich aufgefahren wäre? Ich war in New York, als du dich mit Chantal und Marc getroffen hast, und bei deinem zweiten Besuch in der Bretagne hielt ich mich die ganze Zeit in deiner Nähe auf. Hervé hatte inzwischen nämlich fast die Grenze seiner Belastbarkeit erreicht, denn Edouard mißtraute seiner Geschichte über die entlaufenen Kinder, und in dem Moment bist dann auch noch du mit Marc aufgetaucht. Er fühlte sich eingekreist. Da hättest du echt in Schwierigkeiten kommen können.«

Jenny wurde rot, denn sie fragte sich, ob er auch wisse, daß sie mit Marc geschlafen hatte. Dann kam ihr plötzlich ein ganz anderer Gedanke. »Glaubst du, daß Marc etwas über die Geschäfte seines Vaters weiß?«

Er zuckte die Schultern. »Er wußte zumindest von Angie und dem Videogeschäft, ich bin mir aber nicht sicher, was ihm sonst noch bekannt war. Das FBI hat ihn ein paarmal befragt, jedoch nichts aus ihm herausbekommen.«

Jenny war wieder den Tränen nahe und blinzelte bei dem Versuch, sie zurückzuhalten. »Heißt du wirklich Alec?« fragte sie. Er nickte. »Ich weiß nicht das geringste über dich«, meinte sie kopfschüttelnd und begann zu weinen. All die unterdrückte Furcht und Einsamkeit der letzten Zeit brachen aus ihr heraus.

»Oh, meine arme Kleine«, sagte er mitfühlend, zog ihren Kopf an seine Schulter und nahm sie in die Arme. »Aber natürlich kennst du mich.«

Sie schluchzte ungehemmt, und ihre Tränen durchnäßten seinen Wollpullover. Mit seinen starken Händen zog er sie fester an sich, und sie rutschte näher an ihn heran, bis sich ihre Hüftknochen durch die Bettdecke hindurch berührten. Sie lagen beide regungslos da, übermannt von heftiger Rührung und dem unterschwelligen sexuellen Verlangen, das sie knisternd umgab.

Sie hob ihm ihr tränenüberströmtes Gesicht entgegen und hauchte ihm einen Kuß auf die Lippen. Dann löste sie sich von ihm, um seine Reaktion zu beobachten. Er preßte sie wieder an sich und erwiderte ihren Kuß, nicht mit kleinen drängenden, fordernden Küssen, sondern mit einem einzigen langen, der zart und sanft war. Sie schmiegte sich an ihn.

»Jen, ich möchte in dieser Situation nicht mit dir schlafen«, sagte er ruhig. »Du bist verletzt und erschöpft, und solange ich noch an diesem Fall arbeite, darf nichts zwischen uns sein.«

»Und wie lange wird das noch dauern?« flüsterte sie.

»Das hängt davon ab, wie viele Beweise wir inzwischen haben. Vielleicht nicht mehr lange.«

Ihre Lippen fanden sich wieder, und wie in Trance fuhren sie fort, sich zu küssen, keiner konnte sich vom anderen lösen. Sie legte einen Arm um ihn und strich ihm mit der Hand über den Rücken. Dann schlug sich sein Bein schwer über das ihre.

Was tue ich da eigentlich? fragte eine Stimme tief in ihrem Inneren. Worauf lasse ich mich jetzt schon wieder ein?

Kapitel 35

Als Jenny aufwachte, begann es im Raum bereits wieder dämmrig zu werden. Nur wenige Zentimeter von sich entfernt hörte sie Alec leise atmen, konnte seine Gesichtszüge aber nur verschwommen wahrnehmen. Plötzlich schienen ihr die Gefühle, die sie am Morgen für ihn gehegt hatte, nur noch eine ferne Erinnerung zu sein, und Wut stieg in ihr auf. Sie wollte ihm die Haut zerkratzen, ihn beißen, ihm das Blut aussaugen, ihn genauso verletzen, wie er sie verletzt hatte. Sie stellte sich vor, ihre Zähne in sein Kinn zu graben und sie mit aller Gewalt zusammenzupressen.

Vorsichtig kroch sie unter der Decke hervor, eilte ins winzige Bad und ließ das Schloß hinter sich zuschnappen. Sie stellte die Dusche an, und heißes Wasser lief in die braungefleckte Wanne. Die Ränder des Spiegels begannen zu beschlagen. Ihre Augen waren entzündet und brannten. Dann krampfte sich ihr ganz unvermittelt der Magen zusammen, und sie erbrach sich.

Sie beugte sich über das Toilettenbecken und würgte mehrmals, bis nur noch Tröpfchen sauren Schleims hochkamen. Eine Ader in ihrer rechten Schläfe drohte zu platzen. Als das Würgen abklang, fühlte sie sich erschöpft und wacklig auf den Beinen und ließ sich schwer auf den Badewannenrand sinken. Sie rollte ein längeres Stück Toilettenpapier ab, wischte das auf den Boden gespritzte Erbrochene weg und spülte es die Toilette hinunter.

Seine Erklärungen hatten sich erst so einleuchtend und logisch angehört, und sie hatte sogar bei sich gedacht, was für ein guter Mensch er doch wäre, sich solch einer wichtigen Arbeit zu widmen. Jetzt wurde ihr jedoch klar, daß die gesamte Zeit, die sie zusammen verbracht hatten, auf einer Lüge basierte. Menschenverachtend und ohne Rücksicht auf ihre Sicherheit, hatte er sie benutzt. Was sie über Edouards Geschäfte erfahren hatte, ging ihr nicht aus dem Sinn und drehte ihr den Magen um, dieses Wissen versuchte sie aber zu verdrängen.

Sie stellte die Dusche so heiß, daß sie es gerade noch aushalten konnte. Sie ließ das Wasser hart auf Nacken und Schultern prasseln und sich vom Strahl den Kopf massieren. Zuerst weinte sie nur, dann stieß sie kurze gequälte Schluchzer aus. Die Wimperntusche lief ihr über die Wangen und ergoß sich in schwarzen Rinnsalen in die Wanne. Die Schluchzer gingen in heulende Aufschreie über, die aus dem Zwerchfell emporgeschleudert wurden, als versuchte sich ihr Körper der Emotionen zu entledigen. Es waren kehlige, anfangs unkontrollierbare Laute, wie sie arabische Frauen am Totenbett ausstoßen. Allmählich klangen sie aber ab. Sie stand immer noch unter dem heißen Wasserstrahl und versuchte einen klaren Kopf zu bekommen und zu überlegen, was als nächstes zu tun war. Sollte sie ihn auffordern, für immer aus ihrem Leben zu verschwinden? Sollte sie versuchen, ihn zu verstehen und ihm zu vergeben? Sollte sie sich bereit erklären, gegen Edouard auszusagen, oder ihnen mitteilen, daß sie mit der ganzen Sache nichts mehr zu tun haben wollte?

Sie stellte das Wasser ab, wickelte sich in ein grobes, weißes, viel zu kleines Badetuch und schlang ein noch kleineres um die Haare. Sie wischte ein kreisrundes Loch in den beschlagenen Spiegel, und ihr bot sich ein verheerender Anblick: ein knallrotes, mit Wimperntusche verschmiertes Gesicht und verweinte geschwollene Augen. Das Glas beschlug sofort wieder. Sie drehte einen Hahn auf und spritzte sich kaltes Wasser ins Gesicht, wusch sich dann mit Seife die Wangen und spülte sie solange ab, bis sich ihre Haut betäubt und straff anfühlte. Sie wischte wieder ein Loch frei und fragte sich, ob sie Make-up in der Handtasche habe. Die

Tasche befand sich im Schlafzimmer. Eigentlich wollte sie nicht, daß Alec sie so zu Gesicht bekäme, aber ihr blieb gar keine andere Wahl. Sie rubbelte sich kräftig mit dem Handtuch ab. Ihr Morgenmantel roch nach abgestandenem Rauch, da sie aber nichts anderes anzuziehen hatte, schlug sie ihn fest um sich und öffnete die Tür.

Er telefonierte gerade und blickte erschrocken hoch, als sie plötzlich auftauchte. Sie lief jedoch schnurstracks an ihm vorbei zum Sessel beim Fenster und fing an, in ihrer Handtasche zu wühlen. Sie hatte nichts dabei außer einem Mascara, einem roten Lippenstift und einer Puderdose mit winzigem Spiegel. Sie wollte sich die Wimpern tuschen, aber es blieb nicht haften, weil sie noch zu naß waren, also gab sie es auf.

Alec beendete das Gespräch und wandte sich zu ihr. »Alles in Ordnung mit dir?«

»Ich möchte Freda sehen. Könntest du mir ein Taxi rufen?« fragte sie.

»Freda und Roddy sind zu seiner Schwester nach Drymen, einem kleinen Ort nördlich von Glasgow, gefahren. Sie haben ihre Adresse dagelassen und gesagt, daß du zu ihnen kommen sollst. Ich fahre dich hin.«

Jenny zögerte. »In Ordnung, aber ich habe nichts anzuziehen. Ich muß erst mal in einen Laden.«

»Ich habe etwas bringen lassen, während du geduscht hast. Die Sachen sind bestimmt nicht nach deinem Geschmack, aber ...« Er hielt eine Tragetasche hoch.

Sie zog die Kleidungsstücke heraus: eine Jeans, die die richtige Größe zu haben schien, Tennisschuhe, ein weißes T-Shirt und einen handgestrickten marineblauen Wollpullover. »Danke«, murmelte sie.

Er spürte ihre Verstimmung, setzte sich ans Fußende des Bettes und legte ihr fragend die Hand aufs Knie. »Jen, was hat sich geändert?«

»Nichts«, erwiderte sie kühl. »Ich möchte nur einfach zu Freda.«

Er zog seine Hand weg und sah sie mit traurigen Augen an. »Ich bin in ungefähr fünf Minuten fertig. Ich muß bloß noch einen Anruf tätigen. Möchtest du etwas essen, bevor wir fahren?« Sie schüttelte den Kopf. »Bist du damit einverstanden, daß ich das Band an mich nehme? Ich möchte es an meine Dienststelle schicken.«

Sie nickte, schlug sich dann an die Stirn und rief: »Oh, Mist! Ich habe eine Kopie davon gemacht und sie meinem Freund Michael geschickt. Ich habe eine Notiz beigelegt, daß er sie der Polizei übergeben soll, wenn mir etwas zustößt. Er wird vor Sorge außer sich sein.«

»Dann rufst du ihn besser an.«

Sie griff sich das Telefon, wählte und nach einigen Klingelzeichen wurde abgenommen. »Michael, ich bin's.«

»Jenny, wo zum Teufel steckst du denn? Was ist eigentlich los?« Er klang verzweifelt.

»Es geht mir gut. Ich bin zu Freda nach Schottland gefahren.«

»Ich habe vor Angst fast den Verstand verloren. Ich bin zu deiner Wohnung gefahren und habe den Hausmeister überredet, mir aufzuschließen, denn ich hatte die Horrorvorstellung, daß du tot dort liegen würdest. Danach bin ich in dein Büro und ins Krankenhaus gegangen.«

»Hast du Marc gesehen?«

»Ja, aber er wußte nicht, wo du steckst. Er war sehr kurz angebunden. Ist auch wirklich alles in Ordnung?«

»Mir geht's gut. Ich werde noch ein oder zwei Tage hierbleiben. Wenn ich zurück bin, komme ich sofort bei dir vorbei und erkläre dir alles. Das Band behältst du einfach solange. Es ist bloß eine Kopie.«

»Ich habe schon ein bißchen reingehört, aber sie sprechen französisch. Worum geht es eigentlich?«

»Ich sage dir alles, wenn ich zurück bin.«

»Hauptsache, es geht dir wirklich gut. Aber, Jen, tu mir so etwas ja nie wieder an. Ich glaube, das kann ich nervlich nicht noch mal verkraften.«

Alec sah sie eindringlich an, als sie auflegte. »Du weißt aber, daß du ihm nicht alles erzählen darfst, oder? Je weniger Leute davon wissen, desto besser.«

»Selbstverständlich«, gab sie schnippisch zurück. »Ich bin doch nicht blöd.«

Die Abenddämmerung hatte eingesetzt, es war neblig, und die Bäume schwankten im Wind. Sie legte im Auto den Kopf zurück und schloß die Augen, um sich nicht unterhalten zu müssen, und gab sich statt dessen den Geräuschen und der Bewegung hin: dem leisen Brummen des Motors, dem Knacken beim Schalten, dem eiligen Ticken der Blinker. Sie fühlte sich trotz allem äußerst sicher bei diesem Mann. Nach einer Weile merkte sie, daß das Auto schneller fuhr und öffnete die Augen. Sie waren auf der Autobahn.

»Barrington will mit dir sprechen, sobald du zurück bist. Er wird dir sagen, wie's weitergeht. Du brauchst noch Schutz, deshalb wird dich ein Beamter rund um die Uhr bewachen«, sagte er ruhig, den Blick auf die Straße gerichtet.

Jenny überdachte seine Worte. »Heißt das etwa, daß sich tagtäglich jemand bei mir in der Wohnung aufhalten und auch mit zur Arbeit kommen wird?«

»Nein.« Er scherte aus, um einen großen LKW zu überholen, und beschleunigte dann. »Ich weiß, daß du das zu lästig finden würdest. Du wirst von außerhalb überwacht werden. Die Details besprechen wir noch. Es wäre jedoch hilfreich, wenn du uns deine Pläne im voraus mitteilen könntest.«

»Also wirst du mich bewachen?«

»Vielleicht hin und wieder. Das weiß ich noch nicht.«

Sie wandte sich ab und starrte aus dem Fenster.

»Ich werde dir eine Telefonnummer geben, wo du mich jederzeit erreichen kannst.«

»Okay«, sagte sie.

»Bitte, Jenny, rede mit mir.«

»Wozu denn? Du hast mich doch während der ganzen Zeit, die wir zusammen waren, nur angelogen. Wieso sollte ich dir jetzt glauben, was du sagst?«

Er seufzte schwer. »Eines nachts im Bett war ich nahe daran, dir alles zu erzählen. Jetzt wünschte ich, ich hätte es getan. Ich hätte wissen müssen, daß ich dir trauen kann.«

»Teilst du deinen anderen Freundinnen mit, womit du deinen Lebensunterhalt verdienst?«

Er zog die Augenbrauen hoch. »Welchen anderen Freundinnen?«

»Debbie, die über mir wohnt, hat dich wiedererkannt. Sie sagt, daß du vor ein paar Jahren mit einer Freundin von ihr gegangen bist.«

»Ich kenne keine Debbie.«

»Wir haben sie, als wir eines Morgens vom Markt zurückkamen, auf der Treppe getroffen. Du bist einfach an ihr vorbeigerannt, als wäre es dir peinlich.«

Er runzelte die Stirn. »Daran kann ich mich nicht erinnern. Ich hatte es wahrscheinlich nur eilig, mit dir heimzukommen, um dich zu lieben. Du hast ja keine Ahnung, welche Wirkung du auf mich hast.« Er sah sie an und legte ihr zaghaft die Hand aufs Knie.

»Laß das«, sagte sie scharf, und er zog seine Hand weg.

»War's das?« fragte er leise. »Weil ich dir nicht von meiner Arbeit erzählen konnte, willst du nichts mehr mit mir zu tun haben?«

Es schnürte ihr den Hals zu, und sie schloß die Augen. »Ich brauche etwas Zeit, um mir darüber klar zu werden, wie es weitergehen soll.«

»Okay«, sagte er sanft. »Ganz, wie du möchtest.«

Jenny wachte auf, als der Wagen zum Stehen kam. Draußen war es stockfinster, durch die Bäume konnte sie aber den orangefarbenen Lichtschein eines Fensters sehen.

»Wir sind da«, verkündete er. »Jemand anderes bewacht das Haus, ich habe jetzt also dienstfrei.«

Jenny löste den Sicherheitsgurt und öffnete die Autotür.

»Es tut mir sehr leid, Jen. Ich verstehe, daß es dir schwerfällt, mir zu trauen, aber ich wünschte, ich könnte dir glaubhaft machen, daß ich verrückt nach dir bin. Ich denke immerzu an dich.«

Sie dachte einen Augenblick darüber nach, konnte sich jedoch nicht zu einer Erwiderung durchringen, daher warf sie ihm nur einen kurzen Blick zu und stieg dann aus.

»Warte«, rief er und winkte mit einem Stück Papier. »Meine Telefonnummer.«

Sie langte hinein und nahm den Zettel, dann drehte sie sich um und lief den Weg hinauf. Sie hörte, wie das Auto wendete, aber nicht sofort wegfuhr, und sie wußte, daß er ihr noch nachsah. Die Eingangstür öffnete sich, und eine ältere Frau in einem Dufflecoat begrüßte sie herzlich. Sie wurde in ein gemütliches Wohnzimmer geführt, in dem Holzscheite im Kamin prasselten und es süß nach Blumen duftete. Freda und Roddy saßen Händchen haltend nebeneinander auf einem zerschlissenen braunen Sofa und sahen fern. Jenny kniete sich zu ihren Füßen nieder und legte den Kopf in Fredas Schoß wie ein müdes Kind.

»Bist du nicht wütend auf sie, daß sie dich einfach als Köder benutzt haben, ohne dir etwas zu sagen? Dein Haus ist niedergebrannt worden, und Hervé könnte immer noch hinter dir her sein und dich umbringen wollen. Du hast so viele unersetzliche Erinnerungsstücke, deinen Seelenfrieden und dein Zuhause verloren«, rief Jenny. »Du hast alles Recht der Welt, wütend zu sein!«

»Ich weiß, ich weiß.« Freda schüttelte den Kopf. »Ich bin traurig, sicherlich. Wenn sie mich aber von Anfang an in ihren Plan eingeweiht und um Erlaubnis gebeten hätten, mich einbeziehen zu dürfen, hätte ich ohne Zögern zugestimmt. Ich wäre gern selbst in die Bretagne gefahren, um Antoine Corlay gegenüberzutreten. Es kommt also letztendlich aufs gleiche hinaus.« Sie zögerte kurz. »Jenny, ich habe im Laufe der Jahre so viel verloren, es sind aber die Menschen, die zählen, und nicht die materiellen Dinge. Mein Leben ist derartig oft bedroht worden, daß ... Ich sage nicht, daß ich mich nicht fürchte. Natürlich habe ich Angst. Damit kann ich aber fertig werden. Und Roddy auch. Wir fangen noch einmal von vorn an und bauen alles wieder auf. Komischerweise sind wir gestärkt daraus hervorgegangen, das zusammen durchmachen zu müssen. Notsituationen zu überstehen kann ein Paar viel fester zusammenschweißen. Das weiß ich aus früherer Erfahrung. Jetzt habe ich diese Bindung auch zu Roddy. Er ist unglaublich gewesen. Und ich liebe ihn noch viel mehr wegen der Charakterstärke, die er gezeigt hat.« Sie hielt inne. »Ich wünschte nur, es gäbe so jemanden auch für dich. Auf sich selbst gestellt, ist es viel schwerer.«

Jenny saß mit gesenktem Blick da. »Ich kann Alec einfach nicht vergeben«, flüsterte sie. Immer wenn sie an ihre erste Reise in die Bretagne zurückdachte, bei der sie so voller Freude, Hoffnung und Leidenschaft gewesen war, stiegen in ihr Rachegelüste hoch, die sie auch gar nicht verdrängen wollte.

Freda lachte höhnisch, und Jenny schaute überrascht hoch. »Hier geht's überhaupt nicht um Vergebung, sondern um Furcht. Du fürchtest dich vor ihm.«

»Was sagst du da?« rief Jenny.

»Du fürchtest dich, weil du die Gefühle, die du ihm gegenüber hegst, nicht kontrollieren kannst. Du fürchtest, daß du dich, wenn du ihn zu nahe an dich herankommen läßt, in ihn verlieben und eine Beziehung eingehen könntest, und davor hast du schon immer Angst gehabt. Du läufst sofort weg, sobald die Aussicht auf eine echte Beziehung besteht. Das hast du von jeher getan.«

»Das ist doch Blödsinn. Ich habe Dutzende von Beziehungen gehabt.«

Freda ignorierte ihre Bemerkung und fuhr fort: »Ich habe mich oft gefragt, woher das wohl käme, diese Angst davor, jemanden zu tief in dein Inneres blicken zu lassen, und immer stark und perfekt erscheinen zu wollen. Wahrscheinlich liegt das an deinem Vater. Er ist so ein Tyrann, daß seine Nähe für keine Frau bekömmlich ist. Du bist mit dem Gefühl aufgewachsen, unfehlbar sein zu müssen.« Jenny kaute auf ihrer Lippe herum. »Du begreifst einfach nicht, daß man dich für deine Unzulänglichkeiten liebt. Ich möchte wetten, da könntest du alle deine Freunde fragen. Sie lieben dich nicht, weil du eine erfolgreiche Geschäftsfrau bist, die laufend nach New York fliegt, sensationelle Affären mit Filmstars hat oder etwas in der Art. Sie lieben dich, weil du ein Chaot bist. Du kommst zu spät, du verlegst ständig deine Sachen, du trinkst zu viel, du ißt nicht ordentlich und glaubst dann, daß nach ein paar Akupunkturbehandlungen alles wieder ins Lot kommt. Sie lieben dich, weil du dir häufig selbst Probleme machst, weil du nicht übermenschlich bist. Aber aus irgendeinem Grund hast du Angst, diese Seite von dir zu zeigen, besonders Männern gegenüber. Du schiebst sie weg, wenn sie dir zu nahe kommen wollen, und genau das gleiche machst du jetzt mit Alec.«

Jenny dachte darüber nach. Ihr früherer Therapeut hatte ihr schon vor Jahren dasselbe gesagt.

»Du behauptest, daß du keinen Lebenspartner und keine Kinder möchtest, vielleicht fürchtest du dich aber auch nur davor, zu versagen und einen Mißerfolg zu riskieren.«

»Weißt du, nach meiner Fahrt mit Alec in die Bretagne glaubte ich schwanger zu sein. Ich habe nur ungefähr drei Sekunden lang erwogen, das Baby zu behalten.«

»Du hast also nicht einmal Verhütungsmittel genommen«, empörte sich Freda. »Jenny, du bist eine totale Katastrophe!« Sie streckte die Hand aus und streichelte ihrer Enkeltochter liebevoll über den Kopf.

»Deiner Meinung nach soll ich ihn also anrufen?« fragte Jenny kleinlaut.

Freda zog die Augenbrauen hoch und neigte den Kopf zur Seite.

»Aber er hat mich doch angelogen«, beklagte sich Jenny.

Freda hatte dafür nur ein Schulterzucken übrig.

Der Loch Lomond strahlte in dunklem Blau, und nur winzige Wellen kräuselten seine Oberfläche. Die vereinzelten kleinen Inseln leuchteten im weichen Licht der Nachmittagssonne, deren Widerschein auch die Baumstämme entlang des überwachsenen Uferpfades erglühen ließ. Die Luft roch nach Erde und frischem Grün. Jenny und Roddy waren ein paar Kilometer gewandert und jetzt auf dem Rückweg zum Pub. Sie redeten im allgemeinen nicht viel bei ihren Spaziergängen, jetzt begann Jenny aber, ihm von Howie zu erzählen und daß er sie überwachen und ihre Fehler zusammentragen ließ.

Roddy hörte ihr aufmerksam zu, bis sie geendet hatte. »Wie ich das sehe, hast du zwei Möglichkeiten. Du kannst dich ihm stellen, eine Erklärung verlangen und unter Einsatz aller dir zur Verfügung stehenden Mittel um die Wahrung deiner Eigenständigkeit kämpfen. Oder du kannst ihm einfach das Zeug vor die Füße werfen. Ich bin sicher, daß dir sofort jede Menge anderer Stellen angeboten werden, wenn bekannt wird, daß du dich verändern willst.«

Jenny verzog skeptisch den Mund. »Auf meiner Ebene ist das schwierig. Die Positionen sind alle besetzt, und es gibt zudem nur eine Handvoll von Verlagen, die mich interessieren würden. Ich muß mit Autoren arbeiten, die ich respektiere, um das Gefühl zu haben, daß sich meine Arbeit lohnt, und ich liebe eigentlich die Nische, die ich mir bei Newman & Hall geschaffen habe. Dieser Verlag ist mir richtig ans Herz gewachsen.«

»Dann mußt du darum kämpfen, dir das zu erhalten. Vielleicht solltest du dich von einem Anwalt für Arbeitsrecht beraten lassen.«

»Aber dann sitzt mir Howie weiterhin im Nacken. Dieser Mann verursacht mir physische Übelkeit. Ich wünschte mir, ich müßte ihn nie wiedersehen, besonders nach all dem hier.« Sie fügte hastig hinzu: »Ich weiß, daß das eine nichts mit dem anderen zu tun hat, aber …«

Roddy schwieg. Neben dem Pfad glitzerte ein Stück Kieselstrand, und er sprang drahtig und behend über das Wurzelgeflecht zu den Steinen hinunter. In die Hocke gehend, um nicht auszurutschen, folgte ihm Jenny vorsichtig nach. Roddy schaute angestrengt zu Boden, dann hob er einen Stein auf, warf ihn seitlich übers Wasser und beobachtete, wie er ein halbes Dutzend mal über die Oberfläche sprang.

Jenny suchte eifrig und fand einen glatten, flachen Stein, als sie ihn aber warf, hüpfte er einmal und versank.

»Die Bewegung muß aus dem Handgelenk kommen«, erklärte Roddy und machte es ihr mit einem weiteren Wurf vor, aber diesmal ging sein Stein nach zwei Sprüngen unter, und Jenny lachte.

Sie liefen weiter unten am Strand entlang, der Kies knirschte unter ihren Stiefeln, und kleine Wellen schlugen ans Ufer und ließen die Steine auf- und abrollen.

»Wenn du Geld brauchst, mußt du's einfach sagen«, bemerkte Roddy plötzlich, und Jenny blieb wie angewurzelt stehen.

»Was?« fragte sie verwundert, und er wandte sich zu ihr um.

»Freda und ich haben einige Geldanlagen, über die wir sofort verfügen könnten, und wir werden auch eine beträchtliche Summe von der Versicherung fürs Haus ausgezahlt bekommen.«

»Oh, Roddy!« rief sie und umarmte ihn ganz impulsiv. »Und das sagt ausgerechnet der Mann, der mich heute morgen noch angeschnauzt hat, weil ich meinen Haferbrei in den Abfallkübel geschüttet habe, statt den Rest im Kühlschrank aufzubewahren.«

»Wer heute spart, hat morgen etwas«, erwiderte er mit spöttischem Funkeln in den Augen.

»Danke«, sagte sie. »Ich glaube, ich komme zurecht, aber trotzdem vielen Dank.«

Niemand sprach mehr über Edouards Geschäfte, jeder versuchte auf seine Weise damit fertig zu werden. Es herrschte schönstes Spätfrühlingswetter mit diesen milden sonnigen Tagen, an denen jeder Laut kilometerweit zu hören ist, und diesen Abenden, an denen es bis Mitternacht nicht richtig dunkel wird. Nur der Wachposten, den man manchmal im Garten sitzen sah, oder sein Auto, das auf dem Weg stand, erinnerten gelegentlich noch an all das Schreckliche. Jenny schlief jeden Morgen lange, aß ausgiebig und gut und unternahm lange Spaziergänge mit Roddy, nach einer Woche fing sie aber an unruhig zu werden. Es verlangte sie nach ihren eigenen vier Wänden, ihren Freunden, ihrem Londoner Leben und zumindest einem Hauch von Pflichten.

Eines Tages spät am Nachmittag ging sie in den Garten hinaus, wo Freda im Liegestuhl saß, Gin Tonic trank und die Schafe auf einem fernen Hügel beobachtete.

»Ich habe mich entschlossen, morgen früh nach London zurückzufahren«, teilte Jenny ihr mit. »Werdet ihr beiden klarkommen?«

»Natürlich. Ich habe gerade über mein Buch nachgedacht und darüber, ob ich vielleicht die jüngsten Ereignisse mit einarbeiten sollte. Das würde der Geschichte einen schönen dramatischen Abschluß geben.«

Jenny ließ sich im Gras nieder. »Das geht nicht. Du dürftest eigentlich gar nichts von Edouards Geschäften wissen. Überhaupt wäre das viel zu gefährlich. Jetzt, wo Hervé und Auguste verschwunden sind, bist du eigentlich aus der Schußlinie heraus, wieso willst du dich erneut zur Zielscheibe machen?«

»Ich muß Edouard doch gar nicht erwähnen. Ich könnte

einfach sagen, daß Hervé herausgefunden hat, daß ich dieses Buch schreibe, und dessen Veröffentlichung durch einen Brandanschlag auf mein Haus verhindern wollte. Glaubst du nicht, daß das werbewirksam wäre?«

Jenny lachte. »Mein Gott, du bist unverbesserlich! Ich werde das morgen mit Detective Sergeant Barrington abklären, ich sehe aber eigentlich kein Problem dabei.«

»Aha, du wirst dich also morgen mit ihm treffen?«

»Ja, ich mußte ihn anrufen, um ihm mitzuteilen, daß ich zurückkomme, und er wird mich vom Flugplatz abholen und direkt in sein Büro bringen lassen. Die machen Nägel mit Köpfen.«

Eine Biene schwirrte laut über den Rasen und ließ sich mit zuckenden Fühlern auf dem Rand von Fredas Glas nieder. Freda betrachtete sie einen Moment lang und wischte sie dann mit der Handkante weg.

Jenny holte tief Luft. »Und du meinst also, daß ich mich einverstanden erklären sollte, gegen Edouard auszusagen, stimmt's? Das heißt, falls es zur Verhandlung kommt.«

»Ich denke, da gibt's doch gar keine Frage, oder?« erwiderte Freda, ihre blauen Augen fest und ernst auf Jenny gerichtet.

Kapitel 36

In New York schien die Sonne. Vorbeifahrende Autos, Menschen und Wolken spiegelten sich flimmernd in den Glasfronten der Bürogebäude, und kapriziös tanzten gleißende Sonnenstrahlen übers Pflaster. Jenny trug ein weites ärmelloses Kleid. Die Wärme auf ihren Armen tat ihr gut, sie weckte ferne Erinnerungen an glücklichere Zeiten. Vielleicht könnte sie einfach irgendwohin an einen Strand fliegen, dachte sie bei sich, nur mit Bikini und einem Stapel von Romanen.

Sie würde ungefähr zwanzig Minuten zu spät zu der Besprechung mit Howie kommen, weil sie erst noch draußen bei Louie in Brooklyn gewesen war, um ihn, soweit wie möglich, ins Bild zu setzen. Die Wachleute bei Newman & Hall kontrollierten sie, und dann brachte sie ein neues Mädchen namens Wendy direkt in das Penthouse-Büro. Hier war die übliche Schar versammelt, Ben, Adam, Richard und der große Boß höchstpersönlich, alle in blauen Anzügen, gestreiften Hemden und einfarbigen Bindern. Richard versuchte, einen Blick oder ein Lächeln von ihr zu erhaschen, aber sie ignorierte ihn. Howie runzelte entrüstet die Stirn über ihre legere Kleidung und fragte sarkastisch: »Wollen Sie in Urlaub fahren, Jenny?«

»Ja, liebend gern. Ich hatte schon seit Jahren keinen Urlaub mehr«, meinte sie fröhlich und ließ sich auf einem der harten Lederstühle nieder. Sie zog eine Schachtel Marlboro aus der Tasche und zündete sich eine Zigarette an, noch bevor er etwas einwenden konnte. Marlboro war seit kurzem ihre Lieblingsmarke geworden, vielleicht im Gedenken an Jean-Pierre, ihren heldenhaften Großvater. Alle starrten sie entgeistert an. »Oh, Verzeihung, möchte vielleicht noch jemand?« Sie hielt fragend die Packung hoch. Richard guckte verlangend, getraute sich aber nicht. Wütend bemerkte Howie: »Widerliche Angewohnheit!« Ben stand auf, steckte den Kopf durch die Tür und sagte irgend etwas zu den Mädchen im Vorzimmer, nach wenigen Sekunden kehrte er dann mit einem Aschenbecher zurück.

»Wir machen uns Sorgen über Ihr Verlagsprogramm fürs nächste Jahr, weil uns scheint, daß Sie keine sehr zugkräftigen Titel drin haben. Ich weiß, Ihre persönlichen Probleme haben sie in jüngster Zeit sehr in Anspruch genommen, ich hoffe aber, daß Sie jetzt an einem Punkt angelangt sind, wo Sie das alles hinter sich lassen können und wieder in die Spur kommen.«

Sie machte einen tiefen Lungenzug und blies ganz langsam den Rauch aus. »Howie, um ehrlich zu sein, ich glaube nicht, daß ich jemals in die Spur kommen kann, die ich Ihrer Meinung nach einschlagen soll. Sie und ich haben ziemlich verschiedene Ansichten darüber, welche Bücher man verlegen sollte.«

»Oho! Jetzt stimmen Sie also wieder die alte Leier von der geistigen Integrität an. Lassen Sie mich schnell mal einen Blick in meine Notizen werfen. Wie viele Exemplare hatten Sie eigentlich vom letzten Roman dieses Nobelpreisträgers verkauft? Dreieinhalbtausend. Ich habe das durchgerechnet, und raten Sie mal, was dabei herausgekommen ist? Sie haben damit einen Nettoverlust von vierundzwanzigtausend Pfund verursacht. Ist das die Art, wie sie einen Verlag leiten wollen?«

Jenny erwiderte lachend: »Ja, ich denke schon. Das ist die einzige Art, die ich mag.«

»Sie tun, als lebten Sie im neunzehnten Jahrhundert! Die Welt hat sich verändert. Unsere Industrie muß schnellen Umsatz machen mit attraktiv vermarkteten Produkten zu Themen, die die breite Masse interessieren, wie etwa Lady Di, Serienmörder, berühmte Sportler oder Geständnisse von Callgirls. Wenn man das Leserinteresse nicht trifft, geht man unter und reißt den Verlag mit sich.«

»Howie, ich könnte natürlich anführen, daß wir, im Unterschied zu Ihnen in den USA, im letzten Jahr Gewinn erwirtschaftet haben. Aber im Grunde juckt mich das alles nicht mehr, denn ich habe mich entschlossen zu kündigen.« Sie suchte in ihrer Handtasche nach einem Briefumschlag, sah ihn sich noch einmal an und warf ihn Howie über den Tisch.

Howie setzte die Brille ab und begann, mit einem großen weißen Taschentuch die Gläser zu putzen. »Ich glaube nicht, daß das nötig ist. Ich denke, wir finden bestimmt einen gangbaren Kompromiß.«

»Dafür ist es zu spät. Mein Entschluß steht fest.«

»Hat man Ihnen auch eine andere Stelle angeboten so wie diesem hinterhältigen Marketing-Chef, wie hieß er doch gleich, der Richard einfach im Regen stehenlassen hat?«

Sie lächelte. »Nein, zufällig habe ich noch keine Pläne. Ich werde erst einmal ein paar Monate pausieren, bevor ich mich entscheide, wie's weitergeht.«

»Ich brauche Sie sicher nicht daran zu erinnern, daß Sie laut Arbeitsvertrag eine Kündigungsfrist von drei Monaten einzuhalten haben. In dieser Zeit haben Sie die Geschäfte an den von mir ernannten Nachfolger zu übergeben.«

Jenny zog einen zweiten Briefumschlag aus ihrer Handtasche, diesmal einen braunen, und schleuderte ihn über den Tisch.

»Was ist das?« fragte er.

»Lesen Sie's. Sie werden feststellen, daß es ein ärztliches Attest ist, das besagt, daß ich die nächsten drei Monate nicht arbeiten darf, um mich von dem Streß und den Schock durch die kürzlichen Ereignisse zu erholen. Das würde also die gesamte Zeit der Kündigungsfrist betreffen.« Daß der Arzt ein Kollege von Michaels Frau Annie war, brauchten die ja nicht zu wissen.

Howies dickes Kamelgesicht war puterrot geworden, und der

Schweiß perlte ungehindert von den Rändern seiner Brille. »Sie werden in der Sache von unseren Anwälten hören, Miss Rowland.«

»Daran zweifle ich nicht.« Sie lächelte wieder. »Und da wäre noch etwas.« Sie warf ihm einen dritten Briefumschlag über den Tisch. »Darin werden Sie einen Scheck in der Höhe von Freda Grahams Vorschuß finden. Sie hat sich entschlossen, sich einen anderen Verlag zu suchen, weil sie die Änderungen nicht billigen kann, die Richard in der Cover-Gestaltung vorgenommen hat, und auch nicht die Art und Weise, wie er das Buch vermarkten will. Wenn Sie sich ihren Vertrag durchlesen, werden Sie feststellen, daß sie dazu berechtigt ist.«

Howie fegte mit der Hand die Umschläge vom Tisch, schob den Stuhl zurück und verließ, die Tür hinter sich zuschlagend, den Raum. Jenny steckte die Zigaretten zurück in die Handtasche und zog den Reißverschluß zu. Die drei Männer saßen schweigend da.

»Alles Gute noch!« sagte sie lächelnd, dann drehte sie sich um und verließ für immer die klimatisierte Sterilität von Newman & Hall.

Draußen auf der Straße atmete sie tief durch in der verschmutzten, stinkenden New Yorker Luft und begab sich in südlicher Richtung die Madison Avenue hinunter. Sie hatte für morgen früh zeitig einen Rückflug nach London gebucht, aber vorher hatte sie noch etwas zu erledigen. Sie lief die 57th Street nach Osten, bis sie in der Ferne den East River durchschimmern sah, und bog dann in die Second Avenue ein. Der Weg war länger, als sie gedacht hatte, aber sie fühlte sich leicht und unbeschwert. Sie hatte nichts weiter im Kopf als Ohrwürmer, sinnlose Popsongs, die sie im Radio gehört und von denen sie nur einzelne zusammenhanglose Fetzen behalten hatte.

Die Wunde an ihrem Bein war inzwischen mehr oder weniger verheilt, als sie aber Sutton Place endlich erreicht hatte, schmerzte ihr die Wade. Sie bat den Portier, Marc wissen zu lassen, daß sie da sei. Da es erst vier Uhr war, hatte sie darauf spekuliert, daß Chantal noch im Büro sein würde. Der Portier telefonierte, und aus dem, was sie hörte, schloß sie, daß Marc wenig geneigt sei, sie zu sehen. Also streckte sie die Hand aus und fragte den Portier: »Könnte ich bitte mal kurz mit ihm sprechen?« Er reichte ihr den Hörer über den Tresen.

»Marc, ich habe nur zwanzig Minuten Zeit. Wirst du nun runterkommen und einen Kaffee mit mir trinken gehen, oder soll ich dir das, was ich zu sagen habe, hier vor dem Portier mitteilen?«

»Okay, ich bin gleich unten«, erwiderte er rasch.

»Vielen Dank«, sagte sie und nickte dem Portier freundlich zu, als sie ihm den Hörer zurückgab. Sie nahm auf einem Ledersofa in der Eingangshalle Platz und tippte mit den Füßen ungeduldig auf den Marmorboden. Nach ein paar Minuten öffnete sich die Fahrstuhltür, und Marc trat heraus. Er sah wie ein Fünfzehnjähriger aus, lang und schlaksig, mit ausgebeulten Baumwollshorts, weißem T-Shirt, Badelatschen und nach hinten gedrehtem Basecap. Jenny lachte bei seinem Anblick lauthals auf, und er grinste verlegen.

»Ich bin eben erst aufgestanden. Es ist gestern nacht ziemlich spät geworden. Und oben wartet jemand auf mich, ich kann mich also nicht lange aufhalten.«

»Eine Freundin?« fragte sie, spöttisch lächelnd.

»Ja, irgendwie schon.« Es war ihm peinlich.

Sie gingen um die Ecke in eine anonyme Kaffeebar und hievten sich auf die unbequemen Metallhocker. Jenny sah ihn an und fragte sich, wie sie mit so einem grünen Jungen hatte schlafen können.

»Wie geht's dir denn?« fragte er. Langsam entspannte er sich, denn sie schien nicht auf Konfrontation aus zu sein. »Tut mir leid, daß ich dich nicht angerufen habe, aber ich war wirklich sehr beschäftigt, seit wir zurückgekommen sind, und ...« Den Rest ließ er offen.

»Kein Problem«, meinte Jenny und drückte seinen Arm. »Mir

geht's gut, ich wollte bloß wissen, ob du inzwischen wieder voll hergestellt bist. Wie steht's damit?«

»Ja, es ist alles verheilt. Ich habe zwar ein paar Narben zurückbehalten, aber die lasse ich mir vielleicht noch irgendwann dieses Jahr entfernen. Na ja, du weißt schon, für Bettszenen oder so was macht sich das bei einem Schauspieler nicht so gut.« Er grinste.

»Hattest du irgendwelche Vorsprechtermine?«

»Momentan läuft da nichts. Im Sommer machen die Regisseure keine Castings, weil sie zu sehr mit Drehen beschäftigt sind. Vielleicht fahre ich ein paar Monate nach LA, um mit meinen alten Freunden am Strand rumzuhängen.«

»Toll«, meinte sie. »Und wie geht's deiner Mutter?«

»Ganz gut, denke ich, aber sie ist irgendwie nervös und will mich überhaupt nicht aus den Augen lassen, was ganz schön nervt.«

»Das kann ich mir vorstellen, vor allem da du doch bereits fast siebenundzwanzig bist. Vielleicht ist es an der Zeit, daß du dein Leben selbst in die Hand nimmst. Eines Tages wirst du das sowieso tun müssen.«

»Ja, ja, ich weiß«, meinte er gelangweilt, denn das hatte er alles schon mal gehört. Jenny ließ sich aber dadurch nicht beirren.

Sie bot ihm eine Zigarette an und zündete sich ebenfalls eine an. »Du wirst dir irgendwann eine eigene Wohnung nehmen und von deiner Mutter wegziehen müssen. Vielleicht wirst du dir auch einmal deinen Lebensunterhalt selbst verdienen. Und vielleicht wirst du eines Tages etwas gründlicher über die Menschen nachdenken, die auf dieser Welt teuflische Verbrechen begehen.« Sie machte einen tiefen Lungenzug und stieß den Rauch aus. »Meine Wortwahl erscheint dir womöglich übertrieben, aber ich denke, du weißt, was zum Beispiel mit unschuldigen Kindern passieren kann, die in die falschen Hände geraten, nicht wahr?«

Marc biß sich auf die Unterlippe und spielte am Henkel seiner Kaffeetasse herum.

»Wenn du über das alles ernsthaft nachgedacht hast, dann wirst du vielleicht eines Tages das Gefühl haben, daß du alles in deiner Kraft Stehende tun solltest, um solchem Treiben Einhalt zu gebieten.«

Er starrte in seinen Kaffee.

»Wie geht's denn Angie? Hast du in letzter Zeit was von ihr gehört?« Er stierte auf die Straße hinaus, als ginge ihn das alles nichts an.

»Marc, ich denke, du weißt einiges über die Geschäfte deines Vaters, aber ich glaube nicht, daß du das volle Ausmaß seiner Umtriebe und die genaue Anzahl der Kinder kennst, die in all den Jahren vergewaltigt und ermordet worden sind. Es ist ein gewaltiges Unternehmen, das unvermindert weiterarbeitet, auch wenn einige kleine Fische wie Joe und Hervé aus dem Verkehr gezogen worden sind, weil man den Kerl an der Spitze nicht dingfest machen kann.«

Es erfolgte keine Reaktion. Er balancierte spielerisch den Kaffeelöffel zwischen den Fingern.

»Du bist ein anständiger, mitfühlender Mensch, Marc, aber du bist jung und blockst manche Sachen einfach ab. Ich will damit nur sagen, daß ich persönlich nicht gern mit dem schlechten Gewissen alt werden würde, daß ich dieses Geschäft hätte stoppen können, es aber nicht getan habe. Wie willst du damit leben, wenn du eines Tages selbst Kinder hast?«

Er schob geräuschvoll den Hocker zurück. »Jenny, tut mir leid, aber ich muß jetzt gehen. Ich hätte gar nicht erst einwilligen dürfen, dich zu sehen. Also dann, mach's gut.« Und noch ehe sie etwas sagen konnte, war er weg. Sie sah ihn mit den Badelatschen über die Straße tapsen. Mit seinen vornübergebeugten Schultern und dem schlendernden Gang erinnerte er an ein unbeholfenes Kind, das größer und schüchterner als seine Klassenkameraden ist.

Jenny seufzte und trank ihren Kaffee aus. Dann winkte sie ein vorbeifahrendes Taxi heran. Sie hatte getan, was sie konnte, aber nichts erreicht, und jetzt wollte sie einfach nur noch nach London zurück, um ihre Freunde zu sehen und irgendwo Urlaub machen.

Sie hatte sich auf ein ruhiges Abendessen mit ihrer alten Freundin Fay verabredet, einer Schauspielerin, die im Village wohnte. Es war schwierig, sich unbefangen zu unterhalten, denn es gab so vieles, worüber sie nicht sprechen durfte. Fay war jedoch sehr locker und amüsant, und schon nach kurzer Zeit wurde Jenny entspannter, hörte aufmerksam zu und lachte mit. Seit Monaten hatte sie zum erstenmal das Gefühl, daß sich ihre Verspannungen in Nacken und Schultern zu lösen begannen.

»Rat mal, wer mir vorige Woche über den Weg gelaufen ist. Leo Kozinsky! Er hat sich übrigens nach dir erkundigt.« Fay zwinkerte vielsagend. Jenny grinste. »So ein Langweiler! Ich weiß wirklich nicht, was du an dem gefunden hast, es sei denn, er ist sensationell im Bett.«

»Kaum! Bei ihm gibt's nur die Missionarsstellung.« Sie prusteten beide los.

»Hast du noch was mit diesem Kerl, wie hieß er doch gleich, na, du weißt schon, deinem Marketing-Chef?« fragte Fay.

»Nein, Gott sei Dank, das ist vorbei! Wir sind jetzt nur noch gute Freunde. Er ist wirklich ein netter Kerl, wenn er nicht die ganze Zeit drauf aus ist, mich ins Bett zu kriegen.«

»Ah, ja. Und wie sieht's aus, hast du was anderes in petto? Du hast doch immer einen im Ärmel, oder wo auch immer!« meinte Fay lachend.

Jenny lächelte. »Es gibt wirklich jemanden, den ich sehr mag. Ich bin total verknallt in ihn. Eigentlich liebe ich ihn, bin mir aber nicht sicher, ob es funktionieren wird.«

»Da ist sich keiner jemals sicher. Laß es einfach auf den Versuch ankommen!« riet Fay. »Was hast du denn zu verlieren?«

»Ich weiß. Das werde ich auch tun, wenn ich die Chance bekomme. Du darfst mir die Daumen drücken!«

Am nächsten Morgen wurde Jenny um halb acht vom Telefon geweckt. Ihr Koffer war bereits gepackt, sie bestellte sich aber noch Kaffee und Toast beim Zimmerservice und duschte schnell, bevor sie sich für den Flug Jeans und ein T-Shirt überzog. Sie ließ ein letztes Mal den Blick durch ihr Lieblingshotelzimmer mit seinem altehrwürdigen Charme schweifen und fuhr dann mit dem Fahrstuhl ins Erdgeschoß hinunter, um auszuchecken. Als sie den Kreditenkartenbeleg unterschrieb, zog der Empfangschef unterm Tisch ein Päckchen hervor.

»Das ist heute früh für Sie abgegeben worden, Miss Rowland.«

Überrascht schaute sich Jenny das Päckchen an. Es war ein einfacher brauner Umschlag, auf dem nur ihr Name und die Hoteladresse stand.

»Wer hat das denn gebracht?«

»Ein junger Mann, ungefähr um sechs heute morgen. Er hat seinen Namen nicht genannt, wollte nur wissen, ob Sie noch da seien, und hat mich dann gebeten, es Ihnen unbedingt vor der Abreise auszuhändigen.«

Jenny verspürte ein Prickeln unter der Kopfhaut, das sich bis in den Nacken und die Arme zog. Sie stand eine Weile wie angewurzelt da und starrte entgeistert das anonyme Päckchen an. Unter dem unauffälligen, leicht zerknitterten Papier zeichneten sich die vier spitzen Ecken eines Rechtecks ab. Sie öffnete den Umschlag und schaute hinein. Es befand sich keine Nachricht darin, nur eine Videokassette in einer durchsichtigen Plastikhülle. Er muß gewußt haben, wo Chantal sie aufbewahrte.

Sie blickte sich in der Hotelhalle um, aber außer einem Kellner, der mit Servietten überm Arm ins Restaurant eilte, war niemand da. Sie ging zur Tür und sah hinaus, konnte jedoch außer dem Portier und dem auf sie wartenden Taxifahrer niemanden entdecken. Wo, zum Teufel, war denn ihr Bewacher, wenn sie ihn brauchte?

Sie verstaute das Päckchen sorgfältig ganz unten in ihrer Handtasche, legte Flugkarten, Portemonnaie, Paß und Make-up darauf und stieg dann in das Taxi ein, das darauf wartete, sie zum Flugplatz zu bringen.

Für *glückliche* Ohren
ÜBER 6 MONATE PLATZ 1 DER HÖRBUCH-BESTSELLER-LISTE
FRIEDRICH DER GROSSE
Christian Graf von Krockow
FEATURE DER>AUDIO<VERLAG
DONNA W. CROSS DIE PÄPSTIN
HÖRSPIEL DER>AUDIO<VERLAG
Mäuseken Wackelohr
Hans Fallada/Peter Brasch
KINDERHÖRSPIEL DER>AUDIO<VERLAG
Ob groß oder klein: Der Audio Verlag macht alle Ohren froh. Mit Stimmen, Themen und Autoren, die begeistern; mit Lesungen und Hörspielen, Features und Tondokumenten zum Genießen und Entdecken.
DER>AUDIO<VERLAG
D>A<V
Mehr hören. Mehr erleben.
Infos, Hörproben und Katalog: www.der-audio-verlag.de
Kostenloser Kundenprospekt: PF 193, 10105 Berlin